PHILOSOPHY

人民日报学术文库

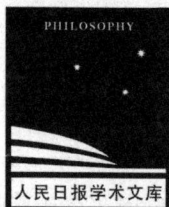

中古文学研究丛稿

张亚新　｜著

人民日报出版社

北 京

图书在版编目（CIP）数据

中古文学研究丛稿／张亚新著 . —北京：人民日
报出版社，2023.2
ISBN 978 - 7 - 5115 - 7597 - 5

Ⅰ.①中… Ⅱ.①张… Ⅲ.①中国文学—古典文学研
究 Ⅳ.①I206.2

中国版本图书馆 CIP 数据核字（2022）第 229726 号

书　　　名：**中古文学研究丛稿**
　　　　　　ZHONGGU WENXUE YANJIU CONGGAO
作　　　者：张亚新

出 版 人：刘华新
责任编辑：谢广灼

出版发行：人民日报出版社
社　　　址：北京金台西路 2 号
邮政编码：100733
发行热线：（010）65369509　65369527　65369846　65369512
邮购热线：（010）65369530　65363527
编辑热线：（010）65369844
网　　　址：www. peopledailypress. com
经　　　销：新华书店
印　　　刷：三河市华东印刷有限公司
法律顾问：北京科宇律师事务所　010-83622312

开　　　本：710mm×1000mm　1/16
字　　　数：556 千字
印　　　张：36.25
版次印次：2023 年 2 月第 1 版　　2023 年 2 月第 1 次印刷

书　　　号：ISBN 978 - 7 - 5115 - 7597 - 5
定　　　价：168.00 元

代自序

拓展古典文学研究的视野

　　为了准确、全面、深入地探讨与总结文学创作的历史经验、民族传统和发展规律，对古典文学开展宏观研究成为人们越来越关注、强调的问题。宏观研究要求我们充分运用系统论思想，突破过去比较普遍存在的就事论事与零敲碎打的研究状况，变革孤立的非联系非系统的陈旧思维方式，对研究对象进行多学科、多角度、多层次的综合考察，从整体上加以认识与把握。古典文学作为一个整体或系统，在考察时大体上应考虑到以下一些方面。

　　对文学本体作品的考察。由于文学的特征、本质及其发展的根本动力和客观规律体现于作品内部，因此作品在宏观研究中占据着重要地位，过去一些对作品本身不甚了然，却对作品种种外缘联系旁征博引、夸夸其谈的做法不足为训。由于古典作品一般年代都比较久远，在不断地传抄翻印中难免错讹失真，有的甚至只剩下残篇断简，这就要求我们首先运用音韵、训诂、版本、目录、校勘、考据等方法弄清作品的本来面目，以使宏观研究建立在一个可靠的基础之上。之后，才可按照美学标准和历史标准的要求转入更高层次的探索与研究。这种探索与研究固然需要深入，但尤其需要全面。考察一个时代的文学，应尽可能顾及这个时代的全部作品，这样才有可能全面把握这个时代的创作趋向，在对具体作品作审美价值的判断及异同高下的辨析时才不易于发生偏颇。考察一个作家的创作，则应顾及他的全部作品，这样才有可能把握其创作的总体特征并全面评估其成就与不足。考察一篇（或一部）作品，则应顾及全篇，对其思想内容和艺术形式作全面考察。长期来，我们考察一个时代的文学，往往只把眼睛盯着少数大作家，考察大作家又往往只盯着他的少数几篇代表作品，考察其代表作品又往往只注重思想分析而忽略了艺术分析，思想分析又局限在是否反映了人民疾苦、政治黑暗，是否有爱国思想之类的问题上（近几年来对艺术分析有所加强，但多把注意力集中在形象、赋比兴、情景交融等的分析上，形成了一些新的模式）。这些无疑都有简单化之弊，容易导致整个研究工作偏离方向，不能反映丰富复杂的文学创作的实际。

对创作主体作家的考察。没有作家便没有作品，这是一个人所共知的常识。历来我们对于作家的研究还是比较重视的，但往往把视野局限在作家出身、阶级地位、生平经历、思想、世界观等方面，并往往将这些方面与创作的关系看作线性的、静止的因果联系，而对作家价值观念、艺术修养、审美方式特别是情性气质、心理状态、创作意识及其对创作的影响却往往重视不够，有时甚至抱有意回避的态度。这一方面由于有时可能资料不足，研究起来难度大；另一方面可能还由于"左"的影响，认为探讨这类问题琐屑甚至有滑入唯心泥坑的危险。实际上，由于文学作品无一不是主客观世界有机结合的产物，在探讨与作品美学风貌密切相关的创作动机、过程、实质等问题时，是无法避开对作家美感心理、创作意识乃至潜意识的考察的。古人对此早就有所认识，如曹丕《典论·论文》首开以气论文的风气，刘勰《文心雕龙·体性》更为明确地说："吐纳英华，莫非情性。"近现代西方心理学研究的勃兴更在这方面为我们开阔了视野。当然，对作家出身、阶级地位等问题也有必要加以考察，但一是不能陷于机械庸俗，二是不能忽略了隐藏在这些因素背后的更为复杂、深刻的因素，不然总不免会给人以皮相之感。作家情性气质等的形成往往也与其阶级地位、生平经历等因素有关，相互间形成了一种错综复杂、相辅相成的联系，要想孤立地仅就某一方面来加以考察，实际上也难于完全做到。

对文学作品各种相关因素的考察。比如，由于各种文学体裁在题材、主题、表现手法、语言、风格等方面往往是互相渗透、影响的，因此考察任何一种文学体裁均应放在与其他文学形式的联系中来进行。由于文学作品的产生往往与当时风行的文学主张、文学思潮、文学流派有关，因此将这些主张、思潮、流派的内涵、特征、来龙去脉及其对特定作家作品的影响搞清楚，对于作品产生的必然性及含蕴在其中的作家的思想倾向、情感方式、审美理想等问题也就更易于获得明确的认识。由于各种姊妹艺术及艺术理论对文论及文学创作的影响非常深广，因此从与音乐、绘画、舞蹈、书法、工艺美术、雕塑、建筑等的联系中来考察、认识文学作品，就显得十分必要。天文历算、地理博物、金石考古及科学技术等学科与文学的关系往往也相当密切，有时也需加以适当考察，不然，一些作品（如《诗经》《楚辞》《山海经》《水经注》等）就不可能完全读懂，一些相关的问题也不可能得到圆满解决。对文人文学与民间文学的关系、汉文学与少数民族文学的关系、中国文学与外国文学的关系的考察也十分重要，这不仅因为它们存在着相互影响的关系，而且通过参照体系的设立，更易于认清作品的特点与价值，特别是对作品所具有的民族特色、民族心理、民族性格这类问题更易于得到明确的认识。还必须高度重视对与文学有着广泛而深入联系的政治、经济、哲学、历史、伦理、道德、宗教等社会意识形态的考察。过去我们一般只注重对政治、经济及社会矛盾的考察，是很不全面的，必须同时兼顾到其他各个方面。各种社会意识形态对于社会、人们的综合作用（其中当然会有所侧重）则形成了一定的时代思潮、社会心理和社会风习（如战国楚的巫风、汉代的谶纬迷信、魏晋的玄谈朝隐等），对于整个社会的精神生活和文学创作的影响也非常深广，不可不详加剖析。诸如此类，均与文学创作息息相关，应纳入研究的视野。

把文学放进不断演进着的历史长河中加以考察。文学总是在不断运动、发展着的。各种文学现象、文学体裁、文学流派均有一个发生、发展和衰落的过程，同一作家的创作也不可能老是停留在一个水准、一种状态上。任何一篇（或一部）文学作品的产生总或多或少要受前代有关作品的影响，起到承上的作用；同时又要对后代的有关作品发生这样那样、或大或小的影响，起到启下的作用。这样，我们就有必要将不同历史时期的文学加以比较，从历史的进程中探讨每个作家的创作道路，认识其作品的成就、特点，进而把握每个时代文学的独特风貌及发展趋势。要结合相关的政治史、经济史、思想史、哲学史、宗教史、艺术史甚至自然科学史等加以考察，就能更为准确、深刻。同时，由于作品同读者之间有着异常密切的关联，因此也有必要对作品被读者接受的过程加以考察。一篇（或一部）作品产生后，其意义、价值、功能不是一成不变的，不同时代、地区，不同经历、不同文化层次的读者对它的欣赏与评论不会完全相同，甚至会产生很大的差异。这实际上是一个读者对于作品不断进行再加工和再创造的过程。对于这个绵延不断的过程加以考察，不仅可以得到对不同时代不同审美心理和价值观念的具体认识，也可以更为充分地认识一部作品不断显现出来的意义和价值。有鉴于此，我们今天对于古典文学的研究也应当持全新的价值观念和审美尺度，既要有高度的历史感，也要有高度的现实感和时代使命感，力求把古典文学研究同现实的审美需要、同当代文学创作的实际和新文化的建设结合起来，深入地、有针对性地总结历史经验，充分发挥古为今用的作用。

以上列举了古典文学宏观研究所应当顾及的一些方面，这些方面以作品、作家为中心，形成了两个系统。一个是着眼于空间的横向系统，一个是着眼于时间的纵向系统。搞清横向系统的问题叫"横通"，搞清纵向系统的问题叫"纵通"。"横通"与"纵通"必须有机地结合起来，这样才有助于全貌的认识。在进行这种"结合"时，应从固有的事实和材料出发，着眼于事物的内在联系，既不将不相干的东西强加给作品，也不将有关的材料作机械的拼凑。鲁迅的《魏晋风度及文章与药及酒之关系》论述魏晋文学，将当时的政治风云、经济状况、思想文化、社会风气、审美习尚同文学流派及作家的思想特点、性格作风、环境、经历和著作结合在一起加以考察，水乳交融，在这方面作出了很好的榜样。当然，在关注各个部分的总体联系时，也应抓住关键，突出重点，聚焦问题，避免面面俱到、泛泛而论，力求在某一个点、某一个方面取得开创性的突破。

（原载杭州大学中文系编《语文导报》1987 年第 1 期）

目 录
CONTENTS

01

上编

汉魏六朝诗概说

叶燮《原诗》云："不读汉魏诗，不知六朝诗之工也；不读六朝诗，不知唐诗之工也。"确实，汉魏六朝诗在中国诗歌发展的历史进程中，起着承前启后、继往开来的重要作用。相比较于先秦诗而言，它获得了很大的发展，取得了很高的成就，呈现出了前所未有的异彩纷呈的局面。在探讨它的总体面貌、总体特征和繁荣原因时，以下几点是必须看到的。

一是诗美观念的确立。

用现代的观念来看，诗之作为诗，必须具有两大特质：从内容来说，它必须是抒情的；从形式来说，它必须是美的，特别是，由于诗的语言是诗的物质外壳，是直接诉诸观者的视觉和听者的听觉的，它就更应该是美的。但在一个较长的时期中，人们对这一点并无正确或明确的认识。汉儒往往将诗与政治教化联系在一起，将诗当作"正得失，动天地，感鬼神"，"经夫妇，成孝敬，厚人伦，美教化，移风俗"①的工具，并认为丽辞华藻无益世用。很显然，这种诗学观实际上是诗美的牢笼，是窒息诗美的生命的。这种情形，到汉末才有了较大的改变，曹植用"雅好慷慨"②表达了自己对于抒发强烈感情的爱好与崇尚，曹丕更在《典论·论文》中提出了"诗赋欲丽"的命题。此后，由于人的自我意识的进一步觉醒，作诗者以抒写真情为宗旨，讲求语言的骈骊、声律之美，成为人们越来越自觉的行为。就在这样的背景之下，陆机在《文赋》中提出了"诗缘情而绮靡"这一具有划时代意义的见

① 《毛诗序》。见《十三经注疏·毛诗正义》，上海古籍出版社 1997 年影印世界书局缩印阮元刻本，第 270 页。
② 曹植《前录自序》。见赵幼文《曹植集校注》，人民文学出版社 1984 年版，第 434 页。

解，萧纲在《诫当阳公大心书》中提出了"立身之道与文章异。立身先须谨重，文章且须放荡"的主张，为"情性"说喊出了一个强音。人们普遍认为，诗应当是情感美、形象美、语言美的结合，诗美的观念至此得到最后确立。在诗美观念的指导下，诗人们全力追求作品的美学价值，从而开创出一个既重情又重文的崭新局面，创作出了大量情采兼具的优秀作品。

二是儒道玄佛的交互作用与影响。

诗美观念的确立与诗歌创作的发展，与时代思潮的兴衰演变是密切关联着的。在汉魏六朝诗的发展过程中，儒、道、释三家都对其产生过或大或小、或积极或消极的影响。儒家曾使诗歌沦为经学的附庸，但另一方面，它又引导诗人关注现实与政治，萌生"兼济天下"、报国立功的愿望。道家的影响主要是通过玄学来体现的。玄学强烈否定儒家名教，追求超功利的精神境界，这对于独立审美意识的觉醒、确立和文人审美能力的培养起了很大作用。而玄学对于诗歌最为直接的影响，则是玄言诗的大量涌现，在东晋时期竟至成为诗坛的一种具有代表性的诗体。玄言诗中有一些用形象特别是用山水景物来说理的作品，体现出与山水诗合流的倾向，最后促成了山水诗的成熟。诗中远旷飘逸境界、淡泊悠然情调的产生，自然、萧散美感的形成，不事华藻、淳朴古淡、真率自然风格的出现，往往也与道家玄学思想的影响有关。与道家有着不解之缘的道教，对诗歌也有一定影响，最突出的表现就是游仙诗的大量涌现。佛教对诗歌的影响，最引人注目的是涌现出了不少表现、宣扬佛教教义的作品。由于引导文人的心灵与审美眼光向自然山水倾注，因而对山水诗的发展也起了一定的推动作用。由于"六朝释子多赋艳词"①，佛教对梁陈宫体诗的产生和泛滥也有不可忽视的影响。此外，永明声律说的出现，与佛经转读和梵呗经声也有相当直接的关系。值得注意的是，儒、道、释各家是既有矛盾、斗争又并非没有相通之处的，因此文人们（甚至包括道士、僧人）大都兼综众学，广摄博取，从而使各家之学对他们的人生观、价值观、道德观、审美观、文化心理结构、人格修养、仪态风度造成了综合的复杂而深刻的影响，进而影响到诗歌的内容和风格，从而使汉魏六朝诗呈现出了多

---

① 毛先舒《诗辩坻》卷二，清初毛氏思古堂刻本。

彩的面貌。

三是文学价位的升举。

汉魏六朝时期，随着文学观念的逐渐明确，文学的价值也逐渐为人们所认识，其地位也越来越高。但其发展不是一帆风顺的，人们对文学价值的认识和肯定，出发点也各有不同。用现代的眼光来看，只有那些真正把握了文学艺术的特点，然后在此基础上肯定文学价值的见解，才是最有意义、最有价值的。两汉时期，在绝大部分时间内，在大多数人心目中，文学的观念是并不明确的，文学的地位也就并不确定。总的来说，这一时期文学被当成了经学的附庸，当成了为政教服务的工具，而文学家往往"见视如倡"①，地位也不高。这种状况，从汉末起开始转变，曹丕在《典论·论文》中甚至说了"盖文章，经国之大业，不朽之盛事"的话。此后，人们更多地从抒情怡性和审美功能两个方面去认识文学的特点，去肯定文学的价值，陆机、葛洪、刘勰、钟嵘、萧纲、萧绎等人都在这方面发表了很好的见解。由于文学地位越来越高，因此具备文学才能、从事文学创作便成为一件越来越时髦的事情，不仅一般文士热衷此道，帝王贵族也趋之若鹜，并往往以他们为中心形成了一个又一个文学集团，从而形成了文学创作（特别是诗歌创作）盛极一时的局面。

四是"属文好为新变"。

汉魏六朝时期，特别是南朝时期，"追新求变"是一种显得十分突出的风气，不少诗人把"新变"当作自己刻意追求的目标。如西晋时陆机"律异班、贾，体变曹、王"②，并在其《文赋》中明确提出要"谢朝华于已披，启夕秀于未振"，"虽杼轴于予怀，怵他人之我先"；刘宋时，"颜、谢并起，乃各擅奇；休、鲍后出，咸亦标世；朱蓝共妍，不相祖述"③；南齐时，"文士王融、谢朓、沈约文章始用四声，以为新变"④；萧梁时，徐摛"属文好为新变"⑤，

---

① 班固《汉书》卷五十一《枚皋传》，中华书局1962年版，第2367页。
② 沈约《宋书》卷六十七《谢灵运传论》，中华书局1974年版，第1778页。
③ 萧子显《南齐书·文学传论》，中华书局1972年版，第908页。
④ 姚思廉《梁书》卷四十九《文学上·庾肩吾传》，中华书局1973年版，第690页。
⑤ 姚思廉《梁书》卷三十《徐摛传》，中华书局1973年版，第446页。

萧子显更直接提出了"若无新变,不能代雄"① 的口号。其他还有不少作家自觉不自觉地提出过"新变"的口号或主张,赞成并实践过"新变"主张的更是难以计数。一浪高过一浪的"新变"热潮,给诗坛带来日新月异的变化,使汉魏六朝时期成为一个充满创造精神、洋溢着新鲜气息的时代。

五是古体的辉煌和近体的孕育。

汉魏六朝时期,是中国古代各种诗体荟萃一堂、争放光彩的时代。其时骚体尚未退出历史舞台,并曾一度在汉初兴盛一时。四言在《诗经》的基础上又有所发展,张衡、曹操、曹丕、王粲、嵇康、陶渊明等人都曾创作具有新精神、新面貌的四言之作,特别是曹操,能"于《三百篇》外,自开奇响"②,使四言再度中兴。五言起于民间,东汉末趋于成熟,建安时期出现"五言腾涌"③ 的局面,此后进一步发展,齐梁时极一时之盛,成为诗歌创作的一种主要样式,占据了诗坛的主要地位。七言首见于汉代,起源于楚声歌曲和汉代民谣,曹丕第一次用这种形式进行创作,至鲍照开创出一个七言创作的新局面,至萧梁时诗风大为敞开,标志着七言诗的完全成熟。杂言则早在汉乐府民歌中即已有不少成熟之作。在古体诗兴盛的同时,还逐步形成了在体制、语言上与古体有别的近体诗。近体诗的形成经历了一个漫长的过程,至南齐永明年间声律论正式出台,涌现出不少介于古、近体之间的新体作品。此后,诗歌格律化的进程进一步加快,合律或接近合律的作品大量涌现,在诗歌形式方面实现了一个重大转折。此外,在古体诗中有一种诗体在汉魏六朝时期显得特别繁荣、突出,对后代诗人的影响也特别大,这就是乐府诗。乐府诗最初大都来自民间,后来文人纷纷拟作,在数量上占了汉魏六朝诗很大的一个比重,在质量上也代表了一个高水平,这是需要特别提及的。

六是风格体貌的多样化。

汉魏六朝诗在其发展历程中,风格体貌不断发生变化,呈现出多样化的色彩。诗人和诗论家们追求多样化的风格,提倡多样化的风格,特别是,他

---

① 萧子显《南齐书·文学传论》,中华书局 1972 年版,第 908 页。
② 沈德潜《古诗源》卷五,中华书局 1963 年版,第 105 页。
③ 刘勰《文心雕龙·明诗》。见范文澜《文心雕龙注》,人民文学出版社 1958 年版,第 66 页。

们注意根据当时审美发展的趋势，提出新的审美理想和审美规范，其中最为突出的，有风骨论、文质论、雅俗论等。风骨这一概念在魏晋时代原是用来品评人物的，后来影响到书画理论、诗文理论。就诗文而言，"风是指文章中的思想感情表现得鲜明爽朗，骨是指作品的语言质朴而劲健有力，风骨合起来，是指作品具有明朗刚健的艺术风格"①。具有风骨的作品，首推建安诗歌，故后来特有"建安风骨"之称。此外，左思、陶渊明、鲍照、吴均等人的诗也都是有风骨的，可谓代不乏人。诗人和诗论家们在提倡风骨的同时，又并不轻贱、废弃丹彩，充分考虑到了文学艺术所固有的特点。文质是在先秦时期出现的一对范畴，在汉魏六朝时期的审美活动中得到了广泛的运用。就地域而言，南朝诗偏于文，北朝诗偏于质；就时代而言，汉诗偏于质，晋宋以下诗偏于文。但无论质与文，真正走到极端的并不多见，多数作品还是能够质文结合，只不过是或质胜于文、或文胜于质并在"胜"的程度上有所不同而已，由此形成了汉魏六朝诗并不单调的色彩。雅俗亦为汉魏六朝时期诗歌批评的重要准则，诗人们或崇雅，或趋俗，但就多数作品而言，也是能雅俗兼具的，不过有的崇雅的成分多一些、有的趋俗的成分多一些而已。刘勰《文心雕龙·通变》云："斟酌乎质文之间，而櫽括乎雅俗之际。"就总体而言，这种说法是符合汉魏六朝诗的实际的。

七是对自然美的发现和追求。

人类从诞生的那一刻起，就与自然结下了不解之缘，但在一个长时期中，人类只是把自然当作自己生存的环境，并没有、也不可能把自然当作审美的对象。随着人类物质生活条件的不断改善、物质文明水平的不断提高和精神生活的不断丰富，山水自然开始作为独立的审美对象进入人们视野，东晋以后自然美意识完全觉醒，自然美意识与文学自觉意识同步行进并逐步完美融合，于是便在这一时期结出了丰美的果实。在人们追寻自然美的热情空前高涨、认识自然美的深度空前提高的同时，表现自然美的能力也达到了一个空前的高度，山水诗作为一个独立的文学门类昂首阔步登上历史舞台，并形成

---

① 王运熙《从〈文心雕龙·风骨〉谈到建安风骨》。见《文史》第九辑，中华书局 1980 年版，第 171 页。

了"贵形似"① 的审美特征，涌现出不少"巧构形似之言"② 的作品，逐步积累了丰富的艺术经验，对后来山水田园诗的写作产生了深远的影响。

以上所列，目的在于说明汉魏六朝诗的主要成就和特色，显示这一时期诗歌发展的原因和全貌，或阅读、研究汉魏六朝诗时必须注意到的几个最主要的方面。下面再以时间先后为序，概述各个阶段重要作家的成就和特色，展示汉魏六朝诗发展演变的轨迹。

汉诗。以汉乐府民歌和《古诗十九首》为代表。汉乐府民歌反映了相当广阔的社会现实生活，尤多反映社会问题的作品。在艺术上最显著、最基本的特色是它的叙事性。汉乐府为古诗中有乐府一体奠定了基础，而其强烈的现实主义精神也沾溉了无数的后人，在艺术上则为后代的叙事之作提供了有益的借鉴。《古诗十九首》则表现出强烈的抒情性，与汉乐府民歌恰成鲜明对照。《十九首》颇多伤时失意之作，颇多人生短促、人生坎坷、人生如寄、欢乐无常的感喟，同时有不少游子思妇之辞。总的来看，《十九首》是一支沉重的人生咏叹调，反映了当时知识分子对个体生命价值的思考和追求，是人的自我意识觉醒的一种表现，对后世的影响也是深远的。《十九首》全为五言，在诗史上成为五言诗成熟的标志。

建安诗。建安诗是我国诗歌发展史上一个重要的里程碑，诗人辈出，诗作众多，且在内容、形式等方面都有重要的开拓和创新。诗人以著名的"三曹"（曹操、曹丕、曹植）、"七子"（孔融、陈琳、王粲、徐干、阮瑀、应玚、刘桢）和蔡琰为代表，其中曹操、曹植为两座并峙的高峰。曹操在诗歌创作方面是当时的一个开风气的人物，其作用可从两方面来看：一是在为建安诗人提供较为良好的创作环境和条件方面所起的作用，一是在倾心创作、身体力行方面所起的作用。曹操是文学史上第一个高度重视乐府民歌并大力写作乐府诗的人，但他又能突破乐府旧题的限制，用乐府题目自作诗。曹操

---

① 刘勰《文心雕龙·物色》。见范文澜《文心雕龙注》，人民文学出版社 1958 年版，第694 页。
② 钟嵘《诗品》卷上评张协："文体华净，少病累，又巧构形似之言。"见陈延杰《诗品注》，人民文学出版社 1961 年版，第 27 页。

诗歌具有强烈的现实主义精神，是我国文学史上第一个获得"诗史"称号的人①。曹操能以一代雄主的身份奖掖文学，自身又有赫然可观的创作实绩，从而开辟出一个文学新时代，在封建社会堪称独步，秦皇汉武、唐宗宋祖在这方面也是无法与之比拟的。曹植则是在创作上代表建安诗歌最高成就的人物，其诗歌既注意了诗歌必须反映社会生活、必须抒发真情实感的特征，又注意了诗歌必须讲求辞藻、声韵、形象的特征，从而在很大程度上实现了内容和形式的完美统一。建安诗歌文人化的过程从曹操时即已开始，但曹操诗犹多汉音，犹多古乐府格调，而至曹植，这个过程已经基本完成，遂成为质朴的汉音与华美的六朝诗之间的一道分水岭。

正始诗。以阮籍、嵇康为代表。阮籍、嵇康生活在魏、晋易代之际，他们均激愤于司马氏的以名教杀人，于是以任诞放浪与之对抗，道家思想抬头，玄学开始与诗歌合流。但嵇、阮的政治态度虽然一致，表现却各有不同，阮籍较为隐蔽，嵇康相当外露，于是便有了"嵇志清峻，阮旨遥深"②的不同特点。阮籍的作品主要是八十二首五言《咏怀》，"忧生之嗟""志在刺讥"③为其基本倾向或基本主题。在五言诗的发展过程中有着重要的承前启后的作用，五古咏怀组诗成为后来我国古典抒情诗的传统形式之一。嵇康的代表作则有《兄秀才公穆入军赠诗十九首》《幽愤诗》等。正始诗在一定程度上反映了当时的社会现实，继承了建安诗歌的优良传统。虽对社会生活的反映面已大为缩小，但在对诗人内心世界的开掘和个人抒情的深度方面，有其独到的成就。

太康诗。太康是又一个重要的文学时代，人才之盛，蔚为大观，其中成就最为突出者为潘岳、左思、陆机、张协。陆机被钟嵘称为"太康之英"④，其作品前期多表现国破家亡的痛苦和对吴主孙皓暴虐误国的感恨，后期多表现对仕途险恶、祸福无常的忧惧，及客居京洛的孤寂、怀乡恋土的悲哀和人生短促的伤感。讲求骈偶，注重辞华，善体物写貌，表现出浓厚的文学自觉

---

① 钟惺评曹操《薤露行》诗："汉末实录，真诗史也。"见《古诗归》卷七，明刻本。
② 刘勰《文心雕龙·明诗》。见范文澜《文心雕龙注》，人民文学出版社 1958 年版，第 67 页。
③ 萧统《文选》阮籍《咏怀诗》其一李善注。中华书局 1977 年影印胡克家刻本，第 322 页。
④ 钟嵘《诗品序》。见陈延杰《诗品注》，人民文学出版社 1961 年版，第 2 页。

意识。陆机喜模拟前人，有时甚至不免模拟太过。潘岳诗风与陆机颇有相似之处，一是辞藻华丽，二是铺叙较多。其总的成就和影响比不上陆机，但也有优于陆机之处。潘岳的代表作是《悼亡诗》三首，对后世影响颇大，后来悼念亡妻的作品往往以"悼亡"为题。张协诗最大的特点是"巧构形似之言"，同时"文体华净，少病累"①，与潘、陆及后来的颜、谢有别，倒颇与后来的陶渊明相似，具有某种开创的意义。左思则是一位上承建安风骨，诗风质朴劲健，毫无太康诗"采缛""力柔"② 之弊的诗人。今仅存诗十四首，数量虽不算多，但几乎篇篇皆好，《咏史》八首尤为突出。《咏史》八首塑造了一个具有强烈个性意识和反抗精神的抒情主人公形象，表达了峻切的社会人生见解和爱憎弃取的满腔激情，具有深刻的内涵和厚重的历史感，具有强烈的批判现实的精神。情怀慷慨，语言质朴，气势遒劲，境界雄浑，与建安风骨一脉相承，因而有"左思风力"③ 之称。开创了"名为咏史，实为咏怀"④ 的传统，使起自班固的"咏史"诗呈现出崭新的风貌，成为后来诗人们咏怀抒情的又一种绝好的体式，影响颇为深远。

永嘉诗。代表诗人为刘琨。在四海鼎沸、战乱频仍、生灵涂炭的西晋末年，在玄言诗开始流行的诗坛，刘琨"横槊赋诗"⑤，直接上继建安风骨，以其独标高格的《扶风歌》等作品，为西晋诗歌奏出了一个强劲高亢的音符。

郭璞诗。西晋末东晋初，诗坛为玄言诗风所笼罩，少有出色之作。这时，出现了一位文采华茂、慷慨多气的诗人郭璞，他以其十四首《游仙诗》，为诗坛注入了一股新的气息。《游仙诗》并未与玄言脱尽干系，但又与一般玄言诗有着重大区别，它能将游仙与咏怀、仙境与人境有机结合起来，既内容充实，

---

① 钟嵘《诗品》卷上。见陈延杰《诗品注》，人民文学出版社 1961 年版，第 27 页。
② 刘勰《文心雕龙·明诗》。见范文澜《文心雕龙注》，人民文学出版社 1958 年版，第 67 页。
③ 钟嵘《诗品》卷中评陶潜："其源出于应璩，又协左思风力。"见陈延杰《诗品注》，人民文学出版社 1961 年版，第 41 页。
④ 张玉谷《古诗赏析》卷十一："太冲咏史，初非呆衍史事，特借史事以咏己之怀抱也。或先述己意，而以史事证之。或先述史事，而以己意断之。或止述己意，而史事暗含。或止述史事，而己意默寓。"清乾隆姑苏思义堂刻本。
⑤ 元稹《唐故工部员外郎杜君墓系铭并序》："建安之后，天下文士遭罹兵战，曹氏父子鞍马间为文，往往横槊赋诗，故其抑扬冤哀存离之作，尤极于古。"见《元氏长庆集》卷五十六，《四部丛刊》本。

又辞采华美，从而使渊源久远的游仙诗一新面目，并由此奠定了诗人在诗歌史上的独特地位。

兰亭诗。玄言诗不可一概否定，孙绰、庾阐、湛方生等人都有值得肯定之作。永和九年（353）三月三日王羲之与谢安、孙绰等四十一人聚会于会稽山阴兰亭时所作的一批"兰亭诗"，较为注意将理性的东西同感性的形象的东西结合起来，其中的山水描写在观念、意识、技巧、手法等方面为山水诗的登台准备了一定条件，诗风或疏淡清朗，或飘洒俊逸，或清幽冷隽，都对后世不无影响。

陶诗。从西晋末开始流行的玄言诗，在绵延将近百年后，于东晋末刘宋初开始收敛。使玄言诗风来了一个大改变的人是陶渊明。陶诗虽然也接受了玄言诗的影响，但从根本上说来，陶渊明是一个有着自己思想和个性的人物，他同当时一般玄学名士的思想和行为模式并不相同，他对玄虚的思辨并不感兴趣，而是将精神上的追求转化成了一种切实的人生态度，与其说他是站在哲理的高度来观察人生，不如说他将对人生的丰富体验上升到了哲理的高度。因此，他在诗中能将哲理化入日常景物，化入日常的生活体验，通过艺术的形象和意境来表现哲理，从而从根本上改变了玄言诗"理过其辞，淡乎寡味"①的面目。陶诗全面而深刻地反映了诗人"一心处两端"（《杂诗》其九）的基本人生矛盾，反映了诗人复杂、丰富的内心世界。其田园诗风格平淡自然，开创出一个新的审美领域和美学境界。陶诗是魏晋诗歌的一个完美的总结，从此以后，诗歌开始加速向精致和近体的方向发展。

元嘉诗。代表诗人是所谓的"元嘉三大家"颜延之、谢灵运和鲍照。颜延之诗是"典雅"一派的代表，辞采繁密，好用典故，为不少人所诟病。其实颜诗在诗史上是有其独特贡献的，"错彩镂金"②"铺锦列绣"③，对革除玄言诗风的影响有一定作用；好用对偶和典故，对推动诗歌加速走向格律化也

① 钟嵘《诗品序》。见陈延杰《诗品注》，人民文学出版社 1961 年版，第 1 页。
② 钟嵘《诗品》卷中评颜延之引汤惠休语："谢诗如芙蓉出水，颜如错彩镂金。"见陈延杰《诗品注》，人民文学出版社 1961 年版，第 43 页。
③ 李延寿《南史》卷三十四《颜延之传》："延之尝问鲍照己与灵运优劣，照曰：'谢五言如初发芙蓉，自然可爱。君诗若铺锦列绣，亦雕绘满眼。'"中华书局 1975 年版，第 881 页。

不无意义。应当把他看作当时诗风革新运动新一轮努力中涌现出来的具有一定代表性的人物。谢灵运则倾其全力创作了大量山水诗，完成了从玄言到山水的转变，在诗史上作出了卓越的贡献。田园与山水，于是成为晋宋间既有区别又有联系、足可辉映媲美的两大诗歌流派。鲍照诗多方面地反映了那个时代，反映了下层人民的苦难生活和他个人的愤懑与抗争，其反映现实的广度与深度是同时代的其他任何一位诗人无法与之比拟的。其诗具有"险""俗"① 的特征，"险"指其诗感情激烈，笔力矫举，造语奇崛，色泽浓烈，格调险急，笔势跌宕；"俗"指其诗多反映社会下层生活，多采用乐府体写作，所使用的形式，多为七言、杂言和五言，语言风格又有一抹轻艳绮靡的色彩。鲍诗的"俗"，实代表了当时诗歌发展的新方向，开启了元嘉诗风向永明诗风转变的进程。

江淹诗。江淹一生经历了宋、齐、梁三朝，由于他卒于梁朝，习惯上把他看作梁代诗人。但其保存至今的作品大抵都作于宋末齐初，正处于元嘉体向永明体过渡的时期。其诗具有浓烈的哀怨悲愁的感情色彩，在对悲怨之美的开掘与表现方面积累了丰富的艺术经验。其诗又具有流丽中带着苍劲峭拔之气的独特鲜明的艺术风格，上承下启，在鲍照之后进一步推进了元嘉诗风向永明诗风转变的进程。

永明诗。南齐永明时期，随着声律理论的兴起，诗歌开始自觉地追求音律的调谐和对偶的工整，并向既通俗平易又婉丽精致的方向发展，从而开始了又一次意义重大的"新变"，是为"永明体"②。永明体的代表诗人全为"竟陵八友"③ 中人，其中以沈约和谢朓的成就最高，影响最大。沈约是永明诗歌理论的大倡者，作品具有"清怨"④ 的特色，体现了一种对于"俗"的

① 钟嵘《诗品》卷中评鲍照："然贵尚巧似，不避危仄，颇伤清雅之调。故言险俗者，多以附照。"见陈延杰《诗品注》，人民文学出版社 1961 年版，第 47 页。
② 萧子显《南齐书》卷五十二《文学·陆厥传》："永明末，盛为文章。吴兴沈约、陈郡谢朓、琅邪王融以气类相推毂。汝南周颙善识声韵。约等文皆用宫商，以平上去入为四声，以此制韵，不可增减，世呼为'永明体'。"中华书局 1972 年版，第 898 页。
③ 姚思廉《梁书》卷一《武帝纪上》："竟陵王子良开西邸，招文学，高祖与沈约、谢朓、王融、萧琛、范云、任昉、陆倕等并游焉，号曰八友。"中华书局 1973 年版，第 2 页。
④ 钟嵘《诗品》卷中说沈约"长于清怨"。见陈延杰《诗品注》，人民文学出版社 1961 年版，第 53 页。

情调和风格的追求。他是把市井文学带到宫廷的关键人物，其集中有不少作品具有鲜明的民歌特征，特别是一些艳情诗，成为宫体诗的发端。最能体现永明体特色和成就的诗人则应数谢朓，而谢朓诗中最值得注意的又是那些摹绘山水景物之作，这些作品在写景的同时多表现隐仕思想的矛盾，对自然景物的描写往往是同诗人的官宦生活、同京邑的楼宇建筑和其他城市风景有机地结合在一起的。谢朓在谢灵运之后，将山水诗的写作推向了一个新的高峰，同时在声律运用方面也取得了突出的成绩，故严羽曾评云："谢朓之诗，已有全篇似唐人者。"①

宫体诗。宫体因萧纲入主东宫而得名，其大量产生是萧纲与环绕在其周围的文人徐摛、徐陵父子和庾肩吾、庾信父子等互相唱和、大力提倡的结果。宫体诗主要以宫廷生活为表现对象，多写男女之情，有不少艳诗，同时有一部分写景咏物、吟诵佛理之作。形式上追求声律，雕琢辞藻，驰逐新巧，崇尚丽靡，形成了一种绮艳柔媚的风格。宫体历来颇受非议，其不足与弊病确实是一目了然的，最突出的问题是审美情趣单一化，作品题材大都离不开女性闺房、月露风云，特别是一些诗沉溺于对女性色相的描绘，反映出一种病态的人生和心理。咏物之作有不少缺乏感情和寄托，缺少韵味和情趣。但宫体作为一种影响很大的诗体，又不可能是一无所长的。宫体诗对女性美的大胆描绘，实是对"发乎情，止乎礼义"②的封建教条的大胆否定，为人们提供了一种新的审美类型；宫体诗是宫体诗人追新求变的产物，其"新变"的具体成果，就题材而言主要是创作了大量具有离经叛道意味的以女性为表现对象的作品，就形式而言主要是格律化程度的进一步加深；对于促进诗歌题材的生活化、世俗化，对于诗歌表现技巧的发展和进步，宫体诗也作出了不小的贡献。

庾信诗。在南朝诗歌发展的同时，北朝诗歌也在缓慢而曲折地向前发展着，特别是北魏孝文帝迁都洛阳后，诗歌创作开始趋于兴盛。庾信入北后，

---

① 严羽《沧浪诗话·诗评》。见郭绍虞《沧浪诗话校释》，人民文学出版社 1983 年版，第 158 页。

② 《毛诗序》。见《十三经注疏·毛诗正义》，上海古籍出版社 1997 年影印世界书局缩印阮元刻本，第 272 页。

北朝诗歌更闪现出一派异彩。由于生活经历、生活环境与思想感情的变化，加之入北后受到北方文学与文化的影响，庾信后期诗歌从内容到风格较之前期都发生了很大的变化，但又保留了前期诗歌的某些特点，遒劲苍凉与清新明丽结合在一起，形成了一种融合南北之长的独特风格。庾信为改造南方诗歌树立了一个典范，为促进北方诗歌在形式技巧上的大发展作出了贡献，同时为既有气骨、又有文采的唐代诗歌开出了先声。庾信是整个北朝时期成就最高、影响最大的诗人，也是最早将南北诗风比较完美地结合起来的大诗人，可以说为整个魏晋南北朝诗歌作出了一个完美的总结。

南北朝乐府民歌。其内容、形式和风格各具特色，而又相互映衬和补充，构成了一支既摇曳多姿又浑厚犷迈的时代交响曲，在当时的诗坛占据了颇为引人注目的一席，对文人诗歌创作产生了广泛而深刻的影响。

汉魏六朝诗所取得的成就及其合乎逻辑的发展，为唐诗的发展和繁荣奠定了坚实的基础。唐诗的题材已初备于汉魏六朝，举凡时事政治、社会人生、爱情友谊、山川景物、田园农事、行旅边塞、离别相思、闺怨宫怨、咏怀咏物、咏史怀古、佛道游仙、题画听乐、唱酬应制等，在汉魏六朝诗中均已有或多或少的表现，其中还有不少好诗，它们为唐诗中的同类之作提供了楷模和借鉴。唐诗的体式大体上也已初备于汉魏六朝，尤其是古诗（五言、七言、杂言、乐府、歌行）在汉魏六朝时期已经颇为辉煌，为唐人提供了众望所归的范式。律体（五言、七言、排律、绝句）也已有不少大体成型之作，虽就总体而言尚处于不够成熟的阶段，但齐梁陈时期诗人们争相大量制作，犹如万壑争赴夔门，已为唐人充分蓄势，从而使律体在唐初趋于成熟成为历史的必然。在艺术表现方面，汉魏六朝，特别是六朝时期诗人们作了不懈的多方面的探索，在语言运用、立意构思、谋篇布局、刻绘技巧、抒情手法、意象生成、意境构造等方面都积累了丰富的艺术经验，后来唐人许多精美的表现手法和技巧，都是渊源于汉魏六朝的。特别值得指出的是，建安以后诗美观念的确立，更对唐诗的发展和繁荣产生了深远的具有决定意义的影响。由于诗美观念的确立，诗人们才自觉地将诗作为具有独立审美价值的对象来认真琢磨、精心创制，从而使表现技巧越来越多样、精致，作品的艺术水平越来越高，感染力越来越强，诗歌百花园变得越来越绚丽多彩。六朝时期对诗美的探索形成了高潮，在这个高潮中涌现出来的文艺理论批评著作如《诗品》《文心雕龙》等，即使置之唐代也毫不逊色，甚至可以说是无与伦比的，它们对唐诗及唐代文艺思想的影响自然也是十分巨大的。具体到诗人，可以说唐代诗人几乎没有不接受汉魏六朝诗影响的，汉魏六朝的某些重要诗人、重要诗作对唐人的影响尤大。比如，唐人创作了大量的乐府诗，李白、王建、韩愈、张籍、白居易、刘禹锡、元稹、温庭筠、李商隐等更是制作乐府诗的高手，这显然接受了汉乐府民歌、南北朝乐府民歌和汉魏六朝诗人所制作的大量拟作乐府的影响。唐人特别推崇建安风骨，尤其是盛唐诗人，自觉地把建安风骨作为学习对象，获得显著成就，从而使不少盛唐诗具有了风清骨峻的特色，有力地促成了盛唐气象的形成，这显然与建安诗歌的影响是密切关联的。陶渊明、谢灵运、谢朓则对唐代田园山水诗派的形成有直接而巨大的影响，李白曾多次提到谢灵运、谢朓其人其诗，特别是称颂谢朓的一些话，往往见诸他的一些名篇，如《金陵城西楼月下吟》云："解道澄江净如练，令人长忆谢玄晖。"《宣州谢朓楼饯别校书叔云》云："蓬莱文章建安骨，中间小谢又清发。"《三山望金陵寄殷淑》云："三山怀谢朓，水澹望长安。"等。杜甫也曾满怀深情地说："焉得思如陶谢手，令渠述作与同游。"（《江上值水如海势聊短述》）李白受鲍照的影响也很大，鲍照在诗篇中倾泻的悒郁不平的情绪深得李白共鸣，其灵活奔放、纵横驰骋的乐府诗，特别是其中的七言歌行也深得李白喜爱，李白所作《将进酒》《行路难》等诗风格颇似鲍照，杜甫对李白就曾有"俊逸鲍参军"（《春日忆李白》）之评。鲍照所写反映边塞生活的作品，则对唐代边塞诗有很大影响，前人曾指出："（鲍照）作边塞诗，用十二分力量，是唐人所祖。"[1] 庾信诗在形象、声色、炼字炼句乃至骈偶用典等方面所积累的丰富艺术经验，其诗刚健豪放的气骨和苍凉悲壮的意境，也为不少唐人所心仪、仿效，其对唐代诗体的影响尤为深巨，刘熙载《艺概·诗概》就曾说："庾子山《燕歌行》开唐初七古，《乌夜啼》开唐七律，其他体为唐五绝、五律、五排所本者，尤不可胜举。"类似情况，难以一一列述。总之，唐人虽也曾对汉魏六朝诗，特别是对六朝诗提出过这样那样的批

---

[1] 钱仲联《鲍参军集注》引王壬秋语，上海古籍出版社1980年版，第168页。

评，如李白就曾说："自从建安来，绮丽不足珍。"（《古风》其一）又曾说："梁陈以来，艳薄斯极。"① 杜甫也曾说："恐与齐梁作后尘。"（《论诗绝句》其五）但就总体而言，唐人对汉魏六朝诗所取得的成就是抱了充分肯定的态度的。正由于唐人对汉魏六朝诗抱了积极地、创造性地吸取其精华的态度，才迎来了唐诗发展的新天地，才迎来了唐诗的繁荣，才使唐诗达到了古代诗歌艺术的高峰。如果说唐诗是一部辉煌的交响曲，则汉魏六朝诗就是这部交响曲的精彩的前奏。在中国诗歌发展的历史长河中，汉魏六朝诗圆满地完成了它承前启后、继往开来的任务。

（原载《北京教育学院学报》2007 年第 2 期）

---

① 孟棨《本事诗·高逸》引。见丁福保辑《历代诗话续编》上册，中华书局 2006 年版，第 14 页。

论汉魏六朝诗的质文与雅俗之变

　　江淹《杂体诗序》："夫楚谣汉风，既非一骨，魏制晋造，固亦二体。譬犹蓝朱成采，杂错之变无穷，宫商为音，靡曼之态不极。"沈约《宋书·谢灵运传论》："自汉至魏，四百余年，辞人才子，文体三变。"萧子显《南齐书·文学传论》："今之文章，作者虽众，总而为论，略有三体。"确实，汉魏六朝诗在其发展历程中，风格体貌不断发生变化，呈现出了多样化的色彩。诗人和诗论家们追求多样化的风格，提倡多样化的风格，并注意根据当时审美发展的趋势，提出新的审美规范，从理论上加以提倡。要在一篇文章中对这些问题详加论述是困难的，本文仅就在汉魏六朝时代影响很大的质文与雅俗的问题谈一些粗浅的看法，并对其发展变化之迹作一粗略的梳理。

一、质文之变

　　文质是在先秦时期出现的一对范畴，在汉魏六朝时期的审美活动中得到了极为广泛的运用。文的本意是彩色交错。《周易·系辞下》："物相杂，故曰文。"又《礼记·乐记》："五色成文而不乱。"引申指华丽有文采。质则与文相对，指质朴、朴素。文质最初不是用来评论文学，而是用来称述人物的。孔子在讨论"君子"的标准时说："质胜文则野，文胜质则史。文质彬彬，然后君子。"（《论语·雍也》）邢昺疏："'质胜文则野'者，谓人若质多胜于文，则如野人，言鄙略也。'文胜质则史'者，言文多胜于质，则如史官也。'文质彬彬，然后君子'者，彬彬，文质相半之貌，言文华、质朴相半彬彬然，然后可为君子也。"① 此后，文质的基本含义没有太大的变化，但应用的范围扩大了，在汉代，论人、论政治、论社会生活、论文学艺术都使用了文质这对范畴。

以文质二字来论说文学，对其含义的理解尚不尽一致，笔者比较赞成它是就作品的文辞风格而言的说法。文，指作品的语言风格华美。六朝时期，受当时盛行的骈体文风的影响，语言的华美包含了对偶、辞藻、音韵等方面的内容，对偶要求的是一种整饬的形式美，辞藻要求的是一种色光交织的绘画美，音韵要求的是一种抑扬顿挫的音乐美。此外，讲究用典也是一种美。几个方面结合起来，就是有文采，就是"文"，反之，就是"质"。由于语言风格对作品整体风格的影响甚大，而作品的风格又往往与诗人（作家）的风格相一致，若干风格相近或相似的诗人（作家）又往往会影响到一个时代的文学风貌，因此，文质不仅常用来评论作品，也常被用来评论诗人（作家）甚至是一个时代的文学风貌。

从先秦到汉魏六朝，文学总的说来经历了一个由比较质朴向华美精巧发展的过程。刘勰在《文心雕龙·通变》中对这一变化过程作了概括的叙述：

> 搉而论之，则黄唐淳而质，虞夏质而辨，商周丽而雅，楚汉侈而艳，魏晋浅而绮，宋初讹而新。从质及讹，弥近弥澹。

刘勰是就整个文学质文变化的情况来说的，如"楚汉侈而艳"即就辞赋而言，诗除《楚辞》外，就完全不是这样。此外，由质到文也不是直线发展的，其间有曲折，有反复，呈现出复杂的局面。但就总体而言，刘勰说得并不错。汉魏六朝诗质文变化的情况也是如此。刘勰只说到"宋初"，"宋初"以后，直到陈末，文风日趋华丽的情况并没有丝毫改变，相反势头越来越强劲了。

汉魏六朝诗就地域而言，南朝诗偏于文，北朝诗偏于质，"江左宫商发越，贵于清绮；河朔词义贞刚，重乎气质"②，前人早就指出了这一点。就时

---

① 见《十三经注疏·论语注疏》，上海古籍出版社 1997 年影印世界书局缩印阮元刻本，第 2479 页。

② 魏征等《隋书》卷七十六《文学传序》，中华书局 1973 年版，第 1730 页。

序而言，汉诗偏于质朴，晋宋以下诗偏于华美。前人也早就指出了这一点。皇甫汸《盛明百家诗序》云：

> 夫诗自《三百篇》而下，代有作者。汉、魏去古未远，犹有诗人之遗风焉。晋、宋而下，齐、梁丽矣，陈、隋靡焉。

胡应麟《诗薮》亦云：

> 文质彬彬，周也。两汉以质胜，六朝以文胜。（内编卷一）

> 汉人诗，质中有文，文中有质，浑然天成，绝无痕迹，所以冠绝古今。魏人赡而不俳，华而不弱，然文与质离矣。晋与宋，文盛而质衰；齐与梁，文盛而质灭；陈、隋无论其质，即文无足论者。（内编卷二）

所论不无偏颇之处，但大抵还是说出了一个基本的事实。汉代，乐府民歌本来就来自民间，其语言自然是质朴无华的。当时的文人诗不多，已有的文人诗与民歌关系密切，深受乐府诗影响，因而也大都不事雕琢，直接抒发感情。刘勰说建安诗"造怀指事，不求纤密之巧；驱辞逐貌，唯取昭晰之能"①，钟嵘说曹操诗"古质"②，说曹丕"所计百许篇，率皆鄙质如偶语"③，可以说是指出了汉魏诗歌共同的特点。曹植诗在当时是最讲究辞章之美的，但也还是"文采缤纷而不离闾里歌谣之质"④，在很大程度上保持着乐府民歌质朴的特色。

汉魏以后，追求质朴的代不乏人，具有质朴风格的作品也不绝如缕。西晋傅玄作乐府诗颇多，语言也比较质朴通俗。左思诗风力遒劲，文辞也较质朴。刘琨诗"自有清拔之气"⑤，也不重文辞的修饰。东晋玄言诗平典恬淡，更不讲究词采。陶渊明受玄言诗风影响，语言也是质朴自然、不尚藻饰的。

---

① 刘勰《文心雕龙·明诗》。见范文澜《文心雕龙注》，人民文学出版社 1958 年版，第 66~67 页。
② 钟嵘《诗品》卷下。见陈延杰《诗品注》，人民文学出版社 1961 年版，第 56 页。
③ 钟嵘《诗品》卷中。见陈延杰《诗品注》，人民文学出版社 1961 年版，第 31 页。
④ 黄侃《诗品笺》。见杨焄整理《钟嵘〈诗品〉讲义四种》，上海古籍出版社 2018 年版，第 12 页。
⑤ 钟嵘《诗品》卷中。见陈延杰《诗品注》，人民文学出版社 1961 年版，第 37 页。

到了南朝，在崇尚藻饰的浓厚风气中，也还有"清拔有古气"的"吴均体"①存在。尚质的风气能不绝如缕，与乐府民歌的深远影响有关，也与崇实尚用的儒家思想和主张"大朴不雕"②的道家思想的影响有关，如玄言诗的古朴恬淡，就是与道家思想的影响直接关联的。

刻意雕琢辞藻、追求排偶、讲究音韵之美的风气是从西晋太康时期开始的。当时的诗人大都注重辞华，从而形成了绮靡的时代风格。刘勰《文心雕龙·时序》云：

> 然晋虽不文，人才实盛：茂先摇笔而散珠，太冲动墨而横锦，岳、湛曜"联璧"之华，机、云标"二俊"之采；应、傅、三张之徒，孙、挚、成公之属，并结藻清英，流韵绮靡。

又《明诗》：

> 晋世群才，稍入清绮，张、潘、左、陆，比肩诗衢；采缛于正始，力柔于建安；或析文以为妙，或流靡以自妍，此其大略也。

沈约《宋书·谢灵运传论》也说："降及元康，潘、陆特秀，律异班、贾，体变曹、王，缛旨星稠，繁文绮合。"与刘勰的看法是一致的。如沈约所云，陆机、潘岳在这一文风转变的过程中表现得特别突出，钟嵘《诗品》卷上评陆机"才高词赡，举体华美"，"其咀嚼英华，厌饫膏泽，文章之渊泉也"，又引李充《翰林论》说潘岳诗"翩翩然如翔禽之有羽毛，衣服之有绡縠"，并引谢混语云其诗"烂若舒锦"，也都指出了这一点。潘、陆华丽雕饰的文风对当时及后世的诗人均产生了很大的影响，陆机在《文赋》中更从理论上作了总结和倡导。此外，钟嵘《诗品》卷中评张华云"其体华艳，兴托不奇。巧用文字，务为妍冶"，卷上评张协云"巧构形似之言"，"词采葱蒨，音韵铿锵"，说明他们也是十分重视藻采的。

西晋后期，玄言诗风开始流行，至东晋而极盛。而东晋初郭璞"宪章潘

---

① 见姚思廉《梁书》卷四十九《文学·吴均传》，中华书局1973年版，第698页。
② 黄宗炎《周易象辞》卷三："大朴不雕，大圭不琢。"文渊阁《四库全书》本。

岳，文体相辉，彪炳可玩"，诗风仍是颇为绮艳的，"始变永嘉平淡之体"①，对革除玄言诗风起了一定的作用。

东晋以后，玄言诗风稍歇，铺采摘文、雕琢堆砌成为一时习尚。正如《文心雕龙·明诗》所说："宋初文咏，体有因革，庄老告退，而山水方兹，俪采百字之偶，争价一句之奇，情必极貌以写物，辞必穷力而追新，此近世之所竞也。""元嘉三大家"颜延之、谢灵运、鲍照无不崇尚声色之美，颜诗"铺锦列绣，雕绘满眼"②，谢诗富丽精工，"尚巧似"，"名章迥句，处处间起，丽典新声，络绎奔会。譬犹青松之拔灌木，白玉之映尘沙"③，鲍诗"善制形状写物之词，得景阳之淑诡，含茂先之靡嫚"④，"雕藻淫艳，倾炫心魂。亦犹五色之有红紫，八音之有郑、卫"⑤，说明颜、谢、鲍虽各有不同的追求，但在讲究辞藻、骈偶方面又是有相似之处的。

到了齐梁时期，对绮艳辞采、精工对偶、和谐音韵的追求更成为普遍的风气，声律论得到大力提倡，宫体诗弥漫朝野，"至是转拘声韵，弥尚丽靡，复逾于往时"⑥。萧纲、萧绎等人不仅自己创作了大量"伤于轻艳"⑦ 的作品，而且大力提倡创作这样的作品，萧绎为文要求"惟须绮縠纷披，宫徵靡曼，唇吻遒会，情灵摇荡"⑧，就是一个突出的例子。他们评论时人，判别高下，也受到这种审美标准左右，萧纲批评裴子野文章"了无篇什之美"，"质不宜慕"，认为可推举的文学之士"远则扬（雄）、马（司马相如）、曹、王，近则潘、陆、颜、谢"⑨，均以是否有文采为准的。沈约《宋书·谢灵运传论》批评东晋玄言诗缺乏"遒丽之辞"，对三曹的"咸蓄盛藻"、潘陆的"繁文绮合"持肯定态度，钟嵘《诗品序》以"陈思为建安之杰，公干、仲宣为辅；

① 钟嵘《诗品》卷中。见陈延杰《诗品注》，人民文学出版社 1961 年版，第 38 页。
② 李延寿《南史》卷三十四《颜延之传》，中华书局 1975 年版，第 881 页。
③ 钟嵘《诗品》卷上。见陈延杰《诗品注》，人民文学出版社 1961 年版，第 29 页。
④ 钟嵘《诗品》卷中。见陈延杰《诗品注》，人民文学出版社 1961 年版，第 47 页。
⑤ 萧子显《南齐书》卷五十二《文学传论》，中华书局 1972 年版，第 908 页。
⑥ 姚思廉《梁书》卷四十九《文学上·庾肩吾传》，中华书局 1973 年版，第 690 页。
⑦ 姚思廉《梁书》卷四《简文帝纪》，中华书局 1973 年版，第 109 页。
⑧ 萧绎《金楼子·立言》。见许逸民《金楼子校笺》，中华书局 2011 年版，第 966 页。
⑨ 姚思廉《梁书》卷四十九《文学上·庾肩吾传》引萧纲《与湘东王书》，中华书局 1973 年版，第 690~691 页。

陆机为太康之英，安仁、景阳为辅；谢客为元嘉之雄，颜延年为辅"，萧统《文选》也以选这几位诗人的作品为最多，都表明了他们对文采的重视，其立场与萧纲、萧绎大同小异。在这种风气之下，"曹、刘"甚至被"笑为古拙"①。钟嵘虽对这种过于极端的态度和做法不满，讥"笑曹、刘为古拙"的人为"轻薄之徒"，但他自己对风格质朴的曹操、陶潜的评价也不高，其《诗品》仅将陶潜置于中品，曹操更被置于下品。《文心雕龙》全书不提陶潜。萧统对陶潜的道德文章、人品文品很推崇，"爱嗜其文，不能释手，尚想其德，恨不同时"②，但在《文选》中却只选了陶诗八首，数量远少于曹植、陆机、谢灵运等人。这些都是当时崇尚绮艳的时代风气的反映。由于特别崇尚绮艳，以致无数后人将齐梁诗视作绮艳的标本，"齐梁"在不少情况下，由时代概念变成了绮艳风格的代称。

与齐、梁紧接的陈，也为绮艳诗风所笼罩。徐陵是由梁入陈的诗人，本来就是宫体诗的代表诗人，曾奉萧纲之命编《玉台新咏》，一篇序写得靡丽之至。江总也是由梁入陈的诗人，仕陈，号为后主"狎客"，诗风"伤于浮艳"③。陈后主"生深宫之中，长妇人之手"④，即帝位后只知一味享乐，诗风更是轻荡靡丽，一曲《玉树后庭花》，甚至被后人当成了亡国之音的同义语。

总的说来，质与文是刚好相对的两种文辞风格，只要"质"不质到"质木"⑤的程度，"文"不文到轻荡的程度，其实都有存在的价值。实际上，真正走到极端的作品还是不多的，多数作品还是能质文结合，只不过是或质胜于文，或文胜于质，并在"胜"的程度上有所差别而已。汉乐府总的说来是质的，但也有像《陌上桑》（一作《日出东南隅行》，又作《艳歌罗敷行》）这样的颇多对偶、语言也较清丽的作品。古诗"文温以丽"⑥、"直而不

① 钟嵘《诗品序》。见陈延杰《诗品注》，人民文学出版社 1961 年版，第 3 页。
② 萧统《陶渊明集序》。见俞绍初《昭明太子集校注》，中州古籍出版社 2001 年版，第 200 页。
③ 见姚思廉《陈书》卷二十七《江总传》，中华书局 1972 年版，第 347 页。
④ 见姚思廉《陈书》卷六《后主纪》，中华书局 1972 年版，第 119 页。
⑤ 钟嵘《诗品序》："东京二百载中，惟有班固《咏史》，质木无文。"见陈延杰《诗品注》，人民文学出版社 1961 年版，第 1 页。
⑥ 钟嵘《诗品》卷上评《古诗》。见陈延杰《诗品注》，人民文学出版社 1961 年版，第 17 页。

野"①，也不完全是质的。曹丕一方面是"率皆鄙质如偶语"，另一方面也有"十余首殊美赡可玩"②，他自己在《典论·论文》中还提倡"诗赋欲丽"，卞兰在《赞述太子赋》中说他"作叙欢之丽诗"，也以"丽"评他的诗。陶潜一方面是"世叹其质直"，但也还有"风华清靡"③之作。即使是玄言诗，也并非一味枯燥平淡，其中也还有一些绘声绘色之作。

而文与质结合得最好的，就时代而言，当数建安诗歌。建安诗歌一方面接受了汉乐府民歌的影响，风格比较质朴；另一方面也注意到了文采之美，使质与文得到了相当完美的结合。前人对此早有评论，沈约《宋书·谢灵运传论》云："至于建安，曹氏基命，二祖陈王，咸蓄盛藻，甫乃以情纬文，以文被质。"所谓"以文被质"，就是以富有文采的辞藻来修饰朴素的语言，也就是文质结合、文质彬彬。黄侃说建安诗"故其称景物则不尚雕镂，叙胸情则唯求诚恳，而又缘以雅词，振其英响"④，说的就是这个意思。汉诗质胜于文，晋宋以下诗文胜于质，而建安诗歌质文兼具，成为汉诗向晋宋以下诗转变的一个关键。

就诗人而言，曹植诗是质文兼具的最突出的代表。钟嵘《诗品》卷上评曹植诗"骨气奇高，词采华茂，情兼雅怨，体被文质"，就明确地指出了这一点。其他如鲍照、江淹、谢朓、后期庾信、何逊、阴铿等也都是能兼具质文的。其他质胜于文或文胜于质的诗人，也往往创作有能质文兼具的作品，并不是铁板一块、毫无变化的。

可见，质、文就如两种最基本的色调，通过彼此的渗透融合，是可以调制出各种色调来的，从而形成了汉魏六朝诗并不单调的色彩。问题在于，即使未"质"到"质木"的地步，也不能长时间地大家都来"质"；即使未"文"到"雕绘满眼"的地步，也不能长时间地大家都来"文"。因此，如果

---

① 刘勰《文心雕龙·明诗》："又古诗佳丽，或称枚叔……观其结体散文，直而不野。"见范文澜《文心雕龙注》，人民文学出版社1958年版，第66页。

② 钟嵘《诗品》卷中。见陈延杰《诗品注》，人民文学出版社1961年版，第31~32页。

③ 钟嵘《诗品》卷中。见陈延杰《诗品注》，人民文学出版社1961年版，第41页。

④ 黄侃《诗品笺》。见杨焄整理《钟嵘〈诗品〉讲义四种》，上海古籍出版社2018年版，第12页。

汉诗那样的"质"长期存在是并不可取的，从建安时期开始人们开始提倡"文"、讲究"文"是可取的；如果让晋宋以后，特别是齐梁时期的"文"完全笼罩诗坛，并听任其越演越烈同样是不可取的，在这个时期提倡一些"质"，也是完全应当的。就是在这样的情况下，当时有不少人秉承孔子的"文质彬彬"之说，主张文质相称，华实相副，彼此不可偏废。早在东汉，王充就提出了"名实相副，犹文质相称也"①这样的观点。班彪论《太史公书》，称其"辩而不华，质而不野，文质相称，盖良史之才也"②，也是主张文质相称的。到了南朝，类似的看法更多。沈约指出建安时期三曹作品"以文被质"，实际上就是肯定和提倡文质彬彬的风格。刘勰在《文心雕龙·风骨》中要求风骨与文采相结合，在《通变》中要求做到"斟酌乎文质之间"，在《情采》中要求"文附质""质待文"，都是要求文质彬彬。钟嵘在《诗品序》中提出诗应"干之以风力，润之以丹采"，意见与刘勰是一致的。刘勰与钟嵘主张文质彬彬，其目的在于矫正刘宋以来的浮靡之风。须特别注意的是，当时即使是热衷浮靡文风的人，也并不反对文质彬彬，如萧纲在《与湘东王书》中提出观赏作品应"精讨锱铢，覈量文质"，也就是要从文质两个方面着眼；萧绎提出作文应"艳而不华，质而不野"，"文而有质，约而能润"③，也是要求文质彬彬的意思。萧统的文学主张和审美趣味与萧纲、萧绎不尽相同，他提出"夫文典则累野，丽亦伤浮。能丽而不浮，典而不野，文质彬彬，有君子之致"④，就更不足奇了。可见，文质兼具几乎是大家共同的追求，只不过，人们对什么才叫"质"、什么才叫"文"的理解并不完全一致，甚至有很大不同，对文质怎样才能结合得恰到好处，看法也不完全一致，甚至有很大不同。这就会造成一种偏向，比如萧纲、萧绎，他们所创作、所肯定的作品自以为是文质兼备的，而实际上还是"伤于轻艳"的。另一方面，人们对文、质理解的差异，又在客观上造成了审美和创作上的差异，从而在一定程

---

① 王充《论衡·感类篇》，上海人民出版社 1974 年版，第 285 页。
② 见范晔《后汉书》卷四十上《班彪传》，中华书局 1965 年版，第 1325 页。
③ 萧绎《内典碑铭集林序》。见严可均校辑《全上古三代秦汉三国六朝文·全梁文》，中华书局 1958 年影印清光绪刻本，第 3053 页。
④ 萧统《答湘东王求文集及诗苑英华书》。见俞绍初《昭明太子集校注》，中州古籍出版社 2001 年版，第 155 页。

度上避免了单一化、模式化情况的出现，使诗歌风格能在相当程度上呈现出多样化的色彩。

二、雅俗之变

汉魏六朝时代，雅、俗被用来说明两种相对立的诗歌风格，成为诗歌批评的又一重要准则。"雅"指典雅，在当时得到不少诗人和诗论家的推崇，如刘勰《文心雕龙·体性》将文章风格分为八体，而"典雅"被列为第一体。"典"原为常道、准则之意，《尚书·舜典》："慎徽五典，五典克从。"又有制度、法则之意，《周礼·天官·大宰》："掌建邦之六典。"典常、典法皆古已有之，因此"典"用以评诗，便指具有古典色彩的雅正风格。"雅"与"典"相关，指内容雅正，格调高雅。儒家是以颂美王政为雅音的，因此历代文人常将雅正与"美盛德之形容"[①] 的颂联系起来，而雅正的作品，也必然地要努力学习、濡染儒家经书的文风，如刘勰《文心雕龙》所云：

> 典雅者，镕式经诰，方轨儒门者也。（《体性》）
> 镕铸经典之范，翔集子史之术。（《风骨》）
> 模经为式者，自入典雅之懿。（《定势》）
> 是立意选言，宜依经以树则；劝戒与夺，必附圣以居宗。（《史传》）

钟嵘《诗品》卷上评阮籍云："洋洋乎会于《风》《雅》，使人忘其鄙近，自致远大。"卷下评张欣泰、范缜云："并希古胜文，鄙薄俗制，赏心流亮，不失雅宗。"指出其具有"典雅"的风格，而所依循的标准，与刘勰是一致的。这样的作品，在风格上必然"平典不失古体"[②]，比较质朴。当然，典雅之作也并不一味排斥华丽，关键是要与典正结合起来，只要丽而能典、铺陈工致，则仍然是标准的"典雅"之作。

"俗"则指浅俗或俗艳。在内容上，这样的作品是与"美盛德之形容"

---

① 《毛诗序》。见《十三经注疏·毛诗正义》，上海古籍出版社 1997 年影印世界书局缩印阮元刻本，第 272 页。

② 钟嵘《诗品》卷下评阮瑀、欧阳建等"七君诗"。见陈延杰《诗品注》，人民文学出版社 1961 年版，第 57 页。

不相干的，也无关乎"经夫妇，成孝敬，厚人伦，美教化，移风俗"① 的诗教，而是直写世俗之事，直抒世俗之情，其中有不少是表现男女之情的，有的还表现得相当直露、卑俗。在表现上，语言或质朴通俗，或绮靡华艳。具体说来，这样的作品主要有两类，一类是民间歌谣，如汉乐府民歌和南北朝乐府民歌；一类是受民间歌谣影响的文人诗，如建安诗人在汉乐府民歌影响下写作的一些作品，六朝诗人在南朝乐府民歌影响下写作的一些作品，特别是其中的一些涉及艳情的作品。此外，雅、俗还与诗体有些关系。由于《诗经》多用四言体，因此四言体被崇尚典雅者视作雅正之体，后起于民间的五、七言体等则被视作浅俗之体，挚虞《文章流别论》："然则雅音之韵，四言为正；其余虽备曲折之体，而非音之正也。"就明确地说明了这一点。受这种观念的影响，追求庄重典雅风格的人，在创作时往往比较喜欢采用四言体，反之则比较喜欢采用五、七言或杂言体。

汉魏六朝时期，诗歌经历了一个由雅而俗、再由俗而雅的不断反复交替的过程。西汉初，韦孟、韦玄成直接绍承《诗经》的四言体，典则典矣，雅则雅矣，但枯燥说教，质木无文，把四言诗导向了僵化。接着是汉乐府民歌的兴起，主要以五言、杂言反映民间生活，抒发下层人民的情感，被正统文人视作粗俗之体。汉末无名氏古诗和建安诗歌接受了汉乐府民歌的影响，总的风格较为古朴，但已开始雅化，有了比较明显的文人诗色彩。正始时期，雅化的倾向更为突出，阮籍、嵇康已不再像建安诗人那样，热衷于拟乐府的创作。西晋时，由于经学思想抬头，统治者提倡重礼、兴儒、颂美，诗坛泛起一片典言雅音，诗歌进一步雅化。进入东晋，一方面民间新声俗乐开始兴起，另一方面由于诗人们热衷在诗中畅谈玄理，诗歌仍呈现出雅化的倾向，在一个较长的时期内，拟乐府的创作被人们冷落，直到东晋后期，这种情况才有所改变。

进入刘宋，雅、俗在诗坛同时出现，元嘉三大家中的颜延之、谢灵运二人崇雅，而鲍照与汤惠休二人趋俗。钟嵘《诗品》卷中说颜延之"喜用古事，

---

① 《毛诗序》。见《十三经注疏·毛诗正义》，上海古籍出版社 1997 年影印世界书局缩印阮元刻本，第 270 页。

弥见拘束，虽乖秀逸，是经纶文雅才"，所谓"经纶文雅才"，是指"延年诗
长于廊庙之体"①，即颇多庙堂应制之作。这些应制之作，大抵是为统治者歌
功颂德，琢句精工，对仗工整，用典甚多，风格无不显得典雅庄重，颇像
《诗经》中的"三颂"，又像有韵的典诰。谢灵运诗风与颜延之是有区别的，
但其诗也有"丽典新声，络绎奔会"②的特点，也不免有一些庙堂之作，如
《九日从宋公戏马台集送孔令》《从游京口北固应诏》等，风格也是雍容肃
穆、庄重典雅的。

　　在此同时，南方民歌越来越兴旺，其影响也越来越明显地在文人诗中体
现出来，鲍照、汤惠休便是受民歌影响的最突出的代表。鲍照诗具有典雅深
奥的一面，但也有浅俗的一面，钟嵘《诗品》卷中评鲍照："贵尚巧似，不避
危仄，颇伤清雅之调。故言险俗者，多以附照。"萧子显《南齐书·文学传
论》说当时的一些诗歌："发唱惊挺，操调险急，雕藻淫艳，倾炫心魂，亦犹
五色之有红紫，八音之有郑、卫。斯鲍照之遗烈也。""险急""郑卫"也谓
其"险俗"。"险俗"二字，基础是一个"俗"字。"俗"，首先表现在内容
上，鲍照由于出身微贱，其诗多反映下层生活，抒写寒士的不平之鸣。同时
也表现在形式上，鲍照诗语言或比较质朴，或比较华艳，有迎合俗尚的倾向。
鲍照还喜欢写作拟乐府，既有拟南方民歌之作，也有拟北方民歌之作，风格
都比较俚俗。汤惠休与鲍照一样，其出身也比较微贱，加之他是僧人，受颇
多艳词的佛经的影响，因此诗风也有"淫靡""绮艳"的特点，如沈约《宋
书·徐湛之传》所说："时有沙门释惠休，善属文，词采绮艳。"钟嵘《诗
品》卷下所说："惠休淫靡，情过其才。"汤惠休诗深受东晋南朝所流行的
《子夜吴歌》等民歌影响，今存诗作绝大部分都是情歌，语言通俗流美。其诗
风与鲍照接近，"世遂匹之鲍照"，常将两人相提并论，如颜延之有"休、鲍
之论"③，钟宪称"鲍、休美文，殊已动俗"④，萧子显也说"休、鲍后出，

----

① 刘熙载《艺概·诗概》，上海古籍出版社 1978 年版，第 56 页。
② 钟嵘《诗品》卷上。见陈延杰《诗品注》，人民文学出版社 1961 年版，第 29 页。
③ 钟嵘《诗品》卷下《齐惠休上人》条："羊曜璠云：'是颜公忌鲍之文，故立休、鲍之
论。'"见陈延杰《诗品注》，人民文学出版社 1961 年版，第 66 页。
④ 钟嵘《诗品》卷下《齐黄门谢超宗》条引钟宪语。见陈延杰《诗品注》，人民文学出版
社 1961 年版，第 68 页。

咸亦标世"①。汤惠休确也将鲍照引为同道，对鲍十分敬重和亲近。其《赠鲍侍郎》诗云：

> 玳枝兮金英，绿叶兮金茎。不入君王杯，低彩还自荣。想君不相艳，酒上视尘生。当令芳意重，无使盛年倾。

鲍照也有《秋日示休上人诗》《答休上人菊诗》，表达了亲近的感情。二人相互欣赏和影响，诗风相近可以说是必然的。

颜、谢崇尚博雅的诗风，对齐梁诗有不小影响，以致形成了"大明、泰始中，文章殆同书钞"②的局面。其中比较突出的有任昉、王僧儒等。另一方面，南朝民歌和休、鲍那些民歌化的诗作对齐梁诗坛产生了更大的影响。齐梁诗人多不喜欢典雅凝重的廊庙体，而热衷写艳情，热衷以女性和一些琐细之事、琐细之物作为自己描写的主要对象，风格上大都比较俗艳。沈约是"宪章鲍明远"，"不闲于经纶，而长于清怨"③的，因此在《沈约集》中，艳情诗已经颇多，有的还写得相当直露，民歌情味也相当浓郁，这从《江南曲》《阳春曲》《团扇歌》等诗题便不难看出。此后，萧纲、萧绎、徐陵、庾信、江总、陈后主等人更发展了此风，在俗艳的道路上越走越远，以致梁陈诗坛，大体上都为俗艳诗风所笼罩，典音雅韵虽未完全绝迹，但其声音已经相当微弱了。

雅与俗从根本上说来，是两种相互对立的诗风，因此不能相容、发生矛盾是必然的。雅与俗之间的较量和斗争在诗坛一直存在，典雅顽强地要维护其传统地位，而新俗潮流则要不断地向典雅的传统地位发起挑战。这种较量和斗争在六朝时期表现得最为集中、突出。颜延之崇尚典雅，因此对民歌和受民歌影响的诗人均抱轻视态度。《南史·颜延之传》："延之每薄汤惠休诗，谓人曰：'惠休制作，委巷中歌谣耳，方当误后生。'"所谓"委巷中歌谣"，即指流行于社会下层的民歌。刘勰推崇典雅，因此也是看不起民歌的。《文心雕龙·乐府》："若夫艳歌婉娈，怨志诀绝，淫辞在曲，正响焉生？"将汉乐府

---

① 见萧子显《南齐书》卷五十二《文学传论》，中华书局1972年版，第908页。
② 钟嵘《诗品序》。见陈延杰《诗品注》，人民文学出版社1961年版，第4页。
③ 钟嵘《诗品》卷中。见陈延杰《诗品注》，人民文学出版社1961年版，第52~53页。

民歌中那些表现爱情、婚姻的作品斥为"淫辞"。产生于晋宋时期的吴声歌曲，当时在上层社会中已经颇为流行，得到不少人的激赏，而刘勰却不屑一顾，在《文心雕龙》中不予置评，对文人的拟作乐府大体也持类似态度。《文心雕龙》大力肯定了建安诗歌，但在《乐府篇》中指出建安诗歌的"不足"却是："魏之三祖，气爽才丽，宰割辞调，音靡节平。观其'北上'众引，'秋风'列篇，或述酣宴，或伤羁戍，志不出于淫荡，辞不离于哀思，虽三调之正声，实《韶》《夏》之郑曲也。"将颇具建安风骨的曹操的《苦寒行》、曹丕的《燕歌行》这一类作品以"郑曲"相贬，表现出一种很厉害的偏见。钟嵘的基本审美观也是倡雅鄙俗的，在《诗品》中对具有雅正风格的诗人多所肯定，如评曹植"情兼雅怨"，评阮籍"洋洋乎会于《风》《雅》，使人忘其鄙近"，评颜延之"是经纶文雅才"，评任昉"拓体渊雅，得国士之风"，评谢超宗、丘灵鞠等七人"并祖袭颜延，欣欣不倦，得士大夫之雅致"，评张欣泰、范缜"并希古胜文，鄙薄俗制，赏心流亮，不失雅宗"。另一方面，对具有俚俗风格的诗人或作品则多所贬抑，如对汉乐府民歌和南朝乐府民歌不予品第，对曹操、曹丕、傅玄、陶潜、沈约等受乐府民歌影响较深或风格质朴的诗人评价较低，甚至连品级也受到影响。评语中还颇多直言不讳的批评，如评嵇康"过为峻切，讦直露才，伤渊雅之致"，评鲍照"颇伤清雅之调"，有"险俗"之病，评沈约"不闲于经纶"，评汤惠休"淫靡，情过其才"等。萧统《文选》汉乐府民歌仅选了《饮马长城窟行》（"青青河边草"篇）等三首，南朝《吴声歌》《西曲歌》之类的民歌绝不阑入，倾向与刘勰、钟嵘相似。何之元斥萧纲等人"文章妖艳，隳坠风典。诵于妇人之口，不及君子之听"①，更是站在雅正的立场，对俗艳诗风发出的毫不留情的抨击。

另一方面，典雅诗风也常受到通俗派诗人的讥刺和批评。钟嵘《诗品》卷中载汤惠休语："颜如错彩镂金"，《南史·颜延之传》载鲍照评颜延之语："君诗若铺锦列绣，亦雕绘满眼。"这些都绝非赞语。萧纲《与湘东王书》："未闻吟咏情性，反拟《内则》之篇，操笔写志，更摹《酒诰》之作。迟迟

---

① 何之文《梁典总论》。见严可均校辑《全上古三代秦汉三国六朝文·全陈文》，中华书局 1958 年影印清光绪刻本，第 3430 页。

春日，翻学《归藏》，湛湛江水，遂同《大传》。"反对将抒情写景的诗作弄得像儒家经典一样，自然更是不满过于典正的诗风的。萧子显在《南齐书·文学传论》中赞美"休、鲍后出，咸亦标世"，批评以谢灵运为代表的诗体是"典正可采，酷不入情"，萧绎在《金楼子·立言》中认为"吟咏风谣，流连哀思者谓之文"，也都是肯定俗而不满于雅的。徐陵编《玉台新咏》，专选有关女性的题材，其中有大量宫体诗，还有不少乐府民歌，显然肯定的也是一种世俗、绮艳的风格，与《文选》的选诗标准明显不同，可以说是以选本的形式表达了重俗的文学主张的。

其实，雅与俗只能是各有所长，亦各有所短，都不能简单地加以肯定或否定。"雅"如雅到只是儒家经典的翻版，表现的只是儒家诗教所规范的内容，形式上板滞到毫无艺术性可言的地步，则这种"雅"是绝对无法让人接受的。而"俗"如俗到卑俗、无聊、污秽的地步，也只能是俗不可耐，不仅不能加以肯定，相反还必须予以否定。理想的风格应当是雅俗相济，互相渗透，彼此融合。六朝的不少诗论家其实是认识到了这一点的，在这方面也发表了不少有价值的见解。刘勰《文心雕龙·通变》："斟酌乎质文之间，而橅括乎雅俗之际，可与言通变矣。"要求文章随俗（主要是学习时俗文章的绮丽风格）而不失雅正，以达到文质彬彬的境界。钟嵘主张"干之以风力，润之以丹采"[1]，意思同刘勰是一致的。萧统《答湘东王求文集及诗苑英华书》："夫文典则累野，丽亦伤浮，能丽而不浮，典而不野，文质彬彬，有君子之致。"认为过分典雅、质朴便会显得"野"，但过分绮丽也不好，过分绮丽便会堕入轻浮，主张"丽而不浮，典而不野"，也就是要雅与俗、质与文有机地结合起来。萧纲《劝医论》："若为诗，则多须见意，或古或今，或雅或俗，皆须寓目，详其去取，然后丽辞方吐，逸韵乃生。"主张对俗艳之作和古雅之作都加以借鉴学习；萧绎主张"艳而不华，质而不野"，"文而有质，约而能润"[2]，说的也是这个意思。萧子显在《南齐书·文学传论》中分析晋、宋诗风的三种倾向，一种是"疏慢阐缓"，"典正可采，酷不入情"，而"此体之

---

① 钟嵘《诗品序》。见陈延杰《诗品注》，人民文学出版社 1961 年版，第 2 页。
② 萧绎《内典碑铭集林序》。见严可均校辑《全上古三代秦汉三国六朝文·全梁文》，中华书局 1958 年影印清光绪刻本，第 3053 页。

源，出灵运而成也"；一种是"缉事比类，非对不发，博物可嘉，职成拘制。或全借古语，用申今情"，"此则傅咸五经，应璩指事，虽不全似，可以类从"；一种是"发唱惊挺，操调险急，雕藻淫艳，倾炫心魂。亦犹五色之有红紫，八音之有郑、卫"，此则是"鲍照之遗烈也"。萧子显对这三种诗风都有所不满，认为理想的诗歌应是"委自天机，参之史传，应思悱来，勿先构聚。言尚易了，文憎过意，吐石含金，滋润婉切。杂以风谣，轻唇利吻，不雅不俗，独中胸怀"。既反对过于典雅的诗风，又反对过于俗艳的诗风，而要求将两者结合起来，认为这样才能切中情怀，独出胸臆。这些见解，应当说都是避免了或只崇雅、或只尚俗的偏颇的。不过有一点需要说明的是，他们主张雅俗结合，在实际上并不是一半对一半，而是各有侧重的。刘勰、钟嵘不满南朝的绮艳诗风，他们崇雅的成分更多一些，崇雅的言论也更多一些；萧纲、萧绎则尚俗的成分要更多一些，尚俗的言论也要更多一些。萧统、萧子显则大体能介乎两者之间。就作品而言，大体也有三种情况，一种是偏雅，一种是偏俗，一种是雅俗结合得比较好。雅到极端或俗到极端的作品虽有，但占的比重总的说来不算大。雅与俗在彼此对立和排斥的同时也在互相渗透，彼此融合，从而形成了诗坛曲折多变、多姿多彩的局面。

（原载《北京教育学院学报》1997 年第 2 期；《第三届魏晋南北朝文学国际学术研讨会论文集》，台湾东海大学中国文学系、台湾中国古典文学研究会主编，台北：文史哲出版社 1998 年版）

建安诗歌民歌化探索

在中国诗歌史上，文人诗歌同民歌结合得最为紧密的时期有两个，一个是汉末建安时期，一个是盛、中唐的天宝、元和时期，而以建安时期最为突出。建安诗人从周民歌中摄取了养料，但他们更直接地接受了汉乐府民歌的影响，从而自觉不自觉地使自己的创作走上了乐府民歌化的道路，具有了与一般汉代文人诗迥然不同的新成就、新风貌、新特点，对后代诗歌的发展产生了积极而深远的影响。

一

所谓民歌化，是指文人诗歌具有民歌的风调气息、体格精神。它从内容和形式的结合上表现出来，而以具有民歌的精神风貌最为重要。一切民歌的基本特点，要么是"饥者歌其食，劳者歌其事"①，要么是"感于哀乐，缘事而发"②，直接反映社会现实生活，抒发人民群众的思想感情，表现出强烈的现实主义精神。汉乐府民歌的基本内容是反战争，反饥饿，反压迫，反礼教，正充分体现出这一精神。正是在这个根本问题上，建安诗人接受了汉乐府民歌的熏染和沾溉。所表现的题材，大都是民歌中常见的，或写社会的动乱，或写战祸的惨酷，或写人民的贫困，或写徭役的苛重，或写百姓离乡背井流亡的苦况，或写艰苦的征战生活，或写孤儿、怨女、思妇的悲哀，都深刻地揭露了当时的社会矛盾，具有强烈的现实性和批判性。还有一些是揭露统治

---

① 《春秋公羊传·宣公十五年》何休注。见《十三经注疏》下册，上海古籍出版社 1997 年影印世界书局缩印阮元刻本，第 2287 页。
② 见班固《汉书·艺文志》，中华书局 1962 年版，第 1756 页。

阶级的内部矛盾、针砭贵家子弟的浮浪生活以及抒发拯乱济世豪情壮志的作品，在精神上与民歌也是声息相通的。

不仅在精神上承袭着汉乐府民歌，不少建安诗的写作还直接受到民歌启发，甚至直接从中脱胎出来。用乐府旧题写作的作品，或多或少受到古辞的影响与制约，在思想内容上保持着一定程度的联系，或主题比较接近，或情调彼此相通，或者兼而有之。兹以曹操的《薤露行》《蒿里行》为例。《薤露》古辞是：

薤上露，何易晞。露晞明朝更复落，人死一去何时归。

《蒿里》古辞是：

蒿里谁家地，聚敛魂魄无贤愚。鬼伯一何相催促，人命不得少踟蹰。

《乐府诗集》卷二十七《薤露》题解引崔豹《古今注》云："《薤露》《蒿里》，并丧歌也。本出田横门人，横自杀，门人伤之，为作悲歌。言人命奄忽，如薤上之露，易晞灭也。亦谓人死魂魄归于蒿里。至汉武帝时，李延年分为二曲，《薤露》送王公贵人，《蒿里》送士大夫庶人。使挽柩者歌之，亦谓之挽歌。"可见，《薤露》《蒿里》原是两曲丧歌，充满悲凄之情是不言而喻的。曹操的拟作已不是丧歌，但其主旨是哀悼国家丧乱，这同古辞的哀悼个人死亡仍有相通之处，其悲凄的情调更是一脉相承。在描写重点上，《薤露行》对皇室陵夷发出慨叹，《蒿里行》对人民死亡表达悲伤，同李延年以《薤露》送王公贵人、《蒿里》送士大夫庶人的用意也不无联系。故方东树评云："此用乐府题，叙汉末时事。所以然者，以所咏丧亡之哀，足当挽歌也。而《薤露》哀君，《蒿里》哀臣，亦有次第。"[1]

虽不袭用旧题，但题材或主题与某些旧题接近或相似的作品也不在少数。如阮瑀《驾出北郭门行》记述一个受后母虐待的孤儿的悲惨遭遇，揭露封建宗法制家庭的矛盾，取材就与乐府古辞《孤儿行》《妇病行》相近[2]。又如曹

---

[1] 方东树《昭昧詹言》卷二，人民文学出版社 1961 年版，第 67 页。

[2] 《妇病行》写一个妇人临死前叮嘱丈夫不要虐待孤儿，实际上是担心她的子女将受后母虐待，故朱乾《乐府正义》说："诗中并无一语及后母，使人想见于言外。"《驾出北郭门行》则正面表现这一主题，二诗实可作为姊妹篇来读。

植的《鰕䱇篇》抒发自己"高念翼皇家，远怀柔九州"的报国壮志，同乐府古辞《长歌行》"百川东到海，何时复西归？少壮不努力，老大徒伤悲"所表现的奋发自励精神也有渊源关系①。陈琳的《饮马长城窟行》则直接受到流行于秦汉的《长城歌》的影响，这更为一般读者所熟悉。

此外，建安诗往往采用古辞成句（有的稍作变动），如"茱萸自有芳，不若桂与兰。新人虽可爱，不若故人欢"（曹植《浮萍篇》）出自《上山采蘼芜》②；"鹄欲南游，雌不能随。我欲躬衔汝，口噤不能开。我欲负之，毛衣摧颓。五里一顾，六里徘徊"（曹丕《临高台》）出自《艳歌何尝行》等，也大都表明着内容上的某种联系。

建安诗歌在艺术形式上的民歌化色彩也是很鲜明的，其突出的表现就是通俗。这可从以下几方面看出：

（一）语言。语言是诗歌的基本材料，在显示民歌化色彩的诸因素中占有重要地位。由于民歌是劳动人民心声的自然流露，因此，语言总的说来质朴自然，清新隽永，最能体现民歌独特的艺术风格。胡应麟说汉乐府歌谣是："采摭闾阎，非由润色。然质而不俚，浅而能深，近而能远，天下至文，靡以过之。"③"矢口成言，绝无文饰，故浑朴真至，独擅古今。"④ 虽备极推崇，不免溢美，但确也抓住了要核。建安诗承其余韵，直抒胸情，直陈事理，出语自然，表现出明显的通俗化、口语化特色。刘勰说建安诗是"造怀指事，不求纤密之巧；驱辞逐貌，唯取昭晰之能"⑤，钟嵘《诗品》说曹操"古

---

① 关于《长歌行》的题旨，《文选》刘良注说是"言寿命长短有定分，不可妄求。当早崇树事业，无贻后时之叹"，《乐府诗集》卷三十《鰕䱇篇》郭茂倩题解引《乐府解题》又说"曹植拟《长歌行》为《鰕䱇》"，可见二诗在内容上确有联系。

② 《上山采蘼芜》《玉台新咏》卷一作"古诗"，《太平御览》卷五百二十一引则作古乐府。"古诗"与"乐府"的区别在于，一为不入乐的徒诗，一为入乐的歌辞。但曾经入乐的歌辞，有的因后来脱离了音乐，失去了原先合乐的标题，也就变成了古诗。因此，《上山采蘼芜》原来也很可能为乐府歌辞。

③ 胡应麟《诗薮》内编卷一，上海古籍出版社 1979 年版，第 3 页。

④ 胡应麟《诗薮》内编卷六，上海古籍出版社 1979 年版，第 105~106 页。

⑤ 刘勰《文心雕龙·明诗》。见范文澜《文心雕龙注》，人民文学出版社 1958 年版，第 66~67 页。

直"①，说曹丕"所计百许篇，率皆鄙质如偶语"②，说刘桢"雕润恨少"③，说阮瑀"平典不失古体"④，可见对这种特色前人早有定评。通俗成为一个时期文人诗歌语言的共同趋向，这种情况在诗歌史上是并不多见的（当然，建安诗人的表现也并不完全一致，比较而言，曹操的古朴质直最为突出，曹丕对口语的运用更为注意）。

（二）体式。两汉时期，四言是诗体正宗，而在民间新起的五言、杂言、七言等形式却被视作俗调、俗体。这种看法延续了很长时间，如晋代挚虞说："雅音之韵，四言为正；其余虽备曲折之体，而非音之正也。"⑤ 直到南朝，仍有人持类似看法。实际上，同当时已逐步陷入僵化的四言相比，作为汉乐府民歌主要形式的五言、杂言及七言，显得朝气蓬勃，富有生命力，代表着诗体的未来。建安诗人突破传统的偏见，着力于歌谣各体的仿作（虽也写了一些四言诗，但内容、情调、句法、词汇都与传统的四言诗有了显著不同），不仅顺应了诗体革新的时代潮流，而且由于采用了为当时人民大众所喜闻乐见的体裁写作，使诗作具有了明显的通俗色彩，这在五言诗中表现得尤为突出。

（三）表现手法。民歌来自人民群众的现实生活和口语习惯，因此往往采用一些为人民群众所喜闻乐见的表现形式和表现手法，以生动形象、委曲尽致地表现人民群众的生活、思想、性格、心理和情绪，形成民歌特有的风致。建安诗人在这方面的学习也有可观的成绩，这里仅举出较突出的几点来谈谈。

顶真格。顶真格由意义的关联和用词的连锁组成，又叫连珠或接字法。有的是句与句之间的顶真，即将前句句尾的字词作为后句句头，如陈琳《饮马长城窟行》："长城何连连，连连三千里。"曹植《野田黄雀行》："拔剑捎罗网，黄雀得飞飞。飞飞摩苍天，来下谢少年。"曹丕《杂诗》其二："吹我

---

① 钟嵘《诗品》卷下。见陈延杰《诗品注》，人民文学出版社 1961 年版，第 56 页。
② 钟嵘《诗品》卷中。见陈延杰《诗品注》，人民文学出版社 1961 年版，第 31 页。
③ 钟嵘《诗品》卷上。见陈延杰《诗品注》，人民文学出版社 1961 年版，第 21 页。
④ 钟嵘《诗品》卷下。见陈延杰《诗品注》，人民文学出版社 1961 年版，第 57 页。
⑤ 挚虞《文章流别论》。见严可均校辑《全上古三代秦汉三国六朝文·全晋文》，中华书局 1958 年影印清光绪刻本，第 1905 页。

东南行，行行至吴会。"有的是章与章之间的顶真，即前一章的末句同后一章的首句互相钩连，曹植长达七章的《赠白马王彪》就是一个突出的例子。顶真格的使用能使诗篇结构紧凑，气脉流畅，势如转圜，读起来也顺溜，故为民歌所爱用。

疑问句式。有的是有疑而问，如曹操《却东西门行》："奈何此征夫，安得去四方？……冉冉老将至，何时反故乡？"最突出的是繁钦的《定情诗》，为了表现少女向恋人赠物的频繁，从"何以致拳拳？绾臂双金环"起，一连用了十二组句式相同的问答句，一气贯注，淋漓酣畅，很好地表现了少女对于恋人的一往深情。疑问句式不仅能够强烈而深刻地表达语气和感情，启迪读者的想象和情思，还能给诗章平添曲折与波澜，故也为民歌所爱用。

铺叙手法。通过对方向、动作等的顺序排列，多侧面地表现事物，抒发情感，加深读者印象。如曹植《游仙》："东观扶桑曜，西临弱水流。北极玄天渚，南翔陟丹丘。"又《五游》："披我丹霞衣，袭我素霓裳。……带我琼瑶佩，漱我沆瀣浆。"如果将这两例同北朝乐府民歌《木兰诗》中"东市买骏马，西市买鞍鞯，南市买辔头，北市买长鞭"和"开我东阁门，坐我西间床。脱我战时袍，着我旧时裳"两节作一比较，其民歌的风调就更明显了。

比兴手法。这在建安诗中也是随处可见的。如曹操的《却东西门行》，不过短短二十句，却比兴迭出，或反或正，极写征夫离乡之悲。曹植更是多譬善喻，作品中不仅有"君若清路尘，妾若浊水泥"（《七哀》）、"昔为同池鱼，今为商与参"（《种葛篇》）这类个别词句的比喻，而且有《吁嗟篇》《野田黄雀行》《美女篇》这类通篇比兴的作品，这显然与汉乐府民歌中《枯鱼过河泣》《蜨蝶行》《雉子班》《乌生》这类通篇比兴作品的影响有关。

此外，对比、重叠、反复、排比等手法的运用也相当普遍，有的单用，有的兼用，对民歌风调的形成也起了很大作用。

由于充分体现了乐府民歌的现实主义精神，艺术上有鲜明的通俗化特色，所以不少建安诗的面貌酷肖乐府民歌。如陈琳《饮马长城窟行》以质朴语言、苍凉格调和对话形式写苦役给人民带来的深重灾难，同汉乐府民歌中那些表现人民痛苦生活、愤懑情绪的篇章就非常接近。又如曹丕《钓竿》，运用歌谣里以钓鱼象征求偶的传统比兴手法，汲取汉乐府《白头吟》成句，表现一个少女对爱慕她的路人所表达的情意，笔姿轻俊，活泼有致，也酷似民歌中的爱情作品。不仅五言、杂言如此，连学习《诗经》的四言体也不例外，胡应麟就说："魏武'对酒当歌'，子建'来日大难'，已乖四言面目，然汉人乐府本色尚存。"① 对"汉人乐府本色"的继承，使建安诗形成了一种质朴自然、明朗刚健的风格，后人称誉为"建安风骨"②，在文学史上产生了深远影响。

二

建安诗虽然有不少篇章酷肖乐府民歌，但并不等同于乐府民歌。比起乐府民歌来，它发生了许多"新变"③。这首先表现在内容的创新上。虽然有不少建安诗的题材是乐府民歌中常见的，但仅仅是从同类题材中接受了启发，并非跟在乐府民歌的后面亦步亦趋。虽然一些用乐府旧题写作的篇章在内容或情调上同旧题或多或少保持着某种联系，但总的说来却是"用乐府题而自叙述时事，自是一体"④。为了自如地描写现实，建安诗人还"即事名篇"，自创了一些乐府新题。坚持从当前的现实生活中取材，写自己亲身目睹、耳闻、心感的东西，特别是注意反映重大的社会现实矛盾，使建安诗洋溢着浓郁的时代气息。建安诗歌从"经夫妇，成孝敬，厚人伦，美教化，移风俗"⑤的儒家诗教中彻底挣脱出来，开创出了一个诗歌直面现实、直面人生的新时代。与汉乐府民歌比较起来，建安诗歌总体上呈现出一个题材更为广阔、内

---

① 胡应麟《诗薮》内编卷一，上海古籍出版社 1979 年版，第 11 页。
② 钟嵘在《诗品序》中，提出了"建安风力"的概念；李白《宣州谢朓楼饯别校书叔云》："蓬莱文章建安骨，中间小谢又清发。"进一步提出了"建安骨"的概念。至严羽《沧浪诗话·诗评》，首次明确提出了"建安风骨"的概念："黄初之后，惟阮籍《咏怀》之作，极为高古，有建安风骨。"见郭绍虞《沧浪诗话校释》，人民文学出版社 1983 年版，第 155 页。
③ 汉魏六朝时期，不少诗人把"新变"当作自己刻意追求的目标，其中萧子显明确提出了"若无新变，不能代雄"的口号。见萧子显《南齐书》卷五十二《文学传论》，中华书局 1972 年版，第 908 页。
④ 方东树《昭昧詹言》卷一，人民文学出版社 1961 年版，第 37 页。
⑤ 《毛诗序》。见《十三经注疏·毛诗正义》，上海古籍出版社 1997 年影印世界书局缩印阮元刻本，第 270 页。

容更为丰富、主题也更为深刻的新面貌。

其次是具有了较重的主观抒情性质。乐府民歌是劳动人民的集体创作，多写直感，多外部世界的描绘，内容具有较重的客观性质，叙事性和社会性是其突出的特色。而建安诗是文人个人的独立创作，虽也有客观叙事成分，但在很大程度上转向了个人情志的抒发，形成了个性化、抒情化的特色。发生这种转变的原因，一方面，是由于建安诗人面对离乱的现实，"见此崩五内"（蔡琰《悲愤诗》），"气结不能言"（曹植《送应氏》其一），"喟然伤心肝"（王粲《七哀诗》），"念之断人肠"（曹操《蒿里行》），感慨很多很深；削平战乱、建功立业的要求很迫切很强烈；在实现统一大业的斗争中常常碰到种种难以想象的困难，日月流逝，生命短促，年华无多，个人遭遇的淹蹇不幸，也使他们"心常叹怨，戚戚多悲"（曹操《步出夏门行》）。另一方面，是由于建安诗人不怕暴露自己的真实感情，且有高度的写作技巧，能把种种感情曲折生动地抒发出来。这样，建安诗就形成了"雅好慷慨""梗概多气"① 的时代特色。而在这个总体特征中，由于诗人们的生活道路、内心感受和艺术素养不尽相同，又各自具有不同的个性和风格。曹操的古直悲凉，气韵沉雄，曹丕的"便娟婉约，能移人情"②，曹植的"骨气奇高，辞采华茂，情兼雅怨，体被文质"③，都能诗如其人。建安七子也莫不如此，谢灵运在《拟邺中集诗序》中就曾指出：王粲"家本秦川，贵公子孙，遭乱流寓，自伤情多"；陈琳"袁本初书记之士，故述丧乱事多"；徐干"少无宦情，有箕颍之心事，故仕世多素辞"；刘桢"卓荦偏人，而文最有气，所得颇经奇"；应场"汝颍之士，流离世故，颇有飘泊之叹"；阮瑀"管书记之任，故有优渥之言"。在总结建安诗人创作经验的基础上，曹丕在《典论·论文》中提出了"文以气为主"的命题，这进一步推动了个性化、抒情化的发展。

形式、语言和表现手法的发展变化也是引人瞩目的。形式的变化主要有

---

① 刘勰《文心雕龙·时序》评建安文学："观其时文，雅好慷慨，良由世积乱离，风衰俗怨，并志深而笔长，故梗概而多气也。"见范文澜《文心雕龙注》，人民文学出版社1958年版，第673~674页。

② 沈德潜《古诗源》卷五，中华书局1963年版，第107页。

③ 钟嵘《诗品》卷上。见陈延杰《诗品注》，人民文学出版社1961年版，第20页。

二：一是在运用乐府的旧调旧题写作时，不为旧的形式所束缚，能根据内容表达和感情抒发的需要大胆突破。一些旧题本是四言或杂言，建安诗人却改用五言来写；一些古辞篇幅较短，而建安诗的篇幅一般都较长。二是在对乐府各体的仿作过程中，不断加工完善，为新诗体的确立做出了积极贡献。比如五言原在民间时发展较缓慢，刘勰在《文心雕龙·明诗》中曾发出"阅时取证，则五言久矣"的感慨。汉乐府中有了一些五言佳作，但有的产生时代本来较晚（如《古诗为焦仲卿妻作》），有的还保留着较简单粗糙的痕迹。汉末出现了一些曾被誉为"五言之冠冕"①的无名氏文人诗，但数量不多，内容、风格也都较为单一，不足振起一代诗风。只是到了建安诗人，五言诗才大放异彩，代表了当时诗歌创作的主潮和新趋向。七言、杂言也是到这时才稳固地建立了发展的基础。这是一场了不起的诗体革命，影响深远。语言方面的变化，是建安诗日趋整炼、华茂、谐美。整炼，指建安诗人注重字、词、句的锻造，诗中有生命活力的"字眼"和警句、佳句迭出，并时有对偶句出现。华茂，指用词丰富，讲究藻饰。谐美，指音韵谐协，读来朗朗上口，且已显示出探索、追求声律的趋向。这些，表明建安诗人注意把民间语言提炼、加工为文学语言，其中曹植、曹丕、王粲在这方面表现得尤为突出。表现手法的变化也是显而易见的。以比兴手法的运用而言，这种手法在建安诗中，已不仅是作为一般的修辞手段和表现手法出现，更多的是在构筑形象、意境和抒发感情方面发挥作用。同是通篇比兴的作品，比起乐府诗来，建安诗的形象更为鲜明、完整，意境更为深邃、隽永。其中有不少创新，如曹植"最工起调"②，往往通过篇首巧妙的托物起兴，在内容、情调及音调方面振其全篇，这就是对民歌起兴手法的一个发展。

　　上述发展变化，当然不是一下子完成的。表现现实生活是一开始就具有的特色，而别的方面则经历了一个渐变的过程。产生较早、着重描写外部世界的作品，面貌最为逼近乐府民歌。比如阮瑀的《驾出北阆门行》、陈琳的

---

①　刘勰《文心雕龙·明诗》。见范文澜《文心雕龙注》，人民文学出版社 1958 年版，第66 页。

②　沈德潜《古诗源》卷五在评曹植《杂诗·转蓬离本根》时说："陈思最工起调，如'高台多悲风''转蓬离本根'之类是也。"中华书局 1963 年版，第 124 页。

《饮马长城窟行》、曹操的《薤露行》与《蒿里行》、王粲的《七哀诗》（其一）等作品，去古未远，感受乐府民歌的影响似更直接，因此，其直叙见闻、坦率抒情、简括叙事、语言古质以及对话体的运用等都显示出浓郁的民歌气质。此后，一些直写现实生活的作品，如曹丕的《上留田行》、曹植的《泰山梁甫行》及《门有万里客行》等，仍保留着这种特色。但从整个趋向看，侧重表现个人遭际和抒发个人主观感情的作品越来越多，上述变化也就越来越明显。尤其是在语言方面，曹丕的一些诗"殊美赡可玩，始见其工"①，并在《典论·论文》中公开提倡"诗赋欲丽"，成为从质朴走向工丽的一个转捩点。到了曹植，更趋华茂精致，即使是乐府诗，同不入乐的徒诗也几乎没有什么区别了。

上述变化总的说来是一种革新和发展，是文人诗歌从乐府民歌汲取丰厚营养，并给予一定的提炼和提高之后所呈现出来的新面貌。当然，就建安诗而言，这种革新发展、提炼提高并没有脱离乐府民歌化的轨道。这一方面由于建安诗仍然保留着乐府民歌那种强烈的现实主义精神，另一方面由于建安诗总的说来仍是语言朴质明朗、抒情真挚坦率的，即使是某些比较精致的作品也并没有艰涩或雕镂的毛病，同晋宋以后的诗作相比有很大不同。仅以被钟嵘《诗品》卷中评为"殊美赡可玩"的曹丕《杂诗》其二为例：

> 西北有浮云，亭亭如车盖。惜哉时不遇，适与飘风会。吹我东南行，行行至吴会。吴会非我乡，安得久留滞？弃置勿复陈，客子常畏人。

语言质朴通俗、明白晓畅，加上比兴、顶真、疑问句式的使用，仍然表现出鲜明的"乐府性"。曹植的《白马篇》《美女篇》是被沈德潜称为"敷陈藻彩，所谓修词之章"②的作品，但《白马篇》不失为质朴刚健之作，《美女篇》则在取材、表现手法乃至措辞造句等方面直接承袭着汉乐府《陌上桑》，都表现出一定的民歌风。既重视文采，又不轻视内容，既重视语言的锻炼修饰，又注意不伤害其本色的美，这正是建安诗的特点和长处。产生较早的阮瑀、陈琳、曹操的作品，思想、艺术都值得称道，但风格过于古质，若以文

---

① 钟嵘《诗品》卷中。见陈延杰《诗品注》，人民文学出版社1961年版，第32页。
② 沈德潜《古诗源》卷五，中华书局1963年版，第115页。

质兼美的标准衡量，则觉犹有未足。时代在发展，文学也在进步，过于深覆典雅或古朴质直都已不能满足时代的需要，因此建安诗人顺应历史潮流，在学习汉乐府民歌的基础上，逐步创造出一种既浑朴又优美的语言，从而进入了一种"以情纬文，以文被质"①的境界。从此，文学进入了它的自觉发展时代，这是具有划时代意义的。黄侃说："详建安五言，毗于乐府，魏武诸作，慷慨苍凉，所以收束汉音，振发魏响。文帝兄弟所撰乐府最多，虽体有所因，而词贵新创，声不变古，而采自己舒……文采缤纷而不离闾里歌谣之质。故其称景物则不尚雕镂，叙胸情则唯求诚恳，而又缘以雅词，振其英响。斯所以兼笼前美，作范后来者也。"②论说建安诗对乐府民歌既继承又发展的关系及其在文学史上承前启后、继往开来的作用，是十分中肯的。

三

建安诗人能够遵循乐府民歌化路线，并且取得突出的成绩，不是偶然的。汉乐府民歌自武帝以来风行了约二百年，数量质量都具有震烁一代的能量；其中不少作品产生在东汉，甚至有"汉末建安中"③的作品，这些作品能直接对建安诗人产生熏染和影响；乐府民歌通过乐府机关的配乐演奏，得以广泛传播，引起朝野士庶的普遍爱好，而建安诗人都爱好俗乐，通过对俗乐的欣赏从而大量接触了乐府古辞，又出于配乐演唱的需要而制作了大量拟作乐府；由于乐府民歌的影响，自汉末灵帝以来在中下层文人中逐步形成了追求"通俗"的风气，产生了辛延年的《羽林郎》及古诗十九首等具有民歌情味的五言佳作，为建安诗人做出了榜样，开出了先河；经过黄巾起义的冲击，经学趋向衰微，思想羁绊减少，传统的文学观念发生动摇。更为重要的是，社会动乱将建安诗人卷入了时代的激流，使他们有了可能饱尝时代的风霜，目睹国家和人民的苦难，在现实矛盾的激发下萌生出进步的社会理想，同时在接触、了解底层人民生活的过程中熟悉民间文学，逐步认识到民间文学的

---

① 沈约《宋书》卷六十七《谢灵运传论》，中华书局 1974 年版，第 1778 页。
② 黄侃《诗品笺》。见杨焄整理《钟嵘〈诗品〉讲义四种》，上海古籍出版社 2018 年版，第 12 页。
③ 《古诗为焦仲卿妻作》为汉乐府民歌的代表作。据其《序》，该诗即产生于"汉末建安中"。

价值，从而产生了"街谈巷说，必有可采；击辕之歌，有应风雅，匹夫之思未易轻弃"① 这样的对于民间文学的可贵认识。总之，是种种主观、客观的条件使建安诗人走上了乐府民歌化的道路，而其中主观方面的因素起了更为重要的作用。古代的文人要真正能够从民歌中汲取营养，归根到底要能对现实生活有比较深刻的体验和理解，要能破除传统观念的束缚，在世界观、文学观方面发生一些带有根本性质的变化。建安诗歌民歌化的历程，很清楚地说明了这一点。

文人对于民歌的学习，必须同时兼顾到内容和形式两个方面。其中，对于民歌现实主义精神的学习和继承显得更为重要，这是实现民歌化的首要条件。形式是思想的外壳，在通常情况下，人们往往首先是从形式（民歌化的诗题及词语、修辞、句式、表现手法等）感受到民歌的风调情味的，文人学习民歌也往往是先受到民歌形式的吸引，因此形式对于民歌化来说也很重要。但是，如果仅仅只是具有民歌的形式，还只是迈出了民歌化的第一步。两晋南北朝时期有不少文人袭用乐府民歌的形式制作了大量拟作乐府，但一些文人由于缺少积极的理想和追求，其生活圈子也过于狭窄，作品的内容就不免空虚，有的甚至堕入色情与荒谬，与民歌就不免貌合而神离，与民歌化不可避免地也会产生距离，甚至与之格格不入。建安诗人注意从内容和形式的结合上学习民歌，其作品不仅具有民歌之形，更具有民歌之神，从而真正体现出了民歌特有的风貌，在乐府民歌化的道路上迈出了坚实的步伐，为后代诗人做出了榜样。

文人对于民歌的学习，还必须富于创造性。就内容而言，由于社会生活是在不断发展变化的，诗人个人的社会经历及生活体验也不会完全相同，因此其作品也应当常写常新。如果只知一味机械地袭用民歌中的题材，就势必只能产生出千篇一律的复制品。这在文学史上是有前车之鉴的，杨伦就曾在《杜诗镜铨》中说："自六朝以来，乐府题率多模拟剽窃，陈陈相因，最为可厌。"建安诗人在努力学习乐府民歌的同时坚持题材、内容的创新，注重反映新的社会生活和时代精神，这在诗歌史上具有开创的意义。受此影响，魏晋

---

① 曹植《与杨德祖书》。见赵幼文《曹植集校注》，人民文学出版社 1984 年版，第 154 页。

以后用古题创新词成为诗歌创作的一大特色，特别是对杜甫写"即事名篇"
的乐府诗和白居易倡导新乐府运动产生了良好的示范作用。就形式而言，由
于在封建社会劳动人民被剥夺了受教育的权利，缺乏良好的艺术修养，因此
他们虽然创造了艺术，但往往难以很好地发展和提升艺术。文人如果不发挥
自己在专业上的特长对民歌进行一定的提炼和提高，只知照搬照用，那是不
利于诗歌艺术（包括民歌本身）的发展的。建安诗人能使乐府体成为后来一
种常用不衰甚至盛极一时的诗歌体式，这同他们在这方面所做出的努力和创
造是分不开的。就风格而言，民歌是劳动人民的集体创作，多抒发集体的思
想、情绪和感情，作者的个性往往不易看出。而文人诗歌则应当融进诗人个
人对生活的独特体验，打上个人独特的思想艺术修养的烙印。建安诗人在这
方面也有不俗的表现，其创作形成的个性化、抒情化的特色，对后来的诗歌
创作产生了深远的影响，不仅鲍照的《拟行路难》这一类拟乐府具有个性化、
抒情化的特点，其他的诗作，如阮籍的《咏怀》、陶渊明的《饮酒》及庾信
的《拟咏怀》等也是沿着这一条道路走下来的。建安诗人能在上述各个方面
实现创新，这与他们对于创新问题有较清醒的认识密切相关，比如曹植就颇
赞同"异代之文未必相袭"，"依前曲"而"改作新歌"①的做法。他们也比
较注意"兼笼前美"，既注意从民歌中汲取营养，也注意从楚辞、汉赋、古诗
等前代文人文学中汲取营养，并将两者有机地统一起来，从而开辟出了一条
学习民间文学的成功道路。

马克思曾说："希腊神话不只是希腊艺术的武库，而且是它的土壤。"②
鲁迅也曾说："旧文学衰颓时，因为摄取民间文学或外国文学而起一个新的转
变，这例子是常见于文学史上的。"③建安诗歌民歌化的历程清楚地表明，在
汉大赋和僵化的四言体诗逐渐失去其光彩和生命力时，是汉乐府民歌为汉代
诗歌灌注了新鲜血液，开启了建安诗坛的繁荣局面。一个人、一个时代的诗

---

① 曹植《鼙舞歌序》。见赵幼文《曹植集校注》，人民文学出版社 1984 年版，第 323 页。
② 马克思《〈政治经济学批判〉导言》。见马克思《政治经济学批判》，中共中央马克思、
　恩格斯、列宁、斯大林著作编译局译，人民出版社 1976 年版，第 220 页。
③ 鲁迅《且介亭杂文·门外文谈》。见吴子敏等编《鲁迅论文学与艺术》，人民文学出版
　社 1980 年版，第 726 页。

歌要有成就，必须敢于和善于不断地从包括民歌在内的民间文学中汲取养分。建安诗人在这方面树立了光辉的榜样，他们的成就和经验，仍然值得我们在发展和繁荣社会主义的诗歌艺术时很好地加以借鉴。

（原载贵州省社会科学院主办《贵州社会科学》1984 年第 4 期，中国人民大学书报资料中心《中国古代近代文学研究》1984 年第 17 期）

严沧浪论建安诗

为反对江西诗派，严羽《沧浪诗话》提出了与江西诗派迥然不同的学诗路线，极力标举盛唐，推尊汉魏晋。由于建安诗，特别是建安时代的五言古诗在汉魏晋诗中占据着相当重要的地位，沧浪直接间接地论到建安诗的地方不少。虽然这些论述主要着眼于艺术形式方面的问题，且带着比较明显的复古倾向，但仍不乏精到见解，对后来的诗论深有影响。其论述的主要方面是：

一、体制

一般所谓体制，指诗文具体的文体形状。沧浪所言体制，也概括了各种诗歌体裁的特点，但主要是对各个时代的诗歌、诗歌流派及重要作家、作品艺术特色的抽象与概括。其对建安诗体的划分，主要从"时"与"人"两个方面入手。《诗体》云：

> 以时而论，则有建安体（汉末年号。曹子建父子及邺中七子之诗），黄初体（魏年号，与建安相接，其体一也）。

按"曹子建父子"宜作"曹孟德父子"，指曹操、曹丕、曹植这"三曹"。不过沧浪之意亦甚明，大约曹植成就最高，名声最大，故以之概举其余。刘勰《文心雕龙·时序》云："自献帝播迁，文学蓬转，建安之末，区宇方辑。魏武以相王之尊，雅爱诗章；文帝以副君之重，妙善辞赋；陈思以公子之豪，下笔琳琅；并体貌英逸，故俊才云蒸。"汉末建安年间，曹氏父子俱善诗文，继承汉乐府民歌传统，并加以创新，写出了不少内容充实、风格刚健质朴的作品，从而开出一代诗风，形成了具有鲜明时代特色的"建安体"。

王粲、刘桢等"邺中七子"振翮奋翼，也为这种诗体的形成作出了重要贡献，沧浪同时予以胪列，颇为允当。冯班《严氏纠谬》以"一代文章，惟须举其宗匠，为后人慕效者足矣，泛及则为赘也"为由，认为建安体"不当兼言七子"，实为一偏之见。建安末年，"七子"及曹操相继故去，到黄初年间，诗坛上大抵说来只剩下曹植、曹丕的歌唱，诗风渐由刚健趋向柔媚，由朴实趋向华丽，由率直趋向含蓄。沧浪遂于建安之外，另立"黄初"一体。按"建安体"一说，沧浪之前已屡见。如北齐邢邵《广平王碑文》云："方见建安之体，复闻正始之音。"盛唐王维《别綦毋潜》云："盛得江左风，弥工建安体。"晚唐皮日休《郢州孟亭记》云："明皇世章句风大得建安体，论者推李翰林、杜工部为之尤。"等。沧浪无疑从中接受了启发。但"黄初体"一说，沧浪前则未见提及，大概由于建安、黄初虽分属两个历史时期，诗风也有一些变化，但总的来看仍是浑然不分的，故以"建安体"概举即可。实际上，作为文学史上的一个分期，建安文学包括了建安以前的初平、兴平及建安以后的曹魏黄初、太和、青龙等时期的文学，建安诗自然也不仅指产生于建安年间的诗歌。在这大约半个世纪的时期内，诗风无疑会有发展变化，但总的来看比较统一，可作为一体看待。冯班《严氏纠谬》云："五言虽始于汉武之代，盛于建安，故古来论者止言建安风格。至黄初之年，诸子凋谢不存，止有子建兄弟，不必更赘言又有黄初体也。"有一定道理。沧浪似乎也并非存心"标新立异"，故于"黄初体"之外，又加了"魏年号，与建安相接。其体一也"两句注。不过，建安、黄初年间之诗风毕竟有所不同，沧浪据此略加厘分，也不能视作大谬，相反体现了一种探幽索微的精神，故其说对后世也有不小影响。像"迨夫建安、黄初，云蒸龙奋"①，"《三百篇》一变而为苏、李，再变而为建安、黄初。建安、黄初之诗，大约敦厚而浑朴，中正而达情"②，"建安、黄初，一时鸿才接踵，上薄《风》《骚》"③，"杜五言古诗，活于大谢，深于鲍照，盖尽有建安、黄初之实际"④，这类言论，显然是将建

---

① 胡应麟《诗薮》续篇卷一，上海古籍出版社 1979 年版，第 348～349 页。

② 叶燮《原诗》内篇上。见《清诗话》，上海古籍出版社 1978 年版，第 566 页。

③ 王尧衢《古唐诗合解·凡例》，清刻本。

④ 翁方纲《石洲诗话》卷一，人民文学出版社 1981 年版，第 42 页。

安、黄初作为一个整体来看待的，但又并不单举建安，不能说与沧浪之说没有关系。至如"孟德诗犹是汉音，子桓以下，纯乎魏响"①，"细揣格调，孟德全是汉音，丕、植便多魏响"②，这类言论，则有可能从寻求差异的角度发展了沧浪的说法了。

《诗体》又云：

> 以人而论，则有……曹刘体（子建公干也）。

前面"以时而论"主要着眼于建安诗歌的时代特色，着眼于建安诗歌与其他时代诗歌的时代差别；这里"以人而论"则主要着眼于诗人个人风格之间的差别。这种差别不仅是与前代、后代诗人之间的差别，而且也是与同时代其他诗人的差别。沧浪以曹、刘合称一体，主要因为他们之间有着某种共同性，这种共同性与其他诗人（包括同时代的诗人）相比又表现出一定的特殊性。胡应麟云："魏称曹、刘，然刘非曹敌也。……非敌而并称何也？同时、同事又同调也。"③"同时""同事"，在建安诗人中何止曹、刘二人，关键在于"同调"。曹、刘之间的"同调"表现在什么地方呢？联系此前的有关评论似不难明白。钟嵘《诗品》卷上评曹植诗为"骨气奇高"，评刘桢诗为"仗气爱奇，动多振绝。真骨凌霜，高风跨俗"。两人的诗都具有"骨""气""奇""高"的特征，也就是说都具有"风力"或"风骨"，这显然就是他们诗风的一致性。对于这种一致性，与钟嵘持相似看法的人不少，从"曹、刘伟其风力"④，"气夺曹、刘"⑤，"元嘉以还，四百年内，曹、刘、陆、谢，风骨顿尽"⑥，"曹、刘骨气"⑦，"耸曹、刘之骨气"⑧，"曹植、刘

---

① 沈德潜《古诗源》卷五，中华书局 1963 年版，第 103 页。
② 陈祚明《采菽堂古诗选》卷五，上海古籍出版社 2008 年版，第 126~127 页。
③ 胡应麟《诗薮》外编卷二，上海古籍出版社 1979 年版，第 154 页。
④ 裴子野《雕虫论》。见严可均校辑《全上古三代秦汉三国六朝文·全梁文》，中华书局 1958 年影印清光绪刻本，第 3262 页。
⑤ 元稹《唐故工部员外郎杜君墓系铭序》。见《元氏长庆集》卷五十六，《四部丛刊》本。
⑥ 殷璠《河岳英灵集》卷下《王昌龄》，凤凰出版社 2020 年版，第 85 页。
⑦ 柳冕《与徐给事论文书》。见《续修四库全书》董诰等辑《钦定全唐文》卷五百二十七，上海古籍出版社 2002 年影印清嘉庆内府刻本。
⑧ 裴延翰《樊川文集后序》。见《续修四库全书》董诰等辑《钦定全唐文》卷七百五十九，上海古籍出版社 2002 年影印清嘉庆内府刻本。

公干之诗长于豪逸"① 等一系列言论中不难看出。沧浪"曹刘体"的内涵当即指此,只不过他从更高的理论层次上作了概括,这是他继承前人又高出前人的地方。"曹刘体"与"建安体"既有相异处,又有相似处。具有"风力"或"风骨",这本是建安诗歌的一般特色,只不过从钟嵘开始,不少古人认为曹、刘在这方面最为突出,并往往据此将曹、刘推为建安诗人的代表。《诗品序》称"曹、刘殆文章之圣",《诗品》卷上称"陈思已下,桢称独步",在这方面首开风气,此后风从者不少。沧浪所言"曹刘体",似乎也不能不受到这种流行说法的影响。因此在理解其内涵时似乎可以这样认为:"曹刘体"固不同于"建安体",但有时也可等同于"建安体",或者将它看作是建安时期的一种有代表性的诗体。

在《诗体》一章中,沧浪对建安诗体还从其他角度多方面地作了探讨。虽然包括众有,难免琐屑疏舛,但反映一时看法,不无参考价值。如云"有古诗一韵两用者(《文选》曹子建《美女篇》有两'难'字……后多用之)",就道出了建安诗使气命词、不拘泥于声韵的特点。实际上,曹植《弃妇诗》三十二句重二"庭"韵、二"灵"韵、二"鸣"韵、二"成"韵、二"宁"韵,比《美女篇》更显突出。这对后来的古诗写作不无影响,杜甫《饮中八仙歌》、白居易《渭村退居》、韩愈《寄孟郊诗》等都有类似情况。又如云"有后章字接前章者(曹子建《赠白马王彪》之诗是也)"也道出了曹植诗的一个特色。蝉联格首见于《诗经·大雅·文王》,此后民歌中往往见之,但文人诗却于《赠白马王彪》始见,历来为人所称道。再如云:"论杂体则有……离合(字相拆合成文,孔融《渔父屈节》之诗是也),虽不关诗之重轻,其体制亦古",也不为无见。孔融《离合作郡姓名字诗》虽形同谐戏,显系"古人好奇之过,欲以文字示其巧"② 的产物,但在中国诗史上却曾产生过不小影响。据谢榛《四溟诗话》,孔融"离合体"之后,有窦滔妻"回文体",鲍照"十数体""建除体",谢庄"道里名体",梁简文帝"卦名体",梁元帝"歌曲名体""姓名体""鸟名体""兽名体""龟兆名体"……

① 秦观《韩愈论》。见周义敢等《秦观集编年校注》,人民文学出版社 2001 年版,第 480 页。
② 叶梦得《石林诗话》卷中。见何文焕辑《历代诗话》,中华书局 2004 年版,第 418 页。

等众多名目①，都与孔融的首开风气有关。虽然从其影响的主导面来看不能说是积极的，但这毕竟是一种客观存在，且多少从一个侧面反映了中国古代诗歌体制繁富的状况，所以予以总结还是必要的。

二、风骨

风骨是中国文学批评史上的一个重要概念。建安风骨是建安文学（主要是五言诗）的重要特色，是历代诗人所标举的一面旗帜。何谓建安风骨，历来解说不一，大体说来它指的是建安文学所具有的一种质朴自然、明朗刚健的风格。沧浪以前，建安风骨已屡被涉及，但所使用的概念各各不同。刘勰《文心雕龙》列专篇论述了"风骨"，书中还有不少篇章谈到了建安文学慷慨任气、磊落使才、造怀指事不求纤巧、驱辞逐貌唯取昭晰等特点，实际上讲到了建安风骨，但未直接使用"建安风骨"这一词语。钟嵘《诗品序》提出了"建安风力"一说，陈子昂《与东方左史虬修竹篇序》称之为"汉魏风骨"，在表述上日趋明确。"蓬莱文章建安骨，中间小谢又清发。俱怀逸兴壮思飞，欲上青天览明月。"李白在《宣州谢朓楼饯别校书叔云》诗中，进一步提到了"建安骨"。在此基础上，沧浪在《诗评》中首次明确使用了"建安风骨"这一概念：

> 黄初之后，惟阮籍《咏怀》之作，极为高古，有建安风骨。晋人舍陶渊明、阮嗣宗外，惟左太冲高出一时，陆士衡独在诸公之下。

刘勰、钟嵘、陈子昂、李白对于建安风骨的理解就其主要方面来说是一致的，但着眼点不尽相同。沧浪对于建安风骨的理解则主要从"高古"着眼。"高古"略具两方面的含义：一指骨力劲健、气概高迈，一指语言质直、风格古朴。（吴乔《围炉诗话》卷一云："汉、魏之诗，正大高古。……高，谓无放言细语；古，谓不束于韵，不束于粘缀，不束于声病，不束于对偶。"义实同此。）以"高古"作为建安风骨的主要特征始于沧浪，但就其含义而言前人早有所涉及。刘勰《文心雕龙·明诗》所云"慷慨以任气，磊落以使才"略

---

① 谢榛《四溟诗话》卷二。见丁福保辑《历代诗话续编》，中华书局2006年版，第1168页。

近于"高","造怀指事，不求纤密之巧；驱辞逐貌，唯取昭晰之能"略近于"古"。钟嵘所云"骨气奇高"即为"高"，在品评曹操、曹丕时提到的"古质""鄙质"即为"古"①。陈子昂《与东方左史虬修竹篇序》赞美东方虬的《孤竹篇》"骨气端翔，音情顿挫，光英朗练，有金石声"，所说的"骨气端翔"，基本上兼及了"高""古"两个方面。李白"俱怀逸兴壮思飞，欲上青天览明月"略近于"高"，"自从建安来，绮丽不足珍"（《古风》其一）将"绮丽"排除在他所标举的"建安骨"之外，即认为质直古朴才算得上"建安骨"，实际上又涉及了"古"。范温《潜溪诗眼》云："建安诗，辩而不华，质而不俚，风调高雅，格力遒壮。其言直致而少对偶，指事情而绮丽，得《风》《雅》《骚》人之气骨，最为近古者也。"又基本上兼及了"高""古"两个方面。至张戒《岁寒堂诗话》卷上："世徒见子美诗多粗俗，不知粗俗语在诗句中最难。非粗俗，乃高古之极也。自曹、刘死至今一千年，惟子美一人能之。"则明确使用了"高古"一语，并认为杜甫的"高古"是从建安诗人那里一脉相承来的。在此基础上，沧浪将"高古"与"建安风骨"直接挂上钩来。由于以"高古"来说明建安风骨有言简意赅的好处，并在一定程度上揭示了它的渊源所自（联系沧浪的有关言论，他似乎认为来自汉代古诗，今天看来应主要来自汉乐府民歌），因此后来宗之者不少。胡应麟所云"魏武沉深古朴，骨力难侔"②，方东树所云"子建、阮公皆雄浑高古"③，王琦所云"建安体，风骨遒上，最饶古气"④，都或多或少从沧浪这里接受了启发和影响。

沧浪对以高古为其特征的建安风骨颇为重视，其《诗辨》称"诗之品有九"，九品中第一、第二就是"曰高，曰古"。以此为准衡，他肯定了阮籍、陶渊明，同时指出除此二人外，唯左思"高出一时"，而贬抑了与左思同时的

---

① 钟嵘标举"建安风力"，则"古直""鄙直"也应为建安风力的一个组成部分，但因他同时十分看重丹采，故认为曹操、曹丕总的说来成就较低，一个只能列入下品，一个只因有十余首诗"殊美赡可玩"，被列入中品。

② 胡应麟《诗薮》内编卷二，上海古籍出版社 1979 年版，第 23 页。

③ 方东树《昭昧詹言》卷一，人民文学出版社 1961 年版，第 34 页。

④ 李白《宣州谢朓楼饯别校书叔云》诗"蓬莱文章建安骨"句王琦注。见《李太白全集》，上海书店 1988 年影印世界书局版，第 418 页。

陆机。这种见解显然比以钟嵘为代表的不少前人高明。钟嵘虽然推重风力，但由于同时看重丹采，诗风朴质的陶渊明仅被他列入中品。陆机重视模拟，诗风绮靡，却被列入上品。"烂若舒锦"的潘岳和"巧构形似之言"的张协同样如是，被评论道："陆机为太康之英，安仁、景阳为辅。"这样，与这三人同时的左思虽同样也被列入上品，但地位仍有高低之别。沧浪一反传统之论，为不少后人所赞赏，今天看来也仍不失为一种真知灼见。又《诗评》云："顾况诗多在元白之上，稍有盛唐风骨处。"对于"盛唐风骨"的推许，也与对于建安风骨的重视有关。殷璠《河岳英灵集·集论》云："言气骨则建安为传。"认为盛唐风骨来源于建安风骨，推重盛唐风骨应当联系到建安风骨，这当也反映了沧浪的看法。

　　沧浪重视建安风骨，大体说来既有个性方面的原因，也有社会方面的原因。朱霞《严羽传》说他"为人粹温中有奇气"，在当时"矫然鹤立鸡群"。戴复古《祝二严》云："羽也天资高，不肯事科举。风雅与骚些，历历在肺腑。持论伤太高，与世或龃龉。长歌激古风，自立一门户。"这样的个性、气质与胸襟，有可能促使他更为看重那些风骨遒劲的作品。更重要的是，严羽还是一位爱国诗人，他对建安风骨的推许同他抗战复国的思想有着必然联系，并进而对其诗歌创作也有影响。"误喜残胡灭，那知患更长。黄云新战路，白骨旧沙场。巴蜀连年哭，江淮几郡疮。襄阳根本地，回首一悲伤。"（《有感》）学的是杜诗风格，但与建安诗中那些悯时悼乱之作又何其相似。至如"翩翩双白马，结束向幽燕。借问谁家子？邯郸侠少年。弯弓随汉月，拂剑倚青天。说与邯郸道，今秋莫近边。"（《从军行》）则几与曹植《白马篇》同出一辙了。

三、气象

　　沧浪对于气象之说也颇重视，《诗辨》称"诗之法有五"，体制列第一，气象列第三。但其含义不易捉摸，陶明浚《诗说杂记》解释说"气象如人之仪容"，当指诗歌的外部风貌，实际上仍是一个风格问题。姜夔《白石道人诗说》云："气象欲其浑厚。"沧浪《答出继叔临安吴景仙书》也云："盛唐诸公之诗，如颜鲁公书，既笔力雄壮，又气象浑厚。"都对浑厚的气象表示赞赏，实际上将这当作好诗的一个标志。在沧浪看来，汉魏古诗，特别是其中的建安诗正是这样的好诗，因此在《诗评》中一再加以强调：

> 汉魏古诗，气象混沌，难以句摘。晋以还方有佳句，如渊明"采菊东篱下，悠然见南山"，谢灵运"池塘生春草"之类。

> 建安之作，全在气象，不可寻枝摘叶。灵运之诗，已是彻首尾成对句矣，是以不及建安也。

"难以句摘""不可寻枝摘叶"云云，指建安诗浑然天成，毫无斧凿之迹，具有整体的艺术美，没有后来一些诗作有佳句而无佳篇的缺点。这确实是抓住了建安诗的特点的。南朝谢灵运讲究"名章迥句"① 的锻炼，有句无篇的毛病也比较突出，与建安诗的风格迥异。因此，他的《拟魏太子邺中集诗》虽企图按照自己的理解抓住并体现邺中诸子的特点，从拟古角度看其成就也确比陆机等为高，但因其时代、经历、艺术追求毕竟与邺中诸子不同，所以仍然落了个"气象不类"的结局。胡应麟云："灵运《邺中》不惟不类，并其故武失之。"② 毛先舒云："灵运《邺中八子诗》是拟建安，却得太康之调。"③ 看法正与沧浪相似。这说明，不同时代的诗歌具有不同的气象，这是人力所难于改变的事实。反过来，诗评家也可因诗歌气象之不同来区别、辨析诗歌的时代和个人的差异，而这正是沧浪所常运用的一种辨诗方法。

建安诗之所以会形成气象混沌的特点，一方面同前代文学传统、特别是同浑朴的汉乐府民歌的影响有关，一方面同建安诗人直陈其事、直抒其情、不以雕镂为事的艺术旨趣和创作方法有关。《诗评》云："集句惟荆公最长，《胡笳十八拍》混然天成，绝无痕迹，如蔡文姬肺肝间流出。"将"混然天成"与"肺肝间流出"相提并论，可知沧浪在一定程度上正是这样看的。由于为情造文、使气命诗，气象混沌实际上是内容与形式和谐统一的一种表现。《诗评》云："诗有词理意兴。南朝人尚词而病于理，本朝人尚理而病于意兴，

---

① 钟嵘《诗品》卷上说谢诗"名章迥句，处处间起。"见陈延杰《诗品注》，人民文学出版社 1961 年版，第 29 页。
② 胡应麟《诗薮》外编卷二，上海古籍出版社 1979 年版，第 149 页。
③ 毛先舒《诗辩坻》卷二，清初毛氏思古堂刻本。

唐人尚意兴而理在其中；汉魏之诗，词理意兴，无迹可求。"从形象意境、思想内容、比兴词采等方面比较历朝诗歌得失，肯定了汉魏古诗情景理、内容与形式浑然交融的境界，这实际上可看作是对气象混沌内涵的一种说明。

沧浪的气象混沌之说，后人多是表示赞赏的。张实居云："汉魏古诗，如无缝天衣，未易摹拟。"① 王尧衢云："虽汉、魏微有不同，总皆境与神会，自然浑成，不可寻章摘句。"② 沈德潜云："汉魏诗只是一气转旋，晋以下始有佳句可摘。"③ 种种说法，均与沧浪同一声口。也有人持不同看法。如胡应麟云："严（羽）谓建安以前，气象浑沦，难以句摘，此但可论汉古诗。若'高台多悲风''明月照高楼''思君如流水'，皆建安语也。子建、子桓工语甚多，如'丹霞夹明月，华星出云间''秋兰被长坂，朱华冒绿池'之类，句法字法，稍稍透露。"④ 但随即就有人出来反对。许学夷云："《十九首》如'思君令人老''磊磊涧中石''同心而离居''秋草萋以绿'，与子建'高台多悲风'等，本乎天成，而无作用之迹，作者初不自知耳。如子桓'丹霞夹明月'等语，乃是构结使然。必若陆士衡辈有意雕刻，始可称佳句也。"⑤ 平心而论，如说胡应麟所举子桓兄弟之"工语"均全"无作用之迹"，似乎有些偏颇；但如认为沧浪之说"但可论汉古诗"，则是更为严重的偏颇了。总的来看，建安诗是气象浑厚、难于句摘的，同陆机以后一些诗人着意雕辞琢句的情形确有很大不同，沧浪的意见是值得重视的。

（原载《严羽学术研究论文选》，中共福建邵武市宣传部、福建师范大学中文系编，厦门：鹭江出版社 1987 年版）

---

① 张实居《师友诗传录》，见《清诗话》上册，上海古籍出版社 1978 年版，第 134 页。
② 王尧衢《古唐诗合解·凡例》，清刻本。
③ 沈德潜《说诗晬语》卷上。见《清诗话》下册，上海古籍出版社 1978 年版，第 532 页。
④ 胡应麟《诗薮》内编卷二，上海古籍出版社 1979 年版，第 32 页。
⑤ 许学夷《诗源辨体》卷三，人民文学出版社 1987 年版，第 47 页。

关于三曹的文学评价

在中国文学发展史上，建安文学占有重要地位。建安是东汉献帝的年号（196—220），作为文学史上的分期，建安文学指的是建安时期和在这以前的初平、兴平及在这以后的曹魏黄初、太和、青龙等时期的文学，时间大体有半个世纪左右。这段时间虽不很长，但却是中国历史上一个天下分崩、风云扰攘、政治思想文化发生了重要变化的时代。作为这种变化的突出一环，建安文学出现了空前繁荣的局面，而且无论题材内容还是形式风格比起两汉文学来都呈现出新的风貌，对后世产生了深刻影响。这一文学黄金时代的风云人物，计有"三曹"（曹操、曹丕、曹植）、"七子"（孔融、陈琳、王粲、徐干、阮瑀、应玚、刘桢）、蔡琰等人，三曹凭借他们突出的政治地位、革新精神、文学才能和创作业绩，在其中占据着中坚地位。本文拟就三曹在文学史上的贡献和评价问题，谈一些粗浅的意见。

一

两汉自武帝"罢黜百家，独尊儒术"① 之后，文学日益为经学思想所束缚，内容上强调宗经，形式上辞赋独盛，表现上重视模拟，文学家本身的地位也受到轻视。两汉文学虽然取得了一定成绩，但跟当时经济繁荣、国势显赫的局面很不相称。曹操是一个具有远大政治抱负、杰出军事才能和深厚艺

---

① 班固《汉书》卷五十六《董仲舒传》："及仲舒对册，推明孔氏，抑黜百家。"其对策云："臣愚以为诸不在六艺之科孔子之术者，皆绝其道，勿使并进。"又《汉书》卷六《武帝纪赞》："孝武初立，卓然罢黜百家，表章《六经》。"中华书局1962年版，第212、2523、2525 页。

术修养的人物，他既重视"外定武功"，也很重视"内兴文学"①。曹操"内兴文学"，如果沿着两汉的老路走下去，只能走进死胡同。曹操的功绩在于：他在汉末魏初这个特定的历史时期，既充分顺应和利用了黄巾起义后思想较为解放的有利形势，又在时代潮流的推动下积极充当了思想解放的带头人，对神学迷信、封建礼教等传统观念大胆怀疑和否定，大刀阔斧地清扫两汉文坛积弊，把文学从经学的严重桎梏中解放出来，从而在文学史上结束了一个旧时代，开创出一个新时代，直接导演了建安文坛的繁荣局面，使之成为中国文学史上一个重要的转折点。

　　曹操做的一件重要事情，就是大力搜罗文学人才，提高文学家的地位，充分尊重他们的创作才能，注意调动和发挥他们的创作积极性。两汉以通经、仁孝取士，埋没了不少有真才实学的人才。曹操用人强调"唯才是举"②，在他周围不仅聚集了大批治国用兵之才，而且聚集了"盖将百计"③的文学之士，著名的有"七子"、蔡琰、邯郸淳、繁钦、路粹、丁仪、丁廙、杨修、荀纬、应璩、吴质、杜挚、缪袭、左延年等人。其中王粲曾依附荆州刘表十五年，一直不被重用；陈琳曾依附曹操的敌手袁绍，为袁绍作檄声讨过曹操；女诗人蔡琰曾流落南匈奴十二年，曹操特地派专使用金璧将她赎回。曹操不问门第出身、亲疏贵贱，将这些人征自幕下，不仅使在汉末大乱中流散四方的大批文士有了归宿，而且对他们加以礼遇，授予职位，委以重任，一方面使他们在政治上发挥作用，一方面使他们在文学上各尽所能，从而大大推动了文学创作，并实现了题材、体裁、形式、风格的多样化，改变了两汉文人被"倡优畜之"④、文学被视作经学的附庸、文人创作冷落而又千篇一律的局

---

① 陈寿《三国志》卷十《魏书·荀彧传》裴松之注引《彧别传》："彧尝言于太祖曰：'今公外定武功，内兴文学，使干戈戢睦，大道流行，国难方弭，六礼俱治，此姬旦宰周之所以速平也。'"中华书局 1982 年版，第 317 页。

② 曹操建安十五年《求贤令》："今天下得无有被褐怀玉而钓于渭滨者乎？又得无有盗嫂受金而未遇无知者乎？二三子其佐我明扬仄陋，唯才是举，吾得而用之。"

③ 钟嵘《诗品序》。见陈延杰《诗品注》，人民文学出版社 1961 年版，第 1 页。

④ 司马迁《报任少卿书》："文史星历近乎卜祝之间，固主上所戏弄，倡优畜之，流俗之所轻也。"见《汉书》卷六十二《司马迁传》，中华书局 1962 年版，第 2732 页。又《汉书》卷五十一《枚皋传》："皋赋辞中自言为赋不如相如。又言为赋乃俳，见视如倡，自悔类倡也。"中华书局 1962 年版，第 2367 页。

面，对促进建安文学的繁荣具有重要意义。

曹操对于文学不仅热心倡导，而且奋力实践。他以自己卓异的创作实绩为破除两汉旧文风作出了表率，为建安文学的健康发展开出了一条宽阔的航道。其创作活动的主要特点是：

（一）创作开始早。在建安作家中，曹操是仅次于孔融的年龄较大的前辈，他的创作活动也比其他作家开始得早。以文而论，《上书理窦武陈藩》写于光和四年（181），这时王粲才四岁，曹丕兄弟尚未出世。以诗而论，流传至今的作品中，《蒿里行》最早可能写于建安二年（197），这时曹丕才十岁，曹植才五岁。曹操以自己具有新精神、新格调的作品熏染、影响了后来者，尤其是曹植和曹丕。

（二）作品数量多。曹操作品的数量在建安时期可能居于首屈一指的地位，只是后来散佚了不少。明胡应麟说："自汉而下，文章之富，无出魏武者。集至三十卷，又逸集十卷，新集十卷。古今文集繁富当首于此。"[1] 从流传至今的作品看，除诗歌外，不少散文也具有一定的文学价值。由于创作数量宏富，因而充分发挥了震烁、影响一代的作用。

（三）充满创新精神。首先，在对文学传统的继承上，曹操重视从诗、骚特别是汉乐府民歌中汲取营养，是文学史上第一个高度重视乐府民歌并大力写作乐府诗的人，其现存的二十余首诗全部是乐府诗。这在当时具有两方面的意义：一是从内容上学习和继承了乐府民歌"感于哀乐，缘事而发"[2] 的现实主义精神，改变了两汉文人文学颇多谀颂、宗经内容的局面；二是接受了乐府民歌的诗体形式以为自己创作的主要形式，进而影响到其他作家的创作，从而改变了两汉辞赋独盛的局面，开辟出一个诗歌创作的新时代。其次，曹操学习乐府民歌，又能从内容和形式两方面突破乐府旧题的限制，用乐府题目自作诗。例如《薤露行》和《蒿里行》原来都是丧歌，曹操却用来叙写汉末丧乱，形式也由杂言变成了五言。借古乐写时事，这是曹操的独创。这不仅使曹操自己的诗歌获得了丰富生动的现实生活内容，从而为其他建安诗

---

[1]　胡应麟《诗薮》杂编卷二，上海古籍出版社 1979 年版，第 261 页。

[2]　班固《汉书·艺文志》："自孝武立乐府而采歌谣，于是有代赵之讴，秦楚之风，皆感于哀乐，缘事而发，亦可以观风俗、知薄厚云。"中华书局 1962 年版，第 1756 页。

人在题材选择和主题表现方面树立了榜样，而且也为后来杜甫写"即事名篇"① 的乐府诗和白居易倡导新乐府运动开出了先河。

曹操对于不同诗歌形式的运用也充满创新精神，这在四言、五言诗中表现得最为突出。四言自《诗经》之后，作者寥寥，作品不多，且内容偏重教训，外形趋向平板，语言多典雅凝重、索寞寡味。曹操四言，异峰突起，"于三百篇外，自开奇响"②。他的《短歌行》（对酒当歌）、《步出夏门行》中的《东临碣石》和《神龟虽寿》都是脍炙人口的名作，在内容、情调、句法、词汇方面都别具一格，标志着四言诗的复兴，对后来嵇康、陶渊明等人的四言创作有直接影响。五言在当时尚属"流调"③ 俗体，地位不高，汉末文人虽有作者，但多佚名，而且内容多为离别相思、叹老嗟卑，风格也都较为柔弱。曹操是第一个用五言来反映广阔现实生活的人，他的《薤露行》《蒿里行》《苦寒行》《却东西门行》等诗内容深刻，意境雄浑，笔力纵恣，语言通俗，代表了当时创作的新倾向，为建安时期"五言腾涌"④ 的局面开出了端绪，为五言成为中国古典诗歌的一种基本形式奠定了坚实的基础。曹操既写四言"正体"，也写五言"流调"，而都沉雄骏爽，别开新境，衣被后世，堪称双美。

曹操的散文也独标一格，其主要特点是鲁迅所指出的"清峻""通脱"⑤。清峻，就是简约严明，指文章篇制精悍短小，议论严密尖锐，文意清楚明白。通脱，就是行文无拘束，表意不作假，想写的便写出来。"清峻""通脱"使曹操散文有了鲜明的个性特征，其识见魄力、气度锋芒都只能作为宰辅之臣

① 元稹《乐府古题序》："近代唯诗人杜甫《悲陈陶》《哀江头》《兵车》《丽人》等，凡所歌行，率皆即事名篇，无复依傍。"见《元氏长庆集》卷二十三，《四部丛刊》影印明嘉靖本。

② 沈德潜《古诗源》卷五，中华书局 1963 年版，第 105 页。

③ 刘勰《文心雕龙·明诗》："若夫四言正体，则雅润为本；五言流调，则清丽居宗。"见范文澜《文心雕龙注》，人民文学出版社 1958 年版，第 67 页。

④ 刘勰《文心雕龙·明诗》："暨建安之初，五言腾涌。"见范文澜《文心雕龙注》，人民文学出版社 1958 年版，第 66 页。

⑤ 鲁迅《而已集·魏晋风度及文章与药及酒之关系》："总括起来，我们可以说汉末魏初的文章是清峻，通脱。"见吴子敏等《鲁迅论文学与艺术》，人民文学出版社 1980 年版，第 253 页。

的曹操所独具。此外，曹操不少散文还具有一定的形象性，虽是政论文字，但寓情于理，因理涉事，论而有象，具有一定的艺术感染力。曹操散文为简明中肯、峻急洒脱的魏晋散文奠定了发展的基础，一直影响到近、现代的章太炎、鲁迅等人。曹操还写过抒情小赋，虽已全部散佚，但还保留有《登台赋》和《沧海赋》的残句①，可看出两赋都是写景言志抒怀之作，与汉大赋迥异其趣，对建安时代抒情小赋的发展和繁荣应具有推动作用。

曹操著作，无论诗文，都内容充实，感情饱满，气势健旺，有一股内在的力量。敖陶孙说："魏武帝如幽燕老将，气韵沉雄。"② 胡应麟说："魏武沉深古朴，骨力难侔。"③ "其诗豪迈纵横，笼罩一世。"④ 刘熙载说："曹公诗气雄力坚，足以笼罩一切"⑤，都堪称确论。充沛的感情和气势通过简劲明白的语言表现出来，就形成了一种明朗刚健的艺术风格，这就是建安风骨。建安风骨的形成，与"世积乱离，风衰俗怨"⑥ 的时代和乐府民歌的影响有关，曹操个人也作出了重要贡献。建安风骨后来成为文学史上的一面旗帜，刘勰、钟嵘、陈子昂、李白等人反对六朝绮靡文风，都大力标举建安风骨，对唐代诗歌的健康发展产生了积极影响。

总的说来，曹操领袖群英，革除锢弊，开拓新风，贡献很大。热心倡导而又积极实践、善于继承而又勇于革新是曹操文学活动的突出特色。以一代雄主的身份奖掖文学，自身又有赫然可观的创作成绩，从而开辟出一个文学新时代，在封建社会中堪称独步。如果说秦皇汉武、唐宗宋祖比起曹操来

---

① 郦道元《水经注·浊漳水》："故魏武《登台赋》曰：'引长明，灌街里。'"见王国维《水经注校》，上海人民出版社 1984 年版，第 349 页；萧统《文选》左思《吴都赋》刘渊林注："魏武《沧海赋》曰：'览岛屿之所有。'"中华书局 1977 年影印胡克家刻本，第 84 页。

② 敖陶孙《诗评》，丛书集成本。

③ 胡应麟《诗薮》内编卷二，上海古籍出版社 1979 年版，第 23 页。

④ 胡应麟《诗薮》外编卷一，上海古籍出版社 1979 年版，第 136 页。

⑤ 刘熙载《艺概·诗概》，上海古籍出版社 1978 年版，第 52 页。

⑥ 刘勰《文心雕龙·时序》："观其诗文，雅好慷慨，良由世积乱离，风衰俗怨，并志深而笔长，故梗概而多气也。"见范文澜《文心雕龙注》，人民文学出版社 1958 年版，第 673~674 页。

"略输文采""稍逊风骚"①，那是并不过分的。

二

曹丕是曹操次子，既是曹操政治上的继承人，也是曹操文学事业的接班人。曹丕的文学功绩在于：他保持了曹操思想解放和文学革新的势头，不仅以自己富有创造性的创作丰富了建安文学，而且在创作繁荣的基础上，对一些重要的文学问题从理论上进行了概括和总结，提出了一些新鲜的很有价值的文学见解，成为中国文学理论批评史上早期的一位重要人物。更有意义的是，当许多文士汇聚邺下之后，由于曹操地位很高，忙于政务军务，曹植又比较年轻，因此曹丕成了这个文学集团的实际首领，具体组织了很多文学活动，促进了建安文学的繁荣。《初学记》卷十引《魏文帝集》说："为太子时，北园及东阁讲堂并赋诗，命王粲、刘桢、阮瑀、应玚等同作。"萧统《文选》"公宴"类中，曹植、王粲、刘桢各有《公宴》一首，应玚有《侍五官中郎将建章台集诗》一首，都是应曹丕之命而作。这些诗都是五言，五言诗由此大增。抒情小赋的兴盛当也在这个时候。《古文苑》卷七王粲《羽猎赋》章樵注引挚虞《文章流别论》说："建安中，魏文帝从武帝出猎赋，命陈琳、王粲、应玚、刘桢并作。琳为《武猎》，粲为《羽猎》，玚为《西狩》，桢为《大阅》。"曹丕的《寡妇赋序》和《玛瑙勒赋序》中也有"命王粲并作之"，"命陈琳、王粲并作"的字样。其他同题之作尚多，俨然出现了一个抒情咏物小赋"腾涌"的局面，最终取代汉大赋而确立了在文学史上的地位。

曹丕在同文士们交往时的平等态度也颇值得称道。曹丕是一个博闻强识、才艺兼该的人物，又是曹操爱子，早在建安十六年（211）就被封为五官中郎将、副丞相，后又被立为太子，地位远在一般文士之上。但他能在一定程度上抛弃传统的贵贱尊卑观念，同文士们亲密相处，形同朋友，建立了深厚的友谊。他自己在《与吴质书》中说："昔日游处，行则连舆，止则接席，何曾须臾相失？每至觞酌流行，丝竹并奏，酒酣耳热，仰而赋诗。当此之时，忽

---

① 毛泽东《沁园春·雪》："惜秦皇汉武，略输文采；唐宗宋祖，稍逊风骚。"见《毛主席诗词》，人民文学出版社 1963 年版，第 23 页。

然不自知乐也。"文士们相继去世后，曹丕表示了深沉的悼念，并为他们撰遗文、编文集，孔融死后甚至"募天下有上融文章者，辄赏以金帛"①。以显贵身份同文士们亲密相处，以知心朋友和行家的身份去关心、支持、鼓励文士们创作，在中国文学史上曹丕是第一人。曹丕以实际行动提高了作家地位，创造了一种良好的文学创作和文学批评风气，促进了文学创作的繁荣，也为建安文学的搜集、编辑、传播作出了贡献。

曹丕即帝位前，"以著述为务，自所勒成垂百篇"②。其中《典论》为理论著作，多已散佚，较完整的今仅存《自叙》《论文》两篇。《论文》是中国文学理论批评史上第一篇专篇论文，直接开启了魏晋南北朝文学理论批评盛极一时的局面。在《论文》中，曹丕第一次把"文章"（包含诗赋散文）提到了"经国之大业，不朽之盛事"的崇高地位，从而彻底结束了两汉文学附骥尾于"六经"的局面，激发了后来文人们对于文学创作的自觉性和积极性。曹丕又第一次提出了"夫文本同而末异"的命题，总结了不同文体在表现上的差异，推动了此后关于文体论的研究。特别是关于"诗赋欲丽"的认识，初步涉及了形象性及词采这一文学的特质问题，表明曹丕的文学观念已趋向明确，这对此后文学的独立发展具有推动作用。曹丕还提出了"文以气为主"的命题，并以他的"文气"说和他所确立的文学批评原则对建安七子作了扼要而比较中肯的评论，既开创了文学理论批评史上以"气"论文的先例，影响了后来的风格论，也促进了此后关于批评论的研究，为正常文学批评的开展树立了榜样。

曹丕流传至今的文学作品，计有诗歌四十余首，辞赋散文近二百篇，在数量上仅次于曹植。曹丕"妙善辞赋"③，虽然差不多都已散佚，但《艺文类聚》《初学记》等书还保存了不少佚文，都是抒情咏物小赋。书信体散文也颇具特色。而其创作的最大成绩还是诗歌。曹丕的诗歌创作遵循曹操开辟的乐

---

① 范晔《后汉书》卷七十《孔融传》，中华书局 1965 年版，第 2279 页。
② 陈寿《三国志》卷二《文帝纪》："初，帝好文学，以著述为务，自所勒成垂百篇。"中华书局 1982 年版，第 88 页。
③ 刘勰《文心雕龙·时序》："文帝以副君之重，妙善辞赋。"见范文澜《文心雕龙注》，人民文学出版社 1958 年版，第 673 页。

府民歌化路线，又从古诗中汲取营养，形成了一种明丽自然的艺术风格，具有了较多的文人诗面目。抒情化有了新发展。形式的多样尤为引人注目，四、五、六、七、杂言无所不有，而五言诗的写作最为着力，数量占到一半，为确立这种新诗体的地位贡献了力量。六言诗在当时也属新创。《燕歌行》则是中国诗史上最早出现的完整而优美的七言诗，大大激发了后来人们学写的兴趣，从而使七言同五言一样成为我国古典诗歌的基本形式。杂言长篇《大墙上嵩行》参差变化，气魄宏伟，为后来鲍照、李白的杂言乐府开出了端绪。曹丕对于诗歌形式的努力探索，使建安时期成为一个诗歌形式多样化的时期，并对我国诗歌形式的发展产生了积极、深远的影响。

三

曹植是曹操第三子，是邺下文学集团仅次于曹丕的领袖人物，同文士们也建立了亲密联系，在文学理论方面也有重要建树。由于他在同曹丕争夺继承权的斗争中败下阵来，后期更连遭流徙，备受迫害，失去了佐命立功的机会，因而著述成为他一生占第一位的工作，是建安作家中唯一一位终生专力从事文学创作的人。特别是建安二十五年（220）以后，由于建安七子和曹操等已相继辞世，曹丕即了帝位，忙于政务，创作高峰已过，又先于曹植六年去世，因此曹植成了独力支持当时文坛的人物。由于曹植有丰富的生活阅历和深厚的文学修养，又有优裕的时间条件，因此他很好地继承和发展了曹操开创的文学事业，在创作上集建安文学之大成，将建安文学推向最高峰，最后确立了建安文学在文学史上的卓著地位。

清代丁晏的《曹集铨评》搜录曹植作品较为完备，计有诗一〇九首（有的残佚），文和赋二〇五篇（有的残佚）。散文中的书、表颇为可读，表被刘勰誉为"独冠群才"①，《与杨德祖书》《求自试表》《求通亲亲表》等都是名作。辞赋也很有成绩，留存到现在的还有四十多篇，其中不仅有《洛神赋》《闲居赋》《愍志赋》这一类感伤身世、直抒胸情之作，还有《鹞雀赋》《蝙

---

① 刘勰《文心雕龙·章表》。见范文澜《文心雕龙注》，人民文学出版社1958年版，第407页。

蝠赋》等全用比拟、类同寓言的作品，别开生面，对后世很有影响。

曹植诗歌创作的成绩最为突出。其诗内容丰富，题材广泛，述志、抒怀、叙事、写景、咏物、咏史、游仙、赠别、从军、边塞无所不有，不仅建安诗歌的题材大备于此，而且除田园、山水、宫体外，大致也能将两晋南北朝诗的题材内容包括在内。曹植遵循乐府民歌化路线，其诗一半以上是乐府歌辞，同时汲取了古诗影响。以下三方面内容较为突出：（一）《送应氏》（其一）、《泰山梁甫行》等诗直接描写社会残破景象和人民苦难生活，反映了乱离时代社会生活的某些本质方面，同曹操的《薤露行》《蒿里行》等诗一样堪称建安诗歌中的现实主义杰作。（二）表现统一天下的理想和建功立业的雄心，是建安诗歌的一般主题，但在曹植作品中表现得最为强烈，不仅充分表现了曹植不折不挠地追求进步理想的精神，也充分体现出"梗概多气"[1] 的建安文学特色。（三）曹植后期由于饱受曹丕父子的压迫欺凌，因此反映他的不幸遭际和怨愤心情又成为其诗作的一个突出主题。以最高统治者血缘家庭中一员的身份来揭露统治阶级内部骨肉相残的内幕，不仅在建安诗人中独标一格，在文学史上也有特殊地位，两晋文学揭露现实政治黑暗的诗风颇受此影响。总之，曹植丰富和发展了建安文学的题材与主题，进一步突出了建安文学的现实主义精神。

在建安诗人中，曹植又最讲究艺术表现，讲究艺术语言的加工。他精于炼字，讲究字面色彩的鲜丽，并开始有意识地追求对偶和声律。他工于起调，善为结句，喜用警句，比喻象征手法运用得多而新巧。加上用词丰富，造语多变，讲究章法，因而大大增强了作品的形象性、表现力和艺术价值。曹植是中国文学史上第一个高度重视艺术上的加工和创造的人，说明他对文学艺术的特点和价值已经有了相当明确的认识，在一定程度上把握了文学规律，这为我国文学艺术走向成熟积累了经验，准备了条件。

曹植诗歌形式多样，而且各体皆优。胡应麟说："建安中，三、四、五、六、七言、乐府、文、赋俱工者，独陈思耳。"[2] 六、七言诗没有完整作品流

---

[1] 刘勰《文心雕龙·时序》。见范文澜《文心雕龙注》，人民文学出版社 1958 年版，第 673~674 页。

[2] 胡应麟《诗薮》外编卷一，上海古籍出版社 1979 年版，第 137 页。

传下来，在丁福保编《全三国诗》中还留有残句。从现有资料看，曹植对五言诗的发展贡献最大，不仅数量多，而且质量高，充分展示出了五言体的优势，从而基本确立了五言体诗在诗史上的地位。

曹植诗歌（实际还可包括他的辞赋和散文在内）总的成就和特色，可借用钟嵘的话来概括和说明："骨气奇高，词采华茂，情兼雅怨，体被文质。"①"骨气奇高"谓其风格奇警高绝，在其诗中贯穿和洋溢着一种执着顽强地追求理想、反抗压迫的气概和精神；"情兼雅怨"谓其诗兼具《国风》与《小雅》之长，表达了对社会乱离、民生多艰的哀叹和对自己不幸遭遇的怨愤不满。这样，曹植诗歌就具有了气概勃发、感情充溢的特点，充分体现和发展了建安风骨。杜甫说"子建文笔壮"（《别李义》，一作"子建文章在"），"文章曹植波澜阔"（《追酬故高蜀州人日见寄》），应当就是从这个角度来说的。另一方面，这也使曹植诗歌具有了鲜明的抒情化个性化特色，这在建安诗人中也是首屈一指的。"词采华茂"指的是曹植讲究"摛藻"②，注意语言形式的精美。"体被文质"指曹植诗歌既有华美的一面，也有朴素的一面，朴素和华美互相补充和融合，使其诗"文采缤纷，而不离闾里歌谣之质"③，既不同于汉诗的质胜于文，也不同于晋以后诗的文胜于质，而达到了文质彬彬的境界。总的来看，钟嵘是从思想内容和艺术形式两方面对曹植诗歌作出评价的。曹植的独特贡献，就在于他既注意了文学必须反映社会生活的特征，又注意了文学是以艺术形象来反映生活的特征，从而在很大程度上达到了内容和形式的完美统一。我们正是从思想和艺术相结合的角度，认为曹植诗达到了建安诗歌的最高水平。

四

对于三曹在文学上的成就、贡献及其在文学史上的地位，古今评论家作

---

① 钟嵘《诗品》卷上。见陈延杰《诗品注》，人民文学出版社 1961 年版，第 20 页。

② 曹植《前录自序》："故君子之作也，俨乎若高山，勃乎若浮云。质素也如秋蓬，摛藻也如春葩。"见赵幼文《曹植集校注》，人民文学出版社 1984 年版，第 434 页。

③ 黄侃《诗品笺》。见杨焄整理《钟嵘〈诗品〉讲义四种》，上海古籍出版社 2018 年版，第 12 页。

出过种种评价。由于品藻人物风气的影响和文学批评的开展，三曹的同时代人就已经把他们作为评论对象。曹丕的《典论·自叙》和曹植的《武帝诔》评到曹操，吴质的《答魏太子笺》、曹植的《魏德论》和《文帝诔》、刘桢的《赠五官中郎将诗四首》、卞兰的《赞述太子赋》等评到曹丕，陈琳的《答东阿王笺》、吴质的《答东阿王书》、杨修的《答临淄侯笺》等评到曹植，就是一千七百多年来三曹研究的第一批成果。到南朝齐梁时期，三曹研究出现了一个热潮。沈约说："至于建安，曹氏基命，二祖、陈王，咸蓄盛藻，甫乃以情纬文，以文披质。"① 刘勰说："暨建安之初，五言腾涌：文帝、陈思，纵辔以骋节；王、徐、应、刘，望路而争驱。"② 又说："魏武以相王之尊，雅爱诗章；文帝以副君之重，妙善辞赋；陈思以公子之豪，下笔琳琅；并体貌英逸，故俊才云蒸。"③ 钟嵘说："降及建安，曹公父子，笃好诗文；平原兄弟，郁为文栋；刘桢、王粲，为其羽翼。次有攀龙托凤，自致于属车者，盖将百计。彬彬之盛，大备于时矣。"④ 对三曹创作的特征、三曹的文学才能和他们在网罗文才、表率群英、发展五言诗、促进建安文学的繁荣等方面所起的历史性作用作了相当全面、热情、中肯而又生动的评论，对我们今天的研究工作还有启示和帮助。

魏晋南北朝以后，三曹研究继续向纵深发展。在众多的研究者中，有不少人从纵的和横的两个方面将三曹同其他作家进行了比较研究。纵的研究，就是将三曹同建安以前和以后的作家进行比较，有时是为了说明其创作的渊源、影响，有时则是为了说明其在文学史上的地位。曹操、曹丕被认为是帝王中的佼佼者，曹植则被更多人推崇，被认为是中国诗史上有数的几个大家之一。张戒在《岁寒堂诗话》中，第一次将曹植与陶渊明、李白、杜甫并举。此后，吴淇说："《选》诗有子建，唐诗有子美，各际中集大成之诗人也。"⑤ 冯班说："千古诗人，惟子美可配陈思王。"⑥ 王士桢说："汉魏以来，二千余

① 沈约《宋书》卷六十七《谢灵运传论》，中华书局 1974 年版，第 1778 页。
② 刘勰《文心雕龙·明诗》。见范文澜《文心雕龙注》，人民文学出版社 1958 年版，第 66 页。
③ 刘勰《文心雕龙·时序》。见范文澜《文心雕龙注》，人民文学出版社 1958 年版，第 673 页。
④ 钟嵘《诗品序》。见陈延杰《诗品注》，人民文学出版社 1961 年版，第 1 页。
⑤ 吴淇《六朝选诗定论》卷五，广陵书社 2009 年版，第 108 页。
⑥ 吴乔《围炉诗话》卷四引，丛书集成本。

年间，以诗名其家者众矣。顾所号为仙才者，唯曹子建、李太白、苏子瞻三人而已。"① 潘德舆说："子建真《风》《雅》之苗裔，非陶公、李、杜，则无媲美之人矣。"② 此外，类似议论还多。这些见解都有一定合理成分，但由于着眼点不尽相同，评论标准不完全一致，合理成分也不完全一样，有的实际上比较偏颇。至如丁晏说："陈思王忠孝之性溢于楮墨，为古今诗人之冠，灵均以后，一人而已。"③ 抓住一端，曲为伸发，更不免悖谬。不过，三曹，特别是曹植应列入文学史上的著名作家之列，这是不应怀疑的。

横的研究，就是将三曹与他们的同时代作家进行比较，实际上涉及了他们是否堪为建安作家代表的问题。由于曹操、曹丕处于尊位，其同时代人尚无人将他们同其他作家进行类比。独曹植，杨修在《答临淄侯笺》中说他"含王超陈，度越数子"，意思是他优于"七子"，但还没有曹操、曹丕逊于"七子"的意思。此后，逐渐出现了曹（植）、王（粲）并称的提法。沈约《宋书·谢灵运传论》说："子建、仲宣，以气质为体。"又说："体变曹、王。"刘勰《文心雕龙·明诗》说："兼善则子建、仲宣。"钟嵘则多以曹（植）、刘（桢）并称，如《诗品序》说："曹、刘殆文章之圣。"《诗品》卷上说："故孔氏之门如用诗，则公干升堂，思王入室。""然自陈思已下，桢称独步。"同时隐含了曹、王并称的提法。沈约、刘勰以曹、王并称，只是就他们的某些共同点来说的，尚无轩轾曹操、曹丕的意思。而钟嵘以曹植、刘桢、王粲并提，褒贬之意却十分明显。《诗品序》说："陈思为建安之杰，公干、仲宣为辅。"明确将曹植、刘桢、王粲列为上品，而将曹丕列为中品，曹操列为下品。在钟嵘看来，建安五言作家应以曹植、刘桢、王粲为代表，曹丕、曹操则等而下之。钟嵘的意见对后代很有影响，后代以"曹、刘""曹、王"并称者层出不穷，"目短曹刘墙"（杜甫《壮游》），"方驾曹刘不啻过"（杜甫《奉寄高常侍》），"曹刘坐啸虎生风，四海无人角两雄"（元好问《论诗绝句》）等都是，其中有不少议论实际上也是将曹植、刘桢、王粲看成了建安作家的代表。曹植堪为建安作家的代表，这是不言而喻的。肯定刘桢、王

----

① 王士禛《带经堂诗话》卷五，清刻本。
② 潘德舆《养一斋诗话》卷一，清刻本。
③ 丁晏《陈思王年谱序》。见《曹集铨评》附录，文学古籍刊行社 1957 年版，第 216 页。

粲，也是势在必然。但将曹操、曹丕列于刘桢、王粲之下，却不免偏颇。从总体看，刘、王的贡献不及操、丕；即以五言诗而论，操、丕也有独到之处，未必就在刘、王之下。尤其是曹操的几首五言诗在今天看来都是建安时代的巅峰之作，不仅内容深刻，就是气势也远比刘、王雄肆豪健，在当时真正居于无人能与角雄的地位。对钟嵘的偏颇，前人已有议论，王世贞认为《诗品》"魏文不列乎上，曹公屈第乎下，尤为不公"①，王士祯也对"置曹孟德下品，而桢与王粲反居上品"不满，明确提出"下品之魏武，宜在上品"②。今天看来，钟嵘的意见影响到曹操、曹丕在文学史上的地位，使不少后人知有"曹刘""曹王"而不知有三曹，或先"曹刘""曹王"而后三曹，模糊了历史的本来面目，确有申述、驳正一番的必要。

从总的成就和贡献来看，三曹应是建安作家中最突出的代表。不过，如果细加考察，三曹之间也还存在差别，从而决定他们在文学史上享有的地位也不可能完全等同。过去人们对这个问题也曾聚讼纷纭，褒贬不一。归纳起来，大致有下面三种意见。

一种意见是褒扬曹植，而且往往以贬抑曹操或曹丕为前提。刘勰《文心雕龙·才略》最先透出了这方面的消息：

> 魏文之才，洋洋清绮，旧谈抑之，谓去植千里。然子建思捷而才隽，诗丽而表逸；子桓虑详而力缓，故不竟于先鸣；而乐府清越，《典论》辩要，迭用短长，亦无懵焉。但俗情抑扬，雷同一响，遂令文帝以位尊减才，思王以势窘益价，未为笃论也。

说曹丕"去植千里"，未免褒贬失当，确非"笃论"。这种意见在刘勰时代已是"旧谈"，并发展到"雷同一响"的程度，可见褒植抑丕的看法渊源久远，并曾获得压倒一切的优势。

到了钟嵘，这种情况没有大的改变。他将曹植列入上品，其评语的主要部分是中肯的，但也还有一些溢美之辞。曹丕被列入中品，但认为他的《西

① 王世贞《艺苑卮言》卷三。见丁福保辑《历代诗话续编》，中华书局 2006 年版，第1001 页。
② 王士祯《带经堂诗话》卷二，清刻本。

北有浮云》等十余首诗"殊美赡可玩，始见其工"，有"铨衡群彦，对扬厥弟"的价值，这同"去植千里"一派意见还是有很大不同。曹操被列入下品，评语只有一句话："曹公古直，甚有悲凉之句。"应当说，这寥寥十字也算抓住了特点，但因一味古直不合钟嵘"干之以风力，润之以丹采"的要求，所以在总体上遭到了轻视的评价。曹丕也是因"所计百许篇，率皆鄙质如偶语"，而被列入中品的。可见，钟嵘主张风力与丹采并重，但在当时整个文坛注重辞藻华丽风气的影响下，他并没有始终如一、坚定不移地执行自己的标准。胡应麟认为："三曹，魏武太质，子桓乐府、杂诗十余篇佳，余皆非陈思比。"① 这意见正与钟嵘一脉相承。

此外，褒扬曹植的议论还多。总的来看，曹植在封建时代备受推崇，不仅在许多具体方面得到肯定，而且在总体上一再被人们与几个屈指可数的大家相提并论，地位远在曹操、曹丕之上。1949 年以来，不少论者也将曹植目为建安文学的最大代表，地位超过了曹操和曹丕。

另一种意见是褒扬曹操，认为曹丕兄弟不及乃父。陈祚明说："（曹操）笔调高古，正非子桓兄弟所能及。"② 钟惺说："文帝诗便婉娈细秀，有公子气，有文士气，不及老瞒远矣。"③ 徐世溥说："子建诗虽独步七子，东坡文虽雄视百代，然终不似孟德明允、苍茫、浑健，自有开创之象。"④ 认为曹操高古的笔调、浑健的风格超过曹丕兄弟，自不为无见。1949 年以后，曹操一度得到高度肯定的评价，其中不乏精到见解。而十年动乱中，"四人帮"出于篡党夺权的需要，将曹操尊为法家，大加推崇，曹植却被有的人说成是没落贵族的形式主义作家，则并非真正的科学研究，姑不论。

此外，还有一种褒扬曹丕而贬抑曹植的意见。王夫之将曹丕"允为诗圣"⑤，并在评曹丕《猛虎行》时说："钟嵘莽许陈思以'入室'，取子桓此许篇制与相颉颃，则彼之为行尸视肉，宁顾问哉！"⑥ 一个褒之上天，一个贬

---

① 胡应麟《诗薮》内编卷二，上海古籍出版社 1979 年版，第 28 页。
② 陈祚明《采菽堂古诗选》卷五评《苦寒行》，上海古籍出版社 2008 年版，第 131 页。
③ 钟惺、谭元春《古诗归》卷七，明万历刻本。
④ 徐世溥《榆溪诗话》，豫章丛书本。
⑤ 王夫之《古诗评选》卷二评《黎阳作二首》，河北大学出版社 2008 年版，第 90 页。
⑥ 王夫之《古诗评选》卷一，河北大学出版社 2008 年版，第 21 页。

之人地，是一种很厉害的偏见。郭沫若在 1943 年 7 月写的《论曹植》一文中，则将曹丕和曹植来了个全面对比，认为曹丕"是一位旧式的明君典型"，"文艺上的贡献是谁也不能否认的"。而对曹植，不仅认为其人其行不足取，而且认为他的诗文"总也呈现着一个未成品的面貌。他的作品形式多出于摹仿，而且痕迹异常显露。……几乎无篇不摹仿，无句不摹仿，可谓集摹仿之大成。"认为"曹子建最有成绩的应该还是他的乐府和五言诗，但这是建安文学一般的成绩，并不是他一个人的特长。"而且"抒情化、民俗化的过程在他手里又开始了逆流。他一方面尽力摹仿古人，另一方面又爱驱使辞藻，使乐府也渐渐脱离了民俗。由于他的好摹仿，好修饰，便开出了六朝骈骊文字的先河。"郭沫若甚至认为，"曹子建在文学史上的地位，一大半是封建意识凑成了他"①。郭沫若反对曹丕"去植千里"的意见，这是无可非议的。但又将曹植贬得几无是处，大有将"去植千里"扭为"去丕千里"之势。由于说服力不够，上述说法对后来虽有影响，但不算大。

总的来看，将三曹进行比较研究有利于研究工作的不断深入，一千多年来的纷纭议论有不少是值得我们重视和借鉴的。但是，由于过去大多数评论者所属时代、立场与我们不同，当时的政治思潮、文学时尚不同于现在，评论者个人的文学主张、文学修养、审美趣味、认识水平也与我们有差别，他们的认识往往难免片面和偏颇。加上他们的感想议论有一些是从某一具体角度，甚至是针对某篇具体作品、某些具体词句而发的，也不能看作对三曹的总体评价。我们要铨次三曹，恰如其分地说明他们在文学史上的地位，应当站在辩证唯物主义和历史唯物主义的立场，把他们既放在当时特定的历史条件之下，也放在文学发展的历史长河中进行全面的考察，一方面要看到他们的创作实绩，另一方面也要看到他们对当时文学繁荣所起的推动作用和对后来文学发展所产生的积极影响。从总体上看，三曹各有千秋，对建安文学的繁荣都作出了重要贡献，在文学史上发生了重要影响。但比较而言，曹操、曹植贡献最大，曹丕稍次。其主要差别是：

（一）曹丕是邺下文学集团的实际首领，具体组织了很多文学活动，但在

---

① 郭沫若《论曹植》。见《历史人物》，人民文学出版社 1979 年版，第 127~132 页。

"觞酌流行，丝竹并奏，酒酣耳热"（曹丕《与吴质书》）的气氛和环境中创作出来的作品，内容不少是"怜风月，狎池苑，述恩荣，叙酣宴"①，题材较狭窄，主题欠深刻。又由于是一时和作，仓猝成篇，艺术上也少有出色之作。

（二）曹丕诗歌以描写男女爱情和离愁别恨见长，内容不够深刻，风格较为柔弱。这与他的政治抱负、政治才能、进取精神、生活阅历等条件不如曹操，在某些方面也与曹植有差距是很有关系的。另外，曹丕遵循乐府民歌化路线，但比起曹操、曹植来，他的某些作品有拼凑之嫌，露出较多半成品的痕迹。

当然，三曹也各有短长。曹操、曹植的政治、文学活动以及他们作品的思想内容、艺术表现也并非就是完美无瑕、无懈可击的。但比较而言，他俩一个是建安文学的开创者，一个是建安文学的集大成者，的确贡献最大，堪称建安文学两座并峙的高峰。范文澜说："代表建安文学的最大作者是曹操和曹植。大抵文学史上每当创作旺盛的时期，常常同时出现两个代表人物：一个是旧传统的结束者，一个是新作风的倡导者。曹操曹植正是这样的两个人物。"② 这段话将曹操派定为"旧传统的结束者"，将曹植派定为"新作风的倡导者"，不免有些拘泥（就曹操而言，他就兼有"结束者"和"倡导者"双重身份）；但指出曹操、曹植是建安文学的最大代表，这确是正确的。有不少论者在谈论建安文学的代表问题时，或只标举曹植（这种情况最多），或只标举曹操，很少将二人相提并论，这是颇觉遗憾的。

（原载《贵州社会科学》1983 年第 2 期，中国人民大学书报资料中心《中国古代近代文学研究》1983 年第 8 期）

---

① 刘勰《文心雕龙·明诗》。见范文澜《文心雕龙注》，人民文学出版社 1958 年版，第 66 页。
② 范文澜《中国通史简编》第二编第三章，人民出版社 1964 年版，第 252 页。

试论音乐对三曹诗歌的影响

众所周知，三曹（曹操、曹丕、曹植）接受了汉乐府的深刻影响，他们自己也创制了为数不少的乐府诗。所谓乐府，指的是一种配有音乐的诗体，在汉代又曾被称为"曲""辞""歌""行"等。刘勰《文心雕龙·乐府》云："乐府者，'声依永，律和声'也。"说明乐府是要用宫商角徵羽五音（大致相当于现代音乐简谱的 12356，后来又加上变宫、变徵，称为七音，大致相当于现代音乐简谱的 1234567）来摇曳延长声调和用黄钟、大吕等十二律（大致相当于现代音乐中的 C、#C、D、#D、E、F、#F、G、#G、A、#A、B 等十二个固定的音）来配合声音的。可见，乐府是一种歌词和曲调，也就是文学与音乐相结合的综合性艺术，它同一般诗歌是有所区别的。对于这种区别，汉魏时代的人们十分清楚。到了六朝，作为诗体名称的乐府也还是一种合乐的歌词，同音乐还没有脱离关系，人们也还没有忘记它的音乐的特点，故《文心雕龙》在《明诗》之外另有一篇《乐府》，萧统《文选》在骚、诗、赋之外另辟《乐府》一类，以便把它同没有合过乐的"徒诗"区别开来。在这种综合艺术中，歌词和曲调有互相配合、互相补充、彼此制约的关系。《文心雕龙·乐府》云："凡乐辞曰诗，诗声曰歌"，"诗为乐心，声为乐体"。意思是，乐府的歌词是诗，诗句配上乐曲就是歌；诗是乐府的核心，乐曲是乐府的形体。确实，歌词要借助乐曲的渲染才能更加激动人心、流播遐迩，曲调也要依靠歌词才能把思想情绪明确具体地表现出来。三曹喜爱汉乐府，正是从这两个方面的结合上着眼并进而从中吸取影响的，他们所创制的乐府诗也不能不或多或少地留下一些音乐制约与影响的痕迹。过去人们对这个问题似乎重视不够，对汉乐府给予三曹诗歌的影响一般都着重从文学即歌词的角度着眼，而往往忽略从音乐即曲调的角度进行考察，颇觉美中不足。本文试图在这方面作一些初步的探索。

一

三曹对音乐都有强烈的兴趣和爱好，其中以曹操最为突出。《三国志·魏书·武帝纪》裴松之注引《曹瞒传》云："太祖好音乐，倡优在侧，常以日达夕。"曹操还有杰出的音乐才能，裴注引张华《博物志》云："桓谭、蔡邕善音乐……太祖皆与埒能。"建安十五年（210），曹操在邺城建造了铜雀台，在上面设置了鼓乐声伎，可以说此台的建造同曹操对音乐的浓厚兴趣很有关系。铜雀台建筑得相当壮观，郭茂倩《乐府诗集》卷三十一《铜雀台》题解云："其台最高，上有屋一百二十间，连接榱栋，侵彻云汉。铸大铜雀置于楼颠，舒翼奋尾，势若飞动，因名为铜雀台。"曹操崇尚节俭，《三国志·魏书》本传裴注引《魏书》说他"雅性节俭，不好华丽，后宫衣不锦绣，侍御履不二采，帷帐屏风，坏则补纳，茵蓐取温，无有缘饰"。其《内诫令》也自云："吾衣被皆十岁也，岁岁解浣补纳之耳。"但由于酷好音乐，却表现出了异乎寻常的大方。台建成后，曹操十分高兴，"悉将诸子登台，使各为赋"①，自己也乘兴写了《登台赋》②。此后铜雀台俨然成了当时的一个音乐中心，对音乐的发展产生了一定影响，南朝宋王僧虔在论清商乐时就说："今之清商，实由铜雀，魏氏三祖，风流可怀。"③ 建安二十五年（220），曹操病重，遗令薄葬，但却不弃声伎，专门嘱咐道："吾婢妾与伎人皆勤苦，使著铜雀台，善待之。于台堂上安六尺床，施繐帐，朝晡上脯糒之属。月旦十五日，自朝至午，辄向帐中作伎乐。"对于音乐的浓厚兴趣，可以说是至死不衰。

曹丕、曹植比起曹操来也并不逊色多少，翻阅他们的诗文可以随处读到描写或涉及音乐的文字。逯钦立辑校《先秦汉魏晋南北朝诗》共收录曹丕诗四十三首（残缺的不计），有四分之一涉及音乐。《善哉行》四首有三首描写

---

① 陈寿《三国志》卷十九《魏书·曹植传》，中华书局1982年版，第54页。
② 全赋已佚，郦道元《水经注·浊漳水》尚留有残句"引长明，灌街里"。见王国维《水经注校》，上海人民出版社1984年版，第349页。
③ 沈约《宋书·乐志一》，中华书局1974年版，第553页。

了音乐，其中"有客从南来，为我弹清琴。五音纷繁会，拊者激微吟。淫鱼乘波听，踊跃自浮沉。飞鸟翻翔舞，悲鸣集北林"等文字，不仅表现出演奏者高超的技艺，反映出当时音乐达到的高度水平，描写手法也颇新颖，对后代听乐诗有一定影响。

曹操十分器重和注意网罗音乐人才。蔡琰、阮瑀以至祢衡曾蒙曹操青睐，主要因为他们有才能，其中也包括了音乐才能。蔡琰是东汉著名学者蔡邕的女儿，史载她"博学有才辩，又妙于音律"①。阮瑀少受学于蔡邕，也"善解音，能鼓琴"。他被曹操征至幕下，"抚弦而歌"，"为曲既捷，音声殊妙，当时冠坐，太祖大悦"②。祢衡则善击鼓，陶宗仪在介绍"鼓"这种乐器时说："其声坎坎然，其众乐之节奏也。祢衡常衣彩衣击鼓，其妙入神。"③曹操平定荆州时，得"善钟律，聪思过人，丝竹八音，靡所不能"④的汉雅乐郎杜夔，即任命他为军谋祭酒，使定乐器声调，并创制雅乐。"时又有散骑侍郎邓静、尹商善训雅乐，歌师尹胡能歌宗庙郊祀之曲，舞师冯肃、服养晓知先代诸舞，夔悉总领之。远详经籍，近采故事，考会古乐，始设轩悬钟磬"⑤。汉自东京大乱，乐工散亡，乐章亡缺，器法湮灭。曹操能够在这方面做一些恢复工作，无疑是有意义的。

曹丕也是一个重视并注意搜求音乐人才的人物。黄初中，他重用"妙于音，咸善郑声"⑥的左延年等人，并"广求异伎"，甚至"纳之闲房"。《善哉行·有美一人》写道：

> 有美一人，婉如清扬。妍姿巧笑，和媚心肠。知音识曲，善为乐方。哀弦微妙，清气含芳。流郑激楚，度宫中商。感心动耳，绮丽难忘。离鸟夕宿，在彼中洲。延颈鼓翼，悲鸣相求。眷然顾之，使我心愁。嗟尔昔人，何以忘忧？

① 范晔《后汉书》卷八十四《列女传·董祀妻传》，中华书局1965年版，第2800页。
② 陈寿《三国志》卷二十一《魏书·王粲传》裴松之注引《文士传》，中华书局1982年版，第600页。
③ 陶宗仪《说郛》卷一百，文渊阁《四库全书》本。
④ 陈寿《三国志》卷二十九《魏书·杜夔传》，中华书局1982年版，第806页。
⑤ 房玄龄等《晋书·乐志上》，中华书局1974年版，第679页。
⑥ 陈寿《三国志》卷二十九《魏书·杜夔传》，中华书局1982年版，第807页。

朱乾云："按魏文《答繁软书》云：'守土孙世，有女曰瑛，年十五，素颜玄发，皓齿丹唇。云善歌舞，芳声清激，逸足横集，可谓声协钟石，气应风律。吾练色和（按当作"知"）声，雅应此选，谨卜良日，纳之闲房。'诗当指此。'离鸟夕宿'以下，乃其'纳之闲房'之意也。"① 臣僚为迎合上意，也广为寻觅，繁钦在《与魏文帝笺》中，就推荐了左駬、史妠、謇姐等当时名倡，并特别介绍了"年始十四，能喉啭引声，与笳同音"的都尉薛访车子，这对当时音乐人才的集中无疑也起到了推波助澜的作用。

为使乐有所司，曹魏时代也有专门管理音乐的机构，仿照西汉设置太乐和乐府二署的旧制，设置了太乐和黄门鼓吹两种乐官。太乐主管雅乐，杜夔在黄初中曾任太乐令、协律都尉。黄门鼓吹主管俗乐，在里面任过职的有温胡等，缪袭曾制作了《楚之平》等十二曲以现实斗争为题材的鼓吹曲辞。由于清商乐盛行，黄初中又设置了清商署。《资治通鉴》卷一三四《宋纪》升明二年胡三省注云："魏太祖起铜雀台于邺，自作乐府，被于管弦。后遂置清商令以掌之，属光禄勋。"清商署也管俗乐，把相和歌包括清商三调从鼓吹署里独立出来，鼓吹署便成了一个专管短箫铙歌、横吹曲辞的机构。令狐景做过清商令，庞熙做过清商丞，在清商署中任过职的还有朱生、宋识、列和等人。

毫无疑问，三曹喜爱音乐，有满足声色之娱的目的。"妖童美姿填乎绮室，倡讴伎乐列乎深堂"② 是当时豪富之家的通病，三曹绝不可能免俗。实际上，三曹（尤其是曹操、曹丕）对于声色之娱的追求还是相当突出的，曹丕将"异伎""纳之闲房"，就和历代沉湎于酒色的帝王是一般行径。不过事情还有值得注意的另一面。曹丕《与吴质书》云："昔日游处，行则连舆，止则接席，何曾须臾相失。每至觞酌流行，丝竹并奏，酒酣耳热，仰而赋诗。"曹植《娱宾赋》也云："办中厨之丰膳兮，作齐郑之妍倡。文人骋其妙说兮，飞轻翰而成章。"这说明音乐是联结三曹同邺下文士感情的不可或缺的纽带，并激发了他们的诗兴，他们的不少诗作，特别是大量的游宴诗正是在听乐之

① 朱乾《乐府正义》卷八，清乾隆朱珪刻本。
② 仲长统《昌言·理乱篇》。见范晔《后汉书》卷四十九《仲长统传》，中华书局1965年版，第1648页。

后写出来的，这与"五言腾踊"① 局面的形成，不能说毫无关系。更重要的是，音乐是三曹同乐府古辞接触的重要媒介。曹魏乐府机关主管音乐，但已不采诗。平常所演奏的音乐，一部分是原来的乐府歌词。《乐府诗集》中所载的《江南》《东光》《鸡鸣》《乌生》《平陵东》《陌上桑》《折杨柳行》《善哉行》等古辞都还标着"魏、晋乐所奏"的字样（有的演奏时经过了增饰）。实际上，被魏乐所奏的应当不止这些，不然其余的古辞很难经过战乱再保存下来。这样，三曹通过欣赏音乐大量而频繁地接触了乐府古辞，进而从中汲取了思想艺术的营养。同时，由于配乐演唱的需要，三曹撰写了大量的拟作乐府。《乐府诗集》中的《相和歌辞》共收三曹乐府五十四首，其中有五首标明"魏乐所奏"，有十五首标明"魏、晋乐所奏"，另有十三首标明为"晋乐所奏"。当然，实际入乐的应当也不止这些，史称曹操"登高必赋，及造新诗，被之管弦，皆成乐章"②，曹操流传至今的二十余首诗也全部是乐府诗，可在一定程度上说明这一点。三曹的乐府诗是他们艺术上的创作，但既为"拟作"，总不免在思想内容、艺术表现等方面或多或少地接受乐府古辞和乐府旧曲的一些影响和制约。一些自创新题、自谱新曲之作也总得考虑适合音乐的要求，不然"被之管弦，皆成乐章"可能就会落空。总之，音乐为三曹接触、熟悉，进而喜爱乐府古辞创造了一个重要的前提条件（当然不是唯一重要的前提条件），使乐府古辞对三曹创作发生影响增加了可能性。音乐又是推动三曹大量创制乐府诗的直接动因，并通过其影响和制约，使三曹乐府诗具有了一些独特的风采。

二

汉魏六朝的音乐，有雅乐、俗乐之分。雅乐是郊祀朝会的贵族乐章，其词是《乐府诗集》中的《郊庙歌辞》和《燕射歌辞》。俗乐则是朝野士庶共享的赏心悦目之乐，以汉武帝以后所采集的各地风谣为主，其词主要保存在

---

① 刘勰《文心雕龙·明诗》："建安之初，五言腾踊。"见范文澜《文心雕龙注》，人民文学出版社 1958 年版，第 66 页。

② 陈寿《三国志》卷一《魏书·武帝纪》裴松之注引《魏书》，中华书局 1982 年版，第 54 页。

《乐府诗集》的《相和歌辞》《清商曲辞》和《杂曲歌辞》等类中，其总名为
"清乐"或"清商乐"。以乐府和《诗经》相比，俗乐相当于《诗经》中的国
风、小雅，而雅乐相当于《诗经》中的大雅和颂。朱乾就曾说："以三百篇例
之，相和杂曲，如《诗》之《风》。"① 曹魏统治者出于礼仪的需要，曾使杜
夔创制雅乐，但结果并不理想。《晋书·乐志上》云："杜夔传旧雅乐四曲，
一曰《鹿鸣》，二曰《驺虞》，三曰《伐檀》，四曰《文王》，皆古声辞。及太
和中，左延年改爱《驺虞》《伐檀》《文王》三曲，更自作声节，其名虽存，
而声实异。唯因爱《鹿鸣》，全不改易。"可见，杜夔对雅乐实际上无所创
定②，所袭用的旧雅乐四曲，后来也被"善郑声，其好古存正莫及夔"③ 的左
延年作了改动。黄初中，左延年以新声被宠，而杜夔却被命"于宾客之中吹
笙鼓琴，夔有难色，由是帝意不悦。后因他事系夔"，最后被"黜免以卒"④。
总的来看，三曹时代虽并不摒弃雅乐，但雅乐及从事雅乐的人不被重视，与
俗乐风靡一时的盛况远远不能相比。出现这种情况的原因主要是：

（一）俗乐本身具有雅乐所不能及的种种长处。从内容看，雅乐庄重典
雅，风格凝重，千篇一律，而相和杂曲却都是"汉世街陌谣讴"⑤，内容丰
富，情感真切，新鲜感人。从演唱形式看，雅乐板滞缺少变化，而俗乐却形
式多样，各具特色，活泼生动。《宋书·乐志三》对俗乐《但歌》和《相和
歌》演唱方式的介绍可说明这一点："《但歌》四曲，出自汉世。无弦节，作
伎，最先一人倡，三人和。魏武帝尤好之。"可见《但歌》是由一人领、三人
和的乐曲。"相和，汉旧歌也。丝竹更相和，执节者歌。"《相和歌》则由三
人演唱，其中一人吹管，一人弹弦，一人打节拍，同时主唱。从演奏乐器看，
雅乐主要用金石，音声典雅凝重；而俗乐主要用弦管，音声悦耳清新，摇曳
多变。由于上述差别，雅乐和俗乐在演奏时就产生了截然不同的效果。《文心

---

① 朱乾《乐府正义序》，清乾隆朱珪刻本。
② 黄节对此早有明确看法。《汉魏乐府风笺序》云："汉本无'雅'，夔所肄习乃制氏所传
《文王》《伐檀》《驺虞》《鹿鸣》四诗之音节耳，非汉'雅'也。其篇又不传，知其无
所创定矣。"中华书局 2008 年版，第 1 页。
③ 陈寿《三国志》卷二十九《魏书·杜夔传》，中华书局 1982 年版，第 807 页。
④ 陈寿《三国志》卷二十九《魏书·杜夔传》，中华书局 1982 年版，第 806~807 页。
⑤ 沈约《宋书·乐志一》，中华书局 1974 年版，第 549 页。

雕龙·乐府》云:"俗听飞驰,职竞新异,雅咏温恭,必欠伸鱼睨;奇辞切至,则拊髀雀跃。"听了雅乐就打呵欠发愣,听了俗乐就拍着大腿跳跃,人们喜欢什么,再明白不过了。这虽然是就春秋战国时代的情况而言,但汉魏时期也是如此。

(二)由于俗乐的上述特点,它引起了朝野士庶的普遍爱好,并自西汉以来在统治阶级和贵族文士中形成了一个爱好俗乐的传统。两汉自武帝以来的历朝皇帝大都爱好俗乐,有的甚至能够自度曲或吹弹乐器,如汉元帝"多材艺,善史书。鼓琴瑟,吹洞箫,自度曲,被歌声"①,汉桓帝"好音乐,善琴笙"②,汉灵帝"善鼓琴,吹洞箫"③。一般贵族、文士,也争相爱好俗乐,西汉成帝时"郑声尤甚","贵戚五侯定陵、富平外戚之家,淫侈过度,至与人主争女乐"④。东汉的桓谭、马融、蔡邕等人对俗乐造诣很深。这种风气流播到建安,三曹自然深受感染,成为爱好俗乐传统的继承者和发扬者。

(三)三曹还直接受到了产生在东汉及东汉末年的俗乐的熏染。据《汉书·艺文志》,西汉乐府诗有一百三十八首,但后来多已散佚。再加上其他典籍保存至今的汉代乐府诗,总计只有五六十首。从其内容、风格和语言形式来推测,这些乐府诗只有少数产生在西汉,而多数产生在东汉,甚至有"汉末建安中"⑤ 的作品。流传的地域,又主要是在以洛阳为中心的中原地区。这样,三曹从小就置身在差不多是同时代、同地域的俗乐的熏染之中,从而培养了对于俗乐的爱好和欣赏习惯。

(四)更重要的是,三曹在汉末大乱中亲历乱离,充当了当时思想解放运动的带头人,具有较为进步的社会理想、文学思想和勇于革新的精神。因此,他们对儒家寓训勉于音乐的"乐教"持暧昧态度,对充斥在《郊庙》《燕射歌辞》中的那些迷信思想和神权说教不感兴趣,而对俗乐歌辞中所表现的现实生活内容能够有较真切的理解和感受,易于产生激动和共鸣。《古诗》(今

---

① 班固《汉书》卷九《元帝纪赞》,中华书局1962年版,第298页。
② 范晔《后汉书》卷七《桓帝纪赞》,中华书局1965年版,第320页。
③ 《太平御览》卷五八一引谢承《后汉书》,文渊阁《四库全书》本。
④ 班固《汉书·礼乐志》,中华书局1962年版,第1072页。
⑤ 无名氏《古诗为焦仲卿妻作序》。见穆克宏《玉台新咏笺注》,中华书局1985年版,第43页。

日良宴会）云：“弹筝奋逸响，新声妙入神。令德唱高言，识曲听其真。”确实，曲有声有词，一般人的欣赏只在声而不在词，只有真正“识曲”的人才能在欣赏音声的同时理解曲词的真谛。三曹可以说是汉乐府的知音，他们既理解了汉乐府的音声之妙，又在相当程度上认识了乐府古辞的思想艺术价值。这样，他们与西汉以来统治阶级和贵族文士喜爱俗乐的传统既有一脉相承的联系，又有了重大的区别。

三曹喜爱俗乐，这给他们的创作带来了很大影响。出于配乐演唱的需要，他们创制了大量俗乐歌词，成为文学史上第一批大力写作俗乐歌词的人。从保存至今的作品看，曹操的诗歌全部都是，曹丕的占一半左右，曹植的占一半以上。从分类来说，《乐府诗集》所载三曹乐府共八十三首，其中有《鼓吹曲辞》二首，《相和歌辞》五十四首，《舞曲歌辞》六首（其中《碣石篇》四章，本为曹操《步出夏门行》，属《相和歌辞·瑟调曲》，前有“艳”。晋以为《碣石舞》，去掉“艳”，属舞曲歌辞），《杂曲歌辞》二十一首，以《相和歌辞》为最多，《杂曲歌辞》次之。《相和歌辞》中，又以《相和三调》（平调、清调、瑟调）和《相和曲》为最多，其中《瑟调曲》就有二十一首。故《乐府诗集》卷四十四郭茂倩题解云：“清商乐，一曰清乐。清乐者，九代之遗声。其始即相和三调是也，并汉魏已来旧曲。其辞皆古调及魏三祖所作。”三曹乐府以《相和》《杂曲》为最多，而汉代乐府古辞也主要保存在这两类中，其中的传承关系是明显的。三曹不仅在体裁、形式方面接受了俗乐的影响，同时也接受了俗乐歌词“感于哀乐，缘事而发”① 的现实主义精神，从而使自己的创作具有了丰富的人民性，在中国诗歌史和音乐史上都开出了一个新生面。

俗乐对于三曹诗歌的风格也有一定影响。三曹诗既有奋发昂扬的一面，也有凄凉哀怨的一面。钟嵘说曹操诗“甚有悲凉之句”②，这种“悲凉之句”在曹丕、曹植诗中也不少见。这种特色的形成，同“世积乱离，风衰俗怨”③

---

① 班固《汉书·艺文志》，中华书局 1962 年版，第 1756 页。
② 钟嵘《诗品》卷下。见陈延杰《诗品注》，人民文学出版社 1961 年版，第 56 页。
③ 刘勰《文心雕龙·时序》。见范文澜《文心雕龙注》，人民文学出版社 1958 年版，第 674 页。

的时代和三曹个人的特殊经历、特殊境遇有关，而凄凉哀怨的俗乐在其间也起着不可忽视的推波助澜作用。前面说过，俗乐所使用的乐器主要是管弦（丝竹）。《乐府诗集》卷二十六《相和六引》郭茂倩题解引《古今乐录》云："凡相和，其器有笙、笛、节歌、琴、瑟、琵琶、筝七种。"曹丕诗中提到过的乐器有笙、笛、竽、筝、琴、瑟等几种，与《古今乐录》所举大体吻合。这些乐器在发音上具有清越哀怨的特色，同金石声音的一味庄重不同。《礼记·乐记》："丝声哀。"孔颖达疏云："'哀'谓哀怨也，谓声音之体婉妙，故哀怨矣。"奏乐以生悲为善音，听乐以能悲为知音，这是汉魏六朝的风尚。嵇康《琴赋序》云："八音之器，歌舞之象，历世才士，并为之赋颂……称其才干，则以危苦为上；赋其声音，则以悲哀为主；美其感化，则以垂涕为贵。"三曹诗歌有不少地方反映了俗乐的这种特色和它给予人的感染力量。如：

曹丕《善哉行》（朝日乐相乐）："悲弦激新声，长笛吐清气。弦歌感人肠，四坐皆欢悦。"

曹丕《清河作》："弦歌发中流，悲响有余音。音声入君怀，凄怆伤人心。"

曹丕《燕歌行》其一："援琴鸣弦发清商，短歌微吟不能长。"

曹植《弃妇篇》："褰帷更摄带，抚弦调鸣筝。慷慨有余音，要妙悲且清。"

曹植《杂诗》（飞观百余尺）："弦急悲声发，聆我慷慨言。"

曹植《元会诗》："笙磬既设，筝瑟俱张。悲歌厉响，咀嚼清商。"

前引曹丕《善哉行》（有美一人）中也有类似描写。很显然，三曹由于"心常叹怨，戚戚多悲"（曹操《步出夏门行·土不同》），因此聆听清越哀怨的俗乐便会觉得很对脾味；反过来，在聆听过程中这种音乐又会进一步触动他们内心的悲戚之思，从而产生抒写出来、付诸管弦的愿望。《诗经·魏风·园有桃》云："心之忧矣，我歌且谣。"三曹也说："展诗清歌聊自宽，乐往哀来摧肺肝。"（曹丕《燕歌行》其二）"仰清风以叹息，寄余思于悲弦。"（曹植《幽思赋》）实际上，三曹写的乐府诗不仅交给声伎演唱，自己有时也演唱。《乐府诗集》卷三十曹操《短歌行》郭茂倩题解引《古今乐录》

引王僧虔《技录》评曹丕《短歌行》云："《短歌行》'仰瞻'一曲，魏氏遗令，使节朔奏乐，魏文制此辞，自抚筝和歌。歌者云'贵官弹筝'，贵官即魏文也。"刘履《选诗补注》也说曹丕《善哉行》（上山采薇）是"因征行劳苦，感物忧伤而歌以自娱"的作品。总之，由于具有慷慨不平的思想基础，为适应俗乐清越哀怨的乐调而制作出来的歌辞也会表现出相应的情调色彩，这是不难理解的。

三

音乐对于三曹乐府诗的结构留下了比较明显的影响，这从"解"的划分上不难看出。乐府《相和歌》的曲式结构，一般由单个的"曲"组成，"曲"又往往划分为若干个唱段，一个唱段即称为一"解"。《乐府诗集》卷二十六《相和歌辞》郭茂倩题解云："凡诸调歌词，并以一章为一解。"关于"章"的含义，《说文》有个解释："章，乐竟为一章，从音从十。十，数之终也。"杨荫浏在《中国古代音乐史稿》中则认为"解"是在章段之后"用器乐演奏或用器乐伴奏着跳舞的部分"，"一解是第一次奏乐或跳舞，二解是第二次奏乐或跳舞，余类推。"总之，"解"是乐府结构上的一种划分，是乐歌的段落。这种结构特点在三曹制作的《相和歌辞》中得到了反映。三曹乐府的"解"有多有少，每解的句数、字数也不相等（甚至很不相等），这固然跟不同内容的不同要求有关，但很可能更多的是为了适应不同乐曲的不同要求。如曹丕《燕歌行》（其一）一共十五句，却分成了七解，除最后一解是三句外，其余各解均只有两句。而曹操的《步出夏门行》一解就有十四句。如果单以内容不同来解释这种现象，实难完全解释清楚，也难于使人信服。综合地看，三曹乐府中的一解有的只是诗中的一个小的层次，有的是诗中的一个段落（或大的层次），有的则是可以独立存在的一首诗（如曹操的《步出夏门行》）。"解"的划分，使得这些乐府诗大都显得结构清晰，层次分明，这无疑有助于提高作品的艺术水平，也给读者的阅读和理解带来了便利。还值得注意的是，像曹操《步出夏门行》那样的一解即为一首独立诗章的作品，实可视为文人独立创作组诗的开始，在诗史上具有某种开风气的意义。《步出夏门行》共分为《观沧海》《冬十月》《河朔寒》《龟虽寿》四解，均写于建安十二年

（207）曹操北征乌桓胜利后班师途中，写诗人其时的所见所思所感，有比较连贯的构思，内容上也互有联系，但又各自具有较长篇幅，表达一个独立而完整的意思，虽隶属于一个总的题目之下，却完全可以独立成篇。这种情形在楚辞中已屡见（屈原《九歌》是对民间创作的加工，《九章》则是由后人辑录在一起的，姑不论；但受其影响，汉人创作了《七谏》《九怀》《九叹》《九思》等组诗似的作品），但在诗中尚属未闻。东汉有秦嘉《赠妇诗》三首、赵壹《疾邪诗》二首、仲长统《见志诗》二首及旧题李陵、苏武别诗数首，虽具有某些组诗的特点，但题目疑均为后人所加，大体上也为后人所辑录，恐都不能以组诗目之。

《乐府诗集》卷二十六《相和歌辞》郭茂倩题解云："诸调曲皆有辞、有声，而大曲又有艳、有趋、有乱。""艳在曲之前，趋与乱在曲之后，亦犹吴声西曲前有和，后有送也。"大曲是一种大型的歌舞曲，是《相和歌》在发展过程中逐渐与舞蹈、器乐演奏相结合的产物。其结构大体上有三种类型：艳——曲；曲——趋（或乱）；艳——曲——趋（或乱）。以后一种结构最为典型。艳是序曲或引子，多为器乐演奏，也有歌唱的。曲是整个乐曲的主体，一般均由两个以上的解组成。趋或乱是乐曲的结尾部分，可以是个唱段，也可以是个器乐段。《宋书·乐志三》共载大曲十五曲，其中三曹有四曲，即曹操的《碣石》（《步出夏门行》）、曹丕的《西山》（《折杨柳行》）和《园桃》（《煌煌京洛行》）、曹植的《置酒》（《箜篌引》）。另有《何尝》（《艳歌何尝行·何尝快独无忧》）一曲作古词，但据《乐府诗集》卷三十九郭茂倩题解引《古今乐录》引王僧虔《技录》，也应为曹丕词。这些曲词均同时见于《相和歌辞·瑟调曲》，说明它们也有不舞的情况。作为大曲，这些曲词有的并无艳和趋（乱），或有艳而无趋（乱），或有趋而无艳。可能原来就没有，也可能因原为器乐演奏的部分而缺载。保留下来的应为原来歌唱的部分，计有曹操《步出夏门行》的艳和曹丕《艳歌何尝行》的趋，从诗的结构上说均颇有特色。《步出夏门行》的艳全文为："云行雨步，超越九江之皋。临观异同，心意怀游豫，不知当复何从。经过至我碣石，心惆怅我东海。"从乐曲上说这是一段序歌，从诗来说这是一段序言，而且可以说是我国诗史上写诗而有序言的开始。此前张衡《怨诗》有"秋兰，咏嘉美人也。嘉而不获，用故作是诗也"数语，颇类序言，但《广文选》《诗纪》不载，从语气看也颇似后人所拟的解题之类。《古诗为焦仲卿妻作》是确有序的，但该诗始载于南朝陈徐陵所编《玉台新咏》，序中有"汉末建安中""时人伤之"这类追叙性的词语，因此序为后人所拟的可能性极大。《步出夏门行》的这篇"序"却是可以确信无疑的。余冠英先生认为："艳辞不整齐，和正曲四章不同，又有不甚可解的地方，可能本是用散文写的序，后来合乐时用做艳，为了迁就乐调不免改变原来的句逗。"[1] 艳作为序曲与正曲肯定会有所不同，因此与之配合的歌词与正曲四章的歌词肯定也会有所不同。此前并无写诗而又同时写序的先例或传统，因此曹操用散文预先写出一篇序的可能性不大，从适应艳的要求的角度来理解这段文字的产生，似乎更为切实一些。《艳歌何尝行》的趋全文为："少小相触抵，寒苦常相随。忿恚安足诤？吾中道与卿共别离。约身奉事君，礼节不可亏。上惭沧浪之天，下顾黄口小儿。奈何复老心皇皇，独悲谁能知。"《艳歌何尝行》是写富家子弟的浮荡生活的，正曲共五解，以歌者（第三者）的口吻表现其荒唐浪荡、不务正业的种种表现。而趋却从歌者的口吻突然改作富家子妻室的口吻，对富家子的浪荡行为进行指责和规劝。大约该曲不是由一人（或一组）一唱到底的，而是正曲由一人（或一组）演唱，趋由另一人（或一组）演唱，反映到歌词上便有了这种人称的改变。这种改变从内容上说点出了富家子"途穷日暮，以至中道乖离，室家相弃"的严重后果，并以其妻之愤怨悲叹与其"快独无忧"[2] 作强烈对比（谭元春《古诗归》卷七认为该诗是"以艳起，以悲结，任眼底驰驱享用"），从而有力地深化了主题；从表现上说则又显得十分活泼生动（也许这在很大程度上是为了适应大曲活泼生动的歌舞表演形式的要求），因此给人留下了十分深刻的印象。

三曹乐府在结构上的另一个特点，就是重叠和反复比较多。叠字随处可见，相同或相似的句子常在诗中反复出现。有的是前后紧连。如：

曹操《精列》："厥初生，造化之陶物，莫不有终期。莫不有终期。"

---

[1] 余冠英《三曹诗选》，人民文学出版社 1985 年版，第 10 页。
[2] 见朱乾《乐府正义》卷八，清乾隆朱珪刻本。

曹操《秋胡行》："晨上散关山，此道当何难！晨上散关山，此道当何难！"

有的是间隔出现。如：

曹操《气出唱》："驾六龙，乘风而行。行四海外，路下之八邦。历登高山临溪谷，乘云而行。行四海外，东到泰山。"

曹丕《秋胡行》："朝与佳人期，日夕殊不来。……佳人不在，结之何为？……佳人不来，何得斯须？"

曹植《桂之树行》："桂之树，桂之树，桂生一何丽佳。……桂之树，得道之真人咸来会讲仙。"

此外，如曹植《平陵东行》："阊阖开，天衢通，被我羽衣乘飞龙。乘飞龙，与仙期，东上蓬莱采灵芝。灵芝采之可服食，年若王父无终极。"用的是蝉联格，实际上也是一种反复。

诗有重叠和反复，这本不足怪，但像三曹乐府这样频繁地使用重叠和反复的情况却不多。这就不能不从音乐方面去找一找原因。我们知道，没有歌词的乐曲是纯用音响和旋律来构成形象的，而有歌词的乐曲却以歌词作为构成形象的基础。这种诉诸听觉的艺术与着眼于读的作品不同。着眼于读的作品，读者可以慢慢地去思考、理解，时间可以拖得较长，一篇作品也可以分成若干次读完。而音乐不一样，它要通过听众当时直接的感受和体验来表现内容和感情，时间不能拖得太久，音乐形象也不能过于复杂。因此，适当地增加歌词的重叠与反复，使同一形象不断回旋、再现，使听众在有限的时间内熟悉、理解这个形象，受到激动和感染，无疑是有必要的。三曹对此显然有所认识，并将这种认识付诸实践了。三人中曹操乐府反复之处最多，这与其"被之管弦，皆成乐章"[1] 的情形直接有关。而曹丕、曹植反复之处渐少，则与其不少作品"无诏伶人，故事谢丝管"[2]、越来越与徒诗打成一片的情形是关联着的。

当然，重视重叠与反复，不等于无视歌词的精练。即使从音乐的角度看，

---

① 陈寿《三国志》卷一《魏书·武帝纪》裴松之注引《魏书》，中华书局 1982 年版，第 54 页。

② 刘勰《文心雕龙·乐府》。见范文澜《文心雕龙注》，人民文学出版社 1958 年版，第 103 页。

三曹也是不赞成把歌词写得散漫累赘的。《文心雕龙·乐府》云："凡乐辞曰诗，诗声曰歌，声来被辞，辞繁难节；故陈思称李延年闲于增损古辞，多者则宜减之，明贵约也。"用曲调来配合歌词，歌词繁多了便会难以节制。李延年因为擅长增减古辞，使歌词简炼，因而得到了曹植的称赞。三曹在创制新的乐府歌词时，也会自觉地考虑到上述要求，这是不难理解的。

四

音乐要有优美动人的旋律，诗歌则要有优美动人的韵律。诗歌的韵律亦即声律，它是诗歌音乐性的基础，其形成和发展与音乐的影响是分不开的。远古时代的诗歌本来就与音乐、舞蹈结合在一起，分家以后，诗和乐的关系仍然十分密切，我国古代的各种诗体往往是从各种音乐的歌词发展而来的。三曹诗歌是诗和乐的关系还处于密切阶段的产物，其中不少作品本来就是作为歌词创作出来的。沈约《宋书·乐志一》云："凡乐章古词，今之存者，并汉世街陌谣讴，《江南可采莲》《乌生》《十五》《白头吟》之属是也。……凡此诸曲，始皆徒哥（歌），既而被之弦管。又有因弦管金石，造哥以被之，魏世三调哥词之类是也。"乐府歌词最先是由乐府机关采集，然后再根据歌词配上乐谱的。而乐谱经过一再演奏，逐步深入人心，后来便出现了按谱填词的情形（这实际上开了后世填词的先声）。三曹已多"依前曲，改作新歌"①，即使内容与本事不合，但却与"前曲"同调。有的从题目上也可看出，如曹植有《当来日大难》篇，朱乾云："当，代也。言以此篇代《来日大难》也。凡言'当'者，并同。"② 古辞《善哉行》有"来日大难"一篇，曹植用其乐调，故云"代"。这种情形自三曹以后不绝如缕，故《乐府诗集》卷八七《黄昙子歌》郭茂倩题解对此作了概括性的说明："凡歌辞考之与事不合者，但因其声而作歌尔。"胡应麟也说："乐府自魏失传，文人拟作，多与题左，前辈历有辨论。愚意当时但取声调之谐，不必词义之合也。"③ 三曹诗歌、尤

---

① 曹植《鞞舞歌序》："异代之文，未必相袭，故依前曲，改作新歌五篇。"见赵幼文《曹植集校注》，人民文学出版社 1984 年版，第 323 页。
② 朱乾《乐府正义》卷八，清乾隆朱珪刻本。
③ 胡应麟《诗薮》内编卷一，上海古籍出版社 1979 年版，第 15 页。

其是其中的依声填词之作既与乐曲有这样密切的关系，自然要受到乐曲音乐性的一定影响。《南齐书·萧惠基传》云："惠基解音律，尤好魏三祖曲及《相和歌》，每奏，辄赏悦不能已。"可见三曹乐府从音律角度说水平是很高的，音乐性很强，同乐曲有很好的配合，故能产生很强的艺术感染力。但是，我们今天来探讨乐曲给予三曹诗歌音乐性的影响，已有许多困难。乐曲与歌词可合可分，在古代它们就是被分别记录的。《汉书·艺文志》有"河南周歌诗"七篇，别有"河南周歌声曲折"七篇；有"周谣歌诗"七十五篇，别有"周谣歌诗声曲折"七十五篇。"声曲折"是用曲线表示的和歌诗配合的乐谱，王先谦曾明确指出："声曲折即歌声之谱，唐云乐句，今曰板眼。"[①]"声曲折"早已辗转失传，现已不可能找到实物，对于歌词的影响与制约已难确知。黄节说："古乐既亡，声篇亦佚，今论乐府，只求其谐而已，然已大难。"[②]这确是无可回避的事实。不过，我们仍不妨尽力在这方面作一些探索，即使难于尽合原意，甚至不免谬误，但仍是具有意义的。

　　如黄节所云，探索乐曲给予三曹诗歌音乐性的影响，只能在"求其谐"方面做一点工作。所谓"谐"，就是与乐曲直接配合的歌词要尽量讲求韵律，以便同乐曲的旋律和节奏很好配合。三曹在创作以付诸管弦为目的的歌词时，会自觉不自觉地在讲求"谐"方面下功夫，这是不难理解的。大体说来，这种讲求主要表现在两个方面：一是用有规律的押韵和谐协的声调来构成和谐的韵律，一是用恰当的音节安排来构成鲜明的节奏。

　　现在先谈第一点：音乐要和谐好听，必须要有抑扬顿挫的旋律。与此相协调，歌词也应当有一种回旋反复的韵律感，而讲求声律谐协和押韵是达到这种目的的重要手段。钟嵘《诗品序》云："古曰诗颂，皆被之金竹。故非调五音，无以谐会。"意思是，古代同音乐配合的诗、颂都要调好五音（指四声），不然就不能使歌词与曲调和谐统一。又说："三祖之词，文或不工，而韵入歌唱，此重音韵之义也，与世之言宫商异矣。今既不被管弦，亦何取于声律耶？"意思是，曹操、曹丕以及曹睿的诗，文词或有不工，而声音可以入

---

① 王先谦《汉书补注·本志》卷十，广陵书社 2006 年影印清光绪二十六年虚受堂刊本。
② 黄节《汉魏乐府风笺序》，中华书局 2008 年版，第 2 页。

乐歌唱，这就是古代重视音韵的意义，和近世讲究宫商（指"永明体"的一味追求声律）不同；现在的诗已不入乐，还要声律何用？可见，钟嵘认为古人重视音韵同音乐的要求直接有关，而三曹在这方面的表现又是比较突出的。歌词语言同音乐虽是两回事，但又有彼此相通的因素，即在声音表现上都有高低、强弱、长短、快慢的差别和变化，从而形成一定的旋律。汉语语音的音高一般分为五度，同音乐的1、2、3、4、5颇为相似，所以古人把四声称为五音，分别用音乐中的宫、商、角、徵、羽五个音名来表示。我国古代最早的一部韵书、三国魏李登编的《声类》共收字一万一千五百二十个，就是按照宫、商、角、徵、羽五音来分类编排的。认为音乐和语言的声韵有密切关系，这大约是三曹同时代人的比较一致的看法①。因此，歌词语音的变化如能与曲调声音的变化协调起来，就更有利于塑造音乐形象和表达思想感情。歌词语音的变化，指的就是平仄四声的变化。古体诗对平仄的要求本来并不严格，把平仄交互作为一种规律固定下来是近体诗出现以后的事。但是，三曹却于有意无意之中努力把诗歌写得平仄谐协，音韵天成。曹植在这方面尤为突出，陈祚明说："陈思王诗如大成合乐，八音繁会，玉振金声。绎如抽丝，端如贯珠。循声赴节，既谐以和，而有理有伦，有变有转。前趋后艳，徐疾淫裔，璆然之后，犹擅余音。"②沈德潜在《古诗源》中也说："子建诗五色相宣，八音朗畅。"虽不无溢美之词，但大率不离真实。还值得注意的是，曹丕、曹植的作品中已有一些平仄妥帖的律句，如曹丕的"梧桐攀凤翼，云雨散洪池"（《猛虎行》），曹植的"游鱼潜绿水，翔鸟薄天飞"、"始出严霜结，今来白露晞"（《情诗》）等。这些律句的出现似乎不是纯任天籁、尽出偶然。从建安到南朝是古诗到律诗的转变时期，实现这个转变的关键是声律的研究和运用，而自东汉以来随佛教一起传入中国的印度声明论对这起了很大的推动作用。六朝时期宣扬佛法，有导师，有经师。导师擅长以通俗语言宣扬佛教教义（即所谓唱导），经师擅长以有韵律的语言歌咏佛经经文（即

---

① 《声类》一书已佚。关于"五音"的含义，唐徐景安《乐书》认为是指四声：宫是上平声，商是下平声，徵是上声，羽是去声，角是入声。但对此尚有多种不同说法。参见赵诚著《中国古代韵书》，中华书局1979年版，第11页。

② 陈祚明《采菽堂古诗选》卷六，上海古籍出版社2008年版，第155页。

所谓转读）。释慧皎《高僧传》云："听声可以娱耳，聆语可以开襟。若然，可谓梵音深妙，令人乐闻者也。然天竺方俗，凡是歌咏法言，皆称为呗；至于此土，咏经则称为转读，歌赞则号为梵音。"① 慧皎并为不少经师立传，说他们"响韵清雅，运转无方"②，"声响优游，和雅哀亮"③。尤耐人寻味的是，转读还利用了音乐这个工具，而曹植与此事有很深的关系。《高僧传》云："自大教东流，乃译文者众，而传声盖寡。良由梵音重复，汉语单奇。若用梵音以咏汉语，则声繁而偈迫；若用汉曲以咏梵文，则韵短而辞长。是以金言有译，梵响无授。始有魏陈思王曹植，深爱声律，属意经音，既通般遮之瑞响，又感鱼山之神制。于是删治《瑞应本起》，以为学者之宗，传声则三千有余，在契则四十有二……昔诸天赞呗，皆以韵入弦管，五众既与俗违，故宜以声曲为妙。原夫梵呗之起，亦肇自陈思。"④《法苑珠林》中也有曹植"每读佛经，辄流连嗟玩，以为至道之宗极也。遂制转赞七声，升降曲折之响，世之讽诵，咸宪章焉"⑤ 的记载。这些记载不论可靠与否，但曹植"深爱声律"却是事实，而"深爱声律"又因声律所制能够"韵入弦管"，同音乐有一致性。由此不难看出音乐对于三曹重视声律的启迪、推动作用。

三曹对于押韵也极重视，他们的诗歌如果用中古音韵，或者用同中古音韵不尽相同的平水韵去对照，差不多都是押韵的，不少诗用今天的普通话去读也还是这样。当然，也有的现在读起来不太押韵了，这是古今音变的结果，实际在当时还是押韵的。如曹操的《步出夏门行·观沧海》是隔句为韵，韵脚是海、峙、茂、起、里（第十句的"中"处在押韵位置上但不入韵，是极特殊的情况，可以不管）。峙、起、里今天读起来也还押韵，它们在平水韵中都属上声纸部；但海（属上声贿部）、茂（属去声宥部）就不然了。但是，

---

① 释慧皎《高僧传》卷十三，洛阳地方史志办公室整理，中州古籍出版社 2015 年版，第 701 页。

② 释慧皎《高僧传》卷十三评释法平，洛阳地方史志办公室整理，中州古籍出版社 2015 年版，第 688 页。

③ 释慧皎《高僧传》卷十三评释僧饶，洛阳地方史志办公室整理，中州古籍出版社 2015 年版，第 689 页。

④ 释慧皎《高僧传》卷十三，洛阳地方史志办公室整理，中州古籍出版社 2015 年版，第 698、701 页。

⑤ 释道世《法苑珠林》卷四十九，文渊阁《四库全书》本。

纸、贿、宥三部在古代是相通的，海、峙、茂、起、里在当时读起来是和谐的。类似情况还很多，都说明三曹对于押韵是十分重视的。

最后谈谈节奏问题。诗歌的节奏和音乐的节奏有密切联系。节奏本来是一个音乐术语，它以节拍为基础，是包括音的不同长度和不同强度的一种表现手段。音乐节奏要以歌词语言的节奏为基础，反过来，依声而制的歌词节奏也要尽量与乐曲的节奏协调。歌词语言的节奏，主要是通过对句式中音节或音组的合理配合来实现的。三曹诗歌形式多样，这是中国诗歌发展到那个时代的必然结果，同时与音乐的要求也不无关系，在一定程度上与适应不同旋律和节奏的乐曲需要有关。在音乐中拍子是衡量节奏的手段，不同形式的节拍要求字数不等的歌词与之配合，从而影响到句式节奏与诗歌体裁的多样。在多种形式中，五言诗和七言诗在当时都还属于新体，其最大特点是用奇变偶，将传统四言诗单纯偶音组的结合变成了偶音组和奇音组的交互结合，在节拍上远胜于音节较为板滞的四言体，同乐曲的配合容易和谐和富于变化，反映了当时音乐日趋繁富的状况，后来成为中国古典诗歌和歌词体裁的大宗。此外，由于节奏同音的强弱有关，因此除上述音节或音组的合理配合外，抑扬顿挫的声音，即语调亦即平仄格式的变化也同节奏的谐协有关。如前所述，三曹在这方面也是颇为出色的。

当然，三曹诗歌（包括乐府诗在内）并非都是依声填词、付诸管弦之作。更为重要的是，诗歌本身的音乐性与乐曲的音乐性严格说来是两回事，它的音乐性不是乐曲的附庸而有自身的独立性，歌词与诗本身就是因为有着和谐的韵律与鲜明的节奏而有别于其他文学体裁的。因此，三曹诗歌的音乐性主要是诗歌语言内部矛盾运动的结果，音乐的影响只是一个外因，是第二位的原因。当然，对这第二位的原因也是有必要予以揭示和探讨的。只是由于受到资料匮乏等条件的限制，难于将此问题说得明确透彻，还有必要在这方面做出不懈的努力。

（原载《中国古典文学论丛》第 6 辑，北京：人民文学出版社古典文学编辑室编，人民文学出版社 1987 年版）

钟嵘《诗品》的曹操、刘桢品第

在建安诗人中，曹操、刘桢的诗风有极相似处：（一）刘诗以风骨见长，曹诗历来也是以"气雄力坚"①"骨力难侔"②著称的；（二）刘诗不尚雕琢，曹诗古朴质直，语言风格也颇相类。但二人在钟嵘《诗品》中的品第却高下悬殊：刘诗被列入上品，评语云："其源出于《古诗》。仗气爱奇，动多振绝。真骨凌霜，高风跨俗。但气过其文，雕润恨少。然自陈思已下，桢称独步。"《序》并云"曹（植）、刘殆文章之圣"。而曹诗被列入下品，评语只有"曹公古直，甚有悲凉之句"这寥寥十字。此事粗看颇觉蹊跷，而细加思量，也觉事出有因。《诗品序》云：

> 五言居文辞之要，是众作之有滋味者也，故云会于流俗。岂不以指事造形，穷情写物，最为详切者耶？故诗有三义焉：一曰兴，二曰比，三曰赋。文已尽而意有余，兴也；因物喻志，比也；直书其事，寓言写物，赋也。宏斯三义，酌而用之，干之以风力，润之以丹采，使味之者无极，闻之者动心，是诗之至也。

钟嵘在这里提出了诗的"滋味"说，此说成为他审美批评的总原则。诗要有"滋味"，离不开三个要素：恰当地运用兴、比、赋的表现手法；以风力为主干；以丹采为润饰。也许在钟嵘看来，曹操、刘桢在这三个方面都存在

---

① 刘熙载《艺概·诗概》："曹公诗气雄力坚，足以笼罩一切。"上海古籍出版社 1978 年版，第 52 页。
② 胡应麟《诗薮》内编卷二："魏武沉深古朴，骨力难侔。"上海古籍出版社 1979 年版，第 23 页。

差异，曹操都有不及刘桢处。兹具体分析如下：

一是兴、比、赋。兴、比、赋本是风、赋、比、兴、雅、颂这"六义"的组成部分，钟嵘将其抉出，按自己所强调的重点重新进行了排序，对其含义也作出了与前人有所不同的解释。在钟嵘看来，兴、比、赋都要长于寓意，有所寄托，使物事与情志完美结合，达到既形象鲜明又含蕴深厚的艺术佳境。以此标准来衡量曹、刘诗，刘诗显然更符合要求。被《诗品序》推为"五言之警策者"之一的"公干思友"即刘桢《赠徐干诗》，思友及物，情景交融，末六句以白日为喻，思致幽邈，耐人寻味。《赠从弟》三首托物言志，寓情于景，更是通篇运用了比兴的佳作。兴、比、赋三者交相为用，既达到了指事造形、穷情写物的目的，也避免了或意深词踬，或意浮文散的弊病。钟嵘称刘桢"爱奇"，对这种婉曲有致的表现手法表示了赞赏。曹操诗也有一些是婉蓄可味的，但多数在表现上较为直接，或直叙其事，或直抒其情，或直陈其理，减弱了作品的艺术感染力。钟嵘称"曹公古直"，"直"即平直、直率、直露之谓，其中是包含着某种贬抑之意的。

二是风力。"干之以风力，润之以丹采"，也即风力第一，丹采第二。钟嵘未能始终如一地坚持这一标准，如《诗品》卷上将"气少于公干"而"举体华美"的陆机推为"太康之英"，以"烂若舒锦"的潘岳和"词采葱蒨"的张协"为辅"，而与陆机等同时、颇饶风力的左思虽也被列入上品，地位却在三人之下。由于建安风力是从建安诗歌总结出来的风格特色，钟嵘对建安诗人的品第是毫不含糊地执行了这一标准的。曹植"骨气奇高，词采华茂"，十全十美，无可挑剔，于是被推为"建安之杰"。偏美的诗人，则首先以风力强弱决定高下，以是"气过其文"的刘桢被排在"文秀而质羸"的王粲之上。曹操文采不足而风力遒劲，为何只能列入下品呢？似乎存在这种可能性，即钟嵘并不认为曹操诗有风力。（一）根据现有材料，魏晋南朝时期没有一个文论家谈到曹诗有风力。最具代表性的文论家刘勰在《文心雕龙》中一般地肯定了曹操的文学功绩，但《明诗》在谈到建安诗"慷慨以任气，磊落以使才"的特点时，却只提文帝、陈思、王、徐、应、刘六人，不提曹操。认为曹操有风力并大加褒美是唐宋以后特别是明清时代的事。而认为刘诗有风力在当时却是一时公论,除钟嵘说刘桢"真骨凌霜,高风跨俗"外,南朝宋谢灵运《拟魏太子邺中集诗序》说刘桢"卓荦偏人,而文最有气",梁裴子野《雕虫论》则说得更直接:"曹(植)、刘伟其风力。"(二)钟嵘所标举的风力,有其特定的含义。查《诗品》前后一共三次使用"风力"一词:一云"孙绰、许询、桓、庾诸公诗,皆平典似《道德论》,建安风力尽矣"(《诗品序》);一云"干之以风力"(《诗品序》);一云"又协左思风力"(《诗品》卷中评陶潜)。"平典"即平淡典则,指诗"理过其辞,淡乎寡味"。以此作为"建安风力尽矣"的标志,则曹操那些缺乏形象韵味,尤其是那些直陈其理之作是算不得有风力的。另两次所说的"风力",则当指"骨气奇高"和"真骨凌霜,高风跨俗"。这是钟嵘对曹植、刘桢的评语。这两位诗人既被钟嵘推为建安诗人的代表,则也可视作建安风力的代表,上述评语似乎着重强调的是回荡在二人诗中的一种耿介不俗、磊落不平之气,这种"气"是诗人独特个性、气质、遭遇和追求的集中体现,评语实际上既论了诗格,也论了人格,继承了魏晋时代论文往往也即论人的传统(宋何汶《竹庄诗话》卷二引《诗品》"真骨"作"贞骨",其论人之义尤著。以其成书较早,疑是)。曹植后半生备受压抑,但始终未曾放弃抗争。刘桢敢于无视礼教束缚,"独平视"[①] 甄氏,虽遭减死输作的惩罚而不气馁。其诗着重刚肠气骨、卓荦操守的表现,《赠从弟》三首是其突出代表。他对功名事业的渴望远不如大多数建安诗人那么强烈,又极少歌功颂德的话头。他与"轻官忽禄,不耽世荣"[②] 的徐干成为至交,实非偶然。这种个性、情操表现于诗中,形成一股挺拔清刚之势,当即钟嵘所说的"风力"。钟嵘认为"其源出于公干"的左思及陶潜有风力,又说鲍照"骨节强于谢混",以三人生平遭际、个性气质与曹植、刘桢颇相类,

---

① 《三国志》卷二十一《魏书·王粲传》裴松之注引《典略》:"太子尝请诸文学,酒酣坐欢,命夫人甄氏出拜。坐中众人咸伏,而桢独平视。太祖闻之,乃收桢,减死输作。"中华书局1982年版,第602页。

② 《三国志》卷二十一《魏书·王粲传》裴松之注引《先贤行状》,中华书局1982年版,第599页。

可见是基于同一认识的。曹操是一个叱咤风云的英雄，"其诗豪迈纵横，笼罩一世"[1]，表现出来的主要是一种雄豪之气，这与刘桢等的清刚之气有所不同，故不合于钟嵘对于风力的要求。

魏晋南朝时期，人物品评对于清俊挺拔的风神、超尘脱俗的情性是特别看重的。如《世说新语·赏誉》："庾子嵩目和峤：'森森如千丈松。'"又："王戎云：'太尉神姿高徹，如瑶林琼树。'"又："王公目太尉：'岩岩清峙，壁立千仞。'"《世说新语·品藻》："抚军问孙兴公：'桓温何如？'曰：'高爽迈出。'"《世说新语·容止》："山公曰：'嵇叔夜之为人也，岩岩若孤松之独立。'"等等。评书、评画、评山水往往也遵循同样的标准，甚至连看动物也如此，如《世说新语·言语》云："支道林常养数匹马。或言：'道人畜马不韵。'支曰：'贫道重其神骏。'"钟嵘看重刚肠气骨并以此作为品诗的重要依据，应当同这种风气有很大关系。同时，与钟嵘个人的胆识胸襟也不无关系。据《南史》卷七十二《钟嵘传》，钟嵘以"位末名卑"之身却曾冒着"上不怿"的风险直接上书齐明帝言其不是；在《诗品》中，又敢于对膏腴子弟、王公缙绅张其挞伐，敢于以"才秀人微"[2]之士与甲族大姓相提并论。因此，他对于风力的理解与运用也就不能不打上强烈的个性色彩。

三是丹采。曹、刘二人均丹采不足，不过在钟嵘看来，"曹公古直"，几乎谈不上有丹采；而刘桢是"气过其文，雕润恨少"，并非完全没有丹采，只是"恨少"而已，显然其不足在程度上比曹操要轻微得多。而被《诗品序》推为"五言之警策者"之一的"公干思友"即刘桢《赠徐干诗》，与被列举的其他诗作享有一个共同的评语："所以谓篇章之珠泽，文采之邓林。"即在钟嵘看来，《赠徐干诗》丹采是完全具备的，不仅具备，而且还是诗中的佼佼者，这更是曹操不能与之比肩的了。

总的说来，刘桢被列于上品，而曹操却被列于下品，这肯定是钟嵘贯彻其既定的诗歌批评标准所导致的结果。南朝齐梁时期诗风日趋绮靡，钟嵘对

---

① 胡应麟《诗薮》外编卷一，上海古籍出版社 1979 年版，第 136 页。

② 钟嵘《诗品》卷中评鲍照："嗟其才秀人微，故取湮当代。"见陈延杰《诗品注》，人民文学出版社 1961 年版，第 47 页。

此是有所不满的，因此他提出要"干之以风力，润之以丹采"，这在当时是有积极意义的。但他到底还是不能免俗，在如何看待曹操诗歌这个问题上，他把"丹采"看得过重，而又很可能不把曹操诗歌看作是有"风力"的作品，于是给予了曹操诗歌以极低的评价。由于曹操诗歌的总体成就明显地在刘桢之上，因此对两人的悬殊评价成为《诗品》一个很大的缺陷，并因此而招致后人不断的非议。王世贞说："魏文不列乎上，曹公屈第乎下，尤为不公。"[①]王士祯也对"置曹孟德下品，而桢与王粲反居上品"不满，明确提出"下品之魏武，宜在上品"[②]。这些看法，在今天仍然极具代表性，值得高度重视。

（原载河南社会科学院主办《中州学刊》1987 年第 5 期）

---

① 王世贞《艺苑卮言》卷三。见丁福保辑《历代诗话续编》，中华书局 2006 年版，第 1001 页。
② 王士祯《带经堂诗话》卷二，清刻本。

"曹王""曹刘"辨

建安时代"俊才云蒸"[1]，邺下聚集了"盖将百计"[2] 的文学之士，其中以三曹（曹操、曹丕、曹植）、七子（孔融、陈琳、王粲、徐干、阮瑀、应玚、刘桢）、蔡琰最为特出，三曹更是处于领袖群英的地位。然自六朝迄于明清，被文学史家频频称引者，却大抵是曹植、王粲、刘桢三人。三人时被并称，但在多数情况下却是以"曹、王""曹、刘"的组合形式出现，且往往被分别视作建安文坛的代表。如《周书·王褒庾信传论》云："曹、王、陈、阮……斯并高视当世，连衡孔门。"《隋书·文学传序》云："方诸张、蔡、曹、王，亦各一时之选也。"徐祯卿《谈艺录》云："魏氏文学，独专其盛……曹、王数子，才气慷慨，不诡风人。"皆以"曹、王"代表建安。《旧唐书·元稹白居易传论赞》云："昔建安七子，始定霸于曹、刘。"严羽《沧浪诗话·诗体》云："以人而论，则有……曹刘体（子建、公干也）。"胡应麟《诗薮》内编卷二云："建安首称曹、刘。"黄子云《野鸿诗的》云："诗有道统……于汉曰《十九首》，曰苏、李，于魏曰曹、刘。"则皆以"曹、刘"代表建安。或标举"曹、王"，或推尊"曹、刘"，自然绝非随意使然，个中缘由，值得一辨。

"曹、王"之说，始于沈约。《宋书·谢灵运传论》云："子建、仲宣以气质为体，并标能擅美，独映当时。"又说："律异班、贾，体变曹、王。""张、蔡、曹、王，曾无先觉。"此后，刘勰《文心雕龙·明诗》云："兼善

---

① 刘勰《文心雕龙·时序》。见范文澜《文心雕龙注》，人民文学出版社 1958 年版，第673 页。

② 钟嵘《诗品序》。见陈延杰《诗品注》，人民文学出版社 1961 年版，第 1 页。

则子建、仲宣，偏美则大冲、公干。"又在《章表》中说"陈思之表，独冠群才"，在《才略》中说"仲宣溢才，捷而能密，文多兼善，辞少瑕累，摘其诗赋，则七子之冠冕乎"，从而进一步申扬了沈约的看法，将曹植、王粲推到雄视建安文坛的地位，为此后绵延不绝的"曹、王"之说开出了端绪。

"曹、刘"之说，始见于《文心雕龙·比兴》中的"曹、刘以下，图状山川"之句。而真正为此说奠定基础的，是与刘勰大体同时的钟嵘。《诗品序》先说："故知陈思为建安之杰，公干、仲宣为辅。"再说："次有轻薄之徒，笑曹、刘为古拙。"最后说："昔曹、刘殆文章之圣。"一步步将曹植、刘桢推到建安之首的地位。卷上《魏陈思王植》云："孔氏之门如用诗，则公干升堂，思王入室。"《魏文学刘桢》云："自陈思已下，桢称独步。"又进一步申述了自己的看法。由于《诗品》在中国文学批评史上的特殊地位，因而对后来的"曹、刘"之说产生了深远影响。

胡应麟云："魏称曹、刘，然刘非曹敌也。……非敌而并称何也？同时、同事又同调也。"①"同时、同事"固无可疑，而"同调"则只能是相对而言，即曹植、王粲、刘桢的创作肯定都同属于"建安体"②，但他们所取得的成就及创作的风格不可能完全相同，不过在某些方面却有相似之处，可以以之并称。同时，从千余年来的评论看，评论者除几乎众口一词地推尊曹植外，由于审美眼光、审美观念、审美情趣、审美视角等的不同，对王粲、刘桢的评价却有差异，从江淹"公干、仲宣之论，家有曲直"③ 这句话看，早在南朝宋齐年间，对二人的评价就已经褒贬不一。这样，在谁堪与曹植并称的问题上就出现了分歧，而出现了或"曹、王"或"曹、刘"的说法。这种说法，显然是从王粲、刘桢各自同曹植相似方面的排比和比较中得出的见解。兹具体辨析如次：

---

① 胡应麟《诗薮》外编卷二，上海古籍出版社 1979 年版，第 154 页。
② 严羽《沧浪诗话·诗体》："以时而论，则有建安体。"人民文学出版社 1983 年版，第 52 页。
③ 江淹《杂体诗序》。见俞绍初、张亚新《江淹集校注》，中州古籍出版社 1994 年版，第 92 页。

（一）从词采方面说。曹植在世时即有"发函伸纸，是何文采之巨丽"①的赞誉。此后，左思说他"摛翰则华纵春葩"②，钟嵘说他"词采华茂"③，王世贞说他"天才流丽""誉冠千古"④，胡应麟说他的《名都》《白马》《美女》诸篇"辞极赡丽。然句颇尚工，语多致饰，视东、西京乐府天然古质，殊自不同"⑤，可谓同一声口。钟嵘《诗品》说王粲"文秀"，则又点出了王粲文采秀美的特色。曹植、王粲的作品都富于文采，因此后人便从这个角度以曹、王并称，如吴淇云："仲宣诗清而丽，在建安中子建而下应宜首推。"⑥。建安时代是一个开始从理论上提倡文采的时代，比如曹丕在其《典论·论文》中提倡"诗赋欲丽"，曹植在其《前录自序》中提出"君子之作"应"质素也如秋蓬，摛藻也如春葩"，即文学语言要么像秋天开白花的蓬草那样素朴、淡雅，要么铺陈刻绘像春花那样绚烂多采。曹、王作品富于文采，应当是他们有意识地践行这种文学主张的结果。

与文采富丽相对的是质朴的风格。值得注意的是，曹植诗除了"词采华茂"外，也还有质朴自然、不尚雕镂的一面。刘桢诗恰也有质朴有余而文采不足的特点，如钟嵘说他是"气过其文，雕润恨少"⑦，胡应麟说他"才偏，气过词"⑧。由于曹植与刘桢在这方面有了共同点，因此又有了从这个角度以曹、刘并称的说法。如殷璠云："至如曹、刘，诗多直致，语少切对。"⑨ 张戒云："镌刻之习气净尽，始可以论曹、刘、李、杜诗。"⑩ 从钟嵘《诗品序》"次有轻薄之徒，笑曹、刘为古拙"一语看来，南朝宋齐时期以"古拙"而

---

① 吴质《答东阿王书》。见萧统《文选》卷四二，中华书局 1977 年影印胡克家刻本，第595 页。

② 左思《魏都赋》。见萧统《文选》卷六，中华书局 1977 年影印胡克家刻本，第 106 页。

③ 钟嵘《诗品》卷上。见陈延杰《诗品注》，人民文学出版社 1961 年版，第 20 页。

④ 王世贞《艺苑卮言》卷三。见丁福保辑《历代诗话续编》，中华书局 2006 年版，第 987 页。

⑤ 胡应麟《诗薮》内编卷二，上海古籍出版社 1979 年版，第 29 页。

⑥ 吴淇《六朝选诗定论》卷六，广陵书社 2009 年版，第 129 页。

⑦ 钟嵘《诗品》卷上。见陈延杰《诗品注》，人民文学出版社 1961 年版，第 21 页。

⑧ 胡应麟《诗薮》内编卷二，上海古籍出版社 1979 年版，第 29 页。

⑨ 殷璠《河岳英灵集序》。见《续修四库全书》董诰等辑《钦定全唐文》卷四百三十六，上海古籍出版社 2002 年影印清嘉庆内府刻本。

⑩ 张戒《岁寒堂诗话》卷上。见丁福保辑《历代诗话续编》，中华书局 2006 年版，第 455 页。

将曹、刘并称的，似还不在少数。

此外，杨修说曹植"握牍持笔，有所造作，若成诵在心，借书于手，曾不斯须少留思虑"①，鱼豢说"余每览植之华采，思若有神"②，曹植《王仲宣诔》说王粲"文若春华，思若涌泉。发言可咏，下笔成篇"，《三国志》卷二十一《魏书》王粲本传说王粲"善属文，举笔便成，无所改定，时人常以为宿构；然正复精意覃思，亦不能加也"：则又表明曹、王二人不仅都有着深厚的文学修养，才情卓异，富有文采，而且文思敏捷，下笔成章，因此这也成为后人将曹、王并称的一个原因，如刘勰云："子建援牍如口诵，仲宣举笔似宿构。"③ 许学夷云："子建、仲宣则才思逸发，华藻烂然，自是词人手笔。"④ 等等。

（二）从骨气方面说。曹植、刘桢的作品都颇富于风骨气势。钟嵘《诗品》卷上说曹植"骨气奇高"，杜甫《别李义》诗说"子建文章壮"，《追酬故高蜀州人日见寄》诗说"文章曹植波澜阔"，曹丕《典论·论文》说"刘桢壮而不密"，谢灵运《拟魏太子邺中诗序》说刘桢"卓荦偏人，而文最有气，所得颇经奇"，钟嵘《诗品》卷上说刘桢"仗气爱奇，动多振绝。真骨凌霜，高风跨俗"，吴淇《六朝选诗定论》卷六说"公干诗，质直如其人，譬之乔松，挺然独立。……其体盖以骨胜"，王夫之《古诗评选》卷四说刘桢《赠从弟诗》"短章有万里之势"：就都着眼于这个问题。曹、刘作品富于风骨气势，除了民间文学、时代思潮等外部因素的影响外，与他们个人的气质、遭遇和文学主张有很大关系。曹植一生怀抱建功立业的雄心壮志，后期备受压抑而不甘于屈服，创作上"雅好慷慨"⑤，故其作品能够气概勃发，感情充溢，充分体现出建安风骨的特色。刘桢情性狭急、少所拘忌，对其文风影响

---

① 杨修《答临淄侯笺》。见萧统《文选》卷四十，中华书局 1977 年影印胡克家刻本，第564 页。

② 陈寿《三国志》卷十九《任城陈萧王传评》裴松之注引，中华书局 1982 年版，第 578 页。

③ 刘勰《文心雕龙·神思》。见范文澜《文心雕龙注》，人民文学出版社 1958 年版，第494 页。

④ 许学夷《诗源辨体》卷四，人民文学出版社 1987 年版，第 77 页。

⑤ 曹植《前录自序》。见赵幼文《曹植集校注》，人民文学出版社 1984 年版，第 434 页。

颇大，故谢灵运说他"卓荦偏人"，刘勰说他"气褊，故言壮而情骇"①。又刘桢为文也是提倡"气势"的，《文心雕龙·风骨》引其语云："孔氏卓卓，信含异气，笔墨之性，殆不可胜。"《定势》引其语云："文之体指实强弱，使其辞已尽而势有余。"此外，曹、刘作品都具有质直古朴的一面，而在古人看来这也是形成其劲健骨力的一个重要原因。曹、刘风骨实即建安风骨。何谓建安风骨，历来解说不一，但大体指的是一种质朴自然、明朗刚健的风格。严羽《沧浪诗话·诗评》云："黄初之后，惟阮籍《咏怀》之作，极为高古，有建安风骨。"将"高古"视作建安风骨的重要成因，或建安风骨的一个重要标志。其中的"高"指骨力劲健、气概高迈，"古"指语言质直、风格古朴。刘勰《文心雕龙·明诗》说建安诗"造怀指事，不求纤密之巧；驱辞逐貌，唯取昭晰之能"，标举"蓬莱文章建安骨"（《宣州谢朓楼饯别校书叔云》）的李白同时又说"自从建安来，绮丽不足珍"（《古风》其一），范温说"建安诗辩而不华，质而不俚，风调高雅，格力遒壮。其言直致而少对偶，指事情而绮丽，得《风》《雅》《骚》人之气骨，最为近古者也"②，张戒说"世徒见子美诗多粗俗，不知粗俗语在诗句中最难，非粗俗，乃高古之极也。自曹、刘死至今一千年，惟子美一人能之"③，都涉及了"古"与风骨的关系问题。由于曹植、刘桢的作品都颇富于风骨气势，而且形成的原因大体相似，因此二人屡被后人从这一角度相提并论。如钟嵘《诗品》概括了二人均有的"骨""气""奇""高"的特征，此后裴子野说："曹、刘伟其风力。"④ 元稹说："气夺曹、刘。"⑤ 柳冕说："曹、刘骨气。"⑥ 裴延翰说："纵曹、刘之骨

① 刘勰《文心雕龙·体性》。见范文澜《文心雕龙注》，人民文学出版社 1958 年版，第 506 页。

② 范温《潜溪诗眼》。见郭绍虞辑《宋诗话辑佚》，中华书局 1980 年版，第 315 页。

③ 张戒《岁寒堂诗话》卷上。见丁福保辑《历代诗话续编》，中华书局 2006 年版，第 450 页。

④ 裴子野《雕虫论》。见严可均校辑《全上古三代秦汉三国六朝文·全梁文》，中华书局 1958 年影印清光绪刻本，第 3262 页。

⑤ 元稹《唐故工部员外郎杜君墓系铭序》。见《元氏长庆集》卷五十六，《四部丛刊》本。

⑥ 柳冕《与徐给事论文书》。见《续修四库全书》董诰等辑《钦定全唐文》卷五百二十七，上海古籍出版社 2002 年影印清嘉庆内府刻本。

气。"① 秦观说："曹植、刘公干之诗长于豪逸。"② 等等。元好问《论诗绝句》："曹、刘坐啸虎生风，四海无人角两雄。可惜并州刘越石，不教横槊建安中。"更以形象化的语言予以展示，并以"自有清拔之气"③、"雅壮而多风"④ 的刘琨与之相对、映衬，从而高度赞扬了曹、刘诗歌卓荦不群的气概和力量。严羽《沧浪诗话》所言"曹、刘体"，其内涵当也从"风骨"着眼，只不过与此前有关言论相比，严羽从更高的理论层次上作了概括。具有骨力和气势，这本是建安文学的一般特色，但从钟嵘开始，不少古人认为曹、刘在这方面表现得最为突出，因而往往据此将二人推为建安文坛的代表。王粲作品自然也并非全无风骨气势，只不过与曹、刘相比较为逊色。曹丕说："仲宣续自善于词赋，惜其体弱，不足起其文。"⑤ 钟嵘说王粲"文秀而质羸"⑥，王僧孺说："仲宣病于弱。"⑦ 就都指出了这一问题。胡应麟说"公干才偏，气过词；仲宣才弱，肉胜骨"⑧，许学夷说"公干诗，声咏常劲；仲宣诗，声韵常缓"，并认为这是"气质不同，非有意创别也"⑨，则进一步将王粲、刘桢作了对比，揭示了二人在这方面泾渭异流的特点。

（三）从感情方面说。钟嵘《诗品》卷上说曹植"情兼雅怨"，说王粲"发愀怆之词"，又点出了二人相近的一个特色。由于曹植后期命运多舛，王粲前期遭乱流离、仕途不济，再加上他们都生活在一个大动乱的时代，不免感时伤世，因此都写出了不少情调悲凉哀怨之作，如曹植有《送应氏》（二首）、《泰山梁甫行》《七哀》《弃妇篇》《种葛篇》《赠白马王彪》《吁嗟篇》

---

① 裴延翰《樊川文集后序》。见《续修四库全书》董诰等辑《钦定全唐文》卷七百五十九，上海古籍出版社 2002 年影印清嘉庆内府刻本。
② 秦观《韩愈论》。见周义敢等《秦观集编年校注》，人民文学出版社 2001 年版，第 480 页。
③ 钟嵘《诗品》卷中。见陈延杰《诗品注》，人民文学出版社 1961 年版，第 37 页。
④ 刘勰《文心雕龙·才略》。见范文澜《文心雕龙注》，人民文学出版社 1958 年版，第 701 页。
⑤ 曹丕《与吴质书》。见萧统《文选》卷四二，中华书局 1977 年影印胡克家刻本，第 591 页。
⑥ 钟嵘《诗品》卷上。见陈延杰《诗品注》，人民文学出版社 1961 年版，第 22 页。
⑦ 王僧孺《太常敬子任府君传》。见严可均校辑《全上古三代秦汉三国六朝文·全梁文》，中华书局 1958 年影印清光绪刻本，第 3250 页。
⑧ 胡应麟《诗薮》内编卷二，上海古籍出版社 1979 年版，第 29 页。
⑨ 许学夷《诗源辨体》卷四，人民文学出版社 1987 年版，第 82 页。

《美女篇》《三良》《洛神赋》《九愁赋》等，王粲有《七哀》《咏史》《登楼赋》《出妇赋》《伤夭赋》《寡妇赋》《思友赋》等。其中《七哀》《咏史》（一作《三良》）属同题之作，其间互相影响、同声相应之迹不难寻觅。葛立方云："《七哀》诗起于曹子建，其次则王仲宣、张孟阳也。……子建之《七哀》，哀在于独栖之思妇；仲宣之《七哀》，哀在于弃子之妇人……是皆以一哀而七者具也。"① 王粲《七哀》写所见乱离景象，情词尤酸楚，至不忍卒读，故方东树评云："苍凉悲慨，才力豪健，陈思而下，一人而已。"② 作品同具悲凉哀怨的特色，这成为曹植、王粲得以并称的又一原因，如庾信云："曹子建、王仲宣……书翰伤切，文词哀痛，千悲万恨，何可胜言！"（《伤心赋序》）方东树云："陈思、仲宣，意思沉痛。"③ 一些情词哀婉的无主名古诗，因此也曾被归到二人名下，如钟嵘《诗品》卷上所云："'去者日以疏'四十五首，虽多哀怨，颇为总杂，旧疑是建安中曹、王所制。"有人还据此认为曹、王同一源流，刘熙载在其《艺概·诗概》中即说："曹子建、王仲宣之诗出于《骚》。"悲凉哀婉给王粲作品增添了催人泪下、感染人心的艺术力量，但另一方面却使其骨力受到影响，风格变得较为柔弱，故刘熙载《艺概·诗概》说王粲诗"悲而不壮"；而刘桢则相反，其诗大都表现个人耿介不俗的情操，极少悲凉色彩，被刘熙载认为是"壮而不悲"，与王粲相比，又呈现出不同的风貌。

（四）从体式方面说。刘桢现存诗作，全部是五言。曹丕《与吴质书》云："其五言诗之善者，妙绝时人。"可见刘桢不仅喜欢写五言诗，而且写得很不错。王粲则不同，他既写五言诗，也写四言诗，今尚存四首，上承西汉二韦（韦孟、韦玄成），较少创新，与曹操"自开奇响"④ 的四言诗相比殊不可同日而语，但表现较为细密，语言较为概括，也并非全无特色，有人甚至认为"仲宣四言过五言"，而曹植却是"三、四、五、六、七言、乐府、文、

---

① 葛立方《韵语阳秋》卷四。见何文焕辑《历代诗话》，中华书局2004年版，第519页。
② 方东树《昭昧詹言》卷二，人民文学出版社1961年版，第78页。
③ 方东树《昭昧詹言》卷一，人民文学出版社1961年版，第5页。
④ 沈德潜《古诗源》卷五，中华书局1963年版，第105页。

赋俱工者"①。因此就四言、五言而言，就有了"五言流靡，则刘桢、张华；四言侧密，则张衡、王粲。若夫陈思王，可谓兼之矣"②的说法。而"曹、王""曹、刘"之说，因之又有了一个新的角度，如萧子显云："若陈思《代马》群章，王粲《飞鸾》诸制，四言之美，前超后绝。"③许学夷云："子建、仲宣四言，其体出于二韦。"④独孤及云："五言诗之源，生于《国风》，广于《离骚》，著于李、苏，盛于曹、刘。"⑤王会昌云："五言古诗，《文选》惟汉、魏为盛，若苏、李之天成，曹、刘之自得，固为一时之冠。……至晋陆士衡兄弟、潘安仁、左太冲辈前后继出，皆不出曹、刘轨辙。"⑥一从四言着眼，一从五言落墨，亦可谓眉清目楚，泾渭分明。

从上面的辨析不难看出，"曹、王"并称的角度和机会与"曹、刘"大体相当。但千余年来，"曹、刘"出现的频率却远比"曹、王"为高，也就是说，人们更乐于以"曹、刘"而不是以"曹、王"来作为建安文坛的代表。究其原因，可能跟人们更为看重、欣赏风骨气势有关。曹丕主张"文以气为主"⑦，钟嵘主张"干之以风力，润之以丹采"⑧，此后韩、柳等人也都很看重一个"气"字，要求文学作品要有内在的精神力量，具有气壮之美，因此对具有这一特质的曹、刘自不免刮目相看。另一方面，还可能跟人们更为看重曹、刘的品节有关。曹植天资超绝，才华横溢，但后期却怀抱利器而无所施，甚至连生活和生存都缺乏保障，因此易于激起人们的同情。他又是一个不甘寂寞、在逆境中仍要顽强地表现自己的人，对命运常常进行或隐或显的抗争，这种个性精神也易于博得人们的赞赏。刘桢在这方面与曹植颇为相

① 胡应麟《诗薮》外编卷一，上海古籍出版社 1979 年版，第 137 页。
② 《太平御览》卷五百八十六引颜延之《庭诰》，文渊阁《四库全书》本。
③ 萧子显《南齐书》卷五十二《文学传论》，中华书局 1972 年版，第 907~908 页。
④ 许学夷《诗源辨体》卷四，人民文学出版社 1987 年版，第 77 页。
⑤ 独孤及《唐故左补阙安定皇甫公集序》。见《续修四库全书》董诰等辑《钦定全唐文》卷三百八十八，上海古籍出版社 2002 年影印清嘉庆内府刻本。
⑥ 王会昌《诗话类编》卷一，明万历刻本。
⑦ 曹丕《典论·论文》。见萧统《文选》卷五二，中华书局 1977 年影印胡克家刻本，第 720 页。
⑧ 钟嵘《诗品序》。见陈延杰《诗品注》，人民文学出版社 1961 年版，第 2 页。

似。他因"独平视"甄后而遭"减死输作"① 的厄运,一生不得志,其遭遇不可谓不坎坷,而其节概也不可谓不卓异。其诗着重刚肠气骨、卓荦操守的表现,著名的有《赠从弟》三首,颇为后人所称道。他对功名事业的渴望与追求远不如大多数建安诗人那么强烈,"沉迷簿领书,回回自昏乱。释此出西城,登高且游观。方塘含白水,中有凫与雁。安得肃肃羽,从尔浮波澜"(《杂诗》),其至还表现出对于官务的厌倦和对于闲适生活的向往。诗中又极少歌功颂德话头,无捧场语,无酒肉气,这些在封建社会中都颇能赢得清高正直之士的赞赏。而王粲却有些不同。他对功名的追求似乎没有止境,早年郁郁不得志且不必说,晚年登上侍中的高位后,似仍不免有意犹未足之感②。他又极喜歌功颂德,如同是《公宴诗》,刘桢诗清新可喜,他的诗却露出卑乞之状,管弦、佳肴落入老套,因此颇遭后人非议,如方东树对王粲颇多赞美之辞,但也曾说:"仲宣工于干谒,凡媚操无不极口颂扬,犯义而不顾,余生平最恶其人。"③ 其实,王粲有对国家的统一大业作出贡献的良好愿望,而曹操又是一个有大功于统一大业的人,因此对其功名事业心和颂扬功德不宜简单否定。但这确也影响了他在一些人心目中的形象,从而影响到对其文学成就及其在文学史上地位的评价。

现在看来,前人虽然发表了不少有价值的意见,但在其论优劣、定品第时,由于标准或角度不同,高下自也有了不同,有必要进行具体分析、综合考察,以求得出一个比较实事求是的意见。就总体成就而言,曹、王、刘三人中,曹植自远非王粲、刘桢二人可比。胡应麟云:"魏称曹、刘,然刘非曹敌也。"④ 许学夷云:"建安七子虽以曹、刘为首,然公干实逊子建。"⑤ 王士

① 陈寿《三国志》卷二十一《魏书·王粲传》裴松之注引《文士传》:"太子尝请诸文学,酒酣坐欢,命夫人甄氏出拜。坐中众人咸伏,而桢独平视。太祖闻之,乃收桢,减死输作。"中华书局 1982 年版,第 602 页。

② 陈寿《三国志》卷二十一《魏书·杜袭传》:"魏国既建,为侍中,与王粲、和洽并用。粲强识博闻,故太祖游观出入,多得骖乘,至其见敬不及洽、袭。袭尝独见,至于夜半。粲性躁竞,起坐曰:'不知公对杜袭道何等也?'洽笑答曰:'天下事岂有尽邪?卿昼侍可矣,恛恛于此,欲兼之乎?'"可见一斑。中华书局 1982 年版,第 666 页。

③ 方东树《昭昧詹言》卷二,人民文学出版社 1961 年版,第 69 页。

④ 胡应麟《诗薮》外编卷二,上海古籍出版社 1979 年版,第 154 页。

⑤ 许学夷《诗源辨体》卷四,人民文学出版社 1987 年版,第 79 页。

祯云："钟嵘《诗品》……以刘桢与陈思并称，以为文章之圣。夫桢之视植，岂但斥鷃之与鲲鹏耶！"又云："古人同调齐名，大抵不甚相远。独刘桢与思王并称，予所不解。"① 沈德潜云："子建诗五色相宣，八音朗畅，使才而不矜才，用博而不逞博，苏、李以下，故推大家，仲宣、公干乌可执金鼓而抗颜行也！"② 以上意见有的虽不免偏颇，但大体说来是有道理的。曹植多才多艺，在创作上取得了多方面的成就，王、刘均只在某些方面与其相似，差堪比拟。王世贞云："刘桢、王粲，诗胜于文。兼至者，独临淄耳。"③ 胡应麟云："仲宣……以词胜者也；公干……以气胜者也；兼备二者，惟独陈思。"④ 刘熙载云："公干气胜，仲宣情胜，皆有陈思之一体。"⑤ 就指出了这一点。因此，从某个角度以"曹、王"或"曹、刘"并称未尝不可，但若以为二人旗鼓相当，或均可代表建安，则显有未当。至于王粲、刘桢二人，各有特色和建树，但就总体成就而言，王粲应在刘桢之上，刘勰以王粲为"七子之冠冕"的说法还是有道理的。还须说明的是，若从建安文坛代表者这个角度立论，"三曹"应优于"七子"，标举王粲、刘桢而无视曹操、曹丕父子的做法欠妥。"魏称曹、刘，然文帝，曹、刘匹也"⑥，"公干、仲宣非魏文比"⑦，《诗品》"魏文不列乎上，曹公屈第乎下，尤为不公"⑧，古人的这些意见，仍值得我们重视。

（原载《贵州大学学报》1988 年第 3 期）

---

① 王士禛《带经堂诗话》卷二，清刻本。
② 沈德潜《古诗源》卷五，中华书局 1963 年版，第 111 页。
③ 王世贞《艺苑卮言》卷三。见丁福保辑《历代诗话续编》，中华书局 2006 年版，第 988 页。
④ 胡应麟《诗薮》内编卷二，上海古籍出版社 1979 年版，第 25 页。
⑤ 刘熙载《艺概·诗概》，上海古籍出版社 1978 年版，第 53 页。
⑥ 胡应麟《诗薮》内编卷二，上海古籍出版社 1979 年版，第 23 页。
⑦ 胡应麟《诗薮》外编卷二，上海古籍出版社 1979 年版，第 145 页。
⑧ 王世贞《艺苑卮言》卷三。见丁福保辑《历代诗话续编》，中华书局 2006 年版，第 1001 页。

读《喜雨诗》《春夜喜雨》断想

好雨知时节，当春乃发生。随风潜入夜，润物细无声。野径云俱黑，江船火独明。晓看红湿处，花重锦官城。

上引《春夜喜雨》，是杜甫的一首名作，稍微涉猎过一点唐诗的人没有不熟悉的。下面再引一首曹植的《喜雨诗》：

天覆何弥广，苞育此群生。弃之必憔悴，惠之则滋荣。庆云从北来，郁述西南征。时雨中（一作终）夜降，长雷周我庭。嘉种盈膏壤，登秋毕（一作必）有成。

对这首诗，很多人却很陌生了。但是，如果稍加玩味，便会发现两诗有若干相似之处：从题材看，都为"喜雨"而作；从表现看，都是五言诗，都是开端发议论，中间叙述描写，结句为想象展望之辞。在用韵上更有许多相似：都是隔句用韵；都是用的平声韵；都是一韵到底；用《平水韵》来对照，《春夜喜雨》全部用的是"八庚"韵，《喜雨诗》除"庭"字属"九青"韵是邻韵通押外，其余也都属于"八庚"韵；两诗的第一个入韵字都是"生"，最后一个入韵字"城""成"则为同音字。《喜雨诗》是一首古诗，写于魏明帝太和二年（228）；《春夜喜雨》是一首律诗，写于唐肃宗上元二年（761）。曹植其时尚没有严格的韵书可循，纵有，其韵部系统也与隋唐时代有别。而且，哪怕是唐以后的古诗，其用韵规则也与律诗有明显不同：古诗可押平声韵，也可押仄声韵，但律诗则只能押平声韵；古诗可隔句用韵，也可句句用韵，而律诗除首句可用韵可不用韵之外，都是隔句（即在偶句）押韵；古诗可邻韵通押，而律诗则必须一韵到底，不能邻韵通押。在有上述种种疏隔的情况下，两诗能有许多相似之处，很难说都是偶合。

那么，两诗之间是不是有某种继承关系呢？答案几乎是可以肯定的。成于唐初的《艺文类聚》，在其卷二《天部下·雨》中，按时间先后收录了一系列以"喜雨"为题的诗，而曹植《喜雨诗》排在首位，可见以"喜雨"为题写诗始于曹植。曹植开拓的这一新的诗歌题材，引起了后代诗人的争相写作，俨然形成了一个写"喜雨"的传统。杜甫写《春夜喜雨》，固然是从"此情此景"出发的，但毋庸置疑是对上述传统的继承和发展。从形式上看，曹植写古诗自然不会像杜甫写律诗那样讲求声律，但他在未尝经意之中，却也使作品具有一种自然和谐的韵律。沈约曾称许"子建函京之作"（按指曹植的《赠丁仪王粲诗》，其首二句为："从军度函谷，驱马过西京。"）等诗"音律调韵，取高前式。自骚人以来，多历年代，虽文体稍精，而此秘未睹。至于高言妙句，音韵天成，皆暗与理合，匪由思至"①。《喜雨诗》总体读来也平仄谐协，节奏天然，颇富音乐美。杜甫有意识地利用《喜雨诗》中一些暗合律诗要求的元素，写成《春夜喜雨》，这是完全可能的。

当然，两诗也有若干不同点。除体裁不同、艺术风格也有差别外，从内容来看，虽同是喜雨，但侧重点并不相同，蕴含在诗中的思想情绪也不一样。从悯念民生疾苦的角度，也就是从作品现实性、人民性的强弱来说，《喜雨诗》是要比《春夜喜雨》略胜一筹的。《北堂书钞》卷一百五十六"三麦不收"句下陈禹谟补注云："曹植云：太和三年大旱，三麦不收，百姓饥馑。"（逯钦立辑校《先秦汉魏晋南北朝诗》引作"太和二年，大旱，三麦不收，百姓分为饥饿"。）从"曹植云"三字看，这应是曹植为《喜雨诗》所作的自序。序的文字应有脱佚，已不完整，但虽不完整，仍是我们理解《喜雨诗》的一把重要的钥匙。《三国志·魏书·明帝纪》："太和二年……五月，大旱。"可见这次大旱史有明载，时间应是在太和二年而非太和三年。《喜雨诗》的写作显然跟这次大旱直接相关。由于久旱不雨，庄稼无收，老百姓惨遭饥饿的侵袭；这时突然下来一阵（或一夜）"时雨"，诗人感奋不已，于是写下了《喜雨诗》。诗的内容是围绕着老百姓（"群生"）的生计问题来展开的。

---

① 沈约《宋书》卷六十七《谢灵运传论》，中华书局 1974 年版，第 1779 页。

在诗人看来，老百姓离不开粮食，而粮食有无收成，又得看老天。老天下了雨，庄稼有了指望，老百姓也就有了指望。"嘉种盈膏壤，登秋毕有成"两句是全诗的精髓，点出了诗人"喜雨"及"喜雨"的善良动机。因此，可以说《喜雨诗》直接而强烈地抒发了诗人悯念民生疾苦的思想感情。虽然诗人把老百姓的饥饿仅仅归咎于天旱，没有看到更为重要的阶级压迫和剥削的因素，但这显然应归咎于时代和阶级的局限。而《春夜喜雨》则和现实生活、特别是和民生疾苦联系不甚密切。杜甫"喜雨"，是因为雨能"润物"。而"物"指什么呢？从诗的内容看，这"物"当是指天下地上凡是雨能浸润的一切有机物和无机物，其中当然也包括植物，植物中当然也包括庄稼。老百姓是欢迎春雨来滋润庄稼的，从这点说，杜甫的思想感情同人民是相通的；但"晓看红湿处，花重锦官城"两句诗所透露出的轻松、闲适情绪，又明白地透露出杜甫"喜雨"的动机与曹植是不完全相同，甚至是很不相同的。

　　两诗在思想内容上会有差别，与两位诗人在写作时的主客观条件不同有关系。从主观方面看，两人当时的境遇、心情不一样。《喜雨诗》同《泰山梁甫行》一样，是曹植的后期作品，是诗人连遭流徙、饱尝窘困之后的产物。曹植在其《迁都赋序》中说："余初封平原，转出临淄，中命鄄城，遂徙雍丘，改邑浚仪，而末将适于东阿。号则六易，居实三迁。连遇瘠土，衣食不继。"这个自述还省掉了一次，就是从浚仪又曾改雍丘，后来才从雍丘到东阿。《三国志·魏书·陈思王植传》："太和元年，徙封浚仪。二年，复还雍丘。……三年，徙封东阿。"《喜雨诗》写于太和二年，当是复还雍丘时的作品。他在《转封东阿王谢表》中说："臣在雍丘，勤劳五年……园果万株，枝条始茂，私情区区，实所重弃。然桑田无业，左右贫穷，食裁糊口，形有裸露。"从"勤劳""园果万株"等词语看，曹植在雍丘为农事操过心是可以肯定的。因此，对太和二年五月的大旱，体会肯定相当深切。同时由于自己经济地位、政治地位的下降，对老百姓的痛苦生活必然会有更多的接触、了解和同情，尤其对大旱之后百姓"饥馑"的惨状深为不安。正是在这样的情况下，曹植写出了《喜雨诗》。而《春夜喜雨》的写作却不同。唐肃宗上元二年，杜甫由成都西郊的浣花溪寺移居到成都草堂，在经历了长期的流徙，尤其是鄜州和同谷的饥寒交迫之后暂时过上了较为安定的生活，心情有所好转，因此在这时期写下的《春夜喜雨》《客至》及其他一些歌咏自然的诗篇都流露出了明显的比较愉快、开朗、闲适的思想感情。从客观方面看，曹植和杜甫面对的描写对象不完全相同。虽然同是雨，但一个是久旱之后的雨，一个是按正常节候"当春乃发生"的雨。久旱之后的雨同人民的生计问题直接有关，"当春乃发生"的雨虽然也同人民的生计有关，但并不那样直接和紧迫，它更能吸引人们注意的是它给大自然带来的生机。由于有上述不同，体现在诗中的思想感情自然也就有差别了。

如前所述，《喜雨诗》开辟了一个写"喜雨"的传统，因此《春夜喜雨》与它当有着直接的渊源关系；而且，它在思想内容上又比《春夜喜雨》略胜一筹。这么说来，它在文学史上该可与《春夜喜雨》相媲美了？令人惊异的是，实际情况完全不是这样。《喜雨诗》的地位不仅远在《春夜喜雨》之下，而且简直有天壤之别。古往今来，《春夜喜雨》被人们津津乐道，传诵不衰，注家蜂起，各种杜诗选本争相选用，连从近五万首唐诗中精选出来的《唐诗一百首》也少不了它的一席地位，成为无可争议的唐诗优秀代表作。而《喜雨诗》呢？却差不多完全被人们遗忘，不仅一般读者不知道它，一些专门研究者的心目中也未必有它的位置。杜甫号称"诗圣"，曹植在文学史上总的说来则大概只能算二流作家，他的作品不能与杜诗相提并论，这一般说来没有问题；但令人费解的是，《喜雨诗》在曹植自己的诗作中也排不上号。曹植作为建安诗坛的代表诗人之一，也有一些被人称道的代表作品，但从来没有《喜雨诗》的份。哪怕是专举曹植直接反映社会残破和民生疾苦的作品，一般也只列《送应氏》（其一）和《泰山梁甫行》等，而不列《喜雨诗》。一般曹植诗选本，也不选《喜雨诗》。《喜雨诗》所遭到的冷落轻贱，可谓至此而极。这种情况，不能不引起我们的重视。而且，这里所谈的远不是唯一的例子。有鉴于此，深感到在我们的古典诗文评选工作和研究工作中，有些问题值得一议，这就是如何处理好下列几个关系。

第一，大作家作品和中小作家作品之间的关系。一般说来，我们重视大作家的作品，这是无可非议的，因为大作家的作品（主要是他们的优秀作品）往往代表了一个时代或时期文学创作的最高成就，对当时和后代的文学创作具有不可低估的影响，赢得了当时和后世广大读者的喜爱。但另一方面，大作家的作品也未必字字珠玑、篇篇佳制，他们也有比中小作家逊色甚至远远不及的一面。就是他们的一些代表作品，也不见得篇篇都比中小作家的同类作品好。即使好，也不见得差别很大。以杜甫和曹植而论，杜甫的患难经历、忧国忧民的思想感情和文学上的巨大成就总的说来曹植不能与之比肩，但杜甫逆境中有过顺境，曹植顺境中有过逆境；杜甫思想中有与人民隔膜的一面，曹植思想中有与人民亲近的一面。加上题材、表现手法等方面的差异，就使得他们写作的同类作品会出现各擅胜场或互有高下的情况。《春夜喜雨》的思想主题会比《喜雨诗》略逊一筹，便是一例。（杜甫在广德元年还写过一首《喜雨》诗，为"时闻浙右多盗贼"而作，思想内容更在曹植《喜雨诗》之下，这里姑且不论。）当然，我们在这里不是要否认《春夜喜雨》在文学史上的地位，只是想说，我们不应当厚此薄彼，也应当给曹植《喜雨诗》一定的重视。我们应当排除偏见，破除对于权威的迷信，用平等态度对待一切作家的一切作品。长期来，大作家的作品成为"热门货"，研究者喜欢研究，阅读者喜欢阅读，报刊、电台、出版社也喜欢发表和广播有关的研究、赏析和评介文章。久而久之，大作家的某些作品越捧越热，中小作家的作品则越来越受到冷落，以至有的优秀作品也濒临被湮没的境地。这样下去，我国丰富多彩的文学遗产势将越来越被简单化。这个问题，自然应当引起我们的重视。

第二，一个作家的代表作品和其他作品之间的关系。代表作品是一个作家文学业绩、文学成就的主要标志，是研究一个作家思想创作的重要依据，自然不可轻视。但是，代表作品毕竟不是一个作家创作的全部，如果我们要全面地认识和评价一个作家，只重视他的代表作品毕竟不够。而且，代表作品不是作家自封的，是后人不断研究、评论、标举，大致获得公认后产生的。由于评论者的立场、观点、标准不同，前人和后人之间，同时代的不同读者、研究者之间，对哪些作品应为代表作品的认识也会不尽一致。我们今天的研究者，应该从思想和艺术相结合的高度，从作家所处时代，他在当时阶级矛盾、民族矛盾和统治阶级内部矛盾中的地位和作用、他一生的生活和思想等问题出发，甚至还需从同其他作家作品的比较出发，全面地衡量他的全部创作，确定哪些是他的具有代表性的作品，予以重点介绍和研究。前人和他人的意见固当重视，但应破除代表作品一成不变的形而上学偏见，敢于探索新的领域，敢于提出新的见解，敢于发掘新的宝藏。不能对已经公认的代表作品趋之唯恐不及，而对其余作品则不屑一顾。那样，会使我们研究工作的路子越走越窄。

第三，思想分析和艺术分析之间的关系。要正确地评价一篇作品，判定它在文学史上应有的地位，正确的思想分析和艺术分析缺一不可。如果只从一方面去肯定或否定，在肯定否定时又缺乏一个正确的标准，得出的结论就难免偏颇。以《春夜喜雨》而论，过去的论家就主要是从艺术方面肯定它的。胡应麟说"野径云俱黑，江船火独明"两句是"精深奇邃，前无古人，后无来者"①，说的是《春夜喜雨》的构思、意境；仇兆鳌说："曰'潜'，曰'细'，脉脉绵绵，写得造化发生之机，最为密切。"② 浦起龙说："写雨切夜易，切春难。此处着眼。"③ 则说的是《春夜喜雨》的表现技巧和炼字功夫。他们的大部分意见本来不错，但撇开思想内容而单独标榜艺术成就，再加上"前无古人，后无来者"这样的断语，就不免偏颇了。1949 年后的一些论者，其实也主要是从艺术方面肯定《春夜喜雨》的，因为从思想性的高度说，《春夜喜雨》毕竟比不上"三吏""三别"及《自京赴奉先县咏怀五百字》《北征》等作品。有的论者为了避不重思想分析之嫌，则又说《春夜喜雨》也体现出作者忧国忧民之情，显然又褒肯太过。客观地说，《春夜喜雨》格调明朗健康，所抒发的情怀与人民有相通之处，艺术上又十分精湛，确实不失为一篇佳作。但如果单靠艺术分析或拔高主题来把它抬到古今独步的地位，则显然又是片面的、不够实事求是的。形成对比的是，对曹植《喜雨诗》，无论思想分析还是艺术分析，长期来都做得很不够。古人看重艺术性，大约他们觉得《喜雨诗》语言质朴，矢口直陈，形象不足，因此不予重视。今人虽然觉得《喜雨诗》内容可取，大约仍然觉得它缺乏艺术性，因此也不予重视。其实，《喜雨诗》在艺术上并非无可称道，只是风格与《春夜喜雨》不同而已。

---

① 胡应麟《诗薮》内编卷四，上海古籍出版社 1979 年版，第 72 页。
② 仇兆鳌《杜诗详注》卷十，文渊阁《四库全书》本。
③ 浦起龙《读杜心解》卷三之二，中华书局 1961 年版，第 414 页。

刘勰说建安诗歌"造怀指事，不求纤密之巧；驱辞逐貌，唯取昭晰之能"①，黄侃说建安作品"称景物则不尚雕镂，叙胸情则唯求诚恳"②，这恰也是《喜雨诗》的风格特征，是"建安风骨"一个突出的表现和重要的构成因素。我们肯定建安诗歌和"建安风骨"，对《喜雨诗》的艺术风格就不应隔膜和轻视。曹植也写过一些"辞极赡丽"③的作品，有的论者认为这开启了南朝文坛雕琢辞藻的风气，似乎曹植有难辞之咎；但对《喜雨诗》这样保持了民歌质朴风格的作品，却又不屑一顾，岂非怪事。由于忽视了艺术分析，进而影响了思想分析，进而埋没了作品的思想艺术价值及其在文学史上应有的地位，《喜雨诗》的遭遇可说是一个突出的例子。

第四，前代作品和后代作品之间的关系。作家写出一篇（或一部）文学作品，固然首先决定于当时当地的各种主客观条件，但同时也往往和前代文学作品的直接或间接的影响有关。深入探讨这种影响，弄清其中的渊源关系，有助于揭示文学发展的内部规律，有助于实事求是地评价文学作品，确定其在文学史上应有的地位。长期来，学术界在这方面做了不少工作，取得了一定成绩。但是，由于我国文学遗产的丰富，由于文学现象的复杂纷纭，也许更由于我们主观上的认识和努力不够，总的说来成绩还不够大。我们的一些文学史著作评介了大批作家作品，但往往只谈作家的思想生平、作品的思想内容和艺术特色，至于作品与前代创作的继承关系，以及对后代创作的影响则往往谈得比较肤浅。其他著作除个别专著外，这方面的工作做得尤其不够。特别是大量的文学赏析一类的文章，虽然不少篇幅很长，但大都习惯于闭口不谈作品的渊源影响问题。不把文学作品放到文学发展的历史长河中去考察，不把它同前代、当代或后代的作品进行比较，难免使我们对作品的认识发生局限。对《春夜喜雨》和《喜雨诗》的评价会出现这种情况，不能说跟这种认识上的局限没有关系。过去我们在杜诗渊源的探讨方面做了很多工作，有

---

① 刘勰《文心雕龙·明诗》。见范文澜《文心雕龙注》，人民文学出版社 1958 年版，第 66~67 页。

② 黄侃《诗品笺》。见杨焄整理《钟嵘〈诗品〉讲义四种》，上海古籍出版社 2018 年版，第 12 页。

③ 胡应麟《诗薮》内编卷二，上海古籍出版社 1979 年版，第 29 页。

的研究者非常具体地指出杜诗接受了《诗经》以来若干作家作品的影响，但却不曾指出过《喜雨诗》对《春夜喜雨》的影响。这说明在这方面确实还有许多工作值得我们去做。

　　由读《喜雨诗》和《春夜喜雨》而生发出许多议论，不一定对。但望抛砖可以引玉。让我们共同努力，把古典文学的研究工作向更广更深的方向推进。

（原载《广西大学学报》1981 年第 1 期）

"七贤"竹林之游分期考

一

关于竹林之游的记载，较早的有以下数条：

《三国志·魏书·王粲传》裴松之注引孙盛《魏氏春秋》："康寓居河内之山阳县，与之游者，未尝见其喜愠之色。与陈留阮籍、河内山涛、河南向秀、籍兄子咸、琅邪王戎、沛人刘伶相与友善，游于竹林，号为'七贤'。"

陶渊明《集圣贤群辅录》下："魏步兵校尉陈留阮籍字嗣宗，中散大夫谯稽康字叔夜，晋司徒河内山涛字巨源，建威参军沛刘伶字伯伦，始平太守陈留阮咸字仲容籍兄子，散骑常侍河内向秀字子期，司徒琅玡王戎字浚冲。右魏嘉平中，并居河内山阳，共为竹林之游，世号'竹林七贤'。见《晋书》《魏书》。袁宏、戴逵为《传》，孙统又为《赞》。"

《世说新语·任诞》第一条："陈留阮籍、谯国稽康、河内山涛三人年皆相比，康年少亚之。预此契者，沛国刘伶、陈留阮咸、河内向秀、琅邪王戎。七人常集于竹林之下，肆意酣畅，故世谓'竹林七贤'。"

《世说新语·伤逝》第二条："王浚冲为尚书令，著公服，乘轺车，经黄公酒垆下过。顾谓后车客：'吾昔与稽叔夜、阮嗣宗共酣饮于此垆，竹林之游，亦预其末。自稽生夭、阮公亡以来，便为时所羁绁。今日视此虽近，邈若山河。'"[1]

---

① 《世说新语·伤逝》第二条刘孝标注引《竹林七贤论》："俗传若此。颍川庾爱之尝以问其伯文康，文康云：'中朝所不闻，江左忽有此论，盖好事者为之耳！'"但《晋书·王戎传》等典籍亦载之。余嘉锡《世说新语笺疏》认为："黄垆所以喻人死后归土，犹之九京黄泉之类也。此疑王戎追念稽、阮云亡，生死永隔，故有黄垆之叹。传者不解其义，遂附会为黄公酒垆耳。"

《文选》向秀《思旧赋》"余与嵇康、吕安，居止接近"句李善注引臧荣绪《晋书》："嵇康为竹林之游，预其流者，向秀、刘灵之徒。"

《文选》颜延年《五君咏·向常侍》"流连河里游，恻怆山阳赋"句李善注引《魏氏春秋》："康寓居河内之山阳，与河内向秀相友善，游于竹林。"

《水经注·清水》："清水出河内修武县之北黑山。……又径七贤祠东，左右筠篁列植，冬夏不变贞萋，魏步兵校尉陈留阮籍、中散大夫谯国嵇康、晋司徒河内山涛、司徒琅邪王戎、黄门郎河内向秀、建威参军沛国刘伶、始平太守阮咸等同居山阳，结自得之游，时人号之为'竹林七贤'也，向子期所谓山阳旧居也，后人立庙于其处。庙南又有一泉，东南流，注于长泉水，郭缘生《述征记》所云：白鹿山东南二十五里，有嵇公故居，以居时有遗竹焉，盖谓此也。"

《晋书·山涛传》："山涛字巨源，河内怀人也。父曜，宛句令。涛早孤，居贫，少有器量，介然不群。性好《庄》《老》，每隐身自晦。与嵇康、吕安善，后遇阮籍，便为竹林之交，著忘言之契。"

又《王戎传》："戎少籍二十岁，而籍与之交……戎每与籍为竹林之游。"

《晋书·阮咸传》："咸任达不拘，与叔父籍为竹林之游。"

又《嵇康传》："盖其胸怀所寄，以高契难期，每思郢质。所与神交者，唯陈留阮籍、河内山涛，豫其流者河内向秀、沛国刘伶、籍兄子咸、琅邪王戎，遂为竹林之游，世所谓'竹林七贤'也。"

又《刘伶传》："刘伶字伯伦，沛国人也。身长六尺，容貌甚陋。放情肆志，常以细宇宙齐万物为心。澹默少言，不妄交游，与阮籍、嵇康相遇，欣然神解，携手入林。"

《太平御览》卷五十七引《晋书》："嵇康以高契难期，每思郢质，所与神交者，唯阮籍、山涛，遂为竹林之游。预其流者，向秀、刘伶、阮咸、王戎。"又引臧荣绪《晋书》："王戎少阮籍二十余年，相得如时辈，遂为竹林之游。"

关于竹林之游的时间，以上资料除陶渊明《集圣贤群辅录》下语焉不详地说了一句"魏嘉平中"外①，其余均未涉及此一问题。《三国志》特别是其《魏书·王粲传》及裴松之注、《世说新语》及刘孝标注、《文选》李善注、《晋书》等所载其他有关"竹林七贤"的史料，也都没有涉及此一问题。《集圣贤群辅录》下谓"袁宏、戴逵为《传》，孙统又为《赞》"，今所见袁宏《七贤序》（当即其所作《竹林名士传序》，但《竹林名士传》已佚）、戴逵《竹林七贤论》（尚存二十六则，散见《世说新语》《艺文类聚》《北堂书钞》《太平御览》《水经注》诸书，严可均辑入《全晋文》卷一三八；但不见戴逵有《竹林七贤传》）同样如此。至于孙统，今已不见其有《赞》；而且颇疑孙统乃"孙绰"之误，因孙绰作有《道贤论》，以天竺七僧方竹林七贤，其文见《高僧传》卷一、卷四，但其中也未涉及竹林之游的时间问题。可见，要探讨竹林之游的时间问题，甚至要探讨竹林之游的分期问题，难度是可想而知的。但是，对这一问题加以探讨又实在很有必要，我们不能采取回避态度；而且，根据相关资料，对竹林之游的时间乃至其分期加以探讨，得出一个大致可信的结论还是可能的。

二

要探讨竹林之游的时间及其分期问题，有以下两点是需要首先弄清楚的：

一是参与竹林之游的人主要都有哪些。从以上资料不难看出，参与竹林之游的主要人物是号称"竹林七贤"的阮籍、嵇康、山涛、刘伶、阮咸、向秀和王戎七人。换句话说，标准的竹林之游，应是"七贤"都在场（或客观上都能参与）的竹林之游。而七人中，又以阮籍、嵇康、山涛为最重要、最具有代表性，或者说他们就是竹林之游的核心，而其余四人皆为"预此契者"，处于从属的地位。当然，实际参与了竹林之游的并不止这七人，至少还应有吕安和吕巽。向秀《思旧赋序》："余与嵇康、吕安居止接近，其人并有

---

① 《集圣贤群辅录》一曰《四八目》。据北齐阳休之《陶集序录》，此文梁以前的两种《陶集》（一为八卷本，萧统所编；一为六卷本，编者不详）均未收录，而阳休之所编《陶集》则收之，所据当为其他《陶集》旧本。其后诸《陶集》也多予收录。至《四库全书总目提要》，却断此文为"伪托"。袁行霈《陶渊明集笺注·外集》经考证，认为"未可轻易断定其为伪作"。

不羁之才。"嵇康《与吕长悌绝交书》:"昔与足下年时相比,以故数面相亲,足下笃意,遂成大好,由是许足下以至交。虽出处殊途,而欢爱不衰也。及中间少知阿都,志力开悟,每喜足下家复有此弟。"可见,嵇康由于与吕安"居止接近",并具才情,情性相投,很早就熟识并成为了好朋友。而吕巽为吕安之兄,嵇康与之自也"居止接近",加之与之年龄相仿,情性必也有相投之处,因此"虽出处殊途,而欢爱不衰也",甚至因此而结成了"至交";嵇康还是先认识吕巽,两人熟识后,才又结识了吕安的。三人"居止接近",附近即为竹林,既为"至交",同为竹林之游,自是情理中事。此外,嵇康的好友阮种①、阮侃②等人也极有可能参与过竹林之游。

二是竹林之游的地点。从上述资料不难看出,竹林之游的地点毫无疑问是"竹林",而"竹林"在嵇康所"寓居"的"河内之山阳县",一段时间除嵇康外,阮籍等六人也"并居河内山阳",遂"共为竹林之游,世号竹林七贤"。所说"河内山阳",即今地处太行山南麓的河南修武县;嵇康山阳寓所之具体所在,为地处山阳城东北(一说为西北)的天门山百家岩,如《艺文类聚》卷六四《居处部四·宅舍》引《述征记》所云:"山阳县城东北二十里,魏中散大夫嵇康园宅,今悉为田墟,而父老犹谓嵇公竹林地,以时有遗竹也。"又如《元和郡县志》卷二十《怀州修武县》所云:"修武县本殷之宁邑,汉以为县,属河内郡。天门山今谓之百家岩,在县西北三十七里,以岩下可容百家,因名。上有精舍,又有锻灶处所,即嵇康所居也。"由于"竹林"就在嵇康山阳寓所的附近,因此嵇康的山阳寓所必然也会成为"七贤"聚会、出入的地点,嵇康在聚会中必然地就具有了东道主、召集人乃至组织者的身份,甚至可以说没有嵇康,也就可能没有了竹林之游,没有了"竹林七贤"。嵇康人格清峻,风度标举,学问渊深,当时颇得人们仰慕、叹服,他

---

① 《晋书》卷五二《阮种传》:"阮种字德猷,陈留尉氏人,汉侍中胥卿八世孙也。弱冠有殊操,为嵇康所重。康著《养生论》,所称阮生,即种也。"中华书局 1974 年版,第 1444 页。

② 《世说新语·贤媛》第六条:"许允妇是阮卫尉女,德如妹。"刘孝标注引《陈留志名》:"阮共字伯彦,尉氏人。清真守道,动以礼让。仕魏至卫尉卿。少子侃,字德如,有俊才,而饬以名理,风仪雅润。与嵇康为友。"见徐震堮《世说新语校笺》,中华书局 1984 年版,第 365 页。

也无愧于召集人乃至组织者的身份。嵇康又死得比阮籍早,而死时又是那样的气度从容、场面壮烈、震撼人心,对后人也有颇深刻的影响。综合以上因素,"竹林七贤"虽以嵇康、阮籍、山涛为主,但在前人的心目中,三人的地位并非没有差别,三人中实以嵇康和阮籍的地位更为重要。至于嵇、阮,虽总的说来地位不相上下,但在不同时期仍有所差别。在魏末两晋时期,前人有时将阮籍排在前,有时将嵇康排在前。而到《世说新语》,则几全以"嵇、阮"的顺序排列,如《言语》第四十条:"王公曰:'卿欲希嵇、阮邪?'答曰:'何敢近舍明公,远希嵇、阮!'"《贤媛》第十一条:"山公与嵇、阮一面,契若金兰。"《排调》第四条:"嵇、阮、山、刘在竹林酣饮。"这对后世产生了很大影响,其后就常能见到以"嵇、阮"为序排列的例子,如刘勰《文心雕龙·明诗》:"嵇志清峻,阮旨遥深。"《文心雕龙·时序》:"嵇、阮、应、缪,并驰文路矣。"《文心雕龙·才略》:"嵇康师心以遣论,阮籍使气以命诗。"许学夷《诗源辨体》卷四:"正始体,嵇、阮为冠。"陆时雍《诗镜总论》:"嵇、阮多材,然嵇诗一举殆尽。"等等。因此,嵇康实际上被视作"七贤"之首,我们探讨"竹林之游"的时间及分期,嵇康的活动轨迹便成为一个重要的考量因素。

关于"竹林"的所在,还有别的一些说法。清周际华、戴铭《辉县志》卷四《地理志·古迹》:"竹林在县西南六十里,晋七贤游隐处。旧属河内,元以山阳县并入辉州,今属辉县。"又卷九《祠祀志·正祠》:"七贤祠一名七贤观,一名尚贤寺,在县西南山阳镇。晋嵇康、阮籍、刘伶、阮咸、山涛、向秀、王戎同为竹林之游,号'竹林七贤',后人立祠祀之。康熙十八年,知县陈谟重建。今名竹林寺。"不同说法的产生,除行政区划变动等因素外,还有一个重要的原因,即当年嵇康等人除天门山百家岩外,还曾到附近的一些地方,如今河南辉县市吴村镇的山阳村、鲁庄村一带游历、栖息,其游历、栖息因而被认为是竹林之游的一部分,甚至就被认为是竹林之游。竹林之游的地点变了,但竹林之游的实质没变,仍将其视作竹林之游,自是有其合理性的。我们可据此推而广之,"七贤"在别的地方所进行的具有与"竹林之游"的特点及内容相似的活动,也可以认为是竹林之游的一个组成部分。这里所说的"别的地方",主要指的是当时魏国的都城洛阳。嵇康在山阳寓所居住一段时间后，即与魏宗室婚，迁郎中，拜中散大夫。嵇康迁郎中、中散大夫后，理应居洛阳。此后，他在山阳、洛阳皆有居所，不时往来两地之间。更重要的是，嵇康是到洛阳后，才与阮籍相识并成为契友的，之后，又通过阮籍认识了阮籍的侄子阮咸和刘伶，具有指标意义的"竹林七贤"团体才得以正式形成。"七贤"固有"并居河内山阳""共为竹林之游"的时候，但他们可能"并居洛阳"的时候更多，"共为洛阳之游"自是必不可少，因此，这理应看作是竹林之游的一个有机组成部分。据《水经注》等典籍记载，河洛地区的竹当年是普遍存在的，山阳有竹林，洛阳也必有竹林，七人在洛阳也可以"共为竹林之游"，这不是难以想象的事情。嵇康作有《酒会诗七首》，中有"乐哉苑中游，周览无穷已。百卉吐芳华，崇基邈高跱。林木纷交错，玄池戏鲂鲤。轻丸毙翔禽，纤纶出鳣鲔。坐中发美赞，异气同音轨。临川献清酤，微歌发皓齿。素琴挥雅操，清声随风起。斯会岂不乐，恨无东野子"等句；又作有《杂诗》，中有"兴命公子，携手同车。龙骥翼翼，扬镳踟蹰。肃肃宵征，造我友庐。光灯吐辉，华幔长舒。鸾觞酌醴，神鼎烹鱼。弦超子野，叹过绵驹。流咏太素，俯赞玄虚"等句，两诗当作于与诸贤聚游之时，清孙灏、顾栋高等所编纂的《河南通志》卷五十一《古迹上·卫辉府·七贤乡》在交代七贤乡的由来、罗列"七贤"姓名后即引"乐哉苑中游"一首，说明编纂者也持这种看法。而从所描写的情景看，所聚游之地当为洛阳，正是洛阳竹林之游情景的生动写照。

以上，我们就参与竹林之游的人物、竹林之游的地点及由此折射出的竹林之游的范围等作了探讨，据此，我们可以将竹林之游的特点（或其基本性质）和探讨竹林之游时间及分期的基本原则确定下来，这就是：其一，竹林之游为两人以上的聚游，而最具标志性的，是嵇康、阮籍、山涛、向秀、刘伶、阮咸、王戎七人同时在场甚至就只有七人在场的聚游。其二，聚游的地点主要是山阳，但也不局限于山阳，还包括洛阳等地；聚游的场所主要在竹林中，但也可能在嵇康的寓所内或别的一些地方。其三，嵇康在聚会中具有东道主、召集人乃至组织者的身份，我们探讨"竹林之游"的时间及分期，嵇康的活动轨迹应成为一个重要的考量因素。其四，聚游活动的内容主要为饮酒清谈、弹琴赏乐，而清谈多以《老》《庄》为主旨，但也应有例外，如吕巽对

《老》《庄》不一定感兴趣，嵇康与之"出处殊途"，但却能一度许之以"至交"，两人"欢爱不衰"，就是一个突出的例子。明确了竹林之游的特点（或其基本性质）和探讨竹林之游时间及分期的基本原则之后，接下来我们就可以就竹林之游的时间及分期进行探讨了。

三

由于嵇康在聚会中具有东道主、召集人乃至组织者的身份，因此我们的探讨必然地要以嵇康作为切入点、重点和主轴。由于嵇康的生年史无记载，而卒年存在歧说，因此我们有必要先就嵇康的生卒年这个大坐标做一些探讨。

嵇康是遭时任司隶校尉的钟会谗毁而被司马昭杀害的。关于嵇康被杀的时间，其说不一。《三国志·魏书·王粲传》附《嵇康传》云为"景元中"，据《王粲传》附《嵇康传》裴松之注，干宝、孙盛、习凿齿等则"皆云正元二年"，《资治通鉴·魏记十·元皇帝下》、《众家编年体晋史》载曹嘉之《晋纪》及孙盛《晋阳秋》则将嵇康被杀事系于景元三年。"正元二年"说难于成立，裴松之注对此辨之甚详。其说云："臣松之按《本传》云康以景元中坐事诛，而干宝、孙盛、习凿齿诸事，皆云正元二年，司马文王反自乐嘉，杀嵇康、吕安。盖缘《世语》云康欲举兵应毌丘俭，故谓破俭便应杀康也。其实不然。山涛为选官，欲举康自代，康书告绝，事之明审者也。案《涛行状》，涛始以景元二年除吏部郎耳。景元与正元相较七八年，以《涛行状》检之，如《本传》为审。又《钟会传》亦云会作司隶校尉时诛康；会作司隶，景元中也。干宝云吕安兄巽善于钟会，巽为相国掾，俱有宠于司马文王，故遂抵安罪。寻文王以景元四年钟、邓平蜀后，始授相国位；若巽为相国掾时陷安，焉得以破毌丘俭年杀嵇、吕？此又干宝之疏谬，自相违伐也。"此说的主体部分，言之有理，可从。"景元三年"说较"景元中"说具体，但其说亦未尽妥。据裴松之注引《涛行状》，山涛始于景元二年除吏部郎，欲举康自代，康作《与山巨源绝交书》，《书》中明言"女年十三，男年八岁"，《晋书·忠义·嵇绍传》又明言康子绍"十岁而孤"，则嵇康之死理应在作《书》之后的两年即景元四年（263）。

又《三国志·魏书·钟会传》："（会）迁司隶校尉。虽在外司，时政损益，当世与夺，无不综典。嵇康等见诛，皆会谋也。……景元三年冬，以会为镇西将军，假节都督关中诸军事。文王勅青、徐、兖、豫、荆、扬诸州，并使作船，又令唐咨作浮海大船，外为将伐吴者。四年秋，乃下诏使邓艾、诸葛绪各统诸军三万余人，艾趣甘松、沓中连缀维，绪趣武街、桥头绝维归路。会统十余万众，分从斜谷、骆谷入。"或据此认为钟会任司隶校尉在景元三年冬以前，而前引裴松之注又有"会作司隶校尉时诛康"的说法，则嵇康被杀只能在景元三年。其实这样理解不是没有问题，因钟会完全有可能在司隶校尉任上兼任"镇西将军，假节都督关中诸军事"。据《三国志·魏书·武帝纪》及裴松之注引《献帝纪》及《后汉书·孝献帝纪》，建安元年曹操即曾自领司隶校尉、录尚书事，同时先后任镇东将军、大将军。据《三国志·魏书·钟繇传》，钟会的父亲钟繇也曾被曹操表"以侍中守司隶校尉，持节督关中诸军"，只不过没有将军的名号而已。钟会当时已位极人臣，以司隶校尉领镇西将军、假节都督关中诸军事是完全可能的。从景元三年冬到次年秋，钟会大部分时间应仍在洛阳，他完全有谋害嵇康的时间和机会，因此嵇康最终被杀的时间在景元四年，应是合于情理的。

据《晋书·嵇康传》，嵇康被杀时"时年四十"，从景元四年上推四十年，可知嵇康当生于魏文帝黄初五年（224）。

四

在"竹林七贤"中，嵇康最早认识的人当为王戎。《世说新语·德行》第十六条："王戎云：'与嵇康居二十年，未尝见其喜愠之色。'"又刘孝标注引《康别传》："康性含垢藏瑕，爱恶不争于怀，喜怒不寄于颜。所知王浚冲在襄城，面数百，未尝见其疾声朱颜。"所谓"与嵇康居二十年"，不等于就真与嵇康比邻而居了二十年，只能理解为两人相识、结交了二十年，来往很多，有时居处比较接近。景元四年嵇康四十岁时被杀，往前推二十年，两人应相识于正始五年（244），这年嵇康二十一岁。两人相识的地点为襄城。襄城为秦置县名，其地在今河南平顶山市东北、许昌市西南，晋泰始二年（266）于县置郡。其时王戎或即寓居襄城，嵇康也因故来到襄城，两人得以在此相识。两人能够"面数百"，说明嵇康在此停留的时间不会太短，有可能长达数月。《晋书·王戎传》："永兴二年，薨于郏县，时年七十二。"从永兴二年（305）上推七十二年，王戎当生于青龙二年（234），与嵇康相识时年方九岁。二十一岁的嵇康能与九岁的王戎交往，原因在于王戎早慧。《晋书·王戎传》："戎幼而颖悟，神彩秀彻。视日不眩，裴楷见而目之曰：'戎眼烂烂，如岩下电。'年六七岁，于宣武场观戏，猛兽在槛中虓吼震地，众皆奔走，戎独立不动，神色自若。魏明帝于阁上见而奇之。又尝与群儿嬉于道侧，见李树多实，等辈竞趣之，戎独不往。或问其故，戎曰：'树在道边而多子，必苦李也。'取之信然。"《世说新语·赏誉》第六条："王浚冲、裴叔则二人总角诣钟士季，须臾去，后客问钟曰：'向二童何如？'钟曰：'裴楷清通，王戎简要。后二十年，此二贤当为吏部尚书，冀尔时天下无滞才。'"又刘孝标注引《晋阳秋》："戎为儿童，钟会异之。"如此有识见、有胆量，因此王戎这年虽才九岁，却能得到嵇康的青睐并与之交往，这与后来嵇康在洛阳太学抄写石刻经文时遇到年方十四岁的赵至而与之成为至交的情形颇为类似①。而王戎必然也十分欣赏、仰慕嵇康的学识风度，因而主动与之结识并早晚追随，从而使两人在一个不算太长的时间内得以"面数百"成为可能。

　　嵇康在襄城与王戎相识的事情仅见于《世说新语·德行》第十六条刘孝标注引《康别传》，不见于他书记载，推测嵇康很有可能在襄城停留的时间并不长，之后他就来到山阳寓居，时间当为正始六年（245），其时嵇康二十二岁。到山阳后，嵇康先后与山涛、向秀及吕巽、吕安兄弟等相识。《晋书·山涛传》："山涛字巨源，河内怀人也。……与嵇康、吕安善。"又："涛年四十，始为郡主簿、功曹、上计掾。"又："（涛）以太康四年薨，时年七十九。"从太康四年（283）上推七十九年，知山涛当生于汉建安十年（205），上一年（正始五年）正好四十岁，其时始任郡主簿，或于正始六年改任功曹。功曹掌人事，负责本郡人才的选拔，故得结交当地名士。据《晋书·地理志》，怀与山阳均属河内郡，也许就在山涛调查本郡人才状况的过程中，结识

---

① 《晋书》卷九十二《赵至传》："年十四，诣洛阳，游太学，遇嵇康于学写石经，徘徊视之不能去，而请问姓名。康曰：'年少何以问邪？'曰：'观君风器非常，所以问耳。'康异而告之。后乃亡到山阳，求康不得而还。……年十六，游邺，复与康相遇，随康还山阳。"中华书局 1974 年版，第 2377 页。

了寓居本郡的嵇康、吕安。又《晋书·向秀传》："向秀字子期，河内怀人也。清悟有远识，少为山涛所知，雅好《老》《庄》之学。"又向秀《思旧赋序》："余与嵇康、吕安居止接近，其人并有不羁之才。"向秀因与山涛同为怀人，少时即"为山涛所知"，其与嵇康、吕安结识，可能由于山涛介绍。嵇康与山涛、向秀、吕安成为契友后，必然地会常在一起聚游（吕巽等有时也会参加），而由于与向秀、吕安"居止接近"，所游之地必为嵇康寓所及其附近竹林，因此这一年可视为竹林之游的发轫之年。

不久，嵇康与魏宗室婚，所娶为曹操之子沛穆王曹林孙女（一说为曹林之女）长乐亭主。嵇康《与山巨源绝交书》："女年十三，男年八岁。"《书》作于景元二年（261），其时其女十三岁，上推十三年，其女生于嘉平元年（249）。据此，嵇康结婚的时间当为正始七年（246）或正始八年（247），其时嵇康二十三岁或二十四岁。嵇康与魏宗室婚后，即迁郎中，拜中散大夫。《通典》卷二五《职官七》："两汉自光禄、太中、中散、谏议等大夫，及谒者仆射、羽林郎、郎中、侍郎，五官、武贲、左右等中郎将，奉车、驸马二都尉，车、户、骑三将，并属光禄勋。"《汉书·百官公卿表》："郎掌守门户，出充车骑，有议郎、中郎、侍郎、郎中，皆无员，多至千人。"《后汉书·百官志》："凡大夫、议郎皆掌顾问应对，无常事，唯诏令所使。"据此，嵇康迁郎中、拜中散大夫后理应居洛阳。此后，嵇康在山阳、洛阳两地皆有居所，从《元和郡县志》卷二十《怀州修武县》"又有锻灶处所，即嵇康所居"和《太平御览》卷四〇九引《向秀别传》"常与康偶锻于洛邑"的记载，也不难看出这一点。此后，嵇康应不时来往于两地之间。

嵇康来到洛阳后，始与阮籍等人相识，并成为契友。《水经注·谷水》："谷水又东南，转屈而东注，谓之阮曲云，阮嗣宗之故居也。"《世说新语·任诞》第十条："阮仲容、步兵居道南，诸阮居道北；北阮皆富，南阮贫。"据此，可知其时阮籍居洛阳城郊谷水转弯处，嵇康结识阮籍，显然应是他到洛阳之后。又《太平御览》卷四〇九引袁宏《山涛别传》："陈留阮籍、谯国嵇康，并高才远识，少有悟其契者。涛初不识，一与相遇，便为神交。"《晋书·山涛传》："（涛）与嵇康、吕安善，后遇阮籍，便为竹林之交，著忘言之契。"从"涛初不识"特别是"后遇阮籍"句可知，嵇康结识阮籍确是在结识山涛、向秀、吕安诸人之后。"便为竹林之交"云云，说明前人认为此时竹林之游已经开始。但正如前文所说，竹林之游在前一两年已经开始，只不过由于阮籍的加入，竹林之游的实力和影响得以大大加强。

阮咸（字仲容）为阮籍侄子，嵇康与之相识，也当在此时。阮咸追随阮籍，也成为竹林之游的热心参与者。《太平御览》卷三七六引《晋书》："阮咸与籍为竹林之游，太原郭奕高爽，为众所推，见咸而心醉，不觉叹焉。"

嵇康或在结识阮籍之后不久，又结识了刘伶，刘伶随之也成为竹林中人。《晋书·刘伶传》："（刘伶）淡默少言，不妄交游，与阮籍、嵇康相遇，忻然神解，携手入林。"

前面已提到，王戎当生于青龙二年（234）。当他十五岁即正始九年（248）时，阮籍与其相识，王戎参与竹林之游。《世说新语·简傲》第二条刘孝标注引《晋阳秋》："戎年十五，随父浑在郎舍，阮籍见而说焉。每适浑，俄顷辄在戎室。久之乃谓浑：'浚冲清尚，非卿伦也。'"又引《竹林七贤论》："初，籍与戎父浑俱为尚书郎，每造浑，坐未安，辄曰：'与卿语，不如与阿戎语。'就戎，必日夕而返。籍长戎二十岁，相得如时辈。"《晋书·阮籍传》："景元四年冬卒，时年五十四。"从景元四年（263）上推五十四年，知阮籍当生于汉建安十五年（210），与王戎认识时三十九岁，实大王戎二十四岁，《太平御览》卷五十七引臧荣绪《晋书》说"王戎少阮籍二十余年，相得如时辈，遂为竹林之游"，其"王戎少阮籍二十余年"的说法更符合实际。王戎参与竹林之游，从而使"竹林七贤"得以悉数登场，最具指标意义的竹林之游时期正式开始。从时间上看，王戎是"七贤"中最后加入竹林之游的，《世说新语·伤逝》第二条载王戎自称"竹林之游，亦预其末"，恐并非全为自谦之词，诸书在排列"七贤"时，确也大抵将他排于末位。

这一时期，"七贤"皆有较多时间参与竹林之游。嵇康即使做了郎中和中散大夫，但因"无常事"（即使有事他也不去做），他也是有时间参与竹林之游的。阮籍虽曾任尚书郎等职，但其人也常任职而不任事，因此他也有时间参与竹林之游。据《三国志·魏书·王粲传》附《阮籍传》裴松之注引《魏氏春秋》："太尉蒋济闻而辟之，后为尚书郎、曹爽参军，以疾归田里。岁余，爽诛，太傅及大将军乃以为从事中郎。"曹爽被诛于正始十年春正月，阮籍既

"以疾归田里，岁余"后才"爽诛"，可知他做尚书郎和参军的时间都极短，在连挂名的职务都没有的一年间，他更有时间参与竹林之游。做司马懿父子从事中郎期间，阮籍参与竹林之游的时间和次数会有所减少，但因他仍是任职而不任事或任事不多，因此还会在一定程度上参与竹林之游。山涛始任郡主簿、功曹、上计掾，公务在身，竹林之游不可能次次参加，但因他在本郡任职，与本郡人才经常保持联系，大约这也是其职责所在，因此他仍会不时参与竹林之游。据《晋书》山涛本传，山涛被"州辟部河南从事"后不久，"与石鉴共宿，涛夜起蹴鉴曰：'今为何等时而眠邪！知太傅卧何意？'鉴曰：'宰相三不朝，与尺一令归第，卿何虑也！'涛曰：'咄！石生无事马蹄间邪！'投传而去。未二年，果有曹爽之事，遂隐身不交事务。""太傅卧"指正始八年司马懿因曹爽专权而"称疾避爽"事①，山涛强烈地感觉到了政治形势的险恶，因而果断地"投传而去"。山涛"隐身不交事务"后，积极地参与竹林之游更有条件了。至于向秀、刘伶、阮咸、王戎，这一时期本来就没有任何官职，因此他们参与竹林之游更是毫无问题。七人出入竹林，饮酒清谈，一时产生很大影响，如《世说新语·任诞》第一条刘孝标注引《晋阳秋》所说："于时风誉扇于海内，至于今咏之。"

《晋书·景帝纪》："魏嘉平四年春正月，迁大将军，加侍中，持节、都督中外诸军、录尚书事。"《晋书·山涛传》："未二年，果有曹爽之事，遂隐身不交事务。与宣穆后有中表亲，是以见景帝。帝曰：'吕望欲仕邪？'命司隶举秀才，除郎中。转骠骑将军王昶从事中郎。"山涛正始八年因政局险恶而"隐身不交事务"；至嘉平四年（252）司马师独掌大权，专擅朝政，知大局已定，加之与司马懿之妻有中表亲关系，于是主动去找司马师，重新步入官场，此后步步高升，成为司马氏集团的重要成员。可以说从嘉平四年起，山涛不再可能参与竹林之游。由于山涛是"竹林七贤"集团的重要成员，他的缺席不能视作一件小事，因此我们将这一年定为具有指标意义的"七贤"都能同时参与的竹林之游时期的终结之年。

此后，竹林之游仍会延续，参加者主要为除山涛之外的六人，经常参加

---

① 见《三国志》卷九《魏书·曹爽传》，中华书局1982年版，第284页。

者应为嵇康、向秀、刘伶，《文选》向秀《思旧赋》李善注引臧荣绪《晋书》："嵇康为竹林之游，预其流者，向秀、刘灵之徒。"反映的应是这一时期的情况。这一局面，一直维持到景元四年（263）嵇康被杀、紧接着向秀出仕之后方彻底终止。

综上所述，竹林之游实可分为三个时期，即竹林之游前期、竹林之游时期和竹林之游后期。竹林之游前期，参加者为嵇康、山涛、向秀、吕安等人，时间从正始六年（245）起至正始七年（246）或正始八年（247）止，聚游的地点主要在山阳嵇康寓所及其附近的竹林之中，以及山阳附近地区。竹林之游时期，为最具标志性的所谓"竹林七贤"即嵇康、阮籍、山涛、向秀、刘伶、阮咸、王戎七人常常同时在场甚至就只有七人在场聚游的时期（当然，在这一时期内，也会有七人没有全部在场及除七人外尚有其他人在场的时候），时间从正始七年（246）或正始八年（247）起至嘉平四年（252）止，聚游的地点主要在山阳和洛阳两地。竹林之游后期，参加者主要为嵇康、向秀、阮籍等人，时间从嘉平四年（252）起至景元四年（263）嵇康被杀、向秀出仕止，聚游的地点也主要在山阳和洛阳两地。

（原载北京大学国学研究院中国传统文化研究中心主办《国学研究》第四十三卷，北京大学出版社 2020 年 8 月版；《百年选学：回顾与展望》，傅刚主编，北京大学出版社 2022 年版）

论六朝诗美观念的确立

用现代的观点看来，诗之作为诗，它必须具有两大美质：从内容来说，它必须是抒情的，能够以情感人；从形式来说，它能给人以美感，特别是，由于诗的语言是诗的物质外壳，是直接诉诸观者的视觉和听者的听觉的，它就更应当是美的。对于诗的这种美质的认识，古今人其实是相通的，古人对这种美质很早就有所认识。不过，最初的认识是并不明确、并不自觉的，或者说很多人的认识是并不明确、并不自觉的。从并不明确、并不自觉到比较明确、比较自觉，经历了一个漫长而曲折的过程。直到六朝时期，诗美观念才最后确立，诗歌创作和诗歌审美才最后走向自觉，从而使诗坛呈现出一个前所未有的崭新局面，从一个极为重要的方面为唐诗的发展和繁荣奠定了基础，准备了条件。

一

在我国古代的文学批评史上，诗歌的抒情性最早受到人们的重视，《尚书·尧典》所提出的"诗言志"就是对这一特征的最早理论概括。对"诗言志"中的"志"，古人曾有不同的理解。一种是把"志"理解为意，如汉人许慎《说文解字》："志，意也。"郑玄注《尚书·尧典》："诗所以言人之志意也。"另一种是把"志"理解为情，如《左传·昭公二十五年》载子大叔之言曰："民有好恶、喜怒、哀乐，生于六气，是故审则宜类，以制六志。"杜预注云："为礼以制好恶、喜怒、哀乐六志，使不过节。"可见所谓"六志"，亦即"六情"。唐人孔颖达《正义》将此说得更为明确："此六志，《礼记》谓之六情，在己为情，情动为志，情、志，一也。"但在上述两种说法之间又并没有截然的鸿沟存在，志与意、情在先秦及其以后的长时期中往往是通用的，如《毛诗序》"诗者，志之所之也。在心为志，发言为诗"句孔颖达《正义》中就将三者糅合到了一起：

> 诗者，人志意之所之适也。虽有所适，犹未发口，蕴藏在心，谓之为志。发见于言，乃名为诗。言作诗者，所以舒心志愤懑，而卒成于歌咏。故《虞书》谓之"诗言志"也。包管万虑，其名曰心；感物而动，乃呼为志。志之所适，外物感焉。言悦豫之志则和乐兴而颂声作，忧愁之志则哀伤起而怨刺生。

按照今天的理解，志与情还是有一定的区别的，志主要指理性的活动，属思想的范畴，情主要指感性的活动，属情感的范畴。因此，将其适当加以区别并不是没有道理，甚至并不是没有必要的。但另一方面，志与情在思维活动及创作实践中又确实不太可能截然加以分割，因此在某种情况下予以通用也不是不可以理解、不是不可以接受的。问题的关键是，诗歌的本质是抒情的，而不是（至少主要不是）言意、说理、表现政治教化的。因此，是承认诗歌的抒情性并让这种特性充分地发挥出来，还是要求诗歌去言意、说理、表现政治教化，就成了人们能否正确理解"诗言志"的一个关键。先秦时期，儒家由于看重政治教化，往往将"诗言志"这个特定概念中的"志"理解为志意和抱负，而对诗歌抒发情感、以情动人的特点缺少认识。孔子以"思无邪"① 概括《诗》三百篇，以"兴、观、群、怨"② 说规范诗歌的社会功用，荀子将《诗》三百说成是圣人之志③，便都说明了这一点。由于"诗言志"是我国诗论的"开山的纲领"④，由于儒家思想在我国封建社会是长期占据统

---

① 《论语·为政》："子曰：'诗三百，一言以蔽之，曰："诗无邪。"'"见《十三经注疏·论语注疏》，上海古籍出版社 1997 年影印世界书局缩印阮元刻本，第 2461 页。

② 《论语·阳货》："子曰：'小子何莫学夫诗？诗可以兴，可以观，可以群，可以怨。迩之事父，远之事君。'"见《十三经注疏·论语注疏》，上海古籍出版社 1997 年影印世界书局缩印阮元刻本，第 2525 页。

③ 《荀子·儒孝》："圣人也者，道之管也。……《诗》言是其志也。"见梁启雄《荀子简释》，中华书局 1983 年版，第 89 页。

④ 朱自清《诗言志辨序》。见《朱自清古典文学论文集》上册，上海古籍出版社 1981 年版，第 190 页。

治地位的思想，因此先秦儒家对"志"的这种褊狭的理解，对后来诗歌的创作和鉴赏批评都产生了长期深刻的影响。

到了汉代，情、志二字仍然常被混用。如《毛诗序》既说"吟咏情性""情动于中"，又说"诗者，志之所之也"。再如庄忌《哀时命》："志憾恨而不逞兮，杼中情而属诗。"王逸注云："意中憾恨，忧而不解，则杼我中情，属续诗文，以陈己志也。"由于儒家地位的空前巩固和提高，汉儒比起先秦儒家来更经常地将诗与政治教化联系在一起。如《毛诗序》虽有"吟咏情性"一说，但却又给它附加了两个条件：一是要在"美盛德之形容"的同时，"吟咏情性，以风其上"，"上以风化下，下以风刺上"，发挥"正得失，动天地，感鬼神"，"经夫妇，成孝敬，厚人伦，美教化，移风俗"的政治功用和伦理道德功用，积极为封建阶级的统治服务；二是要"发乎情，止乎礼义"，即用儒家的伦理道德来规范情性、限制情性。这样一来，诗歌的功能就只剩下社会功能，而不再有审美功能，社会功能也只有"美""刺"两端，"美"即赞美统治者的盛德，"刺"即讽刺统治者的失德。作品的抒情性在实际上被抹杀了，"吟咏情性"的情，实际上已不是作者的一己之情，而是诗人对王政得失的感受之情，而且还不能随意放纵，而必须因势利导，使之归于"正"，使之合乎封建的道德规范。作品的语言美，虽然孔子说过"言之无文，行而不远"① 这样的话，但实际上也被忽略了。扬雄《法言·吾子》："或问圣人之言，炳若丹青，有诸？曰：吁，是何言与欤！丹青初则炳，久则渝，渝乎哉？"认为丽辞华藻无益世用，久则渝变，是不值得肯定的，这是代表了汉儒对于诗歌语言美所持的态度的。

但是，"人秉七情，应物斯感，感物吟志，莫非自然"②，因此，汉儒虽要求诗歌"顺美匡恶"③，充分发挥其"美刺"的政治教化功能，并确实使不少诗成了伦理道德的说教工具，但"情动于中而形于言"的抒真情之作却仍

---

① 《左传·襄公二十五年》："仲尼曰：'不言，谁知其志？言之无文，行而不远。'"见杨伯峻《春秋左传注》，中华书局 1981 年版，第 1106 页。

② 刘勰《文心雕龙·明诗》。见范文澜《文心雕龙注》，人民文学出版社 1958 年版，第 65 页。

③ 《孝经·事君》："子曰：'君子之事上也，进思尽忠，退思补过，将顺其美，匡救其恶。'"见《十三经注疏·孝经注疏》，上海古籍出版社 1997 年影印世界书局缩印阮元刻本，第 2560 页。

然不绝如缕地存在着。如汉乐府民歌中就颇多"感于哀乐"①之作，虽然统治者采集这些民歌的目的本来是"览观风俗，察吏治得失"②；到了汉末，由于社会离乱，民生凋敝，人生短暂，文士们被越来越浓重的悲凉慷慨的忧世忧生气氛所笼罩，抒情性更成为这一时期诗歌的显著特征。但是，从理论上强调诗歌的抒情性，却在一个长时期内阒然无闻。一直到了建安时期，这一局面才有了明显的改观。曹植说自己的文学好尚是"雅好慷慨"③，所谓"慷慨"，即直抒胸臆、意气激荡之意，这是在文学批评史上第一次明确地表达了对于强烈感情的爱好和崇尚。《三国志·魏书·钟繇传》裴松之注引《魏略》钟繇答曹丕书引荀爽言有云："人当道情，爱我者一何可爱！憎我者一何可憎！""人当道情"，自然也是对诗歌功能的一种规范和要求。这一时期，刘劭写了一部重要的著作《人物志》，在其《九征》篇中提出了"盖人物之本，出乎情性"的见解，并认为人性有所偏，人的情感有其鲜明的个性特征，这对诗人情感个体独立地位的确立，进而对诗歌情感独立地位的确立产生了积极影响。曹丕则写了一部重要的著作《典论》，在其中的一篇《论文》中提出了"文以气为主"的命题，"气"就作品而言指其气调风貌亦即风格，就诗人而言指其气质个性。而气质个性从其心理功能来说，是与情感有关而与理性思维无关的。诗人只有实实在在地抒写了个人的情感，才有可能使其作品表现出较为鲜明的个性特征，因此"文气"说的提出，也对诗人情感个体独立地位的确立和诗歌情感独立地位的确立产生了积极影响。

曹丕更为突出的贡献，是在《典论·论文》中提出了"诗赋欲丽"的命题。"丽"，指文辞华丽，是对诗赋语言风格的一种要求。汉人形容美多用"丽"字，对汉代文学的代表大赋更常用"丽"字来形容。如扬雄《法言·吾子》："诗人之赋丽以则，辞人之赋丽以淫。"班固《汉书·艺文志》："其后宋玉、唐勒，汉兴枚乘、司马相如，下及扬子云，竞为侈丽闳衍之词，没其风谕之义。"又《王褒传》："上（汉宣帝）曰：'……辞赋大者与古诗同

---

① 班固《汉书·艺文志》，中华书局1962年版，第1756页。
② 徐天麟《西汉会要》卷三十八，上海人民出版社1977年版，第446页。
③ 曹植《前录自序》。见赵幼文《曹植集校注》，人民文学出版社1984年版，第434页。

义，小者辩丽可喜。'"可见对赋这种文体文辞华丽的特征，汉人早有认识。至于说诗要"丽"，则为曹丕的首倡之言，这标志着人们对于作为一种语言艺术的诗歌的特征有了比较明确的认识。东汉后期以来，文人创作五言诗的风气日盛，诗歌语言日趋华丽，"诗赋欲丽"无疑是对这一现实的反映和理论总结，而反过来又会进一步促进这种情况的发展，所以鲁迅说："汉文慢慢壮大起来，是时代使然，非专靠曹操父子之功的。但华丽好看，却是曹丕提倡的功劳。"① 这一时期，曹植发表过"摘藻也如春葩"② 的见解，与"诗赋欲丽"犹如桴鼓之相应，也是代表了当时对于诗歌语言特征的新认识的。

总的来看，建安时期人们对于诗歌应当重视抒写诗人个人的真情实感、诗歌应有鲜明的个性特征、其语言应当华美开始有了比较明确的认识，这同汉儒关于诗歌功能的狭隘见解相比有了很大的区别。这说明人们的思想开始摆脱儒家思想的束缚而走向自觉，而人的自觉又带动了文的自觉，文的自觉在实际上又不只是文学作为一种语言艺术的自觉，而是文学作为一种审美形式的自觉。所以鲁迅《魏晋风度及文章与药及酒之关系》一文在引了曹丕《典论·论文》中"诗赋欲丽"和"文以气为主"二句之后分析说：

> 他（曹丕）说诗赋不必寓教训，反对当时那些寓训勉于诗赋的见解，用近代的文学眼光看来，曹丕的一个时代可说是"文学的自觉时代"，或如近代所说是为艺术而艺术的一派。

"为艺术而艺术"即按照艺术的固有特征来进行艺术创作，是相对于汉儒要求诗歌"厚人伦，美教化"的说教而言的。人的自觉为诗歌创作注入了新情感、新内容，而文的自觉则为诗歌创作确立了新准则，带来了新面貌，为六朝的"情采说"奠定了基础。这一变化可以曹丕为最早标志，曹丕"提倡的功劳"确实不可埋没。

二

建安以后，由于人的自我意识的觉醒，人们更为大胆地向封建伦理道德

---

① 鲁迅《而已集·魏晋风度及文章与药及酒之关系》。见吴子敏等《鲁迅论文学与艺术》，人民文学出版社 1980 年版，第 255 页。
② 曹植《前录自序》。见赵幼文《曹植集校注》，人民文学出版社 1984 年版，第 434 页。

发出挑战，置政治、社会的功利目的于不顾，去追求属于个人生命的真实的喜怒哀乐，爱己之所爱，恨己之所恨，悲己之所悲，当笑则笑，当哭则哭，任性而行，任情而行，绝不矫揉造作。试看《世说新语》中的几则记载：

> 王戎丧儿万子，山简往省之，王悲不自胜。简曰："孩抱中物，何至于此！"王曰："圣人忘情，最下不及情。情之所钟，正在我辈。"简服其言，更为之恸。（《伤逝》）

> 阮籍遭母丧，在晋文王坐，进酒肉。司隶何曾亦在坐，曰："明公方以孝治天下，而阮籍以重丧显于公坐饮酒食肉，宜流之海外，以正风教。"文王曰："嗣宗毁顿如此，君不能共忧之，何谓？且有疾而饮酒食肉，固丧礼也。"籍饮啖不辍，神色自若。（《任诞》）

> 王安丰妇常卿安丰。安丰曰："妇人卿婿，于礼为不敬，后勿复尔。"妇曰："亲卿爱卿，是以卿卿。我不卿卿，谁当卿卿！"遂恒听之。（《惑溺》）

无论父对子，子对母，妻对夫，都流露出一派至性至情，而绝不顾念名教观念、礼法传统。显然，这是对长期来人性被扭曲、被异化的一种反拨，所以晋人裴頠说："历观近世，不能慕远，溺于近情。"① 卫铄说："近代以来，殊不师古而缘情弃道。"② 这种重情的风气，自然要反映到诗歌创作中来。孙楚的爱妻胡毋氏病故，孙楚极为悲痛，并作了一首悼亡诗，诗云："时迈不停，日月电流。神爽登遐，忽已一周。礼制有叙，告除灵丘。临祠感痛，中心若抽。"王济读了这首诗后，深受感动，说："未知文生于情，情生于文？览之凄然，增伉俪之重。"③ 作诗者以抒写至情为宗旨，评诗者以是否抒写了至情及情感是否强烈作为评论的标准，就是对当时诗坛重情风气的一种反映。

确实，既真实又充沛的感情对于诗歌来说是重要的。但是，由于情感不能直接地说出来，也不能用缺乏美感的语言来表现，而必须借助华美生动的

---

① 房玄龄《晋书·裴頠传》，中华书局 1974 年版，第 1043 页。
② 卫铄《笔阵图》。见严可均校辑《全上古三代秦汉三国六朝文·全晋文》，中华书局 1958 年影印清光绪刻本，第 2290 页。
③ 刘义庆《世说新语·文学》。见徐震堮《世说新语校笺》，中华书局 1984 年版，第 138 页。

语言外壳，因此追求语言的风格之美，也成了这一时期人们合乎逻辑的越来越自觉的行为。讲对偶，重声律，尚丽辞，越来越成为风气，到西晋太康时期达到一个前所未有的高峰，正如刘勰在《文心雕龙·明诗》中所云："晋世群才，稍入轻绮。张、潘、左、陆，比肩诗衢，采缛于正始，力柔于建安，或析文以为妙，或流靡以自妍，此其大略也。"又在《时序》中所说，西晋诗人"并结藻清英，流韵绮靡"。而陆机、潘岳是其中最为突出的代表，东晋孙绰曾称："潘文烂若披锦，无处不善；陆文若排沙简金，往往见宝。"① 人们越来越将诗歌作为一种遣辞造句、敷陈藻彩的技艺看待，诗歌语言越来越向美的深层次迈进。

正是在这样的背景下，陆机在《文赋》中提出了具有划时代意义的见解：

> 诗缘情而绮靡，赋体物而浏亮。碑披文以相质，诔缠绵而凄怆……

"诗缘情而绮靡"，第一次将诗与赋等别的文体分开，专论诗在内容与形式上的主要特征，这比起曹丕"诗赋欲丽"以诗赋并提并只言及其语言形式之"丽"来，显然是前进了一大步。"诗缘情"，即谓诗歌乃因情感激动而作。与"诗言志"相比，应当说二者之间有联系，它们都看到并强调了诗歌是对作者内心世界的表现，因此有的论者将二者理解为一事，如《文选·文赋》李善注云："诗以言志，故曰缘情。"五臣李周翰注亦云："诗言志故缘情。"其实，二者之间有着根本的区别，即此前汉儒多将"志"理解为思想，即儒家所要求的政治教化、伦理道德；即使理解为感情，也要"发乎情，止乎礼义"，让"情"经过儒家伦理道德的净化。陆机却只是实实在在地谈了"情"，一种摆脱了儒家礼义羁绊的情，从而第一次明确地强调了"情"对于诗歌创作的重要性及其作为诗歌本体的不可替代的地位。从此，"缘情"说与"言志"说在许多情况下成了两个彼此对立的概念，而由于"缘情"说更为符合诗歌的本质特征，得到了不少后人的肯定。

对"绮靡"的理解不尽一致。《文选·文赋》李善注："绮靡，精妙之言。"芮挺章《国秀集》："昔陆平原之论文曰'诗缘情而绮靡'，是彩色相

---

① 刘义庆《世说新语·文学》。见徐震堮《世说新语校笺》，中华书局1984年版，第143页。

宣，烟霞交映，风流婉丽之谓也。"张凤翼《文选纂注》："绮靡，华丽也。"陈柱《讲陆士衡〈文赋〉自记》："绮言其文采，靡言其声音。"黄侃《文选评点》："绮，文也。靡，细也，微也。"周汝昌《陆机〈文赋〉"缘情绮靡"说的意义》对此更有较详的论述，云："'绮'，本义是一种素白色织纹的缯。《汉书》注：'即今之所谓细绫也。'而《方言》说：'东齐言布帛之细者曰"绫"，秦晋曰"靡"。'郭注：'靡，细好也。'可见，'绮靡'连文，实是同义复词，本义为细好。……原来'绮靡'一词，不过是用织物来譬喻细而精的意思罢了。"所论虽不尽一致，但大抵均就语言的精美而言，当是没有疑问的。在陆机看来，诉诸视觉的文辞须有一种形态色泽之美，也就是说必须讲究修辞。而其修辞的范围，包括了必须注意辞藻的色泽、声律、骈偶、用典等诸多方面。这从《文赋》的下列论述不难看出：

> 其会意也尚巧，其遣言也贵妍。暨音声之迭代，若五色之相宣。
>
> 或藻思绮合，清丽千眠。炳若缛绣，凄若繁弦。

《文选·文赋》五臣张铣注："妍，美也。"许文雨《文论讲疏》释前四句："按四句见陆氏文尚妍丽之主张。"《文选·文赋》五臣李周翰注："音声，谓宫商合韵也。至于宫商合韵，递相间错，犹如五色文彩以相宣明也。"《文选·文赋》李善注释后四句："谓文藻思如绮会。千眠，光色盛貌。"五臣吕延济注："绮合，如绮彩之合文章也。"又："五色备曰缛。音韵合和故若繁弦之声。"均颇合《文赋》本意。这表明，陆机已在相当严格的意义上从"属文"、从修辞、从藻彩的角度理解文学，特别是理解诗，他不仅要求辞藻应当华美，还要求有抑扬顿挫的音乐美，也就是要有纯粹的诗美。对语言音声之美的要求，这在文学批评史上是第一次明确地提出，对后来南朝永明声律说的提出产生了深刻影响，刘勰所说的"声有飞沉"①，沈约所说的"浮声""切响""低昂互节"②，都是与陆机"音声迭代"的说法一脉相承的。

---

① 刘勰《文心雕龙·声律》。见范文澜《文心雕龙注》，人民文学出版社 1958 年版，第552 页。

② 沈约《宋书》卷六十七《谢灵运传论》："欲使宫羽相变，低昂互节，若前有浮声，则后须切响。一简之内，音韵尽殊；两句之中，轻重悉异。"中华书局 1974 年版，第1779 页。

总的来看，"诗缘情而绮靡"以明确而精练的语言，突出地强调了情感与辞采美的结合，将诗歌的两大美质有机地结合了起来，这在中国美学史上尚属首次，所以朱自清认为"陆机《文赋》第一次铸成'诗缘情而绮靡'这个新语"①。"寓训勉于诗赋"的一类教条在这里更被远远地抛到了一边，代表了当时作家对于诗歌特征的新认识，所以朱自清又认为"陆机实在是用了新的尺度"②。在从"人的觉醒"到"文的觉醒"的历程中，"诗缘情而绮靡"可以说是树起了一个崭新的里程碑，为六朝"情采"说打下了一个更为坚实的基础，从而开创出六朝诗歌既重情又重文的崭新局面。

三

陆机之后，"情之所钟，正在我辈"更成为人们生活的信条，名教礼法的约束进一步被摒弃，人们更为大胆地、毫无保留地宣泄自己的喜怒哀乐。试看《世说新语》中的几则记载：

> 过江诸人，每至美日，辄相邀新亭，藉卉饮宴。周侯中坐而叹曰："风景不殊，正自有山河之异！"皆相视流泪。（《言语》）

> 桓公北征，经金城，见前为琅邪时种柳，皆已十围，慨然曰："木犹如此，人何以堪！"（《言语》）

> 谢太傅语王右军曰："中年伤于哀乐，与亲友别，辄作数日恶。"（《言语》）

> 王子敬云："从山阴道上行，山川自相映发，使人应接不暇。若秋冬之际，尤难为怀。"（《言语》）

> 王长史病笃，寝卧灯下，转麈尾视之，叹曰："如此人，曾不得四十！"及亡，刘尹临殡，以犀柄麈尾著枢中，因恸绝。（《伤逝》）

> 桓子野每闻清歌，辄唤"奈何"，谢公闻之，曰："子野可谓一往有深情。"（《任诞》）

---

① 朱自清《诗言志辨》。见《朱自清古典文学论文集》上册，上海古籍出版社1981年版，第223页。

② 朱自清《文学的标准与尺度》。见《朱自清古典文学论文集》上册，上海古籍出版社1981年版，第6页。

　　王长史登茅山，大恸哭曰："琅邪王伯舆，终当为情死!"（《任诞》）

　　再看《晋书·王羲之传》："羲之既去官，与东土人士尽山水之游，弋钓为娱。……穷诸名山，泛沧海，叹曰：'我卒当以乐死!'"

　　爱亲人，爱朋友，爱山水，爱艺术，爱生命，爱国家，悲可以"恸绝"，"就是快乐的体验也是深入肺腑，惊心动魄"①，这种无遮无碍的表达情感的方式，可以说真正是前无古人!《世说新语·轻诋》："王北中郎不为林公所知，乃著论《沙门不得为高士论》，大略云：'高士必在于纵心调畅。沙门虽云俗外，反更束于教，非情性自得之谓也。'""纵心调畅""情性自得"，正是他们的生活准则和人生目标。而其所谓的"情性"，乃是不折不扣的天然真性。还值得注意的是，此前对人物的品评多注意人物的德行或风神，而这一时期对感情的品评被放到了重要的位置，前引《世说新语》中"子野可谓一往有深情"的评论即属其例，反映了当时人的意识的进一步觉醒和人生价值观念的根本性变化。

　　到了南朝，人们的行为表现或有了不同，但崇真斥伪、对"情性自得"的追求却一点也没有变化，谢惠连《秋怀》诗："未知古人心，且从性所玩。宾至可命觞，朋来当染翰。"鲍照《答客》诗："专求遂性乐，不计缉名期。欢至独斟酒，忧来辄赋诗。"均表明了这一点。南朝人也许不像东晋人那样过分地纵情，但重情的程度却是更深了，就像河水可以汹涌澎湃，但汇聚到湖海中后，却反而显得平静了。

　　在这种情况下，表现感情更成为诗歌创作的自觉追求，爱情、友谊、相思、羁愁、物感这些人生最普遍最常见的感情，在六朝诗中都有大量表现。对"情性""缘情"的性质、功能，在理论上也得到了进一步的阐发和宣扬。刘勰在《文心雕龙》中提出"五情发而为辞章"，除专设《情采》篇论述感情和辞采的关系之外，在《明诗》《诠赋》《神思》《风骨》《体性》等各篇中都探讨和强调了感情的问题。即使在《宗经》中，刘勰所说的"六义"，第一义也是"情深而不诡"。可以说《文心雕龙》是始终把"情"放在十分

---

　　①　宗白华《艺境·论〈世说新语〉和晋人的美》，北京大学出版社1987年版，第131页。

重要的地位的，《熔裁》所云"万趣会文，不离辞情"，反映了刘勰对于诗美的一个基本的看法。钟嵘在《诗品序》中也强调"吟咏情性"，并对诗歌抒情内容产生的环境因素及其功能作了具体描述。萧子显也是"吟咏情性"的积极鼓吹者，在《南齐书·文学传论》中强调："文章者，盖情性之风标，神明之律吕也。"对"典正可采"而"酷不入情"的诗风进行了抨击。这些，都鲜明地将诗歌视为作家个人情性、性灵的表现，都代表了当时对诗歌基本性质和特征的认识。

在这方面，萧纲和萧绎的看法可能是最突出最具有代表性的。萧纲《与湘东王书》在批评了京师文体的"懦钝殊常"之后说：

> 玄冬修夜，思所不得。既殊比兴，正背《风》《骚》。若夫六典三礼，所施则有地；吉凶佳宾，用之则有所。未闻吟咏情性，反拟《内则》之篇；操笔写志，更摹《酒诰》之作；迟迟春日，翻学《归藏》；湛湛江水，遂同《大传》。

裴子野《雕虫论》："自是闾阎年少，贵游总角，罔不摈落六艺，吟咏情性。"所谓"六艺"，即儒家"六经"。裴子野对当时诗坛置儒家政教于不顾而一味"吟咏情性"的作法不满，而萧纲又对裴子野的说法不满，上述言论即是针对裴子野而发的。萧纲认为，抒情写志（"志"与"情"在这里同义）和描绘自然风景的作品，不应以儒家经典为模仿对象，如果这样做了，那是有违《国风》《楚辞》以来诗歌抒情写景的优良传统的。言外之意，"摈落六艺"乃情理中事，是并不值得大惊小怪的。"吟咏情性"应按其自身规律办事，应有其动人的情感力量，应有形象和文采。萧纲的说法，无疑又为新时代的"情性"说谱出了一个强音符。

在《诫当阳公大心书》中，萧纲再次为"情性"说喊出了一个强音：

> 立身之道与文章异。立身先须谨重，文章且须放荡。

在这里，萧纲明确地提出了为人与为文不必一致的二元化主张。"立身先须谨重"，即做人还是要注重自身的道德修养，讲究做人的规矩，不得放荡；而为文则不一样，不仅不必"谨重"，而且还须"放荡"。这里所说的"放荡"，乃与"谨重"相对而言，是通脱随便、不受拘束的意思。具体说来又可指两个方面：思想内容"放荡"，指什么内容都可以入诗，什么感情都可以抒发，不必畏首畏尾、多所顾忌。艺术形式"放荡"，指不必为传统的形式和法则所拘束，可以大胆突破和创新。这里恐主要指思想内容的"放荡"而言。立身与文章是很难截然分开的。朱光潜就曾指出："在中国文学中，道德的严肃和艺术的严肃并不截分为二事。"① 萧纲却在这里将其"截分为二事"，就其本意，实是要将文学与儒学政教进一步分割开来，使其真正获得独立的品位。在萧纲看来，以"礼义"持身者不必甚至不要在文章中顾及或言及"礼义"，因为"礼义"是用来持身的，而文章却是用来抒情的，用"礼义"持身可以使人"谨重"，而用文章抒情可以使人愉悦，两者功能不同，不能对两者提出同样的要求，两者不妨各行其是，各自朝其特定的目标发展。这无疑是与"纵心调畅""情性自得"的主张一脉相通，而与强调文学政教作用的观点大相悖逆的，是充分体现了文学自觉时代的特色和精神的。

萧纲主张"放荡"地"吟咏情性"，这种主张是否值得肯定，能在多大程度上给予肯定，还有必要考察一下他所说的"情性"的内涵。其《答张缵谢示集书》云：

> 至如春庭落景，转蕙承风；秋雨且晴，檐梧初下；浮云生野，明月入楼。时命亲宾，乍动严驾；车渠屡酌，鹦鹉骤倾。伊昔三边，久留四战；胡雾连天，征旗拂日；时闻坞笛，遥听塞笳；或乡思凄然，或雄心愤薄。是以沉吟短翰，补缀庸音，寓目写心，因事而作。

又《答新渝侯和诗书》云：

> 垂示三首，风云吐于行间，珠玉生于字里；跨蹑曹、左，含超潘、陆。双鬟向光，风流已绝；九梁插花，步摇为古。高楼怀怨，结眉表色；长门下泣，破粉成痕。复有影里细腰，令与真类；镜中好面，还将画等。此皆性情卓绝，新致英奇。

在这里，萧纲虽将描写"影里细腰""镜中好面"即女子体态美、容色美的作品视为"性情卓绝"之作，但同时也要求诗歌表现"或乡思凄然，或

---

① 《朱光潜美学文集》第一卷，上海文艺出版社 1982 年版，第 99 页。

雄心喷薄"的感受，甚至提倡表现边塞生活。总的要求是"寓目写心，因事而作"，写亲眼所见的内容，表达自己内心的切身感受。可见，萧纲所提倡的"情性"还是有比较宽厚的内涵的，"吟咏"这样的"情性"，"放荡"这样的"情性"，从理论上说，在一般情况下是不会有什么问题的。认为描绘女子的体态、容色之美，抒发男女之情是出自"性情"即人的本性，与"食色，性也"① 的说法并无二致，在一般情况下也是无可厚非的；认为对此体会越深、描绘越精便是"性情卓绝"，似也没有大错。但如一味专意于此，"放荡"于此，则不免偏颇，不免片面，这是需要指出的。

萧纲的弟弟萧绎发表了与萧纲相似的见解。他不仅在《与刘孝绰书》中公开主张"吟咏情性"，同时在《金楼子·立言》中，将作为抒发性灵的"文"与作为实用文体的"笔"作了严格区分，认为"吟咏风谣，流连哀思者谓之文"，又认为："至如文者，惟须绮縠纷披，宫徵靡曼，唇吻遒会，情灵摇荡。"即认为文须像民间歌谣那样表现摇荡的性灵和流连的哀思，同时还要有华丽漂亮的辞藻（"绮縠纷披"）和抑扬悦耳的音律（"唇吻遒会"）。不难看出，萧绎所理解的"文"的特征，包括情感、词采、声韵三个方面，这个"文"已和我们今天所说的纯文学大致相当，代表了当时对于抒情文学审美特征认识的最高水平。

这一时期，人们对于辞采之美也大都给予了充分的重视，认为作品应该是情感美、形象美、声韵美的结合。刘勰在《文心雕龙·总术》中，要求写出"视之则锦绘，听之则丝簧，味之则甘腴，佩之则芬芳"的作品，认为"断章之功，于斯盛矣"。《情采》《夸饰》《丽辞》《熔裁》《章句》《练字》《指瑕》各篇都论述了用词造句、文采修辞的问题，《情采》一篇，更集中讨论了"情"与辞采之间的关系。萧统《文选序》要求作品"综缉辞采""错比文华"，"事出于沉思，义归乎翰藻"，即要求精心结撰，讲求文辞的美丽（其"翰藻"包括讲究遣词、用典、对偶、声律诸方面）。王筠《昭明太子哀册文》也说："吟咏性灵，岂惟薄伎，属词婉约，缘情绮靡。"沈约、钟嵘等

---

① 《孟子·告子上》。见杨伯峻《孟子译注》下册，中华书局1960年版，第255页。

人，也都对"遒丽之辞"①"盛藻"② 持肯定态度，"词采华茂"的曹植、"举体华美"的陆机、其诗"烂若舒锦"的潘岳等在《诗品》中均被列入上品。讲究辞采，已在这一时期蔚然成风。

应当看到，六朝时虽有不少人对情、采的问题发表了通达的看法，但凡事都得有个"度"。由于种种原因，他们对于这个"度"的把握并不都是得当的，对情、采之间关系的认识与把握也并不都是比较辩证的。一些人由于身为贵族中人，甚至身为王侯、太子、帝王，思想感情相当贫弱，生活面狭窄，生活情趣不高，因此"放荡"性情、对文学社会功能极度轻视的结果，便只能一味地"嘲风雪，弄花草"③，甚至一味地驱驰声色之美，视情性与女色的欣赏同义，便显然是过"度"了。一些人过分追求辞藻的华美，风格过于浓艳，也是一病。但是，主张文学应注重"情采"，特别是主张"情性"就是不受拘束地表现自我，在当时确有正本清源的作用。"吟咏情性"是对"缘情"说的进一步发展，它彻底背弃了美刺比兴的诗学传统，标志着诗美观念的最后确立，标志着中古这个文学自觉时代有了一个完美的结局。在"吟咏情性"的思想指导下，诗人们倾全力追求作品的美学价值，在诗歌史和美学史上所产生的影响是深远的。

四

总的来看，汉魏六朝诗歌发展的总趋势，是由功利逐渐走向非功利，是文学与非文学逐渐走向分离。人们逐渐从着眼于诗歌的外部联系（特别是与儒家经学、政治教化的联系）转向着眼于诗歌的内部联系，着眼于诗歌所特有的美质，从而使诗歌一步步地摆脱了政治教化的羁绊，走向自我，发现自我，表现自我，实现自我。这个过程之所以能在六朝时期最后完成，大约基

---

① 沈约《宋书》卷六十七《谢灵运传论》："自建武暨乎义熙，历载将百，虽缀响联辞，波属云委，莫不寄言上德，托意玄珠，遒丽之辞，无闻焉尔。"中华书局 1974 年版，第 1778 页。

② 沈约《宋书》卷六十七《谢灵运传论》："至于建安，曹氏基命，二祖、陈王，咸蓄盛藻，甫乃以情纬文，以文被质。"中华书局 1974 年版，第 1778 页。

③ 白居易《与元九书》。见郭绍虞主编《中国历代文论选》第二册，上海古籍出版社 1979 年版，第 97 页。

于下列原因：

一是儒家思想的衰微，老庄玄学的兴起。东汉末年，随着大一统封建王朝的式微，一直被大一统封建王朝标为旗帜的儒家名教也就逐渐失去了维系人心的力量，而取而代之的是道家玄学思想。儒家名教和道家玄学对人、对文的看法与要求有很大不同。儒家虽并不绝对否定人作为个体的存在，但它却认为群体、社会是无限地高于个体的，个体应当绝对地服从于群体，服从于仁义道德，从本质上说它实际上是否定个体的存在、个性的独立和人格的自由的。而道家则恰恰相反，它尊重人作为个体的存在，尊重个体生命的价值，尊重个性的独立和人格的自由。于是，从东汉末年起，自我开始被发现，感情、欲望、个性开始被发现，一个大写的"我"字开始被堂而皇之地崇奉。试看《世说新语》中的两则记载：

王太尉不与庾子嵩交，庾卿之不置。王曰："君不得为尔。"庾曰："卿自君我，我自卿卿；我自用我法，卿自用卿法。"（《方正》）

桓公少与殷侯齐名，常有竞心。桓问殷："卿何如我？"殷云："我与我周旋久，宁作我。"（《品藻》）

这种对于自我的理直气壮的强调，在儒家名教占统治地位的时代是不会被认可的。于是，在魏晋时期形成了"尚通脱"的风气，不受礼法的拘束，任情率真成为时髦。与主体个性密切相关的情感被提到了极为重要的位置，王弼公开主张："圣人达自然之至，畅万物之情。"① 认为自然的情感不可革除，高扬了情感的意义和价值。虽然道家的思想和主张绝非十全十美，比如个体就不能绝对地脱离群体而存在，而情有雅俗，性有善恶，一味地放纵情性也并不都是可取的，但在当时情况下，这些思想和主张对个体独立地位的确立、对人性与个性的张扬是起了积极的推动作用的。而个体独立地位的确立，对诗歌情感独立地位的确立和诗歌本体地位的确立产生了不可估量的影响。从此，诗歌开始摆脱经学附庸的地位独立发展，开始从群体的工具、政教的工具变成了个体生命意识的一部分，开始自觉地把情感表现放到重要的

---

① 《老子道德经》，上海书店1986年版，第17页。

位置，从情感的体验和抒发中去追求美、展示美。一句话，诗歌开始回归到人自身，回归到个人的心灵和情感。抒情不仅成为诗人们在创作中的自觉追求，也同时成为诗论家们在理论上的自觉认识和倡导。从曹丕到刘勰、钟嵘，他们重个性、重气质、重情感，实际上都是重视自我，重视人生的意义和价值，其发展的轨迹是清晰可寻的。

二是帝王士族的好尚娱乐。魏晋南北朝时期，诗坛的主力是由帝王、贵族和士族构成的，他们不仅创作了大量诗歌，而且左右了当时诗歌创作的方向。东汉末年，由于生命无常，人生苦短，在士人中已经兴起及时行乐思想，魏末以后更日趋发展。东晋张湛在其编定作注的《列子》中，更大张旗鼓地鼓吹享乐哲学，认为人应当在有限的人生中尽情享乐，而享乐的基本手段是"丰屋、美服、厚味、姣色"再加上"音声"，包含了物质生活的享受、精神生活的享受、官能欲望的满足等几个方面。作为诗歌创作主体的帝王、贵族和士族，他们自然不可能超脱于外，应当说他们在这方面表现得尤为突出，不过在享乐的程度和侧重的方面上有所不同而已。对诗歌创作而言，他们中的不少人在一定程度上是把这当做娱乐的手段来看待的。魏晋南北朝时期有不少文学团体，团体中人常常在一起饮宴赋诗，常常夜以继日，乐此不疲。作诗既与饮宴结合到了一起，就很难说是纯粹的严肃的创作活动。实际上，在这样的场合，赋诗确实往往只是一种炫耀辞藻和才华的娱乐活动。他们在诗歌中"畅情"，目的往往也是"自适"。为了"华丽好看"，他们因此醉心于对诗歌形式美的追求，在辞采的华美、对偶的精整、声律的谐协、用词的工巧等方面倾注了不少的精力。应当承认，诗歌是有娱乐的功能的，所谓审美愉悦，所谓审美快感，就包含了娱乐的成分在内。为了最大限度地获得审美愉悦，诗人在创作中努力追求诗美，表现诗美，不仅是无可非议的，而且是应大力提倡的。不过，这一切都应限定在"审美"的范围内，前提是诗人所表现、所追求的一切都应当是"美"的。用这个标准来衡量，六朝诗人的表现并不都是无可非议的。但是，把诗歌视作一种娱乐手段的风气，在客观上却为诗美的发现营造了氛围，创造了条件，从而推动了诗美观念的最后确立。

三是得益于长期的创作实践。从诗歌最初产生的时候算起，到六朝诗美观念的最后确立，诗歌经历了漫长的发展历程。在这个漫长的发展历程中，诗人们不断地实践、探索、思考和总结，因而逐渐地认识和把握了诗歌的美质，这应是六朝诗美观念得以最后确立的最根本原因。实际上，诗歌的美质是固有的，儒家思想不可能长期地扭曲它、掩盖它，道家思想也不可能去生成它，它最终是会被人们明确地认识和把握的。到了南朝齐梁时期，这种认识和把握就越来越趋向"纯粹"，趋向明确，比如萧纲等人提倡"吟咏情性"，他们所理解的"情性"，就既不同于儒家的传统观念，也不同于魏晋玄学的观念，也就是说，这已是对于诗歌根本特征、内在美质的最"纯正"的把握和理解。而诗美观念也只有到了这时，才算是真正地确立了。

（原载中国艺术研究院主办《文艺研究》1999 年第 2 期，中国人民大学书报资料中心《中国古代近代文学研究》1999 年第 7 期）

兰亭诗考论

兰亭诗是东晋王羲之、谢安等人在兰亭宴集时所作的一批诗作。兰亭在今浙江绍兴西南约十三公里处，有山名兰渚，渚有亭。记载兰亭地理的最古文献是北魏郦道元的《水经注》。其卷四十"渐江水"条云：

> 渐江又东与兰溪合，湖南有天柱山，湖口有亭，号曰兰亭，亦曰兰
> 上里，太守王羲之、谢安兄弟数往造焉。吴郡太守谢勖，封兰亭侯，盖
> 取此亭以为封号也。太守王廙之，移亭在水中，晋司空何无忌之临郡也，
> 起亭于山椒，极高尽眺矣。亭宇虽坏，基陛尚存。

按照郦道元的说法，东晋一代，除王羲之等人所游的兰亭外，还有王廙之和何无忌所建的兰亭。王廙之生平不详，何无忌生活年代较晚，以此推知，二人所建的兰亭当都在王羲之等所游的兰亭之后，很可能是王羲之等所游的兰亭毁坏之后，王廙之在水中另建一亭，后此亭又为水所淹没，于是何无忌又在高处再建一亭。何无忌所建的亭，后来自然也难逃脱毁灭的命运。这样一来，客观上给后人考定兰亭的确切地址带来了困难。

关于后世兰亭，《绍兴府志》（有康熙五十八年和乾隆五十七年等刊本）、《山阴县志》等史籍对其沿革作了记载。明嘉靖二十七年（1548），知府沈启见"亭之所在已非故处，坏且不存，而所谓清流激湍，亦已湮塞"（文征明《重修兰亭记》），于是复将兰亭曲水建于兰渚山麓天章寺前。不久，天章寺被焚毁，兰亭再度荒芜，延至万历初由山阴知县徐贞明重建。而清初绍兴知府许弘勋上任时，所见到的又是一片"榛莽蒙茸，荒烟灭没"（《重建兰亭序》）的残破景象，于是又在康熙三十四年（1695）奉敕另行修建。此后，

又曾一再加以修缮，逐渐形成了今天兰亭的格局和规模。似乎可以肯定地说，今天的兰亭已非昔日王羲之等所游兰亭的原址和原貌。其原址原貌虽已难确考，但从人们总是力图再现其原貌的努力和愿望中不难看出，兰亭宴集的影响力是历久不衰、异常深巨的。

兰亭宴集同古代春禊的风俗密切相关。古人于每年三月上旬的巳日（即所谓"上巳"，又称为"三巳"）临水祭祀，并用浸泡了香草的水沐浴，认为这样可以祓除不祥，叫作"禊""祓禊"或"修禊"。这种风俗起源于周代，《周礼·春官宗伯·女巫》郑玄注"掌岁时祓除衅浴"句云："岁时祓除，如今三月上巳如水上之类。"汉魏以后此风相沿，《后汉书·礼仪志上》云："是月上巳，官民皆絜于东流水上，曰洗濯祓除去宿垢疢为大絜。"魏以后，也许是为了便于记忆，不再拘泥于"上巳"这个日子，而将节日固定为农历三月初三（此外还有所谓"秋禊"，在农历七月十四日举行，也是临水以祓除不祥）。

春天是风和日丽、鸟语花香、万象更新的季节，汉以后，上巳逐渐成为人们春日到水边饮宴游玩的节日。宴饮时，人们把酒杯放到水中任其漂流，酒杯漂到谁的面前就由谁取饮，这就是后来王羲之所说的"曲水流觞"（西晋王济在其《平吴后三月三日华林园》诗中，已有"清池流爵"之语）。骚人墨客还免不了要吟诗作赋，这样就产生了一系列以"上巳"和"三月三日"为题的作品。就诗而言，后汉杜笃已有《京师上巳篇》，入晋后作品逐渐增多，程咸、荀勖、王济、张华、陆机、阮修、闾丘冲、王赞、潘尼、庾阐都写有这类作品，其中潘尼一人就写了《上巳日帝会天渊池诗》《皇太子上巳日诗》《巳日诗》《三月三日洛水作诗》四首。就赋而言，后汉杜笃有《祓禊赋》，晋成公绥、张协有《洛禊赋》，褚爽、夏侯湛有《禊赋》，阮瞻有《上巳会赋》等。此外，其他诗赋中还有不少提到修禊之事，如张衡《南都赋》中即有"暮春之禊，元巳之辰，方轨齐轸，祓于阳濑"之句。

东晋偏安江左后，春禊之俗仍然极盛，在都城建康和王、谢家族聚居的会稽等地尤其如此。据《晋书·王导传》，司马睿移镇建康之初，"吴人不附，居月余，士庶莫有至者"。王导认识到这个问题的严重性，就在三月三日上巳这天，请司马睿乘肩舆出游，王敦、王导及北方流亡南下的世族大地主皆骑马随从，隆重的仪仗，威严的行列，使得纪瞻、顾荣等"江南之望""咸惊惧，乃相率拜于道左"。巧妙地利用春禊节日，导演了一场抬高司马睿地位、使江东世家大族归附的政治活剧。由此不难推知，江左春禊活动的规模比起北方来有过之而无不及。正是在这样的环境气氛中，出现了兰亭宴集和兰亭诗，成为中国文化史上的一段佳话。

永和九年（353）三月三日，王羲之同司徒谢安、著名诗人左司马孙绰等四十一人聚会于会稽山阴的兰亭，临水"修禊"。大家在一派宜人春色中，列坐曲水之旁，"流觞"饮酒，赋诗抒怀。王羲之、孙绰、谢安、谢万、孙统、袁峤之、王凝之（王羲之次子）、王肃之（王羲之第四子）、王徽之（王羲之第五子）、王彬之、徐丰之十一人各作诗二首，其中四言、五言各一首。孙嗣、郗昙、庾友、庾蕴、曹茂之、华茂、桓伟、王玄之（王羲之长子）、王涣之、王蕴之、王丰之、魏滂、虞说、谢绎、曹华十五人各作四言或五言一首。以上诗作，均题作《兰亭诗》。此外，孙绰尚有四言一首，题作《三月三日诗》。以上诸人外，尚有十五人，包括年纪尚幼的王羲之第七子王献之在内，一首诗也未作出来，各被罚饮三大杯酒。王羲之所作诗，冯惟讷《诗纪》题为二首，谓四言、五言各一首，但《戏鸿堂帖》《法书要录》均载其五言五首，这很可能是王羲之当日实际所作诗的数目。王羲之在兰亭聚会中处于领袖群伦的地位，后被公推为《兰亭集》作序，风流倜傥，兴致很高，比别人多作几首诗是完全可能的。以上总计共有四言十六首，五言二十六首。

要评论这些诗，不妨先从王羲之所作入手。其四言云：

> 代谢鳞次，忽焉以周。欣此暮春，和气载柔。咏彼舞雩，异世同流。乃携齐契，散怀一丘。

前四句从春秋代序、季节转换写到暮春风和日丽、内心无比欣快。后四句具体叙写其欣快之情：沐浴在这风和日丽的春色中，不禁想起了那"咏彼舞雩"的古人，真是古今相通，"异世同流"；邀约起同心默契的友人，到这山丘之中来散心遣怀，何其消遥自得。"舞雩"，是春秋时鲁国祭天求雨时为献舞而筑的坛，在今山东曲阜南。《论语·先进》载曾皙云："莫春者，春服既成，冠者五六人，童子六七人，浴乎沂，风乎舞雩，咏而归。"此用其意。

桓伟五言云："宣尼遨沂津，萧然心神王。数子各言志，曾生发清唱。今我欣斯游，愠情亦暂畅。"袁峤之五言云："遐想逸民轨，遗音良可玩。古人咏舞雩，今也同斯叹。"说的也是这个意思。

王羲之五言其二云：

> 三春启群品，寄畅在所因。仰望碧天际，俯磐绿水滨。寥朗无厓观，寓目理自陈。大矣造化功，万殊莫不均。群籁虽参差，适我无非新。

首二句总摄一笔，写暮春时节万物复苏、万象更新的景象及由此产生的舒畅、欣快的情怀。"三春"，春季的第三个月，即三月。"寄畅"，谓寄意畅情。接下来四句，具体描述"寄畅"之"所因"：抬头仰望，天碧如洗，一眼可以望到天的尽头；低下头来，可在绿水之滨尽情盘桓、游乐。宇宙寥阔清朗，无边无际，万物生长发育的常理、法则无不得到充分的展示。面对如此景象，诗人不由得发出了由衷的赞叹：造物主化育万物，真是一点也不偏心啊！"大矣造化功，万殊莫不均"两句意本《老子》第五十一章："长之育之，亭之毒之，养之覆之，生而不有，为而不恃，长而不宰。"但同时也体现了诗人情钟万物、泛爱群品的胸襟。这样也就有了最后两句："群籁虽参差，适我无非新。""群籁"，犹万籁，指春天里自然界发出的一切声响，也即指自然界的万物。"新"，《诗纪》作"亲"，"亲"也通"新"。诗人说：这自然界的万物虽然千差万别，各有不同，但我置身其中，无不觉得适宜，无不觉得新鲜，无不觉得亲密。进一步展示了舒畅欣快、逍遥自得的情怀。

以上两诗，都表达了春到人间的欣喜和躬逢嘉会的愉悦，可以说这也是兰亭诗共有的色调。当时的聚会确实是够热烈、够欢快的，从徐丰之"清响拟丝竹，班荆对绮疏。零觞飞曲津，欢然朱颜舒"的描写中，不难想象当时欢聚的情景。这种欣喜与愉悦，并不仅仅是由美好的春色触发出来的，在很大程度上也是诗人主观上强烈地追求"散怀""寄畅"的结果。所谓"散怀""寄畅"，就是凭借豁朗清幽的自然环境，消释掉内心的情累（许询《农里诗》有"濯濯情累除"之句），达到一种"忘天地，遗万物，外不察乎宇宙，内不觉其一身，故能旷然无累，与物俱往，而无所不应"① 的境界，获得一种无得无失、无忧无虑的萧旷之趣。对这种旨趣的追求，在别的诗作中也有表现。王蕴之五言云："散豁情志畅，尘缨忽已捐。"王玄之五言云："消散肆情志，酣畅豁滞忧。"曹茂之五言云："时来谁不怀，寄散山林间。"袁峤之五言云："激水流芳醪，豁尔累心散。"王肃之四言云："今我斯游，神怡心静。"五言云："嘉会欣时游，豁尔畅心神。"王徽之四言云："散怀山水，萧然忘羁。"都表现出同一旨趣和精神。而在追求这种旨趣时，又往往交织着怀想古人的感情。孙嗣五言云："望严怀逸许，临流想奇庄。谁云真风绝，千载挹余芳。"王凝之四言云："庄浪濠津，巢步颖湄。冥心真寄，千载同归。"王涣之五言云："去来悠悠子，披褐良足钦。超迹修独往，真契齐古今。"怀想许由、庄子、巢父这些古代的高人逸士，同王羲之情缅于孔门之咏舞雩是一脉相通的，其目的是要继承和发扬古人的"真风""余芳"，实现"千载同一朝，沐浴陶清尘"（谢绎五言）的愿望，在"异世同流"、古今齐一的遐想中获得最大的精神享受和满足。

兰亭诗表现出上述思想倾向，是同当时的社会思潮密切相关的。汉末以来，社会动荡不安，文人中不绝如缕地弥漫着一股感伤主义的思潮，为求得解脱，老庄抬头，儒学衰退，玄思放诞之风愈演愈烈。至东晋初，玄学又与佛学合流，不仅一般文士，上至皇帝，下至武臣悍将、闺阁妇女也都受其影响。王羲之在当时，要算是比较忧国忧民、努力世务、重视实际社会政治问题的。《世说新语·言语》载，王羲之与谢安共登冶城，谢安"悠然远想，有高世之志"。王羲之劝道："夏禹勤王，手足胼胝；文王旰食，日不暇给。今四郊多垒，宜人人自效。而虚谈废务，浮文妨要，恐非当今所宜。"姚鼐云："逸少誓墓之后，未尝更入都，而安之仕进，在逸少去官后。"认为此说乃"《世说》之妄"②，并不可信。但读《晋书·王羲之传》，包括《传》中所附王羲之致谢安的一封信在内，可知王羲之所操心的多为"社稷之忧""安危之机"，因此即使并无与谢安共登冶城之事，其有用世之志也是毋庸置疑的。但

① 《庄子·齐物论》郭象注。见郭庆藩《庄子集释》，中华书局 2004 年版，第 75 页。
② 姚鼐《惜抱轩笔记》卷五。见《惜抱轩全集》，中华书局、中国书店 1989 年影印《四部备要》本，第 341 页。

就是这么一个人，在时风濡染之下，也难以免俗。有名的"坦腹东床"的故事①，很能反映少年王羲之不喜矜持、随性自然的思想风貌。入仕以后，由于东晋统治阶级的腐败和无所作为，王羲之一生经历了不少忧患，有种种苦闷，因而使他更加向玄学、佛学以至道教（王家奉五斗米道）靠拢，企图从中寻求解脱。王羲之还"雅好服食养性"②，这在其书札中也屡有反映。至于性好山水，更是人所共知。王羲之尚且如此，缺乏用世之志的一些人则会走得更远。因此，山水佳胜的会稽山阴便成了当时名士的聚居之地，在这地方发生一次临流饮酒赋诗的盛会，也就不足为奇了。他们到这山水中来，是想肆意畅情，摆脱尘世的纷扰给他们带来的积愤和"滞忧"，体悟大自然冲静美好的"至道"，求得身心与自然的统一，如王徽之五言所云："先师有冥藏，安用羁世罗。未若保冲真，齐契箕山阿。"在这种情况下，山水观赏实际上成了诗人自我人格和人生追求的外在展示，其诗作也就不可避免地要带上浓厚的玄理色彩了。

这样一来，诗作似乎成了直陈玄理的工具，形象性便要大受影响。上引王羲之的两首诗已经有此苗头，其五言其一在这方面走得更远：

> 悠悠大象运，轮转无停际。陶化非吾因，去来非吾制。宗统竟安在？即顺理自泰。有心未能悟，适足缠利害。未若任所遇，逍遥良辰会。

《庄子·庚桑楚》云："出无本，入无窍。……入出而无见其形。"郭象注："欻然自生，非有本。欻然自死，非有根。死生出入，皆欻然自尔，无所由，故无所见其形。"《庄子·则阳》："未生不可忌，已死不可徂。"郭象注："突然自生，制不由我，我不能禁。忽然自死，吾不能违。"王羲之诗除末二句略露真情外，其余大体上本于《庄子》及向秀、郭象注，敷衍成文，理过其辞，淡乎寡味。其余兰亭诗，有不少类此。沈约《宋书·谢灵运传论》云："有晋中兴，玄风独振，为学穷于柱下，博物止乎七篇，驰骋文辞，义单乎

---

① 《世说新语·雅量》："郗太傅在京口，遣门生与王丞相书，求女婿。丞相语郗信：'君往东厢，任意选之。'门生归白郗曰：'王家诸郎亦皆可嘉，闻来觅婿，咸自矜持，唯有一郎在东床上坦腹卧，如不闻。'郗公曰：'正此好！'访之，乃是逸少，因嫁女与焉。"见徐震堮《世说新语校笺》，中华书局1984年版，第201~202页。

② 房玄龄《晋书》卷八十《王羲之传》，中华书局1974年版，第2098页。

此。"钟嵘《诗品序》云："孙绰、许询、桓、庾诸公诗，皆平典似《道德论》，建安风力尽矣。"刘勰《文心雕龙·时序》云："自中朝贵玄，江左称盛，因谈余气，流成文体。是以世极迍邅，而辞意夷泰，诗必柱下之旨归，赋乃漆园之义疏。"从这类诗看来，这些话是说得一点不错的。

但兰亭诗也还有另外一副面目，就是一些诗较多地刻画了山水，读来能给人以耳目一新之感。如孙绰五言云：

> 流风拂枉渚，停云荫九皋。莺语吟修竹，游鳞戏澜涛。携笔落云藻，微言剖纤毫。时珍岂不甘，忘味在闻韶。

前四句以两组骈偶句写景，刻画极精，文字也很工丽，流溢出一派诗情画意。后四句则记述了聚会时提笔赋诗、探讨玄理及陶醉于音乐之中的情状。《韶》，相传为虞舜时的音乐。《论语·述而》记孔子在齐国时听到《韶》乐，竟然陶醉得三个月不知肉味。这里《韶》有象征玄理的意味。玄理虽然精深奥秘，但一旦以"微言"探得其妙谛，也足可使人忘记"时珍"之甘味。孙绰是东晋玄言诗人的代表，他热衷探讨玄理是一点也不奇怪的，他能以清新流畅的语言写景描状，不落入枯燥地阐释老、庄精义的窠臼，已经颇为难得了。

又如谢万四言云：

> 肆眺崇阿，寓目高林。青萝翳岫，修竹冠岑。谷流清响，条鼓鸣音。玄崿吐润，霏雾成阴。

以"肆眺""寓目"领起，以清新娟秀、错落有致的笔触描绘出兰亭一带明媚秀丽的山川景色，已是比较完整的写景诗（或山水诗），较之孙绰五言来更加富于形象和魅力。

此外，谢安四言云："森森连岭，茫茫原畴。迥霄垂雾，凝泉散流。"谢万五言云："碧林辉英翠，红葩擢新茎。翔禽抚翰游，腾鳞跃清泠。"孙统五言云："回沼激中逵，疏竹间修桐。因流转轻觞，冷风飘落松。时禽吟长涧，万籁吹连峰。"王徽之四言云："秀薄粲颖，疏松笼崖。游羽扇霄，鳞跃清池。"等等，也无不落笔工丽，出语清新，形象地刻画出春天的一派郁勃生机，读之令人悠然神往。

自曹操《步出夏门行·观沧海》问世以来，这是一批值得重视的写景诗

（或山水诗）作。但从诗人的主观动机和作品客观上的美学效果来考察，这批作品又还算不上是纯粹的写景诗（或山水诗）。清谈玄理和"期山期水"（孙统四言）本来就是玄言诗人生活的两个彼此相关的方面，在兰亭诗人眼中，山水不过是自然之道无处不在的证明，是寄托自己旷迈之志的物质载体，是豁畅情志、消除情累的有力工具。因此，他们状貌山水的目的仍然是谈玄论道，这在本质上同直陈玄理并无太大的差别。但是，这种夹杂着山水描写的玄言诗仍有其值得注目的特色和贡献。其一，兰亭诗人抱着旷然无累、与物俱往的目的投身于大自然之中，因而情调悠闲，意致萧散（王夫之《古诗评选》卷二评谢万四言"不一语及情而高致自在"，即此之谓），形成了一种或疏淡清朗，或飘洒俊逸，或清幽冷隽的诗风。这种诗风即使不始创于兰亭诗人，但却在他们手中发挥到完美的极致，为古代诗歌的百花园增添了一朵奇葩，对后来的诗风产生了深远的影响。其二，正始以来，诗人谈玄多直接从理性入手，形成枯燥的说理诗，几毫无形象兴味可言。兰亭诗人虽还没有放弃直陈玄理的手法，但他们已在相当程度上注意将理性的东西同感性的形象的东西结合起来，在阐发玄理时，以物象的刻画为依托，这无疑是对玄言诗的一种革新，是一种进步。理性与感性的东西如果结合得好，便会相映成趣，相互发明，产生一种令人咀味不尽的理趣色彩，这在前引孙绰五言及其他一些诗中，不难体会到这一点，这无疑给谈玄说理一类诗歌注入了一股新的活力。其三，兰亭诗中的山水描写，在山水意识、技巧手法等方面为山水诗的产生准备了条件，积累了经验。早期山水诗的代表诗人谢灵运，实际上是充分吸取了兰亭诗人的创作经验的。黄节先生说："大抵康乐之诗，首多叙事，继言景物，而结之以情理。"① 所谓"情理"，也即玄理。借对山水形象的刻画来表现玄理，这就沿袭了兰亭诗人的路子。兰亭诗实际上是山水诗正式登台前的一次预演，一种先导，为山水诗的大量产生起了鸣锣开道的作用。

　　应当说明，上述特点在东晋初年的其他诗作特别是玄言诗作中，也同样可以找到。兰亭宴集毕竟不是一次经过长期精心酝酿准备的诗会，众多诗人在即席吟咏的诗作中能有这许多一致，没有时风作为基础是不可能的。但是，

---

　　① 萧涤非《读谢康乐诗札记》。见《读诗三札记》，作家出版社1957年版，第26页。

兰亭诗却集中、突出地体现了这些特点，因而也就更加引人注目。此前吟咏修禊活动的诗篇，内容大都不出记游乐、颂功德的范围，而兰亭诗颇多清新秀美的景物描写，诗的主旨则在领悟玄理、寄畅散怀，呈现出崭新的面目。加之诗人诗作众多，故使此前的修禊诗相形见绌，而为后来的修禊诗开出了一种新的轨范。在这种情况下，兰亭诗所体现出来的特点和影响，也就更加不可轻视了。

兰亭诗出后，被汇为一编，即《兰亭集》，王羲之为之作序，其文云：

> 永和九年，岁在癸丑，暮春之初，会于会稽山阴之兰亭，修禊事也。群贤毕至，少长咸集。此地有崇山峻岭，茂林修竹，又有清流激湍，映带左右，引以为流觞曲水，列坐其次。虽无丝竹管弦之盛，一觞一咏，亦足以畅叙幽情。
>
> 是日也，天朗气清，惠风和畅，仰观宇宙之大，俯察品类之盛，所以游目骋怀，足以极视听之娱，信可乐也。

对聚会的盛况和优美的景色作了形象生动的概括，流露出欢快喜悦之情，可为诸多兰亭诗作一注脚。但以下文字却突然改变了语气：

> 夫人之相与，俯仰一世，或取诸怀抱，悟言一室之内，或因寄所托，放浪形骸之外。虽趋舍万殊，静躁不同，当其欣于所遇，暂得于己，快然自足，不知老之将至。及其所之既倦，情随事迁，感慨系之矣。向之所欣，俯仰之间，已为陈迹，犹不能不以之兴怀。况修短随化，终期于尽。古人云，"死生亦大矣。"岂不痛哉！
>
> 每览昔人兴感之由，若合一契，未尝不临文嗟悼，不能喻之于怀。固知一死生为虚诞，齐彭殇为妄作，后之视今，亦犹今之视昔，悲夫！故列叙时人，录其所述，虽世殊事异，所以兴怀，其致一也。后之览者，亦将有感于斯文。

站在人生的高度俯察人生，态度冷峻，感慨深沉，真实反映了王羲之当时虽欲有所作为，但又不安于位、打算激流勇退的心境。"固知一死生为虚诞，齐彭殇为妄作"二语，与西晋诗人刘琨在《答卢谌书》中所说"然后知聃周之为虚诞，嗣宗之为妄作"的思想一致，情调虽然比较低沉，但敢于在玄风日盛的当时对庄周"一死生""齐彭殇"的虚无主义思想提出批判,却是难能可贵的,反映出王羲之并不一味沉湎于玄风的另一面。全序率性而写,真朴自然,能见肺腑,饶有情致,在雕辞琢句的骈体文风日渐风行的时代,也显得别具一格。"后之视今,亦犹今之视昔"语出《汉书》卷七十五《京房传》:"夫前世之君亦皆然矣。臣恐后之视今,犹今之视前也。"然经王羲之一用,遂为警句。全序在写作上还接受了石崇《金谷诗序》的影响,王羲之本人似乎也不否认这一点,当有人认为《兰亭集序》可与《金谷诗序》相比、王羲之可与石崇匹敌时,王羲之还"闻而甚喜"[①]。当然,总的来看,王羲之其人其文是远胜过石崇的。

读兰亭诗,不可不读《兰亭集序》。有意思的是,序的声名和影响并不亚于诗,甚至有人只知序而不知诗。造成这种现象的原因,一来因为序文写得好,特别是以序文与王羲之同时所作的诗相比,更不免要给人以高下有别之感。二来因王羲之亲笔书写的序(称《兰亭叙帖》或《禊帖》)对后世产生了很大影响。唐何延之《兰亭记》:"右军以晋穆帝永和九年暮春三月三日,宦游山阴,与太原孙统承公……等四十有一人,修被禊之礼,挥毫制序,兴乐而书。用蚕茧纸、鼠须笔,遒媚劲健,绝代更无。凡二十八行三百二十四字,有重者皆构别体,就中'之'字最多,乃有二十许个,变转悉异,遂无同者。其时乃有神助,及醒后,他日更书数十百本,无如被禊所书之者。"[②] 宋米芾有诗绝称《兰亭》:"翰墨风流冠古今,鹅池谁不赏山阴。此书虽向昭陵朽,刻石犹能易万金。"[③] 由于有了《兰亭叙帖》,兰亭因而遐迩闻名,其文其诗也随之涨了身价。诗因文而贵,文因书而显,成为一个颇为有趣的文化现象。

除王羲之所作序之外,尚有孙绰所作的序,其中也颇有妙义佳句,但遣词命意多与王羲之序相似,唯文体以四言对偶为主,读来不及王羲之序潇洒流畅,影响也与之相去甚远。

---

① 房玄龄《晋书》卷八十《王羲之传》:"或以潘岳《金谷诗序》方其文,羲之比于石崇,闻而甚喜。"(按,据《世说新语·品藻》刘孝标注及萧统《文选》潘岳《金谷集作诗》李善注,《金谷诗序》的作者应为石崇。)中华书局1974年版,第2099页。
② 唐张彦远《法书要录》卷三,人民美术出版社1984年版,第124页。
③ 宋桑世昌《兰亭考》卷十引,文渊阁《四库全书》本。

　　兰亭宴集之后，修禊之俗仿佛被注入了强心剂，流风遗俗，更加兴盛。不仅普通士民百姓，连封建统治者也十分重视禊日的活动，唐宋时，皇帝经常在这一天给文武百官赏钱赐宴，并官修游船画舫，以助游兴。曲水流觞自也相沿成俗，不少地方还以人工修筑了水渠，以便在修禊这一天仿效故事。在北京故宫乾隆花园、中南海、潭柘寺、香山等处，现在还能看到亭子与水渠（在石基上凿成的迂回曲折的沟槽）相结合的景致，便是当年"曲水流觞"的一种象征。至于饮宴赋诗，更成为文人热衷的雅事。《文选》同时载有颜延之和王融的《三月三日曲水诗序》，可见南朝时此风之盛；唐时，刘禹锡诗有"棹歌能俪曲，墨客竞分题"（《三日与乐天、河南李尹陪令公洛禊》）之句；直至解放前夕，北平还有虚应故事的文人雅集。留存下来的诗词作品中，有不少还直接提到了兰亭宴集。如柳宗元《韩漳州书报彻上人亡因寄二绝》其一云："他时若写兰亭会，莫画高僧支道林。"李商隐《令狐八拾遗绹见招送裴十四归华州》诗云："兰亭宴罢方回去，雪夜诗成道韫归。"又《寄在朝郑曹独孤李四同年》诗云："不因醉本兰亭在，兼忘当年旧永和。"欧阳修《三日赴宴口占》诗云："共喜流觞修故事，自怜霜鬓惜年华。"苏轼《和王胜之》诗云："流觞曲水无多日，更作新诗继永和。"陆游《简付十八官汉孺》诗云："兰亭修禊近，为记永和春。"又《大平时》词云："临罢兰亭无一事，自修琴。铜炉袅袅海南沉。洗尘襟。"曹冠《夏初临·淳熙戊戌四月既望游涵碧》词云："流觞高会，不减兰亭；感怀书事，聊寄吟哦。"张宇《上巳日游平湖》诗云："微微漠漠水增波，禊事重修继永和。"段克己《鹧鸪天》词云："兰亭豪逸今陈迹，不醉东风待几时。"严复《癸丑上巳梁任公禊集万国园，分韵流觞曲水》诗云："暮春值癸丑，遐想山阴游。"等等。此外，后世文章曲赋、小说戏剧中，提及兰亭宴集及兰亭诗的也不在少数。似乎可以说，在中国文化中存在着一个"兰亭系列"的产品，它扎根于中国传统文化土壤的深处，对民族精神生活和文化艺术民族特色的形成都有不可低估的影响。因此，对兰亭诗从多方面开展深入研究，从中了解传统文化民族化的一个侧面及其在民族文化发展演进中的作用，显得很有必要。

（原载《贵州社会科学》1991 年第 10 期）

论《文选》二谢诗

　　在中国诗史上，汉魏六朝时期，特别是南朝时期，"追新求变"是一种显得十分突出的风气，不少诗人把"新变"当作自己刻意追求的目标，由此带来诗坛日新月异的变化。南朝诗坛的"新变"出现过三次令人瞩目的高潮。第一个高潮出现在刘宋元嘉时期，代表诗人有谢灵运、颜延之、鲍照等。《南齐书·文学传论》："颜、谢并起，乃各擅奇；休、鲍后出，咸亦标世。朱蓝共妍，不相祖述。"陆时雍《诗镜总论》："诗至于宋，古之终而律之始也。体制一变，便觉声色俱开。"沈德潜《说诗晬语》卷上："诗至于宋，性情渐隐，声色大开，诗运一转关也。"第二个高潮出现在南齐永明时期，"新变"的中坚人物有沈约、谢朓、王融等。《梁书·庾肩吾传》："齐永明中，文士王融、谢朓、沈约始用四声，以为新变。"第三次高潮出现在萧梁普通以后，代表诗人有萧纲、萧绎、徐摛、庾肩吾等。《梁书·徐摛传》："（摛）属文好为新变，不拘旧体。"这一浪高过一浪的"新变"热潮，使得文学的特征越来越明晰，使得诗歌越来越走向精致和华美。可以说，南朝时期是一个充满创造精神和新鲜气息的时代，它所积累的经验和教训是一笔宝贵的财富，为后人提供了有益的借鉴。

　　《文选》编者萧统的文学观总的说来是比较持重的，但他在《文选序》中，关于文学的发展也说了"踵其事而增华，变其本而加厉。物既有之，文亦宜然。随时变改，难可详悉"这样的话，反映了他对追新求变的态度、认识和追新求变的精神。而《文选》的选文，在很大程度上也体现了他的这种态度、认识和精神。由于编选体例的关系，萧纲、萧绎等普通后期诗人的作品均未入选，但就已入选的作品看，是能比较清楚地看出这一点的。《文选》

选诗数量居前六位的是：陆机五十二首，谢灵运四十首，江淹三十二首，曹植二十五首，颜延之和谢朓均为二十一首。在选诗最多的六位诗人中，南朝占了四位。在南朝四位诗人中，又以谢灵运、颜延之和谢朓所选作品涉及面较宽，因为江淹选诗较多，与《杂体三十首》悉数入选有关，若以诗题计数，江淹应为三题三十二首，远不能与另外三人相比。而另三位诗人又以谢灵运和谢朓在当时获得的评价最高，对后世的影响也最大。谢灵运为元嘉体代表诗人，谢朓为永明体代表诗人，《文选》通过两人诗作的较多入选，比较突出地反映了当时诗风的变化，反映出两人在诗风变革中的作用，也反映出萧统对诗风变革的认同和乐于追新求变的精神。

一

刘勰在《文心雕龙·明诗》中说："宋初文咏，体有因革，庄、老告退，而山水方滋。"山水诗在晋、宋之际登上诗坛，是中国诗歌史上的一件大事，不少诗人为这一历史性变革作出了贡献，其中谢灵运的贡献最大。谢灵运之后，谢朓继起，成为又一个对山水诗作出重大贡献的诗人。由于两人同为东晋陈郡谢氏大族的后裔，因而被习称为大谢和小谢，也合称为二谢。两人各自代表着晋宋之际和齐梁之际山水诗的最高成就，对后世产生了极为深远的影响。《文选》所收二谢山水诗，被分别编入"游览""行旅""杂诗"等类，其中谢灵运约二十首，占所选全部作品的二分之一，其余二分之一的作品，也不乏山水景物的描写；而所选谢朓作品，则多数都有较多山水景物的描写。这种情况表明，萧统充分肯定了山水诗在当时诗坛所具有的独特价值，肯定了二谢山水诗创作的突出成就和对山水诗发展的巨大贡献。

山水诗的出现，是山水审美意识觉醒的结果。本来，人类从诞生的那一刻起，就与山水自然结下了不解之缘，但由于种种条件的限制，在相当长的一个历史时期中，人们并没有把山水自然当作独立的审美对象来观照、对待。人们大抵只将山水自然当作自己赖以生存的环境和场所，当作能够为自己提供衣食之资的地方。由于自然既给人类提供了基本的生存条件，但又不时给人类基本的生存条件造成破坏，面对着具有无限威力的自然，人们往往还怀有戒惧之心，于是或将自然当作顶礼膜拜的对象，或产生出将其加以征服的愿望。在这种情况下,人们不可能将山水自然当作审美的对象。天人合一的思想萌生后,人们开始有意识地去亲近自然,文学作品中也逐渐有了较多的山水景物的描写,但大抵还都是从功利的目的出发,或只是为了交代人物活动的背景,或只是为了借山水景物以比兴,或只是为了借景抒情,其描写大都也只是一些零碎的片断。儒家、道家等学派中的哲人曾不时表现出对自然景物的喜爱,但多不是从审美鉴赏的角度出发,不以审美鉴赏为终极目的。如儒家所说的"知者乐水,仁者乐山"[1],就只是出于一种以山水比德的需要;而道家则大抵将山水当作精神本体的"道"的外在的显现来看待,他们到大自然中去,大抵只是为了借山水以体悟自然之道,他们在作品中对自然景物的描写,也多是为了借此表现其尚任自然的思想,也并不是将自然景物作为独立的审美客体来看待的。

当然,也不能否认,早在先秦时期,就已经出现了自然美意识的萌芽,不管是怎样的理性思考,怎样的比兴寄托或借景抒情,其中都或多或少地包含了对于自然的审美活动,有时甚至其基础、前提就是对自然的审美活动。这种自然美意识的萌芽,对于后人的启迪和引导作用是不可忽视的。而文学作品中一些写景的佳句,也自然而然地成为人们审美的对象。此后,自然美意识继续缓慢地发展,到了汉末建安时期,诗人们笔下有了越来越多的关于山水景物的描写,并由曹操写出了我国诗史上第一首可称得上是山水诗完篇的《步出夏门行·观沧海》。特别是到了东晋时期,由于当时著名士人大都生活、活动在建康、会稽、永嘉等山水佳胜之地,山水之美对人们的视觉和心灵产生了强烈的冲击,有效地孕育、培养、激发了人们的山水审美情趣;更由于西晋以来在文士中弥漫的玄学思想到东晋时期达到了极盛,而有玄学思想的人往往热衷于追求超功利的精神境界,这极有利于独立的审美意识的觉醒、确立和审美感受能力的培养,于是人们空前地焕发出追寻自然美的热情,赞叹山川之美的言辞于是不绝于口。仅以《世说新语·言语》中的两则记载为例:

---

① 《论语·雍也》。见《十三经注疏·论语注疏》,上海古籍出版社 1997 年影印世界书局缩印阮元刻本,第 2479 页。

顾长康从会稽还，人问山川之美，顾云："千岩竞秀，万壑争流，草木蒙笼其上，若云兴霞蔚。"

王子敬云："从山阴道上行，山川自相映发，使人应接不暇。若秋冬之际，尤难为怀。"

山水的观赏和山水之游于是自然而然地成为士人生活的一部分，甚至成为士人生活不可或缺的内容，山水越来越多地进入文学和艺术。到晋宋之际，诗歌、散文、绘画中已有了大量关于山水景物的描绘，其中最具有代表性的人物就是谢灵运。

谢灵运钟情山水，有政治上不得意的原因，但他不以别的方式来排解政治上的不得意，可见起决定作用的，还是他对山水之美的钟爱。《宋书》本传载：

出为永嘉太守。郡有名山水，灵运素所爱好，出守既不得志，遂肆意遨游，遍历诸县，动逾旬朔，民间听讼，不复关怀。所至辄为诗咏，以致其意焉。

灵运意不平，多称疾不朝直。……出郭游行，或一日百六七十里，经旬不归，既无表闻，又不请急。

灵运……寻山陟岭，必造幽峻，岩障千重，莫不备尽。

谢灵运既有游山玩水的丰富实践，又有寻幽访胜的认真态度，因此他总能将山水景物中最精美的部分描绘出来。《登江中孤屿》有句云："怀新道转迥，寻异景不延。""怀新""寻异"既是诗人寻访山水的态度，也是诗人描山绘水的态度，因此其诗便有了新、奇、险的特点，山水异态，纷至沓来，读之令人有目不暇接之感。《文选》中所收谢灵运的山水诗，大都比较充分地体现了这一特点。谢灵运将山水作为审美的对象来大力加以表现，从而成为我国大量创作山水诗的第一人，为此后山水文学的发展奠定了坚实的基础。

谢灵运之后，山水诗的写作继续向前推进，谢朓成为其中最为优秀的作者。谢朓年轻时生活在山环水绕、宫室巍峨的建康，弱冠以后，又接触了江南、荆楚等地的山水。特别是在出守宣城期间，他将更多的山水胜景纳入笔端，写出了不少名篇。谢朓的山水诗比起谢灵运来有了不少发展，比如这些诗彻底摆脱了玄言的影响，题材有了进一步的拓展，其诗往往将自然山水与都邑风物融为一体，情景的结合趋于和谐，画面趋向简洁，形成了自己清新流丽的风格，声韵也更为和谐，开始了古体向近体的过渡，等等。总之，谢朓将山水诗推向更成熟、完美的境地，从而最终确立了山水诗在诗史上的地位。

二谢山水诗作的大量涌现，标志着人们追寻自然美的热情、认识自然美的深度及表现自然美的能力均达到了一个前所未有的高度；标志着山水景物最终获得了独立的审美价值，人们开始从一个新的角度即美学的角度去关照、亲近、欣赏、理解大自然，山水审美意识获得了空前的觉醒；标志着人与自然进一步的沟通与和谐，一种新的天人关系由此得以确立。萧统《文选》大量选入二谢的山水诗，表明他对这一诗坛新风和历史变革的肯定与赞美，这在文学史、美学史乃至思想史上都具有不可忽视的意义。

二

山水诗地位的确立，使儒家载道讽谕的文学传统遭到漠视，为诗歌走向纯审美的艺术化道路开辟了广阔的道路。从此，诗歌越来越讲求辞采、骈偶和声律，讲求表现的精致和新巧，使诗歌的审美特征变得越来越突出。《文选》所收二谢山水诗，几乎每篇都相当出色，都在相当程度上体现了上述特点。

在谢灵运之前，诗歌大抵以写意为主，对物象作极力摹写的情况很少。到了谢灵运，为了将山姿水态细致逼真地描绘出来，形成了"贵形似"的审美特征。刘勰《文心雕龙》对此作了颇为明晰的说明：

> 庄、老告退，而山水方滋。俪采百字之偶，争价一句之奇。情必极貌以写物，辞必穷力而追新。（《明诗》）
>
> 自近代以来，文贵形似，窥情风景之上，钻貌草木之中。吟咏所发，志惟深远；体物为妙，功在密附。故巧言切状，如印之印泥，不加雕削，而曲写毫芥。故能瞻言而见貌，即字而知时也。（《物色》）

"文贵形似"作为一种美学追求，本有着悠久的历史渊源，早在《诗经》

中，就已开始以"灼灼状桃花之鲜，依依尽杨柳之貌，杲杲为出日之容，瀌瀌拟雨雪之状，喈喈逐黄鸟之声，喓喓学草虫之韵"①。但将穷貌极物作为一种主要的审美追求，大篇幅地去"曲写毫芥"，并达到能使读者"瞻言而见貌，即字而知时"的地步，却是从谢灵运开始的。谢灵运不遗余力去捕捉山谷水泉的情状，不肯轻易放过经自己寓目的每一个细节，竭尽心力地去加以勾勒摹绘，达到了苦心孤诣的地步。"连嶂叠巘崿，青翠杳深沉。晓霜枫叶丹，夕曛岚气阴。"（《晚出西射堂》）"时竟夕澄霁，云归日西驰。密林含余清，远峰隐半规。"（《游南亭》）"林壑敛暝色，云霞收夕霏。芰荷迭映蔚，蒲稗相因依。"（《石壁精舍还湖中作》）"岩峭岭稠叠，洲萦渚连绵。白云抱幽石，绿筱媚清涟。"（《过始宁墅》）"乱流趋正绝，孤屿媚中川。云日相辉映，空水共澄鲜。"（《登江中孤屿》）这些诗句，都绝非信手拈来，而是尽力刻画、务求形似的结果。此后，追求形似成为一时风气，谢朓在这方面的表现也颇为突出，他对寻常风物细微情状、瞬间动态的摹写，比起谢灵运来有过之而无不及，这从"远树暧仟仟，生烟纷漠漠。鱼戏新荷动，鸟散余花落。"（《游东田》）"晓星正寥落，晨光复泱漭。犹沾余露团，稍见朝霞上。"（《京路夜发》）这类诗句不难看出。过分地摹写有时虽不免会堕入刻板与细碎，但从总体说来，追求形似表明人们对于山川自然之美的观察力、鉴赏力、理解力和表现力有了很大的提高，也表明人们对以形象反映生活这一文学的基本特点有了更为明确的认识，这在当时无疑是一个进步。

特别值得一提的是，声、色、光、动、静这些本属于自然风物常态，但由于千变万化难于把握、摹绘的难题，却在二谢追求形似的创作实践中得到了比较好的解决。除前面已经列举的外，谢灵运的下列诗句："春晚绿野秀，岩高白云屯"（《入彭蠡湖口》），"猿鸣诚知曙，谷幽光未显"（《从斤竹涧越岭溪行》），"远岩映兰薄，白日丽江皋"（《从游京口北固应诏》）等；谢朓的下列诗句："余霞散成绮，澄江静如练"（《晚登三山还望京邑》），"逶迤带渌水，迢递起朱楼"（《入朝曲》），"红药当阶翻，苍苔依砌上"（《直

---

① 刘勰《文心雕龙·物色》。见范文澜《文心雕龙注》，人民文学出版社 1958 年版，第693~694 页。

中书省》），"日华川上动，风光草际浮"（《和徐都曹》）等，都将山光水色、流云落英、朝昏四时、阴晴瞬变等作了颇为传神的表现。诗人特别注意调动自己视觉和听觉的功能，特别注意对于动态光色、浓淡明暗、远近层次的把握，并注意相互之间的对比和映衬，从虚处和细处表现出自然风物斑斓的色调、活泼的生机和氤氲的气韵，使诗歌具有了动人的美感。这不仅使对形似的追求达于出神入化的境地，由于对局部景物的描绘已经颇具神思情韵，形似与神似之间也已经很难截然加以分割了。

　　为了达到形似，诗人不可避免地十分讲究炼字和炼句，从而出现了许多精警的佳句，钟嵘《诗品》卷上说谢灵运"名章迥句，处处间起"，《诗品》卷中说谢朓"一章之中，自有玉石。然奇章秀句，往往警遒"，便清楚地指出了这一点。钟嵘所说的谢朓"善自发诗端"，也属此类，"大江流日夜，客心悲未央"（《暂使下都夜发新林至京邑赠西府同僚》），"朔风吹飞雨，萧条江上来"（《观朝雨》），"江路西南永，归流东北鹜"（《之宣城出新林浦向板桥》），"兹山亘百里，合沓与云齐"（《敬亭山诗》）等，皆突兀而起，大气包举，足可笼罩全篇，给读者留下强烈而深刻的印象。此外，喜用骈句，讲求语言的华美和声律的谐协，都与追求形似的风气有关。

　　《文选》大量选入二谢具有很高审美价值的山水诗，这与萧统在《文选序》中摒弃"以立意为宗，不以能文为本"之文，而对"事出于沉思，义归乎翰藻"之文特别青睐的文学标准是一致的，这说明他对文学的特点和价值是有着明确的认识的。在文学日益摆脱经学的束缚，文学与学术日益区别开来，显现出自身独立存在的价值和意义的历史进程中，萧统是站在时代的前列的。

三

　　诗歌的本质是抒情的。但由于汉儒强调诗歌要发挥"正得失，动天地，感鬼神"，"经夫妇，成孝敬，厚人伦，美教化，移风俗"[1] 的政治功用和伦

---

[1] 《毛诗序》。见《十三经注疏·毛诗正义》，上海古籍出版社 1997 年影印世界书局缩印阮元刻本，第 270 页。

理道德功用；要求诗歌"发乎情，止乎礼义"①，即用儒家的伦理道德来规范情性、限制情性，因此，诗歌的抒情性在很大程度上被抹杀了。到汉末建安时期，由于人们的思想在相当程度上挣脱了儒家思想的束缚，这种情形有了很大的改变。到西晋陆机，他在《文赋》中响亮地提出了"诗缘情而绮靡"的主张，诗歌的抒情性受到了人们更多的重视。到东晋，由于玄言诗占据了诗坛的统治地位，诗歌出现了"理过其辞，淡乎寡味"②的哲理化倾向，其抒情性再次受到严重的削弱。到刘宋元嘉时期，诗坛又出现了重抒情的倾向，到齐梁时期达到一个前所未有的高潮。《文选》所收二谢诗，清晰地显示了这一特点，表现出萧统重情的诗学倾向。

《文选》所收谢灵运诗，有十余首为抒情诗或抒情色彩颇为浓郁的诗，分别被编入"公宴""祖饯""哀伤""赠答"乃至"乐府""杂诗"等类。从这些诗中，不难看出谢灵运丰富而强烈的情感。如《邻里相送方山诗》抒写了与邻里亲友别离时难舍难分、依依不舍的深情，《南楼中望所迟客》抒写了在南楼等候佳宾而佳宾迟迟未至的真挚而急切的感情，《庐陵王墓下作》悼念庐陵王的感情尤为悲凄沉痛。抒写对从弟惠连诚笃感情的诗篇更有多首。《登临海峤，初发疆中作，与从弟惠连，见羊、何共和之》写与惠连分别时的缱绻深情，开端"杪秋寻远山，山远行不近"两句，即将其时不忍分别的一脉情韵，表现得颇悠远隽永。《酬从弟惠连》抒写与惠连共处时的欢乐、别时的痛苦和别后的思念与忧思，情思缠绵往复，向被视为名篇。一些似乎与情无涉的作品，实际上也具有一定的情感内涵，如《述祖德诗》述德，但实借赞美先人的功绩抒发了诗人自己的政治理想和对现实的愤懑不满；《拟魏太子邺中集诗》拟古，但其中也寄寓了诗人生不逢时的感慨及岁月如流、旧交零落、追怀故人的凄怆之情，等等。

浸润、渗透在谢灵运山水诗中的情怀，尤值得我们加以注意。谢灵运的

---

① 《毛诗序》。见《十三经注疏·毛诗正义》，上海古籍出版社 1997 年影印世界书局阮元刻本，第 272 页。

② 钟嵘《诗品序》。见陈延杰《诗品注》，人民文学出版社 1961 年版，第 1 页。

山水诗常被批评为"繁采寡情"①，原因在于谢灵运花了很大力气去对山水景物作尽可能客观细致的摹绘，呈现在读者面前的似乎多为客观物象的集聚，容易给读者留下"见物不见人"的印象。其实，我们常说的寄情山水，对于谢灵运来说也不例外。一方面，谢灵运发现了山水之美，他不遗余力地去加以表现，正表露了他对自然山水的赏爱之情。另一方面，谢灵运寄情山水，在很大程度上也是为了排遣他政治上的失意和精神上的苦闷。谢灵运生活在晋宋易代、政局纷乱的时期。由于宋初刘裕采取压抑士族的政策，谢灵运被从公爵降为侯爵，使本来在政治上颇有抱负的谢灵运备感失落和愤懑。《宋书》本传说谢灵运"自谓才能宜参权要，既不见知，常怀愤愤"。出为永嘉太守后，"遂肆意遨游"，"所至辄为诗咏，以致其意焉"，而所致之意，即为对山水的赏爱之情和对仕途落拓的不满与激愤。《宋书》本传又说谢灵运"为性褊激，多愆礼度"，他对一再受到的打击并不甘于逆来顺受，这种情绪往往也通过山水的描绘得到了发泄和表现。谢灵运笔下的山水大都具有幽深、孤峭的特征，这正是其褊躁个性和孤傲不平之气的表露。因此，我们读谢灵运的山水诗，是应善于在欣赏其所描写的山水美景的同时，透过所描写的物象，去把握、领会、理解其所表现的情绪、情感、个性和人生精神的。

　　《文选》所收谢朓诗，也有一些是抒情诗，被分别列入"祖饯""哀伤""赠答""杂诗"等类。谢朓是一个重感情、笃友谊的人，像《新亭渚别范零陵》《酬王晋安》等诗，都写得情思缠绵，笔意幽婉，感慨深沉。而尤为值得注意的是，在谢朓那些记游写景、描山绘水的诗作中，也都有着浓郁的感情色彩。谢朓诗中所抒发的感情大体上可分为两类。一是对仕途的畏惧和对荣禄的企求。谢朓和谢灵运一样，也生活在一个政局动荡的年代。其时皇室内部争权夺位，自相残杀，即使有血缘亲情关系，在权斗之争中也会势不两立。谢朓的两个伯父，就是在宋时被杀的，其父谢纬也差一点被牵连进去。谢朓短短十五年的仕宦生涯，即与险恶政局相终始，因此他深怀忧惧之心，有全身远祸之想。而在此同时，他又希望能够保全荣禄。"常恐鹰隼击，时菊委严

---

① 刘勰《文心雕龙·情采》："繁采寡情，味之必厌。"见范文澜《文心雕龙注》，人民文学出版社 1958 年版，第 539 页。

霜。寄言嚼罗者，寥廓已高翔。"（《暂使下都夜发新林至京邑赠西府同僚》）
"戢翼希骧首，乘流畏曝鳃。动息无兼遂，歧路多徘徊。"（《观朝雨》）"既
欢怀禄情，复协沧州趣。嚣尘自兹隔，赏心于此遇。"（《之宣城出新林浦向板
桥》）这些诗句，集中表现了诗人的思想矛盾和复杂感情。二是对思乡念归
之情的表现。谢朓以京都建康为自己的乡邑，离去时常表现得恋恋不舍，而
居外时则表现得无比眷恋。"故乡邈已夐，山川修且广。""行矣倦路长，无由
税归鞅。"（《京路夜发》）"佳期怅何许，泪下如流霰。有情知望乡，谁能
鬒不变。"（《晚登三山还望京邑》）这些诗句，无不写得深情绵邈，哀婉
动人。由于写景抒情常常交错出现，不像谢灵运山水诗常多客观物象的摹
写，因此谢朓的感情虽总的说来表现得比较平和，不像谢灵运那样褊躁急
切，但却常能给人以其情激荡、无处不在之感。

由于常常借景抒情，二谢诗有不少地方达到了情景交融的境界。大谢常
常情景分咏，但他也常常寓理于情，寓情于景，情景不分。如《过始宁墅》
中"白云抱幽石，绿筱媚清涟"两句，就不能仅看作是纯自然的景观，其中
不仅倾注有诗人对山水美景一往深情的爱，也寄寓着诗人幽峭超拔、孤芳自
赏的情怀。"池塘生春草，园柳变鸣禽"（《登池上楼》）表现了诗人因节序
景物变化油然而生的欢娱之情，"荒林纷沃若，哀禽相叫啸"（《七里濑》）
表现了诗人的孤寂凄惶情绪，自然也都不能当作纯粹的景语看待。谢朓仍保
留着谢灵运情景分咏的模式，如《观朝雨》《晚登三山还望京邑》等诗都是
先写景后抒情，但总的说来，其景与情已经不是简单机械的相加，而是逐渐
趋于自然的融合。以写景为主的文字，景物中也都或多或少地融入了诗人的
感情，"天际识归舟，云中辨江树"（《之宣城出新林浦向板桥》）二句就被
王夫之认为是"语有全不及情而情自无限者"，认为"隐然一含情凝眺之人，
呼之欲出。从此写景，乃为活景"①。所谓"活景"，即指景中有情，因景中
有情，故有生气而不板滞。这类诗句，在谢朓诗中甚多，可以说谢朓已在相
当程度上意识到了景物与情感交融互渗的必要性。

情与景的交融，使得情的抒发不再单纯、直接，而更加富有韵味和艺术

---

① 王夫之《古诗评选》卷五，河北大学出版社 2008 年版，第 275 页。

的美感。而由此也创造了许多精美的意象，也使得意境的产生成为可能。谢灵运的山水诗，已有较为完整的意境出现；而在谢朓诗中，已出现了较为浑融的意境。这为后代山水诗完美的意境创造奠定了坚实的基础。

四

南朝时期，诗坛还出现了一个重大的转折，这就是在古体诗发展兴盛的同时，初步形成了在体制、语言上与古体有别的近体诗。宋、齐在其中处于一个重要的阶段。如果说宋代是"古之终而律之始也"，那么齐代便是近体诗正式迈上发展道路的时期。萧统生活在近体诗继续向前发展的阶段，在他周围的东宫学士中刘孝绰、王筠等都是新体诗的作手，萧统自觉地顺应了这一历史潮流。萧统自己曾带头作新体诗，近人王闿运编《八代诗选》，于古体与近体之间别立"新体"一门，其中便选有萧统的《晚春》《咏弹筝人》二首。《文选》也在一定程度上反映了这一历史发展的趋向。谢灵运与谢朓，都对新体诗的发展作出了贡献，谢朓是永明新体的中坚，贡献尤为巨大，前人曾说"谢朓之诗，已有全篇似唐人者"①，对新体诗地位的确立发挥了十分关键的作用。《文选》在一定程度上反映了二谢诗特别是谢朓诗所呈现出来的新体的特点。这些特点主要表现在以下几个方面：

一是对声律的运用。《南齐书·陆厥传》："永明末，盛为文章。吴兴沈约、陈郡谢朓、琅邪王融以气类相推毂。汝南周颙善识声韵。约等文皆用宫商，以平上去入为四声，以此制韵，不可增减，世呼为'永明体'。"沈约《宋书·谢灵运传论》："欲使宫羽相变，低昂互节，若前有浮声，则后须切响。一简之内，音韵尽殊；两句之中，轻重悉异。"对宫羽、低昂、浮声、切响、轻重等概念如何理解，目前学界尚有不同看法，其中似以启功的解释较为简明通达。启功说："沈约虽倡四声之说，而在所提的具体办法中，却只说了宫与羽（李延寿说宫与商，角与徵），低与昂，浮声与切响，轻与重，都是相对的两个方面。简单说即是扬与抑，事实上也就是平与仄。"② 可见，新体

---

① 严羽《沧浪诗话·诗评》。见郭绍虞《沧浪诗话校释》，人民文学出版社 1983 年版，第 158 页。

② 启功《诗文声律论稿》，中华书局 1977 年版，第 109~110 页。

诗的核心是讲究平仄四声,通过四声的合理搭配,使诗歌读起来抑扬顿挫、和谐动听,具有音乐的美感。对这一点,元嘉诗人已开始注意。刘跃进在《门阀士族与永明文学》一书中,曾对宋、齐、梁部分诗人的包含有严格律句和特殊律句的作品做过一次统计,结果显示严格律句和特殊律句呈逐渐增多趋势,在全部诗句中,宋代颜延之、谢灵运占到 35%,齐代王融占到 58%,沈约占到 63%,谢朓占到 64%,梁代萧纲兄弟占到 70%。颜、谢这 35% 的律句,有可能只是一种暗合,但也不能排除其中有自觉追求的成分,由于律句所占比例并不算低,自觉追求的可能性还较大。《文选》所收谢灵运《于南山往北山经湖中瞻眺》,翁方纲《五言诗平仄举要》认为"此诗入律者十三句",该诗共二十二句,律句占到 59%,比例尤大。到了齐代,有了自觉的声律论的指导,律句的增加更成为必然的事情,不少诗已在整体上被视作新体诗。王闿运《八代诗选》所选新体诗,以永明诗人为最早,而谢朓在永明诗人中又被选入最多,达二十八首,其中有四首也被《文选》选入。《文选》所选《入朝曲》全诗十句,除最后两句外,其余八句词采华丽,对仗工整,声律和谐,十分突出地体现了新体的特色。此外,像"桃李成蹊径,桑榆荫道周。"(《和徐都曹》)"独鹤方朝唳,饥鼯此夜啼。""缘源殊未极,归径窅如迷。"(《敬亭山诗》)"远树暧仟仟,生烟纷漠漠。"(《游东田》)这样的比较严整的律句,在所选作品中也还有一些。

二是语言的平易流畅。《颜氏家训·文章》载沈约语云:"文章当从三易:易见事,一也;易识字,二也;易诵读,三也。"《南史·王筠传》又载谢朓尝与沈约论诗云:"好诗圆美流转如弹丸。"也就是说,诗文不能用生僻的典故和字词,要明白如话,读来要朗朗上口。沈约与谢朓所说,实可互为表里,因为只有做到了"三易",诗才能读来顺畅无滞碍。这与新体诗追求声律谐协的主张应当是一致的,也可视为永明声律论的一个有机组成部分。谢灵运已开始注意到诗歌语言的清新自然问题,当时已有人从这方面对他的诗进行评价,如《南史·颜延之传》:"延之尝问鲍照己与灵运优劣,照曰:'谢五言如初发芙蓉,自然可爱;君诗若铺锦列绣,亦雕缋满眼。'"此外,汤惠休说："谢诗如芙蓉出水，颜如错采镂金。"① 不过，谢诗的"自然可爱"是相对于颜诗的"铺锦列绣"和玄言诗的"理过其辞，淡乎寡味"来说的，谢诗就总体而言其实相当雕琢，对声韵的讲究也远不如永明诗人那么自觉。诗歌语言真正做到了"三易"和圆美流畅的当首推谢朓。谢朓诗并不显得俚俗，但却很少有深奥艰涩的词语；不仅是那些严格的律句，几乎所有诗句读来都音韵铿锵、流畅婉转。《文选》所收《游东田》《入朝曲》《新亭渚别范零陵》《京路夜发》《和徐都曹》等诗，都充分显示了这一特点。这一特点的出现，无疑与永明声律论的影响有关，而这反过来又对新体诗的发展产生了积极的影响。

三是对对偶的讲求。永明新体诗最主要的特点，一是讲求声律，二是讲求对偶。对偶的诗句在《诗经》中已经出现，魏晋以后逐渐增多，但其使用真正成为一种风气，是在宋齐之际，当时由于诗人们着意追求，以至形成了如《文心雕龙·明诗》所说的"俪采百字之偶"的局面。《文选》所收谢灵运诗，《于南山往北山经湖中瞻眺》《登江中孤屿》等全诗对偶整齐，《登池上楼》《游南亭》《石壁精舍还湖中作》《登石门最高顶》《富春渚》等诗对偶句则占到绝大多数。对偶句不仅数量大，而且门类多。王力《汉语诗律学》将对句分为十一类二十八门，罗宗强认为其中有二十五种已在元嘉文学中出现，所列出的例句，谢灵运占到二十一种，其中有十四种出自《文选》所选作品，分别被列入时令门、地理门、宫室门、器物门、衣饰门、鸟兽虫鱼门、形体门、人事门、代名门、方位对、人名对、地名对和副词对②。到了谢朓，对对偶的使用更多也更为圆熟。《文选》所收《入朝曲》《晚登三山还望京邑》《和伏武昌登孙权故城》等诗，几乎全用对句。不少诗对句不仅十分工整严密，而且颇为自然，一些诗因对句的使用而成为佳制。对仗为近体诗必备的条件之一，谢朓对对偶的讲求，显然有声律方面的考虑，对句的使用也确实为新体的形成并逐渐走向成熟、为谢朓成为新体诗的突出代表起了十分重要的作用。

---

① 钟嵘《诗品》卷中《宋光禄大夫颜延之》引。见陈延杰《诗品注》，人民文学出版社1961年版，第43页。
② 见罗宗强《魏晋南北朝文学思想史》，中华书局1996年版，第210~212页。

四是篇幅的缩短。为便于声律的运用，新体诗要求篇幅缩短、句数固定。不过这最终成为一种明确而严格的规定，经历了一个较漫长的过程。元嘉诗人已开始对短化的诗篇产生兴趣，谢灵运就作有五言四句、五言六句的诗歌，但数量不多，其作品多数篇幅较长，被视为"疏慢阐缓"①"冗长"②。《文选》所收谢灵运诗，最短的为五言十四句（二首），最长的为五言四十句（一首），其余的在十六句至三十二句之间，其中最多的为五言十六句（四首）、十八句（五首）、二十句（八首）和二十二句（十一首）。到永明时期，谢朓等人所创作的新体诗短化的趋向更为明显，当时对字数的多少虽仍无明确的规定，但所作大都在五言四句至十二句之间，其中四句、八句因与后来五言律、绝的体制已经一致，特别值得注意。这种倾向在《文选》中也得到了反映。《文选》所收谢朓诗，最短的为五言八句（一首），最长的为五言三十六句（一首），其余的在十句至三十句之间，其中最多的为五言十句（四首）、十二句（三首）、十四句（三首）、十六句（二首）、二十句（三首）和三十句（二首）。与谢灵运相较，在总体上篇幅已经明显缩短；而以谢朓自己的作品相较，也以十六句以下的作品居多，在十六句以下的作品中，八句至十二句的作品又占多数。篇幅由长变短，句式渐趋定型，自然也是诗体律化的必然结果。

新体诗的出现，是人们从此能够自觉地掌握和运用声律知识的一个标志，从一个重要方面展示了诗歌艺术形式的美感，增强了诗歌的审美效果，是具有积极意义的。《文选》对此予以展示，既是一种肯定，也是一种倡导。不过，谢灵运已开始试作五言四句诗，数量虽不多，但意义却很重大，影响也颇深远，《文选》却未能入选；谢朓一共作了四十二首五言八句诗，大都属新体，又作了十六首五言四句诗，均属后人所谓的"齐梁绝句"，而《文选》五言八句选得太少，五言四句则一首也未选入。这说明萧统对新体的认识，总体还较为谨慎，甚至是有所保留，这与其持比较持重的文学观应当说是有很大关系的。

---

① 萧子显《南齐书》卷五十二《文学传论》，中华书局 1972 年版，第 908 页。
② 萧纲《与湘东王书》。见严可均校辑《全上古三代秦汉三国六朝文·全梁文》，中华书局 1958 年影印清光绪刻本，第 3011 页。

　　总的说来，新变潮流的汹涌，对诗歌纯审美艺术特征的追求，山水诗和新体诗的大量涌现，诗歌重抒情倾向的回归，都是文学自觉时代来到的必然产物，是文学自觉时代必然具有的丰富内涵和重要特征。《文选》通过对二谢诗的选入，比较突出地对此作了展示，这是具有划时代的意义的。而文学的自觉是需要通过人的自觉亦即人的文学观念的自觉来带动的，只有实现了人的自觉亦即人的文学观念的自觉，才有可能摆脱汉儒僵化诗教的束缚，充分地去认识、理解、接受和展示诗歌的审美特征及日新月异的新变潮流。事实表明，萧统的文学观虽然总的说来是比较持重的，但其中"新变"的成分也不少，他也是在相当程度上实现了人的自觉亦即人的文学观念的自觉的，不然，作为文学自觉时代的标志性成果《文选》就不可能横空出世，并对后世产生绵延不绝的影响。也许，对萧统在文学史上的地位和贡献，是应当站在这个高度去加以认识和把握，才会是比较深刻，也比较合乎实际的。

　　（原载《中国文选学》，中国文选学研究会、河南科技学院中文系编，北京：学苑出版社 2007 年版）

《文选》五言诗与钟嵘《诗品》

汉魏以来，随着五言诗的兴盛和发展，出现了一个诗集编纂的热潮。据《隋书·经籍志》，最早有西晋荀绰所编《古今五言诗美文》五卷，接着有梁萧统以"五言之善者"① 为编选对象的《古今诗苑英华》十九卷。其间，又有谢灵运编《诗集》五十卷，颜竣编《诗集》百卷，宋明帝编《诗集》四十卷，江邃编《杂诗》七十九卷等，虽或许并不仅收五言诗，但以情势度之，当以编选五言诗为主。还有收录各体文章的总集，如晋挚虞的《文章流别集》、萧统的《文选》等，也多收五言诗，如《文选》共收诗五百三十二首，其中五言三百九十七首，四言三十八首，七言、杂言八首，骚体十七首（其中宋玉《九辩》实为一首，《文选》标为五首），五言占了极大的比重。创作的发展，又带来了文学鉴赏和文学批评的繁荣，当时的不少专论和专著评到五言诗，其中影响最大的，是梁钟嵘的五言诗论专著《诗品》。上述文集、著作多已亡佚，唯《文选》与《诗品》代代流传，影响深巨，以迄于今。据考订，《诗品》成书于梁天监十三年（514）至十七年（518）间，《文选》则成书于梁普通七年（526）至中大通三年（531）间，只比《诗品》稍晚。两书既基本上属于同一时代，又都以五言为评、选的重点，参照阅读，自可收相得益彰之效；而对其同、异之处加以考察比较，自也是一件不无意义的事情。

自汉初"诗三百"被尊崇为儒家经典以来，四言一直被认为是一种正统的诗体。汉末以来五言虽得到了长足的发展，并逐步取代四言成为诗坛上最为流行的形式，但不少诗论家仍推尊四言而鄙薄五言。如挚虞《文章流别论》

---

① 李延寿《南史》卷五十三《昭明太子传》，中华书局1975年版，第1312页。

云："古诗率以四言为体"，五言"于俳谐倡乐多用之"，"雅音之韵，四言为正，其余虽备曲折之体，而非音之正也"。直到与钟嵘、萧统同时的刘勰，还在《文心雕龙·明诗》中称四言为"正体"，五言为"流调"，认为四言应以"雅润为本"，而五言则应"清丽居宗"。对这种推崇四言的保守观点，钟嵘在《诗品序》中提出了有力的批评，说："夫四言，文约易广，取效《风》《骚》，便可多得。每苦文繁而意少，故世罕习焉。五言居文词之要，是众作之有滋味者也，故云会于流俗。岂不以指事造形，穷情写物，最为详切者耶！"旗帜鲜明地指出和肯定了五言的长处，将五言推到了超越"众作"（自然包括四言）而"居文词之要"的尊崇地位。这种认识反映了当时五言诗的创作和鉴赏批评蓬勃发展，而四言诗的创作和鉴赏批评日趋衰颓的客观现实，无疑是一个进步。萧统是与钟嵘站在同一阵线的，其《答湘东王求文集及〈诗苑英华〉书》云："往年因暇，搜采英华，上下数十年间，未易详悉，犹有遗恨。"在编选《诗苑英华》过程中所表现出的这种精益求精的精神，实充分体现了对于五言诗的喜爱、重视和肯定。《文选》多收五言诗，体现了同样的态度和精神。与此形成对照的是，四言诗所收无多，七言、杂言所收更少。七言、杂言与五言一样，在当时属于一种新兴的诗体，虽不如五言发展得那么成熟和繁荣，但也已形成一定的局面，取得了相当的成就，如鲍照的《拟行路难》，就颇得后人称誉，而《文选》所选鲍照诗，全为五言，竟无一首七言，两相比较，是不难看出萧统的态度来的。

钟嵘《诗品序》在谈到当时五言诗盛行及其创作的情况时说："故词人作者，罔不爱好。今之士俗，斯风炽矣。才能胜衣，甫就小学，必甘心而驰骛焉。于是庸音杂体，人各为容。至使膏腴子弟，耻文不逮，终朝点缀，分夜呻吟。独观谓为警策，众睹终沦平钝。"又说："观王公搢绅之士，每博论之余，何尝不以诗为口实。随其嗜欲，商榷不同。淄渑并泛，朱紫相夺，喧议竞起，准的无依。"写作五言成为一时风尚，但在钟嵘看来，在创作和鉴赏批评方面都存在着不少严重的问题。此前江淹《杂体三十首序》也曾提到类似情况："及公干、仲宣之论，家有曲直；安仁、士衡之评，人立矫抗。"江淹对这种"各滞所迷，莫不论甘而忌辛，好丹而非素"的情形不满，因此特地分拟汉魏以来三十家有代表性的古诗，以委婉表达"玄黄经纬之辨，金碧沉浮之殊，仆以为亦合其美并善而已"的看法，并谦称这样做"虽不足品藻渊流，庶亦无乖商榷云尔"。钟嵘对时弊不满，则写了一部《诗品》，以"致流别"，"显优劣"，"辨彰清浊，掎摭利病"①，企图树立一个正确的标准，以之指导诗歌批评和创作。应当说，萧统编《文选》有着同样的目的。任何一种选本，总是体现着选家的眼光和标准的，在特定的环境和风气中产生的《文选》尤其如此，鲁迅就曾明确指出："选本可以借古人的文章，寓自己的意见。博览群籍，采其合于自己意见的为一集，一法也，如《文选》是。"② 萧统虽没有像钟嵘那样直接表明自己对各家五言诗的看法，但他对各家五言诗选与不选，选多选少，实际上是反映着他对各家五言诗的评价和重视的程度的。清朱彝尊云："《昭明文选》初成，闻有千卷。既而略其芜秽，集其精英，存三十卷，择之可谓精矣。"③ "闻有千卷"之说，不知何据，"择之可谓精矣"之说，是言之成理的。胡应麟云："萧统之选，鉴别昭融。"④ 范文澜也曾说："《文选》取文，上起周代，下迄梁朝。七八百年间各种重要文体和它们的变化，大致具备。固然好的文章未必全得入选，但入选的文章却都经过严格的衡量。"⑤ 经过严格选择、"鉴别""衡量"之后产生的选本，自然与所谓"谢客集诗，逢诗辄取"⑥ 的做法不同。从汉代古诗开始，《文选》对各时期名家的五言诗都酌情入选，连贯起来，不仅显示了各时期五言诗的主要成果和成就，同时也显示了不同时代、不同诗人各具特色的诗风和自汉至齐梁间五言流变的轨迹，这实际上就是钟嵘所做的"致流别"的工作。对各家五言诗或选或不选，或选多或选少，所做的实际就是"显优劣"的工作。《诗品》从数百家诗人中选出一百二十二家进行评论，称"预此宗流者，便称才子"⑦；《文选》只选录了五十八位五言诗人的作品，其中有的所选甚多，这

---

① 钟嵘《诗品序》。见陈延杰《诗品注》，人民文学出版社 1961 年版，第 3、4 页。
② 鲁迅《集外集·选本》。见吴子敏等《鲁迅论文学与艺术》，人民文学出版社 1980 年版，第 620 页。
③ 朱彝尊《书〈玉台新咏〉后》。见穆克宏《玉台新咏笺注》，中华书局 1985 年版，第 537 页。
④ 胡应麟《诗薮》内编卷二，上海古籍出版社 1979 年版，第 40 页。
⑤ 范文澜《中国通史简编》修订本第二编，人民出版社 1964 年版，第 417 页。
⑥ 钟嵘《诗品序》。见陈延杰《诗品注》，人民文学出版社 1961 年版，第 4 页。
⑦ 钟嵘《诗品序》。见陈延杰《诗品注》，人民文学出版社 1961 年版，第 4 页。

些诗人，则更可称之为"才子"了。总之，在"致流别""显优劣"、悬垂自己的衡文标准方面，萧统与钟嵘是声息相通的。

《诗品序》云："若乃春风春鸟，秋月秋蝉，夏云暑雨，冬月祁寒，斯四候之感诸诗者也。嘉会寄诗以亲，离群托诗以怨。至于楚臣去境，汉妾辞宫，或骨横朔野，魂逐飞蓬；或负戈外戍，杀气雄边；塞客衣单，孀闺泪尽；或士有解佩出朝，一去忘返；女有扬娥入宠，再盼倾国：凡斯种种，感荡心灵，非陈诗何以展其义？非长歌何以骋其情？"萧统在《答湘东王求文集及〈诗苑英华〉书》中则云："或日因春阳，其物韶丽，树花发，莺鸣和，春泉生，暄风至；陶嘉月而嬉游，藉芳草而眺瞩。或朱炎受谢，白藏纪时，玉露夕流，金风多扇，悟秋山之心，登高而远托。或夏条可结，倦於邑而属词；冬雪千里，睹纷霏而兴咏。密亲离则手为心使，昆弟宴则墨以情露。"不难看出，关于诗歌发生的根源和诗歌性质的认识，萧统与钟嵘是一致的。即他们都认为，四时节候的变化、人生所遭遇的变化可以"摇荡性情"[1]"感荡心灵"，使诗人产生创作的欲望和冲动，而诗人之所见所感则可成为诗作的基本内容。换言之，诗歌是"吟咏情性"的，与"经国文符""撰德驳奏"[2] 及"姬公之籍""孔父之书"[3] 之类的作品是截然不同的。因此，《诗品》主要以"吟咏情性"之作为评论对象，《文选》五言则主要以"吟咏情性"之作为选录对象。《文选》诗类中的公宴、祖饯、咏史、游仙、招隐、游览、咏怀、哀伤、赠答、行旅、军戎、乐府、挽歌、杂诗等项，大都是诗人们在日常生活中的抒情、写景、状物之作，其中既有反映当时重大政治、社会现象的作品，也有不少仅是抒写诗人个人在日常生活中的感受和情趣。这类作品反映了汉魏六朝文人五言诗的主流，反映了魏晋以后诗歌创作的特点和风气。对这类作品，《诗品》也往往给予好的评价。

萧统《答湘东王求文集及〈诗苑英华〉书》云："夫文典则累野，丽亦伤浮。能丽而不浮，典而不野，文质彬彬，有君子之致。吾尝欲为之，但恨未逮耳。"《文选序》云："至于记事之史，系年之书，所以褒贬是非，纪别

---

① 钟嵘《诗品序》。见陈延杰《诗品注》，人民文学出版社 1961 年版，第 1 页。
② 钟嵘《诗品序》。见陈延杰《诗品注》，人民文学出版社 1961 年版，第 4 页。
③ 萧统《文选序》，中华书局 1977 年影印胡克家刻本，第 2 页。

异同，方之篇翰，亦已不同。若其赞论之综缉辞采，序述之错比文华，事出于沉思，义归乎翰藻，故与夫篇什杂而集之。"《答玄圃园讲颂启令》云："辞典文艳，既温且雅。岂直斐然有意，可谓卓尔不群。"又《与晋安王纲令》标举"高情胜气，贞然直上"，《与殷芸令》赞赏"温厚淳和，伦雅弘笃"，等等，比较明确地表述了萧统的文学观念和美学思想。这些文学观念及美学思想，贯穿到了《文选》五言诗的选录当中。概括说来，主要有以下几个方面。

崇尚典雅。所谓典雅，即典正高雅，它包含着内容和形式两个方面的要求。从内容来说，要思想平正，情调高雅，符合儒家关于政治教化的要求。萧统在《答晋安王书》中说："泛观六籍，杂玩文史，见孝友忠贞之迹，睹治乱骄奢之事，足以自慰，足以自言。人师益友，森然在目。嘉言诚至，无俟旁求。"说明他对孝友忠贞的封建伦常道德和国家的治乱兴亡是很关心的，《文选序》因袭汉儒对诗三百篇的解释，述德、劝励、献诗、公宴、咏史等类都选有一些内容与忠君孝亲、治国平天下有关的诗，原因即在此。内容典雅不等于不要性情，相反萧统强调"情动于中而形于言"①，集中也选了大量"吟咏情性"之作，不过这种"情性"不能放荡，要"怨而不怒"②，应如《诗品》所说的"情兼雅怨""文典以怨"③。从形式来说，则文辞应平典雅致，不应流于俚俗和浮艳。《文选》按照这一标准选诗，因此汉乐府中不少优秀诗作未能入选，因为在萧统看来这些作品多反映下层社会的生活，题材是粗鄙的，文辞也显得过于俚俗。南朝乐府《吴声歌》《西曲歌》及不少文人受《吴声》《西曲》影响而作的一些小诗，内容多咏男女之情，风格俚俗与浮艳兼而有之，在萧统看来更不典雅，因此也不入选。萧统受儒家思想的影

---

① 《毛诗序》："诗者，志之所之也，在心为志，发言为诗。情动于中而形于言。"见《十三经注疏·毛诗正义》，上海古籍出版社1997年影印世界书局缩印阮元刻本，第269~270页。萧统《文选序》："诗者，盖志之所之也，情动于中而形于言。"系节引《毛诗序》的话。
② 《国语·周语上》："夫事君者险而不慝，怨而不怒，况事王乎？"上海古籍出版社1988年版，第14页。
③ 钟嵘《诗品》卷上评曹植："情兼雅怨，体被文质。"评左思："文典以怨，颇为精切，得讽喻之致。"见陈延杰《诗品注》，人民文学出版社1961年版，第20、28页。

响很深，平时生活俭朴，不好女伎声乐。《梁书》本传载，萧统"性爱山水，于玄圃穿筑，更立亭馆，与朝士名素者游其中。尝泛舟后池，番禺侯轨盛称'此中宜奏女乐'。太子不答，咏左思《招隐诗》曰：'何必丝与竹，山水有清音。'侯惭而止。出宫二十余年，不畜声乐。少时，敕赐太乐女妓一部，略非所好。"萧统崇尚典雅诗风，以此为选诗的标准，同其思想作风和生活情趣是密切关联的。

注重文采。所谓"丽""辞采""文华""翰藻"指的都是文采。前引《文选序》所说的虽是《文选》选录史书中赞、论、序、述的艺术标准，但实际上也是《文选》选录五言诗的艺术标准。《文选》所选录的五言诗，不少是辞藻富美或比较富美的，对那些文采不足的作品则选得较少甚至不选。最典型的例子是陶渊明。萧统对陶渊明的道德文章、人品文品都极为赞赏，特地为陶渊明编集，并亲自作序，在序中赞叹说："其文章不群，词采精拔，跌宕昭彰，独超众类，抑扬爽朗，莫之与京。横素波而傍流，干青云而直上。"又说："余爱嗜其文，不能释手。尚想其德，恨不同时。"可以说是推崇备至。但因陶诗不尚华藻，其五言《文选》只选了八首，比不少诗人要少，甚至要少得多。陶诗现尚存五言诗一百一十六首，即使以现存诗作的数量来衡量，选录得也是很少的。而入选的八首，也是在萧统看来较有文采的。《诗品》卷中评陶渊明云："世叹其质直。至如'欢言酌春酒''日暮天无云'，风华清靡，岂直为田家语耶？""欢言酌春酒"为《读山海经》十三首其一中的句子，"日暮天无云"为《拟古》九首其一中的句子，两首都被《文选》选录，显然跟其具有"风华清靡"的特点是不无关联的。曹操诗"古直"[1]，其五言诗《文选》只选录了《苦寒行》一首。文词质朴的汉乐府也选录得甚少，而"文温以丽"[2]的古诗却选录了十九首之多，都是基于同一原因。

标举风骨。所谓"卓尔不群""高情胜气"等，说的都是风骨，即钟嵘

---

[1] 钟嵘《诗品》卷下："曹公古直，甚有悲凉之句。"见陈延杰《诗品注》，人民文学出版社1961年版，第56页。

[2] 钟嵘《诗品》卷上评古诗："文温以丽，意悲而远。"见陈延杰《诗品注》，人民文学出版社1961年版，第17页。

在《诗品》中所说的"骨气""真骨""高风""风力"①。它要求作品的思想感情表现得鲜明爽朗，风格刚健有力，具有一种阳刚之美。《文选》所选诗，不少是具有这种阳刚之美的，其中最具代表性的有曹植、刘桢、阮籍、左思、刘琨、鲍照等人。陶渊明也被认为是有风力的，《诗品》卷中就说："其源出于应璩，又协左思风力。"谢灵运、颜延之大约也被认为是有风力的，白居易曾拈出"气有不平"以论谢诗，说："谢公才廓落，与世不相遇。壮志郁不用，须有所泄处。泄为山水诗，逸韵谐奇趣。"② 又《宋书·颜延之传》谓颜氏"好酒疏诞，不能斟酌当世，见刘湛、殷景仁专当要任，意有不平……湛深恨焉，言于彭城王义康，出为永嘉太守。延之甚怨愤，乃作《五君咏》以述竹林七贤。"《文选》选录谢诗颇多，抒发了颜氏不平之气的《五君咏》尽数入选，说明萧统对颜、谢诗也是持有类似看法的。钟嵘《诗品》卷中对鲍照诗有"险俗""危仄""淑诡"之评，这种风格萧统并不一定就喜欢，但这种风格却跟俊逸、遒劲有关，因此也就得到了萧统的欣赏。明许学夷云："明远五言，如'蔓草缘高隅，修杨夹广津。迅风首旦发，平路塞飞尘'，乐府五言如'鸡鸣洛城里，禁门平旦开。冠盖纵横至，车骑四方来'，'骢马金络头，锦带佩吴钩。失意杯酒间，白刃起相雠'，'严秋筋竿劲，虏阵精且强。天子按剑怒，使者遥相望'，'疾风冲塞起，沙砾自飞扬。马毛缩如猬，角弓不可张'等句，最为轶荡，其气象已近李、杜。"③ 这些"最为轶荡"的诗句，分别出自鲍照所作《行药至城东桥》及乐府八首之《放歌行》《结客少年场行》《出自蓟北门行》，这些诗《文选》全部选录。此外鲍照类似之作选录尚多，从中是不难看出萧统的审美趋向来的。

喜好质朴。所谓"文质彬彬"之"质"，即指文词的质朴。萧统所喜好的质朴，是对文采的一种补充和制约，是防止藻饰过甚、走向绮靡和香艳的一种武器。质朴与典雅是有一定关联的，有典雅风格的作品往往比较质朴。

---

① 钟嵘《诗品序》："干之以风力，润之以丹采。"卷上评曹植："骨气奇高，辞采华茂。"评刘桢："真骨凌霜，高风跨俗。"见陈延杰《诗品注》，人民文学出版社1961年版，第2、20、21页。
② 白居易《读谢灵运诗》。见《白氏长庆集》卷七，文渊阁《四库全书》本。
③ 许学夷《诗源辨体》卷七，人民文学出版社1987年版，第116页。

又《文心雕龙·风骨》云："故练于骨者，析辞必精；深乎风者，述情必显。捶字坚而难移，结响凝而不滞，此风骨之力也。若瘠义肥辞，繁杂失统，则无骨之征也。"则质朴与风骨也是密切相关的。《文选》所选五言诗，绝大部分具有质朴的一面，是体现了萧统的美学理想的。典雅、文采、风骨、质朴在萧统的美学思想中、在《文选》的选录标准中是水乳交融地结合在一起的，在一些方面（如文采与质朴）实现了对立的统一，"文质彬彬"之说即充分体现了这一点。在萧统看来，诗应写得典雅、质朴，但过分求典、过分质朴，就会显得朴野；诗应讲究文采，但过分藻饰，则又会伤于浮艳，缺少风力。理想的做法是将相关方面结合起来，达到"文质彬彬"的境界。萧统自己在创作上即追求这一境界，刘孝绰在《昭明太子集序》中称赞萧统的文章"典而不野，远而不放，丽而不淫，约而不俭"，因此，他以此作为《文选》选诗的标准也就不足为奇了。

值得注意的是，萧统上述文学思想与钟嵘是完全相通的，钟嵘也多从上述几个方面对诗人进行评价并进而确定品第。钟嵘对某些诗人的评价还可能直接影响了萧统，如钟嵘评陶渊明"每观其文，想其人德"，萧统则说"余爱嗜其文""尚想其德"，何其相似乃尔。钟嵘也主张上述几个方面的有机结合，所谓"干之以风力，润之以丹采"，所谓"骨气奇高，辞采华茂，情兼雅怨，体被文质"，都体现了"文质彬彬"的主张。"文质彬彬"是钟嵘、萧统所共同推崇的理想风格，是他们衡诗、选诗、评诗的共同标准。

由于具有共同标准，钟嵘的见解与《文选》的选诗显示出不少惊人的相似。《诗品》列为上品的诗人共十二家：古诗、李陵、班姬、曹植、刘桢、王粲、阮籍、陆机、潘岳、张协、左思、谢灵运，其作品家家入选《文选》，而且数量一般都比较多。列为中品的诗人共三十九家，有三十家的作品入选《文选》，有一些诗人入选的数量还比较多。列为下品的诗人共七十二家，也有十一家诗人的作品入选。入选的标准，不少与钟嵘评诗的标准显然是一致的，如钟嵘评古诗"文温以丽，意悲而远，惊心动魄，可谓几乎一字千金"，钟嵘所见的"古诗"共五十九首，《文选》从中选录了十九首，数量在入选的五十八位五言诗人中居第六位，如无与"可谓几乎一字千金"相似的认识，是不可能如此不吝篇幅的。钟嵘在评语中提到的诗作，《文选》一般也都入选，如《诗品序》云："陈思赠弟，仲宣《七哀》，公干思友，阮籍《咏怀》，子卿双凫，叔夜双鸾，茂先寒夕，平叔衣单，安仁倦暑，景阳苦雨，灵运《邺中》，士衡《拟古》，越石感乱，景纯咏仙，王微风月，谢客山泉，叔源离宴，鲍照戍边，太冲《咏史》，颜延入洛，陶公《咏贫》之制，惠连《捣衣》之作：斯皆五言之警策者也。所以谓篇章之珠泽，文采之邓林。"除"子卿双凫""叔夜双鸾""平叔衣单""王微风月""叔源离宴"外，余皆入选。此类例子难以尽举。总的来看，《文选》与《诗品》在不少地方可以相互印证，相互发明。笙磬同音，枹鼓相应，自然不是没有缘由的。

二

不过，《文选》毕竟不等同于《诗品》，两者之间仍有一些区别。较引人注目的有以下数端：

一是一些《诗品》所评的诗人，《文选》一首诗也未入选。《诗品》列为中品的诗人共三十九家，《文选》一首也未选录的有九家；列为下品的诗人共七十二家，《文选》一首也未选录的有六十一家。合起来占了一个很大的比例。这些诗人的作品未能入选，肯定都是有原因的。如嵇康《诗品》列为中品，《文选》只选录了他的四言诗三题七首，显然认为嵇康长于四言，其四言诗更具代表性，应将其代表性突出出来。顾恺之、谢世基、顾迈、戴凯《诗品》列为中品，谓其"文虽不多，气调警拔"，萧统可能不这么看，或认为虽"气调警拔"而文采不足，故不予选录。《诗品序》批评东晋孙绰、许询、桓温、庾亮的玄言诗"皆平典似《道德论》，建安风力尽矣"，但仍将孙绰、许询列为下品，《文选》却是一概不选。汤惠休诗风浮艳，《诗品》评为"淫靡"，但仍将其列为下品，《文选》也是一首不选。诸如此类。还有一些诗人，也可能并非就没有好作品，但因影响不大，缺乏足够的代表性，而被《文选》舍弃了。

二是《诗品》未曾评到的诗人，《文选》将其作品选录了，计有王康琚、徐悱、司马彪诗各一首，乐府三首，苏武诗四首。选录这些诗，自然也不是没有缘由的。如《诗品》对汉代无名氏作品，只列"古诗"一项，对"古诗十九首"这样的文人作品颇为推崇，而对汉乐府中的五言诗却只字未提，不免失之偏颇。《文选》对"古诗十九首"持相似看法，同时对乐府诗也不一笔抹杀，所选"乐府三首"即《饮马长城窟行》《伤歌行》《长歌行》，虽并非汉乐府中的上乘之作，而且还很可能并不是真正的民间作品，但还是可看出萧统的基本态度来。联系萧统自己也曾写过一些乐府诗（尽管有的乐府诗只有乐府之名，内容全是模拟古诗十九首的），就能更清楚地看出这一点。又如苏武诗，虽与李陵诗同为假托，但在诗史上的地位却是同样重要的，而钟嵘却只推尊李陵，将其列为上品，苏武却无一字言及，显然不公。陈衍《诗品平议》即曾就此献疑云："夫五言古，首推苏、李，子卿与少卿并称。李诗固凄怨，所谓愁苦易好也；苏诗则恳至悱恻，岂遂欢娱难工乎？钟《诗品》数少卿而不及子卿，深所未解。"《文选》既选了李陵《与苏武诗三首》，也选了苏武《诗四首》，比起《诗品》来，显然较为公允，显示出两人对苏、李诗看法的不同。

三是《文选》所选诗数量的多少与《诗品》品评褒贬的程度不尽一致。《诗品序》云：

> 故知陈思为建安之杰，公干、仲宣为辅；陆机为太康之英，安仁、景阳为辅；谢客为元嘉之雄，颜延年为辅。斯皆五言之冠冕，文词之命世也。

又云：

> 昔曹、刘殆文章之圣，陆、谢为体贰之才。

《诗品》卷上评曹植云：

> 其源出于《国风》。骨气奇高，词采华茂，情兼雅怨，体被文质，粲溢今古，卓尔不群。嗟乎！陈思之于文章也，譬人伦之有周、孔，鳞羽之有龙凤，音乐之有琴笙，女工之有黼黻。俾尔怀铅吮墨者，抱篇章而景慕，映余辉以自烛。故孔氏之门如用诗，则公干升堂，思王入室，景阳、潘、陆，自可坐于廊庑之间矣。

钟嵘认为，建安、大康、元嘉是五言诗发展的三个昌盛时代，这三个时代主要的代表诗人，分别为曹植、陆机和谢灵运，在他们周围又分别聚集了羽翼式的人物刘桢、王粲、潘岳、张协和颜延之。上述八人，除颜延之列为中品外，余皆列为上品。而钟嵘最为推崇的是曹植，而陆、谢皆"源出于陈思"。如孔门用诗，则曹植可"入室"，而景阳、潘、陆只能"坐于廊庑之间"。曹植成了最能体现钟嵘诗学理想的人物。其他列于上品的诗人，在钟嵘看来也是列于中、下品的诗人不可比拟逾越的。

　　而《文选》选诗的数量，却有自己的特色。其选诗数量居前十六位的是：陆机四十八首，谢灵运四十首，江淹三十二首，曹植二十二首，谢朓二十一首，古诗十九首，鲍照十八首，阮籍十七首，颜延之十七首，沈约十三首，左思十一首，张协十一首，王粲十首，刘桢十首，潘岳八首，陶渊明八首。其中同列于上品的陆机、谢灵运超过曹植，列于中品的江淹超过列于上品的曹植、古诗、阮籍、左思、张协、王粲、刘桢、潘岳，列于中品的谢朓超过列于上品的古诗、阮籍、左思、张协、王粲、刘桢、潘岳，列于中品的鲍照超过列于上品的阮籍、左思、张协、王粲、刘桢、潘岳，列于中品的颜延之和沈约超过列于上品的左思、张协、王粲、刘桢、潘岳，列于中品的陶渊明与列于上品的潘岳相等。也许不能单纯从数量上去看问题，因为有的诗人作品可能本来就不多，因而选录到《文选》中的作品也就不可能多。但情况绝不会如此简单。如上品中选诗最少的王粲、刘桢、潘岳，虽从留存至今的五言诗看，王粲只有二十首，刘桢只有二十四首，潘岳只有十二首，而且都有部分仅为残句，但从《隋书·经籍志》的著录看，当初王粲有集十一卷，刘桢有集四卷，潘岳有集十卷，五言诗的数量都不可能太少，钟嵘将他们的诗列为上品，必有相当的数量作为依据。更值得注意的是陆机、谢灵运和曹植。《隋书·经籍志》著录陆机有集四十七卷，谢灵运有集二十卷，曹植有集三十卷，三人相比，多者并不特别多，少者并不特别少（曹植的数量还多于谢灵运），可以说都有充分选择的余地。从留存至今的作品看，陆机有五言六十余首，谢灵运有五言约八十首，曹植有五言六十首，更是不相上下。因此，《文选》选诗有多有少，特别是陆机、谢灵运都大大多于曹植，谢朓与曹植大致相等，颜延之与曹植相去无几，只能认为萧统对这些诗人的评价和重视的程度与钟嵘不尽相同，甚至有较明显的差异。其差异主要是：

　　钟嵘与萧统都重视文质并重，重视风力与丹采的结合，但在重视的程度上，质与文、风力与丹采各有所侧重，钟嵘更多地倾向质与风力，而萧统则更多地倾向文与丹采。比较突出的例子是钟嵘对刘桢和王粲的评价。《诗品》卷上评刘桢云："其源出于古诗。仗气爱奇，动多振绝。真骨凌霜，高风跨俗。但气过其文，雕润恨少。然自陈思已下，桢称独步。"评王粲云："其源出于李陵。发愀怆之词，文秀而质羸。在曹、刘间，别构一体。"刘桢有风力但辞采不足，王粲有辞采而风力不足，各有长短。两人虽都列于上品，但钟嵘却更推重刘桢，不仅认为"陈思已下，桢称独步"，而且还将刘桢与曹植并列，一同置于"文章之圣"的地位。可见，钟嵘是更为重视有风力的诗人的。对其他有风力的诗人，钟嵘也大都给予一定肯定。如左思诗，《诗品》卷上认为"虽野（一本作"浅"）于陆机"，但颇饶风力，钟嵘对此就颇为欣赏，特地提出了"左思风力"的命题，在评语中引谢康乐语云："左太冲诗，潘安仁诗，古今难比。"《诗品》卷中在评陶渊明时，一面批评说"世叹其质直"，一面又赞赏他"又协左思风力"。而对那些比较缺乏风力的诗人，钟嵘则往往要提出批评。如《诗品》卷中在评张华时云："其体华艳，兴托不奇。巧用文字，务为妍冶。虽名高曩代，而疏亮之士，犹恨其儿女情多，风云气少。"卷上在评陆机时云："才高辞赡，举体华美。气少于公干，文劣于仲宣。"在评永嘉以后玄言诗的不良影响时，又在《诗品序》中发出了"建安风力尽矣"的慨叹。这些，都能反映出钟嵘较为看重风力的态度。

钟嵘对曹植推崇备至，以之为裁衡其余诗人的最高标准，而萧统却并不特别多选曹植的作品，而对偏重辞采的陆机等人的诗作更感兴趣，这个事实本身已能说明萧统的态度。《诗品》卷中评曹丕："则所计百许篇，率皆鄙质如偶语。惟'西北有浮云'十余首，殊美赡可玩，始见其工矣。""西北有浮云"为《杂诗》二首中的句子，《文选》共选曹丕五言诗三首，其中恰就有《杂诗》二首。此外还有一首《芙蓉池作》，是比《杂诗》二首更"美赡可玩"的作品。张华的《杂诗》《情诗》，属所谓"儿女情多，风云气少"的作品，《文选》也入选了。萧统《答湘东王求文集及〈诗苑英华〉书》："集乃不工，而并作多丽。"表明他所编选的二十卷《诗苑英华》多为"丽"的作品。萧统自己也写过"艳"的作品，集中有一首《三妇艳》，其辞云："大妇舞轻巾，中妇拂华茵。小妇独无事，红黛润芳津。良人且高卧，方欲荐梁尘。"如将此诗与别的齐梁艳诗相比,是并不显得更为质朴的。这些,都能在一定程度上反映出萧统的审美趋向。

钟嵘反对永明声律说,认为此乃"王元长创其首,谢朓、沈约扬其波。三贤或贵公子孙,幼有文辩。于是士流景慕,务为精密,襞积细微,专相陵架。故使文多拘忌,伤其真美"①。三人中,谢朓诗颇有成就,《诗品》却只列为中品,评语有云:"微伤细密,颇在不伦。"所谓"细密",即指谢朓新体诗多讲平仄对仗,显得声律繁密。《文选》选谢朓诗却颇多,其中不乏"细密"之作,如《和徐都曹》《鼓吹曲》等都是充分体现了永明新体诗的特点的。沈约诗就总体成就而言不如谢朓,但《文选》也选了十三首,数量不算少。这表明,对永明声律论的看法,萧统与钟嵘也是有差异的,这应是谢朓诗和沈约诗能够入选较多的原因。当然,谢朓诗清新秀丽,"奇章秀句,往往警遒"②,这在萧统眼里应当也是起了加分作用的。

喜好典雅,则应是颜延之诗能够入选较多的一个重要原因。颜延之是崇尚典雅而鄙薄俚俗的,《南史》本传载:"延之每薄汤惠休诗,谓人曰:'惠休制作,委巷中歌谣耳,方当误后生。'"这种态度与萧统是一致的。但颜延之的典雅与好用典是结合在一起的,钟嵘对此颇不以为然,认为颜延之"喜用古事,弥见拘束"③,并认为颜是开创用典繁密一派诗风的魁首,给予了严厉的批评④。《文选》选颜诗较多,可以认为萧统对颜延之的用典,不会像钟嵘那样看得那么严重。

至于江淹选诗较多,则与《杂体三十首》全数入选有关,表明萧统对这组诗的艺术价值给予了高度的肯定,同时表明萧统对以"敩其文体"的方式来"品藻渊流""无乖商榷"⑤的做法是赞赏的,这与他以选诗的方式来表明

---

① 钟嵘《诗品序》。见陈延杰《诗品注》,人民文学出版社 1961 年版,第 5 页。
② 钟嵘《诗品序》。见陈延杰《诗品注》,人民文学出版社 1961 年版,第 48 页。
③ 钟嵘《诗品》卷中。见陈延杰《诗品注》,人民文学出版社 1961 年版,第 43 页。
④ 钟嵘《诗品序》:"颜延、谢庄,尤为繁密,于时化之。故大明泰始中,文章殆同书钞。"见陈延杰《诗品注》,人民文学出版社 1961 年版,第 4 页。
⑤ 江淹《杂体三十首序》。见俞绍初、张亚新《江淹集校注》,中州古籍出版社 1994 年版,第 93 页。

对诗人诗作看法的做法不无相通之处。江淹诗多作于"元嘉体"向"永明体"① 过渡的时期，其诗风既有古朴遒劲的一面，又有清婉秀丽的一面，符合文质兼备的原则，这当也是萧统所欣赏的。鲍照作品选入较多，则与其诗既有俊逸遒劲的一面，也有华靡柔曼的一面，即亦符合文质兼备的原则有关。另钟嵘批评鲍诗"险俗"，所谓"险俗"，即萧子显在《南齐书·文学传论》中所说的"发唱惊挺，操调险急，雕藻淫艳，倾炫心魂"，而《文选》所选的《乐府八首》等作，大抵也是具有"险俗"的特点的，说明萧统对"险俗"虽不一定喜欢，但也不如钟嵘看得那么严重。可以认为，江淹、鲍照在萧统心目中的地位，是要比在钟嵘心目中的地位为高的。王士禛认为江、鲍皆"宜在上品"②，这很可能也是萧统的看法。

总的来看，钟嵘对近现代文学颇有不满之辞，而萧统对近现代文学则比较重视。出现这种差异，与时代的差异和时风的影响是有很大关系的。在钟嵘的时代，诗坛已大有轻视曹（植）、刘（桢）而推尊鲍（照）、谢（朓）的人在，如《诗品序》所云："次有轻薄之徒，笑曹、刘为古拙，谓鲍照羲皇上人，谢朓今古独步。"此后随着时代的发展，这种风气更加炽烈，钟嵘所批评的"轻薄之徒"越来越多，其中不乏重要的人物，如萧统之弟萧纲在《与湘东王书》中说："但以当世之作，历方古之才人，远则扬、马、曹、王，近则潘、陆、颜、谢……至如近世谢朓、沈约之诗，任昉、陆倕之笔，斯实文章之冠冕，述作之楷模。"不仅是以"曹、王"代替了"曹、刘"，不仅是以近世的潘、陆、颜、谢与曹、王相提并论，而且还将近世的谢朓、沈约推尊到了代替曹、刘的"殆文章之圣"③ 的地位，看法可以说与钟嵘完全相左。类似的言论还多，如《梁书·何逊传》载萧统的另一个弟弟梁元帝萧绎语云："诗多而能者沈约，少而能者谢朓、何逊。"谢朓与沈约相比，得到的推尊更

---

① 严羽《沧浪诗话·诗体》："以时而论，则有……元嘉体、永明体。"见郭绍虞《沧浪诗话校释》，人民文学出版社 1983 年版，第 52~53 页。又《南史》卷四十八《陆厥传》："时盛为文章，吴兴沈约、陈郡谢朓、琅邪王融以气类相推毂，汝南周颙善识声韵。约等文皆用宫商，将平上去入四声，以此制韵……世呼为永明体。"

② 王士禛《渔洋诗话》卷下。见《清诗话》，上海古籍出版社 1978 年版，第 203 页。

③ 钟嵘《诗品序》："昔曹、刘殆文章之圣，陆、谢为体贰之才。"见陈延杰《诗品注》，人民文学出版社 1961 年版，第 4 页。

多，《太平御览》卷三百六十七引《谈薮》载梁武帝萧衍（萧统之父）语云：
"不读谢诗三日，觉口臭。"又《颜氏家训·文章篇》："刘孝绰当时既有重
名，无所与让；唯服谢朓，常以谢诗置几案间，动静辄讽味。"沈约本人对谢
诗也颇推重，曾云："二百年来无此诗也。"① 萧统生活的年代虽仅比钟嵘稍
晚，但诗坛的风气已经发生了更大的变化，永明体更为得势，且已开始了向
宫体的过渡。萧统生活在这一时期，其文学思想虽与其弟萧纲、萧绎等并不
相同，但也并非完全对立，他不仅不可能完全摆脱时风的影响，甚至还自觉
不自觉地接受了时风的影响，与时风有了某些共同的语言。晚清钱桂笙论
《文选》特色，说："至其偶丽居宗，葩华是撷，则当时风气为之。"② 说得是
一点不错的。另据日僧空海《文镜秘府论》："或曰：晚代铨文者多矣。至如
梁昭明太子萧统与刘孝绰等撰集《文选》，自谓毕乎天地，悬诸日月。"③ 刘
孝绰是萧统最为信重的文士之一，如他曾参与编纂《文选》，而他又是那样喜
欢谢朓的诗作，则谢朓等"近世"诗人的作品能够更多地入选，那就更成为
必然的事情了。

（原载韩国中语中文学会主办《中语中文学》第十七辑；中国文选学研究会、
郑州大学古籍整理研究所编《文选学新论》，郑州：中州古籍出版社 1997 年版）

---

① 萧子显《南齐书》卷四十七《谢朓传》，中华书局 1972 年版，第 826 页。
② 钱桂笙《隐叟遗集》。转引自骆鸿凯《文选学》，中华书局 1989 年版，第 33 页。
③ 日铃木虎雄认为此段话出自唐元兢《古今诗人秀句序》。见王利器《文镜秘府论校注》，
　 中国社会科学出版社 1983 年版，第 354~355 页。

论新变潮流中的《文选》与《玉台新咏》

南朝齐、梁时期是我国古代诗坛新变潮流最为汹涌、诗风变革最为急剧的时期。其时诗风不仅齐、梁各有不同，即梁代初期与梁中叶以后也有很大不同，这种不同可以从萧统所编《文选》与徐陵奉萧纲之命所编《玉台新咏》非常清楚地看出来。《文选》与《玉台新咏》的编定时间学界至今尚无一致看法，但一般认为《文选》约编成于梁普通末（527）至中大通初的三、四年时间，《玉台新咏》约编成于中大通六年（534）前后。编成时间如此逼近，但却呈现出迥异的面目，因而成为梁代前后期诗风的一个分水岭，显示出当时新变潮流汹涌前行的轨迹。两书主要的差异约有以下数端。

第一，与《文选》相比，《玉台新咏》更注重对于新体诗的选录。

新体诗产生于南齐永明年间，至《文选》编纂时，已有约三十余年，写作新体诗已越来越成为风气。萧统的东宫学士刘孝绰、王筠都是十分热衷写作新体诗的人，王筠对声律尤为在行，曾得到沈约"晚来名家，唯见王筠独步"① 的赞誉。萧统本人对新体诗的写作也有相当的修养和兴趣，其诗颇为讲究对偶，有的诗从总体看也合于新体诗的要求，清人王闿运编《八代诗选》有"齐已后新体诗"一目，其中共收齐六家三十八首，梁五十一家二百八十三首，梁代诗人中就只有萧统一家，共收其诗二首。《文选》也选了一些齐梁诗人的新体诗。但从总体看，《文选》所收新体诗的数量远不及《玉台新咏》。现即以《八代诗选》所选新体诗作为参照，对比一下《文选》和《玉台新咏》对新体诗的收录情况。

---

① 姚思廉《梁书》卷三十三《王筠传》，中华书局1973年版，第485页。

　　《文选》所收齐梁诗人共九家，即谢朓、陆厥、丘迟、沈约、虞羲、江淹、徐悱、任昉和范云。陆厥、徐悱、任昉三人，《八代诗选》《文选》和《玉台新咏》均无新体诗入选。其余六家的入选情况如下：

书名　　人名	《八代诗选》入选篇数	《文选》入选篇数	《玉台新咏》入选篇数
沈约	14	3	5
谢朓	28	4	8
丘迟	4	0	1
虞羲	1	0	0
江淹	1	0	1
范云	3	0	2

　　沈约、谢朓是永明新体诗最具代表性的诗人，成就最高，影响最大，沈约还是新体诗理论的奠基者和大倡者，因此三书对两人新体诗选入的数量都较多，表明了对这种新诗体和新的创作趋向的重视，但《文选》所选明显不如《玉台新咏》多。丘迟等四人，则《文选》一首也没有选入。考虑到《玉台新咏》只专选与女性题材有关的作品，而《文选》在题材方面并无特别的限制，选择余地更大，在这种情况下选录的数量却不如《玉台新咏》，是比较明显地反映了两书的差异的。

　　《文选》不录存者的作品，但有些在创作方面（包括对新体诗的创作）颇有成就和影响的并非存者的作品也没有选入，与《玉台新咏》相比也显示出明显的差别。其中最值得一提的是王融、何逊和吴均三人。据《南齐书》本传，王融卒于齐永明十一年（493）；据《梁书》本传，吴均卒于梁普通元年（520）。何逊卒年史籍阙载，但《玉台新咏》卷五列何逊于柳恽之后、吴均之前，柳恽据《梁书》本传卒于天监十六年（517），而《玉台新咏》前六卷所收录的诗人以其卒年先后排序，可推知何逊卒于天监十七年（518）或十八年（519）。《文选》所收作者，最晚的陆倕卒于普通七年（526），诗人中最晚的徐悱卒于普通五年（524），都在王融、何逊和吴均之后。王融、何逊和吴均在当时也并非无名之辈，而是颇有成就和影响的作者。钟嵘《诗品》

卷下说王融"有盛才，词美英净"，《南齐书》本传说王融"文辞辩捷，尤善仓卒属缀，有所造作，援笔可待"。清人王士祯在《古诗选·凡例》中更认为"齐有玄晖，独步一代，元长辅之。自兹以外，未见其人。"王士祯把沈约、江淹作为梁人，除去沈约、江淹，认为齐代诗人就数谢朓、王融了。还值得注意的是，王融精于音律，对永明声律说的创立作出了突出的贡献，钟嵘甚至认为王融在这方面建了首功，在《诗品序》中说："王元长创其首，谢朓、沈约扬其波。"何逊工诗善文，在当时也享有盛誉，《梁书》本传载沈约对何逊说："吾每读卿诗，一日三复，犹不能已。"又载萧绎语云："诗多而能者沈约，少而能者谢朓、何逊。"吴均的诗在当时则以"清拔有古气"著称，"好事者或学之，谓为'吴均体'"①。但是，《文选》对三人诗竟一首也没有收录。相较而言，《八代诗选》共选了王融新体诗五首，何逊新体诗十六首，吴均新体诗二十三首，数量都不算少。《玉台新咏》则共选入王融诗十四首，其中有《八代诗选》所选新体诗三首；何逊诗十六首，其中有《八代诗选》所选新体诗二首；吴均诗三十首，其中有《八代诗选》所选新体诗九首。两相比较，是颇能说明问题的。类似的例子还有。如柳恽诗《文选》一首未选，而《八代诗选》选其新体诗三首，《玉台新咏》共选其诗九首，其中有《八代诗选》所选新体诗二首；卒于普通三年（522）的王僧孺，其诗《文选》一首未选，而《八代诗选》选其新体诗九首，《玉台新咏》共选其诗二十首，其中有《八代诗选》所选新体诗六首；等等。

《玉台新咏》在体例上与《文选》的一点重要区别，就是该书收录存者之作。如以存者作品为例，则更能说明上述问题。《八代诗选》共选萧纲新体诗七十六首，《玉台新咏》共选萧纲诗一○九首，其中有《八代诗选》所选新体诗三十六首，就是一个非常突出的例子。萧绎、庾信、刘孝绰、王筠、刘孝威等人的情况也比较突出。

上面提到的情况实际上还不能说明事情的全部，因为除上面提到的新体诗外，在《文选》和《玉台新咏》中所收录的其他诗作中，都还有一些大体合律或具有其他新体诗元素的诗句，而这种情况在《玉台新咏》中也更显突

---

① 姚思廉《梁书》卷四十九《文学上·吴均传》，中华书局1973年版，第698页。

出一些。此外，上面所提到的新体诗均为五言诗，而《玉台新咏》还收了一些七言诗，其中有的已颇合律，如庾信的《乌夜啼》，八句中有六句对仗严整，声韵也颇铿锵，已基本合于律诗的平仄，刘熙载《艺概·诗概》将其推为"开唐七律"之作，而这种情况在《文选》中是见不到的。

总的来看，《文选》虽并不拒绝新体诗，实际上还表现出了相当的认同，但总的态度比较持重。《玉台新咏》与之相比，态度更为积极，更为充分地反映了古体向新体过渡的时代潮流和时代特色。

第二，《玉台新咏》收录了大量短诗，而《文选》收录较少，五言四句的小诗一首也没有。

诗歌要讲求声律，必然会对诗篇的长短提出一定的要求，因为太长的诗，声律的运用会更为繁复而不易把握，用字也容易重复；句数也要求固定下来，因为句数不固定，就不便于某种格式的确定。宋、齐、梁时期，诗歌发展的总体趋势是逐渐由长变短，句式也逐渐趋于定型。这种趋势从《文选》到《玉台新咏》有着相当明显的表现。《文选》共收五言诗三百九十七首，《玉台新咏》全书十卷，前八卷和第十卷除陈琳《饮马长城窟行》一首和沈约《六忆诗》四首外，均为纯粹的五言，共七〇七首。其句式分布情况分别列表如下：

《文选》五言诗句式分布情况统计

时代 ＼ 句式	8句	10句	12句	14句	16句	18句	20句	22句	24句	26句	28句	30句	32句	34句	36句	38句	40句	42句	80句	90句	总计
两汉	2	10	2	2	6	4	4														30
魏	5	9	12	7	9	4	6	2	4	1	4	2							1		66
西晋	1	8	17	10	17	6	28	2	4	3	4	4		4	3	1	1				113
东晋		4	2	4	2	2	4														18
宋	6	1		6	10	7	21	15	7	7	1		4	2		1	2	2		1	93
齐	1	5	3	3	2	1	3	1				2		1		1					23
梁	1	6	3	13	3	4	7	3	7		4			1		2					54
总计	16	43	39	45	49	28	73	23	22	11	13	8	4	7	4	2	6	2	1	1	397

《玉台新咏》五言诗句式分布情况统计

句式 时代	4句	6句	8句	10句	12句	14句	16句	18句	20句	22句	24句	26句	28句	30句	32句	34句	36句	40句	42句	53句	56句	60句	64句	90句	357句	总计
两汉	4	2	3	7		2	8	1	6		2			1	2						1					39
魏		2	1	1	1	5	1	2	1		2	1		1		1						1	1		1	22
西晋	3		3	7	8	3	2	3	5			2	3	2				2		1						44
东晋	7			2	1	1			2	1	1	1														16
宋	12		4	7	2	7	1	1	5	4	1	2	1	1										1		49
齐	12		17	8	2	1			1																	41
梁	128	37	159	72	27	16	3	9	8	3	3	1	1	1	2	1	3	1	1							476
近代民歌	19																									19
北齐	1																									1
总计	186	41	187	104	41	35	15	16	28	8	9	7	5	6	4	2	3	3	1	1	1	1	1	1	1	707

　　对比两表不难看出，《文选》未选五言四句和五言六句诗，而《玉台新咏》不仅选了这两种诗，所占比重还相当大，分别占到全部五言诗的约26.3%和5.8%。五言八句和五言十句两书都有收录，但以《玉台新咏》所收为多，分别占到全部五言诗的约26.45%和14.7%，而《文选》所收只占全部五言诗的约4%和10.5%。从五言十二句到五言四十二句，则都以《文选》所收为多，在全部五言诗中所占比例均比《玉台新咏》要高。四十二句以上，除两书都收有颜延年九十句的《秋胡诗》外，互有有无，且数量均为一首，已不具可比性（《玉台新咏》所收最长的一首为《古诗为焦仲卿妻作》，共三百五十七句）。

　　从两书所收都可看出，当时人们为了探索和寻求合宜的篇幅，几乎逢双的句数都有试验，而这种试验又集中在三十句特别是二十句以内。这种探索和寻求从时代来讲，又主要集中在南朝，特别是齐梁时代，这从《玉台新咏》所收能更清楚地看出。应当说，《文选》也比较重视对于二十句以内的较短诗篇的收录，但在收录时似乎并未特别关注齐梁时代，不仅没有四句、六句诗，八句以上、二十句以下诗也并不是齐梁时代最多，魏及西晋时代反而更显突出。也许，魏及西晋诗人已经在探索写作短诗的好处，但他们探索的动机显然会与南朝人有所不同，南朝人应主要是从方便运用声律的角度来进行探索的。二十二句、二十四句、二十六句、三十二句这些较长篇幅的诗作，《文选》所收反以刘宋诗人为多。而《玉台新咏》所收，短诗则突出地集中在齐梁时代，清楚地反映出了诗坛风气和诗人们审美趋向的变化。从表中可以看出，当时的诗歌不仅是在逐渐地由长变短，而且已逐渐趋于定型，其中以八句式为最多，次为四句式，再次为十句式，这三种句式成为当时新体诗最主要的体式，为后来近体诗的登台作了重要的奠基工作。

还值得一提的是，《玉台新咏》第十卷所收全为五言四句的短诗，共一百八十五首。作品产生年代除古绝句四首、贾充三首外，均为东晋南朝的作品，主要是南朝时期的作品。有的作者作品入选颇多，如梁武帝入选三十二首，萧纲入选二十六首，江洪、萧子显都入选七首。其中不乏语言清新、音调谐协、情致隽永的佳作，如谢朓入选的《玉阶怨》《金谷聚》《王孙游》《同王主簿有所思》四首，就首首都是精品。这些短诗实为唐人五绝的先导，古绝句四首还直以"绝句"标题，吴均的四首也名之曰"杂绝句"。不少诗就是与唐人绝句相比也并不逊色，沈德潜在评谢朓《玉阶怨》时就说："竟是唐人绝句，在唐人中为最上者。"[①]《玉台新咏》将这些作品单独成卷，显示了编者敏锐的眼光和自觉的意识，他显然看到了这种新兴诗体所具有的独立体格，所具有的旺盛的生命力和广阔的发展前景，从而大胆地给予了充分的肯定。王夫之《古诗评选》卷三专选"小诗"，卷前小序云："小诗之制，盛于唐人，非唐人之独造也。汉晋以来所可传者，迄于陈、隋，亦云富矣。世或谓之'绝句'。绝者，谓选句极简，必造其绝云尔。"可见王夫之专列一卷选汉魏六朝时代的小诗，是因为他充分看到了这些小诗的特点和价值。而《玉台新咏》专列一卷收录小诗的做法，实早早地为王夫之开出了先河，而且所选数量远远超过了王夫之（王夫之仅选了七十二首，另有七言小诗六首），所选也主要是南朝，特别是齐梁时期的作品。如与《文选》相比，这种做法自然显得更加别具一格。据俞绍初《昭明太子集校注》，萧统现存诗二十七首，其中有五言四句诗四首，五言六句诗三首，五言八句诗五首，加起来一共十二

---

① 沈德潜《古诗源》卷十二，中华书局1963年版，第273页。

首，几乎占到全部诗作的一半，说明萧统并不拒绝短诗，甚至可以说抱了相当欢迎、肯定的态度。但在《文选》中他却只选了少量的五言八句诗，五言四句、五言六句诗甚至一首未选（诗作入选较多的谢灵运、沈约、谢朓等人也不例外），这说明萧统对短诗所抱的态度是相当审慎、持重的。

《玉台新咏》除在卷十中收录了大量五言四句的短诗外，还在卷九中收录了七言四句诗二十四首，七言六句诗十三首，七言八句诗一首，七言十句诗三首，多为齐梁诗人所作，也显示出七言诗逐渐趋短的倾向。特别是收录了较多的实为七绝先声的七言四句短诗，也显示了编者眼光的独到和诗美意识的自觉，其意义不可低估，而这也是《文选》的编者显得有所不及的。

第三，《文选》趋雅，而《玉台新咏》崇俗。

汉魏六朝时代，雅、俗常被用来说明两种相互对立的诗歌风格和审美趋向，并成为当时诗歌批评的一条重要原则。雅指典雅、雅正，俗指浅俗、俗艳。从总体看，《文选》是趋雅的，而《玉台新咏》是崇俗的。主要表现在以下几个方面：

一是表现在对民歌的选录上。民歌来自社会下层，反映社会下层民众的生活，抒发他们的思想感情，语言往往朴素平易，一些思想保守、僵化的文人往往将其视作俗体甚至是粗俗之体。汉魏六朝是民歌创作极为繁荣的时代，汉代、东晋南朝和北朝都有乐府民歌，此外历代都还有一些不入乐的歌谣。由于民歌新鲜活泼，引起了不少文人仿作的兴趣，产生了不少拟作乐府、自制新题乐府和具有民歌风味的作品。建安诗人、太康诗人大抵以汉乐府民歌为模拟对象，而东晋以后，由于南朝乐府民歌表现男女情爱的内容和婉曲柔媚的风格更适合当时上层文人的胃口，因而越来越多的文人转而以南朝乐府民歌为模拟对象，从刘宋谢灵运、鲍照开始，文人就每多拟作，到梁武帝父子更达到高潮。梁武帝早年对仿作民歌就颇用力，拟作多为当时的"新声"即吴声、西曲，不仅数量多，而且质量高，《子夜四时歌》《襄阳蹋铜蹄歌》等历来为选家所注目。在他的带动、影响下，其子萧纲、萧绎及众多围聚在他们身边的文人对仿作南朝乐府民歌也趋之若鹜，不少作品深得南朝乐府民歌神韵，甚至到了难以区分的程度。

对于数量如此庞大、影响如此巨大的民歌和文人拟作，《文选》和《玉台新咏》在收录时抱了不同的态度。《玉台新咏》收录了不少民歌，汉乐府民歌有"古乐府诗六首"和《古诗为焦仲卿妻作》，南朝乐府民歌有"近代西曲歌五首""近代吴歌九首"和"近代杂歌三首"。署名蔡邕的《饮马长城窟行》，署名江淹的《西洲曲》，署名孙绰的《情人碧玉歌二首》，署名王献之的《情人桃叶歌二首》，署名桃叶的《答王团扇歌三首》，署名宋孝武帝的《丁督护歌二首》，署名丹阳孟珠的"歌一首"，署名钱塘苏小的"歌一首"等，实际上也都是南朝乐府民歌。此外，还收有历代民谣（含童谣）九首，卷十所收"古绝句四首"也应当是来自民间的作品。文人拟作则更是历代皆有，仅用了乐府诗题的作品全书就超过三百首，占到全书所收诗作总数的35%以上。其中梁代最多，超过了二百首。还有不少作品虽未用乐府诗题，但仍属对乐府民歌的仿制，或深受乐府民歌的影响。不难看出，《玉台新咏》对民歌特别是对南朝乐府民歌确实是十分喜爱和重视的。

萧统对民歌也有一定程度的重视，《文选》将文体分成三十七类，其中诗歌有二十三类，诗歌中就专门设有"乐府"一类。萧统自己也喜欢写作乐府诗，有的也写得颇为浅俗，被《玉台新咏》收录的《长相思》《江南曲》《龙笛曲》和《采莲曲》就都是这样的作品，其中《江南曲》《采莲曲》显系仿作南朝民歌，《长相思》虽仿作汉代民歌，但也具有南歌风韵。但《文选》所收民歌数量不多，汉代的乐府古辞仅收了三首，历来影响颇大的《陌上桑》（一作《日出东南隅行》）、《古诗为焦仲卿妻作》等均未入选，南朝乐府民歌及歌谣则更是一首也没有阑入。文人拟作乐府也只收了三十七首（包括班婕妤《怨歌行》），加上被《乐府诗集》收录的"挽歌"五首、"杂歌"四首，数量仍不算多，仅占全书所收诗作总数的十分之一。两相比较，两书的差异是明显的。

二是表现在对涉及男女之情的作品及女性题材作品的收录上。《玉台新咏》所收全为涉及男女之情及与女性有关的作品，用徐陵自己在《玉台新咏序》中所说的话就是"撰录艳歌，凡为十卷"，虽然不少作品只是一般地写男女之情，写女子的生活场景和情感活动，但确也有一些作品写得比较"艳"，对男女之情表现得比较直露，甚至可以说是卑俗。但《文选》却迥然不同。虽然历代的爱情诗及其他涉及女性的作品从来都不算少，但《文选》大体依题材将诗作分成的二十三类中却并没有将这些作品单列出一类（与此形成对照的是在"赋"这个大类中列出了"情"类，收录了宋玉《高唐赋》《神女赋》《登徒子好色赋》和曹植《洛神赋》四篇作品）。散见于各类的涉及男女之情或以女性为题材的作品，连以女性之事为喻的作品、对前人相关作品的拟作及屈原《九歌》中的相关作品都算上，一共约有六十二首，约占所收全部诗作的13.5%。民歌只收了汉乐府中的《饮马长城窟行》（《玉台新咏》也收录此作，署名蔡邕）、《伤歌行》两篇作品。还应特别指出的是，这些作品的内容与情调均颇雅正，不仅绝无卑俗淫艳之作，连情调缠绵悱恻的作品也很少见。南朝乐府民歌因多表现男女之情，而且多比较缠绵轻艳，因此一首也没有收录。文人作品中表现男女之情及以女性为题材的作品，稍涉俗艳的也不收录。在《文选》载录的诗人中，鲍照、沈约、谢朓写女性的作品要算是比较多的，有的还写得相当直露，如沈约的《六忆》《少年新婚为之咏》《梦见美人》等，谢朓的《赠王主簿》其二、《听妓》其一等，实都为宫体诗的先声。《文选》对三人作品收录得不少，鲍照有十八首，沈约有十三首，谢朓有二十一首，居《文选》收诗最多的前十位诗人之列，但对他们涉及女性的作品，连稍有着墨的及借以为喻的都算上，鲍照仅有三首，沈约仅有一首，谢朓仅有二首。而同类作品，《玉台新咏》却收有鲍照二十首，沈约四十三首，谢朓二十二首，沈约收录的数量之多，在全书仅次于梁武帝和萧纲。而且，其中有不少为俗艳之作，前面提到的《六忆》等作都在其列。萧统对笔涉女性的作品并不一概排斥，《文选》中毕竟收录有这类作品，他自己也动笔写这类作品，其中有四首还被《玉台新咏》收录，也是不乏俗艳色彩的。但就《文选》总的情况而言，与《玉台新咏》的差异是明显的。

与上述情形相类的是两书对咏物诗所抱的态度。咏物诗很早就有了，但真正形成气候是在南齐永明以后，沈约、谢朓及后来的宫体诗人都写有大量的咏物之作。所咏的对象极为广泛，仅从《玉台新咏》所载来看，就涵盖了器物、服饰、乐器、植物、飞禽等类。值得注意的是，由于所咏之物往往就在女性的生活圈内，因此咏物也往往是与咏女性结合在一起的。在许多情况下，诗人们欣赏女性，颇为细致地描写她们的容貌、体态、神情、服饰、歌容舞态、生活细节等，也如同欣赏一般的器物一般。《玉台新咏》收江洪诗四首，分别是《咏歌姬》《咏舞女》《咏红笺》《咏蔷薇》，单从诗题，就可看出相互间的关联。因此，咏物诗在不少情况下实可看作是艳诗的变种，内容、情调、表现手法均颇为一致或相似。大概正是基于这一原因，《文选》所收咏物诗极少，从标题就能看出是咏物的仅沈约《咏湖中雁》一首，加上咏物成分较多的班婕妤的《怨歌行》和陆机的《园葵诗》，也只有寥寥数首。而《玉台新咏》所收咏物诗却随处可见，单从标题就可看出是咏物诗的就有约六十五首。两相比较，差异也是非常明显的。

三是表现在语言上。从总体看，《文选》所收录的作品语言古朴、典雅的多，而《玉台新咏》所收作品语言平易、通俗的多。这一方面由于《玉台新咏》收录了大量民歌和文人的相关拟作，民歌语言本来就是比较平易通俗的，而文人拟作受其影响，大都也要有意避免艰深。另一方面，还由于新体诗有意提倡语言的平易，最具有代表性的言论就是《颜氏家训·文章》所载沈约的"三易"之说："文章当从三易：易见事，一也；易识字，二也；易读诵，三也。"以及《南史·王筠传》所载谢朓与沈约论诗之语："好诗圆美流转如弹丸。"沈约等人大力倡导声律论，提出"三易"等要求，是要诗歌既以平仄四声为轨则，又要用常见语及易识字入诗，从而达到谐调流畅、易于上口的目的。《玉台新咏》所收新体诗比《文选》多，受新体诗影响的作品比《文选》多，其语言风格自然会在总体上呈现出趋俗的倾向。

四是表现在对不同诗体的收录上。先秦汉魏六朝时期的诗体，主要有四言、骚体、五言、七言和杂言。四言在"诗三百"中是居于统治地位的诗体，汉初"诗三百"被尊为《诗经》，成为政治历史和伦理道德的教科书，四言因之也被尊崇为一种正统的诗体。这种观念，可以说纵贯了整个汉魏六朝时期，只不过有的时候显得强一些，有的时候显得弱一些，在有的人那里强一些，在有的人那里弱一些而已。总的说来，在西汉时期这种观念最强，此后渐趋淡薄而不绝如缕，如晋挚虞在《文章流别论》中就说："古之《诗》，有三言、四言、五言、六言、七言、九言……然则雅音之韵，四言为正，其余虽备曲折之体，而非音之正也。"直到南朝齐、梁时期的刘勰，还在《文心雕龙·明诗》中说："若夫四言正体，则雅润为本；五言流调，则清丽居宗。"因此自西汉以后，四言虽已渐渐淡出诗坛，但一些诗人在表现讽颂、劝诫、慰勉、怀古等比较庄重雅正的内容时，仍喜欢采用四言体。骚体在先秦和汉初曾兴盛一时，但此后其主流日益向辞赋转化，有的则走向诗化，"正宗"的骚体越来越少，不过在诗坛仍占有一席之地，只是影响已甚微弱。五言起源于民间，从萌芽到成熟，经历了一个较长的历史时期。东汉末年，以"古诗十九首"为标志，五言诗达于成熟，取代四言成为文人诗歌创作的一种主要样式，占据了诗坛的主要地位。七言首见于汉代，起源于楚声歌曲和汉代民谣，但在相当长的一个时期中文人对这种诗体颇为轻视，所作甚少，直到刘宋鲍照出来，才以其《拟行路难》十八首开创出一个七言创作的新局面，到梁代创作空前繁荣，涌现出了沈约、梁武帝父子、萧子显、吴均、王筠等一大批诗人。杂言也起于民间，今存汉乐府民歌中，已有一些颇为成熟的杂言诗，文人受乐府民歌影响，也开始写作，但数量并不太多，直到南朝，经过鲍照等人的努力，其创作才进入一个新阶段。

《文选》和《玉台新咏》对上述诗体都有收录，但都以五言为主，《文选》共收诗四百六十首，其中五言诗三百九十七首，约占 86.3%，《玉台新咏》共收诗八百四十首，其中五言诗七〇七首，约占 84%，应当说都比较客观地反映了当时诗坛以五言为主体的状况。而对其余诗体的收录，两书则有明显的差异。《文选》收录了三十八首四言诗，其中有不少是写得庄重典雅的。刘勰《文心雕龙·明诗》云："汉初四言，韦孟首唱，匡谏之义，继轨周人。"这"继轨周人"的《讽谏诗》即入选《文选》，诗篇一上来就写道："肃肃我祖，国自豕韦。黼衣朱黻，四牡龙旂。彤弓斯征，抚宁遐荒。总齐群邦，以翼大商。迭彼大彭，勋绩惟光。"典则典矣，雅则雅矣，但质木无文，缺少情采。束皙《补亡诗六首》，张华《励志诗一首》，曹植《责躬诗一首》《应诏诗一首》，潘岳《关中诗一首》，陆机《答贾长渊一首》，刘琨《答卢谌一首》，卢谌《赠刘琨诗一首》，颜延之《应诏宴曲水作诗一首》《皇太子释奠会作诗一首》等，大抵都属于这一类作品。这些诗篇幅大都较长，如韦孟《讽谏诗》长达一〇八句，曹植《责躬诗》长达九十六句，潘岳《关中诗》长达一百二十八句，陆机《答贾长渊》长达八十八句，刘琨《答卢谌》长达九十四句，卢谌《赠刘琨》长达一百六十句等，均为其例。典奥诘屈而又篇幅漫衍，难免给人以沉闷乏味甚至难以卒读之感。相较而言，《玉台新咏》却只选了一首四言诗，即秦嘉《赠妇诗》，全诗只有十六句，不乏真情实感，语言也比较平易。与此形成对照的是，《玉台新咏》所收七言、杂言诗却多达七十七首，多为乐府诗（包括民歌及文人拟作）和民间歌谣，而《文选》却只选了七言、杂言诗共八首。对四言和七言、杂言收录数量的差异，使两书在雅、俗上也呈现出比较明显的差异。此外，《文选》骚体主要收录先秦楚辞作品，数量多达十七首，篇幅都较长，而《玉台新咏》所收骚体均为已经诗化的作品，篇幅都不长，数量也不多；《玉台新咏》所收五言诗，多为南朝齐梁时期作品，其中民歌和文人拟作乐府占了相当比重：这些，也都使得两书在雅、俗上呈现出不同的色彩。

五是表现在风格上。《玉台新咏》所收齐梁时期的大量作品，所收民歌和大量文人拟作乐府，多写世俗之事，多抒世俗之情。其中有不少是写艳情、咏物及吟风物、狎池苑之作，其内容、风格往往与厚重、典雅无缘。写女性题材的作品，不少只是不厌其烦地描写女性的外貌、体态、服饰和神情，而缺少真挚感情的表现，缺少对女性内心世界的开掘，更缺少对"德"的审美理想的追求。描写往往颇为细致，如萧纲《咏内人昼眠》："梦笑开娇靥，眠鬟压落花。簟文生玉腕，香汗浸红纱。"连印在玉腕上的簟文都写到，可谓细致入微，但越是如此，越透露出卑俗的审美趣味。"解罗不待劝，就枕更须牵。"（沈约《六忆诗》其四）"轻歌急绮带，含笑解罗襦。"（谢朓《赠王主簿》其二）"玉钗时可挂，罗襦讵难解？"（王僧孺《咏歌姬》）"上客徒留目，不见正横陈。"（刘缓《敬酬刘长史咏名士悦倾城》）"谁知日欲暮，含羞不自陈。"（萧纲《率尔成咏》）这些诗句更较露骨地写到了"性"。而萧纲的《娈童》、刘遵的《繁华诗》还前所未有地写了同性恋。在表现上，辞采往往比较华艳，以此写出女性容貌、体态的娇美，服饰的艳美和居室、环境、景物的华美。这样，就从内容和形式的结合上形成了一种俗而艳的风格。《梁书·简文帝纪》说宫体诗的特点是"伤于轻艳"，《隋书·经籍志》说宫体诗的特点是"清辞巧制，止乎衽席之间；雕琢蔓藻，思极闺闱之内"，同书《文学传序》说宫体诗的特点是"其意浅而繁，其文匿而彩，词尚轻险，情多哀思"，说的就都是这种风格。与之相反，《文选》由于收录民歌很少，尤其不收录南朝乐府民歌，不收录那些轻艳的写女性的作品，内容多雅正之作，语言多朴素之作，因而在总体上呈现出典雅敦朴的风格，与《玉台新咏》明显不同。

　　《文选》趋雅，《玉台新咏》崇俗，这在很大程度上影响了两书对作品的收录。比如，《文选》对二谢诗的收录，谢灵运是四十首，谢朓是二十一首，虽然对两人都是重视的，但所收录的大谢诗却远远超过了小谢诗，原因很可能是大谢诗较为朴实厚重，而谢朓诗已趋向清新流丽。钟嵘《诗品》将大谢列入上品，而将小谢列入中品，萧统所持态度与钟嵘应当是颇为接近的。但大谢所作表现男女之情的《东阳谿中赠答二首》，虽为文人所作较早的五言四句小诗，在诗史上颇具开创意义，但《文选》却未予收录。《玉台新咏》则不同，一共选了小谢诗二十二首，大谢诗却只选了《东阳谿中赠答二首》，原因固然是因为小谢涉及女性的作品较多，但《文选》同样也面对这些作品，却并不将其收录。又如被钟嵘《诗品》评为"喜用古事""是经纶文雅才"的颜延之，在刘宋是崇雅一派诗人的代表，《文选》共选了他的诗二十一首（其中四言诗四首），在全书所收录的诗人中与谢朓同列第五位，位置相当靠前，而《玉台新咏》却只收了他的诗二首。与颜延之同时的汤惠休，善学乐府民歌，是当时崇俗一派诗人的代表，据《南史·颜延之传》，"延之每薄汤惠休诗，谓人曰：'惠休制作，委巷中歌谣耳，方当误后生'"。《文选》似与颜延之后先呼应，汤惠休的诗一首也没有收录。其实汤惠休在当时的影响并不小，钟嵘《诗品》卷下"谢超宗"诸人条引正员郎钟宪语就说："鲍、休美文，殊已动俗。"江淹《杂体诗三十首》分拟汉魏以来三十家有代表性的古诗，其最后一首就是拟汤惠休诗。《玉台新咏》与《文选》不同，共收录了汤惠休诗五首。刘宋时另一位俗派诗人鲍照，《文选》收其诗十八首，《玉台新咏》收其诗二十首，表面看起来两书重视的程度仿佛，实际上有很大不同，《文选》所收多为朴实厚重之作（拟作乐府所拟多为汉乐府民歌），而《玉台新咏》所收多为浅俗轻艳之作，同时被两书收录的只有二首。再如，《文选》一共只收了七位梁代诗人的五十四篇作品，却将江淹的《杂体诗三十首》悉数收录，占到所收全部梁诗的一半以上。被钟嵘《诗品》列入下品的齐梁诗人三十二家，《文选》仅选两家，其中齐一家，即陆厥，且选了二首，而陆厥对沈约的声律论是曾持有异议的；梁一家，即虞羲，选一首，即《咏霍将军北伐》，而这是一首颇为清拔劲健的诗作，与时风判然有别，胡应麟曾评云："大有建安风骨。"① 陈祚明曾评云："高壮，开唐人之先，已稍洗尔时纤卑习气矣。"② 取舍之间，自有文学观念和审美趋向在起作用。上述例子已足可说明，崇雅还是崇俗对《文选》和《玉台新咏》的选诗是产生了很大影响的，而如此选诗的结果，自然会使两书或趋雅或崇俗而显示出了不同的特色。

第四，与《文选》相比，《玉台新咏》在选录作品时贯彻了"详今略古"甚至可以说是"厚今薄古"的原则。

《玉台新咏》共十卷，前八卷都收载五言诗，其中一至四卷收录从汉至南齐五百余年间的诗作，五至八卷收录梁初至中大通仅三十余年间的诗作。卷九为七言、杂言诗，卷十为五言四句的小诗，则历代混编，而所收也以梁代作品为多，如卷九共收诗一百二十九首，其中梁诗有七十九首，占到约61.2%；卷十共收诗一百八十五首，其中有梁代署名作者的诗一百二十六首，占到约68.1%。梁诗占到如此大的比重，"详今略古"乃至"厚今薄古"的用意十分明显。这个原则，从对其他历代诗的收录也可看出。下面是《文选》和《玉台新咏》对历代诗人诗作收录数量的统计：

历代诗人收录情况统计

书名＼时代	先秦两汉	魏	西晋	东晋	宋	齐	梁	其他	总计
《文选》	10	10	24	5	10	2	7		68
《玉台新咏》	12	9	11	8	14	10	73	1	138
备注	①两书的无名氏诗人均未作统计。②《玉台新咏》梁代诗人中，"范靖妻沈氏"与"范靖妇"、"王淑英妻刘氏"与"王淑英妇"未敢肯定就是一人，仍分别统计；"徐悱妻刘令娴""徐悱妻刘氏"基本上可肯定是一个人，但"徐悱妇"不敢肯定与前二者就是一个人，仍单独统计。③"其他"1人为北齐邢邵。								

---

① 胡应麟《诗薮》外编卷二，上海古籍出版社 1979 年版，第 149 页。
② 陈祚明《采菽堂古诗选》卷二十八，上海古籍出版社 2008 年版，第 897 页。

历代诗作收录情况统计

时代 书名	先秦两汉	魏	西晋	东晋	宋	齐	梁	其他	总计
《文选》	54	82	132	18	97	23	54		460
《玉台新咏》	39	22	44	16	49	41	476	20	707
备注	"其他" 20首，有19首为无名氏作品，多为产生于东晋和南朝宋、齐时期的乐府民歌；另有一首为北齐邢邵所作。								

从两表的统计看，《文选》对西晋以前的诗人收录较多，达四十四人，而东晋以后仅收录二十四人，相对较少。《玉台新咏》收录西晋以前诗人三十二人，而东晋以后诗人则多达一〇五人（创作了南朝乐府民歌的无名氏作者尚未计算在内），其中梁代诗人尤多，是宋、齐诗人之和的三倍，是梁以前历代诗人之和的一倍多。从作品看，《文选》对西晋以前的作品收录较多，达二百六十八首，而东晋以后的作品收录相对较少，仅一百九十二首。所收南朝诗，又以刘宋为多，超过齐、梁两代诗作之和，这与萧统特别欣赏谢灵运、颜延之诗，对两人作品收录较多有关。而梁代诗作虽并不算多，但能达到这个数量，还不能不提一提虽算作梁代诗人而其诗并不作于梁代的江淹的"贡献"。由于萧统欣赏江淹颇饶古气的诗作，因此一共选了他三十二首诗，其中为拟古之作的《杂体三十首》悉数收录，一人占到了所收梁诗总数的约60%。《玉台新咏》所收西晋以前作品则仅一〇五首，约占全部诗作的14.85%。所收南朝诗，则梁代独占鳌头，是所收宋、齐诗作之和的五倍。上述情况清楚地表明，《文选》较为重视古代的作品，而《玉台新咏》更为重视今人之作。

南朝时期的文学选本和文学理论批评著作，所选、所评的作者一般都已是逝者，《文选》依此通例，不选存者之作。而《玉台新咏》却摒弃了这一通例，在后四卷收录了大量存者之作。编者这样做，首先是为了能够放开手脚，大量收录萧纲文学集团的诗作。萧纲文学集团的领军人物萧纲和萧绎的诗作分别入选一〇九首和十八首，加起来占到所收录梁诗总数的约26.7%。据《梁书》《陈书》和《南史》等史籍记载，在萧纲和萧绎身边都聚集了一大批文人，这些文人中，有张率、徐悱、萧子显、刘遵、王训、庾肩吾、刘孝威、鲍泉、刘缓、庾信、纪少瑜、闻人倩、徐陵、萧子云、刘孝仪、刘遵等人的诗作入选《玉台新咏》，其中有的人还收录较多，如庾信收录十三首，庾肩吾和萧子显均收录十七首，张率和刘孝威均收录十首。其次，是为了大量收录除萧纲、萧绎之外其他皇室成员的作品，其中有的人还收录颇多，如梁武帝的作品共收录五十三首。当然，还为了大量收录符合要求的其他存者的作品，其中有的人也收录较多，如刘孝绰共收录十三首，王筠共收录十二首。总之，《玉台新咏》收录存者之作，在编选体例上是一个重大的突破，为编者实施"详今略古"乃至"厚今薄古"的原则铺平了道路。

《文选》所选诗作，反映了不同时代诗歌的特色和历代诗歌发展的轨迹，应当说也是体现了编者发展、进化的文学观念的。但囿于不录存者的通例，便受到很大的限制。在实际上，编者对过去时代的作品确也比较偏爱，不仅收了不少前代古风浓郁的作品，还在卷三十、卷三十一"杂拟"类收了不少后人的拟古之作，总计有六十三首，占到全书所收诗作总数的约13.7%。与《玉台新咏》相比，确实呈现出比较明显的差别。

《文选》与《玉台新咏》之所以会出现上述差异，原因是复杂的。我们可以从以下几个方面来加以说明和探讨。

一是两书编选的宗旨、目的和体例本来不同。《文选》是在文学观念日趋明晰，文学创作日渐繁荣，文学作品大量涌现，各种文体日趋成熟定型，文集的编定渐成风气的情况下出现的总集。一般所谓总集，是汇集许多人的诗文以成一书，编选的目的是替读者阅读和作者创作提供方便，如《隋书·经籍志》在论挚虞所编总集《文章流别集》（已佚）时所说："总集者，以建安之后，辞赋转繁，众家之集，日以滋广，晋代挚虞，苦览者之劳倦，于是采摘孔翠，芟剪繁芜，自诗赋下，各为条贯，合而编之，谓为《流别》。是后文集总钞，作者继轨，属辞之士，以为覃奥，而取则焉。"因此，它网罗各种文体，遍及各种内容题材，不像《玉台新咏》那样只专选诗，而诗又只专选与女性有关的题材。在体例上，也依照当时《文心雕龙》《诗品》等论著的原则，不录存者的作品，而这样做的原因，是出于如《诗品序》所说的"其人既往，其文克定"的考虑，收录的基本上都是当时已有定评的历代具有代表性的作家作品，而尚无定评、尚不成熟、尚处于试验阶段的某些作品，总体则采取了审慎的态度。当时的新体诗，应当说就还处在试验、发展的过程中，即使是诗坛的风云人物，一些人也还不太懂或不懂新体诗，《文镜秘府论·天卷·四声论》即载云："经数闻江表人士说：梁王萧衍不知四声，尝从容谓中领军朱异曰：'何者名为四声？'异答曰：'天子万福，即是四声。'衍谓异：'天子寿考，岂不是四声也。'以萧主之博洽通识，而竟不能辨之。"钟嵘在《诗品序》中也说："平上去入，余病未能。"其时反对声律论者也不乏其人，钟嵘就对当时文人竞趋声律说的风气十分不满，认为这样做使得"文多拘忌，伤其真美"①。萧统自己是懂得声律论的，他对运用声律来进行创作也颇有兴趣，甚至可以说有相当修养，但大概是出于慎重的考虑，他虽然在《文选》中收录了一部分新体诗，但并没有多收。没有收录五言四句的小诗，五言八句的诗作也收录很少，大概也是出于同样的考虑。由于不录存者之作，而对过去时代自认为有代表性的作品要尽量收录以反映其时代的成就及特点，因此当代作品收录的数量便显著减少，显得有些厚古薄今了。

《玉台新咏》的编选宗旨与《文选》完全不同。编选该书的目的，徐陵自己在《玉台新咏序》中有明确说明，即该书是为"倾国倾城，无双无对"而又"妙解文章，尤工诗赋"的后宫佳丽编选的。她们"无怡神于暇景，惟属意于新诗。庶得代彼皋苏，微蠲愁疾。但往世名篇，当今巧制，分诸麟阁，散在鸿都。不藉篇章，无由披览。于是燃脂暝写，弄笔晨书，撰录艳歌，凡为十卷。曾无忝于雅颂，亦靡滥于风人，泾渭之间，若斯而已"。既然编选的目的是为了提供给后宫佳丽阅读，使她们借此打发时间，消愁解闷，因此所选就都是适合她们口味的历代表现女性题材的作品。而这类作品当代人作得最多，时代感最强，也最贴近这些后宫佳丽的生活，因此就不能不收"当今巧制"，不仅要收，而且要多收，于是就不能不录存者之作，最终采用"详今略古"乃至"厚今薄古"的体例。由于所撰录的是"艳歌"，当然也就不能忝列于雅颂之列，不能以雅正与否作为收录标准了。

关于编选目的，唐人刘肃《大唐新语·公直》还提供了另一种说法："梁简文帝为太子，好作艳诗，境内化之，浸以成俗，谓之宫体。晚年改作，追

---

① 钟嵘《诗品序》。见陈延杰《诗品注》，人民文学出版社1961年版，第5页。

之不及，乃令徐陵撰《玉台集》以大其体。""晚年改作"之说恐不足信，但"以大其体"之说可资参考。所谓"以大其体"，就是欲通过对该书的编撰，使宫体的范围和影响得以扩大，也就是通过大量收录秦汉以来与女性有关的作品，表明像宫体这样的作品是向来有之，以增强其存在的正当性。从深层的目的来说，实是要通过对该书的编撰，宣扬宫体诗人的文学观念。既是替宫体张目之书，则不能不以宫体为本，同时也就不能不多收当代诗人的作品，形成、采用"详今略古"乃至"厚今薄古"的原则和体例。而由此上溯，所选也就不能不都是与女性有关的作品了。

《文选》与《玉台新咏》既然编选的宗旨、目的不同，根据编选宗旨、目的确定的编选体例有别，因此两书呈现出若干差异也就成为必然的事情。从一定角度说，两书在不少方面实际上是缺少可比性的，因此对不少问题也难以作出孰优孰劣的评判，如果硬要作出评判，可能反而是脱离实际的，甚至是不合理的。

二是两书编选的时间虽然相隔颇近，但所面临的诗坛风气和文学思潮已经很不相同。《梁书·庾肩吾传》："中大通三年，王为皇太子，兼东宫通事舍人……初，太宗在藩，雅好文章士，时肩吾与东海徐摛，吴郡陆杲，彭城刘遵、刘孝仪，仪弟孝威，同被赏接。及居东宫，又开文德省，置学士，肩吾子信、摛子陵、吴郡张长公、北地傅弘、东海鲍至等充其选。齐永明中，文士王融、谢朓、沈约文章始用四声，以为新变，至是转拘声韵，弥尚丽靡，复逾于往时。"这段话清楚地表明，新体诗的写作是在中大通三年（531）萧统去世、萧纲继任太子之后达于高潮的。这时的诗人们对声韵、格律的讲求和对华艳诗风的追求超过了以往任何一个时期。据刘跃进在《门阀世族与永明文学》一书中对宋、齐、梁时期部分诗人作品情况的统计，在这些诗人的作品中，严格律句和特殊律句在全部诗句中所占比例呈逐渐增多趋势，宋代颜延之、谢灵运占35%，齐代王融占58%，沈约占63%，谢朓占64%，梁代萧纲兄弟占70%。《八代诗选》对齐梁诗的选录，王融是古体十九首，新体五首；沈约是古体三十七首，新体十四首；谢朓是古体五十四首，新体二十八首；庾肩吾是古体二首，新体二十二首；萧纲是古体七首，新体七十六首；萧绎则没有古体，新体是三十三首：这种情况，也在一定程度上反映了新体逐渐增多、越来越受到人们重视的状况。五言四句、五言八句诗也在这一时期数量空前增多。

至于所谓宫体，则更因萧纲入主东宫而得名。宫体主要以宫廷生活为表现对象，多写男女之情，有不少艳诗，同时有一部分写景咏物、吟诵佛理、奉和应诏之作。形式上追求声律，讲求对偶，雕琢辞藻，驰逐新巧，崇尚丽靡，形成了一种绮艳柔媚的风格。宫体所追求的，在很大程度上也是当时新体诗所追求的，有不少宫体诗同时就是新体诗，至少宫体诗和新体诗在当时都是受到普遍重视的诗体。宫体在萧纲入主东宫之前开始形成，但其时大抵还只是在萧纲王府的文人圈子里流行，影响还不大。萧纲入主东宫后，由于作为皇帝的继承人无可怀疑地享有尊崇的地位，东宫的好尚引起了人们的高度关注，因此宫体很快便倾动朝野，得到了很多人的响应，宫体的写作便在很短时间内成为风气，如《南史·梁本纪下》所云："宫体所传，且变朝野。"《隋书·经籍志·集部总论》所云："梁简文之在东宫，亦好篇什，清辞巧制，止乎衽席之间，雕琢蔓藻，思极闺闱之内。后生好事，递相放习，朝野纷纷，号为宫体。"可以说，如果萧纲不得入主东宫，宫体恐怕很难得到如此巨大的发展机会，至少不会很快得到如此巨大的发展机会，与宫体相伴相生的新体诗、短诗，相应地也不一定就能在短期内得到如此快速的发展。

"新变"的意识也是在萧纲入主东宫后变得空前强烈的。环绕在萧纲周围并对萧纲的文学思想和文学创作产生了巨大影响的徐摛、徐陵父子和庾肩吾、庾信父子等在这方面起了带头作用。《梁书·徐摛传》："（摛）属文好为新变，不拘旧体。……王入为皇太子，转家令，兼掌管记，寻带领直。摛文体既别，春坊尽学之，'宫体'之号，自斯而起。"《陈书·徐陵传》："其文颇变旧体，缉裁巧密，多有新意。每一文出手，好事者已传写成诵。"徐陵《玉台新咏序》提到音乐，就说"新曲""新声"，提到诗歌，就说"新制""新诗"，连书名也题作"新咏"，就非常突出地反映了他的追新求变的思想。庾肩吾的"新变"思想，前引《梁书》本传已经提到，而其子庾信也不甘落人后，《周书》本传说他"既有盛才，文并绮艳，故世号为徐、庾体焉。当时后进，竞相模范。每有一文，京都莫不传诵。"此外，萧绎、萧子显等也是对"新变"颇为积极的人物。萧绎在《内典碑铭集林序》中说："夫世代亟改，论文之理非一；时事推移，属词之体或异。"认为"属词之体""论文之理"会随着时代的变化而变化，实际上是主张属文、论文应与世推移，不断创新。所论对象虽为碑铭，但实际上并不仅限于碑铭。萧子显在《南齐书·文学传论》中，更响亮地提出了"若无新变，不能代雄"的口号，对"新变"的重要性从理论上作了高度概括、总结和倡导。需要特别指出的是，当时所谓的"新变"，在很大程度上就是要追求新体的写作，这从《梁书·庾肩吾传》"始用四声，以为新变"的说法不难看出，而时人追求"新变"的结果，则是"至是转拘声韵，弥尚丽靡，复逾于往时"。《陈书·徐陵传》"其文颇变旧体"句也将这层意思说得十分明白，"变"的对象就是"旧体"，即在宫体诗人眼里已经变得不合时宜的汉魏古体、元嘉体甚至是永明体，而他们所要写的，则是萧纲《与湘东王书》"若以今文为是，则古文为非；若昔贤可称，则今体宜弃"一段话中所说的"今体"，也就是新体和宫体。正是在这种空前强烈的"新变"意识的作用下和空前明确的"新变"思想的指导下，新体诗和短诗的创作出现了空前繁荣的局面，宫体也才大张旗鼓地登上了历史舞台。

可见，《玉台新咏》对新体、宫体、短诗收录颇多，对梁代作品收录颇多，为多收梁代的新体、宫体和短诗不惜摒弃不收存者作品的陈例，实都与萧纲入主东宫有关，实是时代使之然。换句话说，如果没有这种特定的历史条件，《玉台新咏》能否编撰出来都将成为问题，即使编撰出来其面貌也将很可能不是我们今天所看到的样子。《文选》编成于萧统做太子的时候，反映的是当时的文学思想和文坛风尚，其面貌会与《玉台新咏》有所不同，也就成为必然的事情了。

三是在新变潮流日益汹涌、新变要求越来越强烈的情况下，两书编者及相关人士具体的文学主张也有了若干差异和不同，而这种不同必然地也会对两书的编选带来不同的影响。萧纲等人特别强调文学抒情与美感的特质，反对政治和伦理对文学的束缚。萧纲在《与当阳公大心书》中说："立身之道与文章异。立身先须谨重，文章且须放荡。"萧纲在这里将为人与为文看成两回事，认为为人应当"谨重"，即应以"礼义"持身，注意自身道德品质的修养和行为的规矩；而为文则须"放荡"，即不受任何拘束，想写什么就写什么，想怎么写就怎么写，不必有什么顾忌。为人与为文本来是很难截然加以分割的，而萧纲在这里要截然加以分割，实际是想让文学进一步摆脱儒学政教的束缚，真正获得独立的地位。萧纲在《答新渝侯和诗书》中说："双鬟向光，风流已绝；九梁插花，步摇为古。高楼怀怨，结眉表色；长门下泣，破粉成痕。复有影里细腰，令与真类；镜中好面，还将画等。此皆性情卓绝，新致英奇。"将表现"影里细腰""镜中好面"即女性体态美、容色美的作品视为"性情卓绝"之作，正是对"放荡"二字所作的一个注脚。要表现这样的"卓绝"的"性情"，自然也就不能采用通常的写法。萧纲《与湘东王书》云："未闻吟咏情性，反拟《内则》之篇；操笔写志，更摹《酒诰》之作；迟迟春日，翻学《归藏》；湛湛江水，遂同《大传》。"也就是说，抒发情性的作品不应写得像儒家经书那样典雅雍容，那样朴质古奥。相反，应当富于文采，如萧纲在《答张缵谢示集书》中所说："日月参辰，火龙黼黻，尚且著于玄象，章乎人事，而况文辞可止，咏歌可辍乎！"萧绎在《金楼子·立言》中，认为"吟咏风谣，流连哀思者谓之文"，又认为"至如文者，惟须绮縠纷披，宫徵靡曼，唇吻遒会，情灵摇荡"，即认为可称为文者，应当像民间歌谣那样表现摇荡的性灵和流连的哀思，同时还要有华丽漂亮的辞藻和抑扬悦耳的音律，所论与萧纲如出一辙。此外，萧纲还发表了一些重视民间文学的言论，他在《与湘东王书》中说："《巴人》《下里》，更合郢中之听。"又在《答安吉公主饷胡子书》中说："方言异俗，极有可观。"萧绎说要"吟咏风谣"，萧子显说要"杂以风谣"①，将重视民间文学特别是民歌的用意说得更为明白。萧纲在《与湘东王书》中，肯定"谢客吐言天拔，出于自然"，批评当时人"学谢则不届其精华，但得其冗长"，又说"若以今文为是，则古文为非；若昔贤可称，则今体宜弃"，则还隐约表达了诗歌语言除富于文采外还应通俗平易、诗歌篇幅应由长趋短、今文与古文相比应更重视今文的观点。这些，实都为《玉台新咏》的张目之论，这些文学主张都通过《玉台新咏》的编选得到了充分的体现。

　　萧统在文学方面也发表了不少见解。《答湘东王求文集及〈诗苑英华〉书》云："夫文典则累野，丽亦伤浮。能丽而不浮，典而不野，文质彬彬，有

①　萧子显《南齐书》卷五十二《文学传论》，中华书局1972年版，第908页。

君子之致。吾尝欲为之，但恨未逮耳。"《文选序》云："若其赞论之综缉辞采，序述之错比文华，事出于沉思，义归乎翰藻。故与乎篇什杂而集之。"《答玄圃园讲颂启令》云："辞典文艳，既温且雅。岂直斐然有意，可谓卓尔不群。"《与晋安王纲令》："陆生资忠履贞，冰清玉洁，文该四始，学遍九流，高情胜气，贞然直上。"有的直接论文，有的虽论人而实亦可视作论文之言。上述言论所强调的重点主要有三：一是为文要典雅，即思想要平正，情调要高雅，文辞应典则雅致，不应流于俚俗和浮艳。当然，内容典雅不等于不要性情，在《文选序》中，萧统引《诗大序》语也强调要"情动于中而形于言"。在《文选》中，萧统选了大量内容雅正之作，在"述德""劝励""献诗""公宴""咏史"等类中甚至选了一些内容与忠君孝亲、治国平天下有关的诗，同时也选了大量"吟咏情性"之作，而内容卑俗、风格浮艳之作概不入选，原因盖在此。二是为文要讲究文采，所谓"丽""辞采""文华""翰藻""艳"说的都是文采问题。《文选》选诗最多的六位诗人，按钟嵘《诗品》的说法，曹植有"辞采华茂"的特点，陆机是"才高词赡，举体华美"，谢灵运则"其源出于陈思"，其诗"名章迥句，处处间起，丽典新声，络绎奔会"，颜延之则"其源出于陆机，尚巧似"，谢朓诗也颇多"奇章秀句"，而江淹则是"成就于谢朓"，按许文雨的解释，所谓"成就于谢朓"，乃因江淹也有如谢朓般"调婉而词丽之诗"①。这六人能成为《文选》选诗最多的诗人，应与他们的诗作合于萧统"综缉辞采""错比文华""事出于沉思，义归乎翰藻"的美学标准有关。三是作品要有风骨，所谓"卓尔不群""高情胜气"等，说的就是这个问题。《文选》所收录的不少作品，思想感情表现得鲜明爽朗，语言质朴劲健有力，呈现出一种阳刚之美，就是具有风骨的作品。其中最具代表性的是曹植、刘桢、阮籍、左思、刘琨、鲍照、江淹、陶渊明、谢灵运、颜延之等人，钟嵘《诗品》说曹植"骨气奇高"，说刘桢"真骨凌霜，高风跨俗"，说左思"其源出于公干"，说刘琨"自有清拔之气"，说鲍照"骨节强于谢混"，说江淹"筋力于王微"，说陶渊明"又协左思风力"，就明确地指出了这一特点。上述诗人除刘琨外，都在《文选》选诗

---

① 许文雨《诗品讲疏》，成都古籍书店 1983 年影印本，第 102 页。

最多的前十六位诗人之列。上面提到的典雅、文采和风骨彼此有不无对立之
处，萧统的要求是将它们水乳交融地结合在一起，实现对立的统一，达到
"文质彬彬"的境界。在萧统看来，诗应写得典雅、质朴，但如过了头，就会
显得朴野乃至粗野；诗应讲求文采，但如过分藻饰，则又会流于浮艳，缺少
风力。《文选》所收作品，多数应都为在萧统看来合于"文质彬彬"要求的
作品，这与《玉台新咏》收了不少绮丽浮艳、缺少风力之作的情形大为不同。

　　当然，除有差异和不同外，《文选》与《玉台新咏》也有不少相同、相
似或相通之处，其中最大的相同、相似和相通之处，是萧统其实也是一个颇
有"新变"思想的人，《文选》也是顺应"新变"潮流的产物。萧统在崇尚
典雅、标举风骨的同时十分讲求文采，已在很大程度上说明了这一点。《文
选》中选了不少具有独立审美价值、体现了诗人对纯审美艺术特征追求的作
品，也在很大程度上说明了这一点。关于文学的功能，萧统还说过颇为激进
的话，他在《文选序》中提到各种文学体裁的作品虽互有区别，但却有一个
共同点，就是都像陶匏、黼黻一样"并为入耳之娱""俱为悦目之玩"，从赏
心悦目的角度看待文学所具有的功能，这与萧纲文学集团对文学的看法已经
颇为一致。萧统还具有明确的文学发展观，在《文选序》中说："若夫椎轮为
大辂之始，大辂宁有椎轮之质？增冰为积水所成，积水曾微增冰之凛。何哉？
盖踵其事而增华，变其本而加厉。物既有之，文亦宜然，随时变改，难可详
悉。"认为文学是不断发展变化的，发展变化的轨迹则是日益从朴素走向精
美，这与"复古"或"厚古薄今"的思想是了不相涉的。《文选》通过对历
代有代表性的作品的选录，显示了历代诗风的发展变化；选了一些齐梁新体
诗，所选五言诗的篇幅在一定程度上体现出由长变短的发展趋势；更为重要
的是，萧统自己积极尝试新体诗和短诗的写作，多用乐府体，也写有一些文
辞较为华美甚至具有轻艳色彩的作品：这些，都说明萧统的思想虽然持重但
却并不保守。可以认为，萧统在当时其实也是一个站在诗风变革前列的人物。
当然，无疑萧纲文学集团在新变的道路上走得更远，与之相比，萧统在某些
方面就不免显得比较审慎、持重，甚至是比较保守。但是，如果考虑到两书
是在不同的历史阶段编选出来的，特别是两书编选的宗旨、目的和体例本来
不同，严格说来两书在许多方面本来是缺乏可比性的，对这个问题的看法就

会比较审慎、客观了。尤其需要指出的是，在新变的道路上走得更远，不等于就是走得更为成功，比如萧纲文学集团所创作的不少作品，特别是不少宫体诗题材较为单一，风格过于俗艳，就并不是一件值得肯定的事情。因此，应当说《文选》和《玉台新咏》是各有特点，各有建树，各有所长，也各有所短的。不过，站在今天时代的高度，就总的成就、贡献和影响而言，《文选》是并不逊于《玉台新咏》，甚至可以说是明显地优于《玉台新咏》的。过去对两书的接受史、研究史应当说已经比较充分地证明了这一点，当代人的评论和研究也还在继续地证明着这一点。

（原载《扬州文化研究论丛》第五辑，扬州：广陵书社 2010 年版）

萧绎与萧纲文学思想的同异及对其创作的影响

　　萧绎与萧纲是梁中叶后文坛的重要作家和代表人物。萧绎是萧纲的同父异母弟，从小两人便颇"相得"。《南史·梁武帝诸子·庐陵威王续传》："始元帝母阮修容得幸，由丁贵嫔（萧纲生母）之力，故元帝与简文相得。"但两人能够"相得"，还由于他们都颇聪明好学，特别是两人都颇爱好文学，都有相当深厚的文学修养。萧纲继萧统为太子后，萧绎有意趋附，二人更加"相得"，常常互赠礼物，书信往还。萧纲对萧绎抱了颇为深挚的感情，其《答湘东王书》云："江之远矣，寤寐相思。每得弟书，轻疴遗疾。"又云："怀劳之深，未尝弭歇。善自保惜，及此不多。"情辞恳款，可窥一斑。两人常常诗赋相和，一起评骘人物，褒贬文章。萧纲《与湘东王书》云："文章未坠，必有英绝，领袖之者，非弟而谁？每欲论之，无可与语，思吾子建，一共商榷。辨兹清浊，使如泾渭；论兹月旦，类彼汝南。"自比曹丕，而将萧绎比作曹植，不仅将其视作文学上的知己和知音，还希望萧绎在文坛发挥领袖作用，并认为只有萧绎才能发挥这样的作用，对萧绎有着很高的期许、评价和信任。因此，两人的文学思想和创作实践必然地走向趋同，两人都成为引领当时文学潮流的人物，以至后人常将两人并称，在他们死后不久，初唐史学家就有了"梁自大同之后，雅道沦缺，渐乖典则，争驰新巧。简文、湘东，启其淫放"① 这样的说法。

---

　　① 魏征等《隋书》卷七十六《文学传论》，中华书局1973年版，第1730页。

一

对于文学的特点，对于文学与非文学的区别有了比较明确、深刻的认识，这是萧绎与萧纲最为趋同的一点。只要将萧纲的《与湘东王书》与萧绎的《金楼子·立言》加以比较，再参照两人的其他相关论述，便不难发现这一点。至少有以下几点是值得我们注意的：

（一）两人都谈到了"文""笔"的问题。萧纲心目中的"文"，是"吟咏情性"的，是以比兴、风雅为则的，是有"篇什之美"①的，不具备这些特点的作品，则应为"笔"，从而将具有文学性的"文"，与非文学的"笔"区别开来了。萧绎心目中的"文"，则是"吟咏风谣，流连哀思者"，"惟须绮縠纷披，宫徵靡曼，唇吻遒会，情灵摇荡"②，也就是能像民间歌谣那样表现婉转的情思，具有华美的辞采、读来朗朗上口的和美声韵和能打动人心的强烈感情。由于诗赋最具上述特征，因此萧纲、萧绎便举之以作为"文"的代表，萧纲在《答张缵谢示集书》中批评扬雄、曹植轻视辞赋，而萧绎则明确地说"屈原、宋玉、枚乘、长卿之徒，止于辞赋，则谓之文"，又称长于"笔"的阎纂"不便为诗"③，即将诗看成了"文"的代表。在萧纲、萧绎的心目中，"笔"的地位是不如"文"的，萧纲对"既殊比兴，正背风骚"④亦即无视"文"的特征的京师文风大张挞伐，而萧绎说"笔退则非谓成篇，进则不云取义，神其巧惠笔端而已"⑤，就都表明了这一点。

（二）两人都特别强调"文"的抒情性。萧纲主张"吟咏情性"，而裴子野曾对一味"吟咏情性"的时风表示不满，在其《雕虫论》中写道："自是闾阎年少，贵游总角，罔不摈落六艺，吟咏情性。学者以博依为急务，谓章句为专鲁。淫文破典，斐尔为功。无被于管弦，非止乎礼义。"萧纲则在《与

<hr>

① 萧纲《与湘东王书》。见严可均校辑《全上古三代秦汉三国六朝文·全梁文》，中华书局 1958 年影印清光绪刻本，第 3011 页。
② 萧绎《金楼子·立言》。见许逸民《金楼子校笺》，中华书局 2011 年版，第 966 页。
③ 萧绎《金楼子·立言》。见许逸民《金楼子校笺》，中华书局 2011 年版，第 966 页。
④ 萧纲《与湘东王书》。见严可均校辑《全上古三代秦汉三国六朝文·全梁文》，中华书局 1958 年影印清光绪刻本，第 3011 页。
⑤ 萧绎《金楼子·立言》。见许逸民《金楼子校笺》，中华书局 2011 年版，第 966 页。

湘东王书》中针锋相对地予以反驳："若夫六典三礼，所施则有地；吉凶嘉宾，用之则有所。未闻吟咏情性，反拟《内则》之篇；操笔写志，更摹《酒诰》之作。"主张抒写人的本性真情，反对依循儒家的教义写作。在《诫当阳公大心书》中，萧纲更提出："立身之道与文章异。立身先须谨重，文章且须放荡。"即立身应谨守儒家的礼义之道，讲究做人的规矩，而为文则不一样，必须摆脱儒家礼义的拘束，大胆而真实地表现自我，抒写真情。萧绎与之呼应，也在《与刘孝绰书》中提出了"吟咏情性"之说，而所谓"情灵摇荡"，也与"文章且须放荡"如出一辙，都强调了无拘束地抒写真情的重要性，都指出了"文"所具有的强烈的抒情性质。自陆机提出"缘情"说①以来，抒写真情日益受到人们的重视，齐梁时期在理论上也得到不断的阐发和强调，刘勰、钟嵘、萧子显等人在这方面都是积极的鼓吹者，而萧纲、萧绎的言论，可以说将此推到了前所未有的高度。

（三）两人都对民间歌谣表现出了浓厚的兴趣。萧绎在《金楼子·立言》中说"吟咏风谣，流连哀思者谓之文"，所谓"风谣"，主要指南朝乐府民歌《吴声》《西曲》，因《吴声》《西曲》多写男女之情，风格婉曲柔媚，足可"摇荡"人心，因此萧绎将其视作"文"的代表，给予了很高的评价，认为足可作为"吟咏情性"者学习的榜样。对民间歌谣的这种看法虽不免有偏颇之处，但与轻视民歌甚至将其斥为郑卫之音的态度相比，确实又有很大的不同。萧纲认为"巴人下里，更合郢中之听"，对"握瑜怀玉之士，瞻郑邦而知退"②的做法表示不满，在其《劝医论》中，又说"若为诗，则多须见意，或古或今，或雅或俗，皆须寓目，详其去取，然后丽辞方吐，逸韵乃生"，所说的"俗"，肯定也包括了民间歌谣，甚至主要指民间歌谣，可见萧纲对民间歌谣的态度与萧绎是一致的。

（四）两人都对华美的辞采非常推崇。裴子野"为文典而速，不尚丽靡之

---

① 陆机《文赋》："诗缘情而绮靡，赋体物而浏亮。"见萧统《文选》，中华书局 1977 年影印胡克家刻本，第 241 页。

② 萧纲《与湘东王书》。见严可均校辑《全上古三代秦汉三国六朝文·全梁文》，中华书局 1958 年影印清光绪刻本，第 3011 页。

词"①，萧纲便说他"乃是良史之才，了无篇什之美"，其文"质不宜慕"②。在《答张缵谢示集书》中，更声称"日月参辰，火龙黼黻，尚且著于玄象，章乎人事，而况文辞可止，咏歌可辍乎？"在《答新渝侯和诗书》中，又对其从兄弟萧暎诗的文采大加赞美，称之为"风云吐于行间，珠玉生于字里；跨蹑曹、左，含超潘、陆"。当时曹植、左思、潘岳、陆机在诗坛都享有盛誉，四人在钟嵘《诗品》中都被列入上品，而萧纲竟说萧暎"跨蹑曹、左，含超潘、陆"，可见这是何等崇高的评价。在《临安公主集序》中，萧纲还对"文同积玉，韵比风飞"给予了赞美。萧绎也将"绮縠纷披，宫徵靡曼，唇吻遒会"看作是"文"的最重要的特征，在《侍中新渝侯墓志铭》中，也肯定了萧暎的"文同藻绘"，可见两人对文采所持的态度，也是颇为一致的。

（五）两人都认为文学是不断发展变化的。裴子野"其制作多法古，与今文体异"③，萧纲则认为今、古本有不同，并举例说："但以当世之作，历方古之才人，远则杨、马、曹、王，近则潘、陆、颜、谢，而观其遣辞用心，了不相似。"④ 萧纲主张厚今而薄古，甚至是是今而非古，古、今界限分明，不能采取调和态度，"若以今文为是，则古文为非；若昔贤可称，则今体宜弃；俱为盍各，则未之敢许"⑤。萧绎说"古人之学者有二，今人之学者有四"，又说"古之文笔，今之文笔，其源又异"⑥，其间也包含了文学及人们对文学的认识随着时代的变化而变化的看法。在《内典碑铭集林序》中，萧绎更明确地说："夫世代亟改，论文之理非一；时事推移，属词之体或异。"两人志在对诗风进行变革，他们认为诗风是发展变化的，从而为自己厚今薄古甚至是今非古的看法和做法找到了合理的依据。

---

① 姚思廉《梁书》卷三十《裴子野传》，中华书局 1973 年版，第 443 页。
② 萧纲《与湘东王书》。见严可均校辑《全上古三代秦汉三国六朝文·全梁文》，中华书局 1958 年影印清光绪刻本，第 3011 页。
③ 姚思廉《梁书》卷三十《裴子野传》，中华书局 1973 年版，第 443 页。
④ 萧纲《与湘东王书》。见严可均校辑《全上古三代秦汉三国六朝文·全梁文》，中华书局 1958 年影印清光绪刻本，第 3011 页。
⑤ 萧纲《与湘东王书》。见严可均校辑《全上古三代秦汉三国六朝文·全梁文》，中华书局 1958 年影印清光绪刻本，第 3011 页。
⑥ 萧绎《金楼子·立言》。见许逸民《金楼子校笺》，中华书局 2011 年版，第 966 页。

　　萧绎与萧纲文学思想的趋同，给他们的创作带来了深刻的影响，使他们创作的基本面貌、基本倾向趋于一致。具体说来，就是两人都创作了大量的宫体诗，并成为宫体诗的代表诗人。所谓宫体，就是在太子所居的东宫流行的诗体，作品主要以宫廷生活为表现对象，题材大都不离女性闺房，热衷于写女子的体态容貌、服饰用具、神情风韵、歌容舞态、生活细节乃至衽席之事，同时有一部分写景咏物、吟诵佛理、奉和应诏之作。形式上追求声律，讲求对偶，雕琢辞藻，驰逐新巧，崇尚丽靡，形成了一种绮艳柔媚的风格。宫体诗形成这些特点，显然与萧绎、萧纲的日常生活密切相关，同时更与他们对文学特点的认知，亦即他们的文学思想相关，与他们相同或相似的审美趋向相关。两人常常诗赋相和，今存萧纲集中，诗有《和湘东王横吹曲三首》《和湘东王名士悦倾城》《和湘东王首夏诗》《和湘东王阳云楼檐柳诗》《和湘东王三韵诗二首》《和湘东王后园回文诗》《和湘东王古意咏烛诗》等，此外还有一些同题之作，如诗两人都有《和林下妓应令》（萧绎题作《和林下作妓应令》，题下注云"和昭明"）、《纳凉》《春别》《药名诗》等，赋两人都有《对烛赋》《采莲赋》《鸳鸯赋》等，极有可能是在同游共处时所作。这些作品的内容和风格，大体上是颇为接近的。如《和林下妓应令》（萧绎题作《和林下作妓应令》）：

　　　　炎光向夕敛，促宴临前池。泉将影相得，花与面相宜。篪声如鸟啭，舞袂写风枝。欢乐不知醉，千秋长若斯。（萧纲）

　　　　日斜下北阁，高宴出南荣。歌清随涧响，舞影向池生。轻花乱粉色，风筱杂弦声。独念阳台下，愿待洛川笙。（萧绎）

再如《纳凉》：

　　　　斜日晚骎骎，池塘生半阴。避暑高梧侧，轻风时入襟。落花还就影，惊蝉乍失林。游鱼吹水沫，神蔡上荷心。翠竹垂秋采，丹枣映疏砧。无劳夜游曲，寄此托微吟。（萧纲）

　　　　高春斜日下，佳气满楯楹。池红早花落，水绿晚苔生。星稀月稍上，云开河尚横。白鸟翻帷暗，丹萤入帐明。珠幕趋北阁，玳席徙南荣。金铺掩夕扇，玉壶传夜声。（萧绎）

再如《采莲赋》（节录）：

唯欲回渡轻船，共采新莲。傍斜山而屡转，乘横流而不前。于是素腕举，红袖长，回巧笑，堕明珰。荷稠刺密，亟牵衣而绾裳；人喧水溅，惜亏朱而坏妆。物色虽晚，徘徊未反。畏风多而榜危，惊舟移而花远。（萧纲）

紫荆兮文波，红莲兮芰荷。绿房兮翠盖，素实兮黄螺。于时妖童媛女，荡舟心许。鹢首徐回，兼传羽杯。棹将移而藻挂，船欲动而萍开。尔其纤腰束素，迁移顾步。夏始春余，叶嫩花初。恐沾裳而浅笑，畏倾船而敛裾。故以水溅兰桡，芦侵罗袸。菊泽未反，梧台迥见。荇湿沾衫，菱长绕钏。泛柏舟而容与，歌采莲于柱渚。（萧绎）

这些作品，均以秾丽的辞藻和工整的对偶细致地描摹物态，抒写内心的感受，确实是"绮縠纷披，宫徵靡曼"，确实是"放荡"地"吟咏情性"，是其文学思想的生动外现。实际上，不单是唱和之作或同题之作如此，也不单是诗赋如此，其他作品的风格也有不少趋同者。前人说萧纲"辞采甚美"[1]、"辞藻艳发"[2]，说萧绎"文章妖艳"，"诗笔之丽，罕与为匹"[3]，是抓住了两人共同的特点的。

二

萧绎与萧纲的文学思想也有并不一致的地方。主要有以下几点。

（一）萧绎与萧纲对"文"的特征的认识虽然都是明确的，但萧绎只用"惟须绮縠纷披，宫徵靡曼，唇吻遒会，情灵摇荡"一句话，就说明了"文"与非文的区别在于抒情、声律与词采的华美与否，如此集中、概括，说明他"文"的意识更为明确、强烈，对"文"的特征的认识更为全面、深入，这应当是萧纲有所不及的。此前，曹丕曾在《典论·论文》中提出了"诗赋欲

---

① 姚思廉《梁书》卷四《简文帝纪》，中华书局 1973 年版，第 109 页。
② 李延寿《南史》卷八《简文帝纪》，中华书局 1975 年版，第 232 页。
③ 何之元《梁典总论》。见严可均校辑《全上古三代秦汉三国六朝文·全陈文》，中华书局 1958 年影印清光绪刻本，第 3430 页。

丽"之说，陆机曾在《文赋》中提出了"诗缘情而绮靡"之说，刘勰曾在《文心雕龙·附会》中说了作文"必以情志为神明，事义为骨髓，辞采为肌肤，宫商为声气"这样的话，钟嵘在《诗品序》中说过"摇荡性情""吟咏情性""清浊通流，口吻调利"这样的话，萧绎可以说是集各家成说之大成，其中既有继承，也有发展，代表了当时对于文学审美特征认识的最高水平，萧绎在这方面所起的作用，显然是萧纲有所不及的。"文""笔"的概念早在刘宋时即已明确地加以使用，但其含义尚不确定。到齐梁时，大体上有了一个一致的看法，如刘勰《文心雕龙·总术》所说："今之常言，有文有笔，以为无韵者笔也，有韵者文也。"但正如曹道衡所说："这种文笔之分与文学与非文学之分并不能完全等同起来，因为无韵之文有时也带有强烈的感情，如司马迁的《报任安书》、诸葛亮的《出师表》等，有些文章虽称为'论'亦富有辞藻，如贾谊《过秦论》、刘孝标《广绝交论》；有些有韵之文如某些铭诔，虽有韵却谈不上有什么感情和辞藻，只是应酬之作。尤其像六朝那些'志怪''志人'小说，皆属无韵之文，也不能说非文学作品。"① 也就是说，用抒情、声律和词采来界定文学与非文学的界限，在当时应当算是最为科学的一种看法，与我们今天对于文学特别是诗赋特点的认识已颇为接近。因此，"无韵者笔，有韵者文"仅是从外在形式上对"文""笔"所作出的区分，而萧绎所作出的区分，则已着眼于作品内在的特质，这应当也是一个很大的进步甚至是飞跃，萧绎在这方面所具有的意识，所做出的贡献，也应当是萧纲有所不及的。

（二）萧纲为坚持"吟咏情性"的创作原则，对"懦钝殊常，竞学浮疏，争为阐缓"的京师文风和"反拟《内则》之篇""更摹《酒诰》之作"② 的创作倾向的批判，态度颇激烈，锋芒颇锐利，相比之下，萧绎的态度则较为平和。而萧纲所谓的"吟咏情性"，在很大程度上实与男女之情的抒发及对女色的欣赏与描绘同义，这从其《答新渝侯和诗书》中的一段话可明确看出：

① 曹道衡《兰陵萧氏与南朝文学》第五章，中华书局 2004 年版，第 165～166 页。
② 萧纲《与湘东王书》。见严可均校辑《全上古三代秦汉三国六朝文·全梁文》，中华书局 1958 年影印清光绪刻本，第 3011 页。

双鬟向光，风流已绝；九梁插花，步摇为古。高楼怀怨，结眉表色；长门下泣，破粉成痕。复有影里细腰，令与真类；镜中好面，还将画等。此皆性情卓绝，新致英奇。

萧纲认为萧瑛写的宫体诗非常出色，足可"跨蹑曹、左，含超潘、陆"，从而为宫体诗的创作树立了一个榜样，表现了他对宫体诗这种诗体的高度自信和自负。食、色为人之本能，亦为人之本性，认为欣赏女子容饰体貌是出自"性情"及人的本性，本来并没有什么不妥；但如将这视作人的本性的全部或者最为突出的部分，不免就有些不妥了；进而还要人们"放荡"地即毫无拘忌地表现这一本性，甚至把在这方面做得出色的诗人抬到足可"跨蹑曹、左，含超潘、陆"的地位，就更让人觉得不妥了。相较而言，萧绎在这方面较有保留，这不仅表现在言论上，也表现在创作上。

从数量上说，萧绎所写的宫体诗没有萧纲多。即以宫体诗中最具代表性的写女性和男女之情的作品为例。据逯钦立辑校《先秦汉魏晋南北朝诗·梁诗》，萧纲共有诗二百八十五首，其中这类诗作有一百二十一首（咏物等题材的诗中明显涉及女性和男女之情的也计入），占到全部诗作的42.5%。萧绎共有诗一百二十四首，这类诗有三十六首，占全部诗作的29%，所占比重明显地不如萧纲。从《玉台新咏》对两人这类诗的收录也可看出这一点。《玉台新咏》共收萧纲诗一〇九首，而萧绎诗只收了十八首，远比萧纲为少。出现这种状况的原因，当然跟《玉台新咏》是奉萧纲之命编选这个因素有关，但也不能排除这样的因素，即在编选《玉台新咏》的当时，萧绎的这类作品本来就远比萧纲要少。《玉台新咏》对两人这类作品的收录，在一定程度上应当是反映了两人当时在创作上的实际情况的。

萧纲写作的这类作品不仅数量比萧绎多，在程度上也比萧绎深，这单从诗题就可以看出。萧纲写作的《美女篇》《和人爱妾换马》《和湘东王名士悦倾城》《和徐录事见内人作卧具》《戏赠丽人》《咏内人昼眠》《伤美人》《娈童》《倡妇怨情》《咏美人看画》《美人晨妆》《和林下妓应令》《夜听妓》《赠丽人》《咏人弃妾》《倡楼怨节》，诗题就非常扎眼，一看就可揣知写的是什么。有的并不"扎眼"的诗题，其内容也是地道的宫体，如《率尔为咏》：

借问仙将画，讵有此佳人。倾城且倾国，如雨复如神。汉后怜名燕，周王重姓申。挟瑟曾游赵，吹箫屡入秦。玉阶偏望树，长廊每逐春。约黄出意巧，缠弦用法新。迎风时引袖，避日暂披巾。疏花映鬓插，细佩绕衫身。谁知日欲暮，含羞不自陈。

还有一首《药名诗》，其实也是地道的宫体。诗云：

朝风动春草，落日照横塘。重台荡子妾，黄昏独自伤。烛映合欢被，帷飘苏合香。石墨聊书赋，铅华试作妆。徒令惜萱草，蔓延满空房。

萧绎也有类似的诗题，如《代旧姬有怨》《夕出通波阁下观妓》《戏作艳诗》《和林下作妓应令》《闺怨》《送西归内人》，但数量远比萧纲要少。其中有的诗题"扎眼"，但内容却是较为平实的，如《戏作艳诗》：

入堂值小妇，出门逢故夫。含辞未及吐，绞袖且踟蹰。摇兹扇似月，掩此泪如珠。今怀固无已，故情今有余。

诗篇写出了弃妇的无辜、善良、重情和凄苦的内心世界，对其不幸遭遇寄予了同情。可见，虽名为"艳诗"，其实谈不上"艳"，虽名为"戏作"，却包含着严肃的用意，是不能以一般的"艳"作视之的。

有的同题之作，更能看出二人的差别。且看萧绎的《洛阳道》与萧纲《和湘东王横吹曲三首》中的《洛阳道》：

洛阳佳丽所，大道满春光。游童初挟弹，蚕妾始提筐。金鞍照龙马，罗袂拂春桑。玉车争晚入，潘果溢高箱。（萧纲）

洛阳开大道，城北达城西。青槐随幔拂，绿柳逐风低。玉珂鸣战马，金爪斗场鸡。桑萎日行暮，多逢秦氏妻。（萧绎）

再看《紫骝马》：

贱妾朝下机，正值良人归。青丝悬玉镫，朱汗染香衣。骤急珂弥响，踊多尘乱飞。雕菰幸可荐，故心君莫违。（萧纲）

长安美少年，金络铁连钱。宛转青丝鞚，照耀珊瑚鞭。依槐复依柳，躞蹀复随前。方逐幽并去，西北共联翩。（萧绎）

《乐府诗集》卷二十一《横吹曲辞》郭茂倩题解云："横吹曲，其始亦谓之鼓吹，马上奏之，盖军中之乐也。"萧绎所作，尚有较多军中乐的浑朴高亢之气，除承汉乐府《陌上桑》有"多逢秦氏妻"一句外，大体不涉及对女性的描写。而萧纲所作，其主调都是对于女性的描写。虽为同题唱和之作，但内容色调却是颇为不同的。

萧纲对女性描写的迫近和细致，也是萧绎比不上的。最具有代表性的是《咏内人昼眠》："北窗聊就枕，南檐日未斜。攀钩落绮帐，插捩举琵琶。梦笑开娇靥，眠鬟压落花。簟文生玉腕，香汗浸红纱。夫婿恒相伴，莫误是倡家。"对美女睡态之美的描写过于细腻，差不多是纤毫不失，在萧绎的作品中，是找不到这样的笔墨的。萧纲还屡屡写到"空床"，写到"独眠"，似乎要给人一种"性"的暗示，如："寄语金闺妾，勿怨寒床虚。"（《雁门太守行》其三）"枕啼常带粉，身眠不著床。"（《拟沈隐侯夜夜曲》）"月辉横射枕，灯光半隐床。"（《夜夜曲》）"羞言独眠枕下泪，托道单栖城上乌。"（《乌夜啼》）"倡家高树乌欲栖，罗帷翠帐向君低。"（《乌栖曲》其三）"更恐从君别，空床徒自怜。"（《和徐录事见内人作卧具》）"谁知日欲暮，含羞不自陈。"（《率尔为咏》）"持此横行去，谁念守空床。"（《从顿暂还城》）"斜灯入锦帐，微烟出玉床。"（《倡妇怨情》）"冬朝日照梁，含怨下前床。"（《冬晓》）而同类描写，在萧绎诗中却只找到"尘镜朝朝掩，寒衾夜夜空"（《闺怨》）一例。

不难看出，萧绎写作"艳诗"的数量及在这方面所涉足的深度都是远不能与萧纲相比的。造成这种状况的原因也许并不单一，但萧纲将写作"艳诗"当作"性情卓绝"的目标来追求，希望能借此获得"跨蹑曹、左，含超潘、陆"的地位，而萧绎在这方面的态度则并不那么激进，应当是其中的一个重要原因。

（三）萧绎与萧纲虽都对辞采的华美极为推崇，但也都注意到了质朴的重要性，而萧绎在这方面表现得更为突出。其《金楼子·立言》云：

> 夫今之俗，搢绅稚齿，间巷小生，学以浮动为贵，用百家则多尚轻侧，涉经纪则不通大旨。苟取成章，贵在悦目。龙首豕足，随时之义；牛头马髀，强相附会。事等张君之弧，徒观外泽；亦如南阳之里，难就

穷检矣。

在这里萧绎对"浮动""轻侧""贵在悦目""徒观外泽"之文是表示了反对的态度的。在《内典碑铭集林序》中，萧绎更明确地提出了文质兼顾的观点：

> 夫世代亟改，论文之理非一；时事推移，属词之体或异。但繁则伤弱，率则恨省。存华则失体，从实则无味。或引事虽博，其意犹同；或新意虽奇，无所倚约。或首尾伦帖，事似牵课；或翻复博涉，体制不工。能使艳而不华，质而不野；博而不繁，省而不率；文而有质，约而能润；事随意转，理逐言深，所谓菁华，无以间也。予幼好雕虫，长而弥笃，游心释典，寓目词林。

所论针对佛教碑铭的写作而言，但从"幼好雕虫""寓目词林"等语看来，所论又不仅限于佛教碑铭。萧绎认为，"存华则失体，从实则无味"，即过于华艳，会与应有的体制风格不符；而过于质实，则又会变得没有滋味。这与刘勰在《文心雕龙·风骨》中所说的"若风骨乏采，则鸷集翰林；采乏风骨，则雉窜文囿"的说法颇为相似。

萧纲在这方面其实也发表过一些很好的看法，他在《与湘东王书》中提出观赏作品要"精讨锱铢，覈量文质"，在《昭明太子集序》中，赞美萧统的作品"丽而不淫"，在《劝医论》中说"或古或今，或雅或俗，皆须寓目"，所说的"俗"，也应包含了"质"的作品。更值得注意的是，据《颜氏家训·文章》，萧纲还"爱陶渊明文"，而谁都知道陶渊明文是以质朴著称的。但是，萧纲对裴子野"了无篇什之美""质不宜慕"的严厉批判，却彻底暴露了他重文轻质的态度。这种态度，也显示出了他与萧绎的不同，这种不同，同样在两人的创作中显现了出来。萧纲的作品，总的说来是辞藻华丽的，甚至连一些"率尔"而成的作品也不例外。如《三月三日率尔成诗》：

> 芳年多美色，丽景复妍遥。握兰唯是旦，采艾亦今朝。回沙溜碧水，曲岫散桃夭。绮花非一种，风丝乱百条。云起相思观，日照飞虹桥。繁华炫姝色，燕赵艳妍妖。金鞍汗血马，宝髻珊瑚翘。兰馨起縠袖，莲锦束琼腰。相看隐绿树，见人还自娇。玉柱鸣罗裤，碟椀泛回潮。洛滨非

拾羽，满握诇贻椒。

而萧绎的作品，总的说来要质朴一些。前人似乎也看出了这一点，初唐姚思廉所撰《梁书》，在《简文帝纪》中说萧纲"辞采甚美""轻艳""轻华"，而在《元帝纪》中却无类似文字；李延寿所撰《南史》，在《梁本纪下》说萧纲"辞藻艳发"，又引魏征语说其"浮华"，两相比较，似乎是能说明这一问题的。

三

萧绎、萧纲对"文""质"强调程度的不同，似乎还影响到了他们对有的诗人的评价。如萧绎曾说："诗多而能者沈约，少而能者谢朓、何逊。"①萧纲曾说："至如近世谢朓、沈约之诗，任昉、陆倕之笔，斯实文章之冠冕，述作之楷模。"② 对近世诗人的称美，萧绎提到了何逊，而萧纲没有提到何逊。其实何逊当时诗名是颇煊赫的，《梁书》本传载："逊八岁能赋诗，弱冠州举秀才，南乡范云见其对策，大相称赏，因结忘年交好。自是一文一咏，云辄嗟赏。""沈约亦爱其文，尝谓逊曰：'吾每读卿诗，一日三复，犹不能已。'其为名流所称如此。"何逊文章还曾"与刘孝绰并见重于世，世谓之'何刘'"。可见，何逊诗在当时颇有重名，得到过包括当时文坛领袖沈约在内的众多知名人士的称许。但萧纲对何逊却并不看重，其原因可能并不单一，但其中最可能的原因之一，是何逊诗的风格与宫体诗的艳丽格格不入。《梁书·何逊传》载范云语云："顷观文人，质则过儒，丽则伤俗，其能含清浊，中今古，见之何生矣。"又何逊还曾与吴均游处，而吴均"文体清拔有古气"③，也是与宫体诗的艳丽了不相涉的。二人曾被推荐给梁武帝，开始还颇得赏识，但不久就受到"吴均不均，何逊不逊"④ 的斥责。何逊诗并不一味"丽"，而能兼"今"体"古"体之长，质文兼擅，这是他得到范云赏识的重

---

① 姚思廉《梁书》卷四十九《文学上·何逊传》，中华书局1973年版，第693页。
② 萧纲《与湘东王书》。见严可均校辑《全上古三代秦汉三国六朝文·全梁文》，中华书局1958年影印清光绪刻本，第3011页。
③ 姚思廉《梁书》卷四十九《文学上·吴均传》，中华书局1973年版，第698页。
④ 李延寿《南史》卷三十三《何逊传》，中华书局1975年版，第871页。

要原因，也应当是他得到萧绎赏识却不被萧纲看重的重要原因。

萧绎既重"丽"也重"质"，这无疑跟他接受了萧统的影响有关。我们知道，萧统是主张兼重文质的，而这一重要的文学思想，恰恰是在其《答湘东王求文集及〈诗苑英华〉书》中阐述的：

> 得疏：知须《诗苑英华》及诸文制。发函伸纸，阅览无辍。虽事涉乌有，义异拟伦，而清新卓尔，殊为佳作。夫文典则累野，丽亦伤浮，能丽而不浮，典而不野，文质彬彬，有君子之致。吾尝欲为之，但恨未逮尔。观汝诸文，殊与意会。至于此书，弥见其美。远兼邃古，傍暨典坟，学以聚益，居焉可赏。

萧绎闻萧纲文集（当指刘孝绰所编之《昭明太子集》）新成，于是便给萧统写信，欲兼萧统所编之《诗苑英华》求而观之，萧统于是写了这封回信。萧统认为，文章应写得典雅、质朴，但不能过分，过分了就会显得朴野；还应讲求文采，但也不能过分藻饰，过分了又会伤于浮艳。恰当的做法是将两者有机地结合起来，达到"文质彬彬"的境界。萧统无论吟诗作文，也无论编选文集，都是严格地依循了这一标准和原则的，但他自认为做得还很不够，所以说"吾尝欲为之，但恨未逮尔"，可见他是将这当作最高的标准和原则来追求的。值得注意的是，他认为自己在这方面"未逮"，但却说"观汝诸文，殊与意会"，即萧绎所作的文章都与其"文质彬彬"之意相合，也即合于"文质彬彬"的标准和原则。"至于此书，弥见其美"，即萧绎所写的这封信与其所作的其他文章相比，尤其合于"文质彬彬"的标准和要求，亦即前面所说的"清新卓尔，殊为佳作"。可见，萧绎所写的文章，至少是前期所写的文章，是注意文质兼美的，这不能不与他既重"丽"又重"质"的文学思想有关，而这种文学思想的形成，又不能不说是跟萧统的影响有关的。

萧绎既重"丽"也重"质"，应当跟裴子野的影响也有一定的关系。《梁书·元帝纪》："世祖性不好声色，颇有高名，与裴子野、刘显、萧子云、张缵及当时才秀为布衣之交。"在"为布衣之交"的诸人中，裴子野列第一，可见两人的交情不同一般。事实上，萧绎也确曾自称与裴子野是"知己"，在《金楼子·立言》中，载有一段萧绎对裴子野说的话，内容是自己何以"隆暑不辞热，凝冬不惮寒"以著书的原因，颇为推心置腹，确是只有对"知己"才会说的话。裴子野死后，萧绎还为之撰写了《墓志铭》。两人关系如此密切，裴子野对"罔不摈落六艺，吟咏情性"文风的批判，及其"不尚丽靡之词"的质朴文风，是不可能不对萧绎产生一定影响的。更重要的是，在裴子野周围有一个文学主张与之相近的文人圈子。《梁书·裴子野传》："子野与沛国刘显、南阳刘之遴、陈郡殷芸、陈留阮孝绪、吴郡顾协、京兆韦棱，皆博极群书，深相赏好，显尤推重之。"又《梁书·刘之遴传》："之遴好属文，多学古体，与河东裴子野、沛国刘显常共讨论书籍，因为交好。"《梁书·刘显传》："显与河东裴子野、南阳刘之遴、吴郡顾协，连职禁中，递相师友，时人莫不慕之。"不难看出，这个文人圈子中的人物，都是"博极群书"、学识渊博、"多学古体"的人物，从他们现存的诗文看，文风确也大都较为质朴。值得注意的是，他们在当时是较有影响的，从"时人莫不慕之"一句不难看出，《梁书·裴子野传》："子野为文典而速，不尚丽靡之词，其制作多法古，与今文体异，当时或有诋诃者，及其末皆翕然重之。""皆翕然重之"一句，也可说明这一点。在这种情况下，萧绎会受到裴子野一定影响，也就不足为奇了。

此外，萧绎与刘孝绰也颇有交谊。刘孝绰被到洽弹劾免官，时萧绎出守荆州，至镇即给孝绰写信劝慰，而孝绰回信，极言到洽卖友要君，说的也是只有对知己才肯说的话。刘孝绰文名极盛，萧绎曾在与刘孝绰的一封信中说："洛地纸贵，京师名动，彼此一时，何其盛也。"并要求"新有所制，想能示之。勿等清虑，徒虚其请"[1]。而刘孝绰也是主张文质兼具的，他在《昭明太子集序》中所说的"深乎文者，兼而善之，能使典而不野，远而不放，丽而不淫，约而不俭"一段话，与萧统在《答湘东王求文集及〈诗苑英华〉书》所说的一段话恰如桴鼓之相应，这种看法应当也会对萧绎产生一定的影响。

当然，萧绎对"质"的较为看重，这只是相对而言。就总的倾向看，萧绎还是重文轻质的，就这一点而言，他与萧纲并无本质的不同。这不仅表现

---

① 萧绎《与刘孝绰书》。见严可均校辑《全上古三代秦汉三国六朝文·全梁文》，中华书局 1958 年影印清光绪刻本，第 3047 页。

在他也写作了不少绮艳的宫体诗，也表现在他也可能对典正质朴的作品采取了排斥的态度，这从《颜氏家训·文章》的一段话似乎不难看出："吾家世文章，甚为典正，不从流俗；梁孝元在蕃邸时，撰《西府新文》，迄无一篇见录者，亦以不偶于世，无郑、卫之音故也。"值得一提的是，当时的人们不管是兼重文质的还是重文轻质、重质轻文的，实际上都并不断然地否定"文"或是"质"，而往往是把文质兼美当作自己衡文的标准的。比如萧纲，他也以"丽而不淫"① 来褒美萧统的作品，而萧统在评论萧纲的作品时，也说他是"辞典文艳，既温且雅"②。更让人觉得特别的是，被萧纲视作"了无篇什之美"的裴子野，萧绎在为其所作的墓志铭中也说他是"比良班、马，等丽卿、云"③，而裴子野在赞美颜延之、谢灵运时，也说他们是"有藻丽之巨才"④。如此说来，他们对"文""质"的看法似乎是不分彼此了。当然，实际情况并非如此，在实际上他们有的人更偏向"文"一些，有的人更偏向"质"一些。像萧绎、萧纲这样的同样是重文轻质的人物，可以说萧纲更重"文"一些，很多情况下甚至可以说已到了重文轻质的地步；而萧绎轻质的程度则比萧纲要轻一些，有时甚至可以说他比较重质。这一点其实前人已经指出过，王夫之即曾由萧统《玄圃讲》一诗谈及萧氏兄弟创作上的差异："顾就彼互质，昭明尤拙，简文尤巧，元帝介巧拙之间。"⑤ 当然，在今天看来，萧统的创作不一定就称得上是"拙"，应当说基本上是文质兼美的，但对萧纲、萧绎的评价，则大体合于实际。似乎可以说，萧绎在前期所接受的主要是萧统的影响（裴子野卒于中大通二年，当时萧统还健在，萧绎与裴子野的交往也在这一时期），因此他所关注的是文质兼具的问题；而后期由于萧纲身处太子和文坛领袖的地位，他向萧纲靠拢，转而接受萧纲的影响，因此文学观也就由

---

① 萧纲《昭明太子集序》。见俞绍初《昭明太子集校注》，中州古籍出版社 2001 年版，第 250 页。

② 萧统《答玄圃园讲颂启令》。见俞绍初《昭明太子集校注》，中州古籍出版社 2001 年版，第 152 页。

③ 萧绎《散骑常侍裴子野墓志铭》。见严可均校辑《全上古三代秦汉三国六朝文·全梁文》，中华书局 1958 年影印清光绪刻本，第 3055 页。

④ 裴子野《宋略总论》。见严可均校辑《全上古三代秦汉三国六朝文·全梁文》，中华书局 1958 年影印清光绪刻本，第 3263 页。

⑤ 王夫之《古诗评选》卷五，河北大学出版社 2008 年版，第 283 页。

文质兼具逐渐向重文轻质转变了。

梁中叶后的文学，总的说来是以绮艳为特色，但也并非就完全没有了别的色调，比如阴铿诗的风格就颇近于何逊，被后人并称为"阴何"①。同一作家的风格，其实也并不单一，即使是萧纲，他虽以绮艳为宗，但也写过一些文辞较为质朴、气象较为开阔的作品，他甚至还用汉魏《相和歌辞》旧题如《从军行》《陇西行》《雁门太守行》等写过一些边塞题材的诗。在这种情况下，萧绎的文学思想及创作风貌与萧纲既有趋同也有差异，可以说是十分自然的事情。因此，如因二人都是宫体诗的代表作者和领军人物，就认为二人没有了差异和个人特色，就与实际情况不相符合了。

（原载中国艺术研究院主办《文艺研究》2008 年第 2 期；《北京教育学院学术成果选编（2000—2008）》，北京：北京出版社 2008 年版）

---

① 杜甫《解闷》即有句云："熟知二谢将能事，颇学阴何苦用心。"见浦起龙《读杜心解》，中华书局 1961 年版，第 853 页。

说"宫体所传，且变朝野"

我国古代诗歌步入南朝后，大体上经历了三个发展阶段：第一个阶段是刘宋时期，第二个阶段从齐初到梁中期，第三个阶段从梁中期到陈末。各阶段具有代表性的诗体，分别是元嘉体、永明体和宫体。元嘉体的代表诗人是谢灵运、颜延之和鲍照，他们的诗风各有特点，但都比较注意描绘山水，讲究辞藻和对偶，特别是谢灵运，创作了大量山水诗，从而完成了从玄言到山水的转变，开出了一代风气。永明体的代表诗人是谢朓、沈约和王融等人，他们的主要贡献是在理论上完成了声律说，并在创作实践中开始加以运用，从而为律诗的形成奠定了基础，开辟了近体诗发展的道路。宫体的代表诗人是梁简文帝萧纲、庾肩吾、庾信、徐摛、徐陵、陈后主、江总等人，其诗作主要以宫廷生活为表现对象，多写男女之情，有不少艳诗，同时有一部分写景咏物、吟诵佛理、奉和应诏之作。形式上追求声律，讲求对偶，雕琢辞藻，驰逐新巧，崇尚丽靡，形成了一种绮艳柔媚的风格。宫体一出，倾动朝野，时人纷纷仿效，顿时形成风气，并经陈、隋蔓延到唐初，主宰诗坛近二百年之久，在文学史上产生了深远影响。

一

南朝梁武帝中大通三年（531）四月，昭明太子萧统病卒。五月，萧统同母弟萧纲被立为皇太子。萧纲入主东宫后，与环绕在其周围的文人徐摛、徐陵父子和庾肩吾、庾信父子等互相唱和，大力提倡自己所喜好的诗风，从而正式确立了宫体。宫，指东宫（也称春坊），所谓宫体，即宫中流行的诗体。宫体因萧纲入主东宫而得名，但其形成却在萧纲入主东宫之前，其真正的开创者是徐摛和庾肩吾。

徐摛字士秀，东海郯（今山东郯城县西南）人。其人身材瘦小，形貌不扬，但自幼好学，通览经史，喜好创新，史称其"属文好为新变，不拘旧体"①。所谓"好为新变"，就是对永嘉体乃至永明体的风格体制有所不满，力求摆脱其束缚，让诗风来一个新的变化。初为太学博士，迁左卫司马。就在这时，出现了一个偶然的机会，把他此后的命运同萧纲联系到了一起。《梁书·徐摛传》：

> 会晋安王纲出戍石头，高祖谓周舍曰："为我求一人、文学俱长兼有行者，欲令与晋安游处。"舍曰："臣外弟徐摛，形质陋小，若不胜衣，而堪此选。"高祖曰："必有仲宣之才。亦不简其容貌。"以摛为侍读。

萧纲生于天监二年（503）十月，天监八年（509）以晋安王、云麾将军身份出戍石头城时，才不过是一个六岁的孩子，而徐摛这年已经三十六岁了。《梁书·简文帝纪》称萧纲"幼而敏睿，识悟过人，六岁便属文"，其父梁武帝甚至不相信他会有这样的才能，曾在御前亲自出题面试，萧纲援笔立成，辞采华美，梁武帝大为高兴，赞叹道："此子，吾家之东阿！"可见萧纲是自小就有了一定写作基础的。但是，六岁的幼童毕竟如同一张白纸，可塑性很大，作为梁武帝亲自选定的文学侍从和师傅，徐摛不可能不给予萧纲以深刻的决定性的影响，从而使萧纲诗风朝符合自己"新变"要求的方向发展。萧纲自称"余七岁有诗癖，长而不倦"②，可以认为这"诗癖"是在徐摛耳提面命的教诲之下培养起来的，所谓"长而不倦"，则说明萧纲此后一直乐此不疲，成绩斐然，最后终于以其公子、太子的特殊身份，成为"新变"体即宫体的当然领袖。

自领石头戍军事后，到被立为太子之前，萧纲还曾历任南兖州刺史、丹阳尹及荆州、江州、益州、南徐州、雍州、扬州诸州刺史，这期间除个别情况外，徐摛一直随侍左右。萧纲从一个六岁的孩子成长为一个二十八岁的青年，他的宫体诗也写得越来越圆熟了。萧纲留存至今的可以考定是他立为太

---

① 姚思廉《梁书》卷三十《徐摛传》，中华书局1973年版，第446页。
② 姚思廉《梁书》卷四《简文帝纪》，中华书局1973年版，第109页。

子之前的作品，大体上都已具备了相当典型的宫体风格。如《东飞伯劳歌》
（其一）：

> 翻阶蛱蝶恋花情，容华飞燕相逢迎。谁家总角歧路阴，裁红点翠愁
> 人心。天窗绮井暧徘徊，珠帘玉篚明镜台。可怜年几十三四，工歌巧舞
> 入人意。白日西落杨柳垂，含情弄态两相知。

描写一个男子恋慕一个少女的心曲，情调缠绵，文辞优美，意境秀丽，
颇能体现宫体的特色。虽还不怎么讲究平仄的谐调和对偶的运用，但音节浏
亮，注意换韵，且多押平声韵，读来铿锵流美，朗朗上口，仍是符合"新变"
的一般趋向的。

庾肩吾字子慎（一作慎之），南阳新野（今属河南）人。八岁即能赋诗，
特为其兄於陵所友爱。他进入萧纲王府的时间，大致同徐摛相去不远，此后
一直追随萧纲，历任常侍、中郎、参军等职。在宫体诗人中，庾肩吾最为讲
究声律的调谐和字句的琢炼，这对萧纲自然也会产生不小影响。

徐摛之子徐陵，也是一位八岁即能属文的人物，"既长，博涉史籍，纵横
有口辩"①。他比萧纲小四岁，颇得萧纲赏识，普通四年（523）萧纲任平西
将军、宁蛮校尉、雍州刺史时，徐摛被任命为谘议参军，徐陵也被任为宁蛮
府参军事，其时年方十六岁。在雍州，徐摛、庾肩吾被命与刘孝威、江伯摇、
孔敬通、申子悦、徐防、王囿、孔铄、鲍至等八人抄撰众籍，丰其果馔，号
"高斋学士"。在这前后，刘遵、陆杲、刘孝仪、刘孝威、刘孺、刘杳、纪少
瑜、王台卿等人也曾被萧纲所赏接。这样，在萧纲周围就形成了一个以徐摛、
庾肩吾为首的文学家集团，他们按照"新变"的要求彼此唱和，宫体诗也就
在这样的氛围中逐渐形成了。

二

宫体诗形成于萧纲被立为太子之前，但其时大抵上还只是在萧纲王府的
文人圈子里流行，影响还不算很大。当时多数人的诗作，基本上还承袭着永

---

① 姚思廉《陈书》卷二十六《徐陵传》，中华书局 1972 年版，第 325 页。

明以来的诗风，甚至还有倒退到学习元嘉体的情形。萧纲被立为太子移居京师后，立即感到了这种氛围的压迫，因而激起了他的强烈不满。他在入主东宫后不久写给其弟湘东王萧绎的信（即《与湘东王书》）中说：

> 比见京师文体，懦钝殊常，竞学浮疏，争为阐缓。……是以握瑜怀玉之士，瞻郑邦而知退；章甫翠履之人，望闽乡而叹息。诗既若此，笔又如之。徒以烟墨不言，受其驱染，纸札无情，任其摇襞。甚矣哉，文之横流，一至于此！

所谓"懦钝""浮疏""阐缓"，大致是指文辞典重、结构疏慢的情形而言。当时诗坛有学谢灵运、裴子野的风气，而谢灵运、裴子野恰好存在上述毛病。谢诗既有自然清新、形象生动的一面，同时也有冗长疏缓、好堆砌典故的一面。时人对这两方面都有所认识和评论，如鲍照说"谢五言如初发芙蓉，自然可爱"①，而钟嵘则说谢诗"颇以繁富为累"②。由于谢灵运名声很大，虽然谢世已久，齐梁时有意学之者仍不乏其人，如伏挺"有才思，好属文，为五言诗，善效谢康乐体"③，王籍"为诗慕谢灵运。至其合也，殆无愧色。时人咸谓康乐之有王籍，如仲尼之有丘明，老聃之有严周"④，可见一时风气。

裴子野是曾为《三国志》作注的裴松之的曾孙，其才能主要在史学方面，至其为文，则"典而速，不尚丽靡之词，其制作多法古，与今文体异"⑤。裴子野算得是萧纲的同时代人，在萧纲入主东宫的前一年去世，对当时的一些文士更有着直接的影响。

萧纲并不一味反对学谢或学裴，对善学者还曾表现出赞赏的态度，如王籍的拟谢之作《入若耶溪》中有"蝉噪林逾静，鸟鸣山更幽"之句，他即爱赏不已，竟至"吟咏"而"不能忘之"⑥。但他对那些不符合自己口味的仿习

① 李延寿《南史》卷三十四《颜延之传》，中华书局1975年版，第881页。
② 钟嵘《诗品》卷上。见陈延杰《诗品注》，人民文学出版社1961年版，第29页。
③ 姚思廉《梁书》卷五十《文学下·伏挺传》，中华书局1973年版，第719页。
④ 李延寿《南史》卷二十一《王籍传》，中华书局1975年版，第580～581页。
⑤ 姚思廉《梁书》卷三十《裴子野传》，中华书局1973年版，第443页。
⑥ 《颜氏家训·文章》。见王利器《颜氏家训集解》，上海古籍出版社1980年版，第273页。

却甚为不满，在给萧绎的信中认为这是"学谢则不届其精华，但得其冗长；师裴则蔑绝其所长，惟得其所短"。有鉴于此，他决心大力推行宫体，实行"新变"，宫体的发展因而获得了空前巨大的动力。

萧纲所倚重的，大抵上还是他在藩镇时追随在他身边的一批文人。入主东宫后，他又特设文德省，置学士，徐陵、张长公、傅弘、鲍至等人充其选。庾肩吾之子庾信，字子山，"幼而俊迈，聪敏绝伦，博览群书"①，大通元年（527）为昭明太子萧统东宫侍读，时年仅十五岁，这时也随其父来到萧纲宫中，成为东宫学士的中坚人物。他们在萧纲的支持和组织之下，大力唱和，使宫体诗的风格体制最后趋于成熟，一时产生了极大的影响。《梁书·庾肩吾传》：

> 齐永明中，文士王融、谢朓、沈约文章始用四声，以为新变，至是转拘声韵，弥尚丽靡，复逾于往时。

又《梁书·徐摛传》：

> 摛文体既别，春坊尽学之，"宫体"之号，自斯而起。

这说明，宫体比起永明体来更加讲求声律的调谐和文辞的华美，从而在永明"新变"的基础上再度实现了"新变"，并在这时正式获得了"宫体"这一名称，确立了在诗坛的地位。

徐摛、庾肩吾仍是萧纲最为倚重的人物。萧纲入为太子后，徐摛任太子家令之职，兼掌书记，不久又带领直；庾肩吾兼东宫通事舍人，后转太子率更令、中庶子。徐摛父子、庾肩吾父子在东宫"出入禁闼，恩礼莫与比隆"②，深得萧纲宠信，萧纲在《答湘东王书》中有"徐摛庾吾，美恒日夕"之句，不难想见彼此关系的亲密。徐摛、庾肩吾在东宫学士中继续处于领袖群伦的地位，所谓"摛文体既别，春坊尽学之"，就透露了这一消息，对宫体地位的确立发挥了非常关键的作用。

---

① 令狐德棻《周书》卷四十一《庾信传》，中华书局1971年版，第733页。
② 令狐德棻《周书》卷四十一《庾信传》，中华书局1971年版，第733页。

三

太子作为皇帝的继承人，不言而喻其地位在一般人心目中是崇高的。东宫的好尚，往往也能引起众多人的关注，在社会上造成相应的影响。昭明太子在东宫时，爱好文学，博览群书，招聚文士，编成《文选》一书，成为一时盛事。其文学观兼重文质，将"丽而不浮，典而不野，文质彬彬，有君子之致"① 作为作文、衡文的标准，一时影响不小，萧纲所批评的"懦钝""浮疏""阐缓"的文风，实际上同萧统是很有些关系的。萧纲入主东宫后，大力提倡宫体，自己又带头创作了大量宫体，企图以此开出一代风气，同样在社会上得到了很多人的响应。《南史·梁本纪下论》："宫体所传，且变朝野。"《隋书·经籍志·集部总论》："梁简文之在东宫，亦好篇什，清辞巧制，止乎袵席之间，雕琢蔓藻，思极闺闱之内。后生好事，递相放习，朝野纷纷，号为宫体。流宕不已，迄于丧亡。"就都真实地反映了这一情况。

萧纲以其政治上的特殊地位，成为宫体诗派的当然领袖，而徐摛父子和庾肩吾父子则始终是这个诗派的主将。徐、庾都富有文才，写作的诗文具有绮艳的特色，时人号为"徐、庾体"②。后来庾信遭乱入北，诗风一变而趋于苍劲，但在其早期，"徐、庾体"实际上等同于宫体，清倪璠在注释《庾子山集·本传》时说："按徐、庾并称，盖子山江南少作宫体之文也。"又注庾信《春赋》说："盖当时宫体之文，徐、庾并称者也。"就指出了这一点。"徐、庾体"在当时产生了很大影响，《周书·庾信传》称"当时后进，竞相模范。每有一文，京都莫不传诵"，对宫体的传播起了极大的推动作用。

有趣的是，宫体诗在东宫盛行起来后，梁武帝曾为此大为不满，曾派人把徐摛叫来，打算加以责问。但谁知见面之后，态度却发生了根本转变。《梁书·徐摛传》载：

> 高祖闻之怒，召摛加让，及见，应对明敏，辞义可观，高祖意释。

---

① 萧统《答湘东王求文集及〈诗苑英华〉书》。见俞绍初《昭明太子集校注》，中州古籍出版社 2001 年版，第 155 页。

② 令狐德棻《周书》卷四十一《庾信传》："父子在东宫，出入禁闼，恩礼莫与比隆。既有盛才，文并绮艳，故世号为徐、庾体焉。"中华书局 1971 年版，第 733 页。

因问"五经"大义，次问历代史及百家杂说，末论释教。摘商较纵横，应答如响，高祖甚加叹异，更被亲狎，宠遇日隆。

梁武帝也是一位博学多通、雅好词赋的人物，齐时曾以文学游于竟陵王萧子良门下，为"竟陵八友"之一。他对诗歌的理解偏于保守，对永明诗人的四声之说曾有过抵触情绪；加之在位期间提倡尊儒，重视经学，晚年又一心奉佛，因此开始对"宫体"不能爽快接受。但他早年生活在永明时期，同沈约、谢朓等永明体诗人多有接触，耳濡目染，自也不免深受影响，因此他所创作的诗歌，除乐府歌辞外，仍属正宗的永明体格，而永明体在讲究声律方面同宫体是并无鸿沟隔绝着的。至于他的大量描写妇女的诗篇和咏物的诗篇，更是宫体题材所涵盖的范围，两者之间是完全可以相通的。从本质上说来，梁武帝的审美意趣同徐摛等人并无二致，因此彼此很容易地就走到了一起。加之徐摛绝非一介轻薄之徒，他不仅精通宫体，而且精通儒释等梁武帝心目中的正经学问，以此作为转捩，从而博得了梁武帝的欢心，这也是一个不应忽视的因素。总之，梁武帝对于宫体是认可了，这等于是给宫体发放了一张通行证，提供了一顶保护伞，从而为宫体的发展大开了方便之门，宫体风靡一时也就势在必然了。

萧纲推行宫体还有一个重要的支持者，这就是他的弟弟萧绎。萧绎字世诚，小字七符，自号金楼子。天监十三年（514）封湘东王，稍后任会稽太守、侍中、丹阳尹。普通七年（526）至大同五年（539）任荆州刺史，在任十四年。其后任江州刺史，太清元年（547）再任荆州刺史。萧绎也有文才，史称其"博总全书，下笔成章，出言为论，才辩敏速，冠绝一时"①。在他身边也聚集了一批文人，《梁书·文学传上·刘昭传》说"西府盛集文学"，到溉、王籍、徐悱、刘孝胜、刘孝先、陈云公、鲍泉、徐君蒨、臧严、刘缓等人曾先后在其幕下任职。萧纲入主东宫后，庾肩吾还曾一度离开萧纲，到荆州任安西湘东王录事参军，庾信随同前往，被任为湘东国常侍。徐陵也曾做过镇西湘东王中记室参军。萧绎还曾同萧子云、裴子野、刘显、张缵等人有过相当密切的交往。萧绎的文学主张和创作实践都与萧纲大体一致，萧纲推行

---

① 姚思廉《梁书》卷五《元帝纪》，中华书局 1973 年版，第 135 页。

宫体，有意外引萧绎以为助力，因此《与湘东王书》在对"懦钝殊常"的"京师文体"深表不满之后说：

> 文章未坠，必有英绝，领袖之者，非弟而谁？每欲论之，无可与语，思吾子建，一共商榷。辩兹清浊，使如泾渭；论兹月旦，类彼汝南。朱丹既定，雌黄有别。使夫怀鼠知惭，滥竽自耻。

萧绎自也不负乃兄厚望，在荆州遥相呼应，宫体东连西渐，更成如虎添翼之势。

此外，萧纲的另两个弟弟萧纶、萧纪也都是热衷宫体的。萧纶曾历任会稽太守、江州刺史、扬州刺史、南徐州刺史等职，萧纪曾历任扬州刺史、益州刺史等职，手下都有一批文人，这些文人的创作，自也不免要受到宫体的影响。

南朝的帝王大都喜爱文学，喜欢大力网罗文学之士，其中以梁武帝父子最为突出。而当时的文学之士，由于入仕缺乏稳定的制度上的保证，往往须依附君主或诸王，凭借文华邀宠才能取得一官半职，因此也都十分乐于趋附。梁时比较著名的文人，几乎全都同梁武帝父子有过文学上的联系，梁武帝父子的好尚，对他们自然会发生不可抗拒的影响。宫体诗能够在短期内形成"且变朝野"的局面，这是一个重要的原因。

四

就在徐陵任东宫学士期间，奉萧纲之命编撰了一部诗歌总集，名曰《玉台新咏》，具体显示了宫体诗创作的实绩。"玉台"，指宫廷的台观，代指宫中。"新咏"，犹言新声、新诗，即指宫体而言。徐摛"属文好为新变"，徐君蒨"特有轻艳之才，新声巧变，人多讽习"[1]，所谓"新变""新声"，主要即指宫体诗。徐陵自己对"新"也有一股刻意追求的劲头，《陈书》本传称"其文颇变旧体，缉裁巧密，多有新意。每一文出手，好事者已传写成诵，遂被之华夷，家藏其本"。其晚年自谦其文"既乏新声，全同古乐，正恐多惭

---

[1] 李延寿《南史》卷十五《徐羡之传》，中华书局1975年版，第441页。

于协律，致睡于文侯耳"①，都说明了这个问题。诗集题名"新咏"，实非偶然。

《玉台新咏》全书十卷，共选录了自汉迄梁的诗歌六百余首（后明人增入一百七十九首），内容大都涉及闺情，有不少属艳诗。徐陵在《序》中说："撰录艳歌，凡为十卷。"胡应麟《诗薮》外编卷二说："《玉台》但辑闺房一体。"就都指出了这一特点。诗歌风格以婉转绮靡为主，这从其《序》对后宫佳丽浓墨重彩的描绘也不难看出：

> 楚王宫里，无不推其细腰；卫国佳人，俱言讶其纤手。……宠闻长乐，陈后知而不平；画出天仙，阏氏览而遥妒。至如东邻巧笑，来侍寝于更衣；西子微颦，得横陈于甲帐。陪游驳娑，骋纤腰于《结风》；长乐鸳鸯，奏新声于度曲。妆鸣蝉之薄鬓，照堕马之垂鬟。反插金钿，横抽宝树。南都石黛，最发双蛾；北地燕脂，偏开两靥。……惊鸾冶袖，时飘韩掾之香；飞燕长裾，宜结陈王之佩。虽非图画，入甘泉而不分；言异神仙，戏阳台而无别。真可谓倾国倾城，无对无双者也。

许梿评云："态冶思柔，香浓骨艳，飘飘乎恐留仙裙捉不住矣！"② 宫体诗中大量细致描绘女子形貌的作品，均与此同出一辙。

徐陵编选《玉台新咏》的目的，据《序》所说是为了供后宫佳丽读书作文、消闲忘忧之用，但恐还有其深层的用意。唐人刘肃《大唐新语·公直》云：

> 梁简文帝为太子，好作艳诗，境内化之，浸以成俗，谓之宫体。晚年改作，追之不及，乃令徐陵撰《玉台集》以大其体。

所谓"以大其体"，即张大其体之意，就是要通过选录自汉以来的有关作品，扩大宫体的范围和影响。《玉台新咏》卷一至卷八为五言诗，其中卷一至卷四为自汉至齐的作品，卷五、卷六为自齐入梁作家的作品，卷七为梁武帝

---

① 徐陵《答族人梁东海太守长孺书》。见许逸民《徐陵集校笺》，中华书局 2008 年版，第890 页。
② 许梿《六朝文絜笺注》，上海古籍出版社 1982 年版，第 146 页。

父子的作品，卷八为梁朝群臣的作品。卷九为杂言诗，卷十为五言四句诗。卷七、卷八可以说是以萧纲为首的宫体诗人的世界，萧纲作品仅卷七所收即达四十三首（此外卷九尚有十二首，卷十尚有二十一首），是古今诗人收录作品最多的一位。不难看出徐陵贯彻了"厚今薄古"的编撰原则，以宫体诗人的作品为主，适当选录若干自汉以来与艳诗传统有关的其他作品，目的在于表明宫体源流，壮大宫体声势。从这个角度来说，刘肃所谓"以大其体"的说法是不无道理的。

　　但刘肃认为《玉台新咏》编于萧纲晚年，这则不足信从。按《玉台》编撰体例，卷一至卷六是按作家卒年先后编排的，卷七以武帝为首的梁皇族则以父子兄弟为序，卷八群臣大体按其官职高低排列。这个情况说明，卷六以前的作者均已亡故，而卷七、卷八的作者尚在世，否则卷五、卷六所收已经入梁的作家，绝无排列在梁武帝父子之前的道理。卷六中最晚卒的作家是何思澄，大约卒于中大通五年（533）前后；卷八中最早卒的作家是刘遵，卒于大同元年（535）。据此可以推定，《玉台新咏》当编定于中大通六年（534）前后，其时萧纲不过三十一、二岁，当然谈不上是什么"晚年"。弄清这一事实非常重要，它说明，《玉台新咏》编定时，萧纲入主东宫才不过短短的三四年，而宫体诗的创作却已极一时之盛，令人想见"朝野纷纷""递相仿习"的情景。《玉台新咏》一反当时总集一般不选录生者作品的惯例，大量选录生者作品，其目的既是对宫体时风和宫体创作实绩的一种肯定、总结、展示和炫耀，同时也不啻是一种示范和号召，对后来宫体的进一步发展和泛滥，产生了不可低估的影响。

　　总之，宫体诗确曾在梁中期达到极一时之盛的地步，成为当时及以后一个时期占统治地位的诗体。正视这一现实，进而对其产生的原因、特色、影响等问题开展深入研究，就成为十分必要的事情了。

（原载《贵州社会科学》1993 年第 6 期）

02

下 编

曹操诗歌的现实主义特色

一

曹操是中国文学史上第一个大力运用诗歌形式来表现自己时代并获得了"诗史"① 称号的人。他的诗"悯时悼乱，歌以述志"②，"吟咏情性，纪述事业"③，真实地反映了个人的事业、经历、思想和感情，并通过这实录了汉末数十年间社会生活的许多重要方面，内容大都有史实的依据，颇为真切可信。将对个人经历、思想和感情的记录同对客观现实的描写紧密地结合起来，达到水乳交融的境界，这是曹操诗歌现实主义的显著特色。

曹操写下了一些描写社会乱离、记述军旅征戍生活的诗篇，计有《薤露行》《蒿里行》《苦寒行》《步出夏门行》《却东西门行》等。汉末黄巾起义被镇压后，曾一度缓和的外戚与宦官的矛盾斗争又趋向剧烈。中平六年（189），汉灵帝死，少帝刘辩即位，何太后临朝听政。"大将军何进与袁绍谋诛宦官，太后不听。进乃召董卓，欲以胁太后，卓未至而进见杀。卓到，废帝为弘农王而立献帝，京都大乱"④。关东州郡皆起兵以讨董卓，董卓于是迁都以避之，"尽徙洛阳人数百万口于长安，步骑驱蹙，更相蹈藉，饥饿寇掠，积尸盈路。卓自屯留毕圭苑中，悉烧宫庙官府居家，二百里内无复孑遗"⑤。

---

① 钟惺在评曹操《薤露行》"贼臣持国柄"以下六句时说："汉末实录，真诗史也。"见《古诗归》卷七，明万历刻本。
② 朱嘉徵《〈魏风〉序语》。见《乐府广序》卷八，清康熙刻本。
③ 张说《齐黄门侍郎卢思道碑》。见《张说之文集》卷二十五，《四部丛刊》本。
④ 陈寿《三国志》卷一《魏书·武帝纪》，中华书局1982年版，第5页。
⑤ 范晔《后汉书》卷七十二《董卓传》，中华书局1965年版，第2327页。

这就是历史上有名的董卓之乱。《薤露行》反映这段史实，通过对国家崩溃、社会乱离景象的描写，揭示了董卓之乱的起因、经过及其所造成的恶果。作为《薤露行》的姊妹篇，《蒿里行》则反映了以袁绍为首的讨卓联军各怀异心、观望不前，继而互相攻杀，从此开始长期军阀混战、造成人民大量死亡和社会经济极大破坏的历史事实。这场动乱结束了两汉四百年的统一局面，中国从此又进入一个四分五裂的时期，两诗对这一历史巨变反映得既完整又真切。曹操是这一历史巨变的亲历者。少帝即位前，他即为京师禁军头目之一。何进谋诛宦官，他参与密谋，并发表了反对招外将尽诛宦官的意见。董卓入据洛阳后，他拒绝董卓的拉拢，间行东归，散家财，兴义兵，积极地准备讨伐董卓。后参加讨卓联军，有与众不同的表现。对后来军阀互相火并及"淮南弟称号，刻玺于北方"（《蒿里行》）等史实，也了如指掌，洞若观火。以个人经历为基础来记述历史事件，从而使两诗言之凿凿，几乎无一句无来历，成为"汉末实录"。

　　曹操反对割据，决心削平战乱，开始了长期的征战，《苦寒行》《步出夏门行》就是他所亲历的征战生活的形象记录。《苦寒行》写山地风雪行军之苦，是建安十一年（206）北征高干时所作。《三国志·魏书·武帝纪》云："初，袁绍以甥高干领并州牧，公（按指曹操）之拔邺，干降，遂以为刺史。干闻公讨乌丸，乃以州叛，执上党太守，举兵守壶关口。遣乐进、李典击之，干还守壶关城。十一年春正月，公征干。……公围壶关三月，拔之。"曹操自邺北征，必经太行山北羊肠坂①，又时值隆冬，故有"羊肠坂诘屈，车轮为之摧。树木何萧瑟，北风声正悲。熊罴对我蹲，虎豹夹路啼。谿谷少人民，雪落何霏霏"等描写。《步出夏门行》则是建安十二年（207）北征乌桓时所作，描写了河朔一带的风土景物，抒发了个人的豪情壮志。此外，《却东西门行》写从军征战的漂泊之苦和怀乡之情，不仅写出了广大士兵的痛苦心声，从《苦寒行》中"延颈长叹息，远行多所怀。我心何怫郁，思欲一东归"等诗句看来，实亦可看作是曹操的自伤之作。

---

　　① 魏征等《隋书》卷七十七《隐逸·崔赜传》载赜云："《汉书·地理志》，上党壶关县有羊肠坂。"又云："皇甫士安撰《地书》云：'太原北九十里有羊肠坂。'"中华书局1973年版，第1757页。

曹操的另一类作品，抒发了他为了实现统一大业而招揽人才的急切心情，概括地表现了他在这方面的言行、主张和胸襟，可以《短歌行》（对酒当歌）为代表。汉末群雄逐鹿，如何争取尽量多的人才以壮大自己、克敌制胜，是当时一个带有普遍性的迫切问题。可以说与其他人相比，曹操对这个问题最为重视，也解决得最好。早在讨伐董卓时，曹操就有了"任天下之智力"①的打算。后来，随着统一大业的不断发展及现实的迫切需要，在建安十五年（210）、十九年（214）和二十二年（217）又多次下令求贤，"唯才是举"（《求贤令》）、"勿有所遗"（《举贤勿拘品行令》）的求贤若渴之情流溢于字里行间，与《短歌行》正是同调。从实践看，曹操"拔于禁、乐进于行陈之间，取张辽、徐晃于亡虏之内，皆佐命立功，列为名将；其余拔出细微，登为牧守者，不可胜数"②。得罪过曹操而曹操"爱其才而不咎"③的例子也不少，陈琳就是这样的一个典型。除陈琳外，魏种也是一个典型。《三国志·魏书》曹操本传云："初，公举种孝廉。兖州叛，公曰：'唯魏种且不弃孤也。'及闻种走，公怒曰：'种不南走越、北走胡，不置汝也！'既下射犬，生禽种，公曰：'唯其才也！'释其缚而用之。"爱惜人才、宽宏阔大的气度，正是对"山不厌高，海不厌深。周公吐哺，天下归心"的生动诠释。

曹操还有一些诗是写他的政治理想和政治抱负的，如《对酒》《度关山》等。《对酒》描绘了一幅太平盛世的图景，是曹操心目中的理想社会。在这个理想社会中，执政者都像父兄对子弟一样爱护百姓，同时又赏罚严明；社会上人们都讲礼让，没有争讼和犯罪；五谷丰登，"三年耕有九年储"；人人过着安宁丰足的生活，终其天年。《度关山》则提出了国家统一，君主勤俭、守法、爱民的主张。这些在封建社会自然都不过是乌托邦式的空想，但同时也应看到它们并非全无由来和根柢。这些想法一方面反衬了当时政治的腐败和

---

① 陈寿《三国志》卷一《魏书·武帝纪》，中华书局 1982 年版，第 26 页。

② 陈寿《三国志》卷一《魏书·武帝纪》裴松之注引《魏书》，中华书局 1982 年版，第 54 页。

③ 陈寿《三国志》卷二十一《魏书·王卫二刘傅传》载，陈琳原为何进主簿，后归袁绍。陈琳为袁绍作讨曹檄文，不仅将曹操数落得一无是处，还上及其父祖。后袁绍战败，曹操捉到了陈琳，曹操对他说："卿昔为本初移书，但可罪状孤而已，恶恶止其身，何乃上及父祖邪？"琳谢罪，曹操"爱其才而不咎"。

社会的混乱，如陈祚明在评《对酒》时所说"序述太平景象，极尽形容。须知反言之，并以哀世也"①，另一方面它们确也曾是曹操所求索的目标，部分理想还可从其政治军事实践中寻觅到一些踪影。比如，曹操曾下过《抑兼并令》，压制豪强；下过《置屯田令》，招抚流亡，解决流民吃饭问题；他赏罚严明，"勋劳宜赏，不吝千金，无功望施，分毫不与"②；他"雅性节俭，不好华丽，后宫衣不锦绣，侍御履不二采，帷帐屏风，坏则补纳，茵蓐取温，无有缘饰"③，从而使节俭成为一时风气；他还施行过一些如蠲免租税、赡给灾民、禁食寒食、戒饮山水之类的爱民措施。这些都说明，曹操在部分地实践着自己的理想，故而在做济南相时才能"政教大行，一郡清平"④；才能逐步统一北部中国，在大乱后极端残破的废墟上初步开创出一个小康的新局面来；同时，也才使《对酒》《度关山》具有了一些真实可信的色彩。

《短歌行》（周西伯昌）、《善哉行》（古公亶父）通过咏史表明个人并无代汉野心的政治态度，《善哉行》（自惜身薄祜）咏叹个人身世，也都有史可证，可与"抽序心腹，慨当以慷"⑤的《让县自明本志令》参读。此外，大都写于赤壁遭挫后的《气出唱》《精列》《陌上桑》《秋胡行》等游仙诗，用浪漫主义手法反映了曹操暮年将至、壮志难酬的苦闷，在希冀长生的同时，表达了"造化之陶物，莫不有终期"（《精列》），"寿如南山不忘愆"（《陌上桑》），"二仪合圣化，贵者独人不"，"不戚年往，忧世不治"，"爱时进趣，将以惠谁"（《秋胡行》其二）等具有积极意义的政治、哲学及人生见解，也是不难从曹操的人生足程及思想武库中找到足够的佐证的。

总之，曹操诗歌是紧扣着个人的身世、经历和体验来反映他的时代的，大都写出了实境实情，具有很高的真实性。读曹操的诗，就宛如读了一部简

---

① 陈祚明《采菽堂古诗选》卷五，上海古籍出版社 2008 年版，第 134 页。

② 陈寿《三国志》卷一《魏书·武帝纪》裴松之注引《魏书》，中华书局 1982 年版，第 54 页。

③ 陈寿《三国志》卷一《魏书·武帝纪》裴松之注引《魏书》，中华书局 1982 年版，第 54 页。

④ 陈寿《三国志》卷一《魏书·武帝纪》裴松之注引《魏书》，中华书局 1982 年版，第 4 页。

⑤ 张溥《汉魏六朝百三家集·魏武帝集题辞》。见殷孟伦《汉魏六朝百三家集题辞注》，人民文学出版社 1960 年版，第 64 页。

明的汉末史，兴亡大事，历历在目。我们可从中直接看到一些重大历史事件发生演变的情况，看到一些历史人物（特别是曹操自己）的所作所为及其人生活动的若干具体场景、画面，了解到一些历史人物（特别是曹操自己）的心情和内心活动，从而具体地感受到时代的脉搏和心声；它更为我们直接提供了作为政治家军事家的曹操的若干思想观点、政治主张、社会理想以及人生态度等各方面的材料。我们研究汉末魏初这一段历史，研究曹操其人，曹操诗歌实在是不可或缺的可供文史互证的资料。

二

记述、表现真人真事、亲见亲闻的作品，大都具有真实的特点，但不一定就是现实主义，只能说是具有了现实主义最起码的条件。古代那些汗牛充栋的记述个人身世经历的作品，不少也不能说不真实，但思想观点错误、囿于儿女私情及身边琐事的内容，也是与现实主义无缘的。现实主义的真实性并不能仅仅以历史事实的是否真实作为标准和尺度，它要求"从纷乱的生活事件、人们的相互关系和性格中，攫取那些最具有一般意义、最常复演的东西，组织那些在事件和性格中最常遇到的特点和事实，并且以之创造成生活画景和人物典型"①。也就是说，要概括复杂而生动的社会生活面貌，反映出生活的内在真实。曹操的诗歌是具有一些这样的特色的。曹操虽然生活在一个极为动荡不安的时代，他所面对的社会现实风云变幻、五光十色、头绪纷繁，个人经历也极富于传奇色彩，他甚至还是一个十分爱好女色及女乐声伎的人，但其艺术视野却相当宽阔，既不为一些无关宏旨的偶然现象所迷惑，也跳出了感慨一己身世及描摹身边琐事的题材范围。曹操诗歌所反映的向往太平盛世与慨叹天下离乱的矛盾、要求统一与割据分裂的矛盾、既要削平战乱又要经历战争艰苦的矛盾、长年征战与将士思乡的矛盾、人寿有限与壮志未酬的矛盾、英贤四散与求贤若渴的矛盾、终享天年与猝尔死亡的矛盾等，在当时无疑都是具有普遍意义的矛盾。曹操以自己的雄才大略和政治远见深

---

① 高尔基《俄国文学史》第五章《果戈里论》，缪朗山译，中国人民大学出版社 2011 年版，第 144 页。

刻地洞察社会，在世界观中积极因素的指导下，自觉地站在时代的前列，对生活进行真诚、深入的探索和表现，从而在很大程度上将个人的命运同时代的命运结合了起来，将个别与一般、现象与本质结合了起来，通过表现个人的亲身经历反映了当时许多重大的历史事件，通过表现个人的政治态度、人生理想揭示了那个时代人们最为关心、最希望加以解决的一些社会、人生问题，通过表现个人的喜怒哀乐抒发了那个时代大多数人共有的感受和心情，既写出了时代的面貌，又写出了时代的精神，从而具有了深刻的时代意义和重要的社会价值。

战乱给整个社会，尤其是下层人民和士兵造成了空前劫难，这是汉末最为严峻的现实。从初平元年（190）董卓之乱到建安十三年（208）魏蜀吴三分鼎立局面初步形成，战乱持续了十九年之久，给北部中国广大地区造成了极为严重的摧残。董卓率部焚毁洛阳后，进而洗劫关中，至其死，"强者四散，羸者相食，二三年间，关中无复人迹"①。而关东诸州郡起兵讨卓，"诸将不能相一，纵兵抄掠，民人死者且半"②，昔日繁庶的中原地区，变成了"名都空而不居，百里绝而无民者，不可胜数"③ 的荒漠。加上"野战死亡，或门殚户尽"④ 的战场死亡及"家家有僵尸之痛，室室有号泣之哀"（曹植《说疫气》）的疾疫袭击，到曹操统一北方时，"天下户口减耗，十裁一在"⑤，"虽有十二州，至于民数，不过汉时一大郡"⑥。曹操正视这一现实，以"铠甲生虮虱，万姓以死亡。白骨露于野，千里无鸡鸣。生民百遗一，念之断人肠"（《蒿里行》）几句诗大幅度地作了生动而典型的概括，并流露出了对于人民的深刻同情。曹操曾在《军谯令》中说："旧土人民，死伤略尽，国中终日行，不见所识，使吾凄怆伤怀。"与此正是同调。《苦寒行》《却东

---

① 范晔《后汉书》卷七十二《董卓传》，中华书局 1965 年版，第 2341 页。
② 陈寿《三国志》卷十五《魏书·司马朗传》，中华书局 1982 年版，第 467 页。
③ 范晔《后汉书》卷四十九《仲长统传》引仲长统《昌言·理乱篇》，中华书局 1965 年版，第 1649 页。
④ 陈寿《三国志》卷三《魏书·明帝纪》裴松之注引《魏略》，中华书局 1982 年版，第 110 页。
⑤ 陈寿《三国志》卷八《魏书·张绣传》，中华书局 1982 年版，第 262 页。
⑥ 陈寿《三国志》卷十五《魏书·蒋济传》，中华书局 1982 年版，第 453 页。

西门行》《步出夏门行》（土不同）则从不同角度反映了当时军旅征戍生活的艰苦与痛苦，格调颇为凄凉。这些描写说明人民是战乱社会的真正受害者，表现出深刻的人道主义精神。

曹操诗歌不仅表现社会动乱，还较深入地揭示了致乱的根源。从根本上说来，汉末动乱是由封建制度本身和日益激化的阶级矛盾所酿成的，曹操基于他的阶级立场，自然不可能认识到这一点。但对于酿成动乱的直接原因，曹操却有直接的了解和相当准确、深入的认识。东汉和帝以后，政治日趋腐败，出现了外戚与宦官交替专政、互相倾轧的局面，朝政极为混乱。灵帝时，宦官擅权，灵帝竟称宦官张让是其父，赵忠是其母。少帝即位，外戚何进以大将军秉政，谋诛宦官，成为汉末大动乱直接的导火线。曹操《薤露行》一入手就说"惟汉廿二世，所任诚不良"，认为致乱的根源是由于皇帝用人不当，可谓抓住了关键。诸葛亮《出师表》说："亲贤人，远小人，此先汉所以兴隆也；亲小人，远贤臣，此后汉所以倾颓也。"所见与曹操是一致的。对那帮祸国殃民的乱臣贼子，曹操更不客气，直书何进、张让之流是"诚不良"，痛斥董卓为"贼臣"，并具体揭露了他们或"犹豫不敢断"，或"因狩执君王"，或"荡覆帝基业，宗庙以燔丧。播越西迁移，号泣而且行"的暴行。在《蒿里行》中则尽情揭露了关东那帮所谓"义士"的不义，确实是"看尽乱世群雄情形"①。两诗批判的对象，上至皇帝，下至外戚宦官头目、大军阀、士族大官僚及州郡刺史牧守，无一不是一手造成当时祸乱的元凶巨擘，通过对他们的批判，几乎否定了东汉王朝整个统治集团。指出这帮人是造成人民苦难的根源，在一定程度上真实地反映了当时的现实关系，暴露了统治者的反动本质。这种批判精神和战斗锋芒无疑有助于激起人们对于现存秩序的怀疑和憎恨，激起人们改革现实的愿望与热情，从而产生推动历史前进的作用。

曹操诗歌的可贵之处，还在于在同情苦难、鞭笞黑暗、"忧世不治"（《秋胡行》其二）的同时，洋溢着"壮心不已"（《步出夏门行·龟虽寿》）的积极进取精神。虽处于极端黑暗的年代而能不放弃求索光明，虽身处分裂割据的环境而能力争统一的前景，虽面临重重困难而仍能奋力拼搏，不仅揭

---

① 钟惺《古诗归》卷七，明万历刻本。

露了众多的社会矛盾而且能积极地谋求解决这些矛盾。曹操身处乱世，面对危难，也常常发出悲吟哀叹，其中也有一己的人生朝露之叹，但从总体看却没有对于人生的厌倦和对于前途的绝望之感，即使在那些基调较为感伤低沉的作品中也往往包蕴着对于未来的期望，闪烁着积极的社会人生理想。《步出夏门行》中的《观沧海》《龟虽寿》更是高昂激越的绝唱，《观沧海》用"日月之行，若出其中；星汉灿烂，若出其里"这无边大海的壮阔景象来展示自己的壮阔胸怀，《龟虽寿》用"老骥伏枥，志在千里；烈士暮年，壮心不已"来表现自己自强不息、老当益壮的豪迈气概，都足振奋人心，千百年来赢得了人们的广泛赞赏和喜爱。这种昂扬的奋进精神无疑包含着个人建功立业的动机，但应当说在相当程度上也是对积极的社会人生理想的追求，是为扫平割据，实现天下安定、国家统一而奋其志。这在人心思治、人心渴望国家统一的年代，无疑是体现着时代精神和社会发展趋向的，是激励人们去关注现实、积极地去干预现实和变革现实的一股可贵的精神力量。

很显然，曹操诗歌具有充实而健旺的现实主义精神。曹操诗歌能够具有这种精神，与时代潮流的推动，与曹操较为低微的阶级出身、较为艰苦的经历、较为解放的思想、较为进步的政治主张有着密切的关联。曹操虽然在根本立场上是同人民对立的，特别是他亲自参与镇压过黄巾起义，有过"坑杀男女数万口于泗水，水为不流"，"引军从泗南攻取虑、睢陵、夏丘诸县，皆屠之；鸡犬亦尽，墟邑无复行人"① 等暴行，但他审时度势，确也在相当程度上认识到了人民苦难的深重及救民于水火的重要性及紧迫性，认识到了分裂割据势力的危害性，因而能够感伤离乱、同情疾苦，并具体实施了一些安民政策；能够同那帮"贼臣""义士"势不两立，在口诛笔伐的同时给予坚决的武器的批判，经过艰苦的南征北讨，终于逐一将其荡平，实现了北方的基本统一，为广大人民生活的安定和社会经济的恢复发展创造了一定条件。由于曹操诗歌的现实主义精神是以诗人坚实的政治军事实践为基础的，是诗人进步社会理想和顽强斗争精神的升华与结晶，因此极为深刻，达到了前所

---

① 陈寿《三国志》卷十《魏书·荀彧传》裴松之注引《曹瞒传》，中华书局 1982 年版，第 310 页。

未有的高度，放射出了夺目的异彩。

三

曹操诗歌不仅通过对个人经历、思想的描述、表现真实地反映了当时的社会现实，同时还具有较高的艺术性。正由于曹操充分发挥了自己的艺术创造才能，才使其诗歌的现实主义精神得到了充分体现，才对读者具有了吸引力和感染力，使读者在阅读时情不自禁要对历史进行回顾和思考。曹操诗歌在这方面有不少特点和经验值得总结，这里仅举其荦荦大者略作评述。

真实性与典型性的统一。为了避免自然主义的描写，避免成为偶然的个别现象的罗列，现实主义诗歌对于题材和细节的选择与描写必须具有典型性，以求达到本质的具有普遍意义的真实。现实主义的真实绝不等同于历史考订的真实，不能对生活材料作刻板、简单的记录，而必须进行必要的选择、加工和创造。应当说曹操是一位出色的创造者，他的诗虽然注重对于生活的实录，虽然具有反映现实生活的直接性，但并不等同于对现实生活的照搬照抄。他善于对纷纭复杂的社会现象从不同侧面进行具有个性特征的深刻的观察、比较，从而选择那些最足以反映社会本质特征的社会生活材料加以表现，善于根据表达思想和感情的需要对素材作必要的剪裁、集中和概括，并用精练形象的语言表现出来。不是事无巨细有闻必录，不是记流水账、写编年史。他所表现的大都是关乎国家兴衰、人民生死安危及统一大业成败的重大题材，通过对这些题材的表现，再现具有历史意义的社会生活图景，显示时代发展的脉络和枢纽，发掘当事人物的内在心理和情感，表明自己对社会重大问题的看法。比如《薤露行》《蒿里行》写董卓之乱及军阀混战，《步出夏门行》写北征乌桓的胜利，写"钱镈停置，农收积场。逆旅整设，以通贾商"（《冬十月》）的和平安宁景象，都写出了特定历史转折关头的典型场景，抒发了诗人或悲或喜的思想感情，三诗连起来读，不难看出黄河流域由治而乱，又由乱而治的大体轮廓及由此带来的人们心灵情感的深刻变化。诗人还善于从生活中提炼出一些具有典型意义的细节，如《蒿里行》以"铠甲生虮虱"写战争的频繁和时间的漫长，《苦寒行》以车轮摧折、水深梁绝、迷惑失路、薄暮无栖、担囊取薪、斧冰作糜写征战的艰辛，都既有强烈的生活气息，又有强烈的表现力。为了再现生活的本质真实，诗人适当地作了一些夸张虚构，如《苦寒行》调动多种特征性景物和行军艰苦的事例来构筑形象，抒写感情，就不见得件件都是北征高干途中所见，恐难一一征之于实事。《观沧海》更是虚实结合的典型，诗人充分驰骋想象，极写大海吞吐日月、包孕群星的壮阔气势，以充分表现自己的胸襟、抱负和豪情。如不以艺术的真实性为追求，而满足于照相式的"实录"，像左思写《三都赋》那样"其山川城邑，则稽之地图；其鸟兽草木，则验之方志"（《三都赋序》），处处坐实，是既不可能有艺术感染力，也是不可能真正达到写实的目的的。

真实性与充沛的感情和气势的统一。历史著作要求严肃客观地记述历史，历史学家虽然可以而且应当评价历史，表明自己的褒贬与爱憎，但却不能以感情的评价来代替理智的评价，更不能够放纵自己的感情，否则就很有可能丧失历史著作的谨严和科学性。而文学则不同，感情是文学特别是诗歌的生命和灵魂，曹操的诗歌虽号称"诗史"，也不可能例外。曹操生活在一个风起云涌、国家与人民命运多舛的时代，作为一个同社会生活、时代潮流始终保持着血肉联系并有积极用世之志的人，他本来就是一个感情极为丰富的人，如波涛般汹涌的感情时不时地就会从胸中喷薄而出。由于这种感情是从复杂社会矛盾的交织和诗人百十次的感受中凝结出来的，因此具有情深意切的特色，绝无半点虚声呐喊、无病呻吟之嫌，读者完全能从中感受到时代的涛光波影，感受到诗人"忧世不治"的心灵和"壮心不已"的豪情，感受到诗人丰富深沉的内心世界。表现上喜作"念之断人肠"（《蒿里行》）、"我心何怫郁"（《苦寒行》）这一类的直抒胸臆，但也常通过多种艺术手法的运用，达到情与境会、情与景偕、情景交融的境界。如《薤露行》《蒿里行》通过叙事所表达的沉痛、悲愤之情，《观沧海》通过写景、《龟虽寿》通过说理所表达的昂扬奋进之情，都颇深切感人。就是像《度关山》《对酒》这一类平铺直叙、读来较为枯燥的作品，其中也含蕴着诗人对于理想世界的一片虔诚渴慕之意，具有一定的感情魅力。充沛的感情在诗中或起伏跌宕，或莽莽而来，或一气直下，从而使诗歌具有了沉雄的气韵和健旺的气势，成为曹操诗歌的一大特色。前人从不同角度对此进行了评论，如敖陶孙说："魏武帝如幽燕老将，气韵沉雄。"① 王世贞说："曹公莽莽，古直悲凉。"② 徐世溥说："孟德明允、苍茫、浑健，自有开创之象。"③ 黄子云说孟德"思深而力厚"，"直欲凌轹三代，笼罩后世"④。这种感情和气势往往通过变宕的句法表现出来，显得直中有曲，抑扬顿挫，吞吐往复，富有层次。如《短歌行》（对酒当歌）时而低首微吟，时而引颈浩叹，时而神思凄恻，时而豪情满怀，若断若续，时起时伏，迷离惝恍，不可端倪，将诗人思贤若渴之情表达得兴会淋漓，极为感人。方东树说："大约武帝诗沉郁直朴，气真而逐层顿断，不一顺平放，时时提笔换气换势；寻其意绪，无不明白；玩其笔势文法，凝重屈蟠，诵之令人意满。"⑤ 说的就是这种情况。这种曲折婉转、龙腾虎跃的感情气势对形成曹操诗歌骨劲气猛的风格发挥了十分重要的作用，它是曹操胸襟、气魄、理想、抱负和精神的生动体现，也是当时时代风云、时代潮流、时代精神的生动体现，具有历史和生活的必然性。

真实性与形象性的统一。用形象来反映真实的社会生活内容，表现内心的真情实感，这是一切文学艺术的特质，即使是号称"诗史"的作品也不能例外。如果只是对历史事件作刻板的枯燥乏味的平铺直叙，就只能成为押韵的文献，而不能成其为诗。曹操诗歌虽有个别篇章存在枯燥说理的问题，但总的说来具有较为生动丰满的形象性。由于坚持从个人的生活实感出发，注重曲折深致地表达个人的情志，融注个人独特的精神气质、个性特征和艺术素养，因此曹操诗歌为我们展示出鲜明的抒情主人公形象，其思想风貌、神情语态往往能够活现毫端。《苦寒行》中诗人在蜿蜒崎岖的山道上、在挣扎前行的兵马中立马面对巉岩飞雪悲叹的形象，《观沧海》中诗人伫立碣石遥望苍茫大海激情奔涌浮想联翩的形象等等，读者通过自己的联想和想象都可以清晰地感受到。一些具体的形象描写更是随处可见。如《薤露行》《蒿里行》以"沐猴而冠带"写愚不可及的权贵，以"贼臣持国柄"写篡夺国家大权的

① 敖陶孙《诗评》，丛书集成本。
② 王世贞《艺苑卮言》卷三。见丁福保辑《历代诗话续编》，中华书局 2006 年版，第987 页。
③ 徐世溥《榆溪诗话》，豫章丛书本。
④ 黄子云《野鸿诗的》。见《清诗话》，上海古籍出版社 1978 年版，第 861 页。
⑤ 方东树《昭昧詹言》卷二，人民文学出版社 1961 年版，第 68 页。

军阀，以"踌躇而雁行"写关东"义士"的相互观望、迟疑不前，以"白骨露于野，千里无鸡鸣"写人民大量死亡、田园大片荒芜，都颇真切生动，而且含蕴丰富，耐人寻味。《苦寒行》更是通过大量具体可感的细节描写来备言冰雪溪谷之苦的，读之直觉纸上有阵阵寒气扑面。《却东西门行》《短歌行》《观沧海》《龟虽寿》等则大量甚至通篇运用了比兴。曹操诗歌喜用成语典实，由于这些成语典实大都包含着生动的故事传说，往往能够激起读者的想象和回味，颇有利于拓展意境，加深意蕴，因此一般说来并不会损害诗的形象。不仅"瞻彼洛城郭，微子为哀伤"，"神龟虽寿，犹有竟时；腾蛇乘雾，终为土灰"这类诗句如此，就是《对酒》《度关山》《善哉行》等诗中也有一些诗句具有这样的妙处。这无疑丰富了现实主义诗歌的表现手法，有助于真实性与形象性的完美结合。

钱钟书说："诗是有血有肉的活东西，史诚然是它的骨干，然而假如单凭内容是否在史书上信而有征这一点来判断诗歌的价值，那就仿佛要从爱克斯光透视里来鉴定图画家和雕刻家所选择的人体美了。"[1] 对于曹操诗歌我们自然也应当作如是观。只有在充分看到曹操诗歌所反映的现实的真实性和深刻性的同时充分看到它的艺术性，才有可能正确估量它的全部价值，并对其现实主义特色获得一个更为全面深入的认识。

（原载《文艺探索与比较研究》，贵州省社会科学院文学研究所编，贵阳：贵州民族出版社 1988 年版）

---

① 钱钟书《宋诗选注序》，人民文学出版社 1958 年版，第 4 页。

《典论·论文》写作时间考辨

曹丕的《典论·论文》是中国文学批评史上的著名作品。《典论·论文》写于何时，史籍缺乏明确记载，因此引起了后世研究者探讨的兴趣。朱东润在他的《中国文学批评史大纲》中，提出了"曹氏兄弟论文，皆发于东汉之末，无关黄初"的看法。《郑州大学学报》（哲社版）1980 年第一期和第三期分别刊载了高敏的《略论"建安七子"说的分歧和由来》和《对〈异议〉的异议》两篇文章，又提出了《典论·论文》写于曹丕初即帝位的黄初初年的观点。我认为朱东润的看法基本正确，但略嫌笼统；而高敏的看法则离谱甚远。稽诸史实和情理，《典论·论文》应写于建安二十二年（217）春至二十二年冬或二十三年初之间，其时曹丕尚未成为太子或刚成为太子不久。具体理由如次：

（一）《典论·论文》中有"融等已逝，唯干著论，成一家言"一语。《典论·论文》评论"七子"创作，在排列"七子"姓名时，以孔融为首，下面依次为陈琳、王粲、徐干、阮瑀、应场、刘桢。以此推之，"融等"二字指孔融等七人无疑。七人中，孔融和阮瑀死得较早①，而王粲、徐干、陈琳、应场、刘桢都是在建安二十二年春的大疫中去世的。《典论·论文》既是"融等已逝"后所作，则绝不会写于建安二十二年前，而只能写于建安二十二年后。

（二）"后"到什么时候呢？"后"到建安二十四年为止。《艺文类聚》卷

---

① 陈寿《三国志》卷十二《魏书·崔琰传》裴松之注引《魏氏春秋》："十三年，融对孙权使，有讪谤之言，坐弃市。"《三国志》卷二十一《魏书·王粲传》："瑀以十七年卒。"中华书局 1982 年版，第 372、602 页。

十六载有一篇卞兰的《赞述太子赋》，赋中有"著典宪之高论，作叙欢之丽诗"两句话。所谓"典"，即刘勰《文心雕龙·序志》"魏典密而不周"之"典"，即指曹丕的《典论》。两句话是从赞美"太子"业绩的角度说的，说明《典论》在曹丕当太子时已经问世，不会是黄初以后的作品。

（三）《三国志·魏书·文帝纪》裴松之注引《魏书》云："帝初在东宫，疫疠大起，时人凋伤，帝深感叹，与素所敬者大理王朗书曰：'生有七尺之形，死唯一棺之土，唯立德扬名，可以不朽，其次莫如著篇籍。疫疠数起，士人凋落，余独何人，能全其寿？故论撰所著《典论》、诗赋，盖百余篇，集诸儒于肃城门内，讲论大义，侃侃无倦。'"自清初严可均所校辑的《全三国文》以来，不少人都将《与王朗书》断句到"侃侃无倦"止。按此断句法，则《典论》当写在《与王朗书》之前。据《三国志·魏书·武帝纪》，曹丕是在建安二十二年冬十月被立为魏太子的。《与王朗书》既系曹丕"初在东宫"时作，则当写于二十二年冬或二十三年初，而显然《典论·论文》已在此前写成。

（四）行文至此，我们可以得出曹丕写出《典论·论文》一个比较明确的时间段了：此文是在建安二十二年春至二十二年冬或二十三年初之间写出的。

据《与王朗书》，曹丕在建安二十二年冬或二十三年初之前《典论》全书都已撰成。而据萧统《文选》卷五十二曹丕《典论·论文》吕向注，《典论》一书共二十篇，《论文》仅是其中的一篇。建安二十二年春至二十二年冬或二十三年初之间这个时间段虽然不算很长，但曹丕不仅能在这个时间段内完成《典论·论文》的写作，甚至完全有可能完成《典论》全书的写作。自汉灵帝以来，与战争的杀戮相并行，疫疠不断，造成了人民的大量死亡。建安二十二年春的大疫来得最为猛烈。曹植《说疫气》云："建安二十二年，疠气流行。家家有僵尸之痛，室室有号泣之哀。或阖门而殪，或覆族而丧。"而这场大疫，最先是从曹操攻打孙权的军队中开始的。据《三国志·魏书·武帝纪》，曹操这次攻打孙权从建安二十一年冬开始，二十二年三月结束。《三国志·魏书·司马朗传》："建安二十二年，与夏侯惇、臧霸等征吴。到居巢，军士大疫，朗躬巡视，致医药。遇疾卒，时年四十七。"明确说军队中发生了大疫。王粲就是在这时死在军伍中的。《三国志·魏书·王粲传》云："建安二十一年，从征吴。二十二年春，道病卒。"据曹植《王仲宣诔》，王粲系死于二十二年的正月二十四日。又《三国志·魏书·王粲传》："干、琳、玚、桢二十二年卒。"《三国志·魏书·吴质传》裴松之注引《魏略》："二十三年，太子又与吴质书曰：'……昔年疾疫，亲故多离其灾，徐、陈、应、刘，一时俱逝。'"可见，徐、陈、应、刘同王粲一样，也是在建安二十二年春的这场大疫中染疾去世的。曹丕同王粲及徐、陈、应、刘都有极深的交情，所以"又与吴质书"在"一时俱逝"这句后即慨叹说："痛何可言邪！"显然，王粲等人的突然离世给曹丕的内心带来了极大的冲击。在这种情况下，曹丕不能不想到自己："余独何人，能全其寿？"而曹丕是一个不甘虚度年华、力图有所建树的人，面对如此严峻的现实，曹丕产生了"时不我待"的紧迫感，为了扬名后世，从而加快了著述的步伐。而在所有著述中，曹丕最为看重的又是学术著作的撰述，证据是：他对徐干撰有一部《中论》极表倾慕，在《典论·论文》中说："著《中论》二十余篇，成一家之言，辞义典雅，足传于后，此子为不朽矣。"在"时不我待"的强烈紧迫感和"成一家之言"以传于后世以实现"不朽"这双重因素的强力推动下，曹丕是完全有可能在一个不算太长的时间段内完成《典论》全书的写作的。

但《与王朗书》中华书局1982年版《三国志》有不同的标点法，只断到"余独何人，能全其寿"为止。从上下文意和语气看，这种断句法也不无道理。而高敏据此认为，曹丕"论撰所著《典论》、诗赋"并交诸儒传观、讨论，应在黄初初年，"因此，他的《典论·论文》应写于此时"。其实，就算前面所说属实，后面的结论也是难于站住脚的。因为，"所著"二字表明《典论》、诗赋已经写好，不写好怎么能够交诸儒传观、讨论呢？如果说曹丕在黄初初年写成了《典论》再交给诸儒讨论，一方面时间上来不及，一方面也与"初在东宫"时所写的《与王朗书》的旨意不合。曹丕在那封信中既然因"疫疠数起，士人凋落"而表示要抓紧时间"立德扬名"和"著篇籍"，为什么迟迟不动手，要过了两三年之后才来动笔呢？而且，"故论撰所著《典论》、诗赋，盖百余篇"十余字是连在一起的，《典论》、诗赋都是诸儒传观、讲论的对象，如果《典论》"应写于此时"，那么"诗赋"呢？单单把诗赋撇开是不好解释的。而曹丕要在黄初初年写成"盖百余篇"的《典论》、诗赋，又绝对不可能。因此，只能认为，《典论》和诗赋都是黄初初年以前已经写成的作品，而其中的诗赋以情理推之，写作持续的时间应较长，《三国志·魏书·文帝纪》云："初，帝好文学，以著述为务，自所勒成垂百篇。"一个"初"字，可在相当程度上说明这一点。

（五）《左传·襄公二十四年》载穆叔语云："大上有立德，其次有立功，其次有立言。虽久不废，此之谓不朽。"这个说法后来成为儒家的一个传统观念，对曹丕也有很大影响。曹丕虽然认为"盖文章，经国之大业，不朽之盛事"，但并没有把著述事业放在至高无上的地位。《与王朗书》明言："唯立德扬名，可以不朽，其次莫如著篇籍。"第一和第二的位置，一点也不含糊。曹丕向往和追求不朽，而实现不朽的手段，他当然要采用最有效的，也就是说，他首先会走"立德立功"的道路。只不过，曹操在世时，军政大权集于一身，南征北讨，颐指气使，曹丕很难插上手；偶见使用，也多属见习性质，不能放开手脚。在这种情况下，曹丕当然只好以著述为主。而乃父去世、登基称帝后，情况就完全不同了。曹丕不可能再潜心著述而必然力图在"立德立功"方面有所建树。曹丕的政治眼光、政治抱负和政治才能虽然不能与其父亲相颉颃，但他轻刑罚，薄赋税，禁复仇，禁淫祀，罢墓祭，诏营寿陵力求俭朴；继承乃父遗志，继任丞相、魏王不过四个月便治兵南征。这些都有力地说明，曹丕是在实践着"唯立德扬名，可以不朽"的信条的。在这样的思想支配下，在刚即帝位的黄初初年而来著述《典论》，显然是不大可能的。

此外，黄初初年恰也是曹丕最忙碌、最紧张的时候。一方面，他刚接过乃父的重担，有许多军国大事需要处理；而更为紧迫的，是他还有巩固政权的工作需要做。刘备、孙权的巨大威胁且不说，魏政权内部也不是可以高枕无忧的。在曹丕即帝位前两年（建安二十三年春正月），有太医令吉本伙同少府耿纪、司直韦晃等反叛；前一年（建安二十四年九月），又有西曹掾魏讽潜结徒党，与长乐卫尉陈祎谋袭邺；刚继任丞相、魏王不久（延康元年五月），酒泉黄华、张掖张进等又各执太守以叛。曹丕是一个多疑的人，他对其兄弟尚且严加防范，对大小臣僚更不会不倍加警惕。在这种情况下而要来精心结撰《典论》，自也是难以想象的。

　　为了说明《典论·论文》写于黄初初年，高敏还列举了另外两点理由。一点是："据曹丕《与吴质书》推断，应写于建安二十三年之后，因为建安二十三年，他只说了'六子'，而在《典论·论文》中却说了'七子'，如果《典论·论文》写于二十三年之前，则当他于二十三年给吴质写信时就不会再说'六子'了。"这条理由也可商榷。首先应当明白，《与吴质书》是一封私人通信，内容不是非得面面俱到不可。信中确实提到了一些当代著名文学家的名字，但我们应当弄清作者是在什么情况下提到他们的。信的开头，在对收信人说了几句想念的话之后，开门见山地说："昔年疾疫，亲故多离其灾，徐、陈、应、刘，一时俱逝，痛可言邪！昔日游处，行则连舆，止则接席，何曾须臾相失。每至觞酌流行，丝竹并奏，酒酣耳热，仰而赋诗。"很明显，这封信主要是在怀念亡友，因怀念而评及他们的志趣和创作。这些亡友，全部是邺下文学集团中人，徐、陈、应、刘、阮、王，一共六人。孔融虽也已逝去，但他不是邺下文学集团中人，也不是曹丕的"亡友"，所以没有提到他。因此，虽然《典论·论文》写在《与吴质书》之前，已经明确提出了"七子"说，而《与吴质书》未再提"七子"，未再提孔融，也是不足怪的。也就是说，《典论·论文》"七子"说的提出，并不是《与吴质书》"六子"说发展的结果。

　　为了弥补上述说法的缺陷，高敏还提出了另外一条理由："据《典论·论文》的内容推断，此文应写于文帝已即皇帝位之后的黄初初年。这是因为此文中提到了孔融，而孔融是曹操之政敌，在建安二十五年正月曹操死之前，曹丕是不会冒这样的大不韪的。"这同样难以使人信服。我们知道，在历代的封建统治者中，曹操对文士的态度要算是比较宽容的。即使有的人（如陈琳）曾经激烈反对过他，他也能够"爱其才而不咎"①。他虽然恼恨孔融，在建安十三年杀了他，但至曹丕写《典论》时，事情已经过去了至少十年。当初孔融被杀后，因"融有高名清才，世多哀之。太祖惧远近之议"，专门下了一道令，宣示孔融"以为父母与人无亲，譬若瓶器，寄盛其中，又言若遭饥馑，

---

　　① 陈寿《三国志》卷二十一《魏书·王粲传》，中华书局1982年版，第600页。

而父不肖，宁赡活余人"等所谓"违天反道，败伦乱理"的罪状①。而到了建安二十二年，曹操为了网罗人才，又下了一道举贤勿拘品行令，要求对"负污辱之名，见笑之行，或不仁不孝而有治国用兵之术"的人都要"各举所知，勿有所遗"②。如此前后矛盾，只能说明曹操对孔融的问题已经淡忘，不再挂怀。而且，曹丕在《典论·论文》中对孔融的评价主要局限于文学问题，对文学问题也并非只有肯定而没有批评（曹丕看重学术撰述，由此可推知他对孔融"不能持论，理不胜词，至于杂以嘲戏"的批评程度是不轻的，甚至可以说是在政治上对孔融进行某种清算，因为孔融反对曹操制酒禁，反对曹丕纳甄氏，都是以"嘲戏"的形式表现的）。另外，如果说曹丕在曹操死之前抬出孔融是冒大不韪，那么，曹操刚死，尸骨未寒，抬出孔融就不是冒大不韪了吗？从史籍记载看，曹丕与孔融并没有个人交情可言，他要抬出孔融，无非是要实践自己提出的文学批评标准，实事求是地、公正地对当代作家进行评价，同时表现出一种政治家的风度。

（原载《贵阳师院学报》1981 年第 2 期，中国人民大学书报资料中心《中国古代近代文学研究》1981 年第 20 期）

---

① 见陈寿《三国志》卷十二《魏书·崔琰传》裴松之注引《魏氏春秋》，中华书局 1982 年版，第 373 页。
② 见陈寿《三国志》卷一《魏书·武帝纪》裴松之注引《魏书》，中华书局 1982 年版，第 49~50 页。

"友于之痛" 与曹植的诗歌创作

在曹植后期的诗歌创作中，表现"友于之痛"的作品占有相当比重。这些作品大都情真意切，悱恻动人，不乏名篇佳作，思想艺术都颇有特色，值得加以研讨。

一

据《三国志·魏书·武文世王公传》，武帝曹操共有二十五男：长子曹昂，次子曹丕，下为曹植、曹彰、曹彪、曹冲诸人。因曹昂于建安二年（197）南征张绣时遇害，曹丕非长子，故曹操"不时立太子"①，在继承人问题上颇费了一番踌躇。最初，曹操想立曹冲，而冲不幸在建安十二年（207）病逝。操复有意立曹植，《三国志·魏书》曹植本传云："太祖狐疑，（植）几为太子者数矣。"但同时，曹丕也是曹操考察的对象。由于"操于诸子将择才而与之，意不专在嫡"②，因此在继承人问题上留下了回旋余地，曹丕、曹植为此展开了激烈的竞争和暗斗。对此，《三国志·魏书》曹植本传及裴松之注引《魏武故事》《典略》《世语》《魏略》《魏氏春秋》《文士传》等有详细记载，兹不词费。最后，终因"植任性而行，不自雕励，饮酒不节。文帝御之以术，矫情自饰，宫人左右，并为之说，故遂定为嗣"③。建安二十五年（220）正月，曹操病逝，曹丕嗣位为丞相、魏王。十月，受禅登基称帝。

---

① 陈寿《三国志》卷二《魏书·文帝纪》裴松之注引《魏略》，中华书局 1982 年版，第 57 页。

② 叶适《习学纪言》卷二十七，文渊阁《四库全书》本。

③ 陈寿《三国志》卷十九《魏书·曹植传》，中华书局 1982 年版，第 557 页。

　　曹丕大权在握后，便对诸王进行了严密的控制和无尽的迫害。他首先翦除了政敌的亲信羽翼，然后迫令诸王就国。其次不断迁徙诸王封地，并规定藩国不得互相交通。藩国"寮属皆贾竖下才，兵人给其残老，大数不过二百人"①。又设监国谒者，诸王动辄得咎。种种苛遇，不一而足。后人为此深致慨叹，陈寿说："魏氏王公，既徒有国土之名，而无社稷之实，又禁防壅隔，同于囹圄；位号靡定，大小岁易，骨肉之恩乖，《常棣》之义废。为法之弊，一至于此乎！"② 同篇裴松之注又引《袁子》曰："封建侯王，皆使寄地，空名而无其实。王国使有老兵百余人，以卫其国。虽有王侯之号，而乃俦为匹夫。县隔千里之外，无朝聘之仪，邻国无会同之制。诸侯游猎不得过三十里，又为设防辅监国之官以伺察之。王侯皆思为布衣而不能得。既违宗国藩屏之义，又亏亲戚骨肉之恩。"上述评论，大抵都符合事实。

　　在诸王中，曹植、曹彰因与曹丕有前隙，所受待遇尤苛。曹植在曹丕、曹睿父子两代皇帝的压迫下生活了十年，不仅政治上备受排挤、虐待，生活上也一直处于一种不安定的状态，还尝到了"衣食不继"（曹植《迁都赋序》）的苦头，甚至还多次面临性命之虞。《三国志》曹植本传载："黄初二年，监国谒者灌均希指，奏'植醉酒悖慢，劫胁使者'。有司请治罪，帝以太后故，贬爵安乡侯。"裴松之注引《魏书》载诏曰："植，朕之同母弟。朕于天下无所不容，而况植乎？骨肉之亲，舍而不诛，其改封植。"曹植自己在《责躬诗》中也说："将寘于理，元凶是率"，"不忍我刑，暴之朝肆"。可见，要不是其生母卞太后回护，曹丕本来是要杀曹植的。曹植由安乡侯改封鄄城侯后，又"深为东郡太守王机、防辅吏仓辑等枉所诬白，获罪圣朝"（曹植《黄初六年令》）。曹丕将曹植迁到鄄城禁锢起来，并让朝中百僚典议，企图给他加上"三千之首戾"的罪名，大约又是卞太后从中斡旋，曹植才逃脱了"大辟"的惩处，被诏还鄄城。又《世说新语·尤悔》载："魏文帝忌弟任城王骁壮，因在卞太后阁共围棋，并啖枣。文帝以毒置诸枣蒂中，自选可食者而进。王弗悟，遂杂进之。……须臾遂卒。复欲害东阿，太后曰：'汝已杀我

_____

① 陈寿《三国志》卷十九《魏书·曹植传》，中华书局 1982 年版，第 576 页。
② 陈寿《三国志》卷二十《魏书·武文世王公传》，中华书局 1982 年版，第 591 页。

任城，不得复杀我东阿！'"又是卞太后挽救，曹植才又化险为夷，逃过一劫。此外，还有大家熟知的曹植应命作《七步诗》，"不成者行大法"① 之事。这些记载即使未可全信，但至少说明曹丕不止一次地萌生过杀害曹植的企图。大概一方面由于卞太后的阻挠，另一方面曹植毕竟只是一介书生，已成为曹丕的"圈牢之养物"（曹植《求自试表》），对政权不会构成实质性的威胁，这种企图最终才未变成现实。

曹彰的情形却不一样。在曹操诸子中，曹彰最有将才。据《三国志·魏书·曹彰传》，曹彰"少善射御，膂力过人，手格猛兽，不避险阻"。曾数从征伐，立有战功。曹彰须黄，曹操曾持其须曰："黄须儿竟大奇也！"建安二十五年春正月，"太祖至洛阳，得疾，驿召彰，未至，太祖崩"。裴松之注引《魏略》云："彰至，谓临淄侯植曰：'先王召我者，欲立汝也。'植曰：'不可。不见袁氏兄弟乎！'"也许，在继承人问题上，曹操临终犹有动摇。而如立曹植，曹彰则将充任元辅。《魏略》又云："太子嗣立，既葬，遣彰之国。始彰自以先王见任有功，冀因此遂见授用，而闻当随例，意甚不悦，不待遣而去。时以鄢陵埆薄，使治中牟。及帝受禅，因封为中牟王。是后大驾幸许昌，北州诸侯上下，皆畏彰之刚严，每过中牟，不敢不速。"黄初四年（223）会节气，死于洛阳。裴松之注引《魏氏春秋》云："初，彰问玺授，将有异志，故来朝不即得见。彰忿怒暴薨。"而据前引《世说新语·尤悔》，曹彰系被曹丕毒死。总之，曹彰之死与曹丕直接有关。由于曹彰对曹丕心怀怨愤，且又"骁壮""刚严"，还有过欲立曹植、动问玺授之举，因此曹丕对他特别不放心，直接予以毒害的可能性是极大的。

建安十六年（211），曹植二十岁时，随曹操西征马超，曹丕留监国。临行，曹植写了《离思赋》，其《序》云："建安十六年，大军西征马超，太子留监国。植时从焉。意有忆恋，遂作《离思赋》云。"赋中则有"愿我君之自爱，为皇朝而保己。水重深而鱼悦，林修茂而鸟喜"之句。曹丕也写有《感离赋》，对"老母"和包括曹植在内的"诸弟"表现了"不胜思慕"之

---

① 刘义庆《世说新语·文学》。见徐震堮《世说新语校笺》，中华书局 1984 年版，第134 页。

情。是年曹植被封为平原侯，曹丕被封为五官中郎将、副丞相，地位已在曹植之上。可以说，他们虽然早已开始了争夺继承权的斗争，但在赋中所表达的感情应当还是比较真诚的。至少，在他们整个的童年和少年时期，彼此的感情还是融洽的。曹丕、曹植均为卞太后所生，生活经历、文化教养、性格志趣又有相似之处，出现这种融洽是自然的。曹植颇重兄弟之情，在他的诗文中，"兄弟""骨肉"以及隐喻兄弟骨肉的词语"同根""同生""同衾""棠棣"等随处可见。"孝乎惟孝，友于兄弟"①，看来确实是曹植想要恪守、实践的原则，黄节《曹子建诗注序》称他"树人伦之式"，大约本于此。正因此，面对着骨肉相残、兄弟离异的血淋淋事实，曹植不能不大受刺激，大动感情！发而为诗，于是产生了一篇篇反映"友于之痛"的作品。

二

在曹氏骨肉情乖的矛盾中，曹丕居于主导地位，因此曹植的部分作品抒发了对于曹丕听信谗言、少爱寡恩以及自己衷情不能上达的怨艾、痛切感情。但因迫于曹丕淫威，话不能说得太直接，有的作品只好采取"以执法归臣下"②的做法，把矛头对准监国谒者一类的谗佞小人。如《乐府歌》：

> 胶漆至坚，浸之则离。皎皎素丝，随染色移。君不我弃，谗人所为。

前四句用比，后两句点题，把兄弟关系破裂的责任推给了"谗人"。再看《当墙欲高行》：

> 龙欲升天须浮云，人之仕进待中人。众口可以铄金，谗言三至，慈母不亲。愦愦俗间，不辨伪真。愿欲披心自说陈，君门以九重，道远河无津。

直陈截说，激切感慨，怨悱之气溢于言表，已与《乐府歌》不同。

悲痛中饱含激愤、锋芒明确指向曹丕的作品，莫过于传诵不衰的《七步诗》。这首诗因本集不载，后人有疑出附会者，但以情理度之，我们宁信其

---

① 《论语·为政》。见《十三经注疏·论语注疏》，上海古籍出版社 1997 年影印世界书局缩印阮元刻本，第 2463 页。

② 沈德潜《古诗源》卷五评《圣皇篇》，中华书局 1963 年版，第 117 页。

有，不信其无。现在一些研究者将其系在曹植名下，是不无道理的。最根本的理由，在于曹丕确有不择手段杀害曹植的阴狠之心。孤立地看，七步作诗、不成即行大法实在不近情理，但黄初二年曹丕接连两次对曹植大兴问罪之师，哪一次不是"吹毛求瑕，千端万绪"（曹植《黄初六年令》），小题大做？再从表现上看，曹植诗文本有直言不讳的一面，"恨时王之谬听，受奸枉之虚辞。扬天威以临下，忽放臣而不疑。登高陵而反顾，心怀愁而荒悴。念先宠之既隆，哀后施之不遂"（曹植《九愁赋》），就是托体楚骚、直斥曹丕的句子。而且，《七步诗》虽意旨甚明，但全用比体，仍有含蓄的一面，与祢衡的"击鼓骂曹"① 不同。"本是同根生"借用植物的根来比喻骨肉之亲，也与曹植诗歌惯用"同根"以喻兄弟骨肉的通例吻合。

此外，《豫章行》其二云："他人虽同盟，骨肉天性然。周公穆康叔，管蔡则流言。"《怨歌行》云："周公佐成王，金縢功不刊。推心辅王室，二叔反流言。"《丹霞蔽日行》云："纣为昏乱，虐残忠正。周室何隆？一门三圣。"《鞞舞歌五首·圣皇篇》云："祖道魏东门，泪下沾冠缨。扳盖因内顾，俯仰慕同生。行行日将暮，何时还阙庭？车轮为徘徊，四马踌躇鸣。路人尚酸鼻，何况骨肉情！"或以史实隐喻，或以旁人他物衬托，寄寓自己的万千感慨，"讽君"的用意也是很明显的。

另一类作品，则以倾诉、哀恸自己及诸王的不幸遭际为主要内容。通过对具体事实和感受的生动表现，揭露统治阶级的内部矛盾，或直接或婉蓄地倾吐对于曹丕、曹睿的不满。下面分别言之。

表现漂泊生活的作品。曹植在《迁都赋序》中说："余初封平原，转出临淄，中命鄄城，遂徙雍丘，改邑浚仪，而末将适于东阿。号则六易，居实三迁。连遇瘠土，衣食不继。"《三国志·魏书》本传云："十一年中而三徙都，常汲汲无欢。"确实，对于连遭流徙，居处不定，曹植深觉难堪和痛苦。《吁嗟篇》通篇以转蓬自喻，运用夸张的浪漫主义手法，对转蓬"长去本根逝，

---

① 范晔《后汉书》卷八十下《文苑传·祢衡传》载，祢衡尚气刚傲，唯得孔融赏识，荐于曹操。操欲见之，而衡推病不往，且出言不逊。曹操怀忿，闻其善击鼓，使当众击鼓，欲辱之。衡裸身击鼓，反辱曹操。后又坐于大营门外，大骂曹操。中华书局 1965 年版，第 2655~2656 页。

宿夜无休闲”的境况作了尽情的渲染和描写，深刻地抒发了自己“宕宕当何依”的悲戚、凄惶和痛苦。“愿为中林草，秋随野火燔。糜灭岂不痛？愿与株荄连”，其至表达了愿与至亲骨肉死在一起的愿望，哀怨沉痛，无以复加。《杂诗·转蓬离本根》也是自况之作，抒发了与《吁嗟篇》同样的思想感情。

表现悼亡伤别的作品。曹植《慜志赋》云：“思同游而无路，情壅隔而靡通。哀莫哀于永绝，悲莫悲于生离。”表达了对于“永绝”“生离”的难以承受的感情。据该赋《序》，该赋本为哀悯他人之作，但不料自己也遭遇了“永绝”“生离”的痛苦，这种痛苦在《赠白马王彪》中得到了集中的抒发。白马王，即曹植的异母弟曹彪。曹丕即帝位后，曹彪也被数次改封，后在嘉平元年（249）被以“构通逆谋，图危社稷”① 的罪名被逼自裁。《三国志·魏书·王凌传》及裴松之注引《魏略》说彪“长而才”“有智勇”。曹植《杂诗·南国有佳人》以“佳人”为喻写有才能的人抱负得不到施展，黄节《曹子建诗注》认为“佳人盖指彪，时为吴王也”，又说：“此诗盖为彪而发，亦以自伤也。”由于生活遭遇相似，志趣有相投的一面，曹植对曹彪怀有特殊的感情是可以无疑的。黄初四年五月，曹植、曹彪和曹彰同到洛阳朝会，曹彰不明不白地暴死，《三国志》曹植本传裴松之注引《魏氏春秋》云：“是时待遇诸国法峻。任城王暴薨，诸王既怀友于之痛。植及白马王彪还国，欲同路东归，以叙隔阔之思，而监国使者不听。植发愤告离而作此诗。”所作诗即《赠白马王彪》。《赠白马王彪序》也说：“盖以大别在数日，是用自剖，与王辞焉，愤而成篇。”这清楚地表明，《赠白马王彪》是用愤懑感情的烈火熔铸而成的作品。全诗将对曹彰暴死的哀悼，与曹彪生离的悲伤，对谗佞小人的愤恨和对自身命运的嗟叹有机地融为一体，激愤深广，怒形于色，是曹植诗中首屈一指的“金刚怒目式”② 的作品。其第三章云：“鸱枭鸣衡轭，豺狼当路衢。苍蝇间白黑，谗巧令亲疏。”运用博喻手法，痛斥了谗佞小人的横行当

---

① 陈寿《三国志》卷二十《魏书·楚王彪传》裴松之注引孔衍《汉魏春秋》，中华书局1982年版，第587页。

② 鲁迅《且介亭杂文二集·"题未定"草（六）》："（陶潜）就是诗，除论客所佩服的'悠然见南山'之外，也还有'精卫衔微木，将以填沧海，刑天舞干戚，猛志固常在'之类的'金刚怒目式'。"见吴子敏等《鲁迅论文学与艺术》，人民文学出版社1980年版，第912页。

道、颠倒黑白，实际上是在谴责曹丕的忠奸不辨、冷酷无情。《赠白马王彪》在艺术上的特色也很突出：（一）同时运用了叙事、抒情、写景、议论的表现手法，而叙事宛转有致，抒情曲折淋漓，写景情景交融，议论忉怛深切。四者融贯交错，浑然一气，达到了很高的艺术境界，《离骚》以来，实属罕见。王世贞说："吾每至'谒帝'一章，便数十过不可了。悲婉宏壮，情事理境，无所不有。"① 说得是很中肯的。（二）借鉴并发展了乐府古辞中"顶真格"的修辞手法，通过章章蝉联的辘轳体的形式，将内心极为深沉复杂的感情井然有致、委曲详赡、波澜起伏、层层深入地表现了出来，使长达七章的诗篇上递下接，浑然一体。这种写法，对后来陶渊明的《归园田居》、杜甫的《羌村》《喜达行在所》等联篇诗的写作不无影响。（三）善作"强解"语。第五章，诗人几已痛不欲生，不料第六章却别开新境，感情上来了一个大回环、大转折。沈德潜评云："此章无可奈何之词。人当极无聊后，每作此以强解也。"② 陈祚明也说："强解者，其中正有不能解之至情也。"③ 确实，诗人虽欲强颜一笑，聊以慰藉对方，也借以自解，但由此却越见其内心悲痛之甚，使人觉得酸楚而不忍卒读。（四）语言文质并茂，精练条畅，音律谐美，节奏分明。总之，该诗为魏晋时期五言诗的优秀代表作之一。钟嵘在《诗品序》中列举了从建安至南朝宋的二十二首五言诗，赞曰："斯皆五言之警策者也。所以谓篇章之珠泽，文采之邓林。"而该诗雄居其首，实可当之无愧。

还有《失题》诗一首："双鹤俱遨游，相失东海旁。雄飞窜北朔，雌惊赴南湘。弃我交颈欢，离别各异方。不惜万里道，但恐天网张。"以双鹤相失喻骨肉分离，以天网张喻打击迫害，表现感伤离别和忧谗畏祸的情怀，大约也是与曹彪等兄弟分别时的有感之作。

表现思念之情的作品。藩国不准交通，朝会之后的离别固然使人痛苦，而回到封地后的相思也是令人难以忍受的。通常认为，《杂诗·高台多悲风》是曹植在鄄城所作的思念当时在南方的吴王曹彪的作品。开端两句"高台多

---

① 王世贞《艺苑卮言》卷三。见丁福保辑《历代诗话续编》，中华书局 2006 年版，第 988 页。
② 沈德潜《古诗源》卷五，中华书局 1963 年版，第 122 页。
③ 陈祚明《采菽堂古诗选》卷六，上海古籍出版社 2008 年版，第 183 页。

悲风，朝日照北林"发唱惊挺，气氛肃然，境界壮阔，定下了全诗悲壮苍凉的调子，被沈德潜拈为"极工起调"① 的一例。诗人在一个秋晨登高远眺，朔风含悲，愁怀频添。由孤雁哀鸣而联想到自己形单影只，由孤雁南飞而思及吴王。吴王在什么地方呢？"之子在万里，江湖迥且深。方舟安可极，离思故难任。"全诗篇幅不长，然而层层宕进，把诗人的苦思之情和愁肠百转、忧思难任、悄焉无计的自我形象栩栩如生地表现了出来，具有很强的艺术感染力。

曹丕去世、曹睿即位后，取消了每年到洛阳会节气的制度，诸王完全陷入了与世隔绝、形同囚徒的困境。由于种种折磨接踵而至，曹植常郁郁寡欢，终于在太和六年（232）四十一岁时发病辞世。

三

曹植反映"友于之痛"作品的思想价值，首先在于深刻揭露了统治阶级内部矛盾的尖锐性和残酷性。曹植和曹丕、曹睿之间的关系，既是兄弟、叔侄关系，更是君臣关系，他们之间的矛盾，绝不仅是家庭纠纷，而是统治阶级内部矛盾的一种更为复杂、深刻的表现。曹丕即位后，鉴于汉初分封同姓而萌生七国之乱的历史教训，对王侯权力加以限制，如果做得恰当，本有未可厚非的一面。但他从一己私利出发，对曹植等人蓄意挟嫌报复，实际上把分封变成了一种政治迫害的形式。对这种迫害作出反映，从而使我们既具体又深刻地认识到了最高封建统治者为了维护和巩固自己的既得权势，不惜迫害至亲骨肉的凶残面目。在文学史上，用诗歌来揭露统治阶级内部骨肉相残的内幕，并且作为最高统治者血缘家庭中的一员感同身受地来写，作品又有相当的数量和质量，这还是第一次，直到后世，这种情况也属罕见。更为可贵的是，诗人继承并发展了儒家诗教中"可以怨"② 这一具有一定积极意义的传统，对曹丕父子的政治迫害表现出了诋诃切责、愤懑不平的抗争精神。

---

① 沈德潜《说诗晬语》卷上，人民文学出版社 1979 年版，第 201 页。

② 《论语·阳货》："子曰：'小子何莫学夫诗？诗可以兴，可以观，可以群，可以怨。'"见《十三经注疏·论语注疏》，上海古籍出版社 1997 年影印世界书局缩印阮元刻本，第 2525 页。

《野田黄雀行》云：

> 高树多悲风，海水扬其波。利剑不在掌，结交何须多！不见篱间雀，
> 见鹞自投罗。罗家得雀喜，少年见雀悲。拔剑捎罗网，黄雀得飞飞。飞
> 飞摩苍天，来下谢少年。

"拔剑捎罗网，黄雀得飞飞"虽不过是一种幻想，但其中确实寄寓了诗人反对迫害、冲决罗网的抗争精神。这种精神在其他作品中也屡有流露和表现。曹植在《求通亲亲表》中说："有不蒙施之物，必有惨毒之怀。故《柏舟》有'天只'之怨，《谷风》有'弃予'之叹。"这正是"物不得其平则鸣"的意思，是曹植"怨"诗所由产生的现实基础。钟嵘说曹植诗歌"情兼雅怨"[①]，确实抓住了关键。"怨"，包含有怨恨、愤懑、牢骚、切责种种意思，批判和抗争则是其最高形态的表现。曹植敢于"怨"，说明他继承、发扬了《诗经》《楚辞》和汉乐府民歌的抗争精神，对后来"怨"诗的进一步发展产生了积极影响。当然，曹植后期也写了一些颂祝之类的作品，违心地对曹丕父子说了不少歌功颂德话头，甚至曾说曹丕"恩隆父母"（《上责躬应诏诗表》），遭到不少后人的非议，虽有时实在是不得已而为之，但毕竟表现了曹植性格中软弱的一面，作为封建统治者中的一员，这也许有其阶级和历史的必然性。

反映"友于之痛"的作品，还从一个重要侧面表现了诗人对于理想抱负的执着追求。曹植是一个功名事业心极为强烈的人，"戮力上国，流惠下民，建永世之业，流金石之功"（《与杨德祖书》）是他终生不懈追求的目标，而且越到后来这种要求和呼声就越强烈。他企图通过"输力于明君"（《薤露篇》）的途径来实现自己的抱负，但后期在曹丕父子压制下，他虽一再上表求试，可是全无反响，反而招致更多的猜忌和迫害。反映"友于之痛"的作品，其中也包蕴着对于功名无望和闲居坐废的慨叹痛苦。《赠白马王彪》第一章说："顾瞻恋城阙，引领情内伤。"表白对于京城的依恋，实际上就是在表白对于功名事业的依恋。如今兄弟或无故暴亡，或被迫分离，自己行动尚不

---

① 钟嵘《诗品》卷上。见陈延杰《诗品注》，人民文学出版社 1961 年版，第 20 页。

自由，生命尚无保障，建功立业，更无希望，因此，诗人不能不哀怨异常、激愤不已。《杂诗·仆夫早严驾》说得非常明白："愿欲一轻济，惜哉无方舟。闲居非吾志，甘心赴国忧。"想要施展抱负，又无必要的职权；不愿闲居坐废，偏偏事与愿违，悲愤之情，油然而生。《美女篇》以美女盛年不嫁为喻，正抒发了诗人才能抱负得不到施展的凄婉、怨愤之情。理想和现实存在着无法调和的尖锐矛盾，这正是造成曹植人生悲剧的症结所在。值得一提的是，曹植的理想是有其积极的一面的，"流惠下民"就是要为人民做一些好事，"混同宇内"（《求自试表》）就是要为统一中国而奋斗。这些，都在一定程度上反映了当时人民的呼声和愿望，符合历史发展的总趋势，值得肯定。

反映"友于之痛"的作品，还包含了诗人反对士族特权的思想。曹操在世时，执行打击士族豪强的政策，虽也网罗、任用了一些地方豪强和世族名士，但主要是为了笼络、利用这些人以巩固、扩大自己的统治基础。曹丕继位为魏王后，为了代汉自立，却急于向世家豪族妥协，欣然接受颍川大地主、吏部尚书陈群提出的推行"九品中正制"（也称"九品官人法"）的建议，在政治上给予士族做官的特权，在经济上给予士族特殊优待，与对同姓诸王的苛薄寡情形成了鲜明对比。曹植对这种"国有骥而不知乘"，"无周公之亲"而使行"周公之事"（《陈审举表》）的情况十分不满，在《求通亲亲表》中十分愤慨地说："及观陛下之所拔授，若以臣为异姓，窃自料度，不后于朝士矣！"《豫章行》据此打出了"亲亲"的旗号：

> 鸳鸯自朋亲，不若比翼连。他人虽同盟，骨肉天性然。周公穆康叔，管蔡则流言。子臧让千乘，季札慕其贤。

《陈审举表》云："豪右执政，不在亲戚。权之所在，虽疏必重。势之所去，虽亲必轻。盖取齐者田族，非吕宗也；分晋者赵、魏，非姬姓也。唯陛下察之！苟吉专其位，凶离其患者，异姓之臣也。欲国之安，祈家之贵，存共其荣，没同其祸者，公族之臣也。今反公族疏而异姓亲，臣窃惑焉！"也是说曹魏政权的危险不在同姓而在异姓的权臣身上。在《藉田说》中，曹植又以种地为喻，主张除去权臣；在《与司马仲达书》中，更点名指责了司马懿的拥兵自强。曹植的这些政治见解对于巩固曹魏政权无疑是有益的，但曹丕父子根本听不进去，一意孤行，雕剪枝干，委权异族，终于很快导致了司马氏的专权、篡位。还应说明，曹植并非一味反对异姓，他在《矫志诗》《当欲游南山行》和《陈审举表》中也提出了任用官吏应当不避贵贱、注重考绩、择贤而用、人尽其才的主张，他的牢骚主要是针对曹丕父子用人不公平而发的。曹丕父子维护豪族权益，推行"九品中正制"，为世家大族长期操纵政权创造了条件，为此后长达三百余年的腐朽反动的士族门阀制度开了头，在历史上的作用是很坏的。曹植对此表示不满和非议，成为后来左思、鲍照、陶渊明等人奋起反对门阀制度的先声，在文学史上应当占有一席之地。

总之，反映"友于之痛"的作品，成为曹植后期创作的主体，是其中最为光彩的部分，《赠白马王彪》《吁嗟篇》《野田黄雀行》《杂诗》六首、《怨歌行》《七步诗》《美女篇》等都具有千古不磨的价值。这些作品不仅内容深刻，艺术表现上也颇具特色，特别引人注目的是辞采华茂、善于用事和大量地运用了比兴手法。这既充分地显示出曹植的"八斗之才"[①] 和他对文学艺术特征的自觉认识，也反映出言论不自由的险恶环境给曹植创作带来的影响。由于这些作品是曹植亲身经历和深切体验的产物，感情深沉，个性突出，因此具有鲜明的个性化、抒情化特色。建安后期以至黄初、太和年间，由于"七子"和曹操等已相继辞世，曹丕即了帝位，忙于政务，创作高峰已过，又先于曹植六年去世，曹植实际上成了当时独自支撑文坛的人物，因此反映"友于之痛"的作品，不仅是曹植个人后期主要的创作实绩，而且也代表了建安文坛后期主要的创作成就，推动建安诗歌很好地完成了承前启后、继往开来的历史任务。

（原载青海社会科学院主办《青海社会科学》1984 年第 3 期）

---

① 陶宗仪《说郛》卷十二下："谢灵运尝曰：'天下才有一石，曹子建独占八斗，我得一斗，天下共分一斗。'"文渊阁《四库全书》本。

略论洛神形象的象征意义

曹植《洛神赋》是建安时期著名的抒情小赋。它以出人意表、色彩缤纷的浪漫主义手法，叙述了一个人神恋爱、无从结合，终于含恨分离的悲剧故事，塑造了一个美丽多情、楚楚动人的神女形象，富有浓烈的抒情色彩和传奇意味。对于《洛神赋》的高度艺术成就，历来人们谈论较多，看法也比较一致。而对于它的思想意义，却因对于洛神形象的理解不同而有不同的评价。对洛神形象如何理解，成为从思想上正确认识和评价《洛神赋》的一个关键。

在以往的研究者中，曾有人根据序中"感宋玉对楚王说神女之事，遂作斯赋"一句认为，《洛神赋》是仿宋玉的《神女赋》赞美一个美丽的女神，也就认为洛神是一个纯粹的美女形象，而《洛神赋》则纯粹是咏叹一个离奇的恋爱故事了。《洛神赋》在写作上固与《神女赋》有一定的渊源关系，但将《洛神赋》中的洛神等同于《神女赋》中的神女，却是一种表面的认识。从《洛神赋》的写作背景、赋中随处浸透的强烈感情和曹植后期诗赋惯用比兴寄托手法等情形看来，洛神形象必有较深的蕴含，具有某种象征意义，从而决定《洛神赋》的思想内容不可能那么浅直。而在探寻洛神形象的象征意义时，又出现了不同意见。萧统《文选》尤袤刻本李善注引《记》最先提出了"感甄"说："魏东阿王汉末求甄逸女既不遂，太祖回与五官中郎将。植殊不平，昼思夜想，废寝与食。黄初中入朝，帝示植甄后玉镂金带枕，植见之，不觉泣。时已为郭后谗死，帝意亦寻悟，因令太子留宴饮，仍以枕赍植。植还，度辗辕，少许时，将息洛水上，思甄后。忽见女来，自云：'我本托心君王，其心不遂。此枕是我在家时从嫁，前与五官中郎将，今与君王……'言迄，遂不复见所在。遣人献珠于王，王答以玉佩。悲喜不能自胜，遂作《感甄赋》。后明帝见之，改为《洛神赋》。"按此说法，则洛神是甄后的化身，而《洛神赋》则是咏叹作者个人的儿女之情。由于与事实和情理多有不合，后人多不相信这种说法（郭沫若在《论曹植》一文中曾表示赞同这种说法，但根据并不充分）。此后，出现了"隐喻君臣大义"说。清何焯云："植既不得于君，因济洛川作为此赋，托辞宓妃以寄心文帝，其亦屈子之志也。"① 丁晏赞同这种说法，以为曹植是"拟宋玉之辞为《洛神赋》，托之宓妃神女，寄心君王，犹屈子之志也。"② 按此说法，则洛神又成了曹丕的化身，而《洛神赋》则成了抒发曹植忠君之情的作品了。值得注意的是，这种说法在学术界一直很有影响，一般研究者都根据何、丁的意见和《三国志·魏书·陈思王传》中"植每欲求别见独谈，论及时政，幸冀试用，终不能得。既还，怅然绝望"这段话，一方面认为《洛神赋》表现了作者怀才被黜、有志遭压的失望和痛苦，一方面又认为《洛神赋》是"假托洛神寄寓对君主的思慕"③，是表示"自己忠于君臣兄弟之间的亲密关系"④，是"寄寓了自己对君王的忠诚之情"⑤。这些说法的前部分无疑是正确的。而后部分不仅在一定程度上与前部分自相矛盾，而且不大符合作品的创作实际。由于将洛神看成了曹丕的化身，得出了与何、丁几乎相同的结论，从而在很大程度上低估乃至曲解了《洛神赋》的思想意义。

从种种情形看来，我觉得，洛神应是作者政治理想、人生抱负的寄托或化身，是作者"建永世之业，流金石之功"⑥ 的理想境界的形象化。而《洛神赋》则是表现作者对美好理想的热爱、追求和追求失败后惆怅痛苦心情的作品。赋予洛神形象这样的蕴含，是由作者的思想实际决定的。曹植的功名事业心极为强烈，一生对之追求不已。曹植自认为他的理想十分美好，而其理想确也有其"美好"的一面。他"戮力上国，流惠下民"⑦ 的抱负包含了

---

① 何焯《义门读书记》卷四十五，文渊阁《四库全书》本。
② 丁晏《陈思王年谱序》。见《曹集铨评》附录，文学古籍刊行社 1957 年版，第 216 页。
③ 朱东润主编《中国历代文学作品选》上编第二册，中华书局 1962 年版，第 915 页。
④ 瞿蜕园《汉魏六朝赋选》，上海古籍出版社 1964 年版，第 63 页。
⑤ 林俊荣《魏晋南北朝文学作品选》，吉林人民出版社 1980 年版，第 120 页。
⑥ 曹植《与杨德祖书》。见赵幼文《曹植集校注》，人民文学出版社 1984 年版，第 154 页。
⑦ 曹植《与杨德祖书》。见赵幼文《曹植集校注》，人民文学出版社 1984 年版，第 154 页。

较多的为国为民成分，而"诚欲混同宇内，以致太和"① 的愿望也符合国家民族的最大利益，符合当时人民的普遍要求和历史发展的必然趋势，值得肯定。为了实现自己的政治理想，曹植始终表示愿以牺牲生命作为代价。前期他在《白马篇》中说："捐躯赴国难，视死忽如归。"后期在《求自试表》中说："必乘危蹈险，骋舟奋骊，突刃触锋，为士卒先……虽身分蜀境，首悬吴阙，犹生之年也。"表现自己的政治理想，倾吐对于建功立业的热烈渴望，抒发不能施展抱负的抑郁痛苦，很自然地成了曹植诗文一贯而突出的主题。在表现上，有的较为直接，如《薤露篇》《杂诗》其五（仆夫早严驾）、其六（飞观百余尺）等。有的较为隐晦曲折，多采用比喻象征手法，《洛神赋》《美女篇》等就是这样的作品。

《洛神赋》的写作时间，原序标为"黄初三年"，显系有误，前人也曾指出这一点。主要理由是，曹丕黄初三年不在洛阳。《三国志·魏书·文帝纪》云："三年春正月丙寅朔，日有蚀之。庚午，行幸许昌宫。三月……甲午，行幸襄邑。夏四月……癸亥，行还许昌宫。……冬十月……孙权复叛。复郢州和荆州。帝自许昌南征，诸军兵并进，权临江拒守。十一月辛丑，行幸宛。……四年春正月……筑南巡台于宛。三月丙申，行自宛还洛阳宫。"记录曹丕黄初三年正月至四年三月间行踪既明且详，如果中间有回洛阳事，绝不会大意漏载。魏初曾有诸侯藩王在每年的立春、立夏、立秋、立冬四个节气之前到京师洛阳行迎气之礼并举行朝会的制度，但实际上很难完全做到，到曹丕去世、曹睿即位后，甚至取消了这个制度。又，《三国志·魏书·陈思王植传》："三年，立为鄄城王，邑二千五百户。四年，徙封雍丘王。其年，朝京都。"告诉我们曹植在四年朝过京都，并没有提三年朝过京都的事情。曹植四年朝过京都，还可以从他的《赠白马王彪序》得到证明："黄初四年五月，白马王、任城王与余俱朝京师，会节气。到洛阳，任城王薨。至七月，与白马王还国。"由此看来，《洛神赋》与《赠白马王彪》一样，应当都是曹植黄初四年朝京都后回藩国途中的作品。此外，有人认为《杂诗》其五（仆夫早严驾）也是这时所作，从内容看，也有一定道理。

---

① 曹植《求自试表》。见赵幼文《曹植集校注》，人民文学出版社 1984 年版，第 368 页。

　　上述三篇作品在内容上有一个共同点：都抒发了作者理想不能实现的抑郁、悲愤和痛苦。《杂诗》其五说："闲居非吾志，甘心赴国忧。"而同时又说："愿欲一轻济，惜哉无方舟。"这种感情在《赠白马王彪》和《洛神赋》中表现得最为强烈。这是有其特殊原因的。曹植这次进京，遭到了可以说是前所未有的打击。在洛阳时，任城王曹彰不明不白地暴死。据《世说新语·尤悔》载，系曹丕用毒枣毒死。之后，"复欲害东阿，太后曰：'汝已杀我任城，不得复杀我东阿!'曹植因得幸免。这记载不一定可靠，但体魄"骁壮"①的曹彰突然暴死，总是蹊跷的，聪敏过人的曹植对此不能不有怀疑和觉察。《赠白马王彪》曲折深沉地抒发了兔死狐悲之感，从"变故在斯须，百年谁能持"等诗句看来，曹植是充分意识到了自己生命的危险性的。曹植非常明白：一个人生命尚且没有保障，他的理想抱负就更没有了实现的可能。这对一个将理想抱负嵌入自己生命的人来说是难于忍受的。正是在这样的情况下，曹植精心制作了《洛神赋》，在赋中塑造了姿容美好、心灵皎洁、品质崇高、情意深重的洛神形象，用以象征自己的美好理想，寄托自己对美好理想的倾心仰慕和热爱；又虚构了向洛神求爱的故事，象征自己对美好理想孜孜不倦、梦寐不辍的热烈追求；最后通过恋爱失败的描写，尽情渲染了理想不能实现的怅恨和痛苦。通过象征手法的运用，相当真实、形象地表现了作者当时的心境。

　　将自己心目中抽象的理想抱负、道理主张附丽于某个具体的人或故事有血有肉、生动形象地表现出来，在建安以前早已有之，屈原、庄子等人都曾如此。曹植以洛神寄寓美好理想的做法就直接导源于屈原。《楚辞》屈原《离骚》："吾令丰隆乘云兮，求宓妃之所在。"洪兴祖《补注》引《文选》《洛神赋》注："宓妃，伏羲氏女，溺洛水而死，遂为河神。"屈原《离骚》在"求宓妃之所在"一段描写中，把自己同宓妃之间的关系写成了追求者与被追求者之间的关系，赋予了宓妃形象某种象征意义。对于宓妃形象的象征意义，

---

　　① 刘义庆《世说新语·尤悔》："魏文帝忌弟任城王骁壮，因在卞太后阁共围棋，并啖枣。文帝以毒置诸枣蒂中，自选可食者而进。王弗悟，遂杂进之。……须臾遂卒。"见徐震堮《世说新语校笺》，中华书局1984年版，第478页。

历来人们有种种理解。王逸最先提出了"求隐士"说①，是则认为宓妃是"隐士"的化身。此后，《文选》吕延济注认为是以宓妃"喻贤臣"②。朱熹则认为："女，神女。盖以比贤君也。……求宓妃，见佚女，留二姚，皆求贤君之意也。"③ 蒋骥在释"路漫漫其修远兮，吾将上下而求索"二句时说："求索，求贤君也。"④ 看法与朱熹同。今人刘永济说："此文'宓妃'，乃通称在下之贤者，不限于有位与无位也。"⑤ 看法则与王逸、吕延济相似。其实，据我看来，他们的意见是可以统一起来的。向往"圣哲茂行"的"哲王"（求贤君），追求"举贤授能"的政治（求贤臣或求有德有能之隐士），正是屈原"美政"⑥ 理想的重要组成部分。求贤臣也好，求贤君也好，求有德有能之隐士也好，都是对"美政"理想的追求。求宓妃实际上就是求"美政"。因此，完全可以说，宓妃就是屈原美好政治理想的化身。曹植正是在这一点上接受了屈原的启发。以洛神象征理想也好，以追求洛神象征追求理想也好，以追求失败象征理想破灭也好，都是直接从《离骚》脱胎而来，只不过作者进行了创造加工，使这个虚构故事的描写更加细腻，情节更加复杂，洛神形象也更加生动、丰满、美好。弄清这一点，对于理解洛神形象的象征意义是重要的。

在曹植诗作中，有一首著名的《美女篇》，内容、情调、风格、表现手法都与《洛神赋》相似。诗人从姿态、穿戴、容貌、动作、内在感情及心理几个方面塑造美女形象，描写角度几与《洛神赋》完全相同，有的词句甚至如出一辙，如"罗衣何飘飘，轻裾随风还"之与"披罗衣之璀粲兮……曳雾绡之轻裾"，"顾盼遗光采，长啸气若兰"之与"转眄流睛，光润玉颜。含辞未吐，气若幽兰"，"盛年处房室，中夜起长叹"之与"怨盛年之莫当"等。诗

---

① 洪兴祖《楚辞补注》，中华书局 1983 年版，第 31 页。
② 见《六臣注文选》，日本足利学校藏宋刊明州本，人民文学出版社 2008 年版，第 504 页。
③ 朱熹《楚辞集注》，上海古籍出版社 1979 年版，第 17 页。
④ 蒋骥《山带阁注楚辞》，中华书局 1958 年版，第 42 页。
⑤ 刘永济《屈赋通笺》，人民文学出版社 1961 年版，第 29 页。
⑥ 屈原《离骚》："既莫足与为美政兮，吾将从彭咸之所居。"见洪兴祖《楚辞补注》，中华书局 1983 年版，第 47 页。

人不仅赋予了美女美丽的外表，也赋予了美女崇高的品质，这点同《洛神赋》也是相同的。而运用象征手法，在美女身上寄托作者不幸的遭际及美好的人生理想，则是这两篇作品最突出的相似之点。现在学术界比较普遍地认为《美女篇》是一首托喻抒怀之作，肯定了融入美女形象中的理想色彩，而这恰恰也是《洛神赋》的特点所在。

从《洛神赋》的具体描写和曹植的遭遇及当时的心境看来，"思慕君王"等说法也值得商榷。曹植在赋中对于洛神形象的描写是殚精竭虑、精雕细镂，倾注了自己全部的才力和心血的。曹植调动、运用了大量华丽辞藻和多种修辞手段，从各不相同的角度对洛神形象进行了细致、具体、深入的描绘。"翩若惊鸿，婉若游龙"写洛神的轻盈体态，"荣曜秋菊，华茂春松"写洛神的焕发容采。洛神远望则"皎若太阳升朝霞"，近看则"灼若芙蕖出渌波"。"秾纤得衷，修短合度。肩若削成，腰如约素。延颈秀项，皓质呈露。芳泽无加，铅华弗御。云髻峨峨，修眉联娟。丹唇外朗，皓齿内鲜。明眸善睐，靥辅承权"这段文字，则具体、真切地刻绘了洛神的身材体貌、姣好容颜。加上对洛神艳逸身姿、文静容止、娴雅体态、温润表情、妩媚言词、旷世穿戴的细致摹写，使洛神形象比画中人还要美好。"嗟佳人之信修兮，羌习礼而明诗。"洛神不仅容采照人，而且知书识礼，具有很好的道德文化修养。这样，她就引起了作者热烈的爱慕和追求，追求失败后则产生了深沉的怅惘和痛苦。《洛神赋》最后一段抒写作者追求失败后的无限眷恋之情和失魂落魄之态，字字含悲，深挚感人。

作者把洛神形象写得如此婀娜多姿、光采照人，固然由于他想象丰富，词采流丽，表现出高超的写作才能和技巧。而更为重要的，是由于作者在其中熔铸了自己全部的感情、热情、希望和理想。如要说这是曹丕的化身，那是很难理解的。我们知道，早在曹操去世前，曹丕和曹植就有一段为争夺继承权而激烈暗斗的历史。曹丕即位后，很快就翦除了丁仪、丁廙等曹植的亲信羽翼。黄初二年，监国谒者灌均又仰承曹丕旨意，"奏'植醉酒悖慢，劫胁使者'。有司请治罪。帝以太后故，贬爵安乡侯。"① 黄初四年朝京都，又差

---

① 陈寿《三国志》卷十九《魏书·陈思王植传》，中华书局1982年版，第561页。

点丢了性命。动身回藩国时，本想同白马王彪同路东归，以叙隔阔之思，又横遭监国谒者阻拦。迫害接踵而至，曹植虽然深明君臣之道，可有时也不免郁愤难耐、抗颜犯上。据《赠白马王彪序》，《赠白马王彪》就是"意毒恨之""愤而成篇"的产物。"鸱枭鸣衡轭，豺狼当路衢。苍蝇间白黑，谗巧令亲疏"等句，表面上是在指斥邪恶小人，实际上也是在发泄对曹丕的不满。在这种情况下，曹植会去尽力美化曹丕，无休无止地将他理想化，描绘成一个完美神圣的天使吗？显然是不可能的。退一步说，就算曹植倾心爱慕曹丕，而反过来曹丕对他却是很不友好的，这跟《洛神赋》中人神互相爱恋的动人描写殊不相合。《洛神赋》中的洛神外美内秀，纯洁多情，不仅作者对她一往情深，她对作者也是情深义重的。作者"解玉佩以要之"，她则"抗琼珶以和予"。"超长吟以永慕兮，声哀厉而弥长"，"叹匏瓜之无匹兮，咏牵牛之独处"，更对作者寄予了悠深的相思和同情。临别时的表现尤为感人：

> 动朱唇以徐言，陈交接之大纲。恨人神之道殊兮，怨盛年之莫当。抗罗袂以掩涕兮，泪流襟之浪浪。悼良会之永绝兮，哀一逝而异乡。无微情以效爱兮，献江南之明珰。虽潜处于太阴，长寄心于君王。

"恨人神之道殊"的怨愤，"泪流襟之浪浪"的悲伤，"献江南之明珰"的厚意，表示要"长寄心于君王"的深情，确实可感可叹。这种诚挚、绵厚的恋人关系，显然远非丕、植之间隔阂、猜忌、紧张、闪烁着刀光剑影的关系可比。这里抒发的显然是因曹丕设置障碍、使曹植虽当盛年而闲居坐废的怨愤之情，是因理想抱负再也不可能实现而产生的悲哀痛苦。如果说洛神是曹丕的化身，这些问题就很难解释清楚。

此外，《洛神赋》和《赠白马王彪》是在同一时间和心境下写出来的作品。《赠白马王彪》既然敢于金刚怒目，公开发泄对现实政治的不满，为什么《洛神赋》却要曲曲折折地去美化曹丕和表达自己的忠君之情呢？以常理度之，在当时情况下，他要这样做，大可以不必这样隐晦，让人看不大懂。

总的说来，洛神是作者抽象的理想抱负的形象化身，《洛神赋》是表现作者对于美好理想的热爱追求，以及追求失败、理想破灭后悲愤凄苦心情的作品。作品对当时压抑人才、摧残理想的社会现实进行了含蓄而又尖锐的控诉和谴责，表现出了一定的抗争精神，是具有积极意义的。《洛神赋》虽然在题材、体裁、风格和表现手法上与同期写作的《赠白马王彪》不同，但在精神上二者却是相通的，都是曹植后期值得高度重视和肯定的作品。一直以来，学术界从艺术上肯定《洛神赋》的多，但在思想上却因对洛神形象存在误解而评价不高，这是颇觉遗憾的。

（原载《中州学刊》1983 年第 6 期；《建安文学研究文集》，安徽《艺谭》编辑部编，合肥：黄山书社 1984 年版）

附录 《洛神赋》主题思想研究纵览

曹植《洛神赋》是建安时期著名的抒情小赋，千百年来赢得了无数读者的喜爱。但对其寓意的理解与评价歧见之多，在中国文学史上实属罕见。兹将各种意见概述于下：

"写情"说

《洛神赋》序云："感宋玉对楚王说神女之事，遂作斯赋。"所谓"宋玉对楚王说神女之事"，指宋玉在其所著《高唐赋》《神女赋》中所说的故事。《洛神赋》从中接受影响，写了一个人神相遇、两相爱慕而最后又不得不含恨分离的悲剧故事，有人据此认为该赋是一般的写情之作。萧统《文选》卷十九将其与《高唐赋》《神女赋》和《登徒子好色赋》一并归入赋中的"情"类，刘盼遂、郭预衡在其所主编的《中国历代散文选》上册《洛神赋》题注中说："这篇赋的本意，历来解说不同。"然后将"依仿宋玉的《神女赋》赞美一个美丽的女神"列为第一说，并说"第一种说法较为合理"①，即属此类。

---

① 刘盼遂、郭预衡主编《中国历代散文选》上册，北京出版社 1980 年版，第 463 页。

"感甄"说

清胡克家重刊宋尤袤刻本《文选》卷十九《洛神赋》李善注引《记》最先提出了"感甄"说:"魏东阿王汉末求甄逸女,既不遂,太祖回与五官中郎将。植殊不平,昼思夜想,废寝与食。黄初中入朝,帝示植甄后玉镂金带枕,植见之,不觉泣。时已为郭后谗死,帝意亦寻悟,因令太子留宴饮,仍以枕赉植。植还,度轘辕,少许时,将息洛水上。思甄后,忽见女来,自云:'我本托心君王,其心不遂。此枕是我在家时从嫁,前与五官中郎将,今与君王。遂用荐枕席。欢情交集,岂常辞能具? 为郭后以糠塞口,今被发,羞将此形貌重睹君王尔。'言迄,遂不复见所在。遣人献珠于王,王答以玉佩。悲喜不能自胜,遂作《感甄赋》。后明帝见之,改为《洛神赋》。""感甄"说一出,在唐宋间一时信者风从。比较突出的是李商隐,他在诗中多次提到陈王宓妃。"贾氏窥帘韩掾少,宓妃留枕魏王才。春心莫共花争发,一寸相思一寸灰。"(《无题》四首之一)"冰簟且眠金镂枕,琼筵不醉玉交杯。宓妃愁坐芝田馆,用尽陈王八斗才。"(《可叹》)"国事分明属灌均,西陵魂断夜来人。君王不得为天子,半为当时赋洛神。"(《东阿王》) 这些诗句表现陈王与宓妃的缱绻深情,而宓妃显然就是甄后的化身。北宋太宗太平兴国年间由李昉主编的《太平广记》卷三百一十一引《传记》还载录了一个萧旷遇洛神于洛水之上,洛神自道其为甄后及其与曹植相爱,被文帝幽死,后精魄遇曹植于洛水之上,曹植感而赋《洛神》的故事。

现代信从"感甄"说的也不乏其人。郭沫若在 1943 年 7 月写的《论曹植》一文中认为,"魏晋时代的新人物对于男女关系并不如其前代人或后代人所看的那么严重","子建要思慕甄后,以甄后为他《洛神赋》的模特儿,我看应该也是情理中的事"①。周勋初在《魏氏"三世立贱"的分析》一文中更多方论证了"感甄"说的可信,认为曹氏父子对于名教的观念甚为淡薄,曹植"在感情激动的情况下写出《感甄赋》,也并非不可思议的事。何况这赋只是宣泄自己的感情,并不是存心写就呈献给曹丕或曹睿过目的"。并认为"李

---

① 见郭沫若《历史人物》,人民文学出版社 1979 年版,第 123 页。

善引此事曰'记','记'乃古史，非小说之谓，古人以为这类事情是实有的"。①

此外，还有人推测在萧统之前"感甄"说就已出现，如清何焯在《义门读书记》中就提出了"自好事者造为感甄无稽之说，萧统遂类分入于情赋"②的说法。

"寄心文帝"说

"感甄"说一出，持反对意见的人也就接踵而至。南宋刘克庄认为："《洛神赋》，子建寓言也。好事者乃造甄后事以实之。使果有之，当见诛于黄初之朝矣。"③ 明末张溥认为："黄初二令，省愆悔过，诗文拂郁，音成于心，当此时而犹泣金枕、赋《感甄》，必非人情。"④ 何焯在《义门读书记》中力斥"感甄"为"无稽之说"，对《文选》李善注引《记》逐句进行了批驳。朱乾的态度也颇为激烈，他极诋"子建感甄事"为"极为荒谬"，还具体剖析了"感甄"说产生的原因，认为："黄初三年，立植为鄄城王，所谓感甄者，必鄄城之'鄄'，非甄后之'甄'也。"⑤ 潘德舆的激烈态度不下于朱乾，他认为李善注《洛神赋》而"阑入甄后一事"是"千古奇冤，莫大于此"，"揆之情事，断无此理"⑥，并对李商隐多次提到"感甄"一事极为不满。丁晏也是极诋"感甄"说的："注引《记》曰云云，盖当时记事媒孽之词"，"总是当日媒孽其短者，欲以诬甚其罪尔。植之得免于罪，亦以序文其明，故睿无可以罪植也。"⑦ 近人卢弼则着重从年龄的差距上来否定"感甄"说，认为："邺下初平，甄姬掩面事在建安九年，子建年才十三，若求婚未遂，当在

---

① 见周勋初《魏氏"三世立贱"的分析》，《南京大学学报》1985 年第 1 期。

② 何焯《义门读书记》卷四十五，文渊阁《四库全书》本。

③ 刘克庄《后村诗话》。见《后村先生大全集》卷一百七十三，《四部丛刊》本。

④ 张溥《汉魏六朝百三家集·陈思王集题辞》。见殷孟伦《汉魏六朝百三家集题辞注》，人民文学出版社 1960 年版，第 71 页。

⑤ 朱乾《乐府正义》卷十四，清乾隆朱珪刻本。

⑥ 潘德舆《养一斋诗话》卷二，清刻本。

⑦ 丁晏《曹集诠评·洛神赋》眉批，文学古籍刊行社 1957 年版，第 16、19 页。

未嫁袁熙之前，此岂数岁小儿所能为之事？不辨而知其诬。"① 此外，由于明袁氏及茶陵陈氏六臣注《文选》刊本中所载李善注均无《记》，因此胡克家《文选考异》等还对《记》是否为李注原有提出了疑问。还有人认为李商隐虽多次提及陈王宓妃，但并非真的信从"感甄"说，如张伯伟即认为：由于李商隐"在事业与爱情两方面遭到了双重打击"，曹植所遭受的冷遇和飘零引起了他的共鸣，因此在其诗中才"每以陈王和宓妃连用，突出子建之才华与宓妃之多情"②。

在否定"感甄"说的同时，清人明确提出了"寄心文帝"说。何焯《义门读书记》："《离骚》：'我令丰隆乘云兮，求宓妃之所在。'植既不得于君，因济洛川作为此赋，托辞宓妃以寄心文帝，其亦屈子之志也。"朱乾《乐府正义》："《洛神》一赋，乃其悲君臣之道否，哀骨肉之分离，托为人神永绝之辞，潜处太阴，寄心君王，贞女之死靡他，忠臣有死无贰之志。"潘德舆《养一斋诗话》："即《洛神》一赋，亦纯是爱君恋阙之辞。"丁晏不仅与何焯同一声口，认为《洛神赋》是"托之宓妃神女，寄心君王，犹屈子之志"，并进而由此得出了"陈王忠孝之性溢于楮墨，为古今诗人之冠，灵均以后一人而已"③ 的结论。

1949 年后，不少论者反对"感甄"说而赞成"寄心文帝"说。北京大学中国文学史教研室选注的《魏晋南北朝文学史参考资料》认为，"就曹植的身世遭遇及其怀抱而论，何、丁之说似亦可信"④。朱东润主编《中国历代文学作品选》《洛神赋》解题认为："本篇或系假托洛神寄寓对君主的思慕，反映衷情不能相通的苦闷。"⑤ 瞿蜕园认为曹植是在赋中"发抒对曹丕的猜忌而产生的失望和痛苦心情，和自己忠于君臣兄弟之间的亲密关系"⑥。林俊荣认为

---

① 卢弼《三国志集解》卷十九《陈思王植》按，中华书局 1982 年影印古籍出版社 1957 年排印本，第 484 页。

② 张伯伟《李义山诗中的宋玉、司马相如和曹植》，《光明日报》1983 年 3 月 29 日。

③ 丁晏《陈思王年谱序》。见《曹集铨评》附录，文学古籍刊行社 1957 年版，第 216 页。

④ 北京大学中国文学史教研室《魏晋南北朝文学史参考资料》上册，中华书局 1962 年版，第 95 页。

⑤ 朱东润主编《中国历代文学作品选》上编第二册，中华书局 1962 年版，第 915 页。

⑥ 瞿蜕园《汉魏六朝赋选》，上海古籍出版社 1964 年版，第 63 页。

《洛神赋》"寄寓了自己对君王的忠诚之情和怀才被黜、无由效忠王室的苦闷"①。这种种说法，均与清人成说有着一定联系。

"身不由己，好梦未圆的惆怅和愤怨"说

近年来，"寄心文帝"说受到了不少论者的非议，并进而产生了一些新的说法。陈祖美在其《〈洛神赋〉主旨寻绎——为"感甄"说一辩兼驳"寄心文帝"说》② 一文中表示赞同"感甄"说，但"并不完全相信李善注引的《记》"。汉末"十四岁的曹植不大可能向曹操求娶二十四岁的已婚女子为妻"，"但这并不排除在以后的岁月里，曹植逐渐长大，在家庭中接触甄氏而产生感情"。甄氏是被"有智数"、对曹丕"时时有所献纳"的郭后排挤谗死的。而曹植"受到曹丕的迫害，会觉得自己与甄后都是受害者。无论他们之间的某种感情，或曹植本人的政治前途，都遭到无可挽回的厄运，理想和希望得不到实现。于是在由洛阳回封地途中，渡洛水，想到神话中宓妃的美好形象，不禁联想到甄氏，触发了他与甄氏的身世遭遇，于是写了这一极富浪漫色彩，瑰丽而又使人悠惶莫测的名篇"。但"'感甄'说的正确含义应是曹植为感念甄后而作《洛神赋》"，"'感甄'应该是通常所理解的某某艺术形象中有某某人的影子，或是某一形象是以某一人物为模特儿的"。"完全坐实或视'感甄'为'无稽之说'（何焯），都不符合文学和生活的美学关系，也与《洛神赋》的内容不符"。文章认为《文选》把《洛神赋》归入赋中的"情"类是正确的，但又不同意把它看成一般的写情之作。文章最后的结论是："如果说《洛神赋》有所寓意的话，我认为就是寄托作者身不由己，好梦未圆的惆怅和愤怨。"

"追慕理想愿望"说

胡国瑞在其《魏晋南北朝文学史》中认为，曹植写作《洛神赋》的动机

---

① 林俊荣《魏晋南北朝文学作品选》，吉林人民出版社 1980 年版，第 120 页。
② 陈祖美《〈洛神赋〉主旨寻绎——为"感甄"说一辩兼驳"寄心文帝"说》，《北方论丛》1983 年第 6 期。

是"表达他对于理想愿望的追慕。他在赋中所描写的洛神，就是他所追慕的理想愿望的具体化身，但终因限于制度，即赋中所谓的'人神道殊'，而不能如愿以偿"。并认为赋中那种"对于洛神可望而不可即的怅惘，实质上乃是曹植对于自己所梦寐追求而不可得的理想愿望的怅惘"①。张亚新的《略论洛神形象的象征意义》②认为，"洛神应是作者政治理想、人生抱负的寄托或化身，是作者'建永世之业，流金石之功'的理想境界的形象化。而《洛神赋》则是表现作者对美好理想的热爱、追求和追求失败后惆怅痛苦心情的作品"。文章认为，曹植以洛神寄寓美好理想的做法直接导源于屈原。屈原在《离骚》中借用了宓妃这个形象，他在"吾令丰隆乘云兮，求宓妃之所在"一段描写中"把自己同宓妃之间的关系写成了追求者与被追求者之间的关系，赋予了宓妃形象某种象征意义。对于宓妃形象的象征意义，历来人们有种种理解。王逸最先提出了'求隐士'说，是则认为宓妃是'隐士'的化身。此后，《文选》吕延济注认为是以宓妃'喻贤臣'。朱熹则认为：'女，神女。盖以比贤君也。……求宓妃，见佚女，留二姚，皆求贤君之意也。'……其实，据我看来，他们的意见是可以统一起来的。向往'圣哲茂行'的'哲王'（求贤君），追求'举贤授能'的政治（求贤臣或求有德有能之隐士），正是屈原'美政'理想的重要组成部分。求贤臣也好，求贤君也好，求有德有能之隐士也好，都是对'美政'理想的追求。求宓妃实际上就是求'美政'。因此，完全可以说，宓妃就是屈原美好政治理想的化身。曹植正是在这一点上接受了屈原的启发。以洛神象征理想也好，以追求洛神象征追求理想也好，以追求失败象征理想破灭也好，都是直接从《离骚》脱胎而来，只不过作者进行了创造加工，使这个虚构故事的描写更加细腻，情节更加复杂，洛神形象也更加生动、丰满、美好。"徐公持认为"洛神是理想的化身，这篇赋表现了作者在受着迫害、壮志不伸的条件下，仍然有所追求的精神"③，李宝均认为《洛神赋》"是作者执着的建功立业理想与后期被压抑、被监视生活

---

① 胡国瑞《魏晋南北朝文学史》，上海文艺出版社 1980 年版，第 179~180 页。
② 张亚新《略论洛神形象的象征意义》，《中州学刊》1983 年第 6 期。
③ 徐公持《曹植》。见吕慧鹃等编《中国历代著名文学家评传》第一卷，山东教育出版社 1983 年版，第 274 页。

之间的矛盾的反映"①，裴晋南等认为《洛神赋》"是曹植建功立业的理想在现实生活中无法实现的矛盾心理的反映"②，与"追慕理想愿望"说也有相通之处。

"寄心刘协"说

张瑷的《〈洛神赋〉为"寄心文帝"说质疑》③从"丕植二人从来积不相能，互不服气"、"曹植的诗文一般都写得爱憎分明、语言率直、主题思想显豁"、"曹氏兄弟政治观点完全不同"等方面驳斥了"寄心文帝"说。文章认为，"曹植一向以忠臣义士自命"，"他认为他们全家的最高理想便是'翼我皇家兮，宁彼四方'"。"在曹植眼中，曹丕是不忠不孝的奸贼"。因此，"曹植写作《洛神赋》的真正意图，绝不会是'寄心文帝'。相反，说他所寄心的君王，就是被曹丕废为'山阳公'的刘协的可能性倒更大些。据史传记载，这两人都绝顶聪明，又是郎舅至亲，他们二人之间又感情极好，观点也比较一致。双方又同受曹丕的迫害，两情相悦是可能的。而赋中许多寓意深长的诗句，也可由此得到合理的解释。恐怕也只有这种'大逆不道'的思想，作者才不得不写得如此隐晦曲折"。

"苦闷的象征"说

张文勋的《苦闷的象征——〈洛神赋〉新议》④认为，《洛神赋》"写的是爱情主题，歌颂了一位理想中的美丽的女性，大胆地抒发了作者对这位想象中的妇女的爱慕之情"。其思想内容"可以分两个层次加以剖析：一是对爱情和幸福的追求，二是对事业和理想的寄托。而此二者，又都是作者长期生活积累的产物，并不一定具体指某人某事"。"《洛神赋》的思想意义，是在于它反映了封建社会制度对爱情的束缚和压迫，表现了人们在爱情婚姻问题上对自由和幸福的追求。而宓妃的形象，正是人们所追求的美的女性的具体

---

①　李宝均《曹氏父子和建安文学》，上海古籍出版社 1978 年版，第 48 页。
②　裴晋南等《汉魏六朝赋选注》，上海古籍出版社 1983 年版，第 92 页。
③　张瑷《〈洛神赋〉为"寄心文帝"说质疑》，《南京师院学报》1983 年第 4 期。
④　张文勋《苦闷的象征——〈洛神赋〉新议》，《社会科学战线》1985 年第 1 期。

化"。"至于说，在爱情主题后面，是否还寄托了作者对于事业和理想的追求呢？应该说是有的"。"《洛神赋》中，表现出来的失望、哀婉、眷恋、追求种种错综复杂的思想情绪，可以说就是曹植其人长期受压抑、受迫害，在生活上事业上有种种不幸遭遇的综合反映，如果我们借用厨川百村的一句话，那就叫'苦闷的象征'吧！这里面包括他的爱情生活、政治生活上的那种执着的感情，反映出他的多愁善感、才华横溢的性格特征"。"如果这篇赋仅仅只是'感甄'或者'寄心君王'，恐怕也就不会具有这样强烈的艺术力量了"。

（原载杭州大学中文系编《语文导报》1986 年第 3 期）

《七步诗》理应为曹植所作说

《七步诗》最早见载于南朝宋刘义庆所编撰的《世说新语·文学》：

> 文帝尝令东阿王七步中作诗，不成者行大法。应声便为诗曰："煮豆持作羹，漉菽以为汁。萁在釜下燃，豆在釜中泣。本自同根生，相煎何太急！"帝深有惭色。

这便是六句《七步诗》的来历，其作者明确无误地载为曹植。最迟到初唐，又出现了四句的《七步诗》。《文选》卷六十任昉《齐竟陵文宣王行状》："淮南取贵于食时，陈思见称于七步。"李善（约630—689）注云：

> 《世说》曰：魏文帝令陈思王七步成诗，诗曰："萁在灶下然，豆在釜中泣。本是同根生，相煎何太急。"

只引了六句《七步诗》的后四句，文字也略有不同。其后不久，徐坚（约659—729）等在开元年间奉玄宗命编撰类书《初学记》，其卷十"帝戚部"载：

> 刘义庆《世说》曰："魏文帝令东阿王七步成诗，不成将行大法。遂作诗曰：'煮豆燃豆萁，豆在釜中泣。本是同根生，相煎何太急。'文帝大有惭色。"

也将《七步诗》由原来的六句省略成了四句。据《隋书·经籍志》，并无两种撰人不同的《世说》行世，但其"子部·小说类"却是将《世说》的原本与注本分别著录的，并分别注云："《世说》八卷，宋临川王刘义庆撰。""《世说》十卷，刘孝标注。"注本引录原本文字，常有节略删削，四句《七步诗》很可能即由此产生。但《文选》李善注引文，也常会有节略删削，因此也有这样的可能：即李善所看到的《世说》原文本来也是六句，但他在引用时，却将其省略成了四句，并因此而影响到了徐坚等后人对《七步诗》的载录。

此后，两种文本并行于世，在一些人眼里是并无轩轾之分的，如清人陈祚明即认为《七步诗》乃"窘急中至性语，自然流出。繁简二本并佳。多二语，便觉淋漓似乐府；少二语，简切似古诗"①。但一般集子或选集以载录六句的居多，其原因，或为忠实于原本，或认为六句的比四句的好，如张玉谷《古诗赏析》即认为："主意只在末二，唤醒警切。然前路不迂徐引入，则急促无味矣，故取此六句者。"但有的集子在载录六句的之后，对四句的也附作绍介，如冯惟讷《诗纪》在著录六句后，又在下面加了个小注："一作'煮豆燃豆萁，豆在釜中泣。本是同根生，相煎何太急。'"即此。

《七步诗》自问世后，至少从南北朝时代起，即广为流传。齐、梁时，除任昉《齐竟陵文宣王行状》提到此事外，萧统《锦带书十二月启·中吕四月》也曾提到此事："声闻九皋，诗成七步。涵蚌胎于学海，卓尔超群；蕴抵鹊于文山，俨然孤秀。"②又《北齐书·魏收传》：

> 节闵帝立，妙简近侍，诏试收为《封禅书》，收下笔便就，不立稿草，文将千言，所改无几。时黄门郎贾思同侍立，深奇之，白帝曰："虽七步之才，无以过此。"

唐以后，此事更屡见于诗文之中，如李峤《杂咏》诗："天子三章传，陈王七步才。"岑参《送张直公归南郑拜省》诗："万言不加点，七步犹嫌迟。"《新唐书·柳公权传》："公权为数言称贺，帝曰：'当贺我以诗。'宫人迫之，公权应声成文，婉切而丽。诏令再赋，复无停思。天子甚悦，曰：'子建七步，尔乃三焉。'"王之望《鹧鸪天·台州倚江亭即席和李举之……》词：

① 陈祚明《采菽堂古诗选》卷六，上海古籍出版社 2008 年版，第 188 页。
② 《四库全书总目·子部·类书类·存目》认为《锦带书十二月启》"每篇自叙之词，皆山林之语，非帝胄所宜言。且词气不类六朝，亦复不类唐格"，因此"疑宋人按《月令》集为骈句，以备笺启之用。后来附会，题为统作耳"。

"谪仙狂监从来识，七步初看子建诗。"汤显祖《牡丹亭》第三九出："七步才，蹬上了寒宫八宝台"等等，皆是。与"煮豆燃萁"直接关联的语意语词，也屡见于诗文中，如《隋唐演义》第二回："直教豆向釜中泣，宁论豆萁一体生。"柳亚子《题太平天国战史》："煮豆燃萁谁管得，莫将成败论英雄。"又《屈辱一首》："萁豆谁令煎魏釜？烽烟从此逼秦城。"陈毅《"七七"五周年感怀》诗："国中忍见儿皇立，朝内惟谋萁豆炊。"又《过临洮》诗："煮豆燃萁伤往昔，而今团结乐陶陶。"周恩来《为江南死国难者志哀》："千古奇冤，江南一叶。同室操戈，相煎何急。"等等，皆是。古人今人，同声相应，足见《七步诗》对于后世的深远影响。

但《七步诗》是否真为曹植所作，历来却颇有争议。明冯惟讷《诗纪》在著录《七步诗》后，又在题下小注云："本集不载。"已对曹植的著作权表示怀疑。清初宝香山人在承冯惟讷说"本集不载"后，更申发其意，在其《三家诗·曹集》中明确表示了对曹植著作权的否定：

> 《世说新语》云："文帝尝令东阿王七步中作诗，不成者行大法。应声便为诗《七步》，帝有惭色。"《七步》者，言子建尝七步而能诗成，犹八叉手之谓。魏文岂有诗不成而行大法之理。此诗亦尝时以煮豆起兴者，非对其暴戾之兄而敢作此语。《世说新语》亦《齐谐》之余，小说之祖，因此诗同根相煎，似对其兄语，以七步附会之耳。"煮豆燃豆萁"，亦非子建口气。

其后，丁晏《曹集铨评》卷四《七步诗》题下小注在称引了《诗纪》的"本集不载"说之后，即出己见云："疑出附会。"实与宝香山人"以七步附会之耳"同为一说。今人持此见者也大有人在，如余冠英《三曹诗选》即认为《世说新语》所记载的"故事是不大可信的，因而诗的真伪也难判定"；韩兆琦《汉魏南北朝诗选注》也认为《世说新语》的"记载近乎传说，不一定可信；诗的本身是否真为曹植所作，也在疑似之间"，只因《七步诗》是"有名的好诗"，"我们姑且仍系于曹植名下"。

同样是古人今人，同声相应，这就给《七步诗》的著者问题布下了团团迷雾。一首传世的好诗，其著者问题令人不得要领，总是一个遗憾，故颇值得一辨。我的浅见是：《七步诗》理应为曹植所作。今针对"怀疑"乃至"否定"论者所提出的几条理由：（一）"本集不载"；（二）不近情理；（三）《世说新语》乃"《齐谐》之余，小说之祖"，所记"不一定可信"，略申管见如次。

（一）关于本集不载的问题。所谓曹植本集，是一个相当复杂、恐怕永远也不可能弄清其庐山真面的问题。早在曹魏王朝中叶，就曾产生过两种曹植集本。一种是曹植亲自编定的，名曰《前录》。《前录自序》云："余少而好赋，其所尚也，雅好慷慨，所著繁多。虽触类而作，然芜秽者众，故删定别撰，为《前录》七十八篇。"则《前录》所收录的并非是此前作品的全部，而是经过了筛选的。姚振宗《隋书经籍志考证》："《陈思王传》注引《典略》，植与杨修书曰：'今往仆少小所著辞赋一通相与。'修答书曰'猥受顾赐，教使刊定'云云，与此《录》自序所言相印合，其即此《录》尝以属杨修点定者。建安十九年徙封临淄之后事也。"按曹植与杨修书云"仆少小好为文章，迄至于今二十有五年矣"，这封信写于建安二十一年（216），考曹植生于初平二年（191），其时二十五岁。若姚振宗所考无误，《前录》确为"尝以属杨修点定者"，则其所著录的只能是曹植前期的作品。从曹植与杨修书"今往仆少小所著辞赋一通相与"一句看，《前录》很可能并不选诗，即使选诗，作于后期的《七步诗》也不可能收录其中。既有《前录》，则曹植必定曾经打算编辑《后录》，但史籍并无有关《后录》的记载，此《后录》并未编出也未可知。

曹魏时期产生的另一种曹植集本，是曹植死后景初（237—239）中明帝曹睿下令编辑的。《三国志·魏书·陈思王植传》载明帝诏云："陈思王昔虽有过失，既克己慎行，以补前阙，且自少至终，篇籍不离于手，诚难能也。……撰录植前后所著赋颂诗铭杂论凡百余篇，副藏内外。"据曹植《前录自序》，《前录》在经筛汰后尚收有作品七十八篇，而这里撰录曹植一生著作，各体文章加在一起一共才一百余篇，可见这仍然只是一个选本。支撑这一看法的还有《晋书·曹志传》中的一段记载：

> 帝（按指晋武帝司马炎）尝阅《六代论》，问志曰："是卿先王所作邪？"志对曰："先王有手所作目录，请归寻按。"还奏曰："按录无此。"

可见曹植生前是亲手为自己编有一个著作目录的，其所著一定非常繁多，以至他的史称"好学有才行"①，曾做过国子博士、博士祭酒的儿子曹志也不能遽断《六代论》是否为其父所作，而须回家查核。也可见明帝景初中所编辑的也只是一个选本，因为如果不是选本，当初是"副藏内外"的，只须命人查核中秘所藏即可，何须多曹志回家查核一举。既是选本，而《七步诗》又是有损曹丕形象的，也认为曹植"昔有过失"的曹睿自然是不会将其选入其中的。

曹植生前"手所作目录"的集子，自当为全集。唐初所编《隋书·经籍志》史部杂传类著录有曹植《列女传颂》一卷，集部别集类著录有《陈思王曹植集》三十卷，总集类又著录有《画赞》五卷，合计三十六卷，当为曹植的全部作品，推测应与曹植"手作目录"的全集吻合，没有理由认为《七步诗》不在其中。至后晋刘昫等撰《旧唐书》，其《经籍志》著录"魏《陈思王集》二十卷，又三十卷"，北宋宋祁、欧阳修等撰《新唐书》，其《艺文志》依据《旧唐书》也著录为二十卷和三十卷两种集本。《四库全书总目提要》指出，三十卷是隋时旧本，二十卷本是后来合并重编的，实无二本。同时又指出：陈振孙《直斋书录解题》亦作二十卷，"然振孙谓其间颇有采取《御览》《书钞》《类聚》中所有者，则捃摭而成，已非唐时二十卷之旧。"这就是说，三十卷的隋时旧本至后晋时已不复存在，很可能已散佚于唐末五代的兵燹之中，刘昫只是依据开元存目而著录。二十卷本则是后来重新辑录而成，只能叫作"辑本"，是不能叫作"本集"的，而明人冯惟讷所看到的曹植集正是这样的辑本。既为辑本，所收作品不可能赅备自是情理中事，《七步诗》或不见载，也就不足怪了。据黄永年《从七步诗的由来评曹植诗的整理》②，现存最古的南宋刻大字十卷本《曹子建文集》和明徐氏活字十卷本《曹子建集》（排印于弘治末或正德初）就都是不曾收录《七步诗》的。最早收录《七步诗》的本子，是正德五年舒贞刊刻的《陈思王集》，《七步诗》的

① 见陈寿《三国志》卷十九《魏书·陈思王植传》裴松之注引《志别传》，中华书局1982年版，第577页。
② 黄永年《从七步诗的由来评曹植诗的整理》，《学林漫录》第十三集，中华书局1991年版。

来源不得而知，按理不外有二：或从他书搜辑加入，或直接辑自《世说新语》。不知冯惟讷如看了舒贞刊刻本，是否会说"本集见载"？宝香山人和丁晏是否也会随之换一个说法？总之，宋以后的曹集都是辑本，《七步诗》如不见载，是不能称之为"本集不载"并进而将曹植的著作权一笔抹杀的。

（二）关于不近情理的问题。如果对曹植七步成诗一事从宏观的角度加以考察，就会发现并非不近情理，而是颇近情理的。理由是：

1. 曹丕对曹植有"诗不成而行大法"的思想基础。众所周知，曹丕与曹植争当太子，长期明争暗斗，结下了很深的怨隙，最后缺少心计的曹植败下阵来，而"御之以术，矫情自饰，宫人左右，并为之说"① 的曹丕如愿以偿，最后登上了皇帝宝座。曹丕即位后，对诸王采取了严厉的防范措施，曹植更被视作眼中钉，遭到最严厉的对待。曹植《迁都赋序》："余初封平原，转出临淄，中命鄄城，遂徙雍丘，改邑浚仪，而末将适于东阿。号则六易，居实三迁。连遇瘠土，衣食不继。"《转封东阿王谢表》又倾述在雍丘五年苦况云："桑田无业，左右贫穷，食裁糊口，形有裸露。"曹植不仅在政治上被封杀，生活上受苦待，还曾多次面临性命之虞。如果不算《世说新语·文学》所载的这一次，至少还有另外的三次。

一次发生在黄初二年（221）。《三国志·魏书》曹植本传载："黄初二年，监国谒者灌均希指，奏'植醉酒悖慢，劫胁使者'。有司请治罪，帝以太后故，贬爵安乡侯。"裴松之注引《魏书》载诏曰："植，朕之同母弟。朕于天下无所不容，而况植乎？骨肉之亲，舍而不诛，其改封植。"曹植《责躬诗》也说："国有典刑，我削我黜，将寘于理，元凶是率。明明天子，时惟笃类，不忍我刑，暴之朝肆。"又《三国志·魏书·周宣传》："帝（按指曹丕）复问曰：'吾梦摩钱文，欲令灭而更愈明，此何谓邪？'宣怅然不对。帝重问之，宣对曰：'此自陛下家事，虽意欲尔而太后不听，是以文欲灭而明耳。'时帝欲治弟植之罪，逼于太后，但加贬爵。"可见，"醉酒悖慢，劫胁使者"是灌均仰承曹丕旨意强加于曹植的罪名，"醉酒"或有之，"醉酒"后"悖慢"一下或亦有之，但"劫胁使者"就实在有些令人难以置信了。但曹丕就

---

① 陈寿《三国志》卷十九《魏书·陈思王植传》，中华书局1982年版，第557页。

此抓住不放，必欲置曹植于死地，只因卞太后一力回护，其企图才未能得逞。

另一次发生在黄初二年（或三年）。《三国志·魏书》曹植本传："（黄初二年）贬爵安乡侯。其年改封鄄城侯。三年，立为鄄城王。"据曹植《黄初六年令》，曹植到鄄城后，"深为东郡（按鄄城属东郡）太守王机、防辅吏仓辑等枉所诬白，获罪圣朝。身轻于鸿毛，而谤重于泰山"。曹丕又借机将曹植从封地召回，让朝中百僚典议，企图给他加上"三千之首戾"的罪名。"三千之首戾"，即法律中的第一条罪行，其罪自在可杀，大约又是卞太后从中斡旋，曹植才又逃脱劫难，得以"反我旧居，袭我初服"。据《黄初六年令》，"机等吹毛求瑕，千端万绪，然终无可言者"，也就是故意找碴，无中生有。曹植并非真有什么了不起的过错，而曹丕却要借机办成死罪，这跟命曹植"七步作诗，不成者行大法"的做法何其相似。

第三次发生在黄初四年。《三国志·魏书》曹植本传："四年，徙封雍丘王。其年，朝京都。"曹植这次"朝京都"可是诚惶诚恐，战战兢兢。本传裴松之注引《魏略》："初植未到关，自念有过，宜当谢帝。乃留其从官著关东，单将两三人微行，入见清河长公主，欲因主谢。而关吏以闻，帝使人逆之，不得见。太后以为自杀也，对帝泣。会植科头负鈇锧，徒跣诣阙下，帝及太后乃喜。及见之，帝犹严颜色，不与语，又不使冠履。植伏地泣涕，太后为不乐。诏乃听复王服。"可见丕、植之间的关系已经何等僵硬、紧张，曹植几被逼到无立身之地，纵曹丕不杀他，他也到了可能随时自杀的地步。曹植虽如此委曲求全，但不久还是发生了一件可怕的事情。《世说新语·尤悔》载：

> 魏文帝忌弟任城王骁壮，因在卞太后阁共围棋，并啖枣。文帝以毒置诸枣蒂中，自选可食者而进。王弗悟，遂杂进之。既中毒，太后索水救之，帝预敕左右毁瓶罐，太后徒跣趋井，无以汲，须臾遂卒。复欲害东阿，太后曰："汝已杀我任城，不得复杀我东阿！"

任城王曹彰亦为曹丕同母弟，在曹操诸子中，是最有将才的一位。《三国志·魏书》本传说曹彰"少善射御，膂力过人，手格猛兽，不避险阻。数从征伐，志意慷慨"。建安二十三年（218）北征乌桓，"身自搏战，射胡骑，应弦而倒者前后相属"。又"乘胜逐北"，"大破之，斩首获生以千数"，"北方悉平"。后曹操见到曹彰，大喜，持彰须曰："黄须儿竟大奇也！"据裴松之注引《魏略》，曹操死后，曹彰曾有过欲立曹植的言论，同时对曹丕不授用自己、而让自己随例就国的举措心怀不满。在这种情况下，曹丕对曹彰特别嫉恨和不放心，直接予以毒杀的可能性是极大的。关于曹彰之死，裴松之注引《魏氏春秋》还有另一种说法："初，彰问玺绶，将有异志，故来朝不即得见。彰忿怒暴薨。""将有异志"的说法难以置信，因若真如此，恐怕就远远不是"来朝不即得见"的问题了。因此，曹彰"暴薨"得实在是有些蹊跷。对于一个体魄强健的年轻人来说，"暴薨"总不该是自身身体方面的原因，因此被曹丕毒杀的可能性就更加难以排除。在此情况下，曹丕一不做二不休，牵连到曹植也是完全可能的。曹植在曹彰死后所写的《赠白马王彪》诗中说："变故在斯须，百年谁能持？"说明他是意识到了自己生命的危险性的。

总之，曹丕不止一次地萌生过不择手段地杀害曹植的意图，大概一方面由于卞太后的竭力阻挠，另一方面由于曹植毕竟只是一介书生，又已成为曹丕的"圈牢之养物"[1]，已绝无可能对曹丕的权力构成任何实质性的威胁，这种企图才最终未变成血淋淋的现实。

2. 曹植并非没有冒犯其"暴戾之兄"的胆量。总的说来，由于曹丕大权在握，加之君臣名分不可不予遵循，曹植对曹丕所抱的态度是俯首帖耳、委曲求全的。在恭维曹丕时，有时还不得不说一些过头话，以致遭到后人非议，如《上责躬应诏诗表》中有"伏惟陛下德象天地，恩隆父母"的话，严元照《蕙榜杂记》即纠之云："此虽章奏常谈，然植实丕之母弟也，而曰'恩隆父母'，岂非失词乎？"潘德舆《养一斋诗话》亦纠此句及"慈父之恩也"句云："皆不合理。何则？子建与子桓为亲兄弟。"但是，曹植有时郁愤难耐，也不免抗言犯上。黄初四年"朝京都"后在还国途中作了《赠白马王彪》一诗，据该诗《序》，此诗是在"意毒恨之"的情况下"愤而成篇"的，因此一些诗句可以说是冲口而出，无所顾忌。"鸱枭鸣衡轭，豺狼当路衢。苍蝇间白黑，谗巧令亲疏"这样的痛骂，矛头虽然仅是指向曹丕周围的亲信，但实际上已是在发泄对曹丕的不满。大体作于同一时期的《九愁赋》，中有句云：

---

① 曹植《求自试表》。见赵幼文《曹植集校注》，人民文学出版社 1984 年版，第 370 页。

"恨时王之谬听，受奸枉之虚辞。扬天威以临下，忽放臣而不疑。登高陵而反顾，心怀愁而荒悴。念先宠之既隆，哀后施之不遂。"虽是托体楚骚，但直斥曹丕的用意也很明显。写作时间稍晚的《当墙欲高行》诗，中有句云："众口可以铄金，谗言三至，慈母不亲。愤愤俗间，不辨伪真。愿欲披心自说陈，君门以九重，道远河无津。"也为同类作品。《七步诗》显露君过，几不掩饰（但通篇运用比兴，与放言直斥还是有所区别的），是可与此视作同调的。

3. 曹植确有七步成诗的捷才，也有必要在此提一提。宝香山人所谓"言子建尝七步而能诗成，犹八叉手之类"，所谓"八叉手"，即才思敏捷之谓（两手相拱为叉。相传晚唐温庭筠才思敏捷，考试作赋，叉手八次即赋成八韵，时人称之为"温八叉"）。《三国志·魏书》曹植本传："年十岁余，诵读《诗》《论》及辞赋数十万言，善属文。太祖尝视其文，谓植曰：'汝倩人邪？'植跪曰：'言出为论，下笔成章，顾当面试，奈何倩人？'时邺铜爵台新成，太祖悉将诸子登台，使各为赋。植援笔立成，可观，太祖甚异之。"可证。又杨修《答临淄侯笺》有曹植"握牍持笔，有所造作，若成诵在心，借书于手，曾不斯须少留思虑"之说，刘勰《文心雕龙·神思》有"子建援牍如口诵"之说，《才略》有"子建思捷而才隽"之说，皆足可证明曹植才思的敏捷。何况，《七步诗》乃有感而发，文词皆从胸中自然流出，显示出与"温八叉"相似的才能，是不足为奇的。

（三）关于《世说新语》是否为"《齐谐》之余，小说之祖"的问题。《庄子·逍遥游》："《齐谐》者，志怪者也。"《齐谐》，书名，内容多诙谐诡异，因出于齐国，故名《齐谐》。宝香山人说《世说新语》乃"《齐谐》之余"，实即认为该书所记皆荒诞不经之事。"小说之祖"中的"小说"，在宝香山人眼里大致也与"《齐谐》"同义。其实，《世说新语》虽是一部志人小说（或轶事小说），但这里的"小说"与后来所说的"小说"含义大不相同。第一个把小说当作一种著作列在目录中的是东汉史学家班固，他在《汉书·艺文志》中说："小说家者流，盖出于稗官，街谈巷语，道听途说者之所造也。"也就是说，小说所记载的大抵上是真人真事，不过多是一些逸闻轶事而已。《世说新语》所依据的材料，大抵来自魏晋时期的几部轶事小说即郭澄之

《郭子》、郭颁《魏晋世语》及裴启《语林》，此外，还采撷了魏晋时期诸家史书中的一些材料。这些书籍采录汉魏两晋名士的言行，大抵都有一定的依据。如《世说新语·文学》载云：

> 袁彦伯作《名士传》成，见谢公，公笑曰：“我尝与诸人道江北事，特作狡狯耳，彦伯遂以著书。”

谢安认为他同一些人谈起南渡前江北的事情不过是开开玩笑，言外之意是不值得写进书的。但不论值不值得写进书中，袁宏的记载起码是确有其事的。因此，如果记载得不实，就容易招致非难。《世说新语·轻诋》载：

> 庾道季诧谢公曰：“裴郎云：‘谢安谓裴郎乃可不恶，何得为复饮酒！’裴郎又云：‘谢安目支道林如九方皋之相马，略其玄黄，取其隽逸。’”谢公云：“都无此二语，裴自为此辞耳。”庾意甚不以为好，因陈东亭《经酒垆下赋》。读毕，都不下赏裁，直云：“君乃复作裴氏学！”于此《语林》遂废。

谢安认为裴启《语林》所载的他所说的两段话其实他并没有说，是裴启编造的；对《语林》所载录的王东亭（王珣）《经酒垆下赋》也不做赞赏和评论，而不做赞赏和评论的原因，大约也因此赋所记载的事不实（《经酒垆下赋》记王戎经黄公酒垆而悼念亡友嵇康、阮籍事。《世说新语·伤逝》亦载此事，据刘孝标注引《竹林七贤论》，当时确有人认为此事不实）。谢安这一指斥所造成的后果是，原来流行极广的《语林》① 竟因此废而不行。可见，当时人认为志人小说应当实录，如果不能实录，便会遭到人们的非议乃至鄙弃。据《世说新语·伤逝》，谢安与王珣有怨隙，这可能会影响到他对《经酒垆下赋》的评价，进而影响到对载录了该赋的《语林》和裴启的评价。但即使如此，我们仍应注意的是：他拿来诋毁对方的“炮弹”竟是对方所记不真实，可见他认为“不真实”最能将对方置于死地，由此不难看出一时的崇尚和标

---

① 刘义庆《世说新语·文学》：“裴郎作《语林》，始出，大为远近所传。时流年少，无不传写，各有一通。”见徐震堮《世说新语校笺》，中华书局 1984 年版，第 145 页。

准。由此可以反证,《语林》等所记大体上应是可信的,《世说新语》从这些书籍中采撷的材料,相应地也就有了较多可信的成分。事实上唐以前《世说新语》确是被当作有史料价值的著作看待的,唐代官修史书《晋书》就从《世说新语》中采撷了不少资料。因此,将《世说新语》视作怪异之书,进而怀疑《七步诗》的真实性,是缺乏足够的说服力的。

总之,《七步诗》理应为曹植所作。当然,疑点也不是绝对没有,比如以下两点就是可以让人产生疑惑的:

一是《太平广记》卷一七三"俊辩"中有"曹植"条,载云:

　　魏文帝尝与陈思王植同辇出游,逢见两牛在墙间斗,一牛不如,坠井而死。诏令赋《死牛诗》,不得道是牛,亦不得云是井,不得言其斗,不得言其死,走马百步,令成四十言,步尽不成,加斩刑。子建策马而驰,既揽笔赋曰:"两肉齐道行,头上戴横骨。行至凶土头,峍起相唐突。二敌不俱刚,一肉卧土窟。非是力不如,盛意不得泄。"赋成,步犹未竟,重作三十言《自愍诗》云:"煮豆持作羹,漉豉取作汁。萁在釜下然,豆向釜中泣。本自同根生,相煎何太急。"

原注云:"出《世说》。"但今本《世说新语》并无这一段文字。不过今本《世说新语》已非《世说》原本原貌。据徐震堮《世说新语校笺·前言》(中华书局1984年版),北宋晁迥本《世说》书后有董弅跋云:"后得晏元献公手自校本,尽去重复,其注亦小加剪截。"则上述一段文字是否作为"重复"被从原本中删去了?如果确出《世说》,则《世说》原本就有了两段关于《七步诗》的记载,而两段记载大有出入:一说是"走马百步",一说是步行"七步";一说是"走马百步"时先作了《死牛诗》,后时间尚有余裕,再作了三十言《自愍诗》亦即《七步诗》。《七步诗》的本事因此变得不确定,其真实性也就不免要使人产生疑惑。不过,诗作本身除个别文字有出入外,大体上是相同的,对诗作本身似又不能有什么怀疑。著者也都载为曹植,曹植的著作权问题也应当是不成其为问题的。

二是《三国志》裴松之注未采"七步成诗"之说,这也不免让人感到疑惑。裴注所搜辑的范围相当广泛,注文多过陈寿本文数倍,致被后人讥为繁芜，按理说不应遗漏"七步成诗"之事。裴注大约完成于《世说新语》成书之前，不可能直接引用《世说新语》中的材料，但此前有关的故事或材料应已流行，裴松之不可能听不到或看不到。不过，据裴松之《进书表》称："纰缪显然，言不附理，则随违矫正以惩其妄。"这就存在一种可能：裴松之是否与宝香山人持有相似的观点，认为"七步成诗"乃"纰缪"之事，因而将其汰弃了。由于存在着这样的可能，因而裴注未采"七步成诗"之说虽不免让人感到疑惑，但也很难将其视作曹植一定不可能作《七步诗》的铁证。

（原载《学林漫录》第十五集，中华书局编辑部编，北京：中华书局2000年版）

曹植文学思想概说

建安时代文学理论批评得到了长足发展，出现了一些专门论文，仅刘勰《文心雕龙·序志》提到的就有"魏文述《典》，陈思序《书》，应玚《文论》"三种。应玚《文论》今仅存《文质论》一篇，内容似与文论无关，姑置不论，其余两种则对后世的创作和评论都产生了深远影响。但长期来人们对"魏文述《典》"谈论甚多，评价甚高，"陈思序《书》"却被有意无意地忽略了。实际上，曹植在《与杨德祖书》及其他诗文中所表达的文学见解不乏真知灼见，有的与《典论·论文》声息相通，有的则自出机杼，独树一帜，不容忽视。本文拟以对《与杨德祖书》的评论为重点，对曹植文学思想作一些粗略的探讨。

一

建安时代是一个文学的自觉时代，其重要标志之一，就是人们对于文学的地位和价值有了相当明确的认识。曹丕《典论·论文》说文章是"经国之大业，不朽之盛事"，是概括了时代思潮的一种具有代表性的意见。作为当时一个举足轻重的作家，曹植的认识不可能例外。《赠徐干》诗云："志士营世业，小人亦不闲。""志士"是有志于建功立业的人，这里指徐干；"世业"指足可传世的功业。史载徐干"轻官忽禄，不耽世荣"①，曹丕《与吴质书》也说徐干"独怀文抱质，恬淡寡欲，有箕山之志"，因此所谓"世业"绝不

① 陈寿《三国志》卷二十一《魏书·王粲传》裴松之注引《先贤行状》，中华书局 1982 年版，第 599 页。

会是指政治上的建功立业，而只能是下文所说的"慷慨有悲心，兴文自成篇"。曹植把徐干在贫困寂寞中潜心翰墨的举动看作是在做足可传世的功业，这种文学观与曹丕并无二致。有人认为"兴文自成篇"专指学术著作《中论》的写作，这是缺乏根据的。事实上，徐干对学术著作和诗赋的写作同样重视、热心，而且都取得了可观的成绩。其诗以写情见长，《室思》六章情至哀怨，第三章"自君之出矣，明镜暗不治。思君如流水，无有穷已时"对后世影响不小，拟作者甚多。其赋作也很出色，《典论·论文》云："干之《玄猿》《漏卮》《圆扇》《橘赋》，虽张蔡不过也。"因此，"兴文自成篇"应包括学术著作和诗赋的写作，联系上句"慷慨有悲心"，甚至还可理解为主要指诗赋的写作，因为诗赋最适宜于表现慷慨郁勃的思想感情，这同曹丕所用的"文章"一词的内涵是一样的。

更值得注意的是，曹植对民间文学作了高度评价。他说："夫街谈巷说，必有可采；击辕之歌，有应风雅。匹夫之思，未易轻弃也。"（《与杨德祖书》）这段话或许受到《汉书·艺文志》"闾里小知者之所及，亦使缀而不忘。如或一言可采，此亦刍荛狂夫之议也"一段话的启发，但对民间文学的肯定更为明确，评价更高。曹植非常喜爱民歌，他的诗歌创作遵循着乐府民歌化路线，这是学界公认的。他对俳优小说、民间传说也有特殊兴趣，初次与邯郸淳见面，就"科头拍袒，胡舞五椎锻，跳丸击剑，诵俳优小说数千言"①。有的民间传说也最先由他记录，如《鞞舞歌五首》其四《精微篇》："杞妻哭死夫，梁山为之倾"，就记录了当时在陕西一带流传的杞梁妻哭崩梁山的故事（孟姜女传说的前身）。曹植能够这样喜爱民间文学，高度肯定其地位和作用，是由于他看到了民间文学的广泛影响和群众基础。建安作家对于民间文学普遍较为重视，但从理论上正面予以总结的却只有曹植一人，此后很长一段时间也缺乏嗣响，直到明代以后，随着民歌的繁荣和发展，类似的言论才逐渐多了起来。

但对于曹植的文学观，历来却颇多非议，原因是曹植在《与杨德祖书》

---

① 陈寿《三国志》卷二十一《魏书·王粲传》裴松之注引《魏略》，中华书局 1982 年版，第 603 页。

中说了这样一段话：

> 辞赋小道，固未足以揄扬大义，彰示来世也。昔扬子云先朝执戟之
> 臣耳，犹称壮夫不为也。吾虽薄德，位为藩侯，犹庶几戮力上国，流惠
> 下民，建永世之业，流金石之功，岂徒以翰墨为勋绩，辞赋为君子哉！
> 若吾志未果，吾道不行，则将采庶官之实录，辩时俗之得失，定仁义之
> 衷，成一家之言。

从这段话看来，曹植自己似乎要力争在政治上有所建树，如果不行，再
来著文，而著文首先要著有价值的理论文，其次才是辞赋。因此一些论者认
为，曹植对于文章的重要性缺乏认识，看轻辞赋，文学观远比曹丕保守和落
后。其实，如果统观全局，仔细分析，就会发现上述看法并不符实，曹植的
说法同曹丕相比仍是大同小异的。

《左传·襄公二十四年》云："大上有立德，其次有立功，其次有立言。
虽久不废，此之谓不朽。"这在封建社会中有很大影响，一般文人大都把这奉
作信条，大诗人李白平生所希冀的，就是"申管晏之谈，谋帝王之术，奋其
智能，愿为辅弼，使寰区大定，海县清一"（《代寿山答孟少府移文书》）。
后来理想破灭，他才说："我志在删述，垂辉映千春。"（《古风》其一）建安
时期曹魏政权蒸蒸日上，在平定北方广大地区的过程中逐步汇聚到曹魏政权
周围的文士，大都从迷乱之中看到了前途，激起了从政的热情，向往事功成
为一时风气。曹植身为王子，对自己的政治才能又极为自信，并曾被曹操认
为"儿中最可定大事"①，"几为太子者数矣"②，因此他的功名事业心更为强
烈，这是不足怪的。曹植希望首先做个政治家、军事家，其次才做一个文学
家，因此所谓"辞赋小道"，只是与政治功业相比较而言，这里有主次之分，
但并无褒贬之别，"岂徒以翰墨为勋绩"句中的"岂徒"二字，将这层意思
表述得十分明白。其实曹丕又何尝不是如此，他在《与王朗书》中说："生有
七尺之形，死唯一棺之土，唯立德扬名，可以不朽，其次莫如著篇籍。"主次

---

① 见陈寿《三国志》卷十九《魏书·陈思王植传》裴松之注引《魏武故事》，中华书局
1982 年版，第 558 页。
② 陈寿《三国志》卷十九《魏书·陈思王植传》，中华书局 1982 年版，第 557 页。

之别，说得何等明确。曹植已经当了文学家，但他最为向往的功名事业却还无望，所以不得不为此大声疾呼，其中可能还包含着一些不遂心的牢骚和愤慨。这层意思前人早有觉察，清人丁晏就说："不以翰墨为勋绩，词赋为君子，其所见甚大，不仅以诗人目之。"① 鲁迅说得更为透彻："在文学的意见上，曹丕和曹植表面上似乎是不同的。曹丕说文章事可以留名声于千载；但子建却说文章小道，不足论的。据我的意见，子建大概是违心之论。这里有两个原因，第一，子建的文章做得好，一个人大概总是不满意自己所做而羡慕他人所为的，他的文章已经做得好，于是他便敢说文章是小道；第二，子建活动的目标在于政治方面，政治方面不甚得志，遂说文章是无用了。"② 因此，没有必要在曹丕、曹植的文学观之间强分轩轾，厚此薄彼。

汉代士人的传统风气是重视专门的学术著作而轻辞赋，直到汉灵帝时蔡邕还说："书画辞赋，才之小者，匡国理政，未有其能。"③ 受此影响，首先推尊学术著作和历史，仍是建安时期的一般观念，非独曹植如此。曹丕在《典论·论文》和《与吴质书》中也是特别推崇徐干的《中论》，所举"西伯幽而演《易》，周旦显而制《礼》"的例子也并非文学著作。值得注意的是，当时虽在观念上对学术著作和诗赋还有主次之分，但在实际创作中又往往是不分轩轾的，可以说在很大程度上已开始一视同仁。在这种文学观念、价值尺度的转变中，曹植是站在前列的。

如果结合曹植的创作实践来考察，更易看出他的"辞赋小道"之说确属"违心之论"。曹植"年十岁余，诵读《诗》《论》及辞赋数十万言，善属文"④，他自己也说"少而好赋"，"所著繁多"⑤，经他手订收入《前录》的便有七十八篇，现存的也还有四十多篇，数量为建安各家之冠，其中既有建

① 丁晏《陈思王诗钞原序》。见丁晏《曹集诠评》附录，文学古籍刊行社1957年版，第233页。
② 鲁迅《而已集·魏晋风度及文章与药及酒之关系》。见吴子敏等编《鲁迅论文学与艺术》，人民文学出版社1980年版，第254页。
③ 范晔《后汉书》卷六十下《蔡邕传》，中华书局1965年版，第1996页。
④ 陈寿《三国志》卷十九《魏书·陈思王植传》，中华书局1982年版，第557页。
⑤ 曹植《前录自序》。见赵幼文《曹植集校注》，人民文学出版社1984年版，第434页。

安十五年"援笔立成"①的《登台赋》，也有黄初四年所作的著名的《洛神赋》。可见，无论是在政治前途尚有可为的前期，还是政治理想完全破灭的后期，无论是在写《与杨德祖书》之前还是之后，曹植都没有停止过辞赋的写作。更耐人寻味的是，曹植也具有从事学术撰述的能力，但他始终将主要精力和热情放在诗赋的写作上．这些都说明曹植并不轻视辞赋。此外，曹植能真诚友善地同文士相处，"其与诸子酬和之诗，皆恤其隐，颇有魏武怜才意"②，又认为"君子在末位，不能歌德声"（《赠丁仪王粲》），主张提高作家地位，都直接间接地表明了他重视文学的态度。

二

曹植是建安文坛创作成绩最为突出的作家，对于创作有深刻的理解和体会，提出了一些有价值的见解，最为引人注目的，就是"雅好慷慨"。他在《前录自序》中说："余少而好赋，其所尚也，雅好慷慨，所著繁多。"在他的诗文中，也常常使用"慷慨"一词，如"慷慨有悲心，兴文自成篇"（《赠徐干》），"弦急悲风发，聆我慷慨言"（《杂诗·飞观百余尺》），"怀此王佐才，慷慨独不群"（《薤露行》），"慷慨对嘉宾，凄怆内伤悲"（《情诗》），"慷慨有余音，要妙悲且清"（《弃妇诗》），"秦筝何慷慨，齐瑟和且柔"（《箜篌引》），"何况巍巍大魏多士之朝，而无慷慨死难之臣乎"（《求自试表》）等。慷慨，根本说来指的是一种高昂的意气和激越的情怀，它来自对于社会乱离的哀悯、对于乘时建功立业的渴望和对于理想受挫、壮心难遂的不平，其核心是要变革现实，奋发有为。在建安时代，慷慨是以曹操为首的新兴阶层文人普遍的感情，是一种强烈的时代精神。曹植提出"雅好慷慨"，就是要求将内心激越、健旺的感情抒发出来，这无论在理论上还是在实践上都具有积极意义。他自己的作品总是洋溢着健旺的感情，并由此形成了"骨气奇高""情兼雅怨"③的特色，对于整个建安文学的影响也是引人

①　陈寿《三国志》卷十九《魏书·陈思王植传》，中华书局 1982 年版，第 557 页。
②　吴淇《六朝选诗定论》卷五评曹植《赠丁仪》诗，广陵书社 2009 年版，第 121 页。
③　钟嵘《诗品》卷上。见陈延杰《诗品注》，人民文学出版社 1961 年版，第 20 页。

注目的。两汉辞赋以颂扬鉴戒为主，缺乏真情实感，汉乐府民歌在表现上又多叙事。到了建安时代，无论诗赋都日趋个性化、抒情化，并形成了"慷慨以任气，磊落以使才"①、"并志深而笔长，故梗慨而多气"② 的时代风格。由于这种"慷慨之音"来自现实生活，来自新兴阶层文人的积极健旺的精神，因此它具有一种强烈的感奋人心的力量，得到了后人的高度评价。另一方面，这也使建安文学的文学性特征更趋明显，对此后文学进入更为自觉的独立发展的时代起了推动作用。

对于内容与形式、文与质这些文学的基本问题，曹植也提出了自己的看法。《答明帝诏表》评论明帝所作《平原公主诔》云："文义相扶，章章殊兴，句句感切；哀动神明，痛贯天地。"将"文义相扶"放在首位，认为内容（义）与文采（文）的相互配合与映衬可使作品产生强烈的艺术感染力。曹植还在《前录自序》中说："君子之作也，俨乎若高山，勃乎若浮云。质素也如秋蓬，摛藻也如春葩。泛乎洋洋，光乎皓皓，与雅颂争流可也。"即要求作品像高山一样挺拔，像浮云一样蓬勃，意气激昂，气势盛大；要成为洋洋大观、光芒四射、可与《雅》《颂》媲美的杰作。曹植在这里还提出了文质相称的问题，要求文学语言质朴得应像秋天的飞蓬那样素朴、淡雅，同时也要讲究"摛藻"，使词采像春花那样绚烂多彩。曹植悬出这个标准在当时是很有意义的。一方面，建安文学继承汉乐府民歌和西汉散文的传统，语言比较质朴，"质素"句是对这种特点的肯定，有助于作家继承和发扬这个传统；另一方面又要求将质实古朴的语言风格向前发展一步，讲究文采之美，这同曹丕《典论·论文》"诗赋欲丽"的说法是很接近的。曹植的一些作品虽"辞极赡丽。然句颇尚工，语多致饰，视东、西京乐府天然古质，殊自不同"③，但又能"文采缤纷，而不离闾里歌谣之质"④，在这方面做出了表率。既重视作品

---

① 刘勰《文心雕龙·明诗》。见范文澜《文心雕龙注》，人民文学出版社 1958 年版，第 66 页。

② 刘勰《文心雕龙·时序》。见范文澜《文心雕龙注》，人民文学出版社 1958 年版，第 674 页。

③ 胡应麟《诗薮》内编卷二，上海古籍出版社 1979 年版，第 29 页。

④ 黄侃《诗品笺》。见杨焄整理《钟嵘〈诗品〉讲义四种》，上海古籍出版社 2018 年版，第 12 页。

的内容，重视强烈感情的抒发，同时又对文辞提出了具体的美学要求，这无疑是曹植在文学自觉时代所做出的重要贡献，对建安文学"以情纬文，以文被质"① 特点的形成产生了深刻影响。

曹植还有下列认识也是颇为可取的：

重视创新。曹植非常重视对于前代文学遗产的学习，但并不跟着前人亦步亦趋，而是重视发展和创新的。《鞞舞歌序》云："古曲多谬误。异代之文未必相袭，故依前曲，改作新歌五篇。"即表现了明确的创新精神。曹植称赞李延年"闲于增损古辞，多者则宜减之，明贵约也"②，也是这种精神的体现。曹植重视创新的思想同王充"必谋虑有合，文辞相袭，是则五帝不异事，三王不殊业"③ 的认识有联系，但主要是对自己及整个建安文学创作经验的总结，建安文学所以能在许多方面呈现出新面貌，正是建安作家不肯"相袭"前人、勇于创新的结果。

主张明白通俗。汉大赋的缺陷之一，就是堆砌辞藻，好用奇辞僻字以夸才炫博，并常用假借字来状貌形声，给阅读造成了很大困难。曹植对此很不以为然，说："扬、马之作，趣幽旨深，读者非师传不能析其辞，非博学不能综其理，岂直才悬，抑亦字隐。"④ 可见曹植对于文学作品的语言除注意文质兼具外，还注意明白、通俗。后来沈约说："文章当从三易：易见事，一也；易识字，二也；易读诵，三也。"⑤ 同曹植的认识是一脉相承的。

提倡认真作文。曹植出于有深厚的生活积累和艺术素养，因此作文时往往能够思致骏发，马到成功。他自己有"下笔成章"⑥ 之说，别人也说他

---

① 沈约《宋书》卷六十七《谢灵运传论》，中华书局 1974 年版，第 1778 页。
② 刘勰《文心雕龙·乐府》引。见范文澜《文心雕龙注》，人民文学出版社 1958 年版，第 103 页。
③ 王充《论衡·自纪》，上海人民出版社 1974 年版，第 453 页。
④ 刘勰《文心雕龙·练字》引。见范文澜《文心雕龙注》，人民文学出版社 1958 年版，第 624 页。
⑤ 《颜氏家训·文章》引。见王利器《颜氏家训集释》，上海古籍出版社 1980 年版，第 253 页。
⑥ 沈约《宋书自序》引，中华书局 1974 年版，第 2461 页。

"握牍持笔，有所造作，若成诵在心，借书于手，曾不斯须少留思虑"①。但是，创作毕竟是充满艰辛的事业，必须以严肃态度对待，曹植对此并非没有体会。他在《与吴质书》中说："夫文章之难，非独今也。古之君子犹亦病诸!"这里的"古之君子，犹亦病诸"，当指《文心雕龙·神思》所列举的"相如含笔而腐毫，扬雄辍翰而惊梦，桓谭疾感于苦思，王充气竭于思虑，张衡研《京》以十年，左思练《都》以一纪"等情事。"非独今也"四字，则隐含着曹植个人的甘苦，鱼豢《魏略》说他"精意著作，食饮损减，得反胃病也"②，萧绎《金楼子·立言》也说"曹植为文有反胃之论"。这种甘苦之论确实只有精意著作者才道得出，对于后学的启示是深刻的。

此外，曹植提出了"歌以咏言，文以骋志"（《学官颂》）、"铭以述德，诔尚及哀"（《上卞太后诔表》）、"藩臣作颂，光流德声"（《皇子生颂》）的见解，从表现内容的不同，指出了几种文体的差异和特点，虽还比较粗略，但也是对曹丕《典论·论文》"四科八体"说的一种补充。对于声律，曹植也曾表现出浓厚兴趣，他在《平原懿公主诔》中赞颂平原懿公主"声协音律"，自己平时写作讲求声律调谐，并出现了一些平仄谐协的律句。梁释慧皎《高僧传》卷十三《经师论》说"魏陈思王曹植深爱声律"，又说："昔诸天赞呗，皆以韵入弦管，五众既与俗违，故宜以声曲为妙。原夫梵呗之起，亦肇自陈思。"范文澜《文心雕龙注》在注《声律》时也认为："作文始用声律，实当推原于陈王。"这无疑是可看作六朝声律说的先声的。

三

在文艺批评方面，曹植也发表了一些重要意见。他对文艺批评的必要性有相当明确的认识，《与杨德祖书》云："世人之著述不能无病"，"昔尼父之文辞，与人通流，至于制《春秋》，游夏之徒乃不能措一辞。过此而言不病者，吾未之见也"。认为即使是孔子，除了他的《春秋》外，别的文章也是要

① 杨修《答临淄侯笺》。见萧统《文选》卷四十，中华书局 1977 年影印胡克家刻本，第564 页。
② 《太平御览》卷三百七十六引，文渊阁《四库全书》本。

同别人商议的，何况常人呢？而且，"传出文士，图生巧夫，性尚分流，事难兼善"①，因个性爱好不同，写作、绘画难以兼善，方之文学，又何尝不是如此？"事难兼善"，也就有利病可摭、美恶可言，品评也就很有必要了。曹植还深感当时文坛有一些弊病亟须克服。一是"人人自谓握灵蛇之珠，家家自谓抱荆山之玉"（《与杨德祖书》），自以为是，互不服气；二是以短为长，盲目自大。陈琳就有这方面的毛病。曹植说："以孔璋之才，不闲于辞赋，而多自谓能与司马长卿同风，譬画虎不成，反为狗也。前有书嘲之，反作论盛道仆赞其文。"（《与杨德祖书》）陈琳长于章表而短于辞赋，这在当时已有公论，曹丕在《典论·论文》及《与吴质书》中均曾指出。因"事难兼善"，这本不足怪，但他却要自吹自擂，甚至曲解别人的批评意见，这就不对了。曹植勇于对此提出批评，精神可嘉，刘勰认为是"深排孔璋""崇己抑人"②，实不敢苟同。

　　既然文艺批评是必要的，作家就应当对批评抱虚怀若谷、诚心欢迎的态度。曹植在这方面也作出了表率。他说："仆常好人讥弹其文，有不善者，应时改定。"（《与杨德祖书》）这种谦逊的态度对后人产生了良好影响，也颇得后人称赞。清人徐增说："大抵诗贵人说，曹子建何等才调，当时无有出其右者，人或有商榷，应时改定，故称'绣虎'。"③北齐颜之推从曹植"欲人弹射，知有病累，随即改之"的意见中受到启发，发表了"学为文章，先谋亲友，得其评裁，知可施行，然后出手；慎勿师心自任，取笑旁人"④ 的见解。清人李沂则以曹植为楷模讥讽当世，说："夫以曹子建之才，犹欲就正于人，以自知其所不足。今人专自满假，吾不知今人之才与子建何如也？夫心不虚，由不好学耳，未有好学而心不虚者。"⑤ 我国古代著文有切磋砥砺、反复推敲、勤于修改的优良传统，曹植对这一传统的形成与发展是有贡献的。

----

① 姚最《续画品序》引曹植语，文渊阁《四库全书》本。
② 刘勰《文心雕龙·知音》。见范文澜《文心雕龙注》，人民文学出版社 1958 年版，第 714 页。
③ 徐增《而菴诗话》。见《清诗话》上册，上海古籍出版社 1978 年版，第 431 页。
④ 《颜氏家训·文章》。见王利器《颜氏家训集释》，上海古籍出版社 1980 年版，第 239、259 页。
⑤ 《秋星阁诗话》。见《清诗话》下册，上海古籍出版社 1978 年版，第 913 页。

对于批评者，曹植在《与杨德祖书》中提出了自己的要求。他认为批评态度应当慎重、严肃，不能信口雌黄，更不能随意诽谤。"夫钟期不失听，于今称之，吾亦不能妄叹者，畏后世之嗤余也。"如果不能准确地了解评论对象，恣意妄评，只能使自己丧失威信，遗人笑柄。刘季绪"才不能逮于作者，而好诋诃文章，掎摭利病"，这种态度更不足取。曹植还说："昔田巴毁五帝、罪三王、訾五霸于稷下，一旦而服千人。鲁连一说，使终身杜口。刘生之辩，未若田氏，今之仲连，求之不难，可无叹息乎？"言外之意是：天外有天，人外有人，批评者也应该知进退，如果自己错了，就应当勇于改正。

在《与杨德祖书》中，曹植还谈到了批评者自身的才能和修养问题："盖有南威之容，乃可以论于淑媛；有龙渊之利，乃可以议于断割。"批评者自身必须具有高度的文学才能和修养，要有独到犀利的眼光，这样批评才能准确深入，才能让人服气。这种要求的主要方面是合理的，不过似乎认为水平较低的人就没有了批评别人的资格，这种看法又不免片面。水平较低的人也可能会有一得之见，他们也应当有发表意见的机会，这样才会有利于形成大家都来关心创作的局面，才会有利于促进创作的发展。

曹植还认为："世之作者，或好烦文博采、深沉其旨者；或好离言辨白、分毫析厘者。所习不同，所务各异，言势殊也。"① 由于作家个性爱好不同，文章的风格体势也就会不一样，言外之意，批评也不应当强求一律，厚此薄彼。同时，还应考虑到欣赏者千差万别的审美需求："人各有好尚，兰茝荪蕙之芳，众人之所好，而海畔有逐臭之夫；《咸池》《六茎》之发，众人所共乐，而墨翟有非之之论，岂可同哉！"（《与杨德祖书》）细揣文意，看来曹植认为在进行文学批评时应当考虑"众人之所好""众人所共乐"，也就是要以作品是否符合大多数人的审美趣味、是否能使大多数人赏心悦目作为褒贬的依据。但另一方面，对于个别人、少数人的审美需求也不能忽视。也就是说，批评应当注意到文学创作的丰富性和多样性的问题。

此外，曹植还说："昔丁敬礼尝作小文，使仆润饰之。仆自以才不过若

---

① 刘勰《文心雕龙·定势》引。见范文澜《文心雕龙注》，人民文学出版社1958年版，第531页。

人，辞不为也。敬礼谓仆：卿何所疑难？文之佳恶，吾自得之，后世谁相知定吾文者耶？吾常叹此达言，以为美谈。"（《与杨德祖书》）对"相知论文"的观点表示了赞赏。批评者应当努力成为作家的知己，这样才有可能更透彻地了解作家及其作品，提出更中肯的意见。这种想法无疑也是可取的，对我们今天的文学批评仍有借鉴意义。

（原载《安徽师大学报》1985 年第 4 期，中国人民大学书报资料中心《中国古代近代文学研究》1986 年第 1 期）

孔融的思想、性格和文风

明方孝孺云："昔称文章与政相通，举其概而言耳。要而求之，实与其人类。"① 文与其人类，亦即"文如其人"或"风格即人"。建安作家大抵说来都具有较为鲜明的个性特征，但体现于作品中隐显强弱则不无差别。孔融是其中"外内表里，自相副称"② 相当突出的一位，其思想、性格和文风具有高度的一致性，读其文即可知其人。对于其"自相副称"的主要方面，历来为人所共称，但由于其思想、性格和文风的复杂性与多样性，还有一些虽较次要却同样不可忽视的方面被人们有意无意地忽略了。为了深入认识孔融的"全人"和"全文"，本文特举其要者一一予以胪列剖析。

"气扬采飞"

孔融文章富于气势，这是自建安以来论者几乎一致的看法。曹丕《典论·论文》说孔融"体气高妙，有过人者"，刘桢说"孔氏卓卓，信含异气，笔墨之性，殆不可胜"③，刘勰说孔融"气扬采飞"④ "气盛于为笔"⑤，苏轼

---

① 方孝孺《张彦辉集序》。见《逊志斋集》卷十二，文渊阁《四库全书》本。

② 王充《论衡·超奇》，上海人民出版社 1974 年版，第 213 页。

③ 刘勰《文心雕龙·风骨》引。见范文澜《文心雕龙注》，人民文学出版社 1958 年版，第 514 页。

④ 刘勰《文心雕龙·章表》："文举之荐祢衡，气扬采飞；孔明之辞后主，志尽文畅：虽华实异旨，并表之英也。"见范文澜《文心雕龙注》，人民文学出版社 1958 年版，第 407 页。

⑤ 刘勰《文心雕龙·才略》。见范文澜《文心雕龙注》，人民文学出版社 1958 年版，第 699 页。

说孔融文"慨然有烈丈夫之风"①，王世贞说孔融"其于文特高雄"②，张溥说孔融文"豪气直上"③，何焯说孔融"特其气犹壮"④，刘熙载说孔融"遒文壮节""卓荦遒亮"⑤，着眼点虽不尽相同，但大抵说的是同一问题。仅以被前人多次提到、被刘勰誉为"气扬采飞""表之英也"的《荐祢衡表》为例。其"气扬"主要表现在两个方面：一是情感充沛，语气激切，有一股健旺的不为形式所拘的内在力量；二是思路开阔，尽所欲言，铺叙详赡，议论纵横，以"飞辩骋辞"造成了一种"溢气坌涌"的局面。而"气扬"与"采飞"又是有机地联系在一起的，二者一表一里，互为作用。文章以四字句为主，往往连珠直下，一气流注，读来颇能给人以迫促之感。有不少对偶句式，既有"淑质贞亮，英才卓跞"这样的四字句与四字句组成的对偶，也有"目所一见，辄诵于口；耳所暂闻，不忘于心"这样的上四、下四与上四、下四组成的对偶，还有"钧天广乐，必有奇丽之观；帝室皇居，必蓄非常之宝"这样的上四、下六与上四、下六组成的对偶。由于能以奇句贯穿其间，以奇带偶，随势变易，因此文章既呈现出辞句的匀称之美，又能贯注着一股疏宕流转之气。加上时有"龙跃天衢，振翼云汉，扬声紫微，垂光虹霓"这类夸饰之辞出现，更平添了文气和语势，突出了"气扬采飞"的特点。

孔融散文受蔡邕影响，有相当突出的骈俪化倾向。大量对偶句式的使用虽能使文章具有一种整齐美，但如处理不当，也易陷于板滞，壅塞文气。孔融文能够避免这一缺陷，除注意了奇偶互见、骈散相间外，注意对偶句式自身的变化是一个重要条件。如《难曹公禁酒书》（其一）中"故天垂酒星之

①　苏轼《乐全先生文集叙》："孔北海……其论盛孝章、郗鸿豫书慨然有烈丈夫之风。"见《东坡全集》卷三十四，文渊阁《四库全书》本。
②　王世贞《艺苑卮言》卷三。见丁福保辑《历代诗话续编》，中华书局 2006 年版，第 988 页。
③　张溥《汉魏六朝百三家集·孔少府集题辞》："东汉词章拘密，独少府诗文，豪气直上。"见殷孟伦《汉魏六朝百三家集题辞注》，人民文学出版社 1960 年版，第 57 页。
④　何焯《义门读书记》卷四十九："孔文举荐祢衡表……特其气犹壮。"文渊阁《四库全书》本。
⑤　刘熙载《艺概·文概》："遒文壮节，于汉季得两人焉，孔文举、臧子源是也。"又："孔北海文，虽体属骈丽，然卓荦遒亮，令人想见其为人。"上海古籍出版社 1978 年版，第 16~17 页。

燿，地列酒泉之郡，人著旨酒之德。尧不千钟，无以建太平；孔非百觚，无以堪上圣。樊哙解厄鸿门，非豕肩钟酒，无以奋其怒。赵之厮养，东迎其王，非引卮酒，无以激其气。高祖非醉斩白蛇，无以畅其灵。景帝非醉幸唐姬，无以开中兴。袁盎非醇醪之力，无以脱其命。定国非酣饮一斛，无以决其法。故郦生以高阳酒徒，著功于汉；屈原不餔糟歠醨，取困于楚"一段，对偶句参差错落，不拘一格，且与排比句联袂而出，排比句也处于不断变化之中，曲折婉转，酣畅淋漓，终于形成了如潮的气势。对偶连篇却并没有成为阻遏其奔放气势的羁绊，有时反而成了可以借助的一种手段，这确是一个奇迹，是孔融散文一个很突出的特点。

孔融诗今仅存七首，从中也可看出"气盛"的特点。如《杂诗》其一云："人生有何常？但患年岁暮。幸托不肖躯，且当猛虎步。安能苦一身？与世同举厝。"慷慨言志，雄杰兀傲，不同凡响，实可与曹操《步出夏门行·龟虽寿》媲美。陈祚明说此诗"放言豪荡，想见文举丰采"[1]，方东树说"此诗与刘琨《赠卢谌》同一激昂慷慨，讽咏之久，自使气王"[2]，均不为无见。《临终诗》以迫促的节奏将蛰伏于心底的感情激流和临难不惧的雍容气度作了充分展示，在本质上也与"气盛"是相通的。

刘师培《中国中古文学史》云："东汉之文，均尚和缓；其奋笔直书，以气运词，实自衡始。《鹦鹉赋序》谓：'衡因为赋，笔不停缀，文不加点。'知他文亦然。是以汉、魏文士，多尚骋辞，或慷慨高厉，或溢气坌涌，此皆衡文开之先也。"建安文学"慷慨以任气"[3]，祢衡大约是起了开风气的作用的。不过孔融在这方面的贡献当更大些，"以气运词"的时间当也更早些。这一方面因为孔融比祢衡要大得多（范晔《后汉书·祢衡传》有"衡始弱冠，而融年四十"的话），一方面因为祢衡被杀的时间也比孔融要早得多（祢衡约于建安三年被杀，而孔融于建安十三年被杀）。即以《荐祢衡表》与《鹦鹉赋》相较，前者约写于建安元年，后者约写于建安三年，前者自然不存在从

---

① 陈祚明《采菽堂古诗选》卷四，上海古籍出版社 2008 年版，第 105 页。
② 方东树《昭昧詹言》卷二，人民文学出版社 1961 年版，第 66 页。
③ 刘勰《文心雕龙·明诗》。见范文澜《文心雕龙注》，人民文学出版社 1958 年版，第 66 页。

后者接受影响的问题。因此，"其奋笔直书，以气运词，实自衡始"之说，似乎有失准确。鲁迅将祢衡、孔融同列为早就"以气为主"来写文章的人①，显然是更为切合实际的。

孔融文能够"气扬采飞"，固然有表现方面的原因，但从根本上说来，是其自负豪纵、能言善辩的个性特征的具体反映。孔融是孔子的二十世孙，享有家世的重望。本人任性豪侠，年十六时，因救党人张俭犯禁，与兄争死，由是显名。范晔《后汉书·孔融传》李贤注引《融家传》云："孔文举于时英雄特杰，譬诸物类，犹众星之有北辰，百谷之有黍稷，天下莫不属目也。"孔融因之自视甚高，陈寿《三国志·魏书·崔琰传》裴松之注引司马彪《九州春秋》就说他为北海相时"自以智能优赡，溢才命世，当时豪俊皆不能及"。由于自命不凡，常常负其高气，因此为文时能够居高临下，无所顾忌，畅所欲言，收词气纵横之效。他又自幼聪颖，博涉多览，能够辩对应机。《后汉书》本传载，融年十岁时赴京师，时河南尹李膺以简重自居，不妄接士宾客，而融以"先君孔子与君先人李老君同德比义，而相师友，则融与君累世通家"为由得见，以至"众坐莫不叹息"。建安元年，征为将作大匠，迁少府，"每朝会访对，辄为议主，诸卿大夫寄名而已"②。这种逸才宏博、能言善辩的个性，使他为文时能够略无思虑，文不加点，纵横捭阖，左右逢源，这对"气扬采飞"文风的形成无疑具有不可忽视的作用。

"杂以嘲戏"

曹丕《典论·论文》云："孔融体气高妙，有过人者；然不能持论，理不胜词；至于杂以嘲戏；及其所善，扬、班俦也。"刘勰《文心雕龙·论说》云："孔融《孝廉》，但谈嘲戏。"曹丕对孔融文章颇为推重，在《典论·论文》中，他将孔融列为"今之文人"之首，孔融死后，又"募天下有上融文

---

① 鲁迅《而已集·魏晋风度及文章与药及酒之关系》。见吴子敏等《鲁迅论文学与艺术》，人民文学出版社 1980 年版，第 255 页。

② 陈寿《三国志》卷十二《魏书·崔琰传》裴松之注引《续汉书》，中华书局 1982 年版，第 371 页。

章者，辄赏以金帛"①，但对其文"杂以嘲戏"，似乎不以为然。其实，"杂以嘲戏"正是孔融散文所独具的特色，值得特别注意。《孝廉论》今不存，但这一特色仍可从《嘲曹公为子纳甄氏书》《嘲曹公讨乌桓书》《难曹公禁酒书》（二篇）等文看出。《嘲曹公为子纳甄氏书》仅一句："武王伐纣，以妲己赐周公。"为讥刺曹丕纳甄氏而作，但也可能是直接讥刺曹操的。《世说新语·惑溺》云："魏甄后惠而有色，先为袁熙妻，甚获宠。曹公之屠邺也，令疾召甄，左右曰：'五官中郎已将去。'公曰：'今年破贼，正为奴。'"从曹操好色，曾与关羽争杜氏，又纳何晏母等情形看来，有纳甄氏之意是可能的。孔融以周公比曹操，非只一次（有的喻意甚为明显，如曹操欲杀杨彪，孔融赶去制止，操曰："此国家之意。"融曰："假使成王杀邵公，周公可得言不知邪？"事见《后汉书·杨彪传》），曹操也不止一次以周公自比。"武王伐纣，以妲己赐周公"本属子虚乌有，操以融博学，谓书传所纪，问之，对曰："以今度之，想当然耳。"② 谜底拆穿，也就收到了强烈的讽刺效果。妙在信手拈来，自成文章，而又令人真假莫辨，使曹操不知不觉堕入彀中。《难曹公禁酒书》（其一）所举"尧不千钟，无以建太平"云云，将偶然说成必然，将表象说成实质，甚至是将毫不相干的两件事硬拉扯在一起，显然仍是借讲"歪理"的手段达到嘲讽的目的。此书作后，曹操曾有训答，孔融又再次作书申辩：

> 昨承训答，陈二代之祸，及众人之败，以酒亡者，实如来诲。虽然，徐偃王行仁义而亡，今令不绝仁义；燕哙以让失社稷，今令不禁谦退；鲁因儒而损，今令不弃文学；夏、商亦以妇人失天下，今令不断婚姻。而将酒独急者，疑但惜谷耳，非以亡王为戒也。

曹操表制酒禁的目的，实因当时"年饥兵兴"，并非如"训答"所云酒能亡国。孔融却偏偏抓住这一命题，以反证法从侧面连连加以反驳，词锋犀利，笔墨淋漓，情调诙谐，令人有防不胜防、哭笑不得之感。最后由谐入庄，一针见血地揭出"疑但惜谷耳"的真实目的，显得十分沉着有力。

---

① 范晔《后汉书》卷七十《孔融传》，中华书局 1965 年版，第 2279 页。
② 见范晔《后汉书》卷七十《孔融传》，中华书局 1965 年版，第 2271 页。

《三国志·魏书·崔琰传》裴松之注引《续汉书》说"融由是名震远近，与平原陶丘洪、陈留边让，并以俊秀，为后进冠盖"，但"融持论经理不及让等"，看来曹丕"不能持论"之说并非没有根据。"不能持论"实即"杂以嘲戏"的同义语。孔融偶有诙谐之语，如《与韦休甫书》称赞韦端之二子，说"不意双珠近出老蚌，甚珍贵之"，就令人有捧腹之感。但真正的嘲戏之文却是专门针对曹操的。而且，除讥讽私纳甄氏有理外，其余实都为"存心捣乱"（《嘲曹公讨乌桓书》将乌桓与古之"不贡楛矢"的肃慎氏及"盗苏武牛羊"的丁零相提并论，认为仅是草芥小患，不值得大兴问罪之师，性质与《难曹公禁酒书》相似）。孔融何以如此，是值得从思想、性格等方面去找找原因的。

孔融在政治上是忠于东汉王朝的。因此，当董卓图谋废立时，他"每因对答，辄有匡正之言"①。当天下大乱之际，他更自许大志，企图靖难，并曾谋迎天子。袁宏《后汉记》卷二十七载兴平元年夏四月"徐州牧陶谦、北海相孔融谋迎天子还洛阳，会曹操袭曹州而止"。兴平二年，因当时袁绍、曹操势力正盛，而孔融无所协附，有左承祖者往劝孔融，希有所结纳。融知绍、操终图汉室，不欲与同，故怒而杀之。但第二年（建安元年）孔融却一反故态，往投曹操。这并非孔融改变了初衷，而是其势有不可不为的一面：（一）孔融新为袁谭所败，妻、子皆为所虏，一时无以自立。（二）更重要的是，曹操迎献帝都许，挟天子以令诸侯，以献帝名义征孔融为将作大匠，融应命而往，乃顺理成章之事。（三）同样重要的是，孔融当时可能对曹操抱有幻想，以为"安刘氏天下者"② 非操莫属。因此，孔融到许都后，与曹操曾有一个关系较为密切的时期，并写了一些称美曹操的文字，如在《与曹公论盛孝章书》中就说："惟公匡复汉室，宗社将绝，又能正之。"显然，"匡复汉室"是孔融与曹操合作的政治思想基础，一旦这个基础发生动摇，孔融对曹操的态度就发生了变化。其《后汉书》本传云："既见操雄诈渐著，数不能堪，故发辞偏宕，多致乖忤。"就一语道破了孔融与曹操交恶及嘲戏之文所由产生的

① 见范晔《后汉书》卷七十《孔融传》，中华书局 1965 年版，第 2263 页。
② 班固《汉书》卷一下《高帝纪》载刘邦前语云："周勃厚重少文，然安刘氏者必勃也，可令为太尉。"中华书局 1962 年版，第 79 页。

根本原因。二人交恶的时间，约在建安九年八月（曹丕纳甄氏事发生于此时）以后，《嘲曹公为子纳甄氏书》等嘲戏之文也都写于这一时期，其背景是很清楚的。孔融写作这些嘲戏之文，大约出于两个目的：一是庄出以谐，借以对曹操进行讽谏，促使曹操改弦易辙，如钱钟书先生所云："'嘲戏'乃其持论之方，略类《史记·滑稽列传》所载微词谲谏耳。"① 二是故意跟曹操捣乱，借此一吐胸中怨气，如鲁迅所说"肚子里总还有半口闷气，要借着笑的幌子，哈哈的吐他出来"②。其实，这是孔融在与曹操"并立衰朝"，"既不能诛之，又不敢远之"③ 的特殊境况下不得已而采取的一种特别斗争手段。但即使如此，也不为曹操所容，后操终"疑其所论建渐广，益惮之"，更"潜忌正议，虑鲠大业"④，下决心将他杀掉了。

敢于对曹操"戏谑笑傲"，当然还需要足够的勇气，这又跟孔融生性自负有关。张璠《汉纪·别传》说孔融"天性气爽，颇推平生之意，狎侮太祖"⑤，就包含了这层意思。这种个性与孔融身上所具有的党人余风结合起来，就能释放出更大的能量。《后汉书·党锢传》云："逮桓、灵之间，主荒政缪，国命委于阉寺，士子羞与为伍，故匹夫抗愤，处士横议，遂乃激扬名声，互相题拂，品覈公卿，裁量执政，婞直之风，于斯行矣。"东汉末年，一批官僚、士人反对宦官专政，形成了一股强大的"清议"力量。"窃持国柄，手握王爵，口衔天宪"⑥ 的宦官疯狂反扑，造成了前后两次党锢之祸。一些党人守正不阿，傲骨铮铮，表现出了不屈不挠的斗争精神。孔融年十岁时赴京师所参谒的李膺、年十六岁时舍身救助的张俭，都是当时党人的代表人物，在孔融心目中形象极其崇高，如其《卫尉张俭碑铭》就说张俭"禀乾刚之正性，蹈高世之殊轨，冰洁渊清，介然特立，虽史鱼之励操，叔向之正色，未

---

① 钱钟书《管锥编》第三册第六二则，中华书局 1979 年版，第 1026 页。
② 鲁迅《伪自由书·从讽刺到幽默》。见吴子敏等《鲁迅论文学与艺术》，人民文学出版社 1980 年版，第 512 页。
③ 张溥《汉魏六朝百三家集·孔少府集题辞》。见殷孟伦《汉魏六朝百三家集题辞注》，人民文学出版社 1960 年版，第 57 页。
④ 见范晔《后汉书》卷七十《孔融传》，中华书局 1965 年版，第 2272 页。
⑤ 《孔北海集·附录》引，文渊阁《四库全书》本。
⑥ 范晔《后汉书》卷四十三《朱穆传》，中华书局 1965 年版，第 1471 页。

足比焉"。孔融深受党人风操影响，不阿附权贵，不畏避权势，早年辟司徒杨赐府，即有陈对中官贪浊、"言无阿挠"及受命奉谒庆贺何进升迁大将军，因"不时通"而"夺谒还府，投劾而去"①的不俗表现。"戏谑笑傲"虽与"言无阿挠""投劾而去"的刚烈表现有所不同，但在骨子里仍是一致的。

　　汉末由于黄巾起义的冲击，传统的儒家思想观念减弱了禁锢人心的力量，影响到文坛，便产生了大量想说什么便说什么的文章，这种文风通脱的情形对孔融当也有不小影响。《后汉书》本传载路粹奏融曰："前与白衣祢衡跌荡放言，云'父之于子，当有何亲？论其本意，实为情欲发耳。子之于母，亦复奚为？譬如寄物瓶中，出则离矣。'"曹操《宣示孔融罪状令》也说："此州人说平原祢衡受传融论，以为父母与人无亲，譬若瓶器，寄盛其中，又言若遭饥馑，而父不肖，宁赡活余人。"孔融所说并非独创之言，此前王充《论衡·物势》已兆斯意："夫天地合气，人偶自生也。犹夫妇合气，子则自生也。夫妇合气，非当时欲得生子，情欲动而合，合而生子矣。"但两汉标榜以孝治天下，余风犹炽，孔融又素以孝称（《后汉书》本传："年十三，丧父，哀悴过毁，扶而后起，州里归其孝。"），能将王充之言推理至尽，殊非易事。孔融既敢于发如此惊世骇俗、非常可怪之论，那么，他能为文时"杂以嘲戏"，对曹操侮慢不恭，也就不足怪了。

"词理宏达"

　　胡应麟评孔融《临终诗》结句"生存多所虑，长寝万事毕"为"词理宏达"②，其实这也可用来说明孔融多数散文所具有的特色。曹丕《典论·论文》说孔融"不能持论""理不胜词"，如果单就几篇嘲戏之文而言，自不无道理，但如用来说明其全部文章，就大谬不然了。孔融的多数文章是善于"持论"、精于说理的。如著名的《与曹公论盛孝章书》向曹操举荐盛宪，颇能抓住关键。先从弘扬友道谈。孔融引用了齐桓公不救邢国而以为耻的史实

----

①　见范晔《后汉书》卷七十《孔融传》，中华书局 1965 年版，第 2262 页。

②　胡应麟《诗薮》外编卷一："北海不长于诗，读此全篇可见。至结句'生存多所虑，长寝万事毕'，词理宏达，气骨苍然，可想见其人，不容以瑕掩也。"上海古籍出版社 1979 年版，第 136 页。

和孔子、朱穆论述交友之道的言论，从反正两方面进行论证，要求曹操通过援救盛宪来弘扬友道。这里将盛宪称为"丈夫之雄"，将孙氏兼并江东比作"诸侯有相灭亡者"，而曹操实际上则被比作春秋霸主齐桓公。曹操既被推到霸主的地位，援救盛宪也就成责无旁贷的事了。次从治国必须纳贤谈。孔融先从批评"今之少年，喜谤前辈"的不正之风入手，以不无夸张的语言肯定了盛宪的声望和影响。接着谈到曹操的身份地位，指出曹操要恢复汉室、匡救国家，就必须招贤纳士，而援救盛宪有利于达到这一目的。中间引用燕昭王千金购买骏马尸骨而终于招致千里马及师事郭隗而使乐毅等人纷纷往燕的历史故事反复论证，很有说服力。曹操是素以爱纳贤才自许的，所以孔融在文末又来了一句"凡所称引，自公所知"，既表尊重，又可"以子之矛，攻子之盾"。通篇论证周密，议论透辟，有理、有利、有节、有礼，且能以精巧的结构、婉妙的措词和简净的笔致出之，是很善于"持论"的绝妙之文，而并无半点嘲谑意味的。

大量章表奏议更充分体现了善于"持论"的特点。如《肉刑议》反对恢复肉刑，先从在当时"欲绳之以古刑，投之以残弃，非所谓与时消息者也"和"九牧之地，千八百君，若各刖一人，是天下常有千八百纣也"两个方面说，然后笔锋一转：

> 且被刑之人，虑不念生，志在思死，类多趋恶，莫复归正。夙沙乱齐，伊戾祸宋，赵高、英布，为世大患。不能止人遂为非也，适足绝人还为善耳。虽忠如鬻拳，信如卞和，智如孙膑，冤如巷伯，才如史迁，达如子政，一离刀锯，没世不齿。是太甲之思庸，穆公之霸秦，南雎之骨立，卫武之《初筵》，陈汤之都赖，魏尚之守边，无所复施也。汉开改恶之路，凡为此也。

刖足、劓鼻、割势之类的肉刑确实极不人道，所产生的效果也很不好。文章所举例证均各包含着丰富的内涵，能激发人的无穷想象和思考，特别是司马迁的被提及总不免要使人联想到他那篇悲愤欲绝的《报任少卿书》，从而产生较大的感染力和说服力。这样的文字不仅说理明白，同时也是颇富文学意味的。

孔融的说理之文有两个引人注目的特点。一是具体论点虽各各不同，但大都贯穿着一条忠君守儒的主线，颇多谈礼、论贤的内容。如当袁术"欲逼为军帅"的马日磾呕血而死，"丧还，朝廷议欲加礼"时，孔融独自上书，认为马日磾"曲媚奸臣"，"不宜加礼"①；当刘表"不供职贡，多行僭伪"，诏书"班下其事"时，孔融上疏说刘表虽"罪不容诛"，但却"宜隐郊祀之事"，以免有伤"国体"②；当献帝想为两个早殁的儿子"修四时之祭"时，孔融认为"不合礼意"③，表示反对；所上诸荐表及书信等，则颇多论贤之辞。二是多引经据典、多引历史人物和事例证说。如短短一篇《肉刑议》，就引用了《左传》《周易》《尚书》《史记》《韩子》《毛诗》《韩诗》等典籍中的用语和故实，提到的古人物达七人之多。《荐祢衡表》则引用了《孟子》《尚书》《周易》《毛诗》《淮南子》《国语》《吕氏春秋》《论语》《史记》中的用语和故实，几无一句无来处。有的甚至通篇以事例证说，如《汝颍优劣论》就是如此。此外，豆、觚、大垆、巨瓠等古代器物也往往层见迭出。孔融这样大量地引经据典，一是为了突出说理的经典依据，二是为了援古证今，通过提供历史的借鉴增强说服力，三是为了取得语言精练、隽永含蓄的修辞效果。这些经典故实除少数标明出处、原文引用外，多数系以己语己意出之，有个人"气扬采飞"的独特风采，读来不仅不觉堆砌牵强，相反给人以文采丰赡、意蕴深厚之感。孔融能够这样大量而又准确、熟练地引经据典，自然同他的"博涉多该览"④和掌握了高度的写作技巧有关，而从根本上说来，乃是为了充分适应其谈礼、论贤的需要，是与其忠君守儒思想息息相关的。孔融出身圣门，幼受圣教，虽也曾发表过一些所谓"违反天道，败伦乱理"⑤的言论，但所谓"先王之制""君臣大义""尊卑之礼"仍是其恪守的最高准则。孔融对于复兴汉室、实现儒家政治理想的浓厚兴趣，仅从他在担任北海相六年的表现即可充分看出。在那样一个兵荒马乱的年代，孔融却在那里热心"崇学校，设庠序，举贤才，显儒士"⑥，以彭璆为方正，邴原为有道，王

---

① 以上见范晔《后汉书》卷七十《孔融传》，中华书局 1965 年版，第 2265 页。
② 以上见范晔《后汉书》卷七十《孔融传》，中华书局 1965 年版，第 2269~2270 页。
③ 见范晔《后汉书》卷七十《孔融传》，中华书局 1965 年版，第 2271 页。
④ 范晔《后汉书》卷七十《孔融传》，中华书局 1965 年版，第 2262 页。
⑤ 曹操《宣示孔融罪状令》。见《曹操集》，中华书局 1959 年版，第 39 页。
⑥ 陈寿《三国志》卷十二《崔琰传》裴松之注引《续汉书》，中华书局 1982 年版，第 371 页。

修为孝廉。因郑玄"实怀明德"①，又告高密县为郑玄特立一乡，名为郑公乡。郡人甄子然孝行知名，早卒，孔融恨不及之，又令配食县社。这一切，与东汉统治者崇尚儒学、奖励读经、鼓吹孝行的传统是一脉相承的。因此，在孔融笔下，较多谈古论道、谈礼论贤之作，喜引用经典（多为儒家经典）故实作为自己的论点和论据，就成为十分必然的事了。

精诚感人

孔融文不仅有气势雄豪、理峻词切的一面，还有婉曲深致、精诚感人的一面。几篇书信体散文比较集中地体现了这一特色。如《与王朗书》：

> 世路隔塞，情问断绝，感怀增思。前见章表，知寻汤武罪己之迹，自投东裔同鲧之罚，览省未周，涕陨潸然。主上宽仁，贵德宥过。曹公辅政，思贤并立。策书屡下，殷勤款至。知櫂舟浮海，息驾广陵，不意黄熊突出羽渊也。谈笑有期，勉行自爱！

王朗系东南名士，原为会稽太守，被孙策战败，留置曲阿。建安三年，曹操表请天子下诏征王朗回朝，王朗自曲阿辗转江海到达广陵（扬州）。孔融与王朗有旧，此时与曹操关系尚属融洽，故写此信与朗，一方面表达了个人的殷殷思盼之情，一方面显扬朝廷恩德，敦促他早日回朝。《左传·昭公七年》云："昔尧殛鲧于羽山，其神化为黄熊，以入于羽渊。"孔融以尧殛鲧的故事来称赞朋友，又以"黄熊突出羽渊"来形容王朗摆脱孙策羁绊，不仅显露了违背儒家传统的精神，也以戏谑调笑的口吻表达了对于朋友的亲切感情。全篇句式整齐而又富于变化，结尾与开头关合照应，于不经意中透出匠心，将一腔悱恻缠绵的情意表现得委曲尽致，颇为动人。

《遗张纮书》劝慰会稽东部校尉张纮安心留守之职，语气也颇亲切。"道直途清，相见岂复难哉"流露了对于国家统一的热烈向往，也颇能感奋人心。这类书信，大抵语短而情长，读之令人回味不尽。张纮既好文学，又善楷篆，曾与孔融书，孔融答书曰："前劳手笔，多篆书。每举篇见字，欣然独笑，如

---

① 范晔《后汉书》卷三十五《郑玄传》，中华书局1965年版，第1208页。

复睹其人也。"短短二十二字，信手写来，明白如话，却将朋友间的亲切感情表现得淋漓尽致，饶有兴味。《教高密令》："志士邓子然告困，焉得爱釜庾之间，以伤烈士之心？今与豆三斛，后乏复言。"简约隽永，也属此类。

　　孔融的一些书信体散文能够写得如此婉曲深致、精诚感人，是同他对于交友之道的高度重视分不开的。《后汉书》本传说孔融"与蔡邕素善"，蔡邕死后，有虎贲士相貌与邕相似，融每酒酣，便引此人同座，说："虽无老成人，且有典刑。"由此可见一斑。孔融还意识到"旁求四方，以招贤俊"（《荐祢衡表》）的重要性，一生"好士，喜诱益后进"①，并在"士"面前表现出了与在权豪势要面前所表现的刚直倨傲迥然不同的豁达豪爽、"宽容少忌"的性格。《后汉书》本传说他"闻人之善，若出诸己，言有可采，必演而成之，面告其短，而退称所长，荐达贤士，多所奖进，知而未言，以为己过"。祢衡"尚气刚傲，好矫时慢物"，刚到许都时，傲视一切，唯善孔融和杨修，但也出言不逊，常称"大儿孔文举，小儿杨德祖"②。孔融深爱其才，并不计较，与之结为忘年交，不仅上表推荐，还数称美于曹操。由于孔融如此爱才，"海内英俊皆信服之"，"及退闲职，宾客日盈其门"。孔融很为此得意，常叹曰："坐上客恒满，尊中酒不空，吾无忧矣。"③ 当然，由其思想基础所决定，孔融所好的"士"大抵都是儒学之士及一些气味相投的"清议"人物（建安十年孔融被曹操免职后，曹操写信给他说："破浮华交会之徒，计有余矣。""浮华交会之徒"，大约指的就是此等人物）。这些人其实并非都是什么治世的能人，如《三国志·魏书·崔琰传》裴松之注引司马彪《九州春秋》就说孔融在任北海相时，"其所任用，好奇取异，皆轻剽之才。至于稽古之士，谬为恭敬，礼之虽备，不与论国事也"。但孔融对这些人能够置腹推心，倾诚相接，并由此给其文风带来重要影响，却还是值得注意的。

（原载《贵州大学学报》1987 年第 2 期）

---

① 范晔《后汉书》卷七十《孔融传》，中华书局 1965 年版，第 2277 页。

② 以上见范晔《后汉书》卷八十下《祢衡传》，中华书局 1965 年版，第 2652~2653 页。

③ 以上见范晔《后汉书》卷七十《孔融传》，中华书局 1965 年版，第 2277 页。

王粲赋论

　　建安时代不仅是一个文人五言诗成熟与繁荣的时代，而且也是一个抒情小赋成熟与繁荣的时代。当时的赋家，以曹植、曹丕、王粲、徐干最负盛名，留存至今的作品也最多，大抵都是抒情咏物小赋。四人中，王粲作赋较早，成名较早，对曹丕、曹植的小赋创作有直接影响。曹丕《与吴质书》说"仲宣独自善于辞赋"，又在《典论·论文》中推赏他的《初征赋》《登楼赋》《槐赋》《征思赋》等作"虽张（衡）、蔡（邕）不过也"，刘勰《文心雕龙·才略》说王粲的诗赋为"七子之冠冕"，在《诠赋》中，王粲又被列为"魏晋之赋首"的八家之一：从这些与王粲同时及稍后的著名文论家的评论中，不难看出王粲在当时赋坛所具有的特出地位和影响。

　　王粲一生以建安十三年（208）归附曹操为界，可分为前后两个时期，其赋作也以此为关捩，前后显示出不同的特色。前期遭乱流寓，颇不得志。十四岁时，即遭遇董卓之乱，由洛阳徙居长安。不二年，董卓余党李傕、郭汜作乱长安，又往荆州襄阳依刘表。王粲出身豪族，其曾祖父龚、祖父畅都位至汉三公，父谦为大将军何进长史，自己聪颖多才，"强记洽闻"[1]，少年时即深得当时著名学者蔡邕的赏誉，称他"有异才"[2]。这样的家世出身、禀赋才干，又面对着这样的衰世，使王粲很早就有了强烈的功名事业心。他到荆州依附刘表，一方面因为当时荆州较少战乱，一方面因为刘表有好士之名，

---

[1] 曹植《王仲宣诔》。见赵幼文《曹植集校注》，人民文学出版社1984年版，第164页。

[2] 陈寿《三国志》卷二十一《魏书·王粲传》："献帝西迁，粲徙长安，左中郎将蔡邕见而奇之。……邕曰：'此王公孙也，有异才，吾不如也。'"中华书局1982年版，第597页。

且与其同乡，还曾就学于其祖父畅，两家有世交，希望能够到那里有所作为。但出人意料的是，王粲在荆州一住十五年，始终未被重用。刘表所与谋军政大计者，有蒯越、蔡瑁、韩嵩、刘先、邓羲等，王粲仅以工文章，管书记。王粲之所以不被重用，主要有两方面的原因。从客观上说，刘表"虽外貌儒雅，而心多疑忌"①，目光短浅，"其犹木禺（即木偶）之于人也"②；从主观上说，王粲"貌寝而体弱通侻"③，不被刘表看重。《三国志·魏书·钟会传》裴松之注引《博物记》："王粲与族兄凯俱避地荆州，刘表欲以女妻粲，而嫌其形陋而用率，以凯有风貌，乃以妻凯。""貌寝"，容貌丑恶，即所谓"形陋"；"通侻"，简易，不严肃，无威仪，即所谓"用率"。不是因为才干人品有所不足，而是因为长相性格未如人意，结果影响了政治上的发展，这是王粲早年的一个悲剧，这使他的内心常常悒郁不快。这种情绪在其早期代表作《登楼赋》中，得到了十分突出而鲜明的展现。赋作于"遭纷浊而迁逝"的十余年后（建安十年至十二年间），通过对登当阳城楼所见的一系列景物的描绘，抒发了强烈的思乡之情和不遇之感。赋一开端即点明登楼目的："登兹楼以四望兮，聊暇日以销忧。"但忧从何来，所忧者何，却暂按下不说，先宕开一笔，着力描写登楼所见之景：

> 览斯宇之所处兮，实显敞而寡仇。挟清漳之通浦兮，倚曲沮之长洲。背坟衍之广陆兮，临皋隰之沃流。北弥陶牧，西接昭丘。华实蔽野，黍稷盈畴。

风景秀丽，土地肥沃，物产丰饶，按理当可使羁旅之人心安；游目骋怀，心与景会，按理当可使怀忧之人"销忧"。但作者笔锋一转，接下去却说："虽信美而非吾土兮，曾何足以少留！"用反诘之法将思乡之情托出，更显其强烈而迫切。往下对此作具体申说，先以"情眷眷而怀归兮，孰忧思之可任"两句总写，然后从旧乡壅隔、归途漫长和对一些怀念故土的历史人物的回顾两个方面分写，最后以"人情同于怀土兮，岂穷达而异心"两句收煞，将悲

---

① 陈寿《三国志》卷六《魏书·刘表传》，中华书局1982年版，第213页。
② 范晔《后汉书》卷七十四下《刘表传》，中华书局1965年版，第2425页。
③ 陈寿《三国志》卷二十一《魏书·王粲传》，中华书局1982年版，第598页。

伤中饱含着怨愤的思乡情绪表现得委曲尽致。接着，将其愁绪进一步往深广
处开掘、拓展：

> 惟日月之逾迈兮，俟河清其未极。冀王道之一平兮，假高衢而骋力。
> 惧匏瓜之徒悬兮，畏井渫之莫食。

作者在这里表明他所怀抱着的不仅是乡关之思、乱离之感，更重要的是
为国家社会而忧，为自己怀才不遇、报国无门而忧。所谓"冀王道之一平"
虽是希望社会在皇帝的旗帜下安定下来，自己好凭盛世明君之力驰骋才智、
有所建树，带着明显的地主阶级理想的色彩，但这种忧国望治、渴求建功立
业的迫切心情，在那个乱离时代却是代表着广大人民对国家统一、政治清明
的强烈渴望的。赋的后面，再以"步栖迟以徙倚兮，白日忽其将匿。风萧瑟
而并兴兮，天惨惨而无色。兽狂顾以求群兮，鸟相鸣而举翼。原野阒其无人
兮，征夫行而未息"这一幅萧瑟凄凉的薄暮光景作为余波，以"循阶除而下
降兮，气交愤于胸臆。夜参半而不寐兮，怅盘桓以反侧"这一欲销忧而反增
忧的语句作结，进一步托出内心的苦痛，增强悲怆气氛，为读者留下了无限
想象、体味的余地。全赋以登楼、下楼的行动先后和白昼、昏夜的时间转移
及内心情绪的发展逐层铺写，层次明晰，结构严密。特别是写景与抒情密切
结合，使通篇情景交融，慷慨淋漓，成为抒情小赋中不可多得的佳作。

王粲大约早有希望曹操南定荆州统一宇内之意，故建安十三年曹操南征荆
州时，即劝刘琮降操（其时刘表已死）。操入荆州，粲以说琮之功，被辟为丞相
掾，赐爵关内侯。长期被压抑的局面一旦终结，王粲的心情异常欢悦。《三国
志·魏书》本传云："太祖置酒汉滨，粲奉觞贺曰：'方今袁绍起河北，仗大众，
志兼天下，然好贤而不能用，故奇士去之。刘表雍容荆楚，坐观时变，自以为
西伯可规。士之避乱荆州者，皆海内之俊杰也；表不知所任，故国危而无辅。
明公定冀州之日，下车即缮其甲卒，收其豪杰而用之，以横行天下；及平江、
汉，引其贤俊而置之列位，使海内回心，望风而愿治，文武并用，英雄毕力，
此三王之举也。'"颂扬曹操，从其善于网罗、任用人才着眼，正是有感而发。
此后王粲赋风有所转变，对统一天下的理想和壮志的表现代替了理想不遂、壮
志未酬的慨叹，昂扬奋发、欣欣鼓舞的精神代替了抑郁哀伤、萎靡不振的情调。

如《初征赋》：

> 违世难以回折兮，超遥集乎蛮楚。逢屯否而底滞兮，忽长幼以羁旅。赖皇华之茂功，清四海之疆宇。超南荆之北境，践周豫之末畿。野萧条而骋望，路周达而平夷。春风穆其和畅兮，庶卉焕以敷蕤。行中国之旧壤，实吾愿之所依。

《三国志·魏书·武帝纪》："十四年春三月，军至谯，作轻舟，治水军。秋七月，自涡入淮，出肥水，军合肥。"王粲随征，故有是作。开头以"违世难"四句回顾流寓荆州的生活，仍不免带着悲凉意味。而紧接着的"赖皇华"二句，却表现出高昂的情调、博大的胸怀。以下数句，写行军之迅疾，平原之无垠，春风之和畅，百花之繁茂，无不流溢出喜悦和欢欣，与写于此前不久的《登楼赋》形成鲜明对比。写于同时稍后的还有一篇《浮淮赋》，在描写曹军渡淮时"钲鼓若雷，旌麾翳日"，"轴轳千里，名卒忆计"的赫赫声威后，最后说，"运兹威以赫怒，清海隅之蒂芥。济元勋于一举，垂休绩于来裔。"同样表现了统一天下的壮志和垂功后世的心愿。由于个人建功立业须有"假高衢"的前提，因此这里对向往功业的表现与对曹氏的歌颂是交融在一起的。个人建功立业不仅仅是为了谋取个人权位，而主要是想为国家统一贡献力量；歌颂曹氏也主要从其统一大业着眼，顺应着历史的发展趋势，因此其基调是积极的、健康的，基本精神与《登楼赋》是一致的。

关注现实、同情疾苦、对种种社会人生的不幸表示哀愍也成为这一时期赋作的重要内容，在风格上仍表现出凄凉哀婉的特色。《出妇赋》："君不笃兮终始，乐枯荑兮一时。心摇荡兮变易，忘旧姻兮弃之。"表现妇女对男子喜新厌旧的怨望，暴露了封建制度下男女不平等的社会现实。《寡妇赋》："阖门兮却扫，幽处兮高堂。提孤孩兮出户，与之步兮东厢。顾左右兮相怜，意凄怆兮摧伤。观草木兮敷荣，感倾叶兮落时。人皆怀兮欢豫，我独感兮不怡。"据《文选》卷十六潘岳《寡妇赋》李善注引，此赋尚有"欲引刃以自裁，顾弱子而复停"两句，表现寡妇的孤独生活和凄怆情愫，几令人不忍卒读。《伤夭赋》："物虽存而人亡，心惆怅而长慕。哀皇天之不惠，抱此哀而何诉？求魂神之形影，羌幽冥而弗连。淹低徊以想象，心弥结而迁萦。"对早殇之人表示哀悼，读来也能给人以凄绝之感。《思友赋》："行游目于林中，睹旧人之故场。身既没而不见，余迹存而未丧。"则表达了对于亡友的悼念。这些赋有的系应命而作，如曹丕有《寡妇赋》，其《序》云："陈留阮元瑜与余有旧，薄命早亡，故作斯赋，以叙其妻子悲苦之情，命王粲等并作之。"（按萧统《文选》潘岳《寡妇赋》李善注，与《艺文类聚》卷三十四及《魏文帝集》所载文字略有异同。）除曹丕、王粲外，丁廙妻（一作丁仪妻）也作有《寡妇赋》。《出妇赋》曹丕、曹植也有同题之作。虽为临时应命之作，但由于王粲亲历过乱离，饱尝过辛酸；早年即写出过"亲戚对我悲，朋友相追攀。出门无所见，白骨蔽平原。路有饥妇人，抱子弃草间。顾闻号泣声，挥涕独不还"（《七哀诗》其一）这样的饱含着人生哀痛的作品，因此他能在这些赋作中十分诚挚、深刻地表现出夫妻、父子、朋友之间的真情、深情和哀恸之情。表现上多采用代言体，能真切细微地体会主人公的内心情感，这种感情又紧扣着节候、景物和主人公的行动来加以表现和抒发，往往触物兴叹，若不胜情，颇有感染力。

在这一时期的赋作中，还出现了表现男女爱慕之情的作品。《神女赋》写对神女的热烈赞美，写神女的"探怀授心，发露幽情"和自己对神女的恋恋不舍，展示了男女相爱过程中颇为复杂的内心活动。《艺文类聚》卷七十九引有陈琳、杨修同题赋，《太平御览》卷三八一引有应玚同题赋，盖为一时唱和之作。陈琳赋云："汉三七之建安，荆野蠢而作仇。赞皇师以南假，济汉川之清流。感诗人之悠叹，想神女之来游。"可知赋作于建安二十一年（216）从征吴国途中。此赋在写作上受宋玉《神女赋》的影响，但写"济汉川"时而"想神女之来游"，对曹植黄初四年（223）"还济洛川"时而写作的《洛神赋》当有直接影响。在具体写法上也可看出对《洛神赋》有诸多启示。如两赋均采用了丰富多样的艺术手法，均从体态、服饰、表情、动作诸方面极力展示女神的美丽，属词雅丽，色彩缤纷，给人以目不暇接之感；在结构上都是先写相遇，次作外貌描写，再写彼此爱慕，最后写不得不恋恋不舍地分离；不少语句也似出于一辙。当然，《洛神赋》铺写更为细致、华丽，结构更为完整，所表现的情感也更为浓烈、真切、感人，是有发展和提高的。《闲邪赋》也是一篇爱情赋。该赋前面写美女的清颜丽质，中间感叹美女"当盛年而处室，恨年岁之方暮"的心境，后面写美女孤立无依、情哀意切的忧伤心情，对曹植《美女篇》的写作当有很大影响。《北堂书钞》卷一百三十六引有王粲《闲居赋》（当即为《闲邪赋》）残句"愿为环以约腕"，虽只短短的一句，但写法却很别致，对陶渊明在《闲情赋》中写出"愿在衣而为领""愿在裳而为带""愿在发而为泽""愿在眉而为黛""愿在莞而为席""愿在丝而为履"等奇词妙句当有影响。写美女为世所弃、盛年而处空房，实比喻才士怀才而不遇，这在封建社会中具有普遍意义，在一定程度上，还可能是作者后期自己某种心境的写照或情绪的宣泄。由于王粲仕进之心颇为强烈，后期有时对自己的处境可能并不觉得满足，特别是在初归曹操后的一段时间内未任显职，更不免如此。曹植《赠丁仪王粲》一面说"王子欢自营"，一面又说"君子在末位"；特别是《赠王粲》诗说"谁令君多念，遂使怀百忧"，都透露出了个中信息。《三国志·魏书·杜袭传》云："魏国既建，为侍中，与王粲、和洽并用。粲强识博闻，故太祖游观出入，多得骖乘，至其见敬不及洽、袭。袭尝独见，至于夜半。粲性躁竞，起坐曰：'不知公对杜袭道何等也？'洽笑对曰：'天下事岂有尽邪？卿昼侍可矣，悒悒于此，欲兼之乎！'"更为明确地透露出了这种信息。有趣的是，这种情况的发生仍与其体貌性情有关。《三国志·魏书》本传裴松之注引鱼豢曰："余又窃怪其不甚见用，以问大鸿胪卿韦仲将。仲将云：'仲宣伤于肥戆。'"所谓"肥"，当是王粲晚年体态，"戆"者，当即指躁竞、通侻之性情。《闲邪赋》本来也并非王粲独创，此前张衡有《定情赋》，蔡邕有《静情赋》，同时的陈琳、阮瑀有《止欲赋》，应玚有《正情赋》，曹植有《静思赋》，题材均与《闲邪赋》类似，但由于其中多少渗进了一些作者个人的感受，故仍有其独具的感染力。

这时期王粲还写了不少感时咏物之作。这些作品大都是与邺下文人互相应和的产物，有的还是临时应命之作，如《古文苑》卷七章樵注引挚虞《文章流别论》云："建安中，魏文帝从武帝出猎赋，命陈琳、王粲、应玚、刘桢并作。琳为《武猎》，粲为《羽猎》，玚为《西狩》，桢为《大阅》，凡此各有所长，粲其最也。"曹丕《玛瑙勒赋序》云："玛瑙，玉属也。……或以系颈，或以饰勒。余有斯勒，美而赋之。命陈琳、王粲并作。"因此，这些赋题大体上都是两人甚至两人以上所共有，如曹植、陈琳、刘桢、繁钦都有《大暑赋》（或《暑赋》），曹植、陈琳、阮瑀都有《鹦鹉赋》等。这是否意味着王粲的这些赋作就没有个性和特色了呢？当然不是的。一方面，这些赋作运用比兴手法，大都有所寄寓，或多或少表现了作者对时世、人生的某种看法，表现了某种心情，有一定抒情意味。如《车渠椀赋》："挺英才于山岳，含阴阳之淑真。""体贞刚而不挠，理修达而有文。""兼五德之上美，超众宝而绝伦。"《鹖赋》云："惟兹鹖之为鸟，信才勇而劲武。""厉廉风与猛节，超群类而莫与。"在赋陈物性中赋予了人的美好品质，有自况自勉之意。《柳赋》云："人情感于旧物，心惆怅以增虑。行游目而广望，睹城垒之故处。"抒发了一种在那个时代颇具代表性的对于人世变迁、岁月蹉跎的感伤。《鹦鹉赋》《莺赋》则通过以鸟喻人的手法，表现了个人的身世之感和对美好生活的向往与追求。前者云："步笼阿以踯躅，叩众目之希稠。登衡干以上干，噭哀鸣而舒忧。声嘤嘤以高厉，又憀憀而不休。"后者云："览堂隅之笼鸟，独高悬而背时。""就隅角而敛翼，倦独宿而宛颈。"都可看作是作者早年羁縻荆州时悲苦处境的写照。不难看出这些赋都具有某种社会意义，读后能从中得到某种有益的启迪和感受。另一方面，这些赋作大都体现出作者"文若春华，思若涌泉；发言可咏，下笔成篇"①的才情，在艺术上有其独到之处。它们一般都能比较准确地抓住表现对象的特点，用凝炼精致的语言加以表现，描写生动真切，富于情趣，往往为其他同题作者所不及。如《大暑赋》写暑天酷热："患衽席之焚灼，譬洪燎之在床。起屏营而东西，欲避之而无方。仰庭槐而啸风，风既至而如汤。气呼吸以祛裾，汗雨下而沾裳。就清泉以自沃，犹澳涩而不凉。"可谓妙语迭出，奇意纵横。而曹植同题赋云："映扶桑之高炽，燎九日之重光。大暑赫其遂蒸，玄服革而尚黄。"陈琳同题赋云："土润溽以歊炁，时澳涩以涸浊。温风郁其彤彤，譬炎火之烛烛。"刘桢同题赋云："温风至而增热，歊悒愠而无依。披襟领而长啸，冀微风之来思。"繁钦《暑赋》云："大火飏光，炎气酷烈。沉阳腾射，滞暑散越。"都不免平直，缺少王粲赋那种绘声绘色的妙趣。又如《羽猎赋》：

相公乃乘轻轩，驾四骆，枹流星，属繁弱。选徒命士，咸与竭作。

---

① 曹植《王仲宣诔》。见赵幼文《曹植集校注》，人民文学出版社 1984 年版，第 164 页。

旌旗云扰，锋刃林错。扬辉吐火，曜野蔽泽。山川于是乎摇荡，草木为之以摧落。禽兽振骇，魂亡气夺。举首触网，摇足遇挞。陷心裂胃，溃颈破颊。鹰犬竞逐，奕奕霏霏。下韝穷绁，搏肉噬肌。坠者若雨，僵者若坻。清野涤原，莫不歼夷。

描绘大规模狩猎的场面，也比其他同时应命之作生动出色，故挚虞《文章流别论》说："凡此各有所长，粲其最也。"当然，这类作品的不足也是明显的。由于多为应酬曹氏父子而作，这就决定了作品往往缺乏充实的内容，有时甚至表现出附骥的庸俗气。如《槐树赋》前面写槐树的茂盛，后面却写："既立本于殿省，植根柢其弘深。鸟取栖而投翼，人望庇而披衿。"借对槐树的赞美以颂扬曹丕，借鸟以自喻，表现出向曹丕归心的媚态。此外，由于是仓猝应命而作，也不容易写出新意，在艺术上也有不免于粗糙的时候。

我国的赋体文学鼎盛于两汉，当时流行于赋坛的是所谓的散体大赋。大赋以京邑的繁华、宫苑的富丽、山川的广袤、物产的丰饶、田猎的壮观等为主要描写对象，反映出汉代经济文化的发展、繁荣及由此而产生出来的高度自信，也反映出汉人以宏大为美的审美情趣。但汉大赋不少题材较为单一，视野被局限在帝王生活和宫廷林苑之中，与现实生活相隔甚远；形式大都较为板滞，喜用奇词僻字，喜欢铺张堆砌，逐渐形成定格，以致层层因袭。总的来看，繁辞寡情，缺乏个性，缺少打动人心的力量，因而其缺陷是非常明显的。作为大赋的反动，西汉时出现了一些感叹个人身世的抒情小制，如贾谊《鹏鸟赋》，司马相如《长门赋》，董仲舒《士不遇赋》，司马迁《悲士不遇赋》，扬雄《逐贫赋》等。东汉时，班彪的《北征赋》，班固的《幽通赋》，张衡的《归田赋》，蔡邕的《述行赋》《青衣赋》，赵壹的《刺世疾邪赋》等或纪行，或述志，或抒怀，或咏物；或感叹个人身世，或针砭时政弊端，或表现男女私情，进一步突破了汉大赋的藩篱，给赋坛增添了新鲜气息。不过，这些小赋在当时数量较少，且在相当长一个时期内未形成独立体制，不少赋家其代表作仍是那些鸿篇巨制，小赋对他们说来只不过是偶然为之，聊作消遣。从内容上说，不少小赋也还只局限于抒写个人情志，并不直接反映社会现实生活。表现上则仍多大赋影响，铺叙成分较多，往往直陈其事、直抒其情，语言或缺乏辞采，或较多艰深难解之文。王粲赋就是在这样的背景之下产生的。它对汉大赋虽也不无继承之处，如《登楼赋》开头"登兹楼以四望"的描写，就颇有一些汉大赋从东、西、南、北、上、下铺陈一番的影子，《游海赋》的搜奇猎异、排比铺陈也与汉大赋有渊源关系，还有个别地方使用了生僻之典、晦涩之字，但总的说来已跳出大赋窠臼，呈现出全新面目。虽与汉代抒情小赋存在着一脉相承的联系，一些赋作还是在前代小赋的直接启示下创作出来的，但与之相比总的说来仍然发生了很大变化。这种变化概括说来主要有六方面：一是数量大大增加，王粲不再像前代赋家那样只是偶作小赋，而是毕生精力都用在小赋创作上。二是表现题材大大扩展，从不同角度多侧面地反映了丰富多彩的社会现实生活，大至从军征战，小至日常情事、生活用品、植物禽鸟，无不毕现毫端，将赋这种文体从皇帝和宫廷的拘囿中彻底解放出来，大大强化了它的表现功能。三是述志抒怀，缘情写物，抒情性更趋强化。由于王粲饱经乱离，感慨特多，因此其赋中所表现的感情十分充沛感人，不仅克服了汉大赋"为文而造情"① 的弊端，也使不少汉代小赋相形见绌。感情的内涵也有所拓展，赋中所表现的那些忧国忧民之情和为统一天下而建功立业之志，比起前代一些仅仅局限于感伤个人得失进退的作品来，无疑是要深刻得多的。四是形成了鲜明的个性特色。由于王粲赋是"志思蓄愤，而吟咏情性……此为情而造文"② 的产物，因此带有他个人的情感特征和表现上的一些特点。大体说来，赋中的情感悲哀有余而浑壮不足，表现上较多采用比兴手法，描写细密而富于文采，结构精致严谨，感情真切细腻。曹丕说"惜其体弱，不足起其文"③，刘勰说"仲宣靡密，发端必遒"④，"仲宣溢才，捷而能密，文多兼善，辞少瑕累"⑤ 等，就都点出了这个特点。五是体制长短随意，但大都十分短小，有的只有寥寥数行，最长的《登楼赋》

---

① 刘勰《文心雕龙·情采》："昔诗人什篇，为情而造文；辞人赋颂，为文而造情。"见范文澜《文心雕龙注》，人民文学出版社1958年版，第538页。
② 刘勰《文心雕龙·情采》。见范文澜《文心雕龙注》，人民文学出版社1958年版，第538页。
③ 曹丕《与吴质书》。见萧统《文选》卷四十二，中华书局1977年影印胡克家刻本，第591页。
④ 刘勰《文心雕龙·诠赋》。见范文澜《文心雕龙注》，人民文学出版社1958年版，第135页。
⑤ 刘勰《文心雕龙·才略》。见范文澜《文心雕龙注》，人民文学出版社1958年版，第700页。

也不过三百余字。写作时开门见山，有话则说，意尽即止。无论写景、抒情、述志，都不作过多铺设，力戒浮言冗句。这固然因为不少小赋是在文酒集会上即席完成的，不可能写得太长，但更重要的是由于观念的转变，不然闲居荆州期间所作就大可不必惜墨如金了。赋体既然可以用来抒写日常情事、片断偶感，这题材和功能的变革，就必然要促使它向小型化的方向发展。六是语言明白、通俗、流畅，不再像汉代大赋及一些小赋那样颇多凝重艰深之文，令人难以卒读。以上这些变革，标志着抒情小赋的成熟和赋体文学发展的新阶段，具有转折、开拓的意义。这种转折、开拓肇始于蔡邕，集大成于曹植，但蔡邕所作小赋甚少，尚不足振起一代新风，曹植虽然赋作较多，质量也高，但他比王粲小十五岁，创作开始较晚，接受了王粲的诸多影响，因此王粲在其间的重要性就突显出来了。虽然从根本上说这是赋体文学发展到那个阶段所必然会出现的结果，是时代风气使然，但王粲个人的努力也是重要的，他在赋风转变中的地位及在赋体文学发展史上的功绩，值得充分加以肯定。

（原载《贵州社会科学》1988 年第 6 期，中国人民大学书报资料中心《中国古代近代文学研究》1988 年第 10 期）

蔡琰《悲愤诗》的悲剧特色

　　蔡琰，字文姬，陈留圉人，东汉著名学者蔡邕之女，建安时代杰出的女诗人。一生备历坎坷，饱尝酸辛。初嫁河东卫仲道，夫亡无子，归宁于家。适逢董卓之乱，被董卓部将李傕、郭汜军中的胡兵所掳，流落南匈奴十二年，嫁与左贤王，生二子。曹操原与蔡邕交好，感念蔡邕无嗣，因遣使者用金璧将她赎回，重嫁陈留董祀。蔡琰回归故土后，"感伤乱离，追怀悲愤"①，创作了五言体长篇叙事诗《悲愤诗》，历述平生惨痛遭际，字字句句皆血泪凝成，具有强烈的打动人心的力量，成为建安时期与《古诗为焦仲卿妻作》并驾齐驱的悲剧艺术杰作，历来为人们所推重。

一

　　《悲愤诗》的悲剧艺术特色，首先在于它充分展示了女主人公的痛苦和不幸，具有深广的悲剧思想内容。作品从诗人的遭乱被掳写起，一开始就给我们描绘了一幅血雨腥风的惨象：

　　　　卓众来东下，金甲耀日光。平土人脆弱，来兵皆胡羌。猎野围城邑，所向悉破亡。斩截无孑遗，尸骸相撑拒。马边悬男头，马后载妇女。长驱西入关，迥路险且阻。还顾邈冥冥，肝脾为烂腐。所略有万计，不得令屯聚。或有骨肉俱，欲言不敢语。失意几微间，辄言"毙降虏。要当以亭刃，我曹不活汝。"岂复惜性命，不堪其詈骂。或便加棰杖，毒痛参并下。旦则号泣行，夜则悲吟坐。欲死不能得，欲生无一可。彼苍者何

---

　　① 范晔《后汉书》卷八十四《列女传·董祀妻传》，中华书局 1965 年版，第 2801 页。

辜？乃遭此厄祸！

胡兵来势汹汹，所过之处，城邑残破，杀人如麻，其暴行令人发指！数以万计的妇女在被掳赴胡地途中，遭受百般虐待与凌辱，詈骂与毒打交并，终日以泪洗面，陷入生死两俱不能的痛楚境地，这是何等惨酷的人间悲剧！诗人突罹横祸，堕入此人间地狱，其内心的悲愤与绝望可想而知！

被掳入胡后，诗人开始了更为漫长的悲剧生涯。其中最可关注者，一是"边荒与华异，人俗少义理"，二是"感时念父母，哀叹无穷已"，这必然给诗人在生活上精神上肉体上造成种种的不适应，带来重重的折磨和痛苦。因此，父母、亲人必然成为诗人无尽的思念，回归故土必然成为诗人强烈的向往。但是，当她出乎意料得到回归故土的机会时，却又必须经受同亲生骨肉生离死别的痛苦：

> 邂逅徼时愿，骨肉来迎己。己得自解免，当复弃儿子。天属缀人心，念别无会期。存亡永乖隔，不忍与之辞。儿前抱我颈，问母"欲何之？人言母当去，岂复有还时？阿母常仁恻，今何更不慈？我尚未成人，奈何不顾思！"见此崩五内，恍惚生狂痴。号泣手抚摩，当发复回疑。

"生人作死别，恨恨那可论"（《古诗为焦仲卿妻作》），何况是慈母与爱子的生生别离！这确实是一段极人生之悲惨的描写。但由于对父母、故土的深长思念与强烈感情，她终于还是在经过一番艰难、惨酷的内心挣扎后舍弃了爱子，踏上了归程。但回来后的情况又怎样呢？

> 既至家人尽，又复无中外。城郭为山林，庭宇生荆艾。白骨不知谁，纵横莫覆盖。出门无人声，豺狼号且吠。茕茕对孤景，怛咤糜肝肺。登高远眺望，魂神忽飞逝。奄若寿命尽，旁人相宽大。为复强视息，虽生何聊赖！托命于新人，竭心自勖厉。流离成鄙贱，常恐复捐废。人生几何时，怀忧终年岁。

故土满目凄凉，家人亲戚亡尽，诗人最后的梦幻破灭了！她孤寂一身，心痛如割，神魂飞逝，恍惚欲死。后虽托命新人，似乎有了一个归宿，但长期流离、失身、受辱的遭遇，又使她自视鄙贱，常常怀着再遭遗弃的忧惧。

她从一个惨境堕入了另一个惨境，没有解脱的希望，只有"怀忧终年岁"，在忧心忡忡中打发一生了。

《悲愤诗》就这样沉痛地记叙了一个弱女子在动乱年代中的不幸遭遇。蔡琰在当时是一个有名的才女。《后汉书》本传说她"博学有才辩，又妙于音律"。曾读书数千卷，经过多年颠沛流离之后，犹能诵忆四百余篇，为曹操"缮书送之，文无遗误"①。《后汉书》本传李贤注引刘昭《幼童传》则载有一个蔡琰从小就善于辨音的故事："邕夜鼓琴，弦绝。琰曰：'第二弦。'邕曰：'偶得之耳。'故断一弦问之，琰曰：'第四弦。'并不差谬。"《艺文类聚》卷四四"乐部"引《蔡琰别传》有相似记载，并说这事发生在蔡琰"年六岁"时，还引了蔡琰"吴札观化，知兴亡之国。师旷吹律，识南风之不竞。由此观之，何足不知"这几句很有见地的话。宋陈思《书小史》卷二又说蔡琰"工书善章草"，明陶宗仪《书史会要》卷一还说蔡琰"书翰得家传之妙"。这样一个具有多方面文化修养、才华横溢而又心地纯良的才女，竟迭遭不幸，这是一个非常典型的事件。诗人如实加以披露，写出了个人人生悲剧的完整过程，内容异常丰富，感情特别悲怆，因此产生了很强的悲剧效果，激起了人们的巨大同情。

二

《悲愤诗》叙写的是诗人个人的悲痛经历，但其意义却远远超出了个人的范围。这不仅因为它所描写的不是诗人个人生活中的小悲欢，所着眼的是人生中的重大不幸，其遭遇本身具有极大的典型性，而且还因为它着力发掘了诗人个人不幸同社会苦难之间的联系，通过表现个人的不幸反映了一个时代人民的苦难。《悲愤诗》一开篇就在一个极广阔的背景上展开了对于当时动乱现实的叙写，具体表现了广大人民惨遭屠杀、广大妇女备受凌辱的厄运，笔端凝聚着广大人民的血泪和呼喊，饱含着诗人深切的同情和哀恸。即使是在描写离开胡地的情景时，也没有忘记表现不得回归的"同时辈"的痛苦。同时，诗人还表现了军阀混战所造成的社会残破、疮痍满目的惨象。董卓乱兵

① 见范晔《后汉书》卷八十四《列女传·董祀妻传》，中华书局 1965 年版，第 2801 页。

"猎野围城邑，所向悉破亡"，在若干年后还可以看到这种破坏所造成的严重后果，诗人回归故土后"城郭为山林，庭宇生荆艾"一段描写就足可说明。这段描写同曹植在《送应氏》（其一）中所描写的"垣墙皆顿擗，荆棘上参天"的洛阳景象异曲同工，实可作为信史来读（曹植《送应氏》写于建安十六年随曹操西征马超途经洛阳时，而一般认为蔡琰是在建安十一年被曹操赎回的，比曹植写《送应氏》的时间还早五年）。因此，《悲愤诗》所表现的不仅是诗人个人的悲剧，更是社会的悲剧，时代的悲剧，具有深刻的社会意义和历史意义。

《悲愤诗》还深入揭示了悲剧发生的必然性。它不像有的悲剧"过于巧合，在一刹时中，在一个人上，会聚集了一切难堪的不幸"①，而是着眼于悲剧的社会因素，通过客观描写显示出悲剧所由产生的社会根源，从而构成了真正美学意义上的悲剧。从根本上说来，诗人的悲剧是由封建制度造成的，在残酷的封建统治下，特别是在统治阶级残酷镇压农民起义或内部彼此争权夺利的兵燹中，人民免不了要被屠杀、受凌辱，诗人囿于历史和阶级的局限，自然不可能认识到这一点。但她对于自己所面临的这一场社会人生劫难发生的直接原因，却有着相当明确的认识。"卓众来东下，金甲耀日光。平土人脆弱，来兵皆胡羌"，明确指出悲剧肇源于董卓之乱。大军阀董卓是一个异常残暴的家伙，他控制中央政权后，为所欲为，使洛阳、关中一带生灵涂炭，陷于一片恐怖之中。他的凉州兵，由羌人、胡人（匈奴）和汉人混合组成，在羌胡豪帅和汉族豪强的率领下，经常四处抢劫财物、掳掠妇女，具有极大的破坏性。《后汉书·董卓传》云：

> 是时洛中贵戚室第相望，金帛财产，家家殷积。卓纵放兵士，突其庐舍，淫略妇女，剽虏资物，谓之"搜牢"。人情崩恐，不保朝夕。及何后葬，开文陵，卓悉取藏中珍物。又奸乱公主，妻略宫人，虐刑滥罚，睚眦必死，群僚内外莫能自固。卓尝遣军至阳城，时人会于社下，悉令就斩之，驾其车重，载其妇女，以头系车辕，歌呼而还。

---

① 鲁迅《且介亭杂文二集·〈中国新文学大系〉小说二集序》。见吴子敏等《鲁迅论文学与艺术》，人民文学出版社1980年版，第807页。

"悉令就斩之"等语，正与"斩截无孑遗，尸骸相撑拒。马边县男头，马后载妇女"的描写同调。对于陈留劫难，《后汉书·董卓传》也有明确记载：

> 卓以牛辅子婿，素所亲信，使以兵屯陕。辅分遣其校尉李傕、郭汜、张济将步骑数万，击破河南尹朱俊于中牟。因掠陈留、颍川诸县，杀略男女，所过无复遗类。

李傕军中杂有羌胡，好掳掠妇女，还可从袁宏《后汉纪·献帝纪》中找到佐证：

> 于是李傕召羌、胡数千人，先以御物、缯采与之，许以宫人妇女，欲令攻郭汜。

在这席卷而来的虎狼之众面前，悲剧显然是不可避免地要发生了。更难能可贵的是，诗人还进一步揭示了造成董卓之乱的原因。东汉末年，皇帝昏懦无能，大权旁落，宦官外戚交替把持朝政，互相倾轧，董卓乘势而起，逞威肆虐，从此酿成长期的军阀混战，给北部中国的广大地区造成了深重的灾难。《悲愤诗》开篇两句"汉季失权柄，董卓乱天常"，就一针见血地道出了祸乱发生的因果联系，同曹操"惟汉廿二世，所任诚不良"，"贼臣持国柄，杀主灭宇京"（《薤露行》）的认识不谋而合，把矛头对准了最高封建统治者，表现出了可贵的批判精神。

《悲愤诗》还从另一角度表现了妇女的不幸：她们的婚姻不能自主；可以用武力掳走，也可以用钱物赎回；赎回后不得不再嫁，但因长期流离"失"过"节"，又不得不倍加小心、常怀忧惧。这些都反映了妇女当时所受到的桎梏和迫害。早在汉武帝时，大儒董仲舒就借用阴阳家的思想来解释儒家经典，认为任何事物都由阴阳两个相反的方面构成，阳性尊，阴性卑，阳在前，阴在后，阳为主体，阴为附属。表现在夫妻关系上，则夫为阳，妻为阴。封建统治者以此确定了女子对于男子的人身依附关系，给广大妇女带来了无穷尽的苦难。一方面，女子常有被无故抛弃的危险。在所谓"不顺父母去，无子去，淫去，妒去，有恶疾去，多言去，窃盗去"① 这"七去"条文的影响下，

---

① 《大戴礼记·本命》。见王聘珍《大戴礼记解诂》，中华书局1983年版，第255页。

汉代出妻的事极为普遍，不少文学作品反映了这一问题。建安时代礼教思想虽然受到一定冲击，但其根基仍然十分牢固，悲剧仍然不断发生，这从《古诗为焦仲卿妻作》及曹丕的《出妇赋》《代刘勋出妻王氏作》、曹植的《出妇赋》《弃妇诗》等作品不难看出。另一方面，女子受到"从一而终"这礼教信条的束缚。改嫁在汉代虽为一时习俗，但统治者同时也在提倡和奖励守节，如东汉安帝曾诏赐"贞妇有节义十斛，甄表门闾，旌显厥行"①。被称为"女圣人"的班昭又大肆鼓吹"夫有再娶之义，妇无二适之文"②。影响所及，汉代一部分上层妇女十分重视守节，不愿改嫁。这种种道德伦理上所形成的桎梏与重压，显然也是造成诗人悲剧，特别是回归故土、托命新人后依然"怀忧终年岁"的重要原因。

上述情况表明，《悲愤诗》所展示的悲剧是由客观的社会现实生活所决定的，诗人悲剧的不可避免，正反映了社会生活悲剧的不可避免。诗人将形成悲剧的诸因素揭出，并通过形象显示出它们相互联系的情形，表现出诗人睿智的思考和敢于直面人生、敢于揭示重大社会矛盾的现实主义精神，有助于引导人们认识社会的罪恶，激起愤恨与抗争的情绪。事实上，《悲愤诗》将悲与愤有机地融汇在了一起，在字里行间无不贯注、流溢着这种情绪。诗人自叙身世，既是自伤，也是控诉；既控诉了胡兵的横暴，也控诉了贼臣的恣睢、皇帝的昏懦；既写出了压迫势力的可怕，也写出了它的可恶、可耻与可恨。诗人不甘凌辱，"岂复惜性命，不堪其詈骂。或便加棰杖，毒痛参并下"，"彼苍者何辜？乃遭此厄祸"等诗句，强烈地表现了对于不幸命运的不满、挣扎和抗争，这在当时是很具有代表性的。鲁迅说："悲剧将人生的有价值的东西毁灭给人看。"③《悲愤诗》由于在表现真善美被毁灭的同时也表现了真善美的不甘于毁灭，因此揭示了社会生活的某些本质方面，显示了这一悲剧艺术杰作的思想深度。

---

① 范晔《后汉书》卷五《安帝纪》，中华书局 1965 年版，第 229~230 页。

② 《女诫》第五。见《后汉书》卷八十四《列女传·曹世叔妻传》，中华书局 1965 年版，第 2790 页。

③ 鲁迅《坟·再论雷峰塔的倒掉》。见吴子敏等《鲁迅论文学与艺术》，人民文学出版社 1980 年版，第 143 页。

三

《悲愤诗》深刻的悲剧思想内容，是借助完美的艺术形式表现出来的。这里仅抉出几点主要的来谈谈。

悲剧的艺术结构。亚里士多德在《诗学》中说，"悲剧是对于一个严肃、完整、有一定长度的行动的模仿。"确实，贯串着人物完整"行动"的情节是悲剧艺术的基础，如果没有一个基本的情节，或情节缺乏充分发展与表现，悲剧的思想内容就无从充分展示出来。《悲愤诗》是一首叙事诗，它通过悲剧场景的不断转换与有机连接构成了完整的情节，使悲剧思想内容及诗人人生悲剧全过程的展示获得了必要的物质条件。作品明显地分为被掳入胡、别儿回归、还乡再嫁三个部分，以自身遭遇为经，以时代生活为纬，经纬交织，构成一幅幅悲痛图画，反映出诗人人生悲剧的发展变化，同时也显示出悲剧发生的必然性。情节安排严格地以悲剧发生的时间先后为序，而其中颇多曲折波澜。亚里士多德《诗学》还说："悲剧所以能使人惊心动魄，主要靠'突转'与'发现'。"所谓"突转"，指悲剧主人公遭遇的意外变故，或由顺境转入逆境，或由逆境转入顺境。《悲愤诗》中的"突转"是贯穿始终的，其间的"顺境"虽不曾真正出现过，但矛盾的稍为缓和，心境的稍趋平静，片刻的安慰与快乐、希望与憧憬，却有力地反衬着"逆境"的惨酷，使结构变宕回旋、起伏有致。诗篇开始写诗人的遭乱被掳，一入手就是一个"突转"。在被掳之前，诗人从幼年起曾跟着她的父亲经历过一段漂泊流徙的生活（据《后汉书·蔡邕传》，蔡邕于灵帝光和元年与家属髡钳徙朔方，明年，赦还。接着又因得罪权贵，"亡命江海，远迹吴会，往来依太山羊氏，积十二年，在吴"）；嫁给河东卫仲道，又遭夫亡，无子归宁。但在此期间，她毕竟不曾遭受人身之辱，更不曾有过性命之虞，而且不乏家庭的温馨，有过较安定的学习环境，从而在诗、书、乐诸方面打下了良好的基础。"卓众来东下，金甲耀日光"，"猎野围城邑，所向悉破亡"，这猝然发生的变故，却将诗人一下子抛进了苦难的深渊、难堪的"逆境"。此后，冲突暂趋缓和，诗人在胡地十二年，虽并不曾改变其屈辱的地位，又极不适应当地的气候与环境，还时时受着思乡之情的煎熬，但相对而言生活与生命的安全是有保障的，所生胡儿也一定使她获得了不少安慰和乐趣，"有客从外来"也能使她"闻之常欢喜"。但是，暂时的平静却孕育着更大的风暴，当"骨肉来迎己"的极乐到来的时候，"当复弃儿子"的极悲随之接踵而至。大喜过望与悲不自胜两种截然相反心境的迎面碰撞，倏忽突变，大起大落，令人目眩神悸。诗人踏上归途后，虽然"念我出腹子，胸臆为摧败"，但痛苦中一定也还包蕴着希冀，即有与家人团聚的美好憧憬，有从此长别悲境的良好愿望，心境可以说又稍趋平静。但"既至家人尽，又复无中外"，这一情景的逆转，又使诗人陷于绝望，她身无所依，苦无所诉，情无所寄，痛不欲生。后虽因"旁人相宽大"和"托命于新人"得到一定缓解，但"旁人"并非至亲，同"新人"建立的也是一种"常恐复捐废"的不稳定关系，因此她的悲剧最终无法得到解脱，只能继续生活在茫茫无际、深不可测的苦海之中。以逆境始而又以逆境终，这就是《悲愤诗》艺术结构所显示出来的诗人人生悲剧的终极意义。其间失望与希望交织，逆境与顺境互换，而每一个希望都蕴酿着更大的失望，每一个顺境都孕育着更难堪的逆境，从不断的变化与逆转中显示出诗人悲剧的深重与必然性，特别是被掳、别儿、还乡成为三个悲剧大高潮，猛烈地撞击着读者心弦，产生了强烈的悲剧效果。而在情节的过渡、矛盾的衔接上又极自然，沈德潜评论说："段落分明，而灭去脱卸转接痕迹。若断若续，不碎不乱，少陵《奉先咏怀》《北征》等作，往往似之。"① 确实，杜甫《自京赴奉先咏怀五百字》《北征》及其他不少长篇五古叙事条达，大出大入，都从《悲愤诗》的结构中接受了启发。由于《悲愤诗》所表现的动乱生活、悲愤情感和杜甫在天宝之乱中的遭遇、心境很相似，杜甫诗篇在内容、风格上同《悲愤诗》也有一脉相承的联系，以至有人将《北征》与蔡琰诗相提并论，如王闿运就曾说："五言唯《北征》、蔡女，足称雄杰。"②

典型事件的择取。《悲愤诗》记叙了诗人的半身遭际，事件众多，头绪纷繁，但却能驭繁以简，举重若轻。关键在于诗人善于择取典型事件着意加以表现，重点突出，详略分明，详处能泼墨如泻，略处能惜墨如金。遭乱被掳、

---

① 沈德潜《古诗源》卷三，中华书局 1963 年版，第 65 页。
② 《湘绮楼论唐诗》。见舒芜等编《中国近代文论选》上册，人民文学出版社 1959 年版，第 337 页。

别儿回归、还乡再嫁在诗人悲剧生涯中占有重要地位，是诗人从顺境堕入逆境的转捩点，能够充分展示激烈的矛盾冲突和悲剧开展、演变与深化的全过程，因此诗人大力铺陈，精雕细镂，写得有声有色、酣畅淋漓。而此外的文字，则几乎只是一些过渡笔墨，写得极为简略。如诗人居胡十二年，虽然所经所历、所感所受应当也是丰富的，然而却只着重表现了对异地殊俗的反感及由此产生的对于父母乡里的思念，而对于漫长岁月中的一般生活情景则几乎全部省略，与下文对母子别离短暂情景的浓墨濡染形成了强烈对比。当然，这段文字虽极简略，但仍是抓住了主要矛盾的，具有很强的概括力，因为在那样的处境与环境中，怀念父母乡里正是必不可免的事情，怀抱着有朝一日回归团聚的一线希望，可以说是诗人能够长期忍辱含悲地生活下来的唯一精神支柱（蔡邕已于初平三年，即蔡琰被掳的同一年被王允囚死狱中，但蔡琰并不知道）。因此这样的描写不仅切合实际，也为下文诗人何以能够忍痛弃子和还乡后何以大失所望作了必要的铺垫，这又是不能仅以过渡性的等闲之笔视之的。

生动的细节描写。细节是文学作品的细胞，细节描写对于具体、生动地展示悲剧思想内容至为重要。《悲愤诗》极善于通过丰富的生动真切的细节描写来表现各种场面，展示人物的心理状态，使读者有如亲临其境。如"或有骨肉俱，欲言不敢语"写被掳妇女迫于淫威、噤若寒蝉的情状，使人仿佛可见她们在"要当以亭刃，我曹不活汝"的野蛮詈喝中的战栗，体会到她们内心刀绞般的痛苦。写胡地生活，"有客从外来，闻之常欢喜"，但"迎问其消息，辄复非乡里"，揭示诗人在思乡问题上希望与失望不断更迭的内心活动，也很细致传神。对回归故土时母子惜别情景的描写表现诗人面临选择之际内心的激烈矛盾与痛苦挣扎，细致酣足，更为本诗绝唱，历来为人们所激赏。回归是诗人十二年来所梦寐以求的，因此当这一机遇突然降临时，其内心的狂喜自不待言。然而胡儿不能带走，"天属缀人心，念别无会期。存亡永乖隔，不忍与之辞"，也在情理之中。在长期的索寞痛苦中，胡儿一定是诗人心灵巨大而且是唯一的安慰与寄托，"阿母常仁恻"表明母子间感情的深挚，而越是这样，母子的别离就越加让人难于忍受，诗人是借助具有强烈感情色彩的动作来表现她内心的痛苦的。"儿前抱我颈"活现爱子平时的亲昵依偎之态，而此刻显示的却是爱子急切惶惧的心情。这种心情演化为"欲何之""岂复有还时""今何更不慈""奈何不顾思"这一连串天真的质问与哀切的恳求，不能不激起慈母内心刀绞般的痛苦与挣扎："见此崩五内，恍惚生狂痴。号泣手抚摩，当发复回疑。"肝胆俱裂，如狂似痴，一面号泣，一面抚摩，终当决绝，当发复疑：这是何等生动传神、入木三分的描写！而诗人并没有到此为止："兼有同时辈，相送告离别。慕我独得归，哀叫声摧裂。马为立踟蹰，车为不转辙。观者皆歔欷，行路亦呜咽。"又以侧笔烘托了极为浓重的悲剧气氛，使悲剧之境更上层楼。这一系列细节描写腾挪变化，一气呵成，产生了极强的艺术感染力。沈德潜评《悲愤诗》说："激昂酸楚，读去如惊蓬坐振，沙砾自飞。在东汉人中，力量最大。"① 诚非虚论。

《悲愤诗》的艺术形式能够很好地完成对于悲剧思想内容的表现，固然由于诗人具有深厚的艺术素养和高超的艺术表现才能，而更重要的，是她所记叙的是自己亲身经历和深刻体验过的现实生活，具有事真、情真和情深的客观基础。诗人有如实写来、毫不讳饰的真正艺术家的勇气和严肃的现实主义态度，这在很大程度上决定了她所表现的悲剧思想内容的历史具体性和客观性，决定了她将这些内容以悲剧形式出之的必然性，也使无所不在的悲剧氛围的营造、客观叙事与细腻抒情的紧密结合以及鲜明的悲剧形象的塑造成为可能。《悲愤诗》不愧是一篇情文并茂、千古不磨的现实主义杰作，考虑到这是我国古代第一首文人创作的优秀叙事长诗，而且是出自一位女诗人之手，就更加值得珍贵。

（原载河南《信阳师范学院学报》1985 年第 1 期）

---

① 沈德潜《古诗源》卷三，中华书局 1963 年版，第 65 页。

邯郸淳及其《笑林》

邯郸淳，名竺，字子叔，或作子礼，颍川（今河南禹州市）人。汉献帝初平年间，从三辅客游荆州。建安十三年，荆州内附，归曹操。文帝黄初初年曾任博士给事中职。《三国志·魏书·王粲传》在介绍王粲、徐干、陈琳、阮瑀、应玚、刘桢之后说："自颍川邯郸淳、繁钦、陈留路粹、沛国丁仪、丁廙、弘农杨修、河内荀纬等，亦有文采，而不在此七人之例。"似乎在公认的"建安七子"（缺孔融）之外，又排出了一个"七子"。这"七子"也是当时比较著名的文学家，而居于榜首的就是邯郸淳。从实际上看，邯郸淳对文学（尤其是对通俗文学）及书学确有独到贡献，不仅在当时独树一帜，名闻遐迩，对后世也有不小影响，值得重视和探讨。

邯郸淳极为博学，素有才名，为曹操父子所赏识。《三国志·魏书·王粲传》裴松之注引《魏略》云："荆州内附，太祖素闻其名，召与相见，甚敬异之。时五官将博延英儒，亦宿闻淳名，因启淳欲使在文学官属中。会临淄侯植亦求淳，太祖遣淳诣植。"据裴松之注引《魏略》，曹植初见邯郸淳时，与之"评说混元造化之端，品物区别之意，然后论羲皇以来贤圣名臣烈士优劣之差，次颂古今文章赋诔及当官政事宜所先后，又论用武行兵倚伏之势"，纵横捭阖，兴会淋漓，政治、哲学、历史、文学、军事无所不谈，话题涉及领域广泛，其博学可见一斑。

邯郸淳尤精通儒学，当时是这方面的代表人物。《三国志·魏书·王肃传》云："《魏略》以遇（按指董遇）及贾洪、邯郸淳、薛夏、隗禧、苏林、乐详等七人为儒宗。"在文字、书法方面的造诣也很深。《三国志·魏书·王粲传》裴松之注引《魏略》说他"善《苍》、《雅》、虫、篆，许氏字指"，

《三国志·魏书·刘劭传》裴松之注引《文章叙录》说他与卫觊、韦诞"并善书，有名"。卫觊之孙卫恒曾撰《四体书势》，其序古文云："自秦用篆书，焚烧先典，而古文绝矣。汉武帝时，鲁恭王坏孔子宅，得《尚书》《春秋》《论语》《孝经》，时人已不复知有古文，谓之科斗书，汉世秘藏，希得见之。魏初传古文者，出于邯郸淳。"又序篆书云："秦时李斯号为工篆，诸山及铜人铭皆斯书也。汉建初中，扶风曹喜少异于斯而亦称善。邯郸淳师焉，略究其妙。韦诞师淳而不及也。太和中，诞为武都太守，以能书留补侍中，魏氏宝器铭题皆诞书云。汉末又有蔡邕采斯、喜之法，为古今杂形，然精密简理不如淳也。"又云："师宜官为大字，邯郸淳为小字。梁鹄谓淳得次仲法，然鹄之用笔尽其势矣。"可见，邯郸淳对于书学的造诣是多方面的，不仅可与当时著名书法家蔡邕、师宜官、梁鹄等相颉颃，甚至还有略胜一筹之处。

邯郸淳的著述，《隋书·经籍志》著录有集二卷，已佚。今存《上受命述表》《受命述》《汉鸿胪陈纪碑》《孝女曹娥碑》《答赠诗》（一作《赠吴处玄诗》）、《投壶赋》等，载《古文苑》及《艺文类聚》，虽数量有限，但诗、赋、文皆备，可借一斑以窥全豹。《孝女曹娥碑》作于早年，是邯郸淳的成名之作。《后汉书·列女传·孝女曹娥传》李贤注引《会稽典录》云："上虞长度尚弟子邯郸淳，字子礼。时甫弱冠，而有异才。尚先使魏朗作《曹娥碑》，文成未出，会朗见尚，尚与之饮宴，而子礼方至督酒。尚问朗碑文成未？朗辞不才，因试使子礼为之，操笔而成，无所点定。朗嗟叹不暇，遂毁其草。其后蔡邕又题八字曰：'黄绢幼妇，外孙齑臼。'（按即"绝妙好辞"的隐语）"邯郸淳文思敏捷，下笔成章，但碑文颂扬孝道，义无足观。《上受命述》《上受命述表》大约作于曹丕禅代后不久，也颇多歌功颂德话头。上述文章都比较讲究语言的整饬，多用四六句式，不仅字句比较整齐，有的对仗也颇工整，表现出比较明显的骈俪化倾向。刘师培《论文杂记》云："建安之世，七子继兴，偶有撰著，悉以排偶易单行；即非有韵之文，亦用偶文之体，而华靡之作，遂开四六之先，而文体复殊于东汉。"建安作家比较讲究文采之美，对文学艺术的特征有了一定认识，这同他们继承发展了辞赋和东汉散文追求辞藻及语句骈偶的传统不无关系。邯郸淳与建安作家同时而又比他们年长（曹娥碑立于桓帝元嘉元年，邯郸淳"时甫弱冠"，逆推，他当生于顺帝永建七年，比建安作家中年岁最长的孔融大二十一岁，比曹操大二十三岁），他在这一文风转变中也当起了一定的承前启后作用。

《答赠诗》是一首四言诗，是邯郸淳奉命离开曹植时与友人吴处玄的赠答之作，表现"瞻恋我侯，又慕君子"的惜别之情。从"见养贤侯，于今四祀"看，邯郸淳在曹植那里共待了四年，这四年中他们一定是颇为相得的，这一方面由于曹植看重邯郸淳，另一方面邯郸淳也十分敬重曹植。据《三国志·魏书·王粲传》裴松之注引《魏略》，邯郸淳第一次见曹植后，对其所知叹植之才，谓之"天人"。当时曹操尚未确立太子，但颇有意于曹植，于是邯郸淳屡称植才，甚而引起了曹丕的不满。有这样的思想基础，因此《答赠诗》虽总的说来表达的意思较为平庸，但也不乏情真意挚之词，有一股内在的艺术感染力。表现上，语言比较古朴，境界比较局促，韵律、句式较少变化，面目与那些"继轨周人"① 的两汉四言诗似乎有些相似；不过细加体味，仍觉不同，不仅在作意上并不为传统的"诗教"所囿，字里行间有诗人的个性真情在，语言的通俗简易、率性自然也与一般建安诗仿佛无二。邯郸淳是一个跨越了两个时代的人，他头脑中传统的东西自然要比年轻的一代多一些。他投到曹操麾下时，已届七十六岁高龄，要他完全从传统中解脱出来也殊不易。但时代潮流荡涤与洗礼的力量毕竟强大，这就是其诗风基本上还能与时代合拍的原因。从《答赠诗》中去寻绎和体味一下这种新与旧的交替和递嬗之迹是有意思的，惜乎无法在更大一些的范围内去进行更切实一些的比较。

《投壶赋》是邯郸淳的晚年作品。投壶是古代宴会时一种助酒兴的游戏，设特制之壶，宾主依次投矢其中，中多者为胜，负者罚饮。至少从春秋末到唐代这一时期在社会上颇流行，深受人们欢迎。《礼记》《东观汉记》《史记·滑稽列传》等均有记载，但使之进入文学作品却始于邯郸淳，此后似乎也乏嗣响。《投壶赋》详尽地描写了投壶的起源、所用器具及游戏时的礼仪、情状，为我们提供了一份研究这一古代文化的比较准确而完整的资料。其中也不乏精彩的描写，如"观夫投者之闲习，察妙巧之所极。络绎联翩，爰爰

---

① 刘勰《文心雕龙·明诗》："汉初四言，韦孟首唱，匡谏之义，继轨周人。"见范文澜《文心雕龙注》，人民文学出版社1958年版，第66页。

兔发，翻翻隼集，不盈不缩，应壶顺入，何其善也。每投不空，四矢退效，既入跃出，茬苒偃仰，黾俛趋下，余势振掉，又足乐也"一段，就颇形象生动地描绘了投壶时的情景，从中也可见出投壶的有趣。《三国志·魏书·王粲传》裴松之注引《魏略》："黄初初，以淳为博士给事中。淳作《投壶赋》千余言奏之，文帝以为工，赐帛千匹。"就肯定了它"工"的一面。不过该赋对曹丕颇多溢美之辞，这也可能是曹丕给予褒奖的一个原因。

邯郸淳在文学方面的最大成绩，是编撰了一部《笑林》。该书《隋书·经籍志》著录为三卷，两《唐书》著录卷帙同，赵宋时由三卷扩为十卷。后佚，今仅存二十余则，散见于《太平御览》《太平广记》等类书中，有清马国翰《玉函山房辑佚书》和鲁迅《古小说钩沉》辑本。《笑林》是我国古代最早的笑话专集，从留存至今的各则看，多为嘲讽愚庸之作。仅录数则以观大概：

> 桓帝时，有人辟公府掾者，倩人作奏记文；人不能为作，因语曰："梁国葛龚，先善为记文，自可写用，不烦更作。"遂从人言写记文，不去葛龚名姓。府公大惊，不答而罢归。故时人语曰："作奏虽工，宜去葛龚。"

> 平原陶邱氏取渤海墨台氏女，女色甚美，才甚令，复相敬。已生一男而归，母丁氏年老，进见女婿，女婿即归而遣妇。妇临去请罪，夫曰："曩见夫人，年德已衰，非昔日比。亦恐新妇老后，必复如此。是以遣，实无他故。"

> 汉世有老人，无子，家富，性俭啬。恶衣蔬食，侵晨而起，侵夜而息，营理产业，聚敛无厌，而不敢自用。或人从之求丐者，不得已而入内，取钱十，自堂而出，随步辄减，比至于外，才余半在。闭目以授乞者，寻复嘱云："我倾家赡君，慎勿他说，复相效而来。"老人俄死，田宅没官，货财充于内帑矣。

> 楚人贫居，读《淮南方》："得螳螂伺蝉自障叶，可以隐形。"遂于树下仰取叶。螳螂执叶伺蝉以摘之，叶落树下；树下先有落叶，不能复分别，扫取数斗归。一一以叶自障，问其妻曰："汝见我否？"妻始时恒答言"见"，经日乃厌倦不堪，绐云"不见"。嘿然大喜，赍叶入市，对面取人物，吏遂缚诣县。县官受辞，自说本末，官大笑，放而不治。

鲁有执长竿入城门者，初竖执之，不可入，横执之，亦不可入，计无所出。俄有老父至，曰："吾非圣人，但见事多矣。何不以锯中截而入？"遂依而截之。

平原人有善治伛者，自云："不善，人百一人耳。"有人曲度八尺，直度六尺，乃厚货求治。曰："君且□（按原脱一字，疑当作"卧"）。"欲上背踏之。伛者曰："将杀我。"曰："趣令君直，焉知死事。"

"公府掾请人作奏记文"一则，反映出桓帝时吏治腐败之一斑。身为公府属官而不会作奏记文，甚至连作弊也不高明，其低能令人咋舌，同"上车不落则著作，体中何如作秘书"这则《梁时谣》所揭露讽刺的情形极为相似。"陶邱氏遣妇"一则，反映封建社会妇女年老色衰即会被抛弃的不幸，即使是"色甚美，才甚令，复相敬"的"新妇"也不能幸免，其揭露是相当深刻的。"俭啬老人"一则，写阔老只知一味聚敛，对穷人一毛不拔，在封建社会中也有一定代表性。"楚人贫居"一则，对楚人迷信方术、妄图借助方术隐形行窃的可笑行径作了讽刺，对秦汉以来在社会上颇为流行的神仙方术之说可以说也是一个针砭。"执竿入城"和"善治伛者"两则，则嘲讽了自以为是、不按客观规律办事的愚蠢行为和只知追求局部利益、只知从局部看问题而对事物内在的必然联系不予置理的错误态度。这些，对读者都具有一定的启示和教育意义。

《笑林》除"善治伛者"这样的故事虽合于生活中的实情、但不一定是生活中确有的实事外，其余不少大约都是生活中确曾发生过的事情。作者极少运用夸张、虚构的笔墨，但无疑作了严谨的选材和认真细致的提炼加工。作者集中择取那些违背常理常情、违反生活逻辑并具有一定典型意义的事例加以表现，在表现时又善于把那些最足以体现人物本质特征的东西突出出来，因此篇幅虽极短小，语言虽极质朴简洁，作者也并不特别使用带有嘲谑意味的词语将自己爱憎弃取的态度、感情明显地表露出来，但仍然收到了较强的讽刺效果。作者还有很强的以精简笔墨展开故事情节、刻画人物形象的能力。"楚人贫居"一则，仅用一百二十一字就叙述了一个结构较完整、情节较曲折的故事。作品先交代楚人犯罪的原因（贫居和读《淮南方》），然后重点描述了犯罪的具体经过，通过几个极富戏剧性的细节描写，刻画了楚人轻信愚蠢、滑稽可笑的生动形象。"俭啬老人"一则，以"不得已而入内取钱十""随步辄减""闭目以授乞者""寻复嘱云"等一连串具有特征性的动作表现阔老的俭啬，十分生动传神。"执竿入城"一则，以"吾非圣人，但见事多矣"这极个性化的语言表现老父自以为是的神态口吻，也可谓入木三分之笔。这些，无疑大大增强了《笑林》的文学色彩，增加了它的可读性和感染力。

　　我国古代笑话有着悠久的历史。早在《诗经·卫风·淇奥》中，就有了"善戏谑兮，不为虐兮"这样的文字。《史记·滑稽列传》所记载的优旃讽漆城、优孟谏葬马的故事，先秦典籍中所记载的某些寓言故事，则可看作是最早的笑话文学。西汉中期，还出现了以东方朔为代表的以诋谩褻弄为特色的滑稽文学。不过，这些文学作品虽为魏晋南北朝时期的滑稽嘲谑之作开出了先河，但严格说来还只能算作是笑话文学的雏形。这一方面由于它往往不是独立成篇的作品，而只是诸子散文、历史散文或某段谏议论说文字的一个组成部分；另一方面由于它们所要表达的意思也往往不是独立的，而只是作者所要说明的另一个中心意思的补充（甚至是打比方），而说明这个中心意思又往往只是为了对国君或帝王进行讽谏。真正使笑话成为一种独立的文学形式，为笑话文学的发展奠定了坚实基础的，实为邯郸淳的《笑林》。鲁迅说《笑林》"举非违，显纰缪，实《世说》之一体，亦后来诽谐文字之权舆也"①，是很中肯的见解。《笑林》之后，不乏继作。《隋书·经籍志》所著录的《笑苑》四卷（未署撰者姓名）、《解颐》二卷（阳玠松撰），两《唐书》《经籍志》所著录的《启颜录》十卷（侯白撰）等都是去《笑林》未远的笑话专集。特别是到了明、清两代，笑话的记录与编撰更出现了一个空前繁荣的局面。《笑林》在如何选材、如何表现等方面为后代的笑话创作提供了宝贵的借鉴，某些题材甚至为后人直接袭用，如"善治伛者""执竿入城"等则都被明清的笑话集所收录，不过不同程度地做了一些加工。《笑林》还有其突出的优点：其内容亦谐亦庄、寓庄于谐，在嘲谑的背后往往包含着比较严肃的思想，没有后来一些笑话庸俗猥亵的弊病。鲁迅说《启颜录》"事多浮浅，又好

---

① 鲁迅《中国小说史略·世说新语与其前后》，上海古籍出版社 2019 年版，第 46 页。

以鄙言调谑人，诽谐太过，时复流于轻薄矣"①，又说："《笑林》《世说》两种书，到后来都没有什么发达，因为只有模仿，没有发展。如社会上最通行的《笑林广记》，当然是《笑林》的支派，但是《笑林》所说的多是知识上的滑稽；而到了《笑林广记》，则落于形体上的滑稽，专以鄙言就形体上谑人，涉于轻薄，所以滑稽的趣味，就降低多了。"②　就谈到了这一问题。实际上，"专以鄙言就形体上谑人"的事在魏晋时代也有，如刘勰《文心雕龙·谐隐》就提到过"应玚之鼻，方于盗削卵；张华之形，比乎握春杵"这样的事情。《笑林》能够不流于浅薄，说明作者的艺术趣味和艺术追求是比较健康、高雅的，这对后来的笑话文学产生了积极影响。

对于整个文学的发展，《笑林》也有其推动作用。首先是，其讽刺手法为后来的讽刺小品、小说、喜剧等文学体裁提供了借鉴。鲁迅说《儒林外史》范进中举后"旋丁母忧，翼翼尽礼，则无一贬词，而情伪毕露"③，《笑林》不借助直说而通过客观叙述和描写显示爱憎弃取感情的手法就与之非常相似。其次是，《笑林》比较注重纪实，善于通过人物的生活片断、片言只语，以白描手法、简炼笔墨写出其性格特征，这种手法为后来的志人小说所广泛运用，有的篇章结构较为完整、有一定故事情节和人物性格，实际上已跨入粗陈梗概的小说作品之列，成为《世说》等六朝小说的先驱（《世说》材料不少来自裴启《语林》、郭颁《魏晋世语》和郭澄之《郭子》等晋宋时期的轶事小说，是否从《笑林》中也有所择取？这种可能性不能排除）。而更为重要的是，《笑林》在充分重视和体现文学的观赏娱乐价值方面向前迈出了关键的一步。能够使人赏心悦目，轻松愉快，这是文学的重要职能之一，是文学区别于非文学的一个重要特点。在先秦时代，文学是与政治、哲学、历史等学术结伴而行的；到了两汉，文学一度成为经学的奴婢，成为政治教化的传声筒。在这种情况下，文学的特质、特别是其观赏娱乐的价值往往不被重视，甚至受到有意的排斥与抹杀。到了建安时期，随着经学的日趋衰微，这种状况开

---

① 鲁迅《中国小说史略·世说新语与其前后》，上海古籍出版社 2019 年版，第 47 页。

② 鲁迅《中国小说的历史的变迁》。见吴子敏等《鲁迅论文学与艺术》，人民文学出版社 1980 年版，第 107 页。

③ 鲁迅《中国小说史略·清之讽刺小说》，上海古籍出版社 2019 年版，第 177 页。

始有了改变，一些有卓识远见的政治家、文学家在强调文学的经邦治国作用的同时，开始比较自觉地将文学作品作为一种审美对象来看待，要求写得华丽好看、声韵谐美，使其有较大的观赏娱乐价值。曹丕在《典论·论文》中，就一面说文章是"经国之大业，不朽之盛事"，一面又说"诗赋欲丽"，对当时流行的最主要的两种文学体裁提出了具体的美学要求。笑话作为一种轶事小说，在当时本是不发达的，但由其题材和通俗浅易的特色所决定，它在满足人们观赏娱乐的需要方面，却比其他文学体裁走得更远。笑话本来就是要令人悦笑的，《笑林》能够做到这一点，似乎并不足怪，但其实问题并不这么简单。在先秦两汉，笑话并非不会令人悦笑，问题在于其目的主要不在令人悦笑，而是企图通过令人悦笑达到或阐明自己的政治哲学观点，或对国君帝王进行讽谏的目的。《文心雕龙·谐隐》就说优旃之讽漆城、优孟之谏葬马目的在于"抑止昏暴"，故"其辞虽倾回"而"意归义正"。至于东方朔的滑稽谈谐，有时虽然也隐约地寄托了个人不得志的牢骚，但其目的主要在于博取帝王一人的欢心，走的并不是笑话文学的正路。总的来看，先秦两汉的笑话同其他文学形式一样，还被紧紧地绑缚在"实用"的战车上。《笑林》的情形则有不同。随着整个文学观念的转变，《笑林》比较彻底地从"实用"的绑缚中解脱了出来。虽然，《笑林》也包含着比较严肃的思想内容，有着"实用"的一面，但这种"实用"与以前相比已经有了很大不同。一是其"实用"的目的不再那样直接和强烈，而是以悦笑为主要的追求目标，通过令人悦笑潜移默化地对读者心灵产生影响，去达到那往往是并不急于要立竿见影地达到的"实用"目的。二是它以整个社会、以一切不良的人和事为规讽对象，选材相当自由和广泛，往往是生活中有什么可笑之事就去讽刺什么，而不是为了讽刺什么而去找什么来讽刺。它有了表达独立思想和见解的权利，与此相联系，它在篇制上也获得了独立，不再依附于别的文篇或著作而存在。《笑林》所体现的这一带有根本意义的变化，为不少古今评论家所重视。刘勰说："魏文因俳说以著《笑书》，薛综凭宴会而发嘲调；虽抃推席，而无益时用矣。"① 鲁迅说："记人间事者已甚古，列御寇、韩非皆有录载，惟其所以录载者，列在用以喻道，韩在储以论政。若为赏心而作，则实萌芽于魏而盛大于晋，虽不免追随俗尚，或供揣摩，然要为远实用而近娱乐矣。"② 按，《三国志·魏书·文帝纪》及裴松之注均未言曹丕著《笑书》事，《隋书·经籍志》无著录，其他典籍也不见称述或征引。姚振宗《隋书经籍志考证》怀疑所谓魏文《笑书》即邯郸淳的《笑林》，王利器《文心雕龙校证》说"魏文"疑作"魏人"，指魏人邯郸淳的《笑林》，均颇近是。鲁迅所谓"萌芽于魏"，即指邯郸淳的《笑林》，则可无疑（同篇对《笑林》有较详评价）。刘勰、鲁迅对《笑林》的评价虽有贬与褒的不同，但对其性质的看法却是一致的。《笑林》的产生既不是为了"喻道"，更不是为了"论政"，而是为"赏心而作"，从这个角度看，确可以说它是"无益时用"和"远实用而近娱乐"的。由于这一特点，人们甚至将它与"俳优"相提并论。《三国志·魏书·王粲传》裴松之注引《魏略》云："太祖遣淳诣植。植初得淳甚喜，延入坐，不先与谈。时天暑热，植因呼常从取水自澡讫，傅粉。遂科头拍袒，胡舞五椎锻，跳丸击剑，诵俳优小说数千言讫，谓淳曰：'邯郸生何如邪？'"这里的"俳优小说"，当即指《笑林》。估计此前《笑林》已编撰完毕，且流传较广，影响较大，曹植无疑也读过，并十分欣赏，故有意借这个难得的两雄初次相见的机会来了一个兴会淋漓的化装表演，以博得撰者本人的欢心和许与。《笑林》的观赏娱乐价值，在此也得到比较充分的体现。"为赏心而作"，"远实用而近娱乐"，成为文学趋向独立发展的一个重要标志。这不仅为后来的小说、戏曲、讲唱文学等通俗文学树立了表率，对其他文学样式注重创造理想的审美对象，以最大限度地满足人们观赏娱乐的需要，无疑也会有启示和促进。

在封建社会中，笑话常被文人认为是不能登大雅之堂的东西。刘勰在《文心雕龙·谐隐》中，虽对先秦时期那些有讽谏作用的谐谑之辞表示了一定程度的赞赏，但对"无益时用"的《笑林》这样的作品却是持否定态度的。

---

① 刘勰《文心雕龙·谐隐》。见范文澜《文心雕龙注》，人民文学出版社 1958 年版，第 271 页。

② 鲁迅《中国小说史略·世说新语与其前后》，上海古籍出版社 2019 年版，第 42 页。

即使是先秦时期的那些作品，刘勰也认为是"本体不雅，其流易弊"。邯郸淳能够在这样的情况下编撰出一部笑话专集来，而且是一部"无益时用"的笑话专集，这就很不容易。更何况笑话从本质上说是一种来自民间的通俗文学，本是劳动人民总结自己在生活和斗争中所取得的经验教训，表明自己对生活的看法甚至是进行阶级斗争的工具。虽然难于绝对肯定，但《笑林》中来自民间的作品应当不在少数，作者做了搜集、记录、整理、加工、编辑等工作。他自己也完全有可能亲自动手创作了一些笑话，不过这些笑话从精神到手法都接受了来自民间的笑话的影响，邯郸淳能够做到这些，应当说更不容易。这只能说明，在民间文学影响较大、思想比较解放的时代环境的熏陶下，邯郸淳的世界观和艺术观中确有一些与旧传统并不协调而与新潮流并行不悖的东西。邯郸淳以自己开拓性的劳动为建安文学献上了一份厚礼。我们在评论建安文学、赞扬"三曹""七子"文学业绩的时候，绝不应当冷落了邯郸淳。

（原载《贵州大学学报》1985 年第 4 期）

曹睿文学成就浅说

在中国文学批评史上，素有"三祖"（太祖曹操、高祖曹丕、烈祖曹睿）并称的提法。刘勰云："至于魏之三祖，气爽才丽，宰割辞调，音靡节平。"[1] 胡应麟云："诗未有三世传者，既传而且煊赫，仅曹氏操、丕、睿耳。"[2] 但实际上，由于器识、抱负、才能、修养等条件的限制，曹睿的文学成就远逊于操、丕，钟嵘《诗品》将其诗列入下品，并评云："睿不如丕，亦称三祖"，大体上是允当的。但如全面加以考察，曹睿对于文学发展自有其独特贡献。1949 年以来的文学史著作对曹睿多略而不提，偶有提及，也多贬词，窃以为有失公允。

曹睿于黄初七年（225）五月即帝位，在位的十三年间，倡导文学，奖掖文士，覃思典籍，濡毫黾勉，颇有乃祖、乃父遗风。《文心雕龙·时序》云："至明帝纂戎，制诗度曲，征篇章之士，置崇文之观，何、刘群才，迭相照耀。"崇文观置于青龙四年（236）四月，以经学家、常侍领秘书监王肃兼崇文观祭酒。活跃于当时文坛的除何晏、刘劭外，还有卫觊、苏林、韦诞、何桢、缪袭、卞兰、应璩、杜挚、夏侯惠、孙该、李康、左延年、蒋济、桓范、毌丘俭等人。曹睿屡次倡导手下文人共同作赋，如青龙元年诏何桢曰："扬州别驾何桢，有文章才，试使作《许都赋》，成上不封，得令人见。"同时被诏作《许都赋》的还有刘劭等人。又《文选》何晏《景福殿赋》李善注引《典略》曰："魏明帝将东巡，恐夏热，故许昌作殿，名曰景福。既成，命人赋

---

① 刘勰《文心雕龙·乐府》。见范文澜《文心雕龙注》，人民文学出版社 1958 年版，第 102 页。

② 胡应麟《诗薮》外编卷一，上海古籍出版社 1979 年版，第 137 页。

之，平叔遂有此作。"韦诞、夏侯惠均有《景福殿赋》，邯郸淳、卞兰、缪袭均有《许昌宫赋》，当都是应诏而作，一时间掀起了一个作赋的热潮，虽内容大都较为平庸，但也可聊补一时之阙，有的作品在文学史上也曾产生一定影响，如《文心雕龙·才略》就说："刘劭《赵都》，能攀于前修；何晏《景福》，克光于后进。"还有因诗文出色而被拔擢的情形，《文选》李康《运命论》李善注引《集林》曰："李康，字萧远，中山人也。性介立，不能和俗。著《游山九吟》，魏明帝异其文，遂起家为寻阳长。政有美绩，病卒。"《游山九吟》今不存，但从立意高迈、文气壮利、词采流丽、被《文心雕龙·论说》称为"同《论衡》而过之"的《运命论》来看，李康确是出手不凡，曹睿的眼力想来是没有错的。由于曹睿的倡导奖掖，一时文士兴起者颇众，刘师培《中国中古文学史》说："魏代自太和以迄正始，文士辈出。"是符合实际的。这些文士大都活到了正始年间，为正始文学的勃兴作出了贡献，其中何晏、应璩等较为突出。正始文学的代表作家阮籍、嵇康也是在这一时期奠定了创作的基础。曹睿去世时，阮籍已经三十岁，此前他不可能没有创作活动。正始三年（242），也就是曹睿去世后的第三年，太尉蒋济闻阮籍有隽才而征辟之。唐李百药《裴镜民碑铭》云："蒋济崇其府望，辟阮嗣宗，重其文学之誉。"可见此前阮籍已经是有"文学之誉"的人物了。阮籍的代表作八十二首五言《咏怀诗》并非一时所作，有的作于曹睿时期也未可知。太和五年（231）曹真死后，曹魏政权日渐衰微，司马氏集团在和曹氏集团的斗争中逐渐占有优势，阮籍作为为曹氏所重的"建安七子"之一的阮瑀之子，自然不可能不心生忧时嗟生、愤世嫉俗之情，并通过诗作曲曲折折地表现出来。嵇康虽比阮籍小十三岁，但他"少有俊才""博洽多闻"①，在曹睿时期已经开始了写作也当是可以无疑的。太和、青龙、景初时期的文学上承建安文学，下启正始文学，在文学史上自有其一席地位，而谈论这一时期的文学时又不能不看到和肯定曹睿的作用。曹丕在为五官中郎将、太子时，热心倡导和组织文学活动，而即帝位后却疏怠于此，曹睿与之相比，有其可肯定之处。

---

① 陈寿《三国志》卷二十一《魏书·嵇康传》裴松之注引嵇喜《嵇康传》，中华书局1982年版，第605页。

曹睿在位的一个时期对于文士来说也是一个比较安定的时期。此前有曹操杀孔融、杨修，曹丕杀丁仪、丁廙，此后有司马懿杀何晏、桓范，司马师杀夏侯玄、李丰，司马昭杀嵇康、吕安，而曹睿在位期间，他虽"务绝浮华谮毁之端"①，何晏等因浮华而遭抑黜，但却没有一个文士被冤杀。曹睿对曹植的态度也能说明一些问题。据《三国志·魏书》曹植本传及《世说新语》中的《尤悔》《文学》等文献记载，曹植在黄初年间不仅缺乏人身自由，还曾多次面临性命之虞，这段时间的曹植诗文充满忧生之嗟，"求生"成为他面临的最为迫切的问题。而进入太和年间后，曹植虽仍被疑忌、徙封不已，生活境遇、特别是政治境遇没有从根本上得到改善，但生命确乎是有保障了。由于生命有了保障，曹植的精神状态有所好转，并有了余裕之心来考虑发展，出现了一个思想和创作（特别是散文创作）都较为活跃的时期。我们从曹植这个时期上给曹睿的表文中不难看出这一点：《求通亲亲表》《求免取士息表》要求生活境遇的改善，《求自试表》力图在政治上得到任用，《陈审举表》《谏伐辽东表》对当时重大的政治军事问题发表了意见。被《文心雕龙·章表》誉为"独冠群才"的陈思之表，大抵都产生在这个时期，成为研究曹植生平思想的重要史料。诗赋的写作也取得了相当的成绩，写出了《喜雨诗》《朔风诗》《杂诗》其二（"转蓬离本根"）、其四（"南国有佳人"）、其五（"仆夫早严驾"）、《吁嗟篇》《怨歌行》《矫志诗》及《迁都赋》等作品。在生活方面，曹睿对曹植也曾表示过直接的关心，如将曹丕生前服用的衣被十三种赐给曹植，将曹植的封地从贫瘠的雍丘迁到较为沃饶的东阿，还给曹植下过一个手诏："王颜色瘦弱，何意耶？腹中调和不？今者食几许米？又啖肉多少？见王瘦，吾惊甚，宜当节水加餐。"关切哀悯之情溢于言表，故曹植在《谢明帝赐食表》中异常感动地说："奉诏之日，涕泣横流。虽文武二帝所以悯怜于臣，不复过于明诏。"曹植死后，景初中诏曰："陈思王昔虽有过失，既克己慎行，以补前阙，且自少至终，篇籍不离于手，诚难能也。其收黄初中诸奏植罪状，公卿已下议尚书、秘书、中书三府、大鸿胪者皆削除

---

① 陈寿《三国志》卷三《魏书·明帝纪》裴松之注引《魏书》，中华书局 1982 年版，第115 页。

之。撰录植前后所著赋颂诗铭杂论凡百余篇，副藏内外。"盖棺定论，虽仍然咬定曹植有"过失"，但总算表示了一种宽大为怀的态度，说了一些公道话，并对保存曹植遗著做了一些实际工作，这对后人说来是功德无量的。另，《三国志·魏书·齐王芳纪》裴松之注引《搜神记》曰："及明帝立，诏三公曰：'先帝昔著《典论》，不朽之格言，其刊石于庙门之外及太学，与石经并，以永示来世。'"可见曹丕《典论》能得以保存流播，与曹睿也有一定关系。凡刻六碑，后魏孝文帝太和年间犹存其四。

曹睿"生而太祖爱之，常令在左右"①，深受家学影响是无疑的。加之他"生数岁而有岐嶷之姿""好学多识"②"潜思书籍"③，因此具有相当的文学修养，在创作上也取得了一定成就。《隋书·经籍志》著录有集七卷（已散佚），从数量上看，少于"三曹"和孔融、王粲，而比"七子"中的另外几人要多。严可均《全三国文》辑其文二卷，共九十一篇，多为诏策文诰。曹睿即位后，为了维护皇权，推崇宣扬儒家经学，重用经生宿儒，神学迷信也有抬头之势，因此其诏策文诰颇多内容陈腐之作。但披览之余，也觉其中一些作品的内容颇有胆识和见地，在一定程度上继承了曹操清峻通脱的文风，简约严明也大体似之。也有一些文理谐和、声情并茂之作，如《入贾逵祠诏》："昨过项，见贾逵碑像，念之怆然。古人有言，患名之不立，不患年之不长。逵存有忠勋，没而见思，可谓死而不朽者矣。其布告天下，以劝将来。"短短五十三字，既对贾逵作了高度评价，又抒发了对贾逵的深切怀念之情，还劝勉了后人，可谓言简意赅，含蕴丰富。还有文字较长而音节遒壮、形象生动之作。如《露布天下并班告益州》虽是责数敌国之词，言多浮诡，然而极尽夸张形容，运用节奏短促的四言排句造成一种犀利的笔锋和雄峻的气势，读之令人有气骇神夺之感，正是这篇文章的特色。曹睿文章较长者均喜用对偶、排比句式，散中带骈，骈、散相间，显示出向晋宋骈文过渡的

---

① 陈寿《三国志》卷三《魏书·明帝纪》，中华书局1982年版，第91页。
② 陈寿《三国志》卷三《魏书·明帝纪》裴松之注引《魏书》，中华书局1982年版，第91页。
③ 陈寿《三国志》卷三《魏书·明帝纪》裴松之注引《魏书》，中华书局1982年版，第115页。

趋势。

对于赋等文体的写作曹睿大约是不太熟谙的，《全三国文》收有一篇《游魂赋》的残文，不见出色。他自己也不隐讳这一点。《诏陈王植》云："吾既薄才，至于赋诔特不闲。从儿陵上还，哀怀未散，作儿诔，为田家公语耳。"这里表现出曹睿实事求是的精神，同时也表现出他不避俚俗的倾向。所谓"田家公语"，指农村日常语言，其特点是通俗质朴。曹睿说他的诔是"为田家公语"（其诔文今不存），在一定程度上表明了他的艺术趣味和追求。曹睿诗文一般说来是质朴无华的，同"其称景物则不尚雕镂，叙胸情则唯求诚恳"① 的建安文学传统一脉相承，对后来的文学发展也有一定影响。② 当然，曹睿也不是一点不要文采。曹植《答明帝诏表》云："所作故平原公主诔，文义相扶，章章殊兴，句句感切，哀动神明，痛贯天地。楚王臣彪等闻臣为读，莫不挥涕。"可见这篇诔文是情采兼长、文质并重的，因而才产生了很强的艺术感染力。曹睿处在一个"以情纬文，以文被质"③ 的文学时代，他也是接受了这个时代的影响的。

能够真正代表曹睿创作成就的，还是他的诗歌。其流传下来的并不多，逯钦立辑校《先秦汉魏晋南北朝诗》仅著录十八首（有六首残佚）。内容大体可分为两类：一类写军旅征战生活，抒写政治抱负，计有《善哉行》二首、《月重轮行》《苦寒行》《棹歌行》《堂上行》等。《善哉行》其一云：

> 我徂我征，伐彼蛮虏。练师简卒，爰正其旅。轻舟竟川，初鸿依浦。桓桓猛毅，如罴如虎。发炮若雷，吐气如雨。旌旄指麾，进退应矩。百马齐辔，御由造父。休休六军，咸同斯武。兼途星迈，亮兹行阻。行行日远，西背京许。游弗淹旬，遂届扬土。奔寇震惧，莫敢当御。权实竖子，备则亡虏。假气游魂，鱼鸟为伍。虎臣列将，怫郁充怒。淮泗肃清，

---

① 黄侃《诗品笺》。见杨焄整理《钟嵘〈诗品〉讲义四种》，上海古籍出版社 2018 年版，第 12 页。

② 钟嵘《诗品》卷中评陶潜诗，就说"世叹其质直"，认为除"欢言酌春酒"（《读山海经》其一）、"日暮天无云"（《拟古》其七）外，大部分诗是"为田家语"。

③ 沈约《宋书》卷六十七《谢灵运传论》："至于建安，曹氏基命，二祖陈王，咸蓄盛藻，甫乃以情纬文，以文被质。"中华书局 1974 年版，第 1778 页。

奋扬微所。运德耀威，惟镇惟抚。反斾言归，斾入皇祖。

写将士的威猛，军容的整肃，气势颇为雄壮，字里行间充满着对战争必胜的信念。末尾表示要德威并用，镇抚兼施，来达到廓清天下的目的。考曹睿在位期间，曾直接参与过两次大的军事行动。一次是太和二年（228）春，诸葛亮率军攻祁山，边情吃紧，曹睿亲到长安坐镇。二次是青龙二年（234）五月孙权入居巢湖口，攻合肥新城，曹睿亲御龙舟东征，《善哉行》二首即写于此时。两次行动均属防御性质。这个时期曹睿基本上未对吴、蜀采取主动进攻态势，相反一次又一次地被吴、蜀"寇边"，主要因为吴、蜀政权内部比较稳定，而且夷陵之战后两国很快恢复了联盟，一致对魏，故曹睿只能着重采取"地有所必争"①的防御态势。《报华歆》云："贼凭恃山川，二祖劳于前世，犹不克平，朕岂敢自多，谓必灭之哉！"看似一种无所作为的思想，其实倒还是合乎实际的。上述诗篇表明，曹睿尽管总的说来只是一个守成之君，但他并没有忘怀统一大业，还有"伐罪以吊民，清我东南疆"（《棹歌行》）的壮志豪情和历史责任感，还有一些横槊赋诗的英雄气概，这同以"三曹"为代表的建安文人所具有的那种渴望统一天下的理想和建功立业的雄心是声息相通的，诗歌题材的现实性、政治性也同建安文学的优良传统是一脉相承的。

另一类是感时伤世、哀悯弃妇游子之作，计有《长歌行》《步出夏门行》《燕歌行》《猛虎行》《种瓜篇》《乐府诗》（"昭昭素明月"）等。《长歌行》云：

> 静夜不能寐，耳听众禽鸣。大城育狐兔，高墉多鸟声。坏宇何寥廓，宿屋邪草生。中心感时物，抚剑下前庭。翔徉于阶际，景星一何明。仰首观灵宿，北辰奋休荣。哀彼失群燕，丧偶独茕茕。单心谁与侣，造房孰与成。徒然唱有和，悲惨伤人情。余情偏易感，怀往增愤盈。吐吟音不彻，泣涕沾罗缨。

前半写环境的荒凉破败，正是劫后余景，同曹植在《送应氏》中所描写

---

① 陈寿《三国志》卷三《魏书·明帝纪》，中华书局 1982 年版，第 103 页。

的"洛阳何寂寞，宫室尽烧焚。垣墙皆顿擗，荆棘上参天"和曹丕在《黎阳作诗》中所描写的"东济黄河金营，北观故宅顿倾。中有高楼亭亭，荆棘绕蕃丛生。南望果园青青，霜露惨凄宵零。彼桑梓兮伤情"的景象何其相似，可看作是当时千万个在长期战乱中惨遭破坏的城镇村落的缩影。后半转入对"丧偶"的"失群燕"的描写，流露出深切的哀悯之情。这里显然不单是描写自然景象，很可能还寄寓了对其母后的沉痛悼念。曹睿生母甄氏，原极得宠幸，黄初二年（221）被郭后谗死。《三国志·魏书·文德郭皇后传》裴松之注引《汉晋春秋》曰："初，甄后之诛，由郭后之宠，及殡，令被发覆面，以糠塞口。"母后失宠惨死，曾一度影响曹睿的地位。《三国志·魏书》本传裴松之注引《魏略》曰："文帝以郭后无子，诏使子养帝。帝以母不以道终，意甚不平。后不获已，乃敬事郭后，旦夕因长御问起居。郭后亦自以无子，遂加慈爱。文帝始以帝不悦，有意欲以他姬子京兆王为嗣，故久不拜太子。"这给予曹睿的打击显然是异常沉重的，其内心痛苦也就可想而知。朱嘉征评《长歌行》云："其忧何长。或曰：其声惨憺，不忍卒读。岂其值母后之废，而被谗时耶？"① 陈祚明评《长歌行》云："应感母氏之屏居，故怆心孤燕，不能自已。"② 说得不为无理。《步出夏门行》云："弱水潺潺，叶落翩翩。孤禽失群，悲鸣其间。……蹙迫日暮，乌鹊南飞。绕树三匝，何枝可依。卒逢风雨，树折枝摧。雄来惊雌，雌独愁栖。夜失群侣，悲鸣徘徊。"《猛虎行》云："双桐生空井，枝叶自相加。通泉浸其根，玄雨润其柯。绿叶何蔚蔚，青条视曲阿。上有双栖鸟，交颈鸣相和。何意行路者，秉丸弹是窠。"也与《长歌行》同调，"秉丸弹是窠"的"行路者"，大约就是指的郭后。这些诗篇对于暴露统治阶级的内部矛盾及上层妇女的不幸，无疑具有特殊价值。而其客观意义又远远不限于此。在曹睿所处的那个时代，弃妇、思妇和在战乱中失去丈夫的寡妇何止万千，这些诗篇实亦可看作是对她们不幸命运的概括和反映，而且由于诗人具有特殊体验，这种概括反映还具有相当的典型性和深度。此外，《种瓜篇》写新婚女子担心被丈夫遗弃的心理，《乐府诗》（"昭昭素明

---

① 朱嘉征《乐府广序》卷八，清康熙刻本。
② 陈祚明《采菽堂古诗选》卷五，上海古籍出版社 2008 年版，第 153 页。

月"）写忧人不寐的彷徨苦闷心境，也都在一定程度上反映了当时社会生活的某些本质方面，具有较大的社会意义。

曹睿诗歌留存下来的虽不多，但却四、五、七、杂言兼具，每种形式都运用得相当熟练，其中以五言数量最多，技巧也最为圆熟。这种探索和运用多种艺术形式的热情，为曹氏一门所共具，自曹丕以来几乎成为一个时代的文学风尚，曹睿予以继承发扬，影响所及，到高贵乡公曹髦时遂有以九言作诗之举（其诗今不存）。曹睿所作同曹操一样，全部为乐府歌辞，以相和三调为最多，反映了他重视俗乐的倾向，他的诗，特别是感时伤世、哀悯弃妇游子之作具有浓郁的民歌化色彩，绝不是偶然的。《宋书·乐志三》云："《相和》，汉旧歌也。丝竹更相和，执节者歌。本一部，魏明帝分为二，更递夜宿。"这种酷好音乐的个性和精通音乐的才能，也与乃祖、父毫无二致。所作虽全为乐府旧题，但并不机械地蹈袭前人，而是承继了建安诗歌的现实主义精神，用乐府旧题来描写当前的现实生活和抒发个人内心的感受与感情，在题材上虽未见有重大突破，但在处理上却大都有自己的特色，表现出一定的独创性。比如《长歌行》通过景物和场景的不断变换，将感情渐次推向高潮，最后以"吐吟音不彻，泣涕沾罗缨"作结，比起前人的同类作品来，显得忧愤深广，诗风颇似后来阮籍、嵇康的一些作品。又如《乐府诗》（"昭昭素明月"）① 明显地接受了《古诗·明月何皎皎》和曹丕《杂诗·漫漫秋夜长》的影响，但主人公从单纯的游子变成了"感物怀所思"的"忧人"，概括性显然更强，在结构上也是既有继承又有发展。吴淇评云："此首从《明月何皎皎》翻出。古诗俱是寐而复起，俱以'明月'作引，俱有'徘徊''彷徨'字。但彼于户内写徘徊，户外写彷徨，态在出户入房上。此首徘徊彷徨俱在户外，中却于离床以后、下阶以前，先写出一段态来：各极其妙。"② 说得极透彻。《猛虎行》是通篇比兴之作，其形象俨然是从《古诗为焦仲卿妻作》的结尾化出，从"棒打鸳鸯散"这一点来看，同《古诗为焦仲卿妻作》也不无意义上的关联，但末两句却来得突兀，煞得突兀，如迅雷猛击读者心弦，

---

① 按此诗收入《文选》卷二十七、《乐府诗集》卷六十二，并题作古辞《伤歌行》；而《玉台新咏》卷二及逯钦立辑校《先秦汉魏晋南北朝诗》则作曹睿诗。

② 吴淇《六朝选诗定论》卷四，广陵书社 2009 年版，第 95 页。

顷刻火花四迸，比起《古诗为焦仲卿妻作》结尾之意韵悠长来，显然又迥异其面了。再如，《种瓜篇》本于《古诗·冉冉孤生竹》，也有曹植《种葛篇》《浮萍篇》的影子，但运用一连串比喻，既表现了女子"常恐身不全"的深忧，又表现了她"执拳拳"的厚意，最后"天日照知之，想君亦俱然"两句还表现了她无可奈何的天真愿望与幻想，从而细腻地刻绘了女子复杂的内心活动，深刻地揭示了她唯恐被遗弃的心理。情景交融，声情妍雅，意多曲折，情饶波澜，回环跌宕，扣人心弦，曹睿那些感时伤世、哀悯弃妇游子之作大抵如是。曹睿诗不像其文那样表现了较多的陈腐思想，而且不涉女乐、游仙、游宴诸题材，极少抽象说教的句子，这比起三曹的诗作来，也是要略胜一筹的。语言上，继承乐府民歌传统，大都较为平易质朴，而且具有较强烈的音乐美感，读来朗朗上口，和婉动听。曹魏时代设有专门的音乐机构清商署，曹魏三祖所作的乐府歌辞，大都是要被这个机构采用来配乐演唱的。《宋书·乐志三》所著录的相和三调歌辞，除"汉世街陌谣讴"① 的古辞外，大抵都是曹魏三祖的作品。歌词具有较强的音乐性，显然跟需配乐演唱、接受了音乐的潜在影响这一情形有关。钟嵘《诗品序》云："古曰诗颂，皆被之金竹。故非调五音，无以谐会。……故三祖之词，文或不工，而韵入歌唱，此重音韵之义也，与世之言宫商异矣。"就谈到了这一层意思。曹睿乐府歌辞在艺术上的成功，使他获得了与曹操、曹丕并称的美誉，不仅在文学史上，也在音乐史上产生了一定影响。《南齐书·王僧虔传》云："今之清商，实由铜爵，三祖风流，遗音盈耳，京、洛相高，江左弥贵。"《南齐书·萧惠基传》云："惠基解音律，尤好魏三祖曲及《相和歌》，每奏，辄赏悦不能已。"从这些记载中，我们不难体会到这一点。

（原载《贵州社会科学》1985 年第 5 期）

---

① 沈约《宋书·乐志一》，中华书局 1974 年版，第 549 页。

《世说新语》 嵇康史料摭评

一

有关嵇康研究的史料，散见于魏晋南北朝时期的多种著作，南朝宋刘义庆所撰《世说新语》及南朝梁刘孝标为之所做的注可称为其中的集大成者。《世说新语》中的嵇康史料共66条，其中刘义庆所撰正文30条，刘孝标所撰注文36条。在各篇的分布情况见下表：

篇名 篇数	德行	言语	政事	文学	方正	雅量	赏誉	品藻	容止	伤逝	栖逸	贤媛	巧艺	任诞	简傲	排调
正文	2	3	1	6	0	2	2	3	2	1	2	1	1	1	2	1
注文	6	2	3	5	1	3	1	2	1	1	3	2	0	1	5	0

这些史料的内容几乎涵盖了嵇康家世出身、生平交游、姿貌情性、著述影响等各个方面。兹将其内容概述如下：

关于嵇康的家世出身。《德行》第16条注引《康集叙》："康字叔夜，谯国铚人。"又引王隐《晋书》："嵇本姓溪，其先避怨徙上虞，移谯国铚县。以出自会稽，取国一支，音同本奚焉。"又引虞预《晋书》："铚有嵇山，家于其侧，因氏焉。"

关于嵇康之兄。《简傲》第4条注引《晋百官名》："嵇喜字公穆，历扬州刺史，康兄也"。嵇喜因被视作"凡俗之士"，他去给阮籍吊丧时，阮籍"以白眼对之"。又据正文，一次吕安去拜访嵇康，"值康不在，喜出户延之，不入，题门上作'凤'字而去。喜不觉，犹以为欣故作。'凤'，凡鸟也。"

注引干宝《晋纪》又说："安尝从康，或遇其行，康兄喜拭席而待之，弗顾。独坐车中，康母就设酒食。求康儿共语戏，良久则去。"

关于嵇康之妻。《德行》第 16 条注引《文章叙录》："康以魏长乐公主婿，迁郎中，拜中散大夫。"

关于嵇康之子嗣。据《德行》第 43 条，嵇康有一子名绍，"为晋忠臣"。又据该条注引王隐《晋书》，"绍字延祖"，"十岁而孤，事母孝谨。累迁散骑常侍。惠帝败于荡阴，百官左右皆奔散，唯绍俨然端冕，以身卫帝。兵交御辇，飞箭雨集，遂以见害"。据《赏誉》第 29 条，嵇绍"清远雅正"，与山涛之子山简并"见重当世"。据《政事》第 8 条，嵇绍的入仕得力于山涛，注引《晋诸公赞》："康遇事后二十年，绍乃为涛所拔。"又注引王隐《晋书》："时以绍父康被法，选官不敢举。年二十八，山涛启用之，世祖发诏以为秘书丞。"

关于嵇康的姿貌风度。《容止》第 5 条："嵇康身长七尺八寸，风姿特秀。见者叹曰：'萧萧肃肃，爽朗清举。'或云：'肃肃如松下风，高而徐引。'山公曰：'嵇叔夜之为人也，岩岩若孤松之独立；其醉也，傀俄若玉山之将崩。'"又注引《康别传》："康长七尺八寸，伟容色，土木形骸，不加饰厉，而龙章凤姿，天质自然。正尔在群形之中，便自知非常之器。"

关于嵇康的才辩、才能。《德行》第 43 条注引王隐《晋书》说嵇康"有奇才俊辩"，《品藻》第 31 条引晋简文帝语也说嵇康"俊"（才智特出），不过认为其"俊"产生了"伤其道"的负作用。

关于嵇康的情性。《德行》第 16 条："王戎云：'与嵇康居二十年，未尝见其喜愠之色。'"注引《康别传》："康性含垢藏瑕，爱恶不争于怀，喜怒不寄于颜。所知王浚冲在襄城，面数百，未尝见其疾声朱颜。"《文学》第 17 条注引《秀别传》又说"嵇康傲世不羁"。

关于嵇康的喜好。《简傲》第 3 条注引《文士传》："康性绝巧，能锻铁。家有盛柳树，乃激水以圜之，夏天甚清凉，恒居其下傲戏，乃身自锻。家虽贫，有人就锻者，康不受值，唯亲旧以鸡酒往，与共饮啖清言而已。"

关于嵇康的交游。最值得注意的是嵇康与阮籍、山涛、刘伶、阮咸、向秀、王戎六人的交游。《任诞》第 1 条："陈留阮籍、谯国嵇康、河内山涛三人年皆相比，康年少亚之。预此契者，沛国刘伶、陈留阮咸、河内向秀、琅邪王戎。七人常集于竹林之下，肆意酣畅，故世谓'竹林七贤'。"并另有与阮籍、山涛、向秀交游的记载：

与阮籍：《简傲》第 4 条注引《晋百官名》在记嵇喜去给阮籍吊丧、阮籍"以白眼对之""喜不怿而退"之后说："康闻之，乃赍酒挟琴而造之，遂相与善。"

与山涛：《政事》第 5 条注引虞预《晋书》说山涛"好《庄》《老》，与嵇康善"。《贤媛》第 11 条说"山公与嵇、阮一面，契若金兰"，因此引起了其妻的好奇。一次嵇、阮来访，山妻便让山涛留宿二人，自己"夜穿墉以视之，达旦忘反"。但嵇康与山涛之间的关系也曾出现问题。《栖逸》第 3 条："山公将去选曹，欲举嵇康，康与书告绝。"

与向秀：《言语》第 18 条注引《向秀别传》："秀字子期，河内人。少为同郡山涛所知，又与谯国嵇康、东平吕安友善，并有拔俗之韵，其进止无不同，而造事营生，业亦不异。常与嵇康偶锻于洛邑，与吕安灌园于山阳。"

嵇康与吕安的关系也很密切。《简傲》第 4 条："嵇康与吕安善，每一相思，千里命驾。"又注引干宝《晋纪》："初，安之交康也，其相思则率尔命驾。"

嵇康与赵景真（赵至）也曾有过密切交往。《言语》第 15 条及注引嵇绍《赵至叙》有赵至仰慕、追随嵇康及嵇康品评赵至的记载。

嵇康与钟会的关系颇值得注意。《文学》第 5 条："钟会撰《四本论》始毕，甚欲使嵇公一见，置怀中，既定，畏其难，怀不敢出，于户外遥掷，便回急走。"《简傲》第 3 条："钟士季精有才理，先不识嵇康，钟要于时贤俊之士，俱往寻康。康方大树下锻，向子期为佐鼓排。康扬槌不辍，旁若无人，移时不交一言。钟起去，康曰：'何所闻而来？何所见而去？'钟曰：'闻所闻而来，见所见而去。'"

嵇康与隐士孙登也有过较长时间的交往。《栖逸》第 2 条："嵇康游于汲郡山中，遇道士孙登，遂与之游。康临去，登曰：'君才则高矣，保身之道不足。'"注引《文士传》及王隐《晋书》还有嵇康"从游三年"、对孙登"执弟子礼而师焉"及后来嵇康因觉得未听从孙登劝告、"遭吕安事"而在狱中作《幽愤诗》以"自责"的记载。

关于嵇康之死。《雅量》第 2 条："嵇中散临刑东市，神气不变，索琴弹之，奏《广陵散》。曲终，曰：'袁孝尼尝请学此散，吾靳固不与，《广陵散》于今绝矣！'太学生三千人上书，请以为师，不许。文王亦寻悔焉。"注引王隐《晋书》："康之下狱，太学生数千人请之。于时豪俊皆随康入狱，悉解喻，一时散遣。康竟与安同诛。"注引《晋阳秋》及《文士传》则比较详尽地记述了嵇康被杀的原因：卷入吕安家事且遭钟会谗毁。

关于嵇康的影响。其影响主要有以下几个方面：

其玄学思想对后世的影响。《文学》第 21 条："旧云：王丞相过江左，止道声无哀乐、养生、言尽意三理而已，然宛转关生，无所不入。""声无哀乐"指嵇康所著《声无哀乐论》，"养生"指嵇康所著《养生论》。王导谈玄，只谈三个论题，而与嵇康作品（或者说思想）有关的论题在三个中占了两个。又《品藻》第 67 条："郗嘉宾问谢太傅曰：'林公谈何如嵇公？'谢云：'嵇公勤著脚，裁可得去耳。'"支道林为东晋名僧，谈玄高手，郗超要将嵇康与之相较，已可见嵇康在时人眼中的分量；不过谢安认为嵇康在谈玄方面还赶不上支道林。

其隐逸思想对后世的影响。《文学》第 91 条注："《中兴书》曰：'（谢）万善属文，能谈论。'万《集》载其叙四隐四显为《八贤》之论，为渔父、屈原、季主、贾谊、楚老、龚胜、孙登、嵇康也。其旨以处者为优，出者为劣。"将嵇康列为"处者为优"的"四隐"之一。

其作品对后世的影响。《巧艺》第 14 条："顾长康道：画'手挥五弦'易，'目送归鸿'难。""手挥五弦""目送归鸿"皆嵇康《秀才公穆入军赠诗十九首》中的句子。《晋书·顾恺之传》："恺之每重嵇康四言诗，因为之图。"又："恺之每画人成，或数年不点目精。人问其故，答曰：'四体妍蚩，本无阙少于妙处，传神写照，正在阿堵中。'"《巧艺》中也有这一条，只不过"本无阙少于妙处"一句作"本无关于妙处"。有意思的是，裴启《语林》中有一条将"不点目精"的对象坐实成了嵇康、阮籍，其文云："顾虎头为人画扇，作嵇、阮而都不点眼睛，便送还扇主。主问之，顾答曰：'那可点睛，点睛便语。'"《世说新语》从《语林》中采袭了不少材料，不知《巧艺》中

的一条何以会与之有所不同。又《品藻》第 80 条："王子猷、子敬兄弟共赏
《高士传》人及赞，子敬赏'井丹高洁'。子猷云：'未若"长卿慢世"。'"
《文学》第 98 条："或问顾长康：'君《筝赋》何如嵇康《琴赋》？'顾曰：
'不赏者作后出相遗，深识者亦以高奇见贵。'"而《赏誉》第 111 条则载：
玄学名家许询以嵇康《琴赋》中语评人："《琴赋》所谓'非至精者，不能与
之析理'，刘尹其人；'非渊静者，不能与之闲止'，简文其人。"此外，《雅
量》第 29 条还有谢安在桓温可能对之加害的危急关头从容讽咏嵇康诗句"浩
浩洪流"（《兄秀才公穆入军赠诗十九首》其十四）的记载。

其啸傲放达风度对后世的影响。《言语》第 40 条："周仆射雍容好仪形。
诣王公，初下车，隐数人，王公含笑看之。既坐，傲然啸咏。王公曰：'卿欲
希嵇、阮邪？'答曰：'何敢近舍明公，远希嵇、阮！'"

二

不难看出，嵇康史料所涉及的方面是较为广泛的，不少史料值得我们认
真加以梳理、分析，值得我们在研究嵇康时作为凭借。不过这同时也发生了
一个问题：这些史料真的可称之为史料吗？它们可靠吗？要回答这个问题，
可从以下两个方面来看：

一是这些史料来自何处。应当说，这些史料的来源大都较为可靠。先看
注文。注文的出处，大体上可分为四类：一类是当时能见到的史书，计有王
隐《晋书》（5 条）、虞预《晋书》（2 条）、孙盛《晋阳秋》（3 条）、孙盛
《魏氏春秋》（1 条）、干宝《晋记》（2 条）。一类是相关的人物传赞，计有
《康别传》（3 条）、《向秀别传》（或作《秀别传》，2 条）、《文士传》（3
条）、《名士传》（1 条）、《晋诸公传》（1 条）、《晋诸公赞》（1 条）。一类是
相关的著作，计有《康集叙》（1 条）、《赵至叙》（1 条）、《竹林七贤论》（1
条）、《晋百官名》（1 条）、《文章叙录》（1 条）、《中兴书》（1 条）。一类是
《嵇康集》中的相关作品。不难看出，注文所引或所据的书籍，大抵均为学术
类甚至就是历史类的著作，一般来说其可信度是没有问题的。其中的不少材
料，还为《三国志》裴松之注及卢弼《三国志集解》所引录。

再看正文。正文因在名义上为《世说新语》作者所自撰，并未注明出处，

我们在这里自也不便妄言其出处。但其中有两条大体上是可以确指的，一条出自裴启《语林》，一条出自《竹林七贤论》。其余各条，从其内容与注文内容彼此呼应、有的文字甚至与注文文字大同小异等情形看，其言也必有所据。其取舍态度的谨严，似可用一件事来说明。《世说新语》从《语林》中采袭了不少材料，但有关嵇康的材料却采袭甚少。今本《语林》共有四条有关嵇康的材料，《世说新语》只袭用了一条（文字略有变动），还有一条算是用了一半（即《巧艺》中"不点目精"一条。将"点目精"的对象嵇康、阮籍删去，则袭用后的这一条实际上已与嵇康无关），而另外两条则是完全放弃了。一条是："嵇中散夜灯火下弹琴，忽有一人，面甚小，斯须转大，遂长丈余。颜色甚黑，单衣皂带。嵇视之既熟，乃吹灯灭，曰：'吾耻与魑魅争光。'"另一条是："嵇中散夜弹琴，忽有一鬼著械来，叹其手快，曰：'君一弦不调。'中散与琴，调之，声更清婉。问其名，不对。疑是蔡邕伯喈。伯喈将亡，亦被桎梏。"《世说新语》的作者大约觉得事涉荒诞，故不予采录，这是很能说明一些问题的。

二是后人，特别是后来的史书作者如何看待、处理这些材料。其中先要考察的自然是《晋书》的作者。我们看到，《世说新语》中有关嵇康的史料，其正文有 20 条为《晋书》所采用。此外，这些材料还多为卢弼《三国志集解》所采录。这个事实也在相当程度上说明，《世说新语》中的嵇康史料大体上是可信的。

三

《世说新语》中的嵇康史料，从多角度、多方面为我们认识、研究嵇康其人提供了根据或佐证。这里想就其中的几个问题谈点看法。

（一）《世说新语》"竹林七贤"的提法具有总结性及继往开来的作用。按照一定标准、将自己认为可称作贤人的几个人并称，在两晋时期可说是一种风气。《初学记》卷十七《人部·贤》就载有孙子荆的《八贤赞》、李尤的《九贤颂》（按《九贤颂》中有《嵇中散颂》，不可能出自东汉人李尤之手，因此严可均《全晋文》将李尤改作李充）、谢万《八贤颂》等篇目。就在这样的情况下，开始有人将嵇康、阮籍、山涛、向秀、阮咸、王戎、刘伶并称为"七贤"或"竹林七贤"。"七贤"的说法最早见于《三国志·魏书·王粲传》裴松之注引孙盛《魏氏春秋》："康寓居河内之山阳县，与之游者，未尝见其喜愠之色。与陈留阮籍、河内山涛、河南向秀、籍兄子咸、琅邪王戎、沛人刘伶相与友善，游于竹林，号为七贤。"之后，有谢万《七贤嵇中散赞》，见《初学记》卷十七及《全晋文》，可能为残篇，但不见另六人的赞，不过推测此"七贤"也当指嵇、阮等七人。再之后，戴逵《竹林七贤论》首次出现"竹林七贤"的提法，其"论"今尚存27条，严可均从《太平御览》《艺文类聚》《北堂书钞》《世说新语》等书辑出，集于《全晋文》，多为残篇，其中与嵇康有关的有4条。此外，《全晋文》尚有袁宏《七贤序》一目（尚保存有嵇康、阮籍、山涛三人之"序"），但据《世说新语·文学》第94条及注，袁宏撰有《名士传》一书，"以夏侯太初、何平叔、王辅嗣为正始名士，阮嗣宗、嵇叔夜、山巨源、向子期、刘伯伦、阮仲容、王浚冲为竹林名士，裴叔则、乐彦辅、王夷甫、庾子嵩、王安期、阮千里、卫叔宝、谢幼舆为中朝名士。"因此《全晋文》注认为《七贤序》"当即《竹林名士传叙》也"，与通常所说的"竹林七贤"有所不同。最后，是在《任诞》中出现"竹林七贤"的提法。从"七人常集于竹林之下，肆意酣畅，故世谓'竹林七贤'"的叙述不难看出，"竹林七贤"只不过是对一个既成事实的陈述，当然也包括了对袁宏等人"竹林七贤"说的承袭。虽非首创，但这个提法却具有总结性及继往开来、发扬光大的作用。原因是，《魏氏春秋》《竹林七贤论》等有关载籍最迟至唐代即已散佚，而《世说新语》不仅流传不辍，而且传布越来越广，影响越来越大，"竹林七贤"的提法因此得以定格，得以成为与"建安七子""初唐四杰"等概念并列，成为一个时代思潮、风度的代表或象征。《世说新语》所保存的有关"竹林七贤"的材料，也远比《魏氏春秋》《竹林七贤论》等要多，这也有助于强化"竹林七贤"这个概念，助推人们去接受、使用、传播这个概念。即使从比较多地保存了"竹林七贤"的材料这个角度说，《世说新语》也功不可没（现存《竹林七贤论》的27条材料，即有10条是从《世说新语》辑出的）。《世说新语》除在《任诞》第1条明确提出了"竹林七贤"这个概念外，《赏誉》第29条"林下诸贤，各有俊才子"中的"林下诸贤"一语，也暗含了"竹林七贤"的意思。此外，也还有"七贤"的提法，如《赏誉》第97条："谢公道豫章：'若遇七贤，必自把臂入林。'"这个"七贤"，指的也是"竹林七贤"。

（二）《世说新语》使"嵇、阮"的提法成为定论。"竹林七贤"的名次排列，可以《晋书·嵇康传》的叙述作为依据："所与神交者，唯陈留阮籍、河内山涛，豫其流者河内向秀、沛国刘伶、籍兄子咸、琅邪王戎，遂为竹林之游，世所谓'竹林七贤'也。"《世说新语·任诞》的叙述与此大同小异。也就是说，"七贤"是以嵇康、阮籍、山涛为主的，三人中又以嵇康和阮籍为主。而嵇、阮又以谁为主呢？在魏末两晋时期，有以阮籍为主的，如袁宏对"竹林名士"实即"竹林七贤"的排列即如此；也有以嵇康为主的，《语林》"顾虎头为人画扇，作嵇、阮而都不点眼睛"即其例。而到《世说新语》，则几全以"嵇、阮"的顺序排列，如《言语》第40条："王公曰：'卿欲希嵇、阮邪？'答曰：'何敢近舍明公，远希嵇、阮！'"《贤媛》第11条："山公与嵇、阮一面，契若金兰。"《排调》第4条："嵇、阮、山、刘在竹林酣饮。"可以说，"嵇、阮"的提法至此成为不易之论，此后也就相沿此说，如刘勰《文心雕龙·明诗》："嵇志清峻，阮旨遥深。"《文心雕龙·时序》："嵇、阮、应、缪，并驰文路矣。"《文心雕龙·才略》："嵇康师心以遣论，阮籍使气以命诗。"（日）弘法大师《文镜秘府论·论文意》："正始中，何晏、嵇、阮之俦也，嵇兴高邈，阮旨闲旷。"许学夷《诗源辨体》卷四："正始体，嵇、阮为冠。"陆时雍《诗镜总论》："嵇、阮多才，然嵇诗一举殆尽。"等等。《晋书》记"竹林七贤"，也将其置于《嵇康传》，而《阮籍传》对此只字未提。嵇康能被视作"七贤"之首，大约由于以下原因：

一是嵇康所寓居的山阳县是"七贤"聚会的地点，《三国志·魏书·王粲传》裴松之注引《魏氏春秋》"康寓居河内之山阳县，与之游者"云云，已清楚地说明了这一点。也就是说，嵇康在聚会中具有东道主、召集人的身份，没有嵇康，也就可能没有了竹林之游，没有了"竹林七贤"，因此人们将其视作"七贤"之首。

二是嵇康人格清峻，风度标举，学问渊深，如《晋书》本传所云"善谈理，又能属文，其高情远趣，率然玄远"，颇得人们仰慕、叹服，故得被推作"七贤"之首。实际上，嵇康除得预"七贤"之列外，李充标举的"九贤"、谢万标举的"八贤"中皆有嵇康，而阮籍无缘其列，是足可说明嵇康在当时的影响的。

三是嵇康死得比阮籍要早，而死时又是那样的气度从容，那样的场面壮烈（竟有太学生三千人上书，请以为师），那样的震撼人心，这自然也会给嵇康加分，使他得被推作"七贤"之首。

（三）从《世说新语》所载嵇康史料看，嵇康的性格具有复杂性。嵇康在《与山巨源绝交书》中，说自己"刚肠疾恶，轻肆直言，遇事便发"，这给我们留下了嵇康爱憎分明、性情刚烈火暴的印象。我们读《世说新语·简傲》第3条，看到他对钟会的态度，又给我们留下了倨傲难以接近的印象。以上印象一般说来成了嵇康留给我们的主要印象。但我们读《世说新语》，却让我们看到了嵇康性格的另一面：他非常谨慎、平和，不爱计较，不爱生气、红脸，非常有涵养。《德行》第16条："王戎云：'与嵇康居二十年，未尝见其喜愠之色。'"又注引《康别传》："康性含垢藏瑕，爱恶不争于怀，喜怒不寄于颜。所知王浚冲在襄城，面数百，未尝见其疾声朱颜。"类似的记载还见于《三国志·魏书·王粲传》裴松之注引《魏氏春秋》："康寓居河内之山阳县，与之游者，未尝见其喜愠之色。"在一起相处了二十年、见过数百次面而未见其生过气、红过脸，这一般人是绝难做到的。嵇康的谨慎小心，从其临终前不久所写的《家诫》也可以看出，如其中说："所居长吏，但宜敬之而已矣，不当极亲密，不宜数往，往当有时。其有众人，又不当独在后，又不当前。所以然者，长吏喜问外事，或时发举，则怨者谓人所说，无以自免也。宏行寡言，慎备自守，则怨责之路解矣。"如又说："若会酒坐，见人争语，其形势似欲转盛，便当亟舍去之，此将斗之兆也。坐视必见曲直，倘不能不有言，有言必是在一人，其不是者方自谓为直，则谓曲我者有私于彼，便怨恶之情生矣。"谨慎小心到如此地步，一般人也是绝难做到的。这一点与阮籍极为类似。《晋书》阮籍本传说阮籍"喜怒不形于色"，"发言玄远，口不臧否人物"，《世说新语·德行》第15条注引李康《家诫》更载有司马昭语云："天下之至慎者，其唯阮嗣宗乎！每与之言，言及玄远，而未尝评论时事，臧否人物，可谓至慎乎！"对阮籍的"至慎"，嵇康十分了解，并且想以之为学习的榜样，在《与山巨源绝交书》中说："阮嗣宗口不论人过，吾每师之而不能及。"可见，阮籍也好，嵇康也好，其谨慎小心都有很大的有意为之的成分，并非天性使然。之所以如此，自然跟当时险恶的社会环境及与之相关的个人全身远祸、保持自我的考虑有关。我们在认识到嵇康刚肠疾恶、倨傲不驯、与世不谐一面的同时，也要看到他谨慎处世的一面，这样才能算是认识了嵇康的"全人"。

（四）从《世说新语》所载嵇康史料看，嵇康的性格有其包容性。前引《德行》注引《康别传》说"康性含垢藏瑕，爱恶不争于怀"已经有力地说明了这一点。嵇康在实际上也是这么做的，他与山涛的交往就颇能说明这一点。《晋书·山涛传》："（山涛）性好《庄》《老》，每隐身自晦。与嵇康、吕安善，后遇阮籍，便为竹林之交，著忘言之契。"可见嵇康与山涛结交是有共同的思想基础的。但是，山涛与嵇康又有很不一样的地方。余嘉锡《世说新语笺疏》在《贤媛》第11条的按语中将这一点说得十分透彻："涛一见司马师，便以吕望比之，尤见赏于昭，委以腹心之任，摇尾于奸雄之前，为之功狗。是固能以柔媚处世者。"又说："夫钟会之为人，嵇康所不齿，而涛与之款昵，又处会与裴秀交哄之际，能并得其欢心，岂非以会为司马氏之子房，而秀亦参谋略，皆昭之宠臣，故曲意交结，相与比周，以希诡遇之获欤？"还说："涛善揣摩时势，故司马氏权重，则攘臂以与其逆谋；贾充宠甚，则缄口以避其朋党。进不廷争，以免帝怒；退有后言，以结充欢。首鼠两端，所如辄合。此真所谓心存事外，与时俯仰也。"如此不堪，而嵇康却能与之"契若金兰"，不能不说其性格中有极能包容的一面。当然，嵇康也有自己所坚守的原则，他绝不会去跟山涛走同一条道路，因此也就有了拒绝山涛荐官之举。但我们必须明白，嵇康此举拒官是真，但"绝交"却实无其事。《栖逸》第3条注引《康别传》把这一点说得十分明白："山巨源为吏部郎，迁散骑常侍，举康，康辞之，并与山绝。岂不识山之不以一官遇己情邪，亦欲标不屈之节，以杜举者之口耳。"也就是说，嵇康并不是真的不领山涛的情，只不过是想借这一次拒官的机会，向世人、甚至是向司马氏宣示自己的人生理想和品格志节。后来发生的事情也有力地说明了这一点。《晋书·山涛传》："康后坐事，临诛，谓子绍曰：'巨源在，汝不孤矣。'"可见，嵇康对山涛其实是相知甚深的。后来山涛确实也举荐了嵇绍，没有辜负嵇康的信任和期望。就大节而言，嵇康与山涛显然是各行其道，毫无共同之处，但两人却能相互包容乃至"契若金兰"，这应当算得上是中国文化史上的一桩佳话。

嵇康对其兄嵇喜的态度也能在一定程度上说明这一点。嵇喜被阮籍视作"凡俗之士"，"见其白眼"，吕安也讥其为"凡鸟"，不理睬他；嵇康却始终对他怀着一份深厚的感情。嵇喜将入司马氏军幕，嵇康特地作诗相送（即《兄秀才公穆入军赠诗十九首》），诗中虽将其兄入军视为"弃此荪芷，袭彼萧艾"，深不以为然，但并无强行阻止之意，更多地表达的是一种依恋、惜别之情。《雅量》第 2 条注引《文士传》："临死，而兄弟亲族咸与共别。康颜色不变，问其兄曰：'向以琴来不邪？'兄曰：'以来。'康取调之，为《太平引》。"嵇康想在临死前弹琴，嵇喜深知弟意，去与弟诀别时特地带上了琴，兄弟相知之深，也是不能不让人兴叹的。嵇喜后来官至晋徐州、扬州刺史，迁太仆、宗正卿，其所走道路显然与嵇康不同，嵇康对其兄的选择显然也不会感兴趣，但他不强彼就我，其包容、宽厚的态度，也颇值得我们关注。

（五）从《世说新语》所载嵇康史料看，嵇康不像诸阮及刘伶那么放荡。《任诞》共载阮籍任诞事 15 条，其中正文 7 条，注文 8 条；载刘伶任诞事 3 条，其中正文 2 条，注文 1 条；载阮咸任诞事 3 条，其中正文 2 条，注文 1 条；正文载诸阮任诞事 1 条。此外，尚有"七贤"1 条，即"七人常集于竹林之下，肆意酣畅，故世谓'竹林七贤'"，嵇康得预其中，但此外再无关于嵇康任诞的记载。诸阮及刘伶的任诞之举，在当时都是十分出格的，比如阮籍在母丧期间饮酒食肉，散发坐床，箕踞不哭；邻家妇有美色，阮籍与王戎常从妇饮酒，醉便眠其侧；诸阮与一群猪共饮一瓮酒；刘伶"恒纵酒放达，或脱衣裸形在屋中"（《任诞》第 6 条）；阮咸在母丧期间身穿重孝去追回与之有私情的一个鲜卑族婢女并说"人种不可失"（《任诞》第 15 条）等。嵇康虽在《与山巨源绝交书》中说自己有"性复疏懒，筋驽肉缓，头面常一月十五日不洗，不大闷养，不能沐也。每常小便而忍不起，令胞中略转乃起耳"等率性散漫行为，但比起诸阮及刘伶的放荡来，那就是小巫见大巫了。阮籍任诞的目的是为了给自己涂上一层保护色，以逃避与司马氏集团的实质性合作，但在客观上却产生了消极的影响，《德行》第 23 条注引王隐《晋书》云："魏末，阮籍嗜酒荒放，露头散发，裸袒箕踞。其后贵游子弟阮瞻、王澄、谢鲲、胡毋辅之之徒，皆祖述于籍，谓得大道之本。故去巾帻，脱衣服，露丑恶，同禽兽。"这大概是阮籍始料未及、也不愿看到的结果。嵇康的任诞，则主要表现为政治上不愿入仕，不愿与权贵交接，生活上率性而为，不受拘束，而这两者之间又有着内在的联系，因为做官就会受到各种拘束，这是嵇康拒绝山涛荐举的一个重要原因。相比于任诞，嵇康的"简傲"，特别是他不愿涉足官场、不愿与钟会这样的权势煊赫的人物来往给人的印象要更深一些。而阮籍尽管只是出于被动的应付，但他毕竟与司马氏集团的上层人物是有来往的，他甚至常得预"晋文公坐"，这是嵇康与之相比很不一样的地方。

（六）关于"钟会撰《四本论》始毕"，到嵇康"户外遥掷"的问题。《文学》第 5 条注："《四本》者，言才性同，才性异，才性合，才性离也。尚书傅嘏论同，中书令李丰论异，侍郎钟会论合，屯骑校尉王广论离。文多不载。"又《三国志·魏书·傅嘏传》："嘏常论才性同异，钟会集而论之。"可见，《四本论》是关于才性讨论的一部总结性的著作。《四本论》已佚，陈寅恪《书〈世说新语·文学类〉"钟会撰《四本论》始毕"条后》一文认为这里的"才"指治国用兵之术，"性"指仁孝道德。《四本论》对后来清谈的影响很大，东晋善谈玄理的殷浩对《四本》就钻研得特别精深，《文学》第 34 条云："殷中军虽思虑通长，然于才性偏精，忽言及《四本》，便若汤池铁城，无可攻之势。"其他清谈家对《四本论》大都也有研究，如研究得不够精深，有的还会感到惭愧，如《文学》第 60 条云："殷仲堪精覈玄论，人谓莫不研究。殷乃叹曰：'使我解《四本》，谈不翅尔。'"《四本论》既如此著名，因此"钟会撰《四本论》始毕"即到嵇康"户外遥掷"这件事历来便广受人们关注。研究这件事，有必要弄清以下三点：

第一点，这件事发生的时间。据前引《文学》第 5 条注"侍郎钟会论合"句，《四本论》当作于钟会任侍郎一职时。据《三国志》钟会本传，钟会一生有两次任侍郎一职，一次是在正始中，由秘书郎"迁尚书中书侍郎"；一次是在正元二年（255），因从征毌丘俭有功，"迁黄门侍郎"。任尚书中书侍郎的具体时间，据裴松之注引钟会为其母所作《传》，任尚书郎的时间是正始八年（247），任中书郎的时间是嘉平元年（249）。那么，《四本论》究竟作于何时呢？这可从《三国志·魏书》傅嘏本传找到答案。据前引《文学》第 5

条注"尚书傅嘏论同"句，傅嘏"论同"是在其任尚书时。《傅嘏传》："曹爽诛，为河南尹，迁尚书。……嘏常论才性同异，钟会集而论之。嘉平末，赐爵关内侯。"据此，"钟会集而论之"之事应发生在傅嘏任尚书之后、嘉平末（即嘉平六年，254）赐爵关内侯之前。傅嘏任尚书的时间，其《传》未明言，但裴松之注引司马彪云："嘉平四年四月，孙权死。征南大将军王昶、征东将军胡遵、镇南将军毌丘俭等表请征吴。朝廷以三征计异，诏访尚书傅嘏，嘏对曰……"可知嘉平四年（252）四月时傅嘏已任尚书，或其始任尚书的时间就在嘉平四年。有没有可能更早一些呢？这种可能性很小，因为裴松之在"为河南尹"句后注引《傅子》云："河南尹内掌帝都，外统京畿，兼古六乡六遂之士。其民异方杂居，多豪门大族，商贾胡貊，天下四会，利之所聚，而奸之所生。前尹司马芝，举其纲而太简，次尹刘静，综其目而太密，后尹李胜，毁常法以收一时之声。嘏立司马氏之纲统，裁刘氏之纲目以经纬之，李氏所毁以渐补之。"可见傅嘏在河南尹任上做了不少工作。这些工作不可能在短期内做完，因此他不可能很快从河南尹任上调任尚书。考虑到傅嘏"论才性同异"后钟会"集而论之"需要一定时间，因此钟会撰《四本论》的时间以嘉平五年（253）的可能性为最大，这时他在中书侍郎任上。又据《三国志·魏书·夏侯玄传》，李丰是在嘉平四年任中书令的，嘉平六年（254）即被司马氏杀掉，这个时间也与前引《文学》第5条注"中书令李丰论异"的说法相合。又据《三国志·魏书·王凌传》，王广是在嘉平三年（251）被司马懿杀掉的，其为屯骑校尉"论离"的时间当会稍早一些。

第二点，钟会撰《四本论》后为什么"甚欲使嵇公一见"。可从以下三个方面来看这个问题：

其一，钟会是一个热衷理论探讨并与理论界权威交往的人。《三国志·魏书》本传谓其"博学精练名理，以夜续昼，由是获声誉。"他与当时的理论权威王弼、何晏、傅嘏等都有很深的交往。《三国志·魏书》本传云："会弱冠与山阳王弼并知名。"又裴松之注引何劭《王弼传》："弼与钟会善，会论议以校练为家，然每服弼之高致。何晏以为圣人无喜怒哀乐，其论甚精，钟会等述之。"又《三国志·魏书·傅嘏传》裴松之注引《傅子》："司隶校尉钟会年甚少，嘏以明智交会。"钟会还极想攀附另一个理论权威夏侯玄，但夏侯玄不理他，后来他竟想利用夏侯玄获罪下狱将被处死这个"最后的机会"实现自己"友玄"的目的。《三国志·魏书·夏侯玄传》裴松之注引《世语》："廷尉钟毓自临治玄。……毓弟会，年少于玄，玄不与交，是日于毓坐狎玄，玄不受。"又引孙盛《杂语》："玄在囹圄，会因欲狎而友玄，玄正色曰：'钟君何相逼如此也！'"可见，为结交理论界权威，钟会已经到了不择时间、地点及手段的地步。

其二，钟会有借名人以自重的想法。《语林》中有一条材料可说明这一点："钟士季常向人道：'吾少年时一纸书，人云是阮步兵书，皆字字生义。既知是吾，不复道也。'"（此条又见于《殷芸小说》卷五）钟会年轻时，阮籍已享盛名，有人错把钟会的书法作品当作阮籍的，于是"字字生义"，声价百倍；而当知道是钟会所作后，便都不再言语了。从"常向人道"四字看，这件事一定给了钟会很深的刺激，使他明白了借重名人的重要性，这成为他"甚欲使嵇公一见"的一个重要动因。

其三，钟会找嵇康而不去找别人，则与当时声望在钟会之上的理论界权威多已凋谢的情形有关。王弼、何晏、夏侯玄均已故去或已被杀，傅嘏虽还健在，理论修养及在理论界的声望也还都不错，但他本身就是参与才性讨论的人，再去找他评骘推介显然不大合适。于是，钟会便将目光投向了当时名气已经很大的嵇康。当然，钟会也可以去找阮籍，但一来当时已经"嵇、阮"并称，嵇康的名气已在阮籍之上；二来嵇康"傲世不羁"，不屑与钟会这样的人交往，钟会感觉更有与之交往的必要，而以《四本论》搭桥，便是一种很好的方式。此外，《三国志·魏书·阮籍传》："钟会数以时事问之，欲因其可否而致之罪，皆以酣醉获免。"也不能排除钟会去找过阮籍而阮籍又在"酣醉"而无从送达的情况。

第三点，钟会何以要采用于"户外遥掷"这样一种有违常理的怪异可笑的方式。其原因，应当主要不是《文学》第5条所说的"畏其难"即怕在理论上、观点上遭到嵇康驳诘，因为如果嵇康要驳诘，不当着面也可以照驳诘不误；这主要应与嵇康鄙夷权贵、不与权贵交接且性情刚直的情形有关。钟会怕自己完全遭到拒绝，怕自己下不来台，怕难以收场，于是只得采用这样一种他自认为比较"稳妥"的方式。按常理，钟会既然怕，那干脆就别去找这麻烦了，但钟会的思维和个性与常人不同，他做这类事情有一股不达目的决不罢休的劲头，我们从他不择手段地要去与夏侯玄结交这件事就不难看出这一点。

"户外遥掷"这件事应发生在钟会大张旗鼓地去拜访嵇康而正在锻铁的嵇康"扬槌不辍，旁若无人，移时不交一言"的事情之前，这时钟会虽然知道嵇康难以接近，但还不知道嵇康会对他反感拒斥到何种程度，所以想去试一试。目前无资料表明钟会"遥掷"之后有何结果，很可能嵇康采取了根本不理睬的态度。不理睬也是一种拒斥，但还不是非常明确的拒斥，钟会因此不死心，还抱有幻想，还想换一种方式再去试一试，于是便有了不仅是公开而且是大张旗鼓地去拜访嵇康的举动。这次举动失败之后，钟会对嵇康就再也不抱幻想，并开始极度仇视嵇康，不择手段地谗毁嵇康，直到最终将嵇康置于死地。

（原载《北京教育学院学报》2011年第1期；《云台山与竹林七贤》，郑州：河南人民出版社2011年版）

《嵇康集》版本源流考述

关于《嵇康集》的最早记载，见于《三国志·魏书·邴原传》裴松之注引荀绰《冀州记》："巨鹿张貔，字邵虎。祖父泰，字伯阳，有名于魏。父邈，字叔辽，辽东太守。著名《自然好学论》，在《嵇康集》。"今《嵇康集》有张叔辽《自然好学论》及嵇康之《难自然好学论》，可证荀绰所言不虚。据《晋书·荀勖传》："（荀）绰字彦舒，博学有才能，撰《晋后书》十五篇，传于世。永嘉末，为司空从事中郎，没于石勒，为勒参军。"据《晋书·石勒传下》，石勒于大兴二年（319）自称赵王后，开始"建社稷，立宗庙，营东西宫"，并重用汉族士大夫，崇尚儒学，兴办学校，制定律令，"命记室佐明楷、程机撰《上党国记》，中大夫傅彪、贾蒲、江轨撰《大将军起居注》，参军石泰、石同、石谦、孔隆撰《大单于志》"。荀绰撰《冀州记》，当也在此时，则《嵇康集》已在此前编成。而其具体编定的时间，当以西晋太康年间（280—290）的可能性为最大。理由如次：

（一）嵇康于魏元帝景元四年（263）因吕安事被牵连下狱，遇害，其《集》中所收《幽愤诗》《家诫》皆作于狱中临刑前不久，因此《嵇康集》在嵇康生前应当没有编成的可能，特别是由嵇康亲手编定的可能。

（二）嵇康死后，在一段时间内对涉及嵇康的事情是有忌讳的。《晋书·嵇绍传》："十岁而孤，事母孝谨。以父得罪，靖居私门。年二十八，山涛启用之，世祖发诏以为秘书丞。"《世说新语·政事》第8条："嵇康被诛后，山公举康子绍为秘书丞。"刘孝标注引《晋诸公赞》："康遇事后二十年，绍乃为涛所拔。"又引王隐《晋书》："时以绍父康被法，选官不敢举。年二十八，山涛启用之，世祖发诏以为秘书丞。"按"康遇事后二十年"与"年二十八"

及"十岁而孤"的说法相矛盾，这里所谓"二十年"，很可能是举其成数而言，实际应为十八年。从嵇康被杀的景元四年下推十八年，即为晋武帝咸宁六年（280）。这期间连位高权重、深得晋武帝宠信且与嵇康私谊甚笃、嵇康临终前甚至以子相托的山涛在处理涉及嵇康的事情时都有所顾忌，则其他人当会更为谨慎，因此在这期间编成《嵇康集》的可能性不大。

（三）晋惠帝司马衷于太熙元年（290）登基后，八王之乱、永嘉之乱接踵而至，社会动荡不安，士人颠沛流离，在这种情况下，编成《嵇康集》的可能性也不大。

（四）钟嵘《诗品序》云："太康中，三张、二陆、两潘、一左，勃尔复兴，踵武前王，风流未沫，亦文章之中兴也。"太康年间，由于政局比较稳定，社会经济得到较大发展，在文化艺术方面也出现了一个"中兴"的局面；加之此时嵇绍已迈入仕途，为嵇康编《集》的顾忌已不复存在，因此《嵇康集》在这一时期编成的可能性为最大。

关于《嵇康集》，除《隋书·经籍志》外，还有下列较早的记载：

《三国志·魏书·王粲传》附《嵇康传》裴松之注引《康集目录》："登字公和，不知何许人，无家属，于汲县北山土窟中得之。夏则编草为裳，冬则被发自覆。好读《易》鼓琴，见者皆亲乐之。每所止家，辄给其衣服食饮，得无辞让。"

《世说新语·德行》第16条刘孝标注引《康集叙》："康字叔夜，谯国铚人。"

《世说新语·栖逸》第2条刘孝标注引《康集序》："孙登者，不知何许人。无家，于汲郡北山土窟住。夏则编草为裳，冬则被发自覆。好读《易》，鼓一弦琴。见者皆亲乐之。"

《文选》嵇康《赠秀才入军五首》李善注："《集》云：'兄秀才公穆入军赠诗。'"

《文选》嵇康《与山巨源绝交书》李善注引《嵇康文集录注》："河内山嵚守颍川，山公族父。"又："阿都，吕仲悌，东平人也。"

通过分析以上文字，大体上可以得出以下结论：

（一）所引《康集目录》《嵇康文集录注》当为《嵇康集》《嵇康文集》

之《目录》的注文，《赠秀才入军五首》李善注所引《集》云为《嵇康集》中《兄秀才公穆入军赠诗十九首》的注文。所引《康集叙》和《康集序》则存在两种可能：或为《嵇康集》的序（叙）文，或为《嵇康集》序（叙）文的注文。

（二）所引文字大体支持了我们在前面提出的《嵇康集》在嵇康生前应当没有编成的可能、特别是由嵇康亲手编定的可能的看法，因为如果《嵇康集》在嵇康生前就已编成、特别是由嵇康亲手编成，就不应当有"康字叔夜，谯国铚人"这样的文字在《康集叙》中出现。《嵇康集》既非在嵇康生前就已编成，则其目录、序（叙）自都为后人所编定和撰写，而注文则为更晚的后人所撰写。

（三）从《嵇康集》（所谓《康集》即《嵇康集》）、《嵇康文集》书名的不同及"序""叙"用字的不同，可知初唐前已有不同版本的《嵇康集》。初唐后仍有《嵇康集》《嵇康文集》《嵇叔夜集》《嵇中散集》《嵇中散文集》《中散大夫嵇康集》等名称，与此一脉相承，在很大程度上也是对不同版本的《嵇康集》的描述。

（四）孙登为魏晋之际著名的隐士，据《世说新语·栖逸》第 2 条刘孝标注引《文士传》，嵇康曾与之"从游三年"。所引文字一再提到孙登，而且在《康集目录》中直接提到孙登，在很大程度上说明嵇康有在标题中直接提到孙登的作品。今检《嵇康集》，只有《幽愤诗》中"昔惭柳惠，今愧孙登"二句与孙登有关，与此情形不合。只能认为，相关作品已在后来亡佚。

《三国志·魏书·王粲传》裴松之注引《魏氏春秋》："康所著诸文论六七万言，皆为世所玩咏。"从其以"六七万言"概举嵇康作品的情形看，所说应非零星流传的单篇文字，而是已整理成集的《嵇康集》。孙盛为东晋初年人，可见当时《嵇康集》已在士人中广为流传，并得到大家的喜爱。

关于《嵇康集》的分卷，最早对此有明确记载者为《隋书·经籍志》："魏中散大夫《嵇康集》十三卷。"（注云："梁十五卷，录一卷。"）据《隋书·经籍志》，南朝宋、齐间有王俭所撰《宋元徽元年四部书目录》四卷、《今书七志》七十卷，梁有殷钧所撰《梁天监六年四部书目录》四卷，刘遵所撰《梁东宫四部目录》四卷，刘孝标所撰《梁文德殿四部目录》四卷，阮孝绪所撰《七录》十二卷。而据《隋书·经籍序》,《隋书·经籍志》就是在"远览马史、班书,近观王、阮志、录"的基础上编撰而成的,因此所谓《嵇康集》"梁十五卷,录一卷",当为移录梁代公私书目所得出的结论,其可信度是不会有问题的。又据《隋书·经籍序》,唐高宗武德五年(622)"克平伪郑,尽收其图书及古迹焉。命司农少卿宋遵贵载之以船,溯河西上,将致京师。行经底柱,多被漂没,其所存者,十不一二。其《目录》亦为所渐濡,时有残缺"。《嵇康集》有可能在这一变故中遭受损失,散佚二卷并《录》一卷。当然,梁末的大乱及陈、隋的更迭,也有造成此种损失的可能。总之,与梁时的十五卷、录一卷相比,《嵇康集》到隋、唐初已非完璧。(《四库全书总目提要》说"《隋书·经籍志》载康文集十五卷",此表述不确,应为梁十五卷,录一卷,而隋为十三卷;《嵇康集》"宋时已无全本矣",此表述也不确,其实在隋、唐初即已无全本。)

至唐,《旧唐书·经籍志》及《新唐书·艺文志》均著录为十五卷。何以比《隋书·经籍志》多出二卷,鲁迅的说法是"唐世复出,而失其《录》"①、"至唐复完,而失其《录》"②。姚振宗《隋书经籍志考证》则作了如下推测:"案此十五卷,或并《左传音》《圣贤高士传》《稽荀录》及他家赠答诗文,合为一编者。"以常理度之,"复出""复完"及"并《左传音》"等"合为一编"的可能性都不大,而因仍"梁十五卷"的说法则有更大的可能。陆心源《皕宋楼藏书志》云:"新旧《唐志》并作十五卷,疑非其实。"其说可从。

大约在唐末五代间,《嵇康集》进一步散佚。王尧臣等编成于北宋仁宗时期的《崇文总目》,即只著录为十卷,此后《郡斋读书志》《直斋书录解题》《宋史·艺文志》等公私书目同此。南宋王楙曾"得毗陵贺方回家所藏缮写《嵇康集》十卷,有诗六十八首"及"《管蔡论》,《释私论》,《明胆论》等文",认为"《崇文总目》谓《嵇康集》十卷,正此本尔",还提出疑问:"《唐艺文志》谓《嵇康集》十五卷,不知五卷谓何?"③ 王楙所见十卷本所

---

① 鲁迅《嵇康集序》。见《鲁迅全集》第十卷,人民文学出版社 1981 年版,第 59 页。

② 鲁迅《嵇康集考》。见《鲁迅全集》第十卷,人民文学出版社 1981 年版,第 68 页。

③ 王楙《野客丛书》卷八,中华书局 1987 年版,第 91 页。

收诗作的数量与现存最早的刻本即明黄省曾刻本所收诗作的数量非常接近。黄刻本收诗六十七首（其中他人赠、答诗十四首。他人赠诗，郭遐叔所赠为五首，而《目录》误作"四首"）。六十七与王楙所见的十卷本相较，尚少一首，其实未必就真少了一首。张溥《汉魏六朝百三家集》本于六十七首之外，另将《琴赋》中"歌曰"一段以"琴歌"为题列入，共六十八首，正与王楙所见十卷本所载之数相符。由此似可推测，黄刻本所据的本子很可能就是王楙所见的十卷本，或与王楙所见的十卷本同一系统的本子。如果这一推测不错，则说明这一系统的本子所收诗作的数量自南宋以后大体上就再无散佚。而现存最早的钞本即明吴宽丛书堂钞本所收诗作的数量与黄刻本并不完全相同，其校改后的本子共收诗六十七首（其中他人赠、答诗十四首），这虽与黄刻本相同，但其原钞尚有四言诗四首、五言诗三首，皆被校者删去，而校者所据却大抵为黄刻本或与黄刻本所据相同的本子。这似可说明，明以前，包括南宋时期，还有与王楙所见的十卷本不同的本子存在，而这正是丛书堂钞本原钞所据的本子。

南宋之后，《嵇康集》除少数书目、本子著录、析分为六卷、七卷、九卷、一卷或不分卷外，大抵均著录或析分为十卷。南宋初，郑樵《通志·艺文略》著录为十五卷，《四库全书总目提要》云："疑郑樵所载亦因仍旧史之文，未必真见十五卷之本也。"其说有理。至明，焦竑《国史·经籍志》也著录为十五卷，也属于这种情况。

《嵇康集》无论是钞本还是刻本，明以前均已湮灭不存。如前所说，现存最早的本子，钞本有明吴宽丛书堂钞本，刻本有明黄省曾南星精舍刻本。吴宽丛书堂钞本曰《嵇康集》，十卷，书末有顾广圻、张燕昌、黄丕烈跋，《皕宋楼藏书志》认为此"乃丛书堂校宋钞本"。黄省曾刻本曰《嵇中散集》，也为十卷，也出于宋本，如孙星衍《平津馆鉴藏书书籍记》、洪颐煊《读书丛录》就都认为"此本即从宋本翻雕"，鲁迅在《嵇康集考》中甚至说："清藏书家皆以为出于宋本。"

吴宽（1435—1504），字原博，号匏庵，长洲人。有《家藏集》七十七卷，收入《四库全书》。黄省曾（1490—1540），字勉之，吴县人。有《五岳山人集》三十八卷，收入《四库全书》。所刻《嵇中散集》十卷，前有黄氏自序，末署"嘉靖乙酉"，即嘉靖四年（1525）。可见，刻本比钞本晚出，但彼此相隔的时间不算太久。

钞本往往也被称为钞校本，因其文字有原钞和校改后的文字两种。据鲁迅《嵇康集跋》，钞本一共校了三次，"一用墨笔"，"二以朱校"。关于钞者，已无从查考，江标《丰顺丁氏持静斋书目》在著录汪士贤刊本《嵇中散集》十卷后，说"康熙间，前辈以吴匏庵手钞本详校"，似认为钞者即吴宽本人，鲁迅即这么认为，在《嵇康集考》中说："江标云'匏庵手抄'，不确。"但其实江标所说，很可能只是指吴宽所拥有之钞本，并未涉及钞者为谁的问题。关于校者，《皕宋楼藏书志》引顾广圻《跋》说："卷中讹误之字，皆先生亲手改定。"引黄丕烈《跋》也说为"匏巷手自雠校"。但鲁迅对此表示怀疑："旧校亦不知是否真出匏庵手？要之盖不止一人。"① 甚至曾明确说："旧跋谓出吴匏庵手，殆不然矣。"② 总之，不仅钞本之钞者为谁难于确定，校者为谁也难于确定。但有一点可以确定的是：除个别字外，校改后的文字几全与黄刻本同，鲁迅在《嵇康集序》中说墨校"所据又仅刻本"，"朱校二次，亦据刻本"，也是这个意思。只不过，由于校者"盖不止一人"，我们无从断定校者都是何时人，或钞本为何时所校。钞本第三卷目录"嵇荀录"三字下，有"此首刻板亦不载"六字；第八卷《难宅无吉凶摄生论》"若但撮提群愚，□□蚕种"句，丛书堂钞本原钞无空缺，校者于书眉上注云："刻板上空二字。""欲以所识，而决古人之所弃"句，"决古人"三字原空缺，丛书堂钞本原钞无空缺，校者也于书眉上注云："刻板上空三字。"据此，可推知校者中至少有一人晚于黄省曾，而且校时所据为黄刻本；但另一人或两人呢？则无从作出判断。如果这一人或两人早于黄省曾，或钞本所校时间在嘉靖四年前，则我们不能说其所据为刻本，因为那时还没有刻本，而只能说其所据很可能与黄刻本所据为相同的本子；但如果这一人或两人也晚于黄省曾，或钞

---

① 鲁迅《嵇康集序》。见《鲁迅全集》第十卷，人民文学出版社1981年版，第59页。
② 鲁迅《嵇康集跋》。见《鲁迅全集》第十卷，人民文学出版社1981年版，第18页。

本所校时间晚于嘉靖四年①，则其所据完全也有可能就是黄刻本。因此，鲁迅说钞本"似与黄省曾所刻同出一祖"②，又说"二本根源实同"③，其说虽与肯定钞者所据为刻本的说法不免矛盾，但大抵是接近于事实的。

由于是《嵇康集》的第一个钞本和刻本，有人就不免要对其加以比较。由于钞本有原钞和校改文字两种文字，因此又有人对这两种文字进行比较。而由于校改文字大抵与黄刻本同，因此有人在评论校改文字时，又不可避免地要连带着评论到黄刻本。这方面的评论，现在能见到的大抵是肯定钞本或钞本原钞而贬抑黄刻本或钞本校改文字的意见。鲁迅辑校本以钞本作底本，又主要依从原钞，因此他肯定钞本特别是钞本原钞而贬抑黄刻本及钞本校改文字的意见就特别突出而具有代表性。如：

> "原钞颇多讹敚，经二三旧校，已可籀读。校者一用墨笔，补阙及改字最多。然删易任心，每每涂去佳字。……细审此本，似与黄省曾所刻同出一祖。惟黄刻帅意妄改，此本遂得稍稍胜之。然经朱墨校后，则又渐近黄刻。所幸校不甚密，故留遗佳字，尚复不少。中散遗文，世间已无更善于此者矣。（《嵇康集跋》）

> 盖经朱墨三校，而旧钞之长，且泯绝矣。今此校定，则排摈旧校，力存原文。（《嵇康集序》）

> 尝写得明吴匏庵丛书堂本《嵇康集》，颇胜众本。（《嵇康集考》）

1935 年 9 月 20 日鲁迅在致台静农信中，也说"此书（按指钞本）佳处，在旧钞；旧校却劣，往往据刻本抹杀旧钞，而不知刻本实误"。此时戴明扬已开始以黄刻本为底本作《嵇康集校注》，鲁迅也对其持批评态度，说："戴君今校，亦常为旧校所蔽，弃原钞佳字不录。"而对自己所作则颇为自负，说：

---

① 戴明扬《嵇康集校注·参考书目》在介绍丛书堂钞校本时说："案《赠秀才诗》'浩浩洪流'一首中，'夕'字原钞作'久'，校者以墨笔涂成'夕'字，丽宋楼钞本仍为'久'，校者以朱笔改为'夕'字。据此，知吴钞本之墨校，且有出于清代者矣。"惜其所举乃孤证。其说如可成立，则校者中有大大晚于黄省曾者，而所校时间则也大大晚于嘉靖四年。

② 鲁迅《嵇康集跋》。见《鲁迅全集》第十卷，人民文学出版社 1981 年版，第 18 页。

③ 鲁迅《嵇康集序》。见《鲁迅全集》第十卷，人民文学出版社 1981 年版，第 59 页。

"然则我的校本，固仍当校印耳。"

　　清代藏书家也发表过与鲁迅类似的意见。如钞本黄丕烈《跋》谓"香严周丈借此校黄省曾本，云是本胜于黄刻多矣"，陆心源《跋》谓"余以明刊本校之，知明本脱落甚多"，并举出了一些明本（主要指黄刻本）"脱落"的例子："《答难养生论》'不殊于榆柳也'下，脱'然松柏之生，各以良殖遂性，若养松于灰壤'三句。《声无哀乐论》'人情以躁静'下，脱'专散为应，譬犹游观于都肆，则目滥而情放。留察于曲度，则思静'二十五字。《明胆论》'夫惟至'下，脱'明能无所惑，至胆'七字。《答释难宅无吉凶摄生论》'为卜无所益也'下，脱'若得无恙，为相败于卜，何云成相耶'二句。'未若所不知'下，脱'者众，此较通世之常滞。然智所不知'十四字。及'不可以妄求也'脱'以'字，误'求'为'论'，遂至不成文义。其余单辞只句，足以校补误字缺文者，不可条举。"最后得出结论："书贵旧抄，良有以也。"

　　值得注意的是，戴明扬校注《嵇康集》虽以黄刻本作底本而以丛书堂钞本作校本，在使用丛书堂钞本作校本时还被鲁迅批评为"常为旧校所蔽，弃原钞佳字不录"，但他对旧校其实也是有批评的。他说："校者所据，亦即当时刻本，而非原钞所据之本，故原钞多是，而校改每非，初校之余，或再删补，必迁就刻本而后止，其全首为他本所无之诗，则未尝校改一字也。至匏庵改定之字，藉曰有之，恐亦少数，否则其谬当不至此。"① 考虑到校者所据的刻本实为黄刻本或与黄刻本所据相同的本子，而黄刻本是戴明扬在校注时所据的底本，戴明扬对旧校所抱持的批评态度，可以说是相当严厉了。

　　以上意见，有的自有其道理，但有的也不免偏颇，如说"黄刻帅意妄改"，就不免言过其实，因黄刻如"帅意妄改"，钞本就不应当仅是"稍稍胜之"了。说黄刻"脱落甚多"，也不符合事实。统而观之，钞本、黄刻本都有不尽如人意处。钞本之不尽如人意处，至少可列出以下几点：

　　（一）宋代官私书目均著录《嵇康集》为十卷，而原钞不足十卷之数。鲁迅《嵇康集考》云："旧钞原亦不足十卷，其第一卷有阙叶，第二卷佚前，

---

　　①　戴明扬《嵇康集校注·参校书目》，人民文学出版社1962年版，第481页。

有人以《琴赋》足之。第三卷佚后，有人以《养生论》足之。第九卷当为《难宅无吉凶摄生论》下，而全佚，则分第六卷中之《自然好学论》等二篇为第七卷，改第七，第八两卷为八，九两卷，以为完书。"而黄刻本符合十卷之数。黄刻本符合十卷之数，可能由于黄省曾将原不足十卷的本子改成了十卷，就像丛书堂钞本校者对原钞所做的工作一样；但由于其所据的本子很可能就是王楙所见的十卷本或与王楙所见的十卷本为同一系统的本子，因此更有可能的是，其所据之本本来就是十卷。孙星衍即持黄刻本所据为王楙所见十卷本的看法，他在《平津馆鉴藏书书籍记》中说："疑此本（按指黄刻本）为黄氏所定。然考王楙客《丛书》，已称得毗陵贺方回家所藏缮写十卷本，又诗六十六首。与王楙客所见本同。"如孙星衍的看法不错，黄刻本与"王楙客所见本同"，而王楙所见之本为十卷本，则黄刻所据之本也应为十卷本，黄刻本符合十卷之数也就事出必然。如果这一点没有问题，则几乎可以得出结论，即原钞所据之本是不如黄刻所据之本完整的，这在很大程度上造成了原钞的先天不足。

（二）相较于原钞，黄刻本有"脱落"；而相较于黄刻本，原钞也有"脱落"。如《与山巨源绝交书》"素不便书"下，脱"又不喜作书"五字；《声无哀乐论》"此为声音之体，尽于舒疾"下，脱"情之应声，亦止于躁静耳。夫曲用每殊"十五字，"是以观其异，而"下，脱"不识其同"四字，"君静于上，臣顺于下"二句，脱"于上，臣顺"四字；《黄门郎向子期难养生论》"又云"下，脱"'导养得理，以尽性命，上获千余岁，下可数百年'，未尽"二十字；《答难养生论》"饱满之"下，脱"后，释然疏之"五字，"父母有疾，在困而瘳，则忧"下，脱"喜并用矣。由此言之，不若无"十一字；《难宅无吉凶摄生论》"但能知而不能为"句，脱"知而不能"四字；《家诫》"则怨责之路解矣"下，脱"其立身当清远。若有烦辱，欲人之尽命"十五字；等。从上下文意看，以上所脱文字皆以有之为宜，赖得校者添补，否则文意必受影响。"其余单辞只句"，黄刻本"足以校补误字缺文者"也不少见。

（三）钞本将《兄秀才公穆入军赠诗十九首》中的五言一首析出单列，题作《五言古意》，不妥。《艺文类聚》卷九十引其中的六句，而题作《魏嵇叔夜赠秀才诗》，足证其本为《十九首》中的一首。

（四）原钞对某些问题的处理比较随意，比如标题有时不写全，如将《难宅无吉凶摄生论》写成《难摄生》，将《答释难宅无吉凶摄生论》写成《答释难曰》；第二卷卷前目录有《与吕长悌书》，而正文前的标题变成了《与吕长悌绝交书》；《答释难宅无吉凶摄生论》原接抄于《释难宅无吉凶摄生论》之后，并已抄得二句，但可能抄者发觉如将二文抄为一卷，全书将不足十卷之数，于是将已抄的文字删去，而于另页重抄《答释难宅无吉凶摄生论》，使之单独成为一卷。校者对原钞作出增删修改后，随意为之的问题似更显突出，比如《集》名，一会儿称为"嵇康集"，一会儿又称为"嵇康文集"；卷次一会儿写成"第几卷"，一会儿又写成"卷几"或"第几"；标题前后不一致，如书前目录为《赠兄秀才入军十八首》，而正文前的标题为《四言十八首赠兄秀才入军》，书前目录为《阮德如答二首》，而正文前的标题为《五言诗二首阮德如答》；等等。

（五）钞本卷一后文与前文不相接续，或文字重出等问题颇突出，这给阅读造成很大困难。同时，各卷（特别是卷一）校者删削涂抹之处不少，一些文字已难于辨识，这不仅严重影响到阅读，还在实际上改变了原钞本来的面貌。当然，在涂抹处，校者已据黄刻本或与黄刻本所据相同的本子校补，从这个角度说，钞本已融入有黄刻本或与黄刻本所据相同本子的文字，不管我们愿不愿意，依靠这些校补文字以读通上下文已成为不二的选择。

应当说，钞本和刻本各有所长，也各有不足，不可扬此而抑彼，更不可取此而弃彼。两种本子对保存《嵇康集》都有不可替代的价值。鲁迅《嵇康集序》："二本根源实同，而互有讹夺。惟此所阙失，得由彼书补正，兼具二长，乃成较胜。"这个态度是客观的。鲁迅其实也对钞本原钞提出过批评，如前面已提到的"原钞颇多讹敓"，又说："抄手甚拙"；也借他人之口褒肯过黄刻本，如说"黄刻最先，清藏书家皆以为出于宋本，最善"，又说："黄省曾本而外，佳本今仅存丛书堂写本。"① 因此，对鲁迅的相关评论，须从整体上去加以把握，才能得出一个较为全面、客观的认识。

---

① 鲁迅《嵇康集考》。见《鲁迅全集》第十卷，人民文学出版社 1981 年版，第 71 页。

　　钞本原钞由于删削涂抹之处甚多，所收诗文（主要是诗）已难于精确统计。校改后的钞本，共收诗六十七首（其中他人赠、答诗十四首。此外，尚有原钞有而被校者删去的四言诗四首、五言诗三首），各体文十九篇（其中他人论、难文四篇）。此外，尚有有目无文者二篇，一为《嵇荀录》，一为《季氏论》。

　　黄刻本前有黄省曾嘉靖乙酉序，共收诗六十七首（其中他人赠、答诗十四首。他人赠诗，郭遐叔所赠为五首，而《目录》误作"四首"），所收文与钞本同。此外，尚有有目无文者一篇，即《嵇荀录》。

　　钞本在清代颇受顾广圻、黄丕烈等藏书家所宝爱。据张燕昌、黄丕烈《跋》，钞本先藏于浙籍人士汪伯子家，汪客居吴县，乃于乾隆戊子（1768）归张燕昌处，然后再归于鲍渌饮知不足斋。"渌饮年老患病，思以去书为买参之资"，于是再度转入黄丕烈之手，其时为嘉庆丙寅（1806）。又据陆心源《皕宋楼藏书志》，钞本后又从黄丕烈处转归王雨楼。清末，缪荃孙《清学部图书馆善本书目》著录本书。钞本后藏于京师图书馆。不过，此钞本是否为吴匏庵丛书堂所藏原钞本，前人曾产生过疑问。缪荃孙《艺风藏书续记》云："《嵇中散集》十卷。过录吴匏庵钞校本。张芑堂跋，黄荛圃三跋，源流俱详。"即认为此钞本为从丛书堂所藏原钞本过录的本子。

　　黄刻本后被收入《四库全书》。四库全书本篇目与黄刻本全同（《四库提要》谓"此本凡诗四十七篇"，"共诗文六十二篇"，不确。此本即使不计入他人赠、答诗及论、难文，也有诗五十三首，文十五篇）。又被收入《四部丛刊》和《四部备要》，分别由商务印书馆于 1919 年出版，中华书局于 1936 年出版。

　　自钞本及黄刻本出，后世的本子即都以这两种本子作底本，形成泾渭分明的两个版本系统，而以黄刻本作底本者最多。明代以黄刻本作底本者有：

　　程荣校刻本《嵇中散集》十卷。前有黄省曾嘉靖乙酉序，所收诗文篇目及数量与黄刻本同。鲁迅《嵇康集序》谓汪士贤《二十一名家集》本等"盖皆从黄本出"，"惟程荣刻十卷本，较多异文，所据似别一本，然大略仍与他本不甚远"，所说"所据似别一本"，不确。

　　汪士贤校刻本《嵇中散集》十卷，收入《汉魏诸名家集》。所收诗文篇目及数量与黄刻本同。据丁日昌《静持斋书目》，此本在康雍间，曾有"前辈以吴匏庵手钞本详校。后经藏汪伯子、张燕昌、鲍渌饮、黄荛圃、顾湘舟诸家"。

张燮校刻本《嵇中散集》六卷，收入《七十二家集》。前有《嵇中散集序》（残）。共收诗六十七首（其中他人赠、答诗十四首），各体文二十二篇（其中他人论、难文四篇）。与黄省曾、程荣、汪士贤诸本相较，多出赋一篇（《怀香赋》），赞二篇（《原宪赞》《黄帝游襄城赞》）。无《稽荀录》。末有《附录》（附《嵇康传》等十一篇）、《遗事》（共八则）和《集评》（共六则）。

张溥校刻本《嵇中散集》，不分卷，收入《汉魏六朝百三名家集》。共收诗五十四首（不含他人之赠、答诗。与他本相较，多《琴歌》一首，实《琴赋》中"歌曰"后八句），各体文二十二篇，不附他人之论、难文。与黄省曾、程荣、汪士贤诸本相较，多出赋一篇（《怀香赋》），赞六篇（《原宪赞》《襄城童赞》《司马相如赞》《许由赞》《井丹赞》和《琴赞》）。无《稽荀录》。末附《晋书》所载《嵇康传》。

尚有明钞本一种，名《嵇中散集》，十卷。共收诗六十六首（其中他人赠、答诗十四首），各体文十九篇（其中他人论、难文三篇）。此外有目无文者一篇，即《稽荀录》。此本文字大抵从黄刻本，而目录与钞本原钞同，即卷四将《答难养生论》与《黄门郎向子期难养生论》合为一篇，统名为《答难养生论》；卷六合《释私论》《管蔡论》《明胆论》《难自然好学论》《自然好学论》为一卷；卷八仅《释难宅无吉凶摄生论》一文；卷九仅《答释难宅无吉凶摄生论》一文。末有跋，云"弟夏为僧弥世兄较"，所署时间为崇祯己巳（1629）。

入清，"世所通行者，惟明刻二本，一为黄省曾校刊本，一为张溥《百三家集》本"[①]，同时也产生了两种新校刻本：一为姚莹、顾沅、潘锡恩所编《嵇康集》，九卷，收入《乾坤正气集》；一为丁福保所编《嵇叔夜集》，七

---

① 陆心源《皕宋楼藏书志》卷六十七。见《宋元明清书目题跋丛刊》清代卷第二册，中华书局2006年版，第754~755页。

卷，收入《汉魏六朝名家集初刻》。两种刻本均以黄刻本作底本。

据《皕宋楼藏书志》及所附吴志忠（妙道人）钞校本《嵇中散集跋》，清末尚有从丛书堂钞本过录的钞校本。丛书堂钞本从黄丕烈处转归王雨楼后，道光十五年（1835）冬，王雨楼表弟妙道人吴志忠"向雨楼索观，并出副录本见示"，吴志忠乃以副录本与原钞本"互校，稍有讹脱，悉为更正。朱改原字上者，抄人所误；标于上方者，己意所随正也"。钞校本既从丛书堂钞本过录，则所校乃过录时之"讹脱"，而"己意所随正"者，则不知是否有所依凭。此本后归还王雨楼，后又从王雨楼处归陆心源。据戴明扬《嵇康集校注》，此本后流入日本，藏于静嘉堂文库。

另据黄丕烈《嵇中散集跋》，其手中也有丛书堂钞本"用别本手校"的"副本"，其目的在"备阅"，但"于丁卯岁为旧时西宾顾某借去，久假不归，遂致案头无副，殊为可惜"。此"副本"当与吴志忠钞校本为不同的本子，但其用作"手校"的"别本"，不知为何种本子。

又据邓邦述《寒瘦山房鬻存善本书目》，邓曾得到一种来自黄丕烈处的《嵇中散集》钞本。"此钞本荛翁自署士礼居副本，又云吴匏庵手校丛书堂钞本传录，惜只存四卷，其下六卷已不知何往矣。荛翁题跋云：得此书于知不足斋，为丛书堂钞本，且匏庵手自雠校，尤足宝贵。又云：用别本手校副本备阅，为西宾顾某假去，久假不归，遂致案头无副。今观此书，自署为士礼居副本，然则因前校副本为人假去，故别录一本以为副，而不谓今又失其半耳。因确为荛翁手笔，姑抱残而守阙焉。"据此，则黄丕烈手中的"副本"当不止一种。后邓邦述从书友何厚甫处看到一种原藏于朱彝尊潜采堂的《嵇中散集》钞本，"喜其十卷俱完"，"因借回过录"。此钞本不知源自何处，但应当不是丛书堂钞本，如果是，邓邦述手中既有来自黄丕烈处的"吴匏庵手校丛书堂钞本传录"的《嵇中散集》副本，当可通过比勘一眼看出；而且如果是丛书堂钞本，因朱彝尊所生活的年代早于黄丕烈等人数十年，则此钞本会更有价值，邓邦述在其《书目》中不可能不特别提及。

又据耿文光《万卷精华楼藏书记》，清代尚有张溥《百三家集》校黄刻本的钞本。与张溥本一样，此本"增多《怀香赋》一首及《原宪》等赞六首，而不附赠答、论难诸作"，"其余大略相同，然脱误并甚"。清代抄书之风颇盛，藏书家或一般读书人每看到一善本，往往借回加班加点抄录，因此所谓的钞本，绝不仅只一种两种。

进入现代，产生了两个重要的本子，这就是鲁迅所辑校的《嵇康集》和戴明扬的《嵇康集校注》。

鲁迅辑校《嵇康集》十卷，以丛书堂钞本作底本。据 1913 年 10 月 1 日鲁迅日记，鲁迅于这一天从京师图书馆将钞本借出过录，在对钞本进行了认真的辨识和研究后，于 10 月 20 日写出了《嵇康集跋》。据 1924 年 5 月 31 日鲁迅日记，鲁迅于这一天从商务印书馆购得《嵇中散集》，从而加快了校勘的步伐，其 6 月 1 日、6 月 3 日日记皆云："夜校《嵇康集》一卷。"6 月 7 日记云："校《嵇康集》至第九卷之半。"6 月 8 日日记云："夜校《嵇康集》了。"6 月 10 日日记云："夜撰校正《嵇康集序》。"可见到这时鲁迅完全结束了《嵇康集》的校勘工作。鲁迅从商务印书馆购得的《嵇中散集》应并非黄刻本，因他早已拥有了黄刻本，这从《嵇康集序》"又有明吴宽丛书堂钞本……予幸其书今在京师图书馆，乃亟写得之，更取黄本雠对"数语不难看出。还可看出，鲁迅的校勘工作早在 1913 年 10 月即已开始，只不过此后时辍时续，直到 1924 年 5 月 31 日购得了可能是原来手边尚缺的某种《嵇中散集》后，才一鼓作气，彻底做完了这件工作。

鲁迅在校《嵇康集》时所确定的原则是："排摈旧校，力存原文。其为浓墨所灭，不得已而从改本者，则曰：字从旧校，以著可疑。义得两通，而旧校辄改从刻本者，则曰：各本作某，以存其异。"[①] 用以参校的有黄省曾、汪士贤、程荣、张溥、张燮五家刻本及《三国志》注、《晋书》、《世说新语》注、《野客丛书》、《文选》李善注等。不仅校正文字，对卷帙、篇题也作有考证。此外，在佚文及历代版本著录等方面也做了大量搜罗与考证的工作。这项工作虽时续时辍，但前后历时十一年，也足见其付出之巨，用力之勤。此本 1938 年收入《鲁迅全集》第九卷，1956 年文学古籍刊行社影印出版其手抄校本，1981 年收入新版《鲁迅全集》第十卷。此本的独特价值是：（一）钞本是迄今所能见到的第一个《嵇康集》本子，与王楙所见《嵇康集》相

---

① 鲁迅《嵇康集序》。见《鲁迅全集》第十卷，人民文学出版社 1981 年版，第 59~60 页。

较，可看出此本在很大程度上保留了宋本的原貌。正如黄丕烈《跋》所说："历览诸家书目，无此集宋刻，则旧钞为尚矣。"由于钞本的校改文字大体与黄刻本同，因此其独特的价值在于原钞，而鲁迅校勘的原则是"排摈旧校，力存原文"，这就在很大程度上保留了钞本的独特价值。（二）钞本原钞有不少讹乱之处，经校者涂抹，更使一些地方难于辨识。经鲁迅整理，在很大程度上解决了这一问题，使钞本成为一个方便阅读的本子。（三）除《序》《跋》外，鲁迅还作有《嵇康集考》《逸文考》和《著录考》诸文，首次对《嵇康集》的版本源流、卷数及名称、目录及阙失、逸文然否等作了稽考，从而开出了现代《嵇康集》研究的先河。

鲁迅之后，又有两人对钞本作了校勘，一位是叶渭清，一位是马叙伦。叶渭清1930年在担任京师图书馆编纂部主任期间完成校勘工作，写成《嵇康集校记》，连载于《国立北平图书馆馆刊》第四卷第二号至第九卷第六号。《校记》前有《序》，中云："端居多暇，爱生文采。尝录有明吴匏庵家钞校本，诗文咸具。又以是《集》宋刻无存，爰自明刻别本，迄于类书、传记所征引，凡是生文，悉加雠校，记其同异，积久遂多。次比之余，兼述鄙意。"《校记》认为："是本元钞不言所自，余疑钞者别是一本。观其分卷序篇，间与所校参差；又文义字句特多歧异，固有钞不误而校反误者，有义可通而校不取者，有钞合他书征引而校不合者，甚且有全首为他本所无者，此为出于异本，已可推知。"谓钞者所据本子与校者所据本子不同，信然。其校勘多针对所述问题，在厘正文字、疏通文意特别是在疏解疑难字句方面做了不少工作，发表了一些有价值的见解。

马叙伦为叶渭清好友，其《校记》前有说明，云："叶左文（按叶渭清字左文）同学依吴匏庵丛书草（按"草"字衍）堂钞校本《嵇中散集》手录一部，而以涵芬楼景印明嘉靖本校之，属为一阅。丛书本讹字可决定者，左文已以朱笔圈之；其不能决定者，读者自能取择，亦不必定为决之也。余于左文所以决之外，亦为决其可决者数字，而别以意校数字如次。"可见，马叙伦所做的工作主要是拾遗补缺，校记写得并不多，但时有精当见解。《校记》后收入《读书续记》，为卷四，商务印书馆1939年出版，北京中国书店1986年再版。

戴明扬《嵇康集校注》以黄刻本作底本，以丛书堂钞校本、诸《嵇康集》刻本及诸总集、类书参校。有旧注尽量征引，嵇康诗文载于《文选》者李善注全录，五臣及唐人旧注则择录之。书末附有《佚文》《著录考》《事迹》、嵇康所撰《圣贤高士传》和《春秋左氏传音》残文、《吕安集》《目录》《序跋》《诔评》及《广陵散考》。由于鲁迅 1935 年 9 月 20 日致台静农信已提及此本，可知戴氏开始校注的时间不会晚于上世纪 30 年代初叶；何时完成不得而知，但戴氏病逝于 1953 年，推测至迟在 40 年代其主体工作已经完成。此本 1962 年由人民文学出版社出版，2014 年经中华书局加工修订后再版。此本的独特价值是：（一）此为第一个通注《嵇康集》的本子，虽有一些旧注可资参考、吸纳，但大部分工作具有拓荒性质，其繁难可想而知；戴氏广征博引，攻坚克难，功不可没。（二）此本充分参考、吸纳了丛书堂钞校本、鲁迅辑校本及叶渭清、马叙伦等人的校勘成果，同时力避其不足，阙者补之，误者正之；特别是对丛书堂钞本原钞，做了不少厘正纠谬的工作。（三）此本第一次比较系统地辑录、整理了嵇康生平史料及历代诸家评论，为研究者提供了方便。

上世纪 80 年代后，又出现几种普及性质的校注本，大抵以鲁迅辑校本或戴明扬校注本作为底本，校勘简略，注解则以解释词义、句意为主，与戴明扬注解以揭明典实和词语出处为重点不同。不难看出，鲁迅辑校本、戴明扬校注本是迄今为止嵇康和《嵇康集》研究者所依凭的最基本、最重要的本子，对推动学术传承和发展做出了不可磨灭的贡献。

（本文部分内容，已见张亚新《嵇康集详校详注·前言》，北京：中华书局 2021 年版）

嵇康《兄秀才公穆入军赠诗十九首》辨疑

《兄秀才公穆入军赠诗十九首》为嵇康诗歌的代表作，黄省曾本《嵇中散集》将其列为卷一首篇，计有五言一首，四言十八首。《文选》嵇康《赠秀才入军五首》李善注："《集》云：'兄秀才公穆入军赠诗。'刘义庆《集林》曰：'嵇熹，字公穆，举秀才。'"据《晋书·武帝纪》及《文六王传》《嵇康传》，又《文选》嵇康《幽愤诗》李善注引《嵇氏谱》及《北堂书钞》卷六八引《嵇喜集》，嵇康兄喜（按亦作"熹"）在晋曾历官司马、功曹、太守、徐扬二州刺史、太仆、宗正卿等。由于个人所秉持的是归之自然、养素全真、琴诗自乐、避祸远害的人生理想，嵇康是并不赞成嵇喜入军的，故诗中有"所亲安在，舍我远迈。弃此荪芷，袭彼萧艾"等语。但他并不将自己的意志强加于人，对嵇喜的入军同时采取了宽容的态度，诗中甚至还有"良马既闲，丽服有晖。左揽繁弱，右接忘归。风驰电逝，蹑景追飞。凌厉中原，顾盼生姿"这样的对嵇喜在军中英武形象的描写。由此推测，本篇当作于正始十年（249）高平陵事变发生之前，最迟不会晚于正始九年，因为如果嵇喜在高平陵事变之后入军，就有可能直接参与司马氏对于曹魏势力的杀戮，在这种情况下，嵇康是不大可能这么气定神闲甚至还带着一些欣赏赞美的口吻去写的。

对于《兄秀才公穆入军赠诗十九首》的解读和研究，历来存在不少分歧，主要有以下几点：

一、关于诗题

黄省曾本《嵇中散集》作《兄秀才公穆入军赠诗十九首》，明钞本《嵇

中散集》（清□夏校并跋）、程荣本《嵇中散集》、汪士贤《汉魏诸名家集》
本《嵇中散集》、张燮《七十二家集》本《嵇中散集》、张溥《汉魏六朝百三
名家集》本《嵇中散集》、四库全书本《嵇中散集》、四部丛刊本《嵇中散
集》、四部备要本《嵇中散集》、戴明扬《嵇康集校注》及薛应旗《六朝诗
集》、冯惟讷《古诗纪》、梅鼎祚《汉魏诗乘》、张之象《古诗类苑》、俞安期
《诗隽类函》等总集、选本、类书与此相同。臧懋循《诗所》、王闿运《湘绮
楼八代诗选》、逯钦立《先秦汉魏晋南北朝诗·魏诗》等虽将五言一首、四言
十八首分列，但《诗所》将五言一首题作《赠兄秀才穆入军》，将四言十八
首题作《赠秀才十八首》，《先秦汉魏晋南北朝诗·魏诗》将五言一首题作
《五言赠秀才诗》，将四言十八首题作《四言赠兄秀才入军诗》，《湘绮楼八代
诗选》更将五言、四言均题作《赠秀才入军》，说明五言一首与四言十八首仍
被视作同题之作，与黄省曾本并无实质的不同。与黄省曾本有明显不同的是
丛书堂钞本《嵇康集》，该本将五言的一首题作《五言古意》，将四言十八首
题作《赠兄秀才入军十八首》，明显地将《兄秀才公穆入军赠诗十九首》分
割成了互不关涉的两篇作品。鲁迅本《嵇康集》与此相同。按黄省曾本所题
应更接近于原貌。叶渭清《嵇康集校记》云："按《初学记》十八'人部'
中'离别'七'双鸾'引'双鸾匿景曜'四句，作嵇康《赠秀才入军诗》；
《艺文类聚》九十'鸟'部上'鸾'引'双鸾匿景曜'六句，亦作魏嵇叔夜
《赠秀才诗》。二书均出唐人，又均引此首，然皆不云'古意'，必是嵇《集》
旧不如此。"① 此说有理，可信从。既然"嵇《集》旧不如此"，因此我们在
做相关处理时还是一仍其旧为好。

二、关于所赠对象为谁

黄省曾本明指所赠对象为嵇康之兄秀才公穆，即嵇喜；《文选》只选五首
（其中"良马既闲"合"携我好仇"为一首，从黄省曾本角度说，实为六
首），即题作《赠秀才入军五首》，明指所赠对象为"秀才"，但未标明"秀
才"为谁，不过与黄省曾本所指应当没有不同，李善注引《集》及刘义庆

① 见《国立北平图书馆馆刊》第四卷第二号，书目文献出版社 1992 年影印本，第 2344 页。

《集林》则明确地指出此"秀才"即公穆。但有后人对此提出了不同看法。先是《文选》张铣题注云:"康之从弟秀才入军,赠以此诗,不知其名。"①认为"秀才"乃"康之从弟"。不过前人早已对此提出质疑,元人刘履即云:"秀才,李善引本集作'兄公穆',又按刘义庆《集林》:公穆名熹,举秀才。张铣曰'康之从弟',未知何据。"②明人张凤翼、清人成书倬云提出了与张铣相似的看法,张凤翼说:"秀才谓嵇熹,字公穆,康从兄弟也。"③成书倬云说:"此自是赠其从兄耳。"④但两人的说法同样是"未知所据"的(应当说成书倬云是给出了一个理由的,那就是:"若果送秀才入军,诗中必另有一番出色,不当如此平衍。"但很显然,这个理由是太过牵强而难于成立的)。

张铣之后,宋人葛立方又说:"《文选》载嵇叔夜《赠秀才入军诗》,李善注,谓兄喜秀才入军,而张铣谓叔夜弟,不知其名。考五诗,或曰'携我好仇',或曰'思我良朋',或曰'佳人不在',皆非兄弟之称。善、铣所注,恐未必然耳。"⑤宋人持此种看法者不止一人,何无适、倪希程在其所辑《诗準》中选有"息徒兰圃"一首,即径题作《赠友人入军》。清代也有人持类似看法,王尧衢即说:"按此三章(按指所选"良马既闲""息徒兰圃"及"闲夜肃清"三首,其中"良马既闲"从《文选》合"携我好仇"为一首)全似朋友赠别之诗,无一语及兄弟,则秀才为叔夜之兄,岂传之者误耶?"⑥还有对所赠为谁不知所从者,宋人真德秀在其所辑《文章正宗》中选有三首,即干脆题作《赠人从军》。

按本篇确有收入赠友诗乃至赠"佳人"诗的可能,但这种可能性究竟有多大很难说。屈原早已运用过"灵修美人,以媲于君;宓妃佚女,以譬贤臣"⑦的手法,而嵇康受屈原及《楚辞》的影响颇深,在《兄秀才公穆入军

---

① 见《六臣注文选》,人民文学出版社 2008 年影印日本足利学校藏宋刊明州本,第367 页。
② 刘履《选诗补注》卷三,明养吾堂刻本。
③ 张凤翼《文选纂注》卷四,明万历刻本。
④ 成书倬云《多岁堂古诗存》卷三,清道光十一年刻本。
⑤ 葛立方《韵语阳秋》卷十。见何文焕辑《历代诗话》,中华书局 1981 年版,第 562 页。
⑥ 王尧衢《古唐诗合解》卷二,清慎远堂刻本。
⑦ 王逸《离骚经序》。见《楚辞补注》,中华书局 1983 年版,第 2 页。

赠诗十九首》中，即有"安得反初服，抱玉宝六奇"，"朝游高原，夕宿兰渚"，"弃此苏芷，袭彼萧艾"等深受《楚辞》影响的句子，循此旧例，他以"佳人"比配其兄是完全可能的。又，《尚书·君陈》有"惟孝友于兄弟"之句，《诗·小雅·六月》亦云："侯谁在矣，张仲孝友。"《毛传》云："善父母为孝，善兄弟为友。"① "友于"本指兄弟相亲，后便成为兄弟的代名词，在诗文中常常见之，如曹植《求通亲亲表》："今之否隔，友于同忧。"萧统《答晋安王书》："清风朗月，思我友于。"嵇康从这里受到启发，将其兄称为"良朋"同样也是有可能的。

有一个情况还必须说明，即嵇康与嵇喜所走的人生道路虽然很不相同，但他们的人生志趣却并非没有交集，在某些方面他们甚至还曾非常相投，我们从"郢人逝矣，谁可尽言"两句便可充分地体会到这一点。从嵇喜的《秀才答四首》可以看出，嵇喜对老、庄之道确也有自己的感悟，在诗歌创作方面也达到了较高的水准，对此胡应麟曾评论说："嵇喜，叔夜之兄，吕安所为题凤，阮籍因之白眼者，疑其不识一丁。及读喜诗，有《答叔夜》四章，四言殆相伯仲，五言'列仙狥生命，松乔安足齿？纵躯任度世，至人不私己'，其识趣非碌碌者。或韵度不侔厥弟，然以凡鸟俗流遇之，亦少冤矣。"② 《三国志·魏书·王粲传》附《嵇康传》裴松之注引有嵇喜为嵇康所写的一篇小传，其中"长而好《老》《庄》之业，恬静无欲。性好服食，尝采御上药。善属文论，弹琴咏诗，自足于怀抱之中"云云，不仅为知人之论，口吻中还带有明显的欣赏之意。《晋书·山涛传》说山涛"性好《庄》《老》，每隐身自晦"，但他的官后来却越做越大，嵇喜的情况，在相当程度上应与之相似。《说文》："同志为友。"段玉裁注："《周礼》注曰：'同师曰朋，同志曰友。'"嵇康既能将山涛视作知己、朋友、"同志"，因此，在某个特定的时期他将有许多共同语言的其兄视作知己、"良朋"乃至比成"佳人"，自也不

① 《毛诗正义》卷十。见《十三经注疏》，上海古籍出版社1990年影印世界书局缩印阮元刻本，第359页。
② 胡应麟《诗薮》外编卷二，上海古籍出版社1979年版，第147页。

无可能。从嵇康喜欢"师心以遣论"① 的个性看，他所抒发的感情还是真诚的，他不可能在诗中忸怩作态，发违心之论。

当然，我们认为所赠对象为嵇康之兄秀才公穆的说法比较可信，主要还因最早提出这一说法的《文选》李善注所提到的"集"应当就是《嵇康集》，前引刘履《选诗补注》"秀才，李善引本集作'兄公穆'"的说法甚至明确地指出了这一点，叶渭清《嵇康集校记》也认为："'《集》云'二字，盖是嵇《集》旧题之仅存者，幸赖《选》注知之。此不应省。"嵇康旧《集》既已明言所赠对象为嵇康之兄秀才公穆，我们想要对此视而不见，另立新说，便会很困难。李善注引刘义庆《集林》所说也很值得重视，刘义庆是南朝宋人，距嵇康所生活的年代不算太远，所说自也应有较高的可信度。

三、关于本篇的编次及内容是否都为赠别的问题

《兄秀才公穆入军赠诗十九首》的编次较为淆乱，内容、文势前后不相接续者不止一处，因而招致十九首是否为一个整体的怀疑。先是《文选》只从中选出五首，其中"良马既闲"合"携我好仇"为一首，实为六首。由于《文选》只是选本，尚不能说它对十九首的编次及内容的整体性等就一定有何看法。对此明确、集中、系统地表达了怀疑及批评的是清代的陈祚明。他在其所编《采菽堂古诗选》中，根据自己的理解将本篇作了分解。他将"鸳鸯于飞，肃肃其羽"以下八首编为一组，题作《四言诗八章》，在题下注云："按《文选》所载《赠秀才入军》，取'良马既闲'五章，颇有次序。今此八章，自是送别怀人之作。既匪赠兄，又匪入军。'瞻仰弗及'二语，亦类结句，故应别为一篇。而'乘风高游'以下，自是感怀言志之作，与送别无与，亦应别为一篇。其五言一篇，寄慨深远，辞旨淋漓，或是《赠秀才入军》之又一作，亦未可知。要不当比而一之，使章法纷纭，四五错出也。即'凌高远盼'一章，亦与上下不属，无所附，故缀《秀才入军》诗内。"仍将《文选》所选五首（实为六首）编为一组，题作《赠秀才入军五章》，而将自

---

① 刘勰《文心雕龙·才略》。见范文澜《文心雕龙注》，人民文学出版社 1958 年版，第700 页。

认为"与上下不属"的"凌高远眄"一首附于第一首"良马既闲"之后,并在诗后注云:"今按上章曰'载我轻车',下章即云'轻车迅迈',文势接连,不应中断。'虽有好音'云云,与后章'旨酒''鸣琴'语意叠出。'仰讯''俯托',又与上文'仰落''俯引'相犯。古人必无此病,定非本有,而《文选》删之也。时代既远,传写淆讹,竟不知此章是何题,应在何处。"又将"乘风高游"以下三首编为一组,题作《四言诗三章》,并在题下注云:"皆言轻举远遁之情,都无别绪,与上文定非一篇。"而将五言一首单列,径题作《五言诗》,在诗后注云:"不知何为而作。如云不忘故魏,叔夜未尝仕,不得为此等语。或者秀才入军,亦是强赴,故又以此赠之与?四言五首题同,因混列其后,未可定也。"① 陈祚明所指出的一些问题确实存在,但他贸然将本篇肢解的做法却并不可取。隶属于本篇的十九首诗应并不作于一时,因嵇喜从军而兴感,而所感又并不仅限于惜别与思念,于是便出现了内容错杂、不相连属、"章法纷纭"乃至"四五错出"的情况。后人编次,只将五言的一首列于第一,将"鸳鸯于飞"二首、"泳彼长川"二首归并一处,其余大约就未再做大的处理,以致出现了陈祚明所指出的问题。不过有一点是需要指出的,即十九首的内容虽并不仅止于惜别与思念,但都是围绕着惜别与思念这一主题展开的,这一点在五言的一首中已得到充分展现。该诗以"双鸾"比兄弟,两人本来过得十分自在,却不料"虞人来我疑",将两人生生拆散,诗人于是"哀吟伤生离",于是想到"谋极身心危",想到"安得反初服",一路写来,有明晰的线索可寻。"乘风高游"等诗"皆言轻举远遁之情",其实都与其"谋极身心危""安得反初服"的想法有着密切的关联,只不过因其"皆言轻举远遁之情"而"都无别绪",容易使人产生误解,但如因此就断言"与上文定非一篇",却不免失之轻率。要之,在未发现新的材料之前,还是以将本篇看作是一个整体并维持原有的编次为好。

对《兄秀才公穆入军赠诗十九首》在艺术上的表现及所达到的高度,也存在一些不同的看法,有的甚至差异很大,比如前面提到成书倬云对《十九

---

① 以上所引俱见陈祚明《采菽堂古诗选》卷八,上海古籍出版社 2008 年版,第 222~226 页。

首》的评价是"平衍",而杨慎则认为"《送秀才从军》诗有古诗人之风"①,胡应麟则认为:"叔夜送人从军至十九首,已开晋、宋四言门户。然雄辞彩语,错互其间,未令人厌。"② 于光华编《重订文选集评》卷六引孙月峰语更认为:"四言诗如此流动而有姿态者,绝不易得。"对《十九首》中某些具体的篇章评价更高,如五言的一首就被钟嵘在《诗品序》中评为"五言之警策者",认为可入"篇章之珠泽,文采之邓林"之列。诸多评论大体从不同的角度切入,针对不同的方面而言,有的虽不免带有个人的偏好及较强烈的个人色彩,但总体说来都有一定的道理。不过,相较于诗题、所赠对象及内容编次,对《十九首》在艺术上所取得成就的看法就总体而言却是比较一致的。《十九首》中不仅五言的一首写得颇为出色,四言中有多首也写得颇为出色,这些诗笔致清俊,风调飘逸,意境高远,诗意隽永,将诗人的思念情怀、玄学志趣、人生理想表现得淋漓尽致,颇具特色,其在四言诗史上享有引人注目的地位,绝不是偶然的。

　　(本文部分内容,已见张亚新《嵇康集详校详注》中《〈兄秀才公穆入军赠诗十九首〉题解》,北京:中华书局 2021 年版) ————

---

① 杨慎《升庵诗话》卷十三引横浦张九成语。见丁福保辑《历代诗话续编》,中华书局 2006 年版,第 900 页。

② 胡应麟《诗薮》内编卷一,上海古籍出版社 1979 年版,第 9 页。

嵇康年谱

　　说明：据杨殿珣《中国历代年谱总录》，刘汝霖编有《大文学家嵇叔夜年谱》，载于 1929 年 12 月 7 日至 15 日的《益世报·国学周刊》，这大约是有记载的最早的嵇康年谱（含年表）之作。从 1929 年至今，大约又有五六种嵇康年谱（含年表）面世，各有特点和创获。但由于前人留下来的有关嵇康的史料并不多，且大都较为零散，彼此抵牾处也不少，有关嵇康生平、交游、创作的许多问题在时间上难以落实，因此篇幅不大、内容简略、不合事理之处较多便成为已撰年谱（年表）较为突出的问题。有鉴于此，特另制新谱，力求全面展示嵇康的家世出身、生平交游、创作历程及当时的政治文化学术背景，并重点解决嵇康的交游、嵇康诗文的创作时间、嵇康与太学的关系等问题。

　　嵇康字叔夜。本姓奚，会稽人。后迁于谯之铚县，改为嵇氏。

　　《三国志·魏书·王粲传》附《嵇康传》裴松之注："康字叔夜。"注引虞预《晋书》："康家本姓奚，会稽人。先自会稽迁于谯之铚县，改为嵇氏，取'稽'字之上，［加］'山'以为姓，盖以志其本也。一曰铚有嵇山，家于其侧，遂氏焉。"

　　《世说新语·德行》第 16 条刘孝标注引《康集叙》："康字叔夜，谯国铚人。"又引王隐《晋书》："嵇本姓溪，其先避怨徙上虞，移谯国铚县。以出自会稽，取国一支，音同本奚焉。"

　　《晋书·嵇康传》："嵇康字叔夜，谯国铚人也。其先姓奚，会稽上虞人，以避怨，徙焉。铚有嵇山，家于其侧，因而命氏。"

家世儒学。

见《三国志·魏书·王粲传》附《嵇康传》裴松之注引嵇喜《嵇康传》。

父昭，字子远，为督军粮治书侍御史。

见《三国志·魏书·王粲传》附《嵇康传》裴松之注引《嵇氏谱》。

母姓氏不详。嵇康与兄喜或并非同母所生。

《文选》嵇康《幽愤诗》李善注引《嵇氏谱》："康兄喜，字公穆，历徐、扬州刺史，太仆、宗正卿。母孙氏。"《世说新语·简傲》第4条刘孝标注引干宝《晋纪》："（吕）安尝从康，或遇其行，康兄喜拭席而待之，弗顾。独坐车中，康母就设酒食。求康儿共语戏，良久则去。其轻贵如此。"前一则明言康兄喜"母孙氏"，而后一则却只言"康母"，未明言"孙氏"。且吕安造访嵇康，值康外出，嵇喜出面接待，安"弗顾"，只与"康母""康儿"交往，换言之，只与嵇康最亲近的人交往，则此"康母"很可能并非康兄喜之母孙氏。

兄喜，字公穆，举秀才。在晋历官司马、功曹、太守、徐扬二州刺史、太仆、宗正卿等。

《文选》嵇康《赠秀才入军》李善注引刘义庆《集林》："嵇熹（按即喜），字公穆，举秀才。"

《晋书·文六王传》："（齐王攸）居文帝丧，哀毁过礼，杖而后起。……太后自往勉喻……司马嵇喜又谏……喜躬自进食，攸不得已，为之强饭。"

《北堂书钞》卷六十八引《嵇喜集》："晋武为抚军，妙选官属，以喜为功曹。"

《晋书·武帝纪》："（泰始十年九月）吴将孙遵、李承帅众寇江夏，太守嵇喜击破之"。

《文选》嵇康《幽愤诗》李善注引《嵇氏谱》："康兄喜，字公穆，历徐、扬州刺史，太仆、宗正卿。"

《晋书·嵇康传》："兄喜，有当世才，历太仆、宗正。"

别有一兄，失名，父亡后协助母亲承担起了抚育幼年嵇康的责任。

嵇康《与山巨源绝交书》："吾新失母兄之欢，意常凄切。"按《书》作于景元二年（261），此时嵇喜尚健在，可知此处所说之"兄"绝非嵇喜，而为另一兄长。从嵇康在《幽愤诗》《思亲诗》等作品中对母兄去世所表现出的悲痛心情看，这位兄长在协助母亲抚育幼年嵇康方面做了很多工作，嵇康与之感情很深，其年龄也应比嵇喜为大。

妻曹氏。曹氏为曹操之子沛穆王曹林孙女（一说为曹林之女）长乐亭主。

关于嵇康妻子的身份，文献有不同说法。《三国志·魏书·武文世王公传·沛穆王林传》裴松之注引《嵇氏谱》："嵇康妻，林子之女也。"而《文选》江淹《恨赋》李善注引王隐《晋书》则说："嵇康妻，魏武帝孙穆王林女也。"以"林子之女"说为近是。原因是：穆王林之母为杜夫人，见《魏书·武文世王公传》："杜夫人生沛穆王林、中山恭王衮。"而杜夫人为建安三年（198）冬曹操攻破下邳吕布军后所得，见《三国志·魏书·明帝纪》裴松之注引《献帝传》："（秦）朗父名宜禄，为吕布使诣袁术，术妻以汉宗室女。其前妻杜氏留下邳。布之被围，关羽屡请于太祖，求以杜氏为妻，太祖疑其有色，及城陷，太祖见之，乃自纳之。"《三国志·蜀书·关羽传》裴松之注引《蜀记》有相同记载。因此，如果杜夫人在建安四年末或建安五年初生下曹林，曹林到正始七年（嵇康或于是年结婚）四十七八岁，有一个按当时风气可以出嫁的孙女是有可能的。曹林早婚早育史有明载。《魏书·武文世王公传·济阳怀王玹传》："建安十六年封西乡侯。早薨，无子。二十年，以沛王林子赞袭玹爵邑，早薨，无子。文帝复以赞弟壹绍玹后。"可知，在曹林十六七岁时，即已有子过继给曹玹，而且按通例，过继之子一般不会是长子。依此类推，可知嵇康妻为"林子之女"极有可能。

有一女，失名；有一子，名嵇绍，字延祖，在晋曾历官秘书丞、汝阴太守、徐州刺史、给事黄门侍郎、散骑常侍、领国子博士、侍中等。

嵇康《与山巨源绝交书》："女年十三，男年八岁。"

《晋书·忠义·嵇绍传》："起家为秘书丞。累迁汝阴太守。转豫章内史，以母忧，不之官。服阕，拜徐州刺史。元康初，为给事黄门侍郎。时侍中贾谧以外戚之宠，年少居位，潘岳、杜斌等皆附托焉。谧求交于绍，绍距而不答。及谧诛，绍时在省，以不阿比凶族，封弋阳子，迁散骑常侍，领国子博士。赵王伦篡位，署为侍中。惠帝复祚，遂居其职。顷之，以公事免，冏以为左司马。旬日，冏被诛。遂还荥阳旧宅。寻征为御史中丞，未拜，复为侍中。河间王颙、成都王颖举兵向京师，以讨长沙王乂，大驾次于城东。遂拜绍使持节、平西将军。属乂被执，绍复为侍中。公王以下皆诣邺谢罪于颖，绍等咸见废黜，免为庶人。寻而朝廷复有北征之役，征绍，复其爵位。"

嵇康美词气，有风仪，高拔脱俗，率性自然。

《晋书·嵇康传》："（康）远迈不群。身长七尺八寸，美词气，有风仪，而土木形骸，不自藻饰，人以为龙章凤姿，天质自然。"又："其高情远趣，率然玄远。"

《世说新语·容止》第5条："嵇康身长七尺八寸，风姿特秀。见者叹曰：'萧萧肃肃，爽朗清举。'或云：'肃肃如松下风，高而徐引。'山公曰：'嵇叔夜之为人也，岩岩若孤松之独立；其醉也，傀俄若玉山之将崩。'"刘孝标注引《康别传》："康长七尺八寸，伟容色，土木形骸，不加饰厉，而龙章凤姿，天质自然。正尔在群形之中，便自知非常之器。"

《三国志·魏书·王粲传》附《嵇康传》裴松之注引嵇喜《嵇康传》："旷迈不群，高亮任性，不修名誉。"

嵇康爱憎分明，刚直敢言，但同时又宽简有大量，能喜怒不形于色。

嵇康《与山巨源绝交书》："吾直性狭中，多所不堪。"又："刚肠疾恶，轻肆直言，遇事便发。"

《三国志·魏书·王粲传》附《嵇康传》裴松之注引嵇喜《嵇康传》："不修名誉，宽简有大量。"

《晋书·嵇康传》："恬静寡欲，含垢匿瑕，宽简有大量。"

《世说新语·德行》第16条："王戎云：'与嵇康居二十年，未尝见其喜愠之色。'"

嵇康学不师授，而博览无不该通。

《三国志·魏书·王粲传》附《嵇康传》裴松之注引嵇喜《嵇康传》："学不师授，博洽多闻。"

《晋书·嵇康传》："学不师受，博览无不该通。"

嵇康长而好《老》《庄》之业。

《三国志·魏书·王粲传》附《嵇康传》："好言《老》《庄》，而尚奇任侠。"裴松之注引嵇喜《嵇康传》："长而好《老》《庄》之业，恬静无欲。"

嵇康《与山巨源绝交书》："老子、庄周，吾之师也。"

嵇康《幽愤诗》："托好《老》《庄》，贱物贵身。志在守朴，养素全真。"

嵇康有奇才，善属文，博综伎艺，于丝竹特妙。

《三国志·魏书·王粲传》附《嵇康传》："时又有谯郡嵇康，文辞壮丽。"裴松之注引嵇喜《嵇康传》："少有俊才……性好服食，尝采御上药。善属文论，弹琴咏诗，自足于怀抱之中。"注又引《魏氏春秋》："康所著诸文论六七万言，皆为世所玩咏。"

《世说新语·德行》第43条刘孝标注引王隐《晋书》："康有奇才俊辩。"

《晋书·嵇康传》："康早孤，有奇才……康善谈理，又能属文。"

向秀《思旧赋序》："嵇博综伎艺，于丝竹特妙。"

张怀瓘《书断》："叔夜善书，妙于草制。"

张彦远《历代名画记》卷五："嵇康……能属词，善鼓琴，工书画，美风仪。"

《晋书·嵇康传》："性绝巧而好锻。"

魏文帝黄初五年甲辰（224）一岁

嵇康被杀于魏元帝景元四年（263），"时年四十"，从景元四年上推四十年，当生于是年。

关于嵇康被杀的时间，其说不一。《三国志·魏书·王粲传》附《嵇康传》云为"景元中"，据《王粲传》附《嵇康传》裴松之注，干宝、孙盛、习凿齿等则"皆云正元二年"，《资治通鉴·魏记十·元皇帝下》《众家编年体晋史》载曹嘉之《晋纪》及孙盛《晋阳秋》则将嵇康被杀事系于景元三年。"正元二年"说难于成立，裴松之注对此辨之甚详。其说云："臣松之按《本传》云康以景元中坐事诛，而干宝、孙盛、习凿齿诸事，皆云正元二年，司马文王反自乐嘉，杀嵇康、吕安。盖缘《世语》云康欲举兵应毌丘俭，故谓破俭便应杀康也。其实不然。山涛为选官，欲举康自代，康书告绝，事之明审者也。案《涛行状》，涛始以景元二年除吏部郎耳。景元与正元相较七八年，以《涛行状》检之，如《本传》为审。又《钟会传》亦云会作司隶校尉时诛康；会作司隶，景元中也。干宝云吕安兄巽善于钟会，巽为相国掾，俱有宠于司马文王，故遂抵安罪。寻文王以景元四年钟、邓平蜀后，始授相国位；若巽为相国掾时陷安，焉得以破毌丘俭年杀嵇、吕？此又干宝之疏谬，自相违伐也。"此说的主体部分，言之有理，可从。"景元三年"说较"景元中"说具体，但其说亦未尽妥。据裴松之注引《涛行状》，山涛始于景元二年除吏部郎，欲举康自代，康作《与山巨源绝交书》，《书》中明言"女年十三，男年八岁"，《晋书·忠义·嵇绍传》又明言康子绍"十岁而孤"，则嵇康之死理应在作《书》之后的两年即景元四年。

《三国志·魏书·钟会传》，"（会）迁司隶校尉。虽在外司，时政损益，当世与夺，无不综典。嵇康等见诛，皆会谋也。……景元三年冬，以会为镇西将军，假节都督关中诸军事。……会统十余万众，分从斜谷、骆谷入。"或据此认为钟会任司隶校尉在景元三年冬以前，而前引裴松之注又有"会作司隶校尉时诛康"的说法，则嵇康被杀只能在景元三年。其实这样理解不是没有问题，因钟会完全有可能在司隶校尉任上兼任"镇西将军，假节都督关中诸军事"。据《三国志·魏书·武帝纪》及裴松之注引《献帝纪》、《后汉书·孝献帝纪》，建安元年曹操即曾自领司隶校尉、录尚书事，同时先后任镇东将军、大将军。据《三国志·魏书·钟繇传》，钟会的父亲钟繇也曾被曹操表"以侍中守司隶校尉，持节督关中诸军"，只不过没有将军的名号而已。钟会当时已位极人臣，以司隶校尉领镇西将军、假节都督关中诸军事是完全可能的。从景元三年冬到次年秋，钟会大部分时间应仍在洛阳，他完全有谋害嵇康的时间和机会，因此嵇康最终被杀的时间在景元四年，应是合于情理的。

又，《晋书·嵇康传》明言嵇康被杀时"时年四十"，由景元四年上推四十年，知当生于是年。

是年四月，立太学于洛阳，制五经课试之法，置《春秋谷梁》博士。

见《三国志·魏书·文帝纪》。又《三国志·魏书·王肃传》裴松之注引《魏略》："从初平之元，至建安之末，天下分崩，人怀苟且，纲纪既衰，儒道尤甚。至黄初元年之后，新主乃复始扫除太学之灰炭，补旧石碑之缺坏，备博士之员录，依汉甲乙以考课。申告州郡，有欲学者，皆遣诣太学。太学始开，有弟子数百人。"

是年，阮籍十五岁，山涛二十岁，夏侯玄十六岁，傅嘏十六岁。

《晋书·阮籍传》："景元四年冬卒，时年五十四。"从景元四年（263）

上推五十四年，知当生于汉建安十五年（210），是年十五岁。

《晋书·山涛传》："以太康四年薨，时年七十九。"从太康四年（283）上推七十九年，知当生于汉建安十年（205），是年二十岁。

据《三国志·魏书·夏侯玄传》，玄于嘉平六年二月被杀，"时年四十六"。从嘉平六年（254）上推四十六年，知当生于汉建安十四年（209），是年十六岁。

据《三国志·魏书·傅嘏传》，傅嘏卒于正元二年，"时年四十七"。从正元二年（255）上推四十七年，知当生于汉建安十四年（209），是年十六岁。

黄初六年乙巳（225）二岁

嵇康出生后不久，即遭父丧，因"母兄见骄"而娇纵恣意，"不训不师"。

嵇康《幽愤诗》："嗟余薄祜，少遭不造。哀茕靡识，越在襁褓。母兄鞠育，有慈无威。恃爱肆姐，不训不师。"

是年，钟会生。

据《三国志·魏书·钟会传》。钟会于景元五年正月据成都反司马昭，为乱兵所杀，时年四十。从景元五年（264）上推四十年，当生于是年。

黄初七年丙午（226）三岁

五月，魏文帝曹丕卒。曹真、陈群、曹休、司马懿并受遗诏辅明帝曹睿。

《三国志·魏书·文帝纪》："夏五月丙辰，帝疾笃，召中军大将军曹真、镇军大将军陈群、征东大将军曹休、抚军大将军司马宣王，并受遗诏辅嗣主。遣后宫淑媛、昭仪以下归其家。丁巳，帝崩于嘉福殿，时年四十"。又："初，帝好文学，以著述为务，自所勒成垂百篇。又使诸儒撰集经传，随类相从，凡千余篇，号曰《皇览》。"

同月，曹睿即皇帝位。

《三国志·魏书·明帝纪》："七年夏五月，帝病笃，乃立为皇太子。丁巳，即皇帝位，大赦。"

是年，王弼生。

《三国志·魏书·钟会传》附《王弼传》："正始十年，曹爽废，以公事免。其秋遇疠疾亡，时年二十四，无子绝嗣。"从正始十年（249）上推二十四年，当生于是年。

魏明帝太和元年丁未（227）四岁

是年，崇尚玄远的荀粲到洛阳与傅嘏相辩，并与裴徽、夏侯玄交接。

《三国志·魏书·荀彧传》裴松之注引《晋阳秋》："何劭为粲传曰：粲字奉倩。粲诸兄并以儒术论议，而粲独好言道，常以为子贡称夫子之言性与天道，不可得闻，然则六籍虽存，固圣人之糠秕。……太和初，到京邑与傅嘏谈。嘏善名理而粲尚玄远，宗致虽同，仓卒时或有格而不相得意。裴徽通彼我之怀，为二家骑驿，顷之，粲与嘏善。夏侯玄亦亲。"

太和二年戊申（228）五岁

六月，曹睿下诏尊儒贵学，敕郡国贡士以经学为先。

《三国志·魏书·明帝纪》："六月，诏曰：'尊儒贵学，王教之本也。自顷儒官或非其人，将何以宣明圣道？其高选博士，才任侍中、常侍者。申敕郡国，贡士以经学为先。'"

太和三年己酉（229）六岁

嵇康之幼年及少年时期，不涉经学，而博洽多闻，有俊才，尤喜好音乐。

嵇康《与山巨源绝交书》："加少孤露，母兄见骄，不涉经学。"

《文选》嵇康《琴赋》李善注引臧荣绪《晋书》："（康）幼有奇才，博览无所不见。"

嵇康《琴赋序》："余少好音声，长而玩之。"

太和四年庚戌（230）七岁

二月，曹睿下诏擢用通经学、有才干者，罢退浮华不务道本者。何晏等以浮华遭抑黜。

《三国志·魏书·明帝纪》："二月壬午，诏曰：'世之质文，随教而变。兵乱以来，经学废绝，后生进趣，不由典谟。岂训导未洽，将进用者不以德显乎？其郎吏学通一经，才任牧民，博士课试，擢其高第者，亟用；其浮华不务道本者，皆罢退之。'"

《三国志·魏书·曹爽传》："南阳何晏、邓飏、李胜、沛国丁谧、东平毕轨咸有声名，进趣于时，明帝以其浮华，皆抑黜之。"

《三国志·魏书·诸葛诞传》裴松之注引《世语》："是时，当世俊士散骑常侍夏侯玄、尚书诸葛诞、邓飏之徒，共相题表，以玄、畴四人为四聪，诞、备八人为八达，中书监刘放子熙、孙资子密、吏部尚书卫臻子烈三人，咸不及比，以父居势位，容之为三豫，凡十五人。帝以构长浮华，皆免官废锢。"

同月，曹睿下诏以文帝《典论》刻石，立于庙门之外及太学，与石经并。太学所立石经，当为后汉灵帝时蔡邕所书。

《三国志·魏书·明帝纪》："戊子，诏太傅三公，以文帝《典论》刻石，立于庙门之外。"

《三国志·魏书·三少帝纪》裴松之注引《搜神记》："及明帝立，诏三公曰：'先帝昔著《典论》，不朽之格言，其刊石于庙门之外及太学，与石经并，以永示来世。'"

《后汉书·灵帝纪》："（熹平）四年春三月，诏诸儒正《五经》文字，刻石立于太学门外。"

《后汉书·蔡邕传下》："邕以经籍去圣久远，文字多谬，俗儒穿凿，疑误后学，熹平四年，乃与五官中郎将堂谿典、光禄大夫杨赐、谏议大夫马日磾、议郎张驯、韩说、太史令单飏等，奏求正定《六经》文字。灵帝许之，邕乃自书（册）［丹］于碑，使工镌刻立于太学门外。于是后儒晚学，咸取正焉。"李贤注引《洛阳记》："太学在洛城南开阳门外，讲堂长十丈，广二丈。堂前《石经》四部。"

太和五年辛亥（231）八岁

太和六年壬子（232）九岁

十一月，曹植卒。

《三国志·魏书·明帝纪》："（十一月）庚寅，陈思王植薨。"

《三国志·魏书·陈思王植传》："陈思王植字子建。年十岁余，诵读《诗》《论》及辞赋数十万言，善属文。……十一年中而三徙都，常汲汲无欢，遂发疾薨，时年四十一。"

青龙元年癸丑（233）十岁

青龙二年甲寅（234）十一岁

三月，山阳公卒。

《后汉书·孝献帝纪》："魏青龙二年三月庚寅，山阳公薨。自逊位至薨，十有四年，年五十四，谥孝献皇帝。八月壬申，以汉天子礼仪葬于禅陵，置园邑令丞。"

六月，王戎生。

《晋书·王戎传》："永兴二年，薨于郏县，时年七十二。"从永兴二年（305）上推七十二年，当生于是年。

青龙三年乙卯（235）十二岁

这一时期，太学诸生有千数。

《三国志·魏书·王肃传》裴松之注引《魏略》："至太和、青龙中，中外多事，人怀避就。虽性非解学，多求诣太学。太学诸生有千数，而诸博士率皆麓疏，无以教弟子。"

青龙四年丙辰（236）十三岁

四月，置崇文观，征善属文者以充之。王肃以常侍领秘书监，兼崇文观祭酒。

见《三国志·魏书·明帝纪》及《三国志·魏书·王肃传》。

景初元年丁巳（237）十四岁

景初二年戊午（238）十五岁

刘劭著《乐论》十四篇。

《三国志·魏书·刘劭传》："（景初中）又以为宜制礼作乐，以移风俗，著《乐论》十四篇，事成未上。会明帝崩，不施行。"

景初三年己未（239）十六岁

正月，曹睿卒。司马懿与曹爽并受遗诏辅幼主曹芳。

《三国志·魏书·明帝纪》："三年春正月丁亥，太尉宣王还至河内，帝驿马召到，引入卧内，执其手谓曰：'吾疾甚，以后事属君，君其与爽辅少子。吾得见君，无所恨。'宣王顿首流涕。即日，帝崩于嘉福殿，时年三十六。"又裴松之注引《魏氏春秋》："时太子芳年八岁，秦王九岁，在于御侧。"

《三国志·魏书·曹爽传》："帝寝疾，乃引爽入卧内，拜大将军，假节钺，都督中外诸军事，录尚书事，与太尉司马宣王并受遗诏辅少主。"

曹芳即皇帝位。使曹爽、司马懿共执朝政。

《三国志·魏书·曹爽传》："明帝崩，齐王即位，加爽侍中，改封武安侯，邑万二千户，赐剑履上殿，入朝不趋，赞拜不名。"

《晋书·宣帝纪》："及齐王即帝位，迁侍中、持节、都督中外诸军、录尚书事，与爽各统兵三千人，共执朝政，更直殿中，乘舆入殿。爽欲使尚书奏事先由己，乃言于天子，徙帝为大司马。朝议以为前后大司马累薨于位，乃以帝为太傅，入殿不趋，赞拜不名，剑履上殿，如汉萧何故事。"

何晏等获曹爽信用。

《三国志·魏书·曹爽传》："南阳何晏、邓飏、李胜、沛国丁谧、东平毕轨咸有声名，进趣于时，明帝以其浮华，皆抑黜之；及爽秉政，乃复进叙，任为腹心。"

齐王曹芳正始元年庚申（240）十七岁

正始二年辛酉（241）十八岁

魏立古（蝌蚪）、篆、隶三体石经于太学。

《晋书·卫恒传》引卫恒《四体书势》："至正始中，立三字石经。"

《水经注·谷水》："汉魏以来，置太学于国子堂。东汉灵帝光和六年，刻石镂碑，载五经，立于太学讲堂前，悉在东侧。蔡邕以嘉平四年，与五官中郎将堂谿典，光禄大夫弹议郎张训、韩说，太史令单飏等，奏求正定六经文字，灵帝许之。邕乃自书丹于碑，使工镌刻，立于太学门外……魏正始中，又立古篆隶三字石经。"

据童强《嵇康评传》，《文物参考资料》1957年第9期《魏三体石经在长安出土》一文载，1957年在西安市青年路西段出土魏石经残石，上有"始二年三"字样。童强认为"这可以作为正始年间树立石经的证据"。兹据此将立石经事系于本年。

正始三年壬戌（242）十九岁

正始四年癸亥（243）二十岁

嵇康情性疏懒傲散，长好《老》《庄》之学，重增其放，而荣进之心日颓。

嵇康《幽愤诗》："爰及冠带，冯宠自放。抗心希古，任其所尚。"

嵇康《与山巨源绝交书》："性复疏懒，筋驽肉缓，头面常一月十五日不洗，不大闷养，不能沐也。每常小便而忍不起，令胞中略转乃起耳。又纵逸来久，情意傲散，简与礼相背，懒与慢相成，而为侪类见宽，不攻其过。又读《庄》《老》，重增其放。故使荣进之心日颓，任实之情转笃。"

正始五年甲子（244）二十一岁

嵇康与王戎结识。或从此年开始寓居山阳。

《三国志·魏书·王粲传》附《嵇康传》裴松之注引《魏氏春秋》："康寓居河内之山阳县，与之游者，未尝见其喜愠之色。"

《世说新语·德行》第16条："王戎云：'与嵇康居二十年，未尝见其喜愠之色。'"又注引《康别传》："康性含垢藏瑕，爱恶不争于怀，喜怒不寄于颜。所知王浚冲在襄城，面数百，未尝见其疾声朱颜。"所谓"与嵇康居二十年"，不等于就真与嵇康比邻而居了二十年，只能理解为两人相识、结交了二十年，来往很多，有时居处比较接近。景元四年（263）嵇康四十岁时被杀，往前推二十年，两人相识于此年。相识的地点为襄城。襄城为秦置县名，其地在今河南平顶山市东北、许昌市西南，晋泰始二年（266）于县置郡。其时王戎或即寓居襄城，嵇康也因故来到襄城，两人得以在此相识。两人能够"面数百"，说明嵇康在此停留的时间不会太短，有可能长达数月。《晋书·王戎传》："戎幼而颖悟，神彩秀彻。视日不眩，裴楷见而目之曰：'戎眼烂烂，如岩下电。'年六七岁，于宣武场观戏，猛兽在槛中虓吼震地，众皆奔走，戎独立不动，神色自若。魏明帝于阁上见而奇之。又尝与群儿嬉于道侧，见李树多实，等辈竞趣之，戎独不往。或问其故，戎曰：'树在道边而多子，必苦李也。'取之信然。"《世说新语·赏誉》第6条："王浚冲、裴叔则二人总角诣钟士季，须臾去，后客问钟曰：'向二童何如？'钟曰：'裴楷清通，王戎简要。后二十年，此二贤当为吏部尚书，冀尔时天下无滞才。'"又刘孝标注引《晋阳秋》："戎为儿童，钟会异之。"如此有识见、有胆量，因此王戎这年虽才九岁，但因欣赏、仰慕嵇康的学识风度，与之结识并早晚追随，从而在不算太长的时间内"面数百"是完全可能的。

嵇康的山阳寓所，在天门山百家岩，在今太行山南麓的河南修武县境内。

《水经注·清水》："清水出河内修武县之北黑山。……又径七贤祠东，左右筼篁列植，冬夏不变贞萋，魏步兵校尉陈留阮籍、中散大夫谯国嵇康、晋司徒河内山涛、司徒琅邪王戎、黄门郎河内向秀、建威参军沛国刘伶、始平太守阮咸等同居山阳，结自得之游，时人号之为竹林七贤也，向子期所谓山阳旧居也，后人立庙于其处。庙南又有一泉，东南流，注于长泉水，郭缘生《述征记》所云：白鹿山东南二十五里，有嵇公故居，以居时有遗竹焉，盖谓此也。"

《艺文类聚》卷六十四引《述征记》："山阳县城东北二十里，魏中散大夫嵇康园宅，今悉为田墟，而父老犹谓嵇公竹林地，以时有遗竹也。"

《元和郡县志·怀州修武县》："修武县本殷之宁邑。汉以为县，属河内郡。天门山今谓之百家岩，在县西北三十七里，以岩下可容百家，因名。上有精舍，又有锻灶处所，即嵇康所居也。"

除天门山百家岩外，嵇康等人也曾到附近的一些地方，如今河南辉县市吴村镇的山阳村、鲁庄村一带游历、栖息。

周际华、戴铭《辉县志·地理志·古迹》："竹林在县西南六十里，晋七贤游隐处。旧属河内，元以山阳县并入辉州，今属辉县。"

又《祠祀志·正祠》："七贤祠，一名七贤观，一名尚贤寺，在县西南山阳镇。晋嵇康、阮籍、刘伶、阮咸、山涛、向秀、王戎同为竹林之游，号竹林七贤，后人立祠祀之。康熙十八年，知县陈谟重建。今名竹林寺。"

正始六年乙丑（245）二十二岁

嵇康先后与山涛、向秀、吕巽吕安兄弟及阮种等相识。

《晋书·山涛传》："山涛字巨源，河内怀人也。涛早孤，居贫，少有器量，介然不群。性好《庄》《老》，每隐身自晦。与嵇康、吕安善。"又："涛年四十，始为郡主簿、功曹、上计掾。"山涛上一年四十岁，始任郡主簿，或于此年改任功曹。功曹掌人事，负责本郡人才的选拔，故得结交当地名士。据《晋书·地理志》，怀与山阳均属河内郡，也许就在山涛调查本郡人才状况的过程中，结识了寓居本郡的嵇康、吕安。

《晋书·向秀传》："向秀字子期，河内怀人也。清悟有远识，少为山涛所知，雅好《老》《庄》之学。"又向秀《思旧赋序》："余与嵇康、吕安居止接近，其人并有不羁之才。"向秀因与山涛同为怀人，少时即"为山涛所知"，其与嵇康、吕安结识，可能由于山涛介绍。

嵇康《与吕长悌绝交书》："昔与足下年时相比，以故数面相亲，足下笃意，遂成大好，由是许足下以至交。虽出处殊途，而欢爱不衰也。及中间少知阿都志力开悟，每喜足下家复有此弟。"由此可知，嵇康与吕巽年龄相仿，两人熟识后，嵇康才又结识了吕安。

《晋书·阮种传》："阮种字德猷，陈留尉氏人，汉侍中胥卿八世孙也。弱冠有殊操，为嵇康所重。康著《养生论》，所称阮生，即种也。"

竹林之游有四个特点。其一是，为两人以上的聚游，而其中最具标志性的，是嵇康、阮籍、山涛、向秀、刘伶、阮咸、王戎七人同时在场甚至就只有七人在场的聚游；其二是，聚游活动的内容主要为饮酒清谈，清谈多以《老》《庄》为主旨，但也会有例外；其三是，聚游的地点主要是山阳，但也不局限于山阳，还包括洛阳等地；其四是，聚游的场所主要在竹林中，但也可能在嵇康的寓所内或其他地方。根据上述特点，竹林之游实可分为三个时期，即竹林之游前期、竹林之游时期和竹林之游后期。竹林之游时期，为最具标志性的嵇康等七人（所谓"竹林七贤"）同在山阳竹林中聚游的时期（当然，在这一时期内，也有七人并不都同时在场，或并不都在山阳、竹林聚游的时候），在这之前和之后的时期，则为竹林之游前期、竹林之游后期。由于志趣相投，嵇康与山涛、向秀、吕安很快成为契友，他们常在一起聚游（吕巽等有时也会参加），因此这一年可视为竹林之游前期的发轫之年。嵇康成为竹林聚游的主要召集人，嵇康在山阳的寓所成为竹林聚游的主要集聚点，也是从这一年开始的。

《世说新语·言语》第18条刘孝标注引《向秀别传》："少为同郡山涛所知，又与谯郡嵇康、东平吕安友善，并有拔俗之韵，其进止无不同，而造事营生，业亦不异。"

《世说新语·简傲》第4条："嵇康与吕安善，每一相思，千里命驾。"又刘孝标注引干宝《晋记》："初，安之交康也，其相思则率尔命驾。"《文选》陆厥《奉答内兄希叔》李善注引干宝《晋记》："初，吕安友嵇康，相思则命驾，千里从之。"

《太平御览》卷四百九引《向秀别传》："常与康偶锻于洛邑，与吕安灌园于山阳，收其余利，以供酒食之费。或率尔相携，观原野，极游浪之势，亦不计远近。或经日乃归，复修常业。"

嵇康性绝巧，尤好锻铁，认识向秀后，向秀常为佐鼓排。从前引《元和郡县志·怀州修武县》"又有锻灶处所，即嵇康所居"和《太平御览》卷四百九引《向秀别传》"常与康偶锻于洛邑"的记载看，嵇康在山阳和洛阳均有锻铁之处。

《世说新语·简傲》第三条刘孝标注引《文士传》："康性绝巧，能锻铁。家有盛柳树，乃激水以圜之，夏天甚清凉，恒居其下傲戏，乃身自锻。家虽贫，有人就锻者，康不受直，唯亲旧以鸡酒往，与共饮啖清言而已。"

《世说新语·言语》第18条刘孝标注引《向秀别传》："（秀）常与嵇康偶锻于洛邑，与吕安灌园于山阳。"

《晋书·向秀传》："康善锻，秀为之佐，相对欣然，傍若无人。"

嵇康作《养生论》。

《三国志·魏书·王粲传》附《嵇康传》裴松之注引嵇喜《嵇康传》："（康）性好服食，尝采御上药。善属文论，弹琴咏诗，自足于怀抱之中。以为神仙者，禀之自然，非积学所致。至于导养得理，以尽性命，若安期、彭祖之伦，可以善求而得也；著《养生论》。"《文选》颜延之《五君咏·嵇中散》李善注引孙绰《嵇中散传》："嵇康作《养生论》。入洛，京师谓之神人。"据此，《养生论》当作于去洛阳前。

正始七年丙寅（246）二十三岁

嵇康与魏宗室婚，娶曹操之子沛穆王曹林孙女长乐亭主。

嵇康《与山巨源绝交书》："女年十三，男年八岁。"《书》作于景元二年（261），其时其女十三岁，上推十三年，其女生于嘉平元年（249）。嵇康或于是年结婚。

《三国志·武文世王公传·沛穆王林传》："建安十六年封饶阳侯。二十二年，徙封谯。黄初二年，进爵为公。三年，为谯王。五年，改封谯县。七年，徙封鄄城。太和六年，改封沛。"沛穆王林的封地长期在谯沛一带，嵇康得成为其孙女婿，或与其在家乡一带的声名影响有关。

何晏为曹操养子，魏晋玄学的创始人。其母尹夫人，其妻金乡公主，为沛穆王林的姐或妹。《三国志·魏书·曹爽传》附《何晏传》："晏，何进孙也。母尹氏，为太祖夫人。晏长于宫省，又尚公主，少以才秀知名，好《老》《庄》言，作《道德论》及诸文赋著述凡数十篇。"裴松之注引《魏末传》："晏妇金乡公主，即晏同母妹。公主贤，谓其母沛王太妃曰：……"《魏末传》所说沛王太妃，即沛穆王林之母杜夫人。但"晏妇金乡公主，即晏同母妹"的说法则不确，裴松之已予驳正，云："案《诸王公传》，沛王出自杜夫人所生。晏母姓尹，公主若与沛王同生，焉得言与晏同母？"如是，金乡公主为长乐亭主的祖姑，嵇康与何晏也有了一层亲戚关系。没有史料表明嵇康与何晏有何往来，但其时以何晏为领军人物的玄学思潮正汹涌于京师，嵇康与何晏的这种特殊关系，可能会使他对京师的玄学思潮给予更多关注，并自觉不自觉地参与其中。

嵇康迁郎中，拜中散大夫。

《世说新语·德行》第16条刘孝标注引《文章叙录》："康以魏长乐亭主婿，迁郎中，拜中散大夫。"

郎中、中散大夫并属光禄勋。《通典·职官七》："两汉自光禄、太中、中散、谏议等大夫……并属光禄勋。"《汉书·百官公卿表》："郎掌守门户，出充车骑，有议郎、中郎、侍郎、郎中，皆无员，多至千人。议郎、中郎秩比六百石，侍郎比四百石，郎中比三百石。"《后汉书·百官志》："凡大夫、议郎皆掌顾问应对，无常事，唯诏令所使。"又："中散大夫，六百石。本注曰：无员。"

嵇康迁郎中、中散大夫后，理应居洛阳。此后，他在山阳、洛阳皆有居所，不时往来两地之间。嵇康到洛阳，京师谓之神人。

《文选》颜延之《五君咏·嵇中散》李善注引孙绰《嵇中散传》："嵇康作《养生论》。入洛，京师谓之神人。"

嵇康、山涛与阮籍在洛阳相识，成为契友。阮咸为阮籍侄子，嵇康与之相识，也当在此时。

《水经注·谷水》："谷水又东南，转屈而东注，谓之阮曲云，阮嗣宗之故居也。"《世说新语·任诞》第10条："阮仲容、步兵居道南，诸阮居道北；北阮皆富，南阮贫。"据此，可知其时阮籍居洛阳城郊谷水转弯处，嵇康结识阮籍，应是他到洛阳之后。

《太平御览》卷四百九引袁宏《山涛别传》："陈留阮籍、谯国嵇康，并高才远识，少有悟其契者。涛初不识，一与相遇，便为神交。"

《晋书·山涛传》："（涛）与嵇康、吕安善，后遇阮籍，便为竹林之交，著忘言之契。"

从"涛初不识"特别是"后遇阮籍"句可知，嵇康结识阮籍在结识山涛、向秀、吕安诸人之后。"便为竹林之交"云云，说明前人认为此时竹林之游已经开始。但正如前文所说，竹林之游上一年已经开始，只不过由于阮籍叔侄的加入，特别是由于阮籍的加入，竹林之游的实力和影响得以大大加强。但由于此时最具标志性的"竹林七贤"尚未悉数登场，所以此时仍属竹林之游前期。

《太平御览》卷三百七十六引《晋书》："阮咸与籍为竹林之游，太原郭奕高爽，为众所推，见咸而心醉，不觉叹焉。"

嵇康或在结识阮籍之后不久，又结识了刘伶。

《晋书·刘伶传》："（刘伶）淡默少言，不妄交游，与阮籍、嵇康相遇，忻然神解，携手入林。"

向秀作《难养生论》。嵇康又作《答难养生论》。

《晋书·向秀传》："又与康论养生，辞难往复，盖欲发康高致也。"《文选》颜延之《五君咏·嵇中散》李善注引孙绰《嵇中散传》："嵇康作《养生论》。入洛，京师谓之神人。向子期难之，不得屈。"从"入洛"数语看，《答难养生论》当作于到洛阳之后。其时洛阳论辩风气浓厚，受这种风气影响，向秀与嵇康"辞难往复"的可能性也更大。

正始八年丁卯（247）二十四岁

曹爽专擅朝政。司马懿与爽有隙，称疾不与政事。

《晋书·宣帝纪》："八年夏四月……曹爽用何晏、邓飏、丁谧之谋，迁太后于永宁宫，专擅朝政，兄弟并典禁兵，多树亲党，屡改制度。帝不能禁，于是与爽有隙。五月，帝称疾不与政事。"

《三国志·魏书·曹爽传》："初，爽以宣王年德并高，恒父事之，不敢专行。及晏等进用，咸共推戴，说爽以权重不宜委之于人。乃以晏、飏、谧为尚书，晏典选举，轨司隶校尉，胜河南尹，诸事希复由宣王。宣王遂称疾避爽。"又裴松之注："初，宣王以爽魏之肺腑，每推先之，爽以宣王名重，亦引身卑下，当时称焉。丁谧、毕轨等既进用，数言于爽曰：'宣王有大志而甚得民心，不可以推诚委之。'由是爽恒猜防焉。礼貌虽存，而诸所兴造，皆不复由宣王。宣王力不能争，且惧其祸，故避之。"

正始九年戊辰（248）二十五岁

嵇康与阮籍到山涛家，山妻观察评骘之。

《世说新语·贤媛》第11条："山公与嵇、阮一面，契若金兰。山妻韩氏觉公与二人异于常交，问公，公曰：'我当年可以为友者，唯此二生耳。'妻曰：'负羁之妻亦亲观狐、赵；意欲窥之，可乎？'他日，二人来，妻劝公止之宿，具酒肉。夜穿墉以视之，达旦忘反。公入曰：'二人何如？'妻曰：'君才致殊不如，正当以识度相友耳。'公曰：'伊辈亦常以我度为胜。'"从"当年"一语看，嵇、阮到访山涛家一事应发生较晚，但嵇、阮与山涛交往密切，据此条刘孝标注引王隐《晋书》说"韩氏有才识"，她不可能很久了才"觉公与二人异于常交"，故将此事系于本年。

嵇康由于山涛的推介，认识了山涛的族父、颍川太守山嵚。大略在洛阳期间，山嵚曾有举荐或任用嵇康的想法，而山涛深知嵇康习性，谓其不适合做官，此事遂罢。

《文选》嵇康《与山巨源绝交书》："足下昔称吾于颍川，吾常谓之知言。"李善注："称，谓说其情不愿仕也。惬其素志，故谓知言也。虞预《晋书》曰：'山嵚守颍川。'《嵇康文集录注》曰：'河内山嵚守颍川，山公族父。'"张铣注："山嵚为颍川太守，时山涛谓嵚云：'康性行不堪职任。'惬康之志，故以为知言也。"

阮籍认识王戎，王戎参与竹林之游。具有指标意义的竹林七贤团体正式形成，从此竹林之游前期结束，竹林之游时期开始。

《世说新语·简傲》第2条刘孝标注引《晋阳秋》："戎年十五，随父浑在郎舍，阮籍见而说焉。每适浑，俄顷辄在戎室。久之乃谓浑：'浚冲清尚，非卿伦也。'"又引《竹林七贤论》："初，籍与戎父浑俱为尚书郎，每造浑，坐未安，辄曰：'与卿语，不如与阿戎语。'就戎，必日夕而返。籍长戎二十岁，相得如时辈。"《太平御览》卷五十七引臧荣绪《晋书》："王戎少阮籍二十余年，相得如时辈，遂为竹林之游。"按阮籍是年三十九岁，实大王戎二十四岁。

阮籍此时虽任尚书郎，但其人常任职而不任事，因此他有时间参与竹林之游。据《三国志·魏书·王粲传》附《阮籍传》裴松之注引《魏氏春秋》："太尉蒋济闻而辟之，后为尚书郎、曹爽参军，以疾归田里。岁余，爽诛，太傅及大将军乃以为从事中郎。"曹爽被诛于正始十年春正月，阮籍既"以疾归田里，岁余"后才"爽诛"，可知他做尚书郎和参军的时间都极短，在连挂名的职务都没有的一年间，他更有时间参与竹林之游。做司马懿父子从事中郎期间，阮籍参与竹林之游的时间和次数会有所减少，但因他仍是任职而不任事或任事不多，因此还会在一定程度上参与竹林之游。山涛始任郡主簿、功曹、上计掾，公务在身，竹林之游不可能次次参加，但因他在本郡任职，与本郡人才经常保持联系，大约这也是其职责所在，因此他仍会不时参与竹林之游。据《晋书》山涛本传，山涛被"州辟部河南从事"后不久，"与石鉴共宿，涛夜起蹴鉴曰：'今为何等时而眠邪！知太傅卧何意？'鉴曰：'宰相三不朝，与尺一令归第，卿何虑也！'涛曰：'咄！石生无事马蹄间邪！'投传而去。未二年，果有曹爽之事，遂隐身不交事务。""太傅卧"指正始八年司马懿因曹爽专权而"称疾避爽"事，山涛强烈地感觉到了政治形势的险恶，因而果断地"投传而去"，"隐身不交事务"后，积极地参与竹林之游更有条件了。至于嵇康，其中散大夫职本来就是闲职，而且在山涛弃官后他也可能不再做中散大夫了；向秀、刘伶、阮咸、王戎这一时期本来就没有任何官职，因此他们参与竹林之游更是毫无问题的。七人出入竹林，饮酒清谈，一时产生很大影响，如《世说新语·任诞》第1条刘孝标注引《晋阳秋》所说："于时风誉扇于海内，至于今咏之。"

"七贤"的提法首见于《三国志·魏书·王粲传》附《嵇康传》裴松之注引孙盛《魏氏春秋》，"竹林七贤"的提法首见于两晋之际阴澹的《魏记》，东晋戴逵的《竹林七贤论》《世说新语·任诞》《晋书·嵇康传》等因之。此外，尚有将"竹林七贤"称之为"竹林名士"的。从诸书的叙述及排序看，"七贤"是以嵇康、阮籍、山涛为主的，三人中又以嵇康和阮籍为主。至于嵇、阮，在魏末两晋时期，有的将阮籍排在前，有的将嵇康排在前，而到《世说新语》，则几全以"嵇、阮"的顺序排列，这对后世产生了很大影响。嵇康被视作"七贤"之首，主要由于嵇康在山阳的寓所是七贤聚会的地点，嵇康在聚会中具有东道主、召集人的身份，没有嵇康，也就可能没有了竹林之游，没有了"竹林七贤"。王戎则由于是"七贤"中最后加入竹林之游的，因此他自称是"亦预其末"，诸书在排列"七贤"时大抵也将他排于末位。

《三国志·魏书·王粲传》附《嵇康传》裴松之注引孙盛《魏氏春秋》："康寓居河内之山阳县……与陈留阮籍、河内山涛、河南向秀、籍兄子咸、琅邪王戎、沛人刘伶相与友善，游于竹林，号为'七贤'。"

《世说新语·任诞》第1条："陈留阮籍、谯国嵇康、河内山涛三人年皆相比，康年少亚之。预此契者，沛国刘伶、陈留阮咸、河内向秀、琅邪王戎。七人常集于竹林之下，肆意酣畅，故世谓'竹林七贤'。"

《晋书·嵇康传》："盖其胸怀所寄，以高契难期，每思郢质。所与神交者，唯陈留阮籍、河内山涛，豫其流者河内向秀、沛国刘伶、籍兄子咸、琅邪王戎，遂为竹林之游，世所谓'竹林七贤'也。"

司马光《资治通鉴》卷七十八《魏记》："谯郡嵇康，文辞壮丽，好言《老》《庄》，而尚奇任侠。与陈留阮籍、籍兄子咸、河内山涛、河南向秀、琅邪王戎、沛国刘伶特相友善，号'竹林七贤'。皆崇尚虚无，轻蔑礼法，纵酒昏酣，遗落世事。"

《世说新语·文学》第94条："袁伯彦作《名士传》成。"刘孝标注："宏以夏侯太初、何平叔、王辅嗣为正始名士，阮嗣宗、嵇叔夜、山巨源、向子期、刘伯伦、阮仲容、王浚冲为竹林名士。"

《世说新语》中以"嵇、阮"为序排列的例子，如《言语》第40条："王公曰：'卿欲希嵇、阮邪？'答曰：'何敢近舍明公，远希嵇、阮！'"《贤媛》第11条："山公与嵇、阮一面，契若金兰。"《排调》第4条："嵇、阮、山、刘在竹林酣饮。"其后以"嵇、阮"为序排列的例子，如刘勰《文心雕龙·明诗》："嵇志清峻，阮旨遥深。"《文心雕龙·才略》："嵇康师心以遣论，阮籍使气以命诗。"许学夷《诗源辨体》卷四："正始体，嵇、阮为冠。"陆时雍《诗镜总论》："嵇、阮多材，然嵇诗一举殆尽。"等等。

　　嵇康在洛阳期间，还陆续认识了袁孝尼、公孙崇等人。袁孝尼曾被传为嵇康之甥。嵇康弹奏《广陵散》精妙绝伦，遐迩闻名，袁孝尼每想从而学之，遭嵇康拒绝。

　　《三国志·魏书·袁涣传》裴松之注引《袁氏世纪》："涣有四子，侃、寓、奥、准。准字孝尼，忠信公正，不耻下问，唯恐人之不胜己。以世事多险，故常恬退而不敢求进。著书十余万言，论治世之务，为《易》《周官》《诗》传，及论五经滞义，圣人之微言，以传于世。"又引荀绰《九州记》："准有俊才，泰始中为给事中。"

　　朱长文《琴史》卷四《袁准》："或传孝尼乃叔夜之甥，尝窃得其曲，谓之《止息》。"

　　朱权《神奇秘谱》上卷引《琴书》："嵇康《广陵散》本四十一拍，不传于世。惟康之甥袁孝巳（按"巳"字当为"尼"字之误）能琴，每从康学，靳惜不与。"

　　《文选》嵇康《与山巨源绝交书》："前年从河东还，显宗、阿都说足下议以吾自代。"李善注："晋氏《八王故事》注曰：'公孙崇，字显宗，谯国人。为尚书郎。'"

　　《晋书·嵇康传》："康将刑东市，顾视日影，索琴弹之，曰：'昔袁孝尼尝从吾学《广陵散》，吾每靳固之，《广陵散》于今绝矣！'"

　　嵇康作《酒会诗七首》及《杂诗》。

　　《酒会诗七首》中有"乐哉苑中游，周览无穷已。……坐中发美赞，异气同音轨。临川献清酤，微歌发皓齿。素琴挥雅操，清声随风起。斯会岂不乐，恨无东野子"等句，《杂诗》中有"兴命公子，携手同车。龙骥翼翼，扬镳踟蹰。肃肃宵征，造我友庐。光灯吐辉，华幔长舒。鸾觞酌醴，神鼎烹鱼。弦超子野，叹过绵驹。流咏太素，俯赞玄虚"等句，当作于与诸贤聚游之时。

　　司马懿为除掉曹爽，密为之备。诈以疾笃，爽等信之，故不复设备。

　　《三国志·魏书·曹爽传》："宣王密为之备。九年冬，李胜出为荆州刺史，往诣宣王。宣王称疾困笃，示以羸形。胜不能觉，谓之信然。"

　　《晋书·宣帝纪》："爽、晏谓帝疾笃，遂有无君之心，与（张）当密谋，图谋社稷，期有日矣。帝亦潜为之备，爽之徒属亦颇疑帝。会河南尹李胜将莅荆州，来候帝。帝诈疾笃，使两婢侍，持衣衣落，指口言渴，婢进粥，帝不持杯饮，粥皆流出沾胸。……胜退告爽曰：'司马公尸居余气，形神已离，不足虑矣。'他日，又言曰：'太傅不可复济，令人怆然。'故爽等不复设备。"

嵇康作《兄秀才公穆入军赠诗十九首》。

《兄秀才公穆入军赠诗十九首》当非一时所作，且有的诗内容与送别、入军、赠兄无涉，但就其主体而言，其写作时间当不会晚于本年。原因是：嵇康虽反对其兄入军，有"弃此荪芷，袭彼萧艾"等语，但也有对其兄入军的赞美，最突出的是"良马既闲，丽服有晖。左揽繁弱，右接忘归。风驰电逝，蹑景追飞。凌厉中原，顾盼生姿"数句对其兄英武形象的描写。其兄如果是在高平陵事变之后入军，就有可能直接参与司马氏对曹魏势力的无情杀戮，嵇康就不大可能这么气定神闲甚至还带着一些欣赏赞美的口吻去写了。

正始十年、嘉平元年己巳（249）二十六岁

是年，嵇康女儿出生。

嵇康《与山巨源绝交书》："女年十三，男年八岁。"《书》作于景元二年（261），上推十三年，嵇康女儿当生于是年。

正月，曹爽从魏帝谒高平陵，司马懿奏免曹爽兄弟，旋以谋反罪诛曹爽兄弟及其党羽，皆夷三族。

《晋书·宣帝纪》："嘉平元年春正月甲申，天子谒高平陵，爽兄弟皆从。是日，太白袭月。帝于是奏永宁太后废爽兄弟。""既而有司劾黄门张当，并发爽与何晏等反事，乃收爽兄弟及其党与何晏、丁谧、邓飏、毕轨、李胜、桓范等诛之。""诛曹爽之际，支党皆夷及三族，男女无少长，姑姊妹女子之适人者皆杀之，既而竟迁魏鼎云"。

《三国志·魏书·曹爽传》："于是收爽、羲、训、晏、飏、谧、轨、胜、范、当等，皆伏诛，夷三族。"

秋，王弼病卒。王弼与何晏、钟会等同为魏晋玄学的创始人。

《三国志·魏书·钟会传》："会尝论《易》无互体、才性同异。及会死后，于会家得书二十篇，名曰《道论》，而实刑名家也，其文似会。初，会弱冠与山阳王弼并知名。弼好论儒道，辞才逸辩，注《易》及《老子》，为尚

书郎，年二十余卒。"裴松之注："弼字辅嗣。何劭为其传曰：弼幼而察慧，年十余，好《老氏》，通辩能言。父业，为尚书郎。时裴徽为吏部郎，弼未弱冠，往造焉。徽一见而异之。……寻亦为傅嘏所知。于时何晏为吏部尚书，甚奇弼，叹之曰：'仲尼称后生可畏，若斯人者，可与言天人之际乎！'……弼天才卓出，当其所得，莫能夺也。性和理，乐游宴，解音律，善投壶。其论道傅会文辞，不如何晏，自然有所拔得，多晏也。颇以所长笑人，故时为士君子所疾。弼与钟会善，会论议以校练为家，然每服弼之高致。……正始十年，曹爽废，以公事免。其秋遇疠疾亡，时年二十四，无子绝嗣。"

《世说新语·文学》第6条刘孝标注引《弼别传》："弼之卒也，晋景帝嗟叹之累日，曰：'天丧予！'其为高识悼惜如此。"

是年，太尉王凌谋废曹芳，另立楚王曹彪。

《三国志·魏书·王凌传》："是时，凌外甥令狐愚以才能为兖州刺史，屯平阿。舅甥并典兵，专淮南之重。凌就迁为司空。司马宣王既诛曹爽，进凌为太尉，假节钺。凌、愚密协计，谓齐王不任天位，楚王彪长而才，欲迎立彪都许昌。嘉平元年九月，愚遣将张式至白马，与彪相问往来。凌又遣舍人劳精诣洛阳，语子广。广言'废立大事，勿为祸先。'其十一月，愚复遣式诣彪，未还，会愚病死。"裴松之注引《汉晋春秋》："凌、愚谋，以帝幼制于强臣，不堪为主，楚王彪长而才，欲迎立之，以兴曹氏。"

本年前，嵇康作《声无哀乐论》《琴赋》。

曹魏时期，时有关于音乐性质、功能等问题的讨论。据《三国志·魏书·刘劭传》，刘劭于景初中"以为宜制礼作乐，以移风俗，著《乐论》十四篇"。之后，阮籍作《乐论》，阐述"移风易俗，莫善于乐"（《孝经·广要道章》）的传统儒家观点。接着，夏侯玄作《辨乐论》（《太平御览》卷十六、五百七十一存有残文二段），对"阮生"（即阮籍）的观点提出了质疑。嵇康的《声无哀乐论》主张声无哀乐，与政教得失、风俗盛衰并无直接的关联，其观点与阮籍的观点相左，而与夏侯玄的观点接近，写作时间应与夏侯玄《辨乐论》的写作时间接近。夏侯玄于嘉平六年（即正元元年，254）二月被杀，则《声无哀乐论》的写作不应晚于嘉平六年；而阮籍正始后趋于放诞，其作品如《通老论》《达庄论》等的面貌也为之大变，因此《乐论》应为其较早时期的作品，则《声无哀乐论》的写作也不应晚于本年。暂系于此。

稽康《琴赋》与《声无哀乐论》有相应之处，特别是"是故怀戚者闻之"一段，故其写作时间应与《声无哀乐论》大体同时。

嘉平二年庚午（250）二十七岁

傅嘏、李丰、钟会、王广进行才性四本的讨论。稽康参与了对这个问题的讨论，并作《释私论》《明胆论》。

《世说新语·文学》第 5 条刘孝标注引《魏志》："《四本》者，言才性同，才性异，才性合，才性离也。尚书傅嘏论同，中书令李丰论异，侍郎钟会论合，屯骑校尉王广论离。"

《释私论》《明胆论》所写均与人才有关，很可能接受有刘劭《人物志》的影响。比如《释私论》云："然事亦有似非而非非，类是而非是者，不可不察也。故变通之机，或有矜以至让，贪以致廉，愚以成智，忍以济仁。然矜吝之时，不可谓无廉；猜忍之形，不可谓无仁：此似非而非非者也。或谗言似信，不可谓有诚；激盗似忠，不可谓无私：此类是而非是也。"而《人物志·八观》云："偏之与依，志同质违，所谓似是而非也。是故轻诺似烈而寡信，多易似能而无效，进锐似精而去速，诃者似察而事烦，讦施似惠而无成，面从似忠而退违，此似是而非者也。亦有似非而是者：大权似奸而有功，大智似愚而内明，博爱似虚而实厚，正言似讦而情忠。"再如《明胆论》讨论"明"与"胆"的问题，而《人物志》中也有"见事过人，明也"之类的论述。《三国志·魏书·刘劭传》："正始中，执经讲学，赐爵关内侯。凡所撰述，《法论》《人物志》之类百余篇。"可能就在正始年间离世。刘劭及其《人物志》在当时都有较大影响，稽康是有可能在一定程度上接受其影响的。《文选》稽康《琴赋》及《文选》谢灵运《道路忆山中》诗李善注均引应璩《与刘孔才书》云："听《广陵》之清散。"稽康以奏《广陵散》著称，不知此处奏《广陵散》者是否就是稽康。据此，《释私论》《明胆论》的写作不应早于正始后期。

同时，《释私论》《明胆论》的写作还与才性问题的讨论有关，《明胆论》中还有"故才性有昏明"这样的话，故与当时傅嘏、李丰、钟会、王广正在进行的关于才性问题的讨论也应不无关联；稽康应当还在一定程度上参与了这个问题的讨论，并发表过一些卓异的见解，产生了较大的影响，因此钟会"撰《四本论》始毕"，才会产生"甚欲使嵇公一见"的想法（见《世说新语·文学》第 5 条）。由于王广是在嘉平三年被司马懿杀害的，他参与才性讨论的时间应在嘉平三年以前，故《释私论》《明胆论》的写作也不应晚于嘉平三年。故暂系于此。

是年，王凌继续等待时机，谋立曹彪。

《晋书·宣帝纪》："（二年）兖州刺史令狐愚、太尉王凌贰于帝，谋立楚王彪。"

嘉平三年辛未（251）二十八岁

春，王凌欲发兵举事，司马懿东征，凌自杀，彪赐死，诸相连者皆夷三族。魏诸王公被禁锢于邺。

《三国志·魏书·王凌传》："三年春，吴贼塞涂水。凌欲因此发，大严诸军，表求讨贼；诏报不听。凌阴谋滋甚，遣将军杨弘以废立事告兖州刺史黄华，华、弘连名以白太傅司马宣王。宣王将中军乘水道讨凌，先下赦赦凌罪，又将尚书广东，使为书喻凌，大军掩至百尺逼凌。凌自知势穷，乃乘船单出迎宣王，遣掾王或谢罪，送印绶、节钺。军到丘头，凌面缚水次。宣王承诏遣主簿解缚反服，见凌，慰劳之，还印绶、节钺，遣步骑六百人送还京都。凌至项，饮药死。宣王遂至寿春。张式等皆自首，乃穷治其事。彪赐死，诸相连者悉夷三族。"

《三国志·魏书·三少帝纪》："（三年四月）丙午，闻太尉王凌谋废帝，立楚王彪，太傅司马宣王东征凌。五月甲寅，凌自杀。六月，彪赐死。"

《晋书·宣帝纪》："（凌）至项，仰鸩而死。收其余党，皆夷三族，并杀彪。悉录魏诸王公置于邺，命有司监察，不得交关。"

王凌之子王广也在这次事件中牵连被杀。王广有志尚学行，曾与傅嘏等一起讨论才性同异问题。

《三国志·魏书·王凌传》："广有志尚学行，死时年四十余。"

七月（一作八月），司马懿卒，其子司马师以抚军大将军辅政。

《三国志·魏书·三少帝纪》："秋七月戊寅，太傅司马宣王薨，以卫将军司马景王为抚军大将军，录尚书事。"

《晋书·宣帝纪》："秋八月戊寅，崩于京师，时年七十三。"

嘉平四年壬申（252）二十九岁

正月，司马师迁大将军，加侍中，持节、都督中外诸军、录尚书事。

见《晋书·景帝纪》。

山涛出仕，竹林之游时期结束。此后，嵇康、向秀等人仍会有竹林之游，此为竹林之游后期，直至景元四年（263）嵇康被杀、紧接着向秀出仕之后方彻底终止。

《晋书·山涛传》："与宣穆后有中表亲，是以见景帝。帝曰：'吕望欲仕邪？'命司隶举秀才，除郎中。转骠骑将军王昶从事中郎。"山涛正始八年因政局险恶而"隐身不交事务"，至此年司马师独掌大权，专擅朝政，知大局已定，加之与司马懿之妻有中表亲关系，于是主动去找司马师，重新步入官场。此后步步高升，成为司马氏集团的重要成员，再也无缘竹林之游，故将本年定为竹林之游时期的终结之年。

嵇康作《卜疑集》。

高平陵事变后，政局发生了很大变化，如何调整自己的人生取向、政治态度成为士人必须面对的问题，这个问题在嵇康内心一定也很纠结。好友山涛的出仕，给予嵇康内心的冲击尤大，很可能就是在这样的情况下，嵇康写作了《卜疑集》一文，以此表达自己内心的挣扎和感受。

竹林之游后期，嵇康的游伴主要为向秀、吕安、刘伶等人。这期间向秀将注《庄子》，嵇康不以为然，及成，赞之。

《文选》向秀《思旧赋》李善注引臧荣绪《晋书》："嵇康为竹林之游，预其流者，向秀、刘灵之徒。"

《世说新语·文学》第17条刘孝标注引《秀别传》："秀与嵇康、吕安为友，趣舍不同。嵇康傲世不羁，安放逸迈俗，而秀雅好读书，二子颇以此嗤之。后秀将注《庄子》，先以告康、安，康、安咸曰：'此书讵复须注，徒弃人作乐事耳。'及成，以示二子，康曰：'尔故复胜不？'安乃惊曰：'庄周不死矣！'"《晋书·向秀传》："始，秀欲注，嵇康曰：'此书讵复须注，正是妨人作乐耳。'及成，示康曰：'殊复胜不？'""尔故复胜不"前书作嵇康语，"殊复胜不"后书作向秀语，都没有直接记载嵇康关于向注《庄子》的评价，但以情理推之，嵇康对向注《庄子》是肯定、赞赏的。

嘉平五年癸酉（253）三十岁

钟会撰《四本论》始毕，甚欲使嵇康一见，遂于其户外遥掷之。

《世说新语·文学》第5条："钟会撰《四本论》始毕，甚欲使嵇公一见，置怀中，既定，畏其难，怀不敢出，于户外遥掷，便回急走。"刘孝标注："《四本》者，言才性同，才性异，才性合，才性离也。尚书傅嘏论同，中书令李丰论异，侍郎钟会论合，屯骑校尉王广论离。"又《三国志·魏书·傅嘏传》："嘏常论才性同异，钟会集而论之。"据《文学》注"侍郎钟会论合"句，《四本论》当作于钟会任侍郎一职时，于嵇康户外遥掷之事自也发生在此时。据《三国志》钟会本传，钟会一生有两次任侍郎一职：一次是在正始中，由秘书郎"迁尚书中书侍郎"；一次是在正元二年，因从征毌丘俭有功，"迁黄门侍郎"。任尚书中书侍郎的具体时间，据裴松之注引钟会为其母所作《传》，任尚书郎的时间是正始八年，任中书郎的时间是嘉平元年。那么，《四本论》究竟作于何时呢？这可从《三国志》傅嘏本传找到答案。据《文学》注"尚书傅嘏论同"句，傅嘏"论同"是在其任尚书时。《傅嘏传》："曹爽诛，为河南尹，迁尚书。……嘏常论才性同异，钟会集而论之。嘉平末，赐爵关内侯。"据此，"钟会集而论之"之事应发生在傅嘏任尚书之后、嘉平末（即嘉平六年）赐爵关内侯之前。傅嘏任尚书的时间，其本传未明言，但裴松之注引司马彪云："嘉平四年四月，孙权死。征南大将军王昶、征东将军胡遵、镇南将军毌丘俭等表请征吴。朝廷以三征计异，诏访尚书傅嘏，嘏对曰……。"可知嘉平四年四月时傅嘏已任尚书，或其始任尚书的时间就在嘉平四年。有没有可能更早一些呢？这种可能性很小，因为裴松之在"为河南尹"句后注引《傅子》云："河南尹内掌帝都，外统京畿，兼古六乡六遂之士。其民异方杂居，多豪门大族，商贾胡貊，天下四（方）会，利之所聚，而奸之所生。前尹司马芝，举其纲而太简，次尹刘静，综其目而太密，后尹李胜，毁常法以收一时之声。嘏立司马氏之纲统，裁刘氏之纲目以经纬之，李氏所毁以渐补之。"可见傅嘏在河南尹任上做了不少工作。这些工作不可能在短期内做完，因此他不可能很快从河南尹任上调任尚书。考虑到傅嘏"论才性同异"后钟会"集而论之"需要一定时间，因此钟会撰《四本论》的时间以嘉平五年的可能性为最大，这时他在中书侍郎任上。又据《三国志·魏书·夏侯玄传》，李丰是在嘉平四年任中书令的，嘉平六年二月即被司马氏杀害，这个时间也与《文学》注"中书令李丰论异"的说法相合，时间也当在嘉平五年。另据《三国志·魏书·王凌传》，王广是在嘉平三年被司马懿杀害的，其为屯骑校尉"论离"的时间则会稍早一些。

嘉平六年、高贵乡公曹髦正元元年甲戌（254）三十一岁

李丰、张缉等谋以夏侯玄代司马师辅政，事泄，被杀。

《三国志·魏书·三少帝纪》："六年春二月……庚戌，中书令李丰与皇后父光禄大夫张缉等谋废易大臣，以太常夏侯玄为大将军。事觉，诸所连及者皆伏诛。"

《晋书·景帝纪》："正元元年春正月，天子与中书令李丰、后父光禄大夫张缉、黄门监苏铄、永宁署令乐敦、冗从仆射刘宝贤等谋以太常夏侯玄代帝辅政。帝密知之，使舍人王羨以车迎丰。丰见迫，随羨而至，帝数之。丰知祸及，因肆恶言。帝怒，遣勇士以刀环筑杀之。逮捕玄、缉等，皆夷三族。"

《三国志·魏书·夏侯玄传》："嘉平六年二月，当拜贵人，丰等欲因御临轩，诸门有陛兵，诛大将军，以玄代之，以缉为骠骑将军。……大将军微闻其谋，请丰相见，丰不知而往，即杀之。事下有司，收玄、缉、铄、敦、贤等送廷尉。……于是丰、玄、缉、敦、贤等皆夷三族，其余亲属徙乐浪郡。玄格量弘济，临斩东市，颜色不变，举动自若，时年四十六。"

夏侯玄为魏晋玄学的开创者及领军人物之一，当时颇负盛名。李丰曾参与傅嘏、钟会、王广有关才性四本问题的讨论。

《三国志·魏书·曹爽传》附《何晏传》裴松之注引《魏氏春秋》："初，夏侯玄、何晏等名盛于时，司马景王亦预焉。"

《三国志·魏书·傅嘏传》裴松之注引《傅子》："是时何晏以材辩显于贵戚之间，邓飏好变通，合徒党，鬻声名于闾阎，而夏侯玄以贵臣子少有重名，为之宗主，求交于嘏而不纳也。嘏友人荀粲，有清识远心，然犹怪之。"

九月，司马师废魏帝曹芳，另立高贵乡公曹髦为帝。

《三国志·魏书·三少帝纪》："秋九月，大将军司马景王将谋废帝，以闻皇太后。甲戌，太后令曰：'皇帝芳春秋已长，不亲万机，耽淫内宠，沉漫女德，日延倡优，纵其丑谑……使兼太尉高柔奉策，用一元大武告于宗庙，遣芳归藩于齐，以避皇位。'是日迁居别宫，年二十三。使者持节送卫，营齐王宫于河内［之］重门，制度皆如藩国之礼。"

《三国志·魏书·三少帝纪》："高贵乡公讳髦，字彦士，文帝孙，东海定王霖子也。正始五年，封郯县高贵乡公。少好学，夙成。齐王废，公卿议迎立公。十月……庚寅，公入于洛阳……其日即皇帝位于太极前殿。"

是年，嵇康子嵇绍生。

嵇康《与山巨源绝交书》："女年十三，男年八岁。"《书》作于景元二年（261），上推八年，嵇绍当生于是年。

正元二年乙亥（255）三十二岁

正月，毌丘俭、文钦反，司马师率军征讨，钦败走吴，俭被杀。

《三国志·魏书·毌丘俭传》："初，俭与夏侯玄、李丰等厚善。扬州刺史前将军文钦，曹爽之邑人也，骁果粗猛，数有战功，好增虏获，以徼宠赏，多不见许，怨恨日甚。俭以计厚待钦，情好欢洽。钦亦感戴，投心无贰。正元二年正月，有彗星数十丈，西北竟天，起于吴、楚之分。俭、钦喜，以为己祥。遂矫太后诏，罪状大将军司马景王，移诸郡国，举兵反。"

《三国志·魏书·三少帝纪》："二年春正月乙丑，镇东将军毌丘俭、扬州刺史文钦反。［戊寅］，大将军司马景王征之。……闰月己亥，破钦于乐嘉。钦遁走，遂奔吴。甲辰，［安风津］都尉斩俭，传首京都。"

闰月，因文钦之子文鸯来攻，司马师目疾发，卒。

《晋书·景帝纪》："初，帝目有瘤疾，使医割之。鸯之来攻也，惊而目出。惧六军之恐，蒙之以被，痛甚，啮被败而左右莫知焉。闰月疾笃，使文帝总统诸军。辛亥，崩于许昌，时年四十八。"

二月，以司马昭为大将军、录尚书事，代师辅政。

《三国志·魏书·三少帝纪》："二月丁巳，以卫将军司马文王为大将军，录尚书事。"

传言毌丘俭反，嵇康曾予协助，且欲起兵应之。

《三国志·魏书·王粲传》附《嵇康传》裴松之注引《世语》："毌丘俭反，康有力，且欲起兵应之，以问山涛，涛曰：'不可。'俭亦已败。"

是年，傅嘏卒。

《三国志·魏书·傅嘏传》："俭、钦破败，嘏有谋焉。及景王薨，嘏与司马文王径还洛阳，文王遂以辅政。……嘏以功进封阳乡侯，增邑六百户，并前千二百户。是岁薨，时年四十七。"

正元三年、甘露元年丙子（256）三十三岁

正月，沛穆王曹林卒。

《三国志·魏书·三少帝纪》："甘露元年春正月……乙巳，沛王林薨。"

二月，高贵乡公曹髦与群臣评骘历代帝王优劣，而推慕具"中兴之美"的夏少康。

《三国志·魏书·三少帝纪》裴松之注引《魏氏春秋》："二月丙辰，帝宴群臣于太极东堂，与侍中荀顗、尚书崔赞、袁亮、钟毓、给事中中书令虞松等并讲述礼典，遂言帝王优劣之差。帝慕夏少康……曰：'有夏既衰，后相殆灭，少康收集夏众，复禹之绩……自古帝王，功德言行，互有高下，未必创业者皆优，绍继者咸劣也。汤、武、高祖虽俱受命，贤圣之分，所觉县殊。少康、殷宗中兴之美，夏启、周成守文之盛，论德较实，方诸汉祖，吾见其优，未闻其劣；顾所遇之时殊，故所名之功异耳。少康生于灭亡之后，降为诸侯之隶，崎岖逃难，仅以身免，能布其德而兆其谋，卒灭过、戈，克复禹绩，祀夏配天，不失旧物，非至德弘仁，岂济斯勋？'"

四月，曹髦至太学与诸儒讲论《易》《尚书》《礼记》。

见《三国志·魏书·三少帝纪》。又裴松之注引傅畅《晋诸公赞》："帝常与中护军司马望、侍中王沈、散骑常侍裴秀、黄门侍郎钟会等讲宴于东堂，并属文论。名秀为儒林丈人，沈为文籍先生，望、会亦各有名号。"

是年，嵇康作《管蔡论》。

据《三国志·魏书·三少帝纪》，曹髦于夏四月丙辰至太学讲论学术，在"讲《易》毕，复命讲《尚书》"时，与博士庾峻有以下对话：帝曰："《经》云：'知人则哲，能官人。'若尧疑鲧，试之九年，官人失叙，何得谓之圣哲？"峻对曰："臣窃观经传，圣人行事不能无失，是以尧失之四凶，周公失之二叔，仲尼失之宰予。"帝曰："尧之任鲧，九载无成，汩陈五行，民用昏垫。至于仲尼失之宰予，言行之间，轻重不同也。至于周公、管、蔡之

事，亦《尚书》所载，皆博士所当通也。"峻对曰："此皆先贤所疑，非臣寡见所能究论。"虽然"周公、管、蔡之事"是一个"先贤所疑"的老问题，但既然皇帝认为这个问题"博士所当通"，很可能就在太学掀起了对这个问题的讨论，在讨论中有人向嵇康问起这个问题（从篇首"或问曰"一段可知），嵇康于是就写作了《管蔡论》，其结语说他在写作本文后"则时论亦得释然而大解也"，所说的"时论"，当即指太学中种种对此问题不能"究论"的言论。此文作于王凌、毌丘俭反叛之后，而嵇康在文中力辩管、蔡二叔无罪，加之司马氏此时已以周公自居（《三国志·魏书·三少帝纪》载曹髦被杀后司马昭即曾说自己"欲遵伊、周之权，以安社稷之难"），很可能也不无针砭司马氏之意。

大约从此年前后起至甘露三年（258）外避河东止，期间嵇康曾不时到洛阳太学抄写石刻经文。其所抄写石经，为后汉灵帝时蔡邕所书。

《晋书·赵至传》："年十四，诣洛阳，游太学，遇嵇康于学写石经。"

曹髦虽年轻而好学术，常召群臣讲宴，并到太学讲论，这对提升太学的学术空气有极大的推动作用。嵇康在这样的情况下，更多地涉足太学，与太学博士及太学生们有了较多接触，并探讨相关学术问题，写出了《春秋左氏传音》《难自然好学论》《太师箴》等著作、论文。

曹髦热衷著述，《隋书·经籍志》著录其《春秋左氏传音》三卷，嵇康的《春秋左氏传音》三卷，或与其作于同时或稍后。

《三国志·魏书·刘馥传》载刘靖上疏："自黄初以来，崇立太学二十余年，而寡有成者，盖由博士选轻，诸生避役，高门子弟，耻非其伦，故无学者。虽有其名而无其人，虽设其教而无其功。宜高选博士，取行为人表，经任人师者，掌教国子。"大约就在这样的背景下，逐步展开了关于读经问题的探讨。这期间，张邈作《自然好学论》，认为"好学"出于人的自然本性，并暗示"六经为太阳，不学为长夜"，嵇康遂作《难自然好学论》予以批驳。

《太师箴》以太师的口吻，对帝王提出规谏。考虑到曹髦推慕夏少康，有中兴曹魏之意，特别是曹髦热衷讲论学术，给予嵇康较深印象，故有所触动，在这期间写出了此文。但其时专权者乃司马氏，故文中关于"季世陵迟""骄盈肆志""矜威纵虐"种种情状的描写，当也不无规谏、针砭司马氏之意。

大约在这期间，嵇康认识了阮侃（字德如），两人成为至交。阮侃与嵇康此前已认识的阮种或为兄弟。阮侃作《宅无吉凶摄生论》，嵇康作《难宅无吉凶摄生论》；阮侃又作《释难宅无吉凶摄生论》，嵇康再作《答释难宅无吉凶摄生论》。

《世说新语·贤媛》第6条："许允妇是阮卫尉女，德如妹。"刘孝标注引《陈留志名》："阮共字伯彦，尉氏人。清真守道，动以礼让。仕魏至卫尉卿。少子侃，字德如，有俊才，而饬以名理，风仪雅润。与嵇康为友。仕至河内太守。"

姚振宗《〈隋书经籍志〉考证》卷三十九："（侃）殆与（阮）种兄弟行。"其说应不无道理。嵇康大约作于景元二年（261）的《五言一首与阮德如》有句云："畴昔恨不早，既面伴旧欢。""恨不早"表明嵇康认识阮侃应在认识阮种等人之后，其认识阮侃或与阮种有一定关系。嵇康作《五言一首与阮德如》时阮侃尚有《答二首》诗，中云"会遇一何幸，及子遭欢情。交际虽未久，恩爱发中诚"句，表明两人从认识到分别时间并不太长。若两人在本年相识，至景元二年分别，相交的时间近六年；若两人在甘露三年（258）嵇康外避河东前相识，至景元二年分别，相交的时间近四年。不管是六年还是四年，相较于嵇康认识阮种等人已近二十年而言，都不算长；加之这期间嵇康外避河东三年，两人实际交往的时间更短，所以说是"交际未久"。姑暂系于此。

《隋书·经籍志》载《符子》二十卷下注："梁有《养生论》三卷，嵇康撰；《摄生论》二卷，晋河内太守阮侃撰。"所说《摄生论》二卷，当即指《宅无吉凶摄生论》和《释难宅无吉凶摄生论》二文。《摄生论》与《养生论》在内容上有相通之处，因此阮侃的两篇文章及嵇康论难的两篇文章当作于《难养生论》（向秀）、《答难养生论》（嵇康）之后，且文章产生的形式也相仿佛，如戴明扬《嵇康集校注》所云："盖阮氏与叔夜至交，故往复论难，亦如向秀与叔夜论养生耳。"

是年，阮籍丧母，嵇康赍酒挟琴往吊。

《晋书·阮籍传》："籍又能为青白眼，见礼俗之士，以白眼对之。及嵇喜来吊，籍作白眼，喜不怿而退。喜弟康闻之，乃赍酒挟琴造焉，籍大悦，乃见青眼。"《太平御览》卷五百六十一引《裴楷别传》："裴楷少知名，而风情朗悟。初陈留阮籍遭母丧，楷弱冠往吊。籍乃离丧位，神志晏然，至乃纵情啸咏，傍若无人。楷不为改容，行止自若，遂便率情独哭。哭毕而退，威容举动无异。"据《晋书·裴楷传》，裴楷在楚王玮"伏诛"之年病卒，"时年五十五"。又据《晋书·惠帝纪》，楚王玮被杀时间为永平元年（291）六月。由此上推五十五年，裴楷当生于魏明帝青龙五年（237），本年为其"弱冠"之年，故系此事于本年。

司马昭"以孝治天下"。

《晋书·何曾传》："时步兵校尉阮籍负才放诞，居丧无礼。曾面质籍于文帝座曰：'卿纵情背礼，败俗之人，今忠贤执政，综核名实，若卿之曹，不可长也。'因言于帝曰：'公方以孝治天下，而听阮籍以重哀饮酒食肉于公座。宜摈四裔，无令污染华夏。'"

是年，王肃卒。

《三国志·魏书·王肃传》："甘露元年薨，门生缞绖者以百数。……初，肃善贾、马之学，而不好郑氏，采会同异，为《尚书》《诗》《论语》《三礼》《左氏》解，及撰定父朗所作《易传》，皆列于学官。其所论驳朝廷典制、郊祀、宗庙、丧纪、轻重，凡百余篇。"

甘露二年丁丑（257）三十四岁

五月，诸葛诞反于淮南。七月，司马昭率军征讨。

《晋书·文帝纪》："二年夏五月辛未，镇东大将军诸葛诞杀扬州刺史乐綝，以淮南作乱，遣子靓为质于吴以请救。……秋七月，奉天子及皇太后东征，征兵青、徐、荆、豫，分取关中游军，皆会淮北。"

甘露三年戊寅（258）三十五岁

二月，司马昭杀诸葛诞，夷三族。

《三国志·魏书·三少帝纪》："三年春二月，大将军司马文王陷寿春城，斩诸葛诞。"

《晋书·文帝纪》："二月乙酉，攻而拔之，斩诞，夷三族。"

钟会造访嵇康，康方箕踞而锻，会至，不为之礼，会深衔之。

《世说新语·简傲》第3条："钟士季精有才理，先不识嵇康，钟要于时贤俊之士，俱往寻康。康方大树下锻，向子期为佐鼓排。康扬槌不辍，傍若无人，移时不交一言。钟起去，康曰：'何所闻而来？何所见而去？'钟曰：'闻所闻而来，见所见而去。'"刘孝标注引《魏氏春秋》："钟会为大将军兄弟所昵，闻康名而造焉。会，名公子，以才能贵幸。乘肥衣轻，宾从如云。康方箕踞而锻，会至，不为之礼，会深衔之。后因吕安事而遂谮康焉。"《太平御览》卷八百三十三引邓粲《晋纪》："嵇康曾锻于长林之下，钟会造焉。康自坐以鹿皮，巍然正容，不与之酬对，会恨而去。"

《三国志·魏书·钟会传》："寿春之破，会谋居多，亲待日隆，时人谓之子房。军还，迁为太仆，固辞不就。以中郎在大将军府管记室事，为腹心之任。"据此，钟会"为大将军兄弟所昵"是在司马昭平定诸葛诞之后达到顶点，只有到了此时，他才可能以"贵幸"之身及"乘肥衣轻，宾从如云"的排场去造访嵇康，故将此事系于本年。钟会此前曾以所撰《四本论》于嵇康户外遥掷之而没有下文，应该是遭到了拒斥，但还不是非常明确的拒斥，钟会因此不死心，还想换一种方式再去试一试，于是便有了这次不仅是公开而且是大张旗鼓地去造访嵇康的举动。

关于钟会造访嵇康的地点，《文选》向秀《思旧赋》李善注引《魏氏春秋》有"康寓居河内之山阳，钟会为大将军所昵，闻而造之"的记载，据此，造访的地点似应在山阳；但《世说新语·言语》第18条刘孝标注引《向秀别传》又有"（秀）常与嵇康偶锻于洛邑"的记载，则造访的地点也可能在洛阳。以情理推之，以在洛阳为宜，因"钟要于时贤俊之士"，"乘肥衣轻，宾从如云"，浩浩荡荡地从洛阳走几百里路去山阳拜访嵇康的可能性极小。

嵇康在洛阳太学抄写石刻经文，遇赵至，与交，并评骘之。

《晋书·赵至传》："年十四，诣洛阳，游太学，遇嵇康于学写石经，徘徊视之不能去，而请问姓名。康曰：'年少何以问邪？'曰：'观君风器非常，所以问耳。'康异而告之。后乃亡到山阳，求康不得而还。……年十六，游邺，复与康相遇，随康还山阳。"

《太平御览》卷六百十四："西晋赵至，字景真，年十四，随人入太学，遇嵇康于学写石经古文，徘徊不去，请问姓名，康异之。后为诸生。"

《世说新语·言语》第15条："嵇中散语赵景真：'卿瞳子白黑分明，有白起之风。恨量小狭。'赵云：'尺表能审玑衡之度，寸管能测往复之气。何必在大，但问识如何耳。'"刘孝标注引嵇绍《赵至叙》："至字景真，代郡人。……年十四，入太学观，时先君在学写石经古文，事迄，去，遂随车问先君姓名。先君曰：'年少何以问我?'至曰：'观君风器非常，故问耳。'先君具告之。至年十五，阳病，数数狂走五里三里，为家追得。又灸身体十数处。年十六，遂亡命，径至洛阳，求索先君不得。至邺，沛国史仲和，是魏领军史涣孙也，至便依之，遂名翼，字阳和。先君到邺，至具道太学中事，便逐先君归山阳，经年。至长七尺三寸，洁白，黑发、赤唇、明目，鬓须不多，闲详安谛，体若不胜衣。先君尝谓之曰：'卿头小而锐，瞳子白黑分明，视瞻停谛，有白起风。'"

赵至十四岁在洛阳太学首遇嵇康，十六岁"游邺，复与康相遇"并"随康还山阳"，首尾恰为三年。又《晋书》赵至本传云赵至卒于"太康中"，"时年三十七"，以本年十四岁下推，当卒于太康二年（281），也与其说相符。

吕安造访嵇康，不遇。康兄喜拭席而待之，弗顾。

《世说新语·简傲》第 4 条刘孝标注引干宝《晋纪》："（吕）安尝从康，或遇其行，康兄喜拭席而待之，弗顾。独坐车中，康母就设酒食。求康儿共语戏，良久则去。其轻贵如此。"此事或应发生在嵇绍三四岁时，故系于此。

司马昭欲征辟嵇康，嵇康避之河东（实为汲郡、河东两地，而避于汲郡的时间为最长）。

《三国志·魏书·王粲传》附《嵇康传》裴松之注引《魏氏春秋》："大将军尝欲辟康。康既有绝世之言，又从子不善，避之河东，或云避世。"

《北堂书钞》卷六十七引王隐《晋书》："晋文王上书，请嵇康为博士。"

《太平御览》卷五百七十九引《晋纪》："孙登字公和，不知何许人，散发宛地，行吟乐天，居白鹿、苏门二山，弹一弦琴，善啸，每感风雷。嵇康师事之，三年不言。"

《世说新语·栖逸》第 2 条刘孝标注引《文士传》："嘉平中，汲县民共入山中，见一人，所居悬岩百仞，丛林郁茂，而神明甚察。自云：'孙姓登名，字公和。'康闻，乃从游三年。"

《晋书·孙登传》:"孙登字公和,汲郡共人也。无家属,于郡北山为土窟居之,夏则编草为裳,冬则被发自覆。好读《易》,抚一弦琴,见者皆亲乐之。……文帝闻之,使阮籍往观,既见,与语,亦不应。嵇康又从之游三年。"

据此,可知嵇康这次外避河东,前后一共三年,即从本年钟会造访之后外避,于甘露五年(260)返回。

嵇康外避河东的原因,除"司马昭欲征辟""又从子不善"外,与其近期身体欠佳,亟欲外出寻求、修炼养生之术实际上也有很大关系。

嵇康《与山巨源绝交书》:"又闻道士遗言,饵术黄精,令人久寿,意甚信之。……又有心闷疾,顷转增笃,私意自试,必不能堪其所不乐。……若吾多病困,欲离事自全,以保余年,此真所乏耳。"

《三国志·魏书·王粲传》附《嵇康传》裴松之注引《魏氏春秋》:"初,康采药于汲郡共北山中,见隐者孙登。"

《文选》沈约《游沈道士馆》李善注引袁彦伯《竹林名士传》:"王烈服食养性,嵇康甚敬信之。"

临行前,嵇康作《述志诗二首》。友人郭遐周作《赠三首》,郭遐叔作《赠五首》,嵇康作《答二郭三首》。

《述志诗》其一有"殊类难徧周,鄙议纷流离。辚轲丁悔吝,雅志不得施。……逝将离群侣,杖策追洪崖。焦鹏振六翮,罗者安所羁?浮游太清中,更求新相知"等句,其二有"往事既已谬,来者犹可追。何为人事间,自令心不夷?慷慨思古人,梦想见容辉。愿与知己遇,舒愤启其微。岩穴多隐逸,轻举求吾师"等句,所说"洪崖""新相知""知己""吾师",当指孙登、王烈一类人,表明了此次外避的一个重要目的,当作于此时。

郭遐周《赠三首》中有"我友不期卒,改计适他方。严车感发日,翻然将高翔。离别在旦夕,惆怅以增伤"(其一),"风人重离别,行道犹迟迟。宋玉哀登山,临水送将归。伊此往昔事,言之以增悲。叹我与嵇生,倏忽将永违"(其二)等句,郭遐叔《赠五首》中有"如何忽尔,将适他俗。言驾有日,巾车命仆。思念君子,温其如玉。心之忧矣,视丹如绿"(其一)等句,嵇康《答二郭三首》中有"寡智自生灾,屡使众衅成。豫子匿梁侧,聂

政变其形。顾此怀怛惕，虑在苟自宁。今当寄他域，严驾不得停"（其一），
"岂若翔区外，餐琼漱朝霞。遗物弃鄙累，逍遥游太和。结友集灵岳，弹琴登
清歌"（其二），"权智相倾夺，名位不可居。鸾凤避罻罗，远托昆仑墟"（其
三）等句，揣摩语意，当作于此时。

　　嵇康外避之地，主要为汲郡、河东郡两地。据《晋书·地理志》，汲郡为
晋泰始二年（266）所置，治汲，故地在今河南汲县西南。据《后汉书·郡国
志》，河东郡为秦所置，治安邑，故地在今山西夏县北；晋移治蒲阪，故地在
今山西永济县东南。汲郡、河东郡在今太行山南麓、山西南部一带，均离山
阳、洛阳不远，汲郡离得尤近。三年中，嵇康大部分时间从孙登游，而孙登
所居白鹿、苏门、北山（或曰共北山），均在汲郡境内。

　　《元和郡县志·卫州·共城县》："共城县本周共伯国，汉以为县，属河内
郡。白鹿山在县西五十四里。天门在县西五十里。"又《太平寰宇记·河北
道·卫州共城县》："白鹿山在县西北五十三里，西与太行连接，上有天门谷、
百家岩。卢思道《西征记》云：'孤岩秀出，上有石，自然为鹿形。'天门山
在县西五十里。"

　　《元和郡县志·卫州·卫县》："卫县本汉朝歌县，属河内郡。魏黄初中，
朝歌县又属朝歌郡。苏门山在县西北十一里（按《三国志补注》卷三引《元
和郡县志》作"八十一里"），孙登所隐，阮籍、嵇康所造之处。"又清周际
华、戴铭《辉县志》："苏门山在县西北七里许，一名苏岭，一名百门山。晋
孙登隐此，号苏门先生。"

　　《水经注·清水》："汉高帝八年，封旅罢师为共侯国，即共和之故国也。
共伯既归帝政，逍遥于共山之上。山在国北，所谓共北山也。仙者孙登之所
处。袁彦伯《竹林七贤传》：嵇叔夜尝采药山泽，遇之于山，冬以被发自覆，
夏则编草为裳，弹一弦琴而五声和。"

　　一说孙登所居为天门山。

　　《太平寰宇记·河北道二·怀州修武县》："天门山今谓之百家岩，在县西
北三十七里，以岩下可容百家，因名。"《三国志补注》卷三引《九州要纪》：
"天门山有三水，嵇康采药逢孙登，弹一弦，即此山。"

　　按白鹿山、苏门山、共北山、天门山皆太行山余脉，随地异名，相距也

都不算太远。苏门山应为孙登主要的居住地，但其游踪不定，所居或亦不止一地，嵇康遇孙登处因此应亦不止一地。

《三国志·魏书·王粲传》附《嵇康传》裴松之注引《魏氏春秋》："初，康采药于汲郡共北山中，见隐者孙登。康欲与之言，登默然不对。"又引《晋阳秋》："康见孙登，登对之长啸，逾时不言。"

《晋书·嵇康传》："康尝采药游山泽，会其得意，忽焉忘反。时有樵苏者遇之，咸谓为神。至汲郡山中见孙登，康遂从之游。"

《世说新语·栖逸》第2条："嵇康游于汲郡山中，遇道士孙登，遂与之游。"刘孝标注引《文士传》："嘉平中，汲县民共入山中，见一人，所居悬岩百仞，丛林郁茂，而神明甚察。自云：'孙姓登名，字公和。'康闻，乃从游三年，问其所图，终不答，然神谋所存良妙。康每惴然叹息。"又引王隐《晋书》："孙登即阮籍所见者也。嵇康执弟子礼而师焉。"

甘露四年己卯（259）三十六岁

嵇康在汲郡从孙登游，并采药游山泽。

嵇康作《圣贤高士传赞》《六言十首》《重作四言诗七首》（一作《秋胡行》）、《四言诗四首》和《五言诗三首》。

《三国志·魏书·王粲传》附《嵇康传》裴松之注引嵇喜《嵇康传》："撰录上古以来圣贤、隐逸、遁心、遗名者，集为《传》《赞》，自混沌至于管宁，凡百一十有九人，盖求之于宇宙之内，而发之乎千载之外者矣。"所写"凡百一十有九人"，当非作于一时，而嵇康这次离家外避，也有追求隐逸的考虑，或者说是其隐逸思想达到高峰的一个时期，因此《圣贤高士传赞》有可能完成于此时，甚至大部分作品是在此时写成的。

《六言十首》赞颂古代的圣君、贤臣、高士，又"哀哉世俗殉荣"，告诫"金玉满堂莫守""位高势重祸基"，当与《圣贤高士传赞》作于同时。

《重作四言诗七首》（一作《秋胡行》）说"富贵忧患多""贵盛难为工"，表示要"绝圣弃学，游心于玄默"，"思与王乔，乘云游八极"，也当与《圣贤高士传赞》作于同时。

《四言诗四首》《五言诗三首》抒写诗人内心的悲哀、失侣的苦闷，表达其避世隐居、抱朴守真的愿望及对神仙世界的向往，当也作于这一时期。

是年，嵇康曾短时间返回山阳。返回山阳的原因，当与探视母亲或兄长的病有关。在山阳期间，从公孙崇、吕安处得知山涛曾议以己自代。

嵇康《与山巨源绝交书》："前年从河东还，显宗、阿都说足下议以吾自代，事虽不行，知足下故不知之。"《书》作于景元二年，则所说的"前年"即本年。所谓"从河东还"，很可能是自汲郡还，但由于嵇康当时居无定所，也不能完全排除"从河东还"的可能。嵇康的外避之地主要在汲郡、河东一带，在汲郡停留的时间尤长，但被一概称之为"河东"。据《三国志·魏书·王粲传》附《嵇康传》裴松之注所举《涛行状》，"涛始以景元二年除吏部郎"，则议以自代的官职肯定不是吏部郎。据《晋书·山涛传》，山涛在任尚书吏部郎前的官职为赵国相，则议以自代的官职很可能就是赵国相。

在探视母亲或兄长的病后，嵇康再赴汲郡。

甘露五年、魏元帝曹奂景元元年庚辰（260）三十七岁

五月，高贵乡公曹髦因忿司马昭专恣，自率僮仆讨之，被杀。

《三国志·魏书·三少帝纪》："五月己丑，高贵乡公卒，年二十。"裴松之注引《汉晋春秋》："帝见威权日去，不胜其忿。乃召侍中王沈、尚书王经、散骑常侍王业，谓曰：'司马昭之心，路人所知也。吾不能坐受废辱，今日当与卿〔等〕自出讨之。'……于是入白太后，沈、业奔走告文王，文王为之备。帝遂帅僮仆数百，鼓噪而出。文王弟屯骑校尉伷入，遇帝于东止车门，左右呵之，伷众奔走。中护军贾充又逆帝战于南阙下，帝自用剑。众欲退，太子舍人成济问充曰：'事急矣。当云何？'充曰：'畜养汝等，正谓今日。今日之事，无所问也。'济即前刺帝，刃出于背。"

六月，陈留王奂即帝位。

《三国志·魏书·三少帝纪》："陈留王讳奂，字景明，武帝孙，燕王宇子也。甘露三年，封安次县常道乡公。高贵乡公卒，公卿议迎立公。六月甲寅，入于洛阳，见皇太后，是日即皇帝位于太极前殿。"

是年，嵇康离开汲郡，赴河东。临别，祈孙登赠言。

《文选》嵇康《幽愤诗》李善注引《魏氏春秋》："康采药于中山北，见隐者孙登。康欲与之言，登默然不对。逾年，将去，康曰：'先生竟无言乎？'登乃曰：'子才多识寡，难乎免于今之世也。'"

《三国志·魏书·王粲传》附《嵇康传》裴松之注引《康别传》："孙登谓康曰：'君性烈而才俊，其能免乎？'"又引《晋阳秋》："康辞还，曰：'先生竟无言乎？'登曰'惜哉！'"

《晋书·嵇康传》："登沉默自守，无所言说。康临去，登曰：'君性烈而才隽，其能免乎？'"

《世说新语·栖逸》第2条："康临去，登曰：'君才则高矣，保身之道不足。'"刘孝标注引《文士传》："将别，谓曰：'先生竟无言乎？'登乃曰：'子识火乎？生而有光而不用其光，果然在于用光；人生有才而不用其才，果然在于用才。故用光在乎得薪，所以保其曜；用才在乎识物，所以全其年。今子才多识寡，难乎免于今之世矣。子无多求！'康不能用。"

从《文选》嵇康《幽愤诗》李善注引《魏氏春秋》"逾年"二字看，嵇康在汲郡停留的时间在一年以上，故将其离开汲郡赴河东的时间系于此年。

嵇康到邯郸，遇王烈，数与共入山，游戏采药。

《九家旧晋书辑本》臧荣绪《晋书》卷九："嵇康过邯郸，邯郸人王烈，自言二百余岁。共入山，得石髓如饴，即自服半，余半与康，皆凝而为石。石室中见一卷素书，呼吸之间，康取，辄不见。"

《文选》颜延之《五君咏·嵇中散》李善注引《神仙传》："王烈年已二百三十八岁，康甚爱之，数与共入山，游戏采药。"《文选》沈约《游沈道士馆》李善注引袁彦伯《竹林名士传》："王烈服食养性，嵇康甚敬信之。随入山，烈尝得石髓，柔滑如饴，即自服半，余半取与康，皆凝而为石。"

《太平广记》卷九引晋葛洪《神仙传》："王烈者，字长休，邯郸人也。常服黄精及铅。年三百三十八岁，犹有少容。登山历险，行步如飞。少时本太学书生，学无不览。常与人谈论，五经百家之言，无不该博。中散大夫谯国嵇叔夜，甚敬爱之，数数就学，共入山游戏采药。后烈独之太行山中，忽闻山东崩地，殷殷如雷声。烈不知何等，往视之，乃见山破石裂数百丈，两畔皆是青石，石中有一穴，口径阔尺许，中有青泥流出如髓。烈取泥试丸之，须臾成石，如投热腊之状，随手坚凝，气如粳米饭，嚼之亦然。烈合数丸，如桃大，用携少许归，乃与叔夜，曰：'吾得异物。'叔夜甚喜，取而视之，已成青石，击之□□如铜声。叔夜即与烈往视之，断山已复如故。烈入河东抱犊山中，见一石室，室中有石架，架上有素书两卷。烈取读，莫识其文字，不敢取。去，却着架上，暗书得数十字形体。以示康，康尽识其字。烈喜，乃与康共往读之。至其道径，了了分明，比及，又失其石室所在。烈私语弟子曰：'叔夜未合得道故也。'"

嵇康作《游仙诗》。

《游仙诗》中有"飘飘戏玄圃，黄老路相逢。授我自然道，旷若发童蒙。采药钟山隅，服食改姿容"等句，王烈"自言二百余岁"，似乎已得道成仙，嵇康又多次与之"共入山"采药服食，诗当作于此时。

嵇康母兄离世，或因奔丧，嵇康离开河东返回山阳。

嵇康《与山巨源绝交书》："吾新失母兄之欢，意常凄切。"《书》作于景元二年，故得云"新失"。所离世的兄长，为父亡后在协助母亲抚育幼年嵇康方面做了很多事情的兄长。大约这位兄长晚年多病，其子不能尽照护之责，同时还总找嵇康的麻烦，故《三国志·魏书·王粲传》附《嵇康传》裴松之注引《魏氏春秋》说"从子不善"，这成为嵇康外避河东的原因之一。

嵇康在邺遇赵至，赵至为之"具道太学中事"。之后，两人一起从邺返回山阳。

见前"甘露三年"所引《世说新语·言语》第 15 条刘孝标注引嵇绍《赵至叙》及《晋书·赵至传》。

景元二年辛巳（261）三十八岁

春，嵇康作《思亲诗》。

诗中有"感阳春兮思慈亲"之句，因此诗当作于是年春天。

嵇康作《与阮德如》。

《与阮德如》首二句云："含哀还旧庐，感戚伤心肝。"以常理推之，即便是送别挚友，似也不应如此哀戚，因此疑与其母兄的去世有关；母兄去世，加上挚友远别，痛上加痛，哀上加哀，故有此语。与《思亲诗》中"奈何愁兮愁无聊，恒恻恻兮心若抽"，"上空堂兮廓无依，睹遗物兮心崩摧。中夜悲兮当谁告，独抆泪兮抱哀戚"等句所抒发的感情颇相类似，而与阮德如《答二首》"顾眄怀惆怅，言思我友生"（其一）、"抚轺增叹息，念子安能忘"（其二）所表达的别情在程度上有着明显的差别。"荣名秽人身，高位多灾患”与大约作于外避河东期间的《六言十首》（名行显患滋）所说的“位高势重祸基”和《重作四言诗七首》（一作《秋胡行》）所说的“富贵尊荣，忧患谅独多”（其一）也颇相似，当都为后期作品。暂系于此。

三月，山涛从尚书吏部郎任升迁，再次提出以嵇康自代，嵇康拒绝，作《与山巨源绝交书》。因在《书》中自说不堪流俗并非薄汤、武，大将军司马昭闻之而怒。

嵇康《与山巨源绝交书》有“女年十三，男年八岁”之语，《晋书·嵇绍传》又说嵇康之子嵇绍“十岁而孤”，知《书》作于嵇康被杀前两年即本年。《书》中有“吾新失母兄之欢，意常凄切”之语，与《思亲诗》中“思报德兮邈已绝，感鞠育兮情剥裂。嗟母兄兮永潜藏，想形容兮内摧伤”等语所抒发的感情一致，因此山涛从尚书吏部郎任升迁并提出以嵇康自代的事情大体也应发生在是年春天，《与山巨源绝交书》大体也应与《思亲诗》作于同时。

《三国志·魏书·王粲传》附《嵇康传》裴松之注引《魏氏春秋》：“及山涛为选曹郎，举康自代，康答书拒绝，因自说不堪流俗，而非薄汤、武。大将军闻而怒焉。”

《世说新语·栖逸》第3条：“山公将去选曹，欲举嵇康，康与书告绝。”刘孝标注引《康别传》：“山巨源为吏部郎，迁散骑常侍，举康，康辞之，并与山绝。岂不识山之不以一官遇己情邪，亦欲标不屈之节，以杜举者之口耳。乃答涛书，自说不堪流俗而非薄汤、武，大将军闻而恶之。”

据《三国志·魏书·王粲传》附《嵇康传》裴松之注所举《涛行状》，“涛始以景元二年除吏部郎”，则涛被任为吏部郎、“将去选曹”、“举康自代”和“康与书告绝”数事应都发生在同一年即本年。至于涛升迁何职，《世说新语·栖逸》第3条刘孝标注引《康别传》说是迁为散骑常侍，恐不足信。据《晋书·山涛传》，山涛重新入仕后的仕履为：命司隶举秀才，除郎中；转骠骑将军王昶从事中郎；拜赵国相，迁尚书吏部郎；迁大将军从事中郎；转相国左长史；出为冀州刺史；入为侍中，迁尚书；除议郎；转太子少傅，加散骑常侍，除尚书仆射，加侍中，领吏部等。“加散骑常侍”明载为“咸宁初”后的事情，且散骑常侍职级比起尚书吏部郎来要高出许多，山涛不可能从尚书吏部郎一职陟升为散骑常侍。据《晋书》所载，升迁为大将军从事中郎的可能性较大，但升迁的时间很可能是在景元四年三月。据《晋书·文帝纪》，景元四年三月，"诏大将军府增置司马一人，从事中郎二人"，《晋书》山涛本传在叙山涛仕履时又在"迁尚书吏部郎"和"迁大将军从事中郎"之间插叙了钟会、裴秀争权而山涛居间调停一事，显示两次升迁不是在短时间内同时发生的事情，因此迁大将军从事中郎的时间很可能是在景元四年三月，这也与《思亲诗》作于是年春的情形正相契合。又《晋书·文帝纪》："咸熙元年春正月……乙丑，帝奉天子西征，次于长安。是时魏诸王侯悉在邺城，命从事中郎山涛行军司事，镇于邺。"据此，司马昭在这时任命山涛为大将军从事中郎，很可能是他在亲征西蜀前预为安排的一步棋，目的是让山涛在他亲征西蜀期间防范在邺城的魏诸王侯。如果这种推测可以成立，则山涛去选曹后将要升迁的是别一官职，因嵇康没有答应山涛"自代"的要求，山涛也就并未去就职（这与他刚迁为尚书吏部郎的情形应也不无关系），史籍在叙山涛仕履时也就没有提及。而且，也许这还只是一件只经内定但却尚未公开的事情，在客观上也无法提及。由于司马昭极想拉拢嵇康这样的有影响的名士，以巩固和扩大自己的统治基础，因此此事应当是在司马昭的授意下进行的，否则，山涛岂能以尚书吏部郎这样的职级虽不算高但却十分重要的官职私相转让？但没料到却遭到了嵇康的断然拒绝，所以司马昭才会"闻而怒焉"。

景元三年壬午（262）三十九岁

吕安妻美，其兄巽淫之，事发，安欲告巽遣妻，嵇康慰解平抑之。

《世说新语·雅量》第2条刘孝标注引《晋阳秋》："初，康与东平吕安亲善。安嫡兄逊淫安妻徐氏，安欲告逊遣妻，以咨于康，康喻而抑之。"

嵇康《与吕长悌绝交书》："阿都去年向吾有言，诚忿足下，意欲发举，吾深抑之。亦自恃，每谓足下不足迫之，故从吾言。间令足下，因其顺吾，与之顺亲。盖惜足下门户，欲令彼此无恙也。又足下许吾终不系都，以子父交为誓，吾乃慨然感足下重言，慰解都，都遂释然，不复兴意。"从"阿都去年向吾有言"句看，此事发生在嵇康被杀的前一年，即本年。

景元四年癸未（263）四十岁

吕巽淫安妻之事虽经嵇康居中调停暂告平息，但吕巽却心不自安，于是反诬吕安不孝，而"不孝"在当时是一个足可置人于死地的罪名（《三国志·魏书·三少帝纪》载曹髦被杀后"太后诏"即说"五刑之罪，莫大于不孝"），安遂被收下狱，嵇康愤而与巽绝交，作《与吕长悌绝交书》。

《三国志·魏书·王粲传》附《嵇康传》裴松之注引《魏氏春秋》："会巽淫安妻徐氏，而诬安不孝，囚之。"

《文选》向秀《思旧赋》李善注引干宝《晋书》："安，巽庶弟，俊才，妻美，巽使妇人醉而幸之。丑恶发露，巽病之，告安谤己。"

嵇康《与吕长悌绝交书》："足下阴自阻疑，密表系都，先首服诬都。此为都故信吾又无言，何意足下包藏祸心邪？都之含忍足下，实由吾言；今都获罪，吾为负之。吾之负都，由足下之负吾也。怅然失图，复何言哉！若此，无心复与足下交矣！古之君子，绝交不出丑言，从此别矣！"

吕巽上表求流放吕安，安自辩且引康为证，康遂诣狱以明之。

《三国志·魏书·王粲传》附《嵇康传》裴松之注引《魏氏春秋》："安引康为证，康义不负心，保明其事。"

《世说新语·雅量》第2条刘孝标注引《晋阳秋》："逊内不自安，阴告安挝母，表求徙边。安当徙，诉自理，辞引康。"又引《文士传》："吕安罹事，康诣狱以明之。"

吕巽既有宠于钟会，也有宠于司马昭，而钟会又与嵇康有隙，遂借机谗毁嵇康，安徙边，康亦被收下狱。

《文选》向秀《思旧赋》李善注引干宝《晋书》："巽于钟会有宠，太祖遂徙安边郡。"

《三国志·魏书·杜恕传》裴松之注引《世语》："（吕）昭字子展，东平人。长子巽，字长悌，为相国掾，有宠于司马文王。"

《世说新语·简傲》第3条刘孝标注引《魏氏春秋》："钟会为大将军兄弟所昵，闻康名而造焉。……康方箕踞而锻，会至，不为之礼，会深衔之。后因吕安事而遂谮康焉。"

《世说新语·雅量》第2条刘孝标注引《文士传》："吕安罹事，康诣狱以明之。钟会庭论康曰：'今皇道开明，四海风靡，边鄙无诡随之民，街巷无异口之议。而康上不臣天子，下不事王侯；轻时傲世，不为物用；无益于今，有败于俗。昔太公诛华士，孔子戮少正卯，以其负才乱群惑众也。今不诛康，无以清洁王道。'于是录康闭狱。"

嵇康入狱，太学生数千人请以为师，于时豪俊皆随入狱，悉解喻散遣之。

《世说新语·雅量》第 2 条刘孝标注引王隐《晋书》："康之下狱，太学生数千人请之。于时豪俊皆随康入狱，悉解喻，一时散遣。"

嵇康在狱中，作《幽愤诗》《家诫》。

《三国志·魏书·王粲传》附《嵇康传》裴松之注引《魏氏春秋》："及遭吕安事，为诗自责曰：'欲寡其过，谤议沸腾。性不伤物，频致怨憎。昔惭柳下，今愧孙登。内负宿心，外恧良朋。'"

《晋书·嵇康传》："后安为兄所枉诉，以事系狱，辞相证引，遂复收康。康性慎言行，一旦缧绁，乃作《幽愤诗》。"《晋书·孙登传》："康不能用，果遭非命，乃作《幽愤诗》曰：'昔惭柳下，今愧孙登。'"

《家诫》是嵇康性格中谨慎一面的集中展示，是对其人生经历和人生经验的总结，是对其子嵇绍的临终嘱咐，当作于狱中。

吕安于流放途中与嵇康书，书中有"披艰扫秽，荡海夷岳"等语，司马昭见而恶之，追收下狱，康理之，俱死。

《文选》向秀《思旧赋》李善注引干宝《晋书》："太祖遂徙安边郡。遗书与康，'昔李叟入秦，及关而叹'云云，太祖恶之，追收下狱。康理之，俱死。"

《六臣注文选》向秀《思旧赋》李善注引臧荣绪《晋书》："安妻甚美，兄巽报之，巽内惭，诬安不孝，启太祖，徙安远郡。即路与康书，恶之，收安付廷尉，与康俱死。"

此书嵇康之子嵇绍认为乃赵至与嵇康兄子嵇蕃书。《文选》赵至《与嵇茂齐书》李善注引《嵇绍集》："赵景真与从兄茂齐书，时人误谓吕仲悌与先君书，故具列本末。赵至，字景真，代郡人，州辟辽东从事。从兄太子舍人蕃，字茂齐，与至同年相亲。至始诣辽东时，作此书与茂齐。"李善对此采取了调和的作法，其注云："干宝《晋纪》以为吕安与嵇康书，二说不同，故题云景真，而书曰安。"《晋书·赵至传》则从嵇绍说，在《传》中全录了该书。此后持吕安与康书说者有之，持赵至与蕃书说者也有之，而以持吕安与康书说者理据较为有力。《六臣注文选》赵至《与嵇茂齐书》李周翰注云："《晋纪》国史，实有所凭，绍之家集，未足可据。何者？时绍以太祖恶安之书，又父与康（按当作"安"）同诛，惧时所疾，故移此书于景真。考其始末，是安所作，故以安为定也。"《唐钞文选集注汇存》赵至《与嵇茂齐书》注引公孙罗《文选钞》："寻其至实，则干宝说吕安书为是。何者？嵇康之死，实为吕安事相连，吕安不为为此书言太壮，何为至死？当死之时，人即称为此书而死。嵇绍晚始成人，恶其父与吕安为党，故作此说以拒之。若说是景真为书，景真孝子，必不肯为不忠之言也。又景真为辽东从事，于理何苦而云'愤气云踊，哀物悼世'乎？实是吕安见枉，非理徙边之言也。但为此言，与康相知，所以得使钟会构成其罪。若真为杀安（按此二字或有误）遣妻，引康为证，未足以加刑也。干宝见绍说之非，故于修史，陈其正义。今《文选》所撰，以为亲不过子，故从绍言以书之，其实非也。"其说可从。明冯琦《经济类编》卷五十一则将此文径题作《吕安与嵇叔夜书》。又《三国志·魏书·王粲传》附《嵇康传》裴松之注引《魏氏春秋》："安亦至烈，有济世志力。"《文选》王俭《褚渊碑文》李善注引臧荣绪《晋书》："吕安才气高奇。"因此，书中"顾景中原，愤气云踊，哀物悼世，激情风厉。龙啸大野，兽睇六合，猛志纷纭，雄心四据。思蹑云梯，横奋八极，披艰扫秽，荡海夷岳，蹴昆仑使西倒，蹋太山令东覆，平涤九区，恢维宇宙，斯吾之鄙愿也"这样的大气磅礴、壮怀激烈、满怀怨愤、矛头让人看来确实像是直指司马氏政权的话，出自吕安之口就完全有可能，而若说是出自赵至之口，则较难让人信服。

截获吕安信后，钟会再次谗毁嵇康，并诬康"欲助毋丘俭"（"欲助毋丘俭"事显系子虚乌有，不然，嵇康不可能逍遥法外，即使外避河东也没有用），促使司马昭最后下定决心除掉嵇康。

《晋书·嵇康传》："（钟会）言于文帝曰：'嵇康，卧龙也，不可起。公无忧天下，顾以康为虑耳。'因谮'康欲助毋丘俭，赖山涛不听。昔齐戮华士，鲁诛少正卯，诚以害时乱教，故圣贤去之。康、安等言论放荡，非毁典谟，帝王者所不宜容。宜因衅除之，以淳风俗。'帝既昵听信会，遂并害之。"

嵇康将刑东市，太学生三千人欲做最后的努力，上书请以康为师，不许。

《晋书·嵇康传》："康将刑东市，太学生三千人请以为师，弗许。"

《世说新语·雅量》第2条："嵇中散临刑东市……太学生三千人上书，请以为师，不许。"

嵇康临刑东市，兄弟亲族咸与共别，康以其子绍托山涛，并援琴而鼓，奏《广陵散》（一说为《太平引》），从容赴死，时人莫不哀之。

《三国志·魏书·王粲传》附《嵇康传》裴松之注引《魏氏春秋》："康临刑自若，援琴而鼓，既而叹曰：'雅音于是绝矣！'时人莫不哀之。"又引《康别传》："康临终之言曰：'袁孝尼尝从吾学《广陵散》，吾每固之不与。《广陵散》于今绝矣！'"

《文选》向秀《思旧赋》李善注引曹嘉之《晋纪》："康刑于东市，顾日影，援琴而弹。"

《世说新语·雅量》第2条："嵇中散临刑东市，神气不变，索琴弹之，奏《广陵散》。曲终，曰：'袁孝尼尝请学此散，吾靳固不与，《广陵散》于今绝矣！'刘孝标注引《文士传》："临死，而兄弟亲族咸与共别。康颜色不变，问其兄曰：'向以琴来不邪？'兄曰：'以来。'康取调之，为《太平引》。曲成，叹曰：'《太平引》于今绝也！'"

《晋书·嵇康传》："康顾视日影，索琴弹之，曰：'昔袁孝尼尝从吾学《广陵散》，吾每靳固之，《广陵散》于今绝矣！'时年四十。海内之士，莫不痛之。帝寻悟而恨焉。"

《晋书·山涛传》："康后坐事，临诛，谓子绍曰：'巨源在，汝不孤矣。'"

嵇康被害时间，应在是年秋八月司马昭离开洛阳大举攻蜀前。嵇康被害处，在洛阳城东马市。被杀后，葬于洛阳邙山；一说，葬于铚县嵇山。

《晋书·文帝纪》："夏，帝将伐蜀。……秋八月，军发洛阳，大赍将士，陈师誓众。"

《文选》江淹《恨赋》："及夫中散下狱，神气激扬。浊醪夕引，素琴晨张。秋日萧索，浮云无光。"

《水经注·谷水注》："水南即马市也，旧洛阳有三市，斯其一也，嵇叔夜为司马昭所害处也。"

《太平御览》卷一百九十一引《洛阳记》："三市，大市名也。金市，在大城西；南市，在大城南；马市，在大城东。"

杨衒之《洛阳伽蓝记》卷二："出建春门外一里余，至东石桥，南北而行。晋太康元年造桥，南有魏朝时马市，刑嵇康之所也。"

《太平寰宇记·河南道·河南府河南县》："芒山，一名邙山，在县地北十里。戴延之《西征记》云：'邙山西岸东坦。……嵇康、石崇、何晏、陆倕、阮籍、羊祜皆有冢在此。'"

《太平寰宇记·河南道·宿州临涣县》："嵇山在县西北三十五里。嵇康墓在县西北三十五里，嵇山东一里。"

清石成之《涡阳县志·地舆志·山川》："稽山在石弓山东北三里，距城北六十里。因有稽康墓，故名。"又《地舆志·陵墓》："晋稽康墓在石弓山东北稽山上。"

嵇康被杀后，竹林之游后期也随之结束。向秀失图，不久步入仕途。

《文选》向秀《思旧赋》李善注引臧荣绪《晋书》："向秀……始有不羁之志，与嵇康、吕安友。康既被诛，秀应本州计入洛。太祖问曰：'闻有箕山之志，何以在此？'秀曰：'以为巢、许未达尧心，是以来见。'"

《世说新语·言语》第18条："嵇中散既被诛，向子期举郡计入洛。文王引进，问曰：'闻君有箕山之志，何以在此？'对曰：'巢、许狷介之士，不足多慕！'王大咨嗟。"刘孝标注引《向秀别传》："后康被诛，秀遂失图，乃应岁举。到京师，诣大将军司马文王，文王问曰：'闻君有箕山之志，何能自屈？'秀曰：'常谓彼人不达尧意，本非所慕也。'一坐皆说。随次转至黄门侍郎、散骑常侍。"

是年，嵇康之子嵇绍十岁。

《晋书·嵇绍传》："嵇绍字延祖，魏中散大夫康之子也。十岁而孤，事母孝谨。"

是年十一月，魏灭蜀。次年（咸熙元年甲申，264），钟会谋反，被杀。

见《晋书·文帝纪》。

嵇康被杀后二年（咸熙二年乙酉，265），司马昭卒，其子司马炎继位，魏帝禅位，魏亡。

《晋书·文帝纪》："秋八月辛卯，帝崩于露寝，时年五十五。"

《晋书·武帝纪》："八月辛卯，文帝崩，太子嗣相国、晋王位。"

《三国志·魏书·三少帝纪》："十二月壬戌，天禄永终，历数在晋。诏群公卿士具仪设坛于南郊，使使者奉皇帝玺绶册，禅位于晋嗣王，如汉魏故事。"

嵇康被杀后十八年（晋武帝咸宁六年庚子，280），经山涛举荐，嵇绍入仕为秘书丞。

《世说新语·政事》第8条："嵇康被诛后，山公举康子绍为秘书丞。绍咨公出处，公曰：'为君思之久矣。天地四时，犹有消息，而况人乎！'"刘孝标注引《山公启事》："诏选秘书丞，涛荐曰：'绍平简温敏，有文思，又晓音，当成济也。犹宜先作秘书郎。'诏曰：'绍如此，便可为丞，不足复为郎也。'"又引《晋诸公赞》："康遇事后二十年，绍乃为涛所拔。"又引王隐《晋书》："时以绍父康被法，选官不敢举。年二十八，山涛启用之，世祖发诏以为秘书丞。"

《晋书·忠义·嵇绍传》："十岁而孤，事母孝谨。以父得罪，靖居私门。山涛领选，启武帝曰：'《康诰》有言："父子罪不相及。"嵇绍贤侔郤缺，宜加旌命，请为秘书郎。'帝谓涛曰：'如卿所言，乃堪为丞，何但郎也。'乃发诏征之，起家为秘书丞。"

按"康遇事后二十年"与"年二十八"及"十岁而孤"的说法相矛盾。由于嵇康《与山巨源绝交书》明言作《书》时"男年八岁"，而据《三国志·魏书·王粲传》附《嵇康传》裴松之注所举《涛行状》，涛作书事发生在景元二年，而这一年嵇康并没有被杀，因此"十岁而孤"之说是可信的。很可能是"二十年"的说法有问题。据《晋书·武帝纪》："（太康）四年春正月……戊午，司徒山涛薨。"太康四年（283）春正月去嵇康被杀的景元四年勉强有二十年，但据《晋书》山涛本传，山涛此时已老病到不能工作，甚至已不能走路，说他到了此时才举荐嵇绍，颇不合于情理。"二十年"很可能是举其成数而言，实际应为十八年。

嵇康被杀后四十二年（晋惠帝永安元年甲子，304），东海王司马越等挟惠帝北征成都王司马颖，败绩于荡阴，嵇绍死之。

《晋书·惠帝纪》："秋七月……己未，六军败绩于荡阴，矢及乘舆，百官分散，侍中嵇绍死之。"

《晋书·忠义·嵇绍传》："绍以天子蒙尘，承诏驰诣行在所。值王师败绩于荡阴，百官及侍卫莫不散溃，唯绍俨然端冕，以身捍卫，兵交御辇，飞箭羽集，绍遂被害于帝侧，血溅御服。天子深哀叹之。"

嵇绍死后，进爵为侯。长子眕，有父风，早夭，以从孙翰袭封。成帝时，翰以无兄弟，自表还本宗。太元中，复以翰孙旷为弋阳侯。

见《晋书·忠义·嵇绍传》。

（原载张亚新《嵇康集详校详注》，北京：中华书局 2021 年版）

追步前人履迹　属意后出转精

——《嵇康集详校详注》整理校注心得

现代第一个对《嵇康集》进行全面、系统的整理、校勘的人是鲁迅；第一个不仅对《嵇康集》进行全面、系统的整理、校勘，而且还以揭明典实和词语出处为重点对《嵇康集》加以注解的人是戴明扬。尚有叶渭清的《嵇康集校记》，以单篇文章的形式出现，不出正文，较为简略；有马叙伦的《校记》，乃对叶渭清《校记》的补苴之作，也不出正文，更为简略。此外，尚有几种普及性质的校注本，大抵以鲁迅辑校本或戴明扬校注本作为底本，校勘简略，注解则以解释词义、句意为主。总的来看，鲁迅辑校本、戴明扬校注本是现当代嵇康和《嵇康集》研究者所依凭的最基本、最重要的本子。但鲁迅的整理、校勘工作始于 1913 年 10 月，终于 1924 年 6 月，距今已近百年；戴明扬的校注工作始于上世纪 30 年代初叶，结束时间不详，但戴氏病逝于1953 年，推测不会晚于 40 年代，距今至少已有七十余年。鲁迅、戴明扬的工作在很大程度上具有拓荒的性质，其功不可没；但囿于时代的局限和其他主客观条件的限制，其本子在今天看来存在这样那样的缺憾，已不能充分满足当代研究者的需要。有鉴于此，我产生了对《嵇康集》重新加以整理、校笺的想法。经过八年焚膏继晷、矻矻不已的努力，终得撰成《嵇康集详校详注》一书，蒙北京中华书局于 2021 年 2 月出版。全书一百万字，出版得到国家古籍整理出版专项经费资助。

一、《嵇康集》的成书时间

关于《嵇康集》的最早记载，见于《三国志·魏书·邴原传》裴松之注引荀绰《冀州记》："巨鹿张貔，字邵虎。祖父泰，字伯阳，有名于魏。父邈，字叔辽，辽东太守。著名《自然好学论》，在《嵇康集》。"今《嵇康集》有张叔辽《自然好学论》及嵇康之《难自然好学论》，可证荀绰所言不虚。据《晋书·荀勖传》，荀绰于"永嘉末，为司空从事中郎，没于石勒，为勒参军"。又据《晋书·石勒传下》，石勒于大兴二年（319）自称赵王后，开始"建社稷，立宗庙"，并重用汉族士大夫，崇尚儒学，兴办学校，制定律令，"命记室佐明楷、程机撰《上党国记》"。荀绰撰《冀州记》，当也在此时，则《嵇康集》已在此前编成。而其具体编定的时间，当以西晋太康年间（280—289）的可能性为最大。理由如次：

（一）嵇康于魏元帝景元四年（263）因吕安事被牵连下狱，遇害，其《集》中所收《幽愤诗》《家诫》皆作于狱中临刑前不久，因此《嵇康集》在嵇康生前应当没有编成的可能。

（二）《晋书·嵇绍传》："十岁而孤，事母孝谨。以父得罪，靖居私门。年二十八，山涛启用之，世祖发诏以为秘书丞。"《世说新语·政事》第8条刘孝标注引王隐《晋书》："时以绍父康被法，选官不敢举。"从嵇康被杀的景元四年下推十八年，即为晋武帝咸宁六年（280）。这十八年间连位高权重、深得晋武帝宠信且与嵇康私谊甚笃的山涛在处理涉及嵇康的事情时都有所顾忌，则其他人当会更为谨慎，因此在这期间编成《嵇康集》的可能性不大。

（三）晋惠帝司马衷于太熙元年（290）登基后，八王之乱、永嘉之乱接踵而至，社会动荡不安，士人颠沛流离，在这种情况下，编成《嵇康集》的可能性也不大。

（四）钟嵘《诗品序》："太康中，三张、二陆、两潘、一左，勃尔复兴，踵武前王，风流未沫，亦文章之中兴也。"太康年间，由于政局比较稳定，在文化艺术方面出现了一个"中兴"的局面；加之此时嵇绍已迈入仕途，为嵇康编集的顾忌已不复存在，因此《嵇康集》在这一时期编成的可能性自然也就最大。（当然，不排除嵇绍成年后，已在此前私下为其父编集。《六臣注文选》赵至《与嵇茂齐书》李周翰注："《晋记》国史，实有所凭，绍之家集，未足可据。"就透露出这一信息。）

《三国志·魏书·王粲传》裴松之注引《魏氏春秋》："康所著诸文论六

七万言，皆为世所玩咏。"从其以"六七万言"概举嵇康作品的情形看，所说应非零星流传的单篇文字，而是已整理成集的《嵇康集》。孙盛为东晋初年人，可见当时《嵇康集》已在士人中广为流传，并得到大家的喜爱。

二、《嵇康集》的分卷

《三国志·魏书·邴原传》裴松之注引荀绰《冀州记》最早提到了《嵇康集》，但未言及其卷数。最早对《嵇康集》的分卷有明确记载者为《隋书·经籍志》："魏中散大夫《嵇康集》十三卷。"但注又云："梁十五卷，录一卷。"据《隋书·经籍志》，南朝宋、齐间有王俭所撰《宋元徽元年四部书目录》四卷、《今书七志》七十卷，梁有阮孝绪所撰《七录》十二卷等。而据《隋书·经籍序》，《隋书·经籍志》就是在"远览马史、班书，近观王、阮志、录"的基础上编撰而成的，因此所谓《嵇康集》"梁十五卷，录一卷"，当为移录梁代公私书目所得出的结论，说明在南朝梁或更早时《嵇康集》为"十五卷，录一卷"。而后经过梁末的大乱及陈、隋的更迭，到隋、唐初时只剩下"十三卷"，已非完璧。后《旧唐书·经籍志》及《新唐书·艺文志》均著录为十五卷，当为因仍"梁十五卷"的说法。

大约在唐末五代间，《嵇康集》进一步散佚。王尧臣等编成于北宋仁宗时期的《崇文总目》，即只著录为十卷，此后《郡斋读书志》《宋史·艺文志》等公私书目同此。南宋以后，《嵇康集》除少数书目、本子著录、析分为六卷、七卷、九卷、一卷或不分卷外，大抵均著录或析分为十卷。

三、《嵇康集》的版本源流

初唐前已有不同版本的《嵇康集》。《三国志·魏书·王粲传》附《嵇康传》裴松之注引有《康集目录》，《世说新语·德行》第16条刘孝标注引有《康集叙》，《栖逸》第2条刘孝标注引有《康集序》，《文选》嵇康《与山巨源绝交书》李善注引有《嵇康文集录注》，从《嵇康集》《嵇康文集》书名的不同及"序""叙"用字的不同，可以看出这一点。初唐后，除《嵇康集》《嵇康文集》外，尚有《嵇叔夜集》《嵇中散集》《嵇中散文集》《中散大夫嵇康集》等名称，在很大程度上应也是对不同版本的《嵇康集》的反映。

　　但无论何种本子的《嵇康集》，明以前的均已湮灭不存。现存最早的本子，钞本有明吴宽丛书堂钞本，曰《嵇康集》，十卷，书末有顾广圻、张燕昌、黄丕烈跋；刻本有明黄省曾南星精舍刻本，曰《嵇中散集》，也为十卷。吴宽（1435—1504），字原博，号匏庵，长洲人；黄省曾（1490—1540），字勉之，吴县人。刻本前有黄氏自序，末署"嘉靖乙酉"，即嘉靖四年（1525）。可见，刻本比钞本晚出，但彼此相隔的时间不算太久。前人认为这两种本子均出于宋本，这种说法应当是可信的，因南宋王楙在其《野客丛书》卷八中曾说"得毗陵贺方回家所藏缮写《嵇康集》十卷，有诗六十八首"，并认为"《崇文总目》谓《嵇康集》十卷，正此本尔"，此十卷本所收诗作的数量与黄刻本所收诗作的数量非常接近，黄刻本所据的本子很可能就是王楙所见的十卷本，或与王楙所见的十卷本同一系统的本子。钞本其文字有原钞和校改后的文字两种，原钞所收诗作的数量与刻本并不完全相同，这似可说明，明以前，包括南宋时期，十卷本也有不同的本子存在，钞本原钞与黄刻本所据的本子并不相同。

　　据鲁迅《嵇康集跋》，钞本一共校了三次，"一用墨笔"，"二以朱校"，校改文字大抵与黄刻本相同。钞者为谁已不可考，钞本为何时所校、校者为谁也难于确定。钞本第三卷目录"稽荀录"三字下，有"此首刻板亦不载"六字；第八卷《难宅无吉凶摄生论》"若但撮提群愚，□□蚕种"句，丛书堂钞本原钞无空缺，校者于书眉上注云："刻板上空二字。"据此，可推知校者中至少有一人晚于黄省曾，而且校时所据为黄刻本（或出于黄本之刻本）。

　　由于是《嵇康集》的第一个钞本和刻本，有人就不免要对其加以比较。由于钞本有原钞和校改文字两种文字，因此又有人对这两种文字进行比较。而由于校改文字大抵与黄刻本同，因此有人在评论校改文字时，又常要连带着评论到黄刻本。这方面的评论，现在能见到的大抵是肯定钞本或钞本原钞而贬抑黄刻本或钞本校改文字的意见。清代藏书家在这方面已兆其端，鲁迅辑校本以钞本作底本，又主要依从原钞，因此他肯定钞本特别是钞本原钞而贬抑黄刻本及钞本校改文字的意见更为突出而具有代表性。其实统而观之，钞本、黄刻本各有其所长，也各有其所短。即如钞本而言，其不足处至少可列出以下几点：一是与黄刻本一样，原钞文字有"脱落"；二是钞本将《兄秀才公穆入军赠诗十九首》中的五言一首析出单列，题作《五言古意》，不妥，《艺文类聚》卷九十引其中的六句，而题作《魏嵇叔夜赠秀才诗》，足证其本为《十九首》中的一首；三是原钞和校者对某些问题的处理都比较随意，特别是卷一后文与前文不相接续，或文字重出等问题较突出；各卷（特别是卷一）校者删削涂抹之处不少，一些文字已难于辨识，这不仅严重影响到阅读，还在实际上改变了原钞本来的面貌。

自钞本及黄刻本出，后世的本子即都以这两种本子作底本，形成泾渭分明的两个版本系统，而以黄刻本作底本者居多。明代以黄刻本作底本者有程荣校刻本《嵇中散集》十卷、汪士贤校刻本《嵇中散集》十卷、张燮校刻本《嵇中散集》六卷、张溥校刻本《嵇中散集》（不分卷）。此外尚有明钞本一种。

入清，"世所通行者，惟明刻二本，一为黄省曾校刊本，一为张溥《百三家集》本"①，同时也产生了两种新校刻本，一为姚莹、顾沅、潘锡恩所编《嵇康集》九卷，一为丁福保所编《嵇叔夜集》七卷。两种刻本也均以黄刻本作底本。此外，据《皕宋楼藏书志》及所附吴志忠（妙道人）钞校本《嵇中散集跋》，清代尚有从丛书堂钞本过录的钞校本。

进入现代，产生了两个重要的本子，即鲁迅所辑校的《嵇康集》和戴明扬的《嵇康集校注》。

鲁迅辑校《嵇康集》十卷，以丛书堂钞本作底本，用以参校的有诸家《嵇康集》刻本及《三国志》注、《世说新语》注、《文选》李善注等。此本的独特价值是：（一）钞本是迄今所能见到的第一个《嵇康集》本子。由于钞本的校改文字大抵与黄刻本同，因此其独特的价值在于原钞，而鲁迅校勘的原则是"排摈旧校，力存原文"②，这就在很大程度上保留了钞本的独特价值。（二）钞本原钞有不少讹乱之处，经校者涂抹，更使一些地方难于辨识。经鲁迅整理，在很大程度上解决了这一问题，使钞本成为一个方便阅读的本子。（三）除《序》《跋》外，鲁迅还作有《嵇康集考》《逸文考》和《著录

---

① （清）陆心源《皕宋楼藏书志》卷六十七。见《宋元明清书目题跋丛刊》清代卷第二册，中华书局 2006 年版，第 754~755 页。

② 鲁迅《嵇康集序》。见《鲁迅全集》第十卷，人民文学出版社 1981 年版，第 59 页。

考》诸文，首次对《嵇康集》的版本源流、卷数及名称、目录及阙失、逸文然否等作了稽考，从而开出了现代《嵇康集》研究的先河。

戴明扬《嵇康集校注》以黄刻本作底本，以丛书堂钞校本、诸《嵇康集》刻本及诸总集、类书参校。此本的独特价值是：（一）此为第一个通注《嵇康集》的本子，虽有一些旧注可资参考、吸纳，但大部分工作具有拓荒性质，其繁难可想而知；戴氏广征博引，攻坚克难，功不可没。（二）此本充分参考、吸纳了前人的校勘成果，同时力避其不足，阙者补之，误者正之；特别是对丛书堂钞本原钞，做了不少厘正纠谬的工作。（三）此本第一次比较系统地辑录、整理了嵇康生平史料及历代诸家评论，为研究者提供了方便。

四、《嵇康集详校详注》力求有所创新

由于丛书堂钞本脱漏、勾删及涂抹之处较多，一些地方甚至难于辨识，远不及黄省曾本明晰确凿，因此《嵇康集详校详注》选择黄本作为底本，而以钞本作为主要的校本。其他校本，有明代的几种《嵇康集》刻本、明钞本及《文选》《艺文类聚》等收有嵇康诗文的明代及明代以前的总集、类书、诗文选本、史乘等。由于自宋以来的官私书目大抵均将《嵇康集》著录为十卷，因此本书循此旧例，也分为十卷。

本书在整理、校勘、注释、研究的过程中，努力吸纳了前人有价值或可资参考的成果。在这方面，鲁迅辑校本、戴明扬校注本给予我的帮助最大，我从中获得的启发、吸纳的成果最多。但另一方面，本书也力求有所创新。

本书与鲁迅辑校本相较，有所不同或有所改进的地方主要有以下几点：一是鲁迅辑校本只有校勘而无注释，而本书既有校勘也有注释。二是鲁迅辑校本的校勘以丛书堂钞本作底本，而本书校勘以黄刻本作底本，黄刻本比起有较多勾删涂抹的丛书堂钞本来，文字较为明晰确凿。三是丛书堂钞本文字有原钞和校改后的文字两种，鲁迅大抵依从原钞，严格遵循自己所确定的"排摈旧校，力存原文"的原则，有时不免显得拘执；本书校勘则更注意择善而从，而对鲁迅采用原钞而本书未予采用之处也一一予以注明。四是鲁迅辑校本不附嵇康著作残卷《春秋左氏传音》和《圣贤高士传赞》，本书附之并予校注，有助于增进读者对嵇康及其创作的全面了解。

446

　　本书与戴明扬校注本相较，有所不同或有所改进的地方主要有以下几点：一是有版本依据的明显错字或不妥之字，戴本只在校记中予以说明，而正文不作更改；本书正文则作出更改，同时在校记中予以说明，这样做应更方便读者阅读。二是戴本引文，常不标明具体的出处，只笼统地点出《楚辞注》《后汉书注》等，颇不便于读者查核；所引诸家评论，有的也只标列评论者姓名。本书引用文字，除作者姓名之外，书名、卷次、篇名均一一标出。三是本书的注释更趋详备，并弥补、改正了戴本中的一些疏漏及讹误。四是戴本所列参考资料排序较为凌乱，以至梁方仲认为"似为随事排辑，尚非定稿，故可以删并或重新排列之处颇多"①；而本书排列更为有序。五是丛书堂钞本原钞录有《四言诗四首》和《五言诗三首》，但被校者删去，各本《嵇康集》也不予收录；而鲁迅辑校本不仅收录之，还明确其为嵇康作品。戴本亦收录之，但未注，并云："观其结体用韵，当为魏、晋，而属词寄意，亦与叔夜略同，想皆今《集》所佚耶？"② 态度颇犹疑。本书则依从鲁迅，明确其为嵇康作品，并予校注。六是戴本收录有《春秋左氏传音》和《圣贤高士传赞》，但有校而无注；本书则同时做了校勘和注释。其中《圣贤高士传赞》乃重辑而成，重辑时不设定统一的底本，而将载录某篇较好、较可信的本子定为该篇的底本，将载录有该篇的其余的本子作为校本，并依传主生活年代的先后重新进行了排序，传主比起戴本来也增多一人。在附录中，还收录了历代《春秋左氏传音》和《圣贤高士传赞》的序跋。

　　此外，相较于鲁迅辑校本、戴明扬校注本及其他诸种本子，本书还有几点改进：一是本书虽仍为十卷，但各卷、特别是卷二和卷三的篇目有所调整。原十卷本虽大体按文体分卷，但又并不严格，如卷二收《琴赋》和《与山巨源绝交书》《与吕长悌绝交书》，将赋体和书体放在一起；卷三收《卜疑》和《养生论》，又将辞赋体和论体放在一起；论养生的文字一共有三篇，却被分置于两卷。本书对此作出调整，使眉目更为清楚。二是为方便参阅、复核与征引，本书于每篇诗文后均将底本及校本的出处标出，只不过为避烦琐，《嵇

---

①　《戴明扬〈嵇康集校注〉》。见《梁方仲读书札记》，中华书局 2008 年版，第 2 页。

②　戴明扬《嵇康集校注》，人民文学出版社 1962 年版，第 81 页。

康集》诸本只标注其现存最早的版本即黄本或丛书堂钞本，其余诸本只标注有异文可资勘校者；总集、类书、选本、史乘等明以前的因其早出，价值较高，故全部标注，而明代的也只标注有异文可资勘校者。在标注时，不仅标出书名，还标出卷次，以尽可能地提高本书的科学价值和使用价值。三是《嵇康集》所附别人赠答诗十四首、论难文四篇，旧本均将其中的多数作品置于嵇作之前，而本书将其一律移至嵇作之后，同时标明出处并予校笺。四是本书所收参考资料（包括各篇诗文集评，《嵇康集》目录注、序（叙）佚文，历代《嵇康集》序跋题辞及考释，《嵇康集》版本著录，嵇康传记及传说资料，历代嵇康评论及题咏等）更为详备，排序更为科学，且所采资料均一一标明出处，以方便复核和征引。此外，在"前言"中对《嵇康集》的版本源流作了较详考述。五是鉴于已有嵇康年谱（含年表）大都存在篇幅不长、内容简略、不合事理之处较多等较为突出的问题，本书特另制新谱，较全面地展示了嵇康的家世出身、生平交游、创作历程及当时的政治文化学术背景，解决了一些需要解决但长期未曾触及或未能妥予解决的问题（比如解决了嵇康与太学关系的问题，《管蔡论》等文的写作时间及嵇康临刑前为什么会发生"太学生三千人请以为师"的问题相应地也得到了解决）。六是本书在前人努力的基础上继续搜求《嵇康集》佚文且有新的收获，即使是片言只语也不轻易放过，有目无文者也存其目，从而使《嵇康集》更趋赅备。所辑佚文依文体编入各卷，并一一标明出处；在两可之间、难以判定真伪者列作附录。

五、主要体会

（一）许逸民先生在其《徐陵集校笺·凡例》中提出："既属后出新本，则所最重视者在三个方面：一是力求其全，二是力求其真，三是力求其是。"这虽是为所著重辑本《徐陵集校笺》悬出的目标，但窃以为这也应成为所有"后出新本"及新整理本努力追求的目标。作为"后出新本"，为尽可能地达成这一目标，本书在以下三方面做出了努力：一是为力求其全，尽可能地广涉群籍，广采博取；二是为力求其真，在比对各本及搜罗史料时小心过录，力保文本、史源不出差错，并认真做好胪列出处的工作；三是为力求其是，在校笺时博采异文，细致比勘，认真辨析，审慎去取。

（二）任何研究工作都既离不开继承，也离不开创新。对古籍整理工作而言，认真搜集、排比、研究前人在整理、校勘、注释、研究方面的成果并对其中有价值的东西加以吸纳，乃题中应有之义，对相关资料搜集得越完备，比勘得越认真，研究得越透彻，吸纳得越充分，则说明这项工作做得越有成绩。但另一方面，创新也非常重要，如果只知一味地继承、吸纳，则基本上只能算是在重复前人和他人的劳动，所做的工作就将变得缺少意义。要达到有所创新的目的，首先从选题开始就得有比较明确、强烈的创新意识；其次得加强对于整理对象的研究，对已有的相关成果进行认真梳理，从中发现问题，寻找整理工作的突破口和创新点；三是努力运用新方法（如利用互联网技术等），遵循当代古籍整理的规范，使整理工作能具有鲜明的时代特色，产出的成果能最大限度地满足当代研究者的需求。

（三）就《嵇康集》的整理工作而言，其最核心的追求是力争通过校勘，最大限度地还原《嵇康集》的原貌，力争通过笺释，最大限度地揭示嵇康诗文的原意。这应当是每一个《嵇康集》整理者所共同追求的目标。但有了这个共同的目标，不等于就都能无差别地达到这个目标，所选定的底本、校本不同，对相关资料的取舍不同，所确定的具体任务和目标不同，整理的原则、体例、方法不同，所投入的时间和精力不同，认真的态度不同，都有可能导致达成目标程度的不同，而其工作有无创新，有无超越前人和他人之处，也在这诸多方面及由这诸多方面所共同作用的最终成果体现了出来。因此，整理工作必须全过程、全方位地作出努力，而舍得付出时间和精力，有一个认真、踏实、科学的工作态度，可能是其中最为重要的。

（原载全国古籍整理出版规划领导小组办公室编《古籍整理出版情况简报》2021 年第 12 期，总 610 期）

略论阮籍的独立人格

一

所谓人格，是人的行为、心理特征的整体性、连续性的呈现。它包括了一个人外部的自我，也包括了一个人内部的自我。所谓外部的自我，指一个人表现于外的在体格、容止、行为、风度、气质等方面的特点；所谓内部的自我，指一个人外部未必显露但却客观存在的品德修养、伦理观念、精神境界、尊严、理想等。人格具有高度的稳定性，不会因人生环境、人生经历的变化而轻易发生变化，具有持久性和连续性。人格又具有整体性的特征，它由道德品质、伦理观念、思想、性格、气质、能力、情感、意志、认知、态度、心态、兴趣、人生观、价值观、行为习惯、体质生理等多种成分和特质组成，人格虽并不完全等同于这些成分和特质，但同它们都有着丝丝入扣的联系，各种成分和特质水乳交融地结合在一起，从而形成了呈现整体性的人格。

同一群体、同一民族、同一阶级或阶层的人们由于在同一群体环境、社会环境和自然环境中生活，接受同一民族文化的熏染和影响，有着共同的利益和追求，因此其人格特征会呈现出某些共性。但另一方面，由于每个人都从其父母身上继承了特定的基因素质，由于每个人所处的时代、家庭环境、生活环境、所接受的教育、人生经历、社会活动、在社会中所处的地位等因素不可能完全相同，由于每个人从外界所接受的刺激和影响都有其特殊性，每个人的生理活动和神经系统活动都有其自身的特点，因此每个人都会有自己独特的个性，而独特的个性对人格特征的形成有着非常突出的甚至是决定性的影响，这样，一个人的人格特征除包含有共性外，还具有其鲜明的独特性。

人格心理学家注意研究人格的共性，但他们更注意研究人格的独特性。究其原因，在于人格从根本上说来是独特的，所谓人格，实际上就是对于特定的"个人"的规定，是个人在社会生活中展现在世人面前的特定的个人形象，是一种个人独具的思想、心理、情感和行为的模式。因此，美国人格心理学家阿尔波特的《人格：心理学的解释》一书在综述了关于人格含义的众多权威的说法之后，将这些众多的说法归结成了一句话：人格就是"真实的人"。

由于人格实际上就是对于特定的"个人"的规定，实际上就是"自我"，因此充分展示自己人格的独特性、展示自己独特的人格品质，就成了一件自然而然的事情。在现代社会，这几乎已成为人们的共识。在西方，不少人遵循自我中心原则，强调自己是独立的个人，努力使自己独立于他人、区别于他人，总是尽力地去展示自己独特的品质、能力和追求。在中国，追求个性、展示自我、关注自我实现的人也越来越多，正在日益成为一股汹涌的潮流。这种对于"自我"的关注，对于人格独特性和独立人格的认识，虽然是到今天才达到了一个前所未有的高度，但其实这也经历了一个漫长的发展过程，是有渊源可寻的。

比如先秦儒家学派虽然特别强调人作为群体角色和社会角色的存在，特别强调个人的社会责任感和使命感，但对于人与人的不同也并非就毫无认识，对合于道义的独立人格也非常推崇。孔子就曾说："性相近也，习相远也。"① 认为人的性情本来相近，但因为习染不同，便相距得远了，这实际上看到了后天因素对于人格的影响，并承认了因接受不同影响而形成的独立人格的存在。又孔子说："君子和而不同，小人同而不和。"② 子贡说："贫而无谄，富

---

① 《论语·阳货》。见《十三经注疏·论语注疏》，上海古籍出版社 1997 年影印世界书局缩印阮元刻本，第 2524 页。

② 《论语·子路》。见《十三经注疏·论语注疏》，上海古籍出版社 1997 年影印世界书局缩印阮元刻本，第 2508 页。

而无骄。"① 则实际上对人格的尊严和具有个人独到见解的独立人格表示了肯定，而对丧失人格、只知盲从附和的人进行了抨击。孔子所说的"三军可夺帅也，匹夫不可夺志也"②，则突出地强调了独立人格的可贵。孟子在这方面也发表了不少引人瞩目的意见，他所说的"富贵不能淫，贫贱不能移，威武不能屈"③，所标举的就是一种独立不移、拔地矗天的大丈夫人格，为后代无数志士仁人确立了做人的准则。

作为儒家的对立面，道家学派更多地从不受外物拘牵、摆脱一切桎梏、顺应自然、率性而为的角度谈到了人格独立的问题。庄子还第一次把个体生命的价值提高到了人格本体的高度，认为个体的生命应该获得绝对的自由。他在《逍遥游》中塑造了"神人"的形象，在《齐物论》中塑造了"至人"的形象，在《大宗师》中塑造了"真人"的形象，他们都能自由自在地遨游于天地之外，都能不被外物所伤，都能彻底地摆脱生死、利害的羁绊。这种实现了绝对自由的"神人""至人""真人"在现实生活中是不存在的，但庄子却借此明确地表达了自己反对人为物役、追求个体生命价值和身心自由的理想，从而为人的意识的觉醒、为人格独立意识的确立开出了端绪。

除儒、道两家外，其他各家对人格独立的问题也都从不同角度和侧面或多或少地发表过一些看法，对后世也都产生过一定影响，但影响最大的还是儒、道两家。由于儒家在汉代被推到"独尊"的地位，统治者从维护自身统治的需要出发，推行专制制度，维护中央集权，推崇一元化文化，过分强调道德的能动作用，强调人的社会性角色的重要，从而导致对人性、人欲和人格独特性的削弱乃至否定，物极而必反，因此在许多情况下，道家思想便引起了人们更多的兴趣，发挥了更大的影响。魏晋时期，不少士人高标自己的独立人格，对束缚个体身心自由的儒家僵化虚伪的说教发起了强悍的抨击，

---

① 《论语·学而》。见《十三经注疏·论语注疏》，上海古籍出版社 1997 年影印世界书局缩印阮元刻本，第 2458 页。

② 《论语·子罕》。见《十三经注疏·论语注疏》，上海古籍出版社 1997 年影印世界书局缩印阮元刻本，第 2491 页。

③ 《孟子·滕文公下》。见《十三经注疏·孟子注疏》，上海古籍出版社 1997 年影印世界书局缩印阮元刻本，第 2710 页。

从而使这一时期成为一个在精神上相对最为自由、最为解放、个体独立精神得到大力张扬的时期，这一变革就是在老庄玄学思想的强力推动下实现的。

二

阮籍是魏晋时期标举和张扬独立人格的代表人物。自西汉武帝以来，统治者在空前程度上以儒家名教治国，所谓名教，包括一套政治制度、伦理规范、礼乐教化和一套以对人物品行的考察评议为依据的征举名士、选拔官吏的制度。士人的思想被严重箝制，重"名节"，读死书，规行矩步，皓首穷经，不免丧失了自我，丧失了独立人格。由于对礼教的遵循与社会的评价直接相关，与利禄之途直接挂钩，一些人为名利前程计甚至不惜装模作样，欺世盗名，从而爆出了桩桩丑闻。更有甚者，披着名教礼法的外衣，干祸国殃民的事情，或以名教礼法作为束缚人们手脚的工具，甚至以之配合其血腥屠杀的政策，使之成为一种压制、打击异己的工具和手段。阮籍所生活的正始时期，统治者一方面大倡名教，另一方面又大肆屠戮异己，而礼法之士争相投靠司马氏，仰承鼻息，为虎作伥，朝中充满了阴谋与篡夺、诡诈与势利。阮籍生活在这样一种环境和氛围中，内心极为苦闷、不满，于是将抨击的矛头对准了礼法和礼法之士。《大人先生传》是这方面的代表作。阮籍对礼法之士的谨小慎微和装模作样作了形象的描绘和辛辣的讽刺：

> 服有常色，貌有常则，言有常度，行有常式；立则磬折，拱若抱鼓，动静有节，趋步商羽，进退周旋，咸有规矩。心若怀冰，战战栗栗。束身修行，日慎一日。择地而行，唯恐遗失。诵周、孔之遗训，叹唐、虞之道德。唯法是修，唯礼是克。

阮籍更怀着极大的厌恶和愤怒，借"大人先生"之口，揭露了礼法之士凶恶伪诈的面目，指出他们不过是"怀欲以求多，诈伪以要名"、"假廉以成贪，内险而外仁"、"竭天地万物之至，以奉声色无穷之欲"的无耻贪婪之徒，并以质问的口吻指出了礼法严重的危害性："汝君子之礼法，诚天下残贼、乱危、死亡之术耳，而乃目以为美行不易之道，不亦过乎？"阮籍还将这些蝇营狗苟、残害人民的利禄之徒比喻为藏在裤裆中的虱子，说他们"逃乎深缝，匿乎坏絮，自以为吉宅也；行不敢离缝际，动不敢出裤裆，自以为得绳墨也。饥则啮人，自以为无穷食也"。真是痛快淋漓，辛辣无比，入木三分。阮籍甚至还将批判的矛头对准了君王："君立而虐兴，臣设而贼生。坐制礼法，束缚下民。"封建统治者制定礼法的险恶用心昭然若揭，眼光颇为独到，揭露极为深刻。

在《达庄论》等作品中，阮籍对礼法和礼法之士也多有批判。《咏怀诗》中这类作品也不少，如其六十七：

> 洪生资制度，被服正有常。尊卑设次序，事物齐纪纲。容饰整颜色，磬折执圭璋。堂上置玄酒，室中盛稻粱。外厉贞素谈，户内灭芬芳。放口从衷出，复说道义方。委曲周旋仪，姿态愁我肠。

礼法之士表面循规蹈矩，道貌岸然，大唱冠冕堂皇的高调，而"户内灭芬芳"，内心却很卑鄙龌龊，毫无美德可言。其表里不一的品行，矫揉造作的模样，确实让人憎厌。这些描写，展示了阮籍爱憎分明、疾恶如仇的品格。

阮籍当时身处险境，却敢于站出来对礼法和礼法之士大张挞伐，这不仅展示了他大无畏的批判精神，也展示了他敢于坚持独立思考、敢于坚守自己的精神领地和思想自由的品格。具有独立人格的人往往也是思想自由的人，他们眼光敏锐，思想活跃，对现实的政治问题、社会问题、学术问题，对社会发展过程中涌现出来的新情况、新矛盾，往往喜欢进行独立的思考，而且往往比一般人要站得高些，看得远些，感悟得要快些，思考得要深入一些。他们所发表的见解和主张，还往往是独到的、大胆的。他们能做到这一点，跟他们能在很大程度上自觉、大胆地突破他所面临的压力和束缚有关，他们对于所谓的权威，对于多数人认为正确的"从来如此"的现成结论，对于传统的伦理道德观念、政治观念、学术结论乃至现存的封建统治秩序、至高无上的君王，往往敢于怀疑，敢于挑战，敢于冲击，敢于批判，往往能够发前人之所未发，发前人和他人之所不敢发，往往能够标新立异、惊世骇俗、振聋发聩。阮籍能在礼法正得到当道者的大力推崇、礼法之士正得势嚣张的时候不随人俯仰，不随俗浮沉，不看风使舵，不人云亦云、亦步亦趋，而是顶着高压，抗言高论，是充分地显示出了其人格的独立性的。

三

不过阮籍并没有总是采用直来直去、猛冲猛打的办法。阮籍生活在魏晋易代之际，其时司马氏加快了篡权的步伐，与曹魏集团展开了一次又一次的较量，每一次较量都要大肆诛除异己，手段极为残酷，一次"高平陵之变"，曹爽集团就被杀了数千人。不少名士也在这一过程中被杀，其中何晏、邓飏、夏侯玄等在当时还都是很有影响、很有地位的人物。阮籍的父亲阮瑀为"建安七子"之一，阮瑀曾在曹操幕中担任司空军师祭酒、丞相军师祭酒多年，为曹操的亲随吏员，这样的家庭背景，阮籍很容易被视作是曹魏集团中人；加之他当时已是士人中的名流，影响很大，因此必然地要成为司马氏加以防范、笼络和控制的对象。而且当时"礼法之士疾之若仇"[1]，他也确实面临着现实的危险。在这种情况下，阮籍要坚持自己的人生理想和人格理想，要坚持自己的独立人格，也就很不容易。迫于形势，阮籍在对礼法和礼法之士大张挞伐的同时，采取了一种比较独特、策略、巧妙同时也比较复杂的方式。综观其所作所为，在不同的方面或侧面表现各有不同，彼此甚至是互相矛盾的。具体说来是：

一是书面言论与实际行动有所不同。在书面对礼法和礼法之士进行了毫不留情的抨击，对司马氏也不无旁敲侧击之处，但在日常生活和交往中，除了对"礼俗之士"有过"以白眼对之"[2] 以表示轻蔑和鄙视的小动作外，没有同他们进行过直接对抗，甚至还颇小心谨慎，不去冒犯这些人。对司马氏更无顶撞或别的什么特别出格的行为，在形式上还与之进行了合作。

二是同为书面言论，诗与文对礼法和礼法之士的批判在表现上有所不同。在文中直截了当地进行批判，而诗却颇为委婉含蓄、隐晦曲折。

三是同为实际行动，在政治上的表现与在生活上的表现有所不同。在政治上不与礼法之士直接对抗，但在生活上却放浪形骸，不拘礼法，与礼法之士的表现严格地作了区隔。

---

① 房玄龄《晋书》卷四十九《阮籍传》，中华书局 1974 年版，第 1361 页。

② 《晋书》卷四十九《阮籍传》："籍又能为青白眼，见礼俗之士，以白眼对之。"中华书局 1974 年版，第 1361 页。

　　四是对司马氏与对司马氏手下的礼法之士的态度有所不同。对礼法之士进行了激烈的批判，而对司马氏，虽有旁敲侧击，虽有含沙射影，但从不与之直接对抗，甚至尽可能地加以利用，并确实收到了效果。

　　阮籍的独特表现，具体说来主要有以下几方面：

　　（一）阮籍最为突出的表现，就是实行朝隐。阮籍由于不满时局的混沌，加之喜欢顺乎自然，率性而为，不愿受官场规矩和礼教戒律羁束，因此早有隐居不仕的想法，曹爽主政时，蒋济和曹爽本人曾先后征召，他都拒绝了。但是，曹氏和司马氏都想笼络、利用乃至控制阮籍，阮籍想要不做官还不容易，他最终还是身不由己地走进了官场。"高平陵之变"后，在司马氏的高压下，在十余年的时间中，阮籍先后做了司马懿、司马师、司马昭的从事中郎，高贵乡公即位后还封了关内侯，升了散骑常侍。其间，他还自请做过东平相和步兵校尉。不过，阮籍虽有官职爵位，但他并未真正地成为官场中人。一方面，这些官职爵位多为挂名的虚职虚位，另一方面，更为重要的是，阮籍并不想真的投入司马氏的怀抱，他并不想真的当官做事，他甚至完全不以官务为念，采取的是一种朝隐的态度。所谓朝隐，就是虽在朝做官，却有着隐逸之心，还有这样那样形同隐逸或者就是隐逸的行为。《晋书》本传说阮籍"或闭户读书，累月不出；或登临山水，经日忘归"，又沉湎于饮酒，在其作品中，又一再表现其高蹈远隐之志，对隐士怀着无比钦羡的感情，还曾亲自到汲郡的苏门山去拜访隐士孙登：这些，都表明他是一个不折不扣的朝隐之士。阮籍运用朝隐的手段，达到了既保全自己的生命又保全自己的品格和人格的目的。

　　（二）身在官场，既要全身远祸和保持自我，又要不同流合污，更不为虎作伥，阮籍除了不涉及具体的官务外，还采取了一个独特的办法，这就是《晋书》本传所说的"喜怒不形于色"，"发言玄远，口不臧否人物"。阮籍在这方面差不多做得十全十美，甚至给司马昭留下了极为深刻的印象，《世说新语·德行》第15条刘孝标注引李康《家诫》载司马昭语云："天下之至慎者，其唯阮嗣宗乎！每与之言，言及玄远，而未尝评论时事，臧否人物，可谓至慎乎！"阮籍其人，虽然并非没有强烈的是非观念，没有爱憎分明的态度，也并非没有激烈火热的感情，但他在到处充满阴谋和陷阱的环境中生活，不能不给自己披上一层伪装，涂上一层保护色。他用这种办法，不仅基本上使自己远离了不测之祸，还使自己得以洁身自好，较好地维护了自己的品格和人格。

（三）与其"至慎"的态度和作为相联系，阮籍的文风也形成了自己"文多隐避"的特色。但这里的"文"，主要不是指其散文，而是指其诗，即八十二首《咏怀诗》。关于《咏怀诗》"隐避"的特色，前人可谓众口一词。钟嵘《诗品》卷上说阮籍诗"厥旨渊放，归趣难求"，《文选》阮籍《咏怀诗十七首》李善注引颜延年、沈约语云："嗣宗身仕乱朝，常恐罹谤遇祸，因兹发咏，故每有忧生之嗟。虽志在刺讥，而文多隐避，百代之下，难以情测。"张溥《汉魏六朝百三家集·阮步兵集题辞》云："《咏怀》诸篇，文隐指远。"沈德潜《说诗晬语》卷上云："阮公《咏怀》，反覆零乱，兴寄无端，和愉哀怨，俶诡不羁，读者莫求归趣。"刘熙载《艺概·诗概》云："阮嗣宗《咏怀》，其旨固为渊远。其属辞之妙，来去无端，不可踪迹。"等等。诗风与文风不同，可能跟阮籍对诗、文不同特点的认识和把握有关。诗与文特别是与论说文有着不同的特点。论说文是说理的，观点应当鲜明，《达庄论》等文是论说文，《大人先生传》通过大人先生之口，对礼法之士进行批判，虽名为传，但并非真正意义的传记作品，总体上也应作为论说文看待，因此都应当观点鲜明，不能含糊其词。而诗却应当写得委婉含蓄一些，使之具有弦外之音、言外之意，给读者留下品味、联想和想象的余地。阮籍生活在文学意识已初步觉醒、对不同文体的特征已初步有所认识的汉末建安之后，他对诗与论说文的特征能够有比较明确的认识，并非是不可能的。加之他本想以"隐避""至慎"的办法自存于乱世，诗歌这种体裁正可以拿来为我所用。阮籍于是将诗歌委婉含蓄的特色发挥到了极致。阮籍在诗中大量运用了比兴、象征的手法，大量使用了历史典故，或托物寓意，或因物寄情，并有意隐约其语，闪烁其辞，使所抒之情迷离惝恍，所写之事若隐若显，所写之景若实若虚，有如云端之神龙，只偶尔露出一鳞半爪，让人若有所悟而又无法确切地理解和把握。阮籍用这样的办法，既创造出了独具特色、具有很高审美价值的艺术形象，同时也在"隐避"的外衣下，讽喻了时事，抨击了时弊，"刺讥"了礼法之士，张扬了自己的批判精神，展示了自己的独立人格。

在《咏怀诗》中，还有近二十首诗写到了"王乔""赤松""浮丘公""安期生""西王母"等神仙人物，有的诗实际上就是游仙诗。游仙诗的作者有两类：一类或真的相信有神仙世界的存在，或仅仅想通过游仙来表达自己长生久视的愿望；另一类作者，则根本不相信真的有神仙世界存在，他们只因不满于现实世界的黑暗、污浊、压迫、局促，才对神仙世界充满了向往。阮籍就属于这后一类的作者。他通过游仙发泄了自己忧世、愤世、厌世、避世的情绪，为在现实中失去了的希望和理想寻觅到了一个安身之地，为在现实中受到挤压的独立人格寻找到了一个存在和展示的天地，而由于披着"游仙"的外衣，这一用意表现得也是极为"隐避"的。

（四）阮籍对于独立人格的维护和坚持，还用了一种更为特别的方式，这就是在日常生活中肆行包括饮酒在内的放诞不羁行为。阮籍的饮酒是出了名的，他常常不分场合地恣意酣饮。一次，阮籍与族人聚饮，"不复用常杯斟酌，以大瓮盛酒，围坐相向大酌。时有群猪来饮，直接去上，便共饮之"①。阮籍求为步兵校尉，也只因为听说"步兵厨营人善酿，有贮酒三百斛"②。由于有酒必醉，甚至还有"籍与（刘）伶共饮步兵厨中，并醉而死"③的传说。阮籍如此酣饮，可以说达到了多方面的目的。他可以借酒浇愁，在昏醉中暂时忘却人世的烦恼，《三国志·魏书·王粲传》裴松之注引《魏氏春秋》说他"求为校尉，遂纵酒昏酣，遗落世事"，便指出了这一点。他还可以借此以求自全，《晋书》本传对此也说得很清楚："籍本有济世志，属魏晋之际，天下多故，名士少有全者，籍由是不与世事，遂酣饮为常。"这一办法应当说是收到了效果的，比如司马氏的亲信钟会曾"数以时事问之，欲因其可否而致之罪，皆以酣醉获免"④。更重要的是，阮籍借饮酒作掩护，基本上达到了不与当权者进行实质合作的目的。既已"酣饮为常"，成天昏昏沉沉，自然是不宜安排去做什么事情的。又《晋书》本传载："文帝初欲为武帝求婚于籍，籍

① 《世说新语·任诞》。见徐震堮《世说新语校笺》，中华书局 1984 年版，第 394 页。
② 房玄龄《晋书》卷四十九《阮籍传》，中华书局 1974 年版，第 1360 页。
③ 《世说新语·任诞》刘孝标注引《竹林七贤论》。见徐震堮《世说新语校笺》，中华书局 1984 年版，第 392 页。
④ 房玄龄《晋书》卷四十九《阮籍传》，中华书局 1974 年版，第 1360 页。

醉六十日，不得言而止。"借醉酒达到了不与司马氏结为姻亲的目的。后来司马昭想要晋爵晋王，加九锡之礼，依例他应当先表示谦让，再由公卿大臣"劝进"，这篇"劝进文"指定由阮籍来写，阮籍本想再用醉酒的办法蒙混过去，只是这次未能奏效，使者来取表章时，将他从昏醉中叫醒，他无可推托，只得写了。但就总体而言，因已"酣饮为常"，可以不具体承担职事，这样既避免了与当权者同流合污，更避免了为虎作伥，从而维护了自己的清白和独立。同时，在这一过程中，也展示了自己不为礼法所缚的真性情、真人格。

除饮酒外，阮籍还有其他种种放诞不羁行为。比如，《晋书》本传载，阮籍常常"率意独驾，不由径路，车迹所穷，辄恸哭而反"。阮籍母亲去世，作为"至孝"之人，他本来极为哀痛，但在办理丧事期间，他却不依礼法行事，礼法规定不能喝酒吃肉，他却照常喝酒吃肉，而且吃喝得比平常还多；别人来吊唁，按规定主人应当哀哭，但裴楷前去吊唁时，他却喝醉了酒，披散着头发坐在床榻上，并不哭。礼法规定男女授受不亲，阮籍内心也非常淳正，毫无邪恶的念头，但他在这方面却也有颇为"出格"的表现，比如：

> 籍嫂尝归宁，籍相见与别。或讥之，籍曰："礼岂为我设邪！"邻家少妇有美色，当垆沽酒。籍尝诣饮，醉，便卧其侧。籍既不自嫌，其夫察之，亦不疑也。兵家女有才色，未嫁而死。籍不识其父兄，径往哭之，尽哀而还。

阮籍还放诞到了司马昭那里。《世说新语·简傲》载："晋文王功德盛大，坐席严敬，拟于王者。唯阮籍在坐，箕踞啸歌，酣放自若。"阮籍如此放浪形骸，也达到了多方面的目的。首先，他借此达到了自保的目的。《晋书》本传云："礼法之士，疾之若仇，而帝每保护之。"《晋书·何曾传》具体记载了一个司马昭"保护之"的例子：

> 时步兵校尉阮籍负才放诞，居丧无礼。曾面质籍于文帝座曰："卿纵情背礼，败俗之人，今忠贤执政，综核名实，若卿之曹，不可长也。"因言于帝曰："公方以孝治天下，而听阮籍以重哀饮酒食肉于公座。宜摈四裔，无令污染华夏。"帝曰："此子羸病若此，君不能为吾忍邪！"曾重引据，辞理甚切。帝虽不从，时人敬惮之。

可见，如果不是司马昭"保护之"，阮籍早被流放、杀头了。而他保护自己的办法，却是"以重哀饮酒食肉于公座"，借司马昭对其放诞行为的容忍，避开了礼法之士的诋毁和迫害。当然，据《晋书》本传，阮籍本来就是一个"至孝"之人，母亲去世后哀恸异常，以致"赢病若此"，这大概并不与司马昭"以孝治天下"的方针相矛盾，故司马昭不能不容忍，不能不"保护之"，这似乎能说明司马昭这么做的无奈，也说明阮籍这么做的聪明。其次，阮籍放诞不羁，更多地是要借此来与礼法之士对抗，来表明自己对封建纲常礼教和虚伪道德观念的蔑视和背叛，"礼岂为我设邪"，可以看作是阮籍对礼法之士发出的明确而坚定的决裂宣言。再次，阮籍在"坐席严敬"的司马昭跟前"箕踞啸歌，酣放自若"，也不无借放诞以傲视权贵之意，此举颇与李白"黄金白璧买歌笑，一醉累月轻王侯"（《忆旧游寄谯郡元参军》）的举动相似。此外，据《世说新语·任诞》刘孝标注引《文士传》："籍放诞有傲世情，不乐仕宦。晋文帝亲爱籍，恒与谈戏，任其所欲，不迫以职事。"放诞不羁也成了阮籍得以不与司马氏进行实质合作的一个重要手段。总之，阮籍以放诞不羁作掩护，为维护和坚持自己的独立人格找到了较大的回旋空间。

当然，阮籍如此"隐避"，不敢与司马氏正面对抗、公开决裂，也暴露出他性格中软弱的一面。阮籍在实行朝隐的十余年中，也并非没有为司马氏做一点事情，比如他曾把同郡人卢播推荐给司马昭，在推荐书中说卢播是"耽道悦礼，仗义依仁"，"若得佐时理物，则政事之器；衔命聘享，则专对之才；潜心图籍，文学之宗；敷藻载述，良史之表"，还颂扬司马昭"皇灵诞秀，九德光被。应期作辅，论道敷化"等等。特别是为司马昭写"劝进文"，成为阮籍人生的一个很大的污点。此外，过分的放诞不羁，有时不免会堕入庸俗、颓废，也并不总是一件值得肯定的事情。不过应当看到，阮籍并没有心甘情愿地，更没有积极主动、死心踏地地去投靠司马氏，去为司马氏效劳。从总体看，在长达十余年的时间中，阮籍做的只是一个挂名的官。《太平御览》卷四百九十八引王隐《晋书》曰："魏末，阮籍有才而嗜酒荒放，露头散发，裸袒箕踞。作二千担，不治官事，日与刘伶等共饮酒歌呼。"说阮籍"不治官事"，情况应为属实。前面提到的两件事情，写"劝进文"完全是不得已而为之，而且这件事情一定给阮籍带来了莫大的痛苦，写过"劝进文"后，不过一两个月，阮籍就去世了，应当跟这件事情是有关系的。推荐卢播一事则是阮籍主动所为，但他当时在做这件事情时是否还有别的什么考虑，不得而知。当时投机取巧、钻营逢迎、谄媚干求的人随处可见，而阮籍没有为猎取富贵而去攀龙附凤，没有为了保持禄位而去依阿取容，相反对那帮党附权势者嗤之以鼻、口诛笔伐，这是颇为难得的。即与封建社会中难计其数的朝隐之士相比，阮籍也显得很特别。朝隐之士中，大有安于俸禄而不想认真做事的，还有既想做官，又想借悦慕山林而获取高士之名的，虽朝隐而照样认认真真、兢兢业业地为统治者办事，甚至为虎作伥的人更是不少，以"朝"为主，以"隐"为辅，"朝"多而"隐"少的人也有很多。而阮籍却是真的不想与当权者合作，真的不想借朝隐以谋取个人的名位利禄，而且一朝隐便坚持了十余年，其间从无动摇。至于有时放诞得不免过分，可能是为了更好地撕去礼法之士的假面，给这些人以更为有力的打击，乃特殊年代特殊环境中的作为，似乎也并不是完全不可理解的。

还应注意的是，从《文选》的注者六臣开始，不少人认为《咏怀诗》中的一些作品是"刺司马文王"的。如刘履《选诗补注》评《咏怀》其二（二妃游江滨）就说："初司马昭以魏氏托任之重，亦自谓能尽忠于国，至是专权僭窃，欲行篡逆，故嗣宗婉其词以讽刺之。"由于是"婉其词"，此说虽不能说就绝对正确，但以阮籍对于司马氏的基本态度来判断，他这样做又并非是绝对不可能的。《咏怀诗》中讥刺党附司马氏者的作品更多，相对而言，作意较为明显，较易理解和把握；而这些作品，矛头虽然是对准党附司马氏者，但对他们所党附的司马氏，自也不无讥刺否定之意。因此，阮籍虽然采取的是朝隐的"隐避"手法，但总的说来，他不与司马氏合作的态度和立场是清楚的，不与礼法之士同流合污、绝不为礼法所缚的态度和立场表达得更是毫无疑义，在这一过程中，他维护、坚持和展示了自己的独立人格，也是可以无疑的，尽管他在做这样的维护、坚持和展示时常常很艰难，有时甚至显得有些勉强。阮籍性格中固有软弱的一面，但其倔强、顽强、坚韧却仍占据着主导的地位，对此应有明确的认识，应给予充分的肯定。

当然，司马氏何以会容忍阮籍甚至"每保护之"，这也是一个值得探讨的问题。阮籍虽不肯真心为司马氏效劳，对礼法和礼法之士还采取了势不两立的态度，但由于他在现实生活中表现出来的是朝隐的"隐避"态度，对司马氏政权并没有构成现实的威胁，因此司马氏才对他采取了容忍的态度，而且还可以借此显示自己的宽宏大度，这应当是一个重要的原因。此外还有一种可能，即司马氏（主要是司马昭）成天被那班道貌岸然、唯唯诺诺、枯燥乏味的礼法之士所包围，不免心生厌倦，而阮籍的放诞不羁，却能给他以耳目一新之感，因此不由得喜欢起来，"晋文帝亲爱籍，恒与谈戏，任其所欲，不迫以职事"一段话，就很清楚地说明了这一点。可以说，阮籍用一种非常巧妙的办法，化解了礼法之士必欲置之死地而后快的困局，化解了被"迫以职事"、陷入与当权者沆瀣一气境地的困局。阮籍巧妙地利用了司马氏，他只为此付出了不大的代价，达到了自己保持独立的个性情感、维护独立的品格人格的目的。

四

阮籍对于独立人格的维护和坚持，其精神力量主要来自道家玄学。《晋书》本传说阮籍"博览群籍，尤好《庄》《老》"，他还写有《达庄论》《通老论》等玄学论文，阐释和发挥老庄玄学思想。道家一向就有批判和否定"仁义""礼教"等儒家伦理观念的传统，阮籍对礼法和礼法之士的批判，正是从道家这里寻找到了批判的武器。玄学标举"虚胜""玄远"①，阮籍"发言玄远"，可谓其来有自。道家主张"无为"，向往"出世"，这成为阮籍朝隐的思想根源。道家主张顺应自然、率性而为，阮籍的放浪形骸，正与此相合。这是一方面。另一方面，阮籍对儒学也有很深的濡染。儒家主张"入世"，标举"忠孝仁义"，标举"气节"，这些对阮籍的思想行为都有影响。《晋书》本传说阮籍"本有济世志"，阮籍在《咏怀诗》其十五中也说："昔年十四五，志尚好《诗》《书》。被褐怀珠玉，颜、闵相与期。"表示要以好学不倦、不慕荣贵、品德高尚的古代贤者颜回、闵子骞作为学习的榜样。在其三十九中，又说："壮士何慷慨，志欲威八荒。……忠为百世荣，义使令名

_____

① 刘义庆《世说新语·文学》："傅嘏善言虚胜，荀粲谈尚玄远，每至共语，有争而不相喻。裴冀州释二家之义，通彼我之怀，常使两情皆得，彼此俱畅。"见徐震堮《世说新语校笺》，中华书局1984年版，第107~108页。

彰。垂声谢后世，气节故有常。"热情歌颂了为国立功，具有"忠""义"品格的"壮士"，对垂声后世的"令名"倾注了向往之情。在《乐论》等论文中，阮籍还对儒家所倡导的"礼""教""乐"等表示了赞同。不难看出，儒家思想对阮籍人格理想的形成也产生了重要影响，对阮籍维护和坚持自己的独立人格也起了很大的激励作用。如不遭遇乱世，可以设想阮籍将会成为儒家思想忠实的履行者。但不幸的是他遭遇了乱世，于是早年的功名事业心便渐渐地消退了，而颓放隐退之心却渐渐地滋长起来，并成为他思想和行为的主导。但即使到了这时，也不能认为阮籍就放弃了对于儒家思想的信仰，就放弃了对于封建伦理道德的认同。鲁迅曾就此发表意见说："表面上毁坏礼教者，实则倒是承认礼教，太相信礼教。因为魏晋时所谓崇奉礼教，是用以自利，那崇奉也不过偶然崇奉，如曹操杀孔融，司马懿杀嵇康（按此为鲁迅笔误，杀嵇康者为司马懿的儿子司马昭），都是因为他们和不孝有关，但实在曹操司马懿何尝是著名的孝子，不过将这个名义，加罪于反对自己的人罢了。于是老实人以为如此利用，亵渎了礼教，不平之极，无计可施，激而变成不谈礼教，不信礼教，甚至于反对礼教。——但其实不过是态度，至于他们的本心，恐怕倒是相信礼教，当作宝贝，比曹操司马懿们要迂执得多。"① 陈祚明在评《咏怀诗》其六十七（洪生资制度）时也发表过类似看法："礼固人生所资，岂可废乎！自有托礼以文其伪、售其奸者，而礼乃为天下患。观此诗，知嗣宗之荡轶绳检，有激使然，非其本意也。"② 因此，阮籍任性放诞，不拘礼法，实际是要发泄对那些披着礼教外衣而干着不合礼教事情的人的不满，他在骨子里其实是相信礼教、忠于礼教的。他这样做，其实是出于不得已，他并不愿意天下的别人，特别是自己的家人或朋友都来学他的样，《世说新语·任诞》就记载着这么一件事：阮籍之子阮浑长大成人后，"风气韵度似父，亦欲作达。步兵曰：'仲容（即阮咸，阮籍之侄）已预之，卿不得复尔。'"可见，阮籍实际上是一个儒玄兼得的人物，总体而言他是先儒后玄、由儒入玄、内儒外玄的。他所遵奉的信条，其实是"穷则独善其身，达则兼

<hr>

① 鲁迅《而已集·魏晋风度及文章与药及酒之关系》。见吴子敏等《鲁迅论文学与艺术》，人民文学出版社 1980 年版，第 261~262 页。
② 陈祚明《采菽堂古诗选》卷八，上海古籍出版社 2008 年版，第 252 页。

善天下"①，是同时涵盖、包容、体现了儒家和道家的人生目标和人格理想的。

五

阮籍对人格独立的维护和坚持，在魏晋时期成为一面光辉的旗帜，对当时文人思想的启蒙，对冲破西汉以来形成的儒家伦理道德狭小的精神领地，对高扬人的主体精神，都起到了不可忽视的作用。魏晋六朝能够成为中国历史上一个精神大解放、人格大自由的时代，阮籍做出了自己的贡献。对人格独立的维护和坚持，对于人格独立的认知和提倡，在本质上是对人作为人的重视，是人本精神的体现，维护、坚持、强调、张扬独立人格的过程，也是维护、坚持、强调、张扬人本精神的过程。"人本"这个词，并非来自西方文艺复兴运动的赐予，早在春秋初年，被齐桓公任为上卿的管仲就曾说过这样的话："夫霸王之所始也，以人为本。本理则国固，本乱则国危。"② 所说的"以人为本"，就包含了把人真正当做人看，要尊重人的人格、价值和人的自我意志的意思。此后，"以人为本"成为不少人所崇奉的理念，甚至成为执政者执政的理念，唐贞观十一年侍御史马周在上疏中即说："理天下者，以人为本。"③ 包括阮籍在内的无数古代文人是接受了"以人为本"理念的影响的，并且身自实践，加以维护和光大，从而使"以人为本"的理念与实践得以成为中华民族宝贵的精神财富和优良传统的一部分，对历史的发展进步产生了重要的推动作用。

当前，我们正在大力倡导和推行"以人为本"的执政理念，正在学校中大力开展研究性学习，探索个性化成才教育之路，正在全社会大力培育人们的创新意识、创新能力和创新精神，正在各行各业大力培养创新型人才，这些举措不仅关系到我们的人民能否有一个优良的个性品质和健全人格的问题，更关系到我们的人民能否把自己的创造性充分发挥出来、我们民族的竞争力

---

① 《孟子·尽心上》。见《十三经注疏·孟子注疏》，上海古籍出版社 1997 年影印世界书局缩印阮元刻本，第 2765 页。
② 《管子·霸言》，文渊阁《四库全书》本。
③ 《贞观政要》卷三，文渊阁《四库全书》本。

能否得到不断提高、我们的民族能否不断发展壮大的问题。在这种情况下，我们以阮籍作为代表，对古代文人的独立人格问题作一些探讨，不仅可以增进我们对于阮籍其人及魏晋时期乃至整个古代思想文化的了解，对我们今天的人格培育、人才培养，应当也是不无借鉴意义的。

（原载《北京教育学院学报》2006 年第 4 期；《竹林七贤与魏晋文化》，郑州：大象出版社 2007 年版）

论陶渊明革新玄言诗风的功绩

一

对肇始于曹魏正始年间、西晋永嘉以后走向极盛、占据了东晋诗坛达百年之久的玄言诗，南朝诗论家有许多评论，其中颇具代表性的有以下数条：

《世说新语·文学》第 85 条刘孝标注引檀道鸾《续晋阳秋》："正始中，王弼、何晏好《庄》《老》玄胜之谈，而世遂贵焉。至过江，佛理尤盛，故郭璞五言始会合道家之言而韵之，询及太原孙绰转相祖尚。又加以三世之辞，而《诗》《骚》之体尽矣。询、绰并为一时文宗，自此作者悉体之。至义熙中，谢混始改。"

沈约《宋书·谢灵运传论》："有晋中兴，玄风独振，为学穷于柱下，博物止乎七篇，驰骋文辞，义单乎此。自建武暨乎义熙，历载将百，虽缀响联辞，波属云委，莫不寄言上德，托意玄珠，遒丽之辞，无闻焉尔。仲文始革孙、许之风，叔源大变太元之气。"

刘勰《文心雕龙·明诗》："乃正始明道，诗杂仙心，何晏之徒，率多浮浅。……江左篇制，溺乎玄风；嗤笑徇务之志，崇盛亡机之谈；袁、孙已下，虽各有雕采，而辞趣一揆，莫与争雄。所以景纯《仙篇》，挺拔而为俊矣。宋初文咏，体有因革；庄、老告退，而山水方滋。"

刘勰《文心雕龙·时序》："自中朝贵玄，江左称盛，因谈余气，流成文体。是以世极迍邅，而辞意夷泰，诗必柱下之旨归，赋乃漆园之义疏。"

钟嵘《诗品序》："永嘉时，贵黄、老，稍尚虚谈。于时篇什，理过其辞，淡乎寡味。爰及江表，微波尚传。孙绰、许询、桓、庾诸公诗，皆平典似

《道德论》，建安风力尽矣。先是郭景纯用隽上之才，变创其体；刘越石仗清刚之气，赞成厥美。然彼众我寡，未能动俗。逮义熙中，谢益寿斐然继作。元嘉中，有谢灵运，才高词盛，富艳难踪，固已含跨刘、郭，凌轹潘、左。"

钟嵘《诗品》卷下："永嘉以来，清虚在俗。王武子辈诗，贵道家之言。爰泊江表，玄风尚备。真长、仲祖、桓、庾诸公犹相袭。世称孙、许，弥善恬淡之辞。"

萧子显《南齐书·文学传论》："江左风味，盛道家之言，郭璞举其灵变，许询极其名理，仲文玄气，犹不尽除，谢混情新，得名未盛。"

以上论述，涉及了玄言诗的产生原因、起迄时间、发展历程、极盛时期的状况、在内容和形式上的特点、代表诗人、谁开始变革玄言诗风等有关玄言诗的重要问题。基于本文题旨，下面着重探讨所论述的玄言诗的特点及谁开始变革玄言诗风这两个问题。

从以上论述不难看出，南朝人认为玄言诗在内容和形式上主要有以下特点：

在内容上，玄言诗表现老庄思想，甚至到了"义单乎此"，"莫不寄言上德，托意玄珠"，"诗必柱下之旨归"的地步。当时正值多灾多难的乱世，但诗人们并不关心时务，所热衷和推崇的是忘掉机心与时务的清谈。东晋时，玄言诗除表现老庄思想外，又融入了"三世之辞"即佛家语和佛理。由于只重视表现老庄及佛理，玄言诗也就极为缺少对于感情的表现，从而背离了中国诗歌抒情、言志的传统，"《诗》《骚》之体尽矣"。

在语言方面，玄言诗"理过其辞"，"遒丽之辞，无闻焉尔"，因而平淡枯燥，缺少文采和形象。

在艺术感染力方面，玄言诗由于"平典似《道德论》"，因而"淡乎寡味"，缺少诗味和艺术的感染力。

在风格方面，玄言诗由于"辞意夷泰""弥善恬淡之辞"，缺少遒劲之风和"清刚之气"，因而风骨不举，"建安风力尽矣"。

关于谁开始变革玄言诗风的问题，南朝诗论家从各不相同的角度提出了自己的看法。檀道鸾认为到义熙中谢混才开始改变玄言诗风；沈约认为改变玄言诗风的除谢混之外，还有殷仲文；刘勰认为"庄、老告退"是在宋初山水诗兴起之后，而宋初山水诗的代表诗人是谢灵运，无疑刘勰认为真正改变了玄言诗风的是谢灵运。钟嵘对谢灵运大加肯定，可以认为他大体上是赞同刘勰的看法的。钟嵘除了认同谢灵运，还对谢混表示认同，更提出此前还有郭璞和刘琨二人，特别是对郭璞"变创其体"的功绩，钟嵘还在《诗品》卷中作了强调，说郭璞"始变永嘉平淡之体，故称中兴第一"。刘勰说郭璞"挺拔为俊"，萧子显说郭璞"举其灵变"，说明他们在一定程度上是赞同钟嵘的看法的。

南朝诗论家为什么会认为谢混等人是玄言诗风的变革者呢？前引论述并未对此详加说明，但也透出了若干消息，主要有以下几点：

一是认为其人不再把老庄思想作为主要的表现对象，而能将对感情的表现放在突出的位置。钟嵘《诗品》卷中说郭璞"《游仙》之作，词多慷慨，乖远玄宗。而云'奈何虎豹姿'，又云'戢翼栖榛梗'，乃是坎壈咏怀，非列仙之趣也"。又说刘琨"善为凄戾之词"，"又罹厄运，故善述丧乱，多感恨之词"，均与"辞意夷泰"之作迥异其面，因而被称作玄言诗风的革新者。

二是认为其诗具有词采。钟嵘《诗品》卷中说郭璞"宪章潘岳，文体相辉，彪炳可玩"，说谢混等人"殊得风流媚趣"，《诗品》卷下说殷仲文、谢混在义熙中为"华绮之冠"，《诗品序》又将"淑源离宴"与"陈思赠弟，仲宣《七哀》"等魏晋重要诗人的代表作并列，称为"篇章之珠泽，文采之邓林"，还说谢灵运"才高词盛，富艳难踪"，就都是从词采富丽的角度，对这些诗人加以肯定和赞美的，并将这看成了变革"永嘉平淡之体"的重要因素和条件。

三是认为其诗具有骨力。钟嵘一方面在《诗品序》中说"皆平典似《道德论》"的"孙绰、许询、桓、庾诸公诗"是"建安风力尽矣"，另一方面又在《诗品》卷中中说郭璞"词多慷慨"，说刘琨"有清拔之气"，亦即认为二人的诗作都是有风骨的，而这也成为他们能够"始变永嘉平淡之体"的重要条件。刘勰《文心雕龙·明诗》认为郭璞《游仙诗》不同于"溺乎玄风"的"江左篇制"，原因在于它具有"挺拔而为俊"的内在风力，看法与钟嵘是一致的。

不难看出，南朝诗论家所总结出的玄言诗的特点，以及由此而得出的与之相关联的变革玄言诗风的标准，与今人对这两个问题的看法在很大程度上是一致的。按照这个标准，谢混等人的诗作确有一些与玄言诗不同的特点，在诗风转变方面确实做出了一定的贡献，其文学史地位是不可忽视的。但另一方面，我们认为除谢灵运外，郭璞等人在当时对变革玄言诗风所起的作用又是有限的，南朝诗论家对他们在这方面所起的作用在看法上也不尽一致，有的还有所保留。比如游仙诗在魏晋时期本身就是一种谈论玄理的诗体，是一种表现老庄弃世脱俗思想的重要题材，因此不少诗论家都将郭璞诗与玄言诗联系起来，檀道鸾"始会合道家之言而韵之"的说法更将郭璞指为玄言诗派的开创者，这与将郭璞视作玄言诗风变创者的看法恰是针锋相对的。刘琨早年本来就是一个好老庄之学、崇尚清谈的人物，晚年诗风虽发生了突变，但作品数量太少，在当时所产生的影响有限。尤其不能回避的一个事实是，郭璞、刘琨之后，玄言诗风不但没有消歇，反而变本加厉，因此二人变革玄言诗风的作用也就得大打折扣。殷仲文、谢混两人在创作上则无大的成就，今存诗都不多，在当时的影响并不够大，而且两人诗从总体上说也并未完全脱离玄言诗的轨范，殷仲文诗比起谢混来玄言的痕迹尤为明显，因此二人也不可能真正有力地承担起变革玄言诗风的重任，萧子显所说的"仲文玄气，犹不尽除，谢混情新，得名未盛"，是符合实际情况的。

我们认为，最早给玄言诗风来了一个大的冲击和改变的，是生活于晋宋之际的陶渊明。陶渊明诗歌创作的成就远非郭璞、刘琨所能相比，殷仲文、谢混也难望其项背。而陶、谢虽然一向并称，但论年龄，陶渊明要比谢灵运大二十岁（一说大三十三岁）①，论创作时间，陶渊明也开始得比谢灵运要早，即以两人的代表作田园诗和山水诗论，陶田园诗创作的时间要比谢山水诗创作的时间早十年左右。也就是说，在"庄、老告退，而山水方滋"之前，已经有陶渊明这一位大诗人在促使"庄、老告退"方面做了很有成效的工作。

---

① 葛晓音持"陶渊明比谢灵运大二十岁"说，见所著《山水田园诗派研究》，辽宁大学出版社 1993 年版，第 73 页；袁行霈持"谢灵运比陶渊明小三十三岁"说，见所著《陶渊明研究》，北京大学出版社 1997 年版，第 162 页。

二

毫无疑问，陶渊明生活在玄言诗盛行、道家玄学在社会上处于支配地位的时代，其思想和创作是不可能不受到道家玄学影响的。陶渊明有着浓厚的崇尚自然的思想，而"自然"正是老庄玄学的核心命题，而且陶渊明所认同的"自然"，同玄学自然观一样，也包含着自然界和人的自然天性这两个方面的含义。在玄学自然观的影响下，陶渊明的人生哲学、人生理想、人生态度、生活情趣、生命意识、处世原则、品格性情乃至创作态度等都深深地打上了玄学的烙印，其诗作也必然地会涂上玄学的色彩，其中有的诗作、有的诗句玄学的色彩还比较浓厚。但在此同时，我们也必须看到，陶渊明又是一个具有独立的思想和个性、能够面对现实、能够接受多方影响、能在相当程度上挣脱道家玄学思想束缚的人物，这就使他的诗作发生了许多不同于玄言诗的变化，进而与传统的玄言诗发生悖离，并对其造成强有力的冲击。陶诗不同于玄言诗的特点，主要表现在以下几个方面。

第一，就诗作的内容、主题而言，陶诗能从老庄玄学的理论圈子和玄虚思辨中挣脱出来，面向现实，特别是面向自己生活和思想的实际，表现自己实实在在的所经所历、所见所闻和所思所感。陶渊明早年曾数度出仕，但由于不满官场黑暗，不愿在官场屈身逢迎，不愿违背自己任真自得的本性，反映隐仕思想矛盾便成为他这一时期诗作的主题，他常常慨叹宦游行役的辛苦，常常抒写对仕宦的厌倦、对田园的思念及归隐的决心。归隐后，他写作了大量的田园诗，从多角度、多侧面描绘了田园的风光景物，特别是表现了自己的日常生活和感受、心情。住在农村，不可避免地要与农民接触、交往，陶渊明成了一个能与农民真心地交朋友的人，并且还亲自参加了一些农业生产。由于长期与农民交往，长期参与农耕，陶渊明对农民的感情发生了很大变化，同他们有了共同的话题，共同的关切，对农民劳动的艰辛、生活的贫困有了深刻的理解和同情，对劳动的价值和意义有了深刻的认识，而自己也从与农民的交往和劳动中得到了满足和快乐。当然，田园生活、农耕生活并非就没有困难和艰辛，特别是当遭遇火灾、虫灾、风灾、水灾侵袭的时候，陶渊明有时甚至会陷入"夏日抱长饥，寒夜无被眠"的困境，产生"造夕思鸡鸣，及晨愿乌迁"(《怨诗楚调示庞主簿邓治中》）的想法，有时甚至还不得不外出乞讨。这些情况加上老、病的困扰，加上对社会现实的不满，加上对光阴虚掷的不甘，常常使他感喟、忧叹、焦虑和痛苦，但这也丰富了他的人生阅历和人生体验，激发他对社会、人生、生命、生死做更加深入的思考，而经过磨难与考验，经过斗争与思考，他更加坚定了自己的人生选择，更加守志不移、守节不苟。这些，都成为陶诗的突出主题，特别是其田园诗的突出主题。可见，就总体而言，陶诗所写远非"诗必柱下之旨归"，而是诗人所亲历过的实实在在的生活，以及从这生活中所获得的切切实实的感受、体验、认识和思考。从曹魏正始以来一直流行的本末、有无、言意、养生、声无哀乐、圣人有情无情等玄学命题，南渡以后在清谈中所出现的新论题即佛理，大抵也是玄言诗所表现的共同主题，但这个主题在陶诗中却难见踪影。

第二，陶渊明是性情中人，他的诗也抒写了他的真性情和真感情。他早年对于建功立业的向往之情，后来对于有志不获骋的怅惘悲愤之情，对于充斥诈伪的现实社会的不满之情，对于时局动荡的感愤之情，对于仕宦生活的厌倦之情，对于自然与田园的向往之情，回归田园后对于优美的田园风光的喜爱之情，对于闲弄琴书自斟春酒的悠闲生活、弱子戏侧的家庭生活、自食其力的农耕生活和无欲无求的简朴生活的满足之情，对于亲人、友朋的敦厚之情，对于贫病的喟叹之情，对于生命迟暮及人生短暂的感喟与旷达兼而有之的感情，对于"固穷"节操的坚守之情，无不一一见诸毫端。诗人对于感情的抒发是如此地重视，以至"情"字在他的诗中直接出现了二十四次，这是一个不算低的频率，而其他表达感情的字词，如"悲""乐""欣""欢""爱""凄""凄然""慨""慨然""怀""忧""叹""念""恨"等更是频频出现。陶诗可以说大都是抒情之作，只不过感情有的表现得直露而强烈，有的表现得婉约而平淡（但有的也只是外表的平淡，朱熹即说："陶渊明诗，人皆说是平淡，据某看他自豪放，但豪放得来不觉耳。"[1] 施补华也说："陶公诗，一往真气，自胸中流出，字字雅淡，字字沉痛。"[2] ），有的是直抒其

---

① 《朱子语类》卷一百四十，明刊本。
② 施补华《岘庸说诗》。见《清诗话》下册，上海古籍出版社 1978 年版，第 977 页。

情，有的是借景抒情或以事传情。总之，诗人的感情就像一股泉水或强或弱、或明或暗地流淌在他的诗中，不绝如缕。《老》《庄》是强调"形如槁木，心如死灰"① 的，玄学家是主张体玄悟道、遗情去累的，许询《农里诗》："亹亹玄思得，濯濯情累除。"孙绰《答许询诗》："理苟皆是，何累于情。"就都表明了这一点。玄言诗人到自然山水中去，主要是为了体玄悟道、去除情累，如王羲之《兰亭诗》所云："乃携齐契，散怀一丘。"王微之《兰亭诗》所云："散怀山水，萧然忘羁。"孙绰《三月三日兰亭诗序》所云："屡借山水，以化其郁结。"他们这样散郁结、去情累的结果，似乎在玄思的境界中获得了"自由"，但也滤掉了诗中的感情因素，而只剩下干巴巴的"理"了。而陶渊明注意从感情出发去看待和体悟现实人生，注意在诗中表现由现实人生所触发出的真情和深情，从而能以情代理或情与理偕，使诗作呈现出了新的面目。

第三，陶渊明诗中固然不乏饱含玄思的诗句，但这些诗句大体上不是对老庄哲学的机械说教，不是对老庄哲学亦步亦趋的注疏和图解，而是深植于社会现实生活，是诗人从生活中获得的启示、悟出的道理，是诗人生活经验的升华，是诗人对生活、人生、生命、社会、历史、自然、宇宙的本质、意义、奥秘进行深入思考和探求的结晶，或者说表现的就是诗人富有个性的见解和思想，是诗人的人生观、社会观和宇宙观。诚然，某些诗句与老庄思想也有着比较直接的丝丝缕缕的联系，甚至直接吸取了老庄的某些思想资料，但这些思想资料大抵都经过了诗人生活、经验、思想的检验、过滤和改造，因而具有了一定的现实生活气息，具有了诗人独具的个性和思想的光彩。比如"自然"和"真"是老庄的核心思想，《老子》第二十五章："人法地，地法天，天法道，道法自然。"《庄子·渔父》："礼者，世俗之所为也。真者，所以受于天也，自然不可易也。故圣人法天贵真，不拘于俗。"陶诗多次用到"自然"和"真"这两个词，这与老庄思想是一脉相承的，但又绝不是简单地重复老庄思想，因为"自然"和"真"已确实成为陶渊明的人生信条和行

---

① 《庄子·齐物论》："形固可使如槁木，而心固可使如死灰乎？"郭象注："死灰槁木，取其寂寞无情耳。"又《庄子·知北游》有"形若槁骸，心若死灰"之语，《庄子·庚桑楚》有"身若槁木之枝而心若死灰"之语，见郭庆藩《庄子集释》，中华书局 2004 年版，第 43、738、790 页。

动指南，他要以此作为武器来与虚伪的名教礼法相对抗，在一个丑恶、污浊、道德沦丧的社会中获得人生的独立和人格的自由，保持自己高洁的品格和操守。陶渊明一生不为世俗所羁，率性而为，适性自得，可见他是很好地实践了"自然"和"真"的。再如，陶诗中有"耕织称其用，过此奚所须"（《和刘柴桑》），"营己良有极，过足非所钦"（《和郭主簿》其一），"岂期过满腹，但愿饱粳粮"（《杂诗》其八）等句，均申道家富莫大于知足之义，如《庄子·山木》郭象注即有句云："所谓知足则无所不足也。"但陶渊明一生不爱富贵，生活简朴，知足常乐，"被褐欣自得，屡空常晏如"（《始作镇军参军经曲阿作》），这些话又何尝不是他自己实实在在地信奉和履行的人生信条。再如"既来孰不去，人理固有终"（《五月旦作和戴主簿》），"一生复能几，倏如流电惊"（《饮酒》其三），"有生必有死，早终非命促"（《挽歌诗》其一）也可从老庄思想中找到渊源，《庄子·知北游》："生也死之徒，死也生之始，孰知其纪！人之生，气之聚也，聚则为生，散则为死。若死生为徒，吾又何患！"《知北游》郭象注："往来者，自然之常理也。"又《则阳》郭象注："突然自生，制不由我，我不能禁。忽然自死，吾不能违。"但陶渊明把生死看得透亮，确知生死是不可抗拒的客观规律，应以旷达态度对待，所说又何尝不是他自己的肺腑之言。"纵浪大化中，不喜也不惧"（《形影神·神释》），"穷通靡攸虑，憔悴由化迁"（《岁暮和张常侍》）这一类诗句，也应作如是观。即如"人生归有道，衣食固其端。孰是都不营，而以求自安"（《庚戌岁九月中于西田获早稻》），"民生在勤，勤则不匮。宴安自逸，岁暮奚冀？担石不储，饥寒交至"（《劝农》），"衣食当须纪，力耕不吾欺"（《移居》其二），也可从老庄思想中找到渊源，《庄子·马蹄》即云："彼民有常性，织而衣，耕而食，是谓同德。"对依靠农耕解决衣食问题的做法表示了肯定。但陶渊明所说，又何尝不是他自己在农耕生活中得出来的深切体会。类似情况，难以一一列述。可见，陶渊明对老庄义理虽然十分熟谙，但他对只知抄录柱下之旨的做法并不感兴趣，对脱离实际的玄虚思辨也不感兴趣。陶渊明是一个很实际的人，他在生活中碰到了许多问题和矛盾，要寻求解决之道，他的思考也就必须要脚踏实地，要有很强的针对性。他从生活实践和人生经验中总结、提炼出来的哲理，往往就用自己的话说出来，无须再引录或袭用老庄的话头。而且，这些来自生活的哲理大抵又总会成为诗人的行动指南，不会只停留在口头上或纸面上，而是付诸实践，身体力行。这些，都是与玄言诗人和玄言诗很不一样的地方。清方宗诚说："陶公高于老、庄，在不废人事人理，不离人情，只是志趣高远，能超然于境遇形骸之上耳。"[1] 说得是很对的。

第四，与玄言诗的"淡乎寡味"不同，陶诗具有既浓厚又深长的诗味，前人早已明确地指出了这一点，如苏轼在《东坡题跋·评韩柳诗》中说："所贵乎枯澹者，谓其外枯而中膏，似澹而实美，渊明、子厚之流是也。"又在《与苏辙书》中说："渊明作诗不多，然其诗质而实绮，癯而实腴。"也就是说，陶诗是平淡而有味的。平淡也是玄言诗的特点，但有味却不是玄言诗所具备的。陶诗能够平淡有味，主要由于具有以下特点：

一是陶诗具有丰厚的思想蕴含。陶渊明其人，具有超拔于流俗的高洁品格、高远志趣和坚贞操守，具有任情适性、乐观旷达的个性，具有崇高的思想境界和精神境界，具有深厚的文化艺术修养，这些都渗透进他的作品中，得到或隐或显的表现，从而使作品具有了厚度和深度，足可让人咀味。陶渊明又是一个喜欢并善于观察和思考的人，是一个具有哲人的眼光和修养的人，他总在不断地思考着人生、社会和自然，不断地在加深着对人生、社会和自然的认识，并常能从一般人习见而易忽略的日常生活及寻常景物中有所发现和感悟，这种发现和感悟又常能同他的生活体验、人生经验、人生感受、人生见解、人生追求、品格志趣、人格操守有机地融为一体，既深刻又新颖，既深邃又灵动，既具生活气息又具思想深度，足可发人深省。陶渊明还是一个具有极丰富感情的人，其感情常流淌于作品的深处，常与作品中的哲思和理致融为一体，使作品具有了浓郁的情致和情趣，颇为耐人寻味。

二是陶诗具有丰厚的美的蕴涵。陶渊明是一个能从自己的本性和原则出发，去追求自己的理想生活状态的人，是一个热爱生活并用自己的独特方式去享受生活的人，并因此而形成了自己独特的审美观，在这种审美观的观照下，写出了一篇篇极具美感的作品。在他的笔下，一些寻常生活、寻常情景

----

① 方宗诚《陶诗真诠》评《庚戌岁九月中于西田获早稻》语，柏堂遗书本。

都具有了浓郁的情味，具有了很高的审美价值。特别是，由于陶渊明笃信"园林好"①，能真正与田园和谐相处，能真正发现和赞美田园的真美，因此成为田园诗派的开创者，成为文学史上有意识地将农村生活、田园风光当做重要的审美对象看待的第一人，从而在读者面前展示了一个新的审美领域和新的艺术境界。《归园田居》《和郭主簿》等诗，所写不过几棵榆柳，一排桃李，几缕炊烟，特别是被一般人视为简陋、寒酸的"草屋八九间"，以及酌酒读书、采菊东篱、摘蔬园中、盥濯檐下这些寻常生活，一经诗人点化，就无不充满了诗情画意。诗人参加农耕，不仅写出了参加农耕的真切的情景、体验和感受，还着力发掘并表现了劳动生活所具有的美的意趣，劳动生活被当做重要的审美对象进入诗人视野，进入诗歌领域，这在中国文学史上也是第一次。这些，无疑都不仅增加了陶诗的艺术感染力，同时也增加了陶诗耐人寻绎和体味的艺术蕴涵。

三是陶诗具有理趣。由于陶诗中的哲理大抵不是来自书本，而是来自社会现实生活，因此它往往能同具体的生活场景、自然景物及其他物象结合在一起，具有了形象及艺术的美感。比如，在《饮酒》其五中，"问君何能尔，心远地自偏"有"结庐在人境，而无车马喧"这样写景兼叙事的诗句铺垫，"此中有真意，欲辨已忘言"有"山气日夕佳，飞鸟相与还"这样的景物描写作铺垫，就使人不觉得突兀、抽象或枯燥了。而像"山气日夕佳，飞鸟相与还"这样的景语，本身就包含着"一切都要返归本原，人也应当返归本性"这样的哲理（即所谓"真意"）在内，视之为理语也无不可，则景语与理语是水乳交融地结合在一起了。总的来看，陶诗中的理是常与景、情、事有机地结合在一起的，这为陶诗具有淳厚隽永的情味和理趣创造了条件，而与缺少形象、质木干枯的玄言诗拉开了距离。刘熙载《艺概·诗概》云："陶、谢用理语各有胜境。钟嵘《诗品》称'孙绰、许询、桓、庾诸公诗，皆平典似《道德论》'。此由乏理趣耳，夫岂尚理之过哉！"说得是有道理的。

四是陶诗能于简约中见精妙，于平淡中见警策。陶诗简约、平淡，早有

---

① 陶渊明《庚子岁五月中从都还阻风于规林》其二："静念园林好，人间良可辞。"见龚斌《陶渊明集校笺》，上海古籍出版社 1996 年版，第 169 页。

定评。陶诗语言简洁明净，毫不堆砌芜杂，是为简约。陶诗所写多为农村日常生活，多用白描手法，所使用的语言多为"田家语"，诗中的意象意境也多是平和、恬淡、自然、朴素的，是为平淡。简约、平淡本也是玄言诗所具有的特色，但与玄言诗不同的是，陶诗能于简约中见精妙，于平淡中见警策。陶诗往往能用极简约、平淡的语言，抓住事物的特征，表现出事物的情态，讲出深刻的道理。"蔼蔼堂前林，中夏贮清阴。"（《和郭主簿》其一）"平畴交远风，良苗亦怀新。"（《癸卯岁始春怀古田舍》其二）"连林人不觉，独树众乃奇。"（《饮酒》其八）"日月掷人去，有志不获骋。"（《杂诗》其二）都将寻常景物、寻常感觉写得熠熠生辉，精妙绝伦，历来为人所称道。一些包含哲理的诗句犹如格言和警句，既言简意赅，又涵蕴深厚，发人深思，耐人寻味。

第五，玄言诗"理过其辞"，缺乏词采，而陶诗即以词采论，与玄言诗相比也自有不同。钟嵘《诗品》卷中即已指出："世叹其质直。至如'欢言酌春酒'、'日暮天无云'，风华清靡，岂直为田家语耶？""风华清靡"与"田家语"相对而言，可见是指语言的华美清丽。苏轼说陶诗"质而实绮"，即陶诗能于朴素中见绮丽，则表述得更为明确，且所指范围有所扩大，不单指"欢言""日暮"两首诗了。客观地说，陶诗主要还是以朴素美见长，但其中也有不少刻绘处，给人留下了绮丽华美的印象。如陶诗写春景："仲春遘时雨，始雷发东隅。众蛰各潜骇，草木纵横舒。"（《拟古》其三）写夏景："蔼蔼堂前林，中夏贮清阴。凯风因时来，回飙开我襟。"（《和郭主簿》其一）写秋景："陵岑耸逸峰，遥瞻皆奇绝。芳菊开林耀，青松冠岩列。"（《和郭主簿》其二）写冬景："凄凄岁暮风，翳翳经日雪。倾耳无希声，在目皓已洁。"（《癸卯岁十二月中作与从弟敬远》）也时有雕琢之语，如周紫芝《竹坡诗话》即云："《读山海经》云：'亭亭明玕照，落落清瑶流。'岂无雕琢之功？盖'明玕'谓竹，'清瑶'谓水。"出于写景状物的需要，陶诗颇爱用叠字，也爱用骈句，《归园田居》其一："方宅十余亩，草屋八九间。榆柳荫后檐，桃李罗堂前。暧暧远人村，依依墟里烟。狗吠深巷中，鸡鸣桑树颠。户庭无尘杂，虚室有余闲。"竟一连用了五组骈句，一气直下而又语语自然，足见功力。陶诗对于词采、对偶、声色以及工细状物的追求，也表明他在告别玄言诗,而与南朝诗风有了合拍之处。

第六、陶诗"又协左思风力"①,也与"建安风力尽矣"的玄言诗呈现出不同的面目。陶渊明能"又协左思风力",原因在于他与左思有不少共同点或相似点,比如两人均有志节和抱负,均有壮怀激烈的感情,均保持着个人独立的人格,均有从出仕到退隐的经历和思想转变过程,诗歌语言均颇质朴劲健等。只不过,陶诗的骨力往往掩藏在平淡的外衣下,如朱熹所说"豪放得来不觉耳",只有《咏荆轲》《读山海经》其十、《杂诗》其五等"露出"了"本相"②。陶诗"又协左思风力"早已成为共识。严羽《沧浪诗话·诗评》:"黄初之后,惟阮籍《咏怀》之作极为高古,有建安风骨。晋人舍陶渊明、阮嗣宗外,惟左太冲高出一时,陆士衡独在诸公之下。"今人许文雨《钟嵘诗品讲疏》卷中:"今人游国恩君举左思《杂诗》《咏史》,与渊明《拟古》《咏荆轲》相比,以为左之胸次高旷,笔力雄迈,与陶之音节苍凉激越,辞句挥洒自如者,同其风力。此论甚是。"又逯钦立《诗品丛考》:"左、陶诗章,确有风力相合之作。左思《咏史》,震铄古今,其咏荆轲,尤懔懔有生气。然陶潜《咏荆轲》一篇,独足伯仲之。……又陶潜之《咏三良》《咏贫士》等作,亦皆咏史体,与左思各作,悉相仿佛,凡此皆风力之极协者也。次则隐世之作,左、陶抑尤有合者。"正如严羽所说,左、陶之风力,均上承建安风骨,在晋代可说是独标高格。陶诗与"世极迍邅,而辞意夷泰"的玄言诗相比,高下是自不待言的。

以上,依循变革玄言诗风所必须的标准,从诗作的思想内容、感情表现、所表现哲理的特点、所具有的诗味及艺术感染力、词采、风格即风力等方面论述了陶诗与玄言诗的不同。不难看出,陶诗对玄言诗风的悖离、冲击和变革是全方位的,陶诗能在总体上呈现出与玄言诗不同的面目,绝不是偶然的。

三

陶渊明能对玄言诗来一个全方位的变革,原因很多,主要有以下几点。

---

① 钟嵘《诗品》卷中。见陈延杰《诗品注》,人民文学出版社 1961 年版,第 41 页。
② 见朱熹《朱子语类》卷一百四十,明刊本。

第一，陶渊明是一个有着自己独特生活和经历的人。他一生遇到了种种人生和现实的矛盾，比如仕与隐、名教与自然、儒与道、穷与达、贫与富、清与浊、是与非、生与死、老病问题、关心时事还是忘怀时事的问题，等等，必须思考并加以解决。比如，我们常说陶渊明安贫乐道，但我们从"贫富常交战，道胜无戚颜"（《咏贫士》其五）两句可知，富贵对陶渊明并非就没有诱惑，是以丧失个人的品格操守去追求富贵，还是安于贫贱以保持个人的品格操守，在他内心是常有斗争的，只不过斗争的结果是"道"取得了胜利。陶渊明还有一个更为实际的问题需要解决，这就是衣食温饱的问题。陶渊明曾数度出仕，出仕的原因均与解决衣食问题有关，他归隐后亲自参加劳动，虽然也是想借此效法古贤，实现自己的人生理想，但最直接的原因其实还是要解决自己及全家的衣食温饱问题，这是他的许多思考都不能脱离这一实际的根本原因，也是他为什么要归隐田园并因此而成为一个田园诗人，而不能像拥有别墅和山庄的谢灵运那样归隐山林而成为一个山水诗人的最重要的原因。陶渊明要解决这些问题，只能一切从实际出发。虽然他也会从包括道家玄学在内的思想武库中去寻求解释和解决之道，但他所实行的原则是，理论与思想必须要能与他所碰到的生活实际相结合，两者之间有契合点他就加以采用，反之就不会采用，在采用时也必须融入自己对于现实生活的体验、理解和思考。因此，陶渊明与一般玄学名士的思想和行为模式并不相同，他对机械地到《老》《庄》书中去讨生活的做法不感兴趣，对脱离现实生活和切身感受的玄虚思辨不感兴趣。陶诗中的理语，可以说是诗人站在哲理的高度来观察人生、解说人生所得出的结果，也可以说是诗人将他对人生的丰富体验上升到哲理的高度所得出的结果。这也是诗人即使要说理，也常能将哲理化入日常景物、化入日常生活体验的一个重要原因。

第二，陶渊明受到各家思想特别是儒家思想的影响。陶渊明是一个极博学的人，经史百家、文章诗赋都有涉猎，对《诗经》《楚辞》《老子》《庄子》《周易》《论语》《尚书》《礼记》《春秋》《乐记》《史记》《汉书》《淮南子》《列子》《山海经》《穆天子传》《列女传》《高士传》等书尤为熟谙。西晋以来，玄学家大抵只读"三玄"即《老子》《庄子》和《周易》，很少有博学的人，陶渊明与他们相比有了很大不同。这使陶渊明有了更为开阔的视野，在写作中也能得到更多启示，有更广博的摄取，从而大大冲淡了诗作的玄言色彩。

从"少年罕人事，游好在六经"（《饮酒》其十六）等诗句不难看出，在除道家玄学之外的各家中，陶渊明对于儒家的学习最为着力，而且深受儒家思想的影响。儒家思想对陶渊明改变玄言诗风起了重要的推动作用，其作用主要可从三个方面来看：一是儒家十分重视对于个人道德、品格、节操的修养，陶渊明秉承其志，多次提到要坚守"道"，要坚守"固穷"，并身体力行，不断自勉，使这个内容成为其诗中哲思和理语的重要内涵及重要表现对象，从而大大缩减了玄学在陶诗中的存在空间。二是儒家主张入世，陶渊明也有入世的思想和精神，不仅早年有"逸四海"的"猛志"（见《杂诗》其五），归隐之后对于政治也始终未能忘怀，对世风的污浊常怀愤懑之心，这成为其诗作的重要内容。三是儒家重实际，尚践履，陶渊明受其影响，也成为一个特别重实际的人，对现实人生的许多问题也常有切实的思考，这与玄学家虚谈废务的做法很不相同。这些，都对陶诗脱离玄学轨道产生了很大的推动作用。

第三，田园诗与山水诗的不同，导致陶诗与玄言诗拉开了距离。相较于田园，山水与玄言有着更为紧密的联系。玄言诗人几乎无一例外都性好山水，不少人甚至即以山水为栖身之所，《晋书·王羲之传》即记载说："会稽有佳山水，名士多居之，谢安未仕时亦居焉。孙绰、李充、许询、支遁等皆以文义冠世，并筑室东土，与羲之同好。"《晋书·孙绰传》也有孙绰"居于会稽，游放山水，十有余年"的记载。玄言诗人如此性好山水，原因在于玄学崇尚自然，而在玄言诗人看来，山水是最能体现自然之道的，如阮籍在《达庄论》中所说："天地生于自然，万物生于天地。自然者无外，故天地名焉；天地者有内，故万物生焉。……夫山静而谷深者，自然之道也。"因此，要体悟自然之道，最好的办法就是到自然山水中去，玄言便与山水结下了不解之缘，由山水体悟玄理甚至由山水直接抒发玄理，便也成为玄言诗写作常见的模式。而陶渊明是一位田园诗人，田园虽然也能体现"自然"，也能从中体玄悟道，事实上陶渊明确也将归隐田园称作"复得返自然"（《归园田居》其一），但由于山水完全处于自然的状态或更接近于自然的状态，田园则是农民生活的领域，可以随处见到人类的活动，与世俗有着这样那样的联系，因此已不是一种纯粹自然的状态，对自然之道的体现已经明显减弱。同时山水诗主要写自然风景，而田园诗虽然也写到农村的风景，但其主体是写农村生活，不可避免地还要写到农民和农耕，这种题材与"自然"的关系自然也不能同山水相比。具体到陶渊明，回到田园后还要过"晨兴理荒秽，带月荷锄归"（《归园田居》其三）的劳动生活，还要为生计操劳，由田园以体悟自然之道的程度更大大地降低了。因此，表现题材的不同，也大大减弱了陶诗的玄言色彩。

第四，陶渊明所崇尚的"自然"和"真"，在客观上对其诗作摆脱玄学影响产生了一定的助力。如前所说，"自然"和"真"都是老庄玄学的核心命题，指的是一种自在的、天然的、非人为的、与世俗礼法相对立的状态。在陶诗中，也多次出现"自然"和"真"这两个概念，如"久在樊笼里，复得返自然"（《归园田居》其一），"羲农去我久，举世少复真"（《饮酒》其二十），"傲然自足，抱朴含真"（《劝农》）等。"自然"和"真"成为陶渊明批判虚伪的官场和社会的思想武器，成为陶渊明远离尘世、回到田园过自然简朴生活、保持自己纯真本性及品格的人生信条和行动指南，同时也成为陶渊明的审美追求和创作准则。陶渊明写作不抱功利目的，心中有了感触就写，写的时候既不矫情，也不矫饰，是什么样就写成什么样，怎么想就怎么写，唯以真实恳切、自然天成为上。因此，陶诗中所写的，都是自己的真生活、真感受、真体验、真感情、真个性、真人格、真见解，从而形成了陶诗特有的"自然"和"真"的艺术风貌和艺术品格。玄言诗人的思维则往往被局限在一个思辨性很强的哲学体系中，进而养成一种以虚旷为高的人生态度，不重视客观存在的社会现实生活，失去了对于现实生活本身的丰富的感受力，其诗必然容易走进玄虚枯淡一途。而陶渊明由于重实际，因此他信奉"自然"和"真"，反而更容易使他将目光投向客观存在的社会现实生活，关注自己对于现实生活的真切感受，从而使其诗作与玄言诗拉开了距离。

第五，东晋玄言诗的发展，与佛教的流行有着很大的关系，而陶渊明却与佛教保持着相当大的距离。由于佛教般若学在东晋时期大大促进了玄学有无、本末之辨的发展，玄佛逐渐实现合流，一些高僧以其精于思理、善于辨析的风采享誉谈席，佛理常与老庄义理一起甚至取代老庄义理成为玄谈主题。当时在江左传播佛理的，有许多重要僧人，如竺法深、支遁、康僧渊、康法畅、释道安、于法兰、于法开、竺法汰、慧远等。许多名士，包括玄言诗的代表诗人孙绰、许询等都与名僧有着密切交往并深受其影响，孙、许二人就都精通佛理，可与名僧交相辩难。在这种情况下，不仅谈老庄，也谈佛，便成为玄言诗的突出特点，甚至还出现了一些主要阐扬佛理的玄言诗。陶渊明生活在这样的时代，不可能对佛学无所了解，也不可能一点不受佛学的影响，其诗也有受般若思想影响的痕迹，如《归园田居》其四："人生似幻化，终当归空无。""空无"一词，即佛家用语，支遁《咏怀诗》其二即有句云："廓矣千载事，消液归空无。"但就总体而言，陶渊明与佛教是没有关系的，在一定程度上甚至对佛教还抱着拒斥的态度。高僧慧远是继支遁之后谈客名士倾慕的中心人物，住持庐山东林寺三十余年，招致远近名僧弘扬佛法，一时影响极大，谢灵运、宗炳等均与之关系密切，与陶渊明有交往的刘逸民也师事慧远。陶渊明的住地离东林寺并不远，他也常往来庐山，但与慧远却没什么往来。① 其诗不仅很难找到援引佛典的文字，有时还透出与佛教相对立的信息。比如形、影、神是慧远在《形尽神不灭论》《万佛影铭》中提出来的概念，而陶渊明在《形影神》诗中，却认为形、神不可分离，形死则神灭，对慧远的神不灭论不表赞同；《饮酒》其二："积善云有报，夷叔在西山。善恶苟不应，何事立空言？"则又否定了佛教的因果报应说。陶渊明重视现实人生及在现实人生中获得的感受、体悟、认识和乐趣，不相信来世，故与佛教不可避免地会产生距离。这种态度，使陶渊明失去了在诗中表现佛理的兴趣，从而拉开了与玄言诗的距离。

第六，东晋时期，玄学影响下的清谈往往是培育玄言诗人和玄言诗的温床。清谈大抵都以《老》《庄》《易》及佛理为谈资，并且通常都有一个论

① 《莲社高贤传》载："（陶）常往来庐山，使门生二儿舁篮舆以行。时远法师与诸贤结莲社，以书招渊明，渊明曰：'若许饮则往。'许之，遂造焉。忽攒眉而去。"陶渊明好饮，喜欢任情适性的他不愿在佛教徒面前受不能畅饮的拘束，这应是他不愿与僧人来往的一个原因；而"攒眉"，则还可能是对某些佛教义理产生反感，于是就更不愿与佛教发生关系了。

题，大家围绕着这个论题互相辩难。陶渊明不好清谈，与他关系密切的人中大抵也没有清谈之士。与陶渊明往来较为密切的人大体可分为四类：一类是政治人物，与之关系较近者有先后任江州刺史的王弘和檀道济，颜延之则更算得上是陶渊明的朋友；一类是陶集中载有赠诗的一些人，如丁柴桑、庞参军、庞主簿、邓治中、戴主簿、刘柴桑、郭主簿、羊长史、张常侍等，这些人多为江州一带的地方官吏，有的曾与陶渊明住得很近，志趣也颇相投；一类是一些与陶渊明一样的隐士或闲居野处者；一类是陶渊明的一班农民朋友。从现有资料看，这些人均非清谈之士，他们在一起时大抵不过是饮酒赋诗，谈古说今，评文析义，甚至"相见无杂言，但道桑麻长"（《归园田居》其二），均与清谈无涉。可以说，就小环境而言，陶渊明没有受到清谈风气的包围，这显然有助于他摆脱玄学和玄言诗的影响。

第七，陶渊明的曾祖父陶侃为东晋重臣，曾都督八州诸军事，荆、江二州刺史，封长沙郡公，进赠大司马。从《命子》等诗不难看出，陶渊明对其曾祖父的勋德是引以为豪的，由此曾产生光大前人功业的志向。陶侃是一个勤于政事、重视践履、极力反对虚诞之风的人。《晋书》本传载："诸参佐或以谈戏废事者，乃命取其酒器、蒱博之具，悉投之于江，吏将则加鞭扑，曰：'……《老》《庄》浮华，非先王之法言，不可行也。君子当正其衣冠，摄其威仪，何有乱头养望自谓宏达邪！'"陶侃反对老庄玄虚放诞之风及其重视实际践履的精神，也会对陶渊明的人格志趣产生一定影响，对其疏离玄言产生一定作用。

当然，从根本上说来，陶渊明能给玄言诗来一个大的冲击和改变，是时代大趋势使然。我们知道，东晋玄言诗风的盛行，是与其时玄谈风气的盛行密切相关的，而其时玄谈风气的盛行，又与东晋门阀政治紧密相关。以王导、谢安为代表的世家大族采取"镇之以静"的施政方略，需要借助老庄思想和玄学清谈来维系和巩固自己在思想文化领域的统治地位，扩大其社会影响，进而达到削弱皇权、在政治经济上谋求更大利益的目的。而淝水之战后，世家大族面临皇权越来越严重的挑战，"步步退却，谢氏人物日就凋零；其他士族则既无勋劳又乏人物，不足以各树一帜，制约皇权。一句话，门阀士族已是今非昔比"①。此后，寒素士人崛起，促使门阀政治进一步走向解体，玄学清谈随之也逐渐失去活力，玄学思潮作为社会思想主潮的时代走向终结，玄佛走向合流，儒家思想也逐渐恢复了它的存在和影响，随之学风也开始脱离玄虚，向尚实方向转化，抒情言志的文学传统也开始回归，玄理渐为写实的倾向所取代。正是在这样的大背景大趋势下，陶渊明实现了对于玄言诗的变革，大体上为玄言诗的终结打上了一个句号。

四

不难看出，我们大体上是按照南朝诗论家所提出、同时我们也认同的标准来对陶诗进行衡量和评判，得出陶渊明对玄言诗进行了变革的结论的。但南朝诗论家对陶渊明变革玄言诗风的功绩却视而不见，几全无提及，这与陶渊明在南朝总体不被重视的情形有关。反之，刘琨、郭璞等人被提及，则与他们当时在总体上较受重视有关。刘琨、郭璞之后玄言诗风反变本加厉，他们实际上未能承担起变革玄言诗风的重任，这里姑且不论。谢灵运确实做到了以山水取代玄言，而且他当时名声很大，沈约修《宋书》单独为他立传，说他"文章之美，江左莫逮"，钟嵘《诗品序》称他为"元嘉之雄"，因此，谢灵运被提及则并不令人意外。而谢混、殷仲文怎么会被提及呢？原因主要有以下几点：

第一，谢、殷二人当时都有比较高的社会地位。谢混出身名门，为谢安之孙，得尚孝武帝女晋陵公主，袭父爵为望蔡公，历任中书令、中领军、尚书左仆射、领选等要职，显贵一时。殷仲文也出身士族名门，因其妻为桓玄姊，桓玄起兵占领建康时，曾为侍中、领左卫将军，并为桓玄撰九锡文。《晋书》本传载："仲文素有名望，自谓必当朝政，又谢混之徒畴昔所轻者，并皆比肩，常怏怏不得志。"可见，当时他是连谢混也不放在眼里的。

第二，谢、殷二人都有比较高的文学才能，同时颇有风仪。《晋书》本传说谢混"少有美誉，善属文"，死后刘裕受晋禅，"谢晦谓刘裕曰：'陛下应天受命，登坛日恨不得谢益寿奉玺绂。'裕亦叹曰：'吾甚恨之，使后生不得

---

① 田余庆《东晋门阀政治》，北京大学出版社 1996 年版，第 267 页。

见其风流！'"可见当时声誉之隆。《宋书·谢弘微传》又说"混风格高峻"，《南史·谢晦传》也说"谢混风华为江左第一"，风格高峻，风华出众，也是谢混得享盛誉的原因之一。《晋书》本传也说殷仲文"少有才藻，美容貌"，"善属文，为世所重"，唯读书不甚广博，故"谢灵运尝云：'若殷仲文读书半袁豹，则文才不减班固'"。又《世说新语·文学》说"殷仲文天才宏赡"，《世说新语·品藻》刘孝标注引《晋安帝记》说"仲文有器貌才思"。

第三，谢、殷二人在东晋末年文坛均享有很高地位。《宋书·谢弘微传》载："混风格高峻，少所交纳，唯与族子灵运、瞻、曜、弘微并以文义赏会。尝共宴处，居在乌衣巷，故谓之乌衣之游，混五言诗所云'昔为乌衣游，戚戚皆亲侄'者也。其外虽复高流时誉，莫敢造门。"可见其时谢氏家族崇尚文学的风气不减谢安在世之时。鉴于谢氏家族当时在文学方面仍居优势地位，谢混的地位便更显突出。殷仲文在当时也是一位名士领袖兼文士领袖的人物。谢、殷二人常被时人并称，都被视为东晋末年诗坛的代表人物和领军人物。

第四，谢、殷二人的创作与玄言诗相比都呈现出了新的特色。主要表现在两个方面。一是两人的诗都已趋向华丽绮靡，钟嵘《诗品》卷下说"义熙中，以谢益寿、殷仲文为华绮之冠"，《诗品序》说"逮义熙中，谢益寿斐然继作"，又将"叔源离宴"誉为"篇章之珠泽，文采之邓林"，这在当时是颇具代表性、权威性的评论。二是两人的诗均转向以写景抒怀为主。被《文选》收入"游览"类的谢混的《游西池诗》、殷仲文的《南州桓公九井作诗》，均以览物宴游为题材，虽都尚存玄言痕迹，但词采清丽，景物秀美，意境清新，寓慨深沉，大体上已脱离借山水景物以悟理写理的路数。览物宴游这种题材在建安诗中颇常见，谢、殷的这两首诗可以说是传统的一种回归。

当然，南朝时对谢、殷二人也并非就没有质疑、批评的声音，但就总体而论，他们是代表当时文学主流的人物，他们可以凭借其名士领袖兼文士领袖的身份，最大限度地扩展其在文学领域的影响，他们对玄言诗的变革，也易于得到文坛的响应，易于得到人们的关注和肯定。比较而言，陶渊明的社会地位、文坛地位、社会影响在当时是远不及谢、殷二人的，是远离当时的上层士林、上层文坛和文学主流的，加上其总体平淡自然的审美取向有违南朝诗论家的审美标准，其革新玄言诗风的功绩自然也就容易被忽视了。但历史终归是历史。就像陶诗的文学史地位终于冲破历史的迷雾得以被确认、确立一样，对于陶渊明革新玄言诗风的功绩，我们也应予以历史的肯定，以恢复其历史的本来面目。

（原载中国社会科学院文学研究所主办《文学遗产》2011 年第 2 期）

关于江淹评价的几个问题

一

　　江淹（444—505），字文通，是南朝从宋末到梁初这一时期的著名文学家。出身孤贫，早年常采薪以养母。初入仕途，颇不得志。二十岁时，以五经授宋孝武帝刘骏第十一子始安王刘子真，其时子真年仅七岁，江淹的职务不过是一个发蒙的塾师。子真死，转建平王刘景素幕下。初被待以布衣之礼，但因倜傥不俗，为同僚所忌，诬以受贿，遭冤狱，于狱中上书，词颇凄苦，得出。后景素为荆州刺史，淹从之镇。时后废帝刘昱凶狂失道，朝野并属心景素，景素欲羽檄征天下兵，以求一旦之幸，淹每从容晓谏，而景素不纳。及景素为南徐州刺史，镇京口，淹为镇军参军，领南东海郡丞。景素与腹心日夜谋议，淹知祸机将发，乃赠诗十五首以讽，景素不悦。后因南东海太守陆澄遭丧去职，淹依例要求代领郡守职务，不得，固求之，景素大怒，言于选部，被黜为建安吴兴（今福建浦城县）令。淹衔涕告别亲朋故旧，踏上充满艰辛的漫长旅途。时吴兴是一个荒僻所在，淹到任，"凿山楹为室"（《青苔赋序》），在"前峻山以蔽日，后幽晦以多阻"（《草木颂序》）的恶劣环境中苦熬了三年。这期间，刘宋王朝政局发生了很大变化。景素反叛，被镇压；大臣萧道成发动政变，杀死后废帝刘昱，拥立顺帝刘准。萧道成辅政后，因赏识江淹文才，召为尚书驾部郎、骠骑参军事。此举成为江淹仕途生涯的转折点，从此一改长期淹蹇困顿局面，青云直上。在齐曾任正员散骑待郎、中书侍郎、尚书左丞、御史中丞、宣城太守、秘书监、侍中、卫尉卿等职。入梁，官至金紫光禄大夫，封醴陵伯。卒时年六十二。

江淹中年以后，官越做越大，也曾做过一些事业。如任御史中丞时，勤于政事，严于职守，秉公执法，不避权贵，凡贪赃枉法者，上至中书令，下至州牧郡守、大县官长，多被弹劾整治，一时内外肃然，得到了当时参与执政的齐明帝萧鸾的"宋世以来，不复有严明中丞，君今日可谓近世独步"①的高度评价。但总的来看，江淹后期是安富尊荣、因循保守的。他之所以名传后世，不在于他的高官厚爵，也不在于他做出了多少显赫政绩，而在于他早年"精意苦力"（《自序》）创作了大量作品，对文学事业做出了颇为突出的贡献。1949 年以来，对于江淹创作的研究受到重视，并取得了一定成绩。但毋庸讳言，关注江淹研究的人还不是太多，研究的总体水平还不够高，特别是研究还显得不够全面和深入，人们所关注的大抵只是江淹的少数代表作品，缺乏对其创作全貌的认识，并因此而产生了一些不无片面、偏颇的认识，这是有待讨论和澄清的。

二

钟嵘《诗品》卷中云："文通诗体总杂，善于摹拟。"江淹善于拟古，这是古今论者几乎一致的看法。1949 年以来，不少论者往往以"缺乏独创性"为由对其拟古之作持贬抑、否定态度，是颇值得商榷的。江淹拟古诗主要有《效阮公诗十五首》和《杂体三十首》，我们不妨对此略加剖析。江淹《自序》云："及王（按指刘景素）移镇朱方也，又为镇军参事，领东海郡丞。于是王与不逞之徒，日夜构议。淹知祸机之将发，又赋诗十五首，略明性命之理，因以为讽。"可知《效阮公诗十五首》系为讽谏景素而作，有着明确的针对性，同那些徒效形似、无病呻吟的拟古诗有很大不同。由于当时景素的密谋尚未公开，江淹自然也就不便直言规劝，只得借拟古之名将自己的用意隐微曲折地表现出来，同时也抒发了自己忧谗畏祸和不得志的心情。如"天命谁能见？人踪信可疑"（其三）指天命难以预测，景素左右那些腹心不值得信用；"忼慨少淑貌，便娟多令辞"（其四）埋怨景素是非不分、忠奸不辨；"扰扰当途子，毁誉多埃尘。朝生舆马间，夕死衢路滨"（其十一）规劝景素

---

① 姚思廉《梁书》卷十四《江淹传》，中华书局 1973 年版，第 250 页。

不要追名逐利以走上身败名裂的道路等，诗意虽有飘忽隐微的一面，但所指还是不难体会的。这种拟古实即述志抒怀，对后来庾信《拟咏怀》、陈子昂《感遇诗》等的写作不无影响。《杂体三十首》情况则较复杂一些。虽然作者在对于模拟对象的取舍之间也在一定程度上反映了个人的性格志趣、思想情感，如《古离别》《李都尉从军》《张司空离情》《陆平原羁宦》《谢法曹赠别》《休上人怨别》所写的离情别绪，《班婕妤咏扇》《张黄门苦雨》所写的失意索寞之感都与作者早年的心境有关，但其主要的用意并不在此。《杂体三十首序》云："世之诸贤，各滞所迷，莫不论甘而忌辛，好丹而非素。岂所谓通方广恕，好远兼爱者哉？及公干仲宣之论，家有曲直；安仁士衡之评，人立矫抗。况复殊于此者乎？……然五言之兴，谅非复古。但关西邺下，既已罕同；河外江南，颇为异法。故玄黄经纬之辨，金碧沉浮之殊，仆以为亦合其美并善而已。今作三十首诗，敩其文体，虽不足品藻渊流，庶亦无乖商榷云尔。"可见江淹写作三十首诗的主要目的，在于借拟古以表达自己"通方广恕，好远兼爱"的文艺观点，对当时评论界"各滞所迷"的"诸贤"表示不满和非议。以钟嵘《诗品序》中"观王公搢绅之士，每博论之余，何尝不以诗为口实，随其嗜欲，商榷不同。淄渑并泛，朱紫相夺，喧议竞起，准的无依"一段话证之，可见当时评论界确实存在着一股不正之风，而这股不正之风来源于"王公搢绅之士"。江淹大约难于直言，故仍借拟古之名来委婉表达自己看法，以达到针砭时弊的目的，这种写作动机显然是不宜加以否定的，这种作法本身也有其新颖之处，在文艺批评的百花园中不妨聊备一格。在"伤于轻艳"① 的齐梁宫体即将席卷而来，曹（植）、刘（桢）被笑为"古拙"② 的时代举起拟古的旗帜，提倡广泛地学习前人，也是具有积极意义的。拟作本身又具有相当高的艺术性，作者善于捕捉不同时代不同诗人的特点较为准确地予以表现，达到"拟渊明似渊明，拟康乐似康乐，拟左思似左思，拟郭璞似郭璞"③ 的境界，如对前人诗歌遗产没有深入精到的学习体会，没

---

① 姚思廉《梁书》卷四《简文帝纪》："雅好题诗，其序云：'余七岁有诗癖，长而不倦。'然伤于轻艳，当时号曰'宫体'。"中华书局1973年版，第109页。
② 钟嵘《诗品序》。见陈延杰《诗品注》，人民文学出版社1961年版，第3页。
③ 严羽《沧浪诗话·诗评》。见郭绍虞《沧浪诗话校释》，人民文学出版社1983年版，第191页。

有深厚的艺术修养和高超的表现技巧，显然是难于奏效的。以"事出于沉思，义归乎翰藻"① 为入选标准的萧统《文选》将《杂体三十首》悉数录入，占入选江诗的绝大部分，可见对其艺术价值是深表首肯的。由于比较准确地再现了各个时代的诗风，因此将三十首诗连起来细加研读体味，可大体看出自汉至晋宋数百年间五言流变的轨迹。因此，对于江淹的拟古之作应从其创作实际出发，从主观动机和客观效果两方面进行考察，作出实事求是、合乎情理的评价，而不宜简单地仅从独创性的角度来加以规范和要求的。

三

1949 年以来的一些论者，在以贬抑态度评论江淹拟古之作的同时，对江淹的其他诗作又往往不予重视，或重视得很不够，这在客观上就以对江淹拟古之作的评价代替了对江淹全部诗作的评价。出现这种情形也许跟萧统《文选》有关，《文选》全录《杂体三十首》，其他诗作却只录了《从冠军行建平王登庐山香炉峰》和《望荆山》两首，这容易给人造成江淹其他诗作无足轻重的假象。刘熙载《艺概·诗概》云："（江淹）虽长于杂拟，于古人苍壮之作亦能肖吻，究非其本色耳。"确实，如果江淹只知一味拟古，即使再出色，其成就也会是有限的。但实际情况并非如此。江淹现存诗一百三十九首，拟古之作严格地说只有四十六首（除《杂体三十首》《效阮公诗十五首》外，再加《学魏文帝》一首），只占全部江诗的三分之一。江淹的多数作品。虽有的仍不免带着拟古的痕迹，特别是由于江淹的生平遭际与屈原有相似之处，有的作品从思想情调、表现手法到遣词造句均明显受到楚辞影响，但大体说来能够自出机杼，别具一格。这些作品大都作于宋末，集中在跟随刘景素和被贬吴兴两个时期，相当真实、具体而又深刻地表现了作者当时不得志、遭贬黜的愁怨之情，同时形成了一种流丽中带着苍劲峭拔之气的独特鲜明的艺术风格。试读《游黄檗山》：

> 长望竟何极？闽云连越边。南州饶奇怪，赤县多灵仙。金峰各亏日，铜石共临天。阳岫照鸾采，阴溪喷龙泉。残柩千代木，廧岑万古烟。禽

---

① 萧统《文选序》，中华书局 1977 年影印胡克家刻本，第 2 页。

鸣丹壁上，猿啸青崖间。秦皇慕隐沧，汉武愿长年。皆负雄豪威，弃剑
为名山。况我葵藿志，松木横眼前。所若同远好，临风载悠然。

诗作于建安吴兴贬所。一入手即以"长望"引出"闽云连越边"的苍茫
景象，为全篇定下了气势奇伟的基调。接着以"南州"二句总写、"金峰"
八句分写吴兴境内黄檗山一带的山川形胜、古木禽猿，刻绘出一个人迹罕至、
充满神秘萧森气氛的境界。这段文字对仗工稳，平仄谐协，同时讲求刻画，
"金""铜""阳""阴""丹""青"等富于色泽的字词的使用为诗篇涂上了
一层瑰丽色彩。另一方面，又使用了一些古奥劲峭的字词，字句锻炼有力，
操调险急深沉，笔力浑迈雄奇，从而又使诗篇显得峭拔刚健、颇有骨力。结
尾八句由写景转向抒怀，写作者身临其境油然而生的出世游仙幻想，运笔也
颇古直。这种刚柔相济的作品在江淹集中为数不少，不仅《从冠军行建平王
登庐山香炉峰》《望荆山》《秋至怀归》《渡西塞望江上诸山》《赤亭诸》《渡
泉峤出诸山之项》《迁阳亭》《还故国》等诗可与之并驾齐驱，就是《清思诗
五首》《悼室人十首》这样比较柔媚的作品其气息也与之有相通之处。江淹这
类作品往往能够巧妙地将写景与抒情结合起来，特别是入闽途中及入闽后对
那些险峰深谷及"碧水丹山，珍木灵草"（《自序》）的摹绘能够很好地衬托
和表现一个被贬黜者悲愤抑郁、寂寞孤独而又无可奈何的心情，读后给人留
下深刻印象。情与景谐，心与物融，使江淹诗涵蕴比较丰厚，意境比较深沉，
在当时作家中显得比较突出。钟嵘《诗品》卷中说范云、丘迟"浅于江淹"，
说沈约"意浅于江"，显然就包含了对于这一问题的认识。

四

江淹的赋，现存二十七篇，全为抒情咏物小赋。长期来论者对于《别赋》
《恨赋》颇为看重，但对其他赋作却明显地忽略了。《恨》《别》二赋通过典
型的细节描写和环境气氛的渲染铺写了各种"饮恨吞声"的死亡和"黯然销
魂"的离别，展示了不同类型人们的性格特征和内心世界，文词锤炼工丽，
句法错综变化，音韵铿锵优美，确实堪称骈体文的杰作，给予较多关注应当
说是必要的。但如将其他赋作完全撇在一边，势必要影响到对其赋作全貌的
认识，对其成就也就难于作出恰如其分的评价。江淹不少赋作在内容、情调、

表现手法等方面与《恨》《别》二赋有着内在联系，它们与二赋的关系犹如绿叶映衬红花、众星环拱北辰，共同组成一个愁怨之作的繁盛家族，成为江赋一个引人注目的特点。如果对"绿叶""众星"不予重视，这个特点也就难于显示出来。此外，《恨》《别》二赋基本上采取类型性的写法，其中虽也熔铸了作者个人早年独特的生活体验，但更多地着眼于那个时代众多失意者的痛苦心情和人们普遍怨恨离乱情绪的表现。而其他赋作则多与作者个人的亲身经历有关，是了解作者生平思想、心态情感的重要资料。如有的抒写了作者遭受贬黜、远赴异域的悲哀心情：

> 泣故关之已尽，伤故国之无际。出汀州而解冠，入溆浦而捐袂。听蒹葭之萧瑟，知霜露之流滞。对江皋而自忧，吊海滨而伤岁。抚尺书而无悦，侍樽酒而不持。去室宇而远客，遵芦苇以为期。情婵娟而未罢，愁烂漫而方滋。切赵瑟以横涕，吟燕茄而坐悲。（《去故乡赋》）

有的表现了作者贬谪吴兴后的困苦和怨愤：

> 临虹霓以筑室，凿山楹以为柱。上皓皓以临月，下淫淫而愁雨。奔水潦于远谷，汩木石于深屿。鹰隼战而榰巢，鼋鼍怖而穴处。……况北州之贱士，为炎土之流人！共魍魉而相偶，与蟏蛸而为邻。（《待罪江南思北归赋》）

有的抒发了作者对于北方原籍和自己出身地苏南一带的强烈思念：

> 心蒙蒙兮恍惚，魄漫漫兮西东。咏河、兖之故俗，眷徐、杨之遗风。眷徐杨兮阻关梁，咏河兖兮路未央。道尺折而寸断，魂十逝而九伤。（《泣赋》）

有的则表现了作者"身在江湖，心存魏阙"的感情：

> 何尝不梦帝城之阡陌，忆故都之台沼！（《四时赋》）

《倡妇自悲赋》《哀千里赋》《青苔赋》《水上神女赋》《丹砂可学赋》《赤虹赋》《丽色赋》《江上之山赋》等作大抵也都是作者生活经历、心灵履程的真切写照。此外，《伤友人赋》《知己赋》两首悼亡之作在倾吐真挚友情的同时表露了个人的身世衰飒之感，咏物小赋《石劫赋》通过慨叹石劫的沉沦反映了在隐仕穷达问题上的思想矛盾，《莲华赋》借对莲花的咏叹赞美表现了对于美好事物、高洁情操的向往追求，《翡翠赋》以翡翠自喻表示要从名缰利锁中解脱出来，都涵蕴着深沉的人生实感，展示了作者复杂的内心世界。这些赋作长短随意，句式灵活，运用了"若乃""若夫""若其""至若""至于""至乃""至如""于是""是以""遂乃"等大量虚词，充分体现出赋这种诗与散文相结合的文体的特点，从而笔酣墨饱、委曲尽致地描绘了客观景物，抒发了内心情怀。同时，这些赋作虽不乏古奥遒劲，生动绮丽也颇显突出，篇中以细腻笔触、诗化语言及富有鲜明色彩的词句所勾画的情景交融、绚丽缤纷的画面随处可见，读来往往能给人以爽目怡心之感。总之，这些赋作与《恨》《别》二赋比较起来也许能更直接地反映出作者心灵的搏动及艺术灵感的闪光，思想、艺术均别具一格，是不宜有所偏废的。

五

诗赋之外，江淹还写了不少的文，对于江淹的文，历来更少问津。江淹的文有不少是宋末齐初为刘景素、萧道成起草的章、表、诏、教之类，是为适应当权者某种特殊目的和需要而产生的代笔之作，其中大量的辞让答谢之作大抵是虚伪的矫饰之词的堆铺，采用一定的程式和套语，行文堆垛板滞，琢削过甚，思想、艺术均缺少亮点，除可为研究作者生平经历提供某种参考外，自然不值得花过多时间精力去深究。但其中有少数书札之类的作品鲜明地展示了作者的思想性格，情文并茂，堪称佳作，绝不应当忽视。《诣建平王上书》作于被刘景素下狱之后，学邹阳《狱中上梁王书》笔法，自诉信而见疑、贤而受谤的冤屈，理达情切，词意慷慨，委曲尽致。"不图小人固陋，坐贻谤缺。迹坠昭宪，身陷幽圄。履影吊心，酸鼻痛骨。下官闻亏名为辱，亏形次之。是以每一念来，忽若有遗。加以涉旬月，迫季秋，天光沉阴，左右无色。身非木石，与狱吏为伍。此少卿所以仰天槌心，泣尽而继之以血者也"一段，字字含悲，尤为凄恻动人。"景素览书，即日出之"①，可见深深打动了景素。《报袁叔明书》作于出狱后不久，向好友袁炳倾吐仕途上不得志的衷

---

① 姚思廉《梁书》卷十四《江淹传》，中华书局1973年版，第249页。

曲，信笔写来，笔端饱含悲愤，笔法颇受司马迁《报任少卿书》、杨恽《报孙会宗书》的影响。《袁友人传》哀掉友人袁炳早逝，在以大半篇幅较冷静平和地介绍了袁炳的生平行事、才学文章之后，突以"嗟乎！斯才也，斯命也，天之报施善人，何如哉！何如哉！"数语煞尾，使原本强抑着的情感波涛喷涌而出，强烈地拨动了读者的心弦。《与交友论隐书》作于三十岁时，写因不得志而企求归隐的思想，其中"性有所短，不可韦弦者五"一段内容笔法均颇受嵇康《与山巨源绝交书》的影响。此外，《自序》《铜剑赞》等也颇为可读。这些文章或径用散体，或虽用骈体，但能寓散入骈，骈散相间，因而语势灵活，疾徐有致，文气贯串，一气呵成，毫无沉滞之弊。语言朴质凝炼，且较平易，像"望在五亩之宅，半顷之田。鸟赴檐上，水匝阶下"（《与交友论隐书》）这类文字，不假雕饰，明白如话，纯是本色。江淹这类文章深受汉魏文风影响，虽深厚不及汉魏，在当时却是别具一格、高出流俗的。钱钟书先生在谈到《诣建平王上书》时说："按齐梁文士，取青妃白，骈四俪六，淹独见汉魏人风格而悦之，时时心摹手追。此书出入邹阳上梁孝王、马迁报任少卿两篇间，《与交友论隐书》则嵇康与山巨源之遗，《报袁叔明书》又杨恽与孙会宗之亚；虽于时习刮磨未净，要皆气骨权奇，绝类离伦，卷五一（按指《全梁文》）王僧孺《与何炯书》一篇差堪把臂共语，而颇伤冗缛也。梁作手如简文帝、任昉辈一篇中著单散语时，每失故步，举止生涩，右杌左机，踬后跋前；淹未尝有是，观其《铜剑赞·序》《自序传》亦可知焉。"① 就具体而微地阐述了这一问题。江淹这部分散文之所以不可忽视，也由此得到了雄辩的说明。

六

江淹的创作在文学史上曾经处于一个什么地位？起过什么作用？这也是一个长期以来涉足甚少的问题。要回答这个问题，有必要对宋、齐、梁时期文学创作的大势作一个简单回顾。刘勰《文心雕龙·明诗》云："宋初文咏，体有因革，庄老告退，而山水方滋。"自西晋末年以来统治文坛达百年之久的

---

① 钱钟书《管锥编》第四册第二〇八则，中华书局 1979 年版，第 1414 页。

玄言诗到宋初被山水诗所代替，文坛呈现出一番新的气象。但以颜延之、谢灵运为代表的"元嘉体"在艺术上也有着明显的不足：一是过分雕琢字句、堆砌典故，使"文章殆同书钞"①，陷于生涩板滞；二是"典正可采，酷不入情"②，未能将客观景物的摹绘与主观感情的抒发有机地结合起来。鲍照与颜、谢在创作上走着不同的道路，但他的一些作品也不免失之雕琢。这种情形在其他文体中同样存在，如谢灵运的《山居赋》因疑难太多，行文间甚至不得不夹上大量自注。活跃于梁初文坛的以沈约、谢朓为代表的"永明体"诗人似乎看到了"元嘉体"的不足，提出了一些诸如"易见事""易识字""易读诵"③ 之类的具有某种革新意义的文学主张，他们的创作除注重声律外，还注重情感的抒发，注重文词的明白晓畅、清新秀美，特别注重情与景的交融。沈约的某些作品（如《夜夜曲》《别范安成》《早发定山》等）已具有这样的特点，谢朓更是在这方面集大成的人物，最后完成了"元嘉体"向"永明体"的转变。江淹历仕宋、齐、梁三朝，习惯上被视作梁代作家，但他的创作活动实际上集中在宋末齐初，正处在"元嘉体"向"永明体"过渡、转折的时期，其文风一方面保留了"元嘉体"的一些特色，另一方面又与"永明体"有不少相似。如江淹诗有古奥奇崛的一面，显然与汉魏古诗、"元嘉体"特别是鲍照的影响有关。由于江淹出身、经历与鲍照类似，鲍照抒写仕途不平的篇章易于引起江淹共鸣，其宪章汉魏、立意高古、笔力雄肆、气势充沛的艺术风格也易为江淹所效法，因此江淹诗风与鲍照颇为相似，以至自隋以来屡有"江鲍"并称的提法。但江淹诗又有流丽生动、注重情景交融的一面，则又明显地显示出与"永明体"相似的色彩。江淹的赋对前代文学遗产也有着广博的摄取，除可随处见到《诗经》、楚辞、乐府、古诗词语句法、内容情调的影响外，大抵以繁密的辞藻典实的堆砌为其特色的颜（延之）、谢（灵运）赋作的影子也可不时从江赋中看到。尤为突出的是，同其诗作一样，江淹赋作更多更直接地接受了鲍照的影响，如《恨赋》《别赋》《青

---

① 钟嵘《诗品序》。见陈延杰《诗品注》，人民文学出版社 1961 年版，第 4 页。
② 萧子显《南齐书》卷五十二《文学传论》，中华书局 1972 年版，第 908 页。
③ 《颜氏家训·文章》引沈约语。见王利器《颜氏家训集解》，上海古籍出版社 1980 年版，第 253 页。

苔赋》的写作大抵都与《芜城赋》有关，《恨赋》的部分词句甚至直接从《芜城赋》中脱胎出来（如"骑叠迹，车屯轨，黄尘匝地，歌吹四起"之与"车挂辖，人驾肩，廛闸扑地，歌吹沸天"，"亦复含酸茹叹，销落烟沉"之与"皆薰歇烬灭，光沉响绝"，"无不烟断火绝，闭骨泉里"之与"莫不埋魂幽石，委骨穷尘"等）。同时江淹的赋也颇重抒情，文词绚丽，颇多"春草碧色，春水渌波。送君南浦，伤如之何"（《别赋》）这类情景交融的文字，句法又往往能从骈偶中求变化，给人以流丽生动、轻快空灵之感，这些特点显然又与齐梁赋作颇为相似。江淹的文一面深受汉魏文风的影响，一面又与之有着明显的差异。除有骈散之分外，像"凉秋阴阴，独立闲馆，轻尘入户，飞鸟无迹"及"方今仲秋风飞，平原彯色。水鸟立于孤洲，苍葭变于河曲"（《报袁叔明书》）之类清丽隽永的文字，又显示出向齐梁文风过渡的痕迹。这些都显示出江淹创作所独具的特色，实际上代表着一个转变时期的诗风与文风，为推动"元嘉体"向"永明体"的过渡发挥了某种承前启后、继往开来的作用，是值得予以重视和探讨的。

七

江淹创作题材狭窄，情调伤感，社会意义不大，这也是 1949 年以来不少论者的看法。应当承认江淹创作在这方面确实存在不足，特别是江淹虽处在民族矛盾、阶级矛盾和统治阶级内部矛盾都异常尖锐的年代，但在其作品中却几乎看不到对于当时社会矛盾、民生疾苦的披露和描写，这不能不是一个很大的缺憾。不过对这一问题的认识不能陷入绝对化，应当做些具体分析。江淹力图制止刘景素的叛乱密谋，客观上有利于社会的安定，因为当时统治阶级的内乱经常发生，每一次都伴随着大屠杀、大流血，人民受害不浅。江淹为此触怒景素并招致打击的命运及由此产生的抑郁感伤情绪在一定程度上是可以理解和值得同情的，这种命运、情绪在封建社会中也具有一定的代表性，其作品以愁怨为主旋律也就具有了一定的典型意义和社会价值。尤应注意的是，《恨》《别》二赋虽熔铸了作者个人早年独特的生活体验，但又并未被一己之愁怨所囿，实际上集中表达了那个动乱时代许多失意者的痛苦心情和人们普遍怨恨离乱的情绪。二赋将人世间的愁怨分成死亡之恨和离别之情两大类，而死亡之恨中又包含了壮志难酬的痛苦及知音不遇的怨恨种种内容，通过不同情绪在社会上不同类型人们身上的表现的多方铺写，显示了愁怨情绪在当时人们生活中的普遍性，曲折地表现了作者对于这种社会现实的关注和不满，这种内在涵蕴显然是不宜加以抹杀的。另一方面，江淹作品感伤悲凉情调的形成很可能还与时代的审美风尚和个人的审美趣味有关。汉魏六朝时代的审美风尚是以悲为美。王充《论衡·自纪》云："美色不同面，皆佳于目；悲音不共声，皆快于耳。"嵇康《琴赋序》云："称其才干，则以危苦为上；赋其声音，则以悲哀为主；美其感化，则以垂涕为贵。"奏乐以生悲为善音，听乐以能悲为知音，这种尚悲的审美风气对文学产生了很大影响，汉魏六朝间不少著名作品都具有慷慨悲凉的浓郁色彩，这对江淹个人的审美趣味及其作品的取材构思、思想情调不能不产生潜移默化的影响。江淹自称"仆本恨人"（《恨赋》），他用多种文体、从不同侧面反复弹奏愁怨这一主旋律，应当说正是一个"恨人"带着某种自觉性的艺术实践。《别赋》云："虽渊、云之墨妙，严、乐之笔精；金闺之诸彦，兰台之群英；赋有凌云之称，辩有雕龙之声，讵能摹暂离之状，写永诀之情者乎？"认为愁怨之情难于表现，从而反衬出悲怨之美的特殊价值，也从一个侧面说明了作者何以要不断弹奏悲怨这一主旋律、何以要在悲怨文学领域孜孜不倦地开拓耕耘的原因。对于这一原因，也是不宜有所忽略的。

八

最后谈谈所谓"江郎才尽"的问题。《梁书·江淹传》云："淹少以文章显，晚节才思微退，时人皆谓之才尽。"钟嵘《诗品》、《南史·江淹传》更有所谓"郭璞索笔，张协问锦"的记载。《诗品》《南史》的记载固不足信①，但江淹永明以后的作品不见存留，则是无可怀疑的事实。说他夜梦

---

① 陈延杰《诗品注》称之为"佳话之例"，诚是。但也有人认为"梦"乃"才尽"之"征"，如胡应麟《诗薮》外编卷二云："文通梦张景阳索锦而文蹶，郭景纯取笔而诗下。世以才尽，似也；以梦故，非也。人之才固有尽时，精力疲，志意怠，而梦征焉。其梦，衰也；其衰，非梦也。"也就是说，并非因为做了"梦"而"才尽"的，而是因为"才尽"了才做了这个"梦"的。

"才尽"的事发生在永明以后的建武年间（江淹于建武元年出任宣城太守，建武四年被召还京），确乎有些"查无实据，事出有因"，但其"因"为何呢？情形看来比较复杂。1949 年以来，论者大抵认为所谓"才尽"是因江淹后来官越做越大，养尊处优，脱离现实生活所致。应当说这是有道理的。《南史》本传载淹尝谓其子弟云："吾本素宦，不求富贵，今之忝窃，遂至于此。平生言止足之事，亦以备矣。人生行乐，须富贵何时。"有了这种"及时行乐"的思想，自然不可能再呕心沥血地去从事艰苦的创作事业。但这是否就是导致所谓"才尽"的唯一原因呢？恐怕未必，似还应考虑到别的一些因素。比如，这里是否有一个难于转变创作风格的问题？江淹创作历来以抒写愁怨为主，情调悲凉，而中年以后，生活环境发生了很大变化，不再有相关的感情体验，自然难再写出类似的作品来。要转而表现其他题材和主题，创作出另一种风格的作品，对于一个有"及时行乐"思想的人说来又谈何容易。其次，江淹似也没有封建文人通常都有的"寄身于翰墨，见意于篇籍"以使"身名自传于后"① 的想法。《南史》本传说他"任性文雅，不以著述在怀，所撰十三篇竟无秩序"，其《自序》也说："人生当适性为乐，安能精意苦力求身后之名哉！故自少及长，未尝著书，惟集十卷，谓如此足矣"。这种想法与"及时行乐"的想法密切关联，无疑也会使他逐渐淡漠了对于创作的兴趣。再次，江淹早年仕途上虽不得志，但却因此获得了比较充裕的时间来从事创作；而中年以后，特别是在入齐以后的一段时间内，由于尚能勤于政事，恪尽职守，可能会因此而无暇顾及创作，偶而为之，数量质量自都不免要受到影响。姚鼐云："江诗之佳，实在宋齐之间、仕宦未盛之时。及名位益登，尘务经心，清思旋乏，岂才尽之过哉？"② 所说不无道理。此外，江淹的创作活动正处在由"元嘉体"向"永明体"过渡的时期，其诗与"元嘉体"相比，较多对句，富于情采，而与"永明体"相比，则又较为平实朴素、古奥奇崛。江淹生活年代比颜延之、谢灵运要晚，而与沈约、谢朓大体同时，这种平实朴素、

---

① 曹丕《典论·论文》。见萧统《文选》卷五二，中华书局 1977 年影印胡克家刻本，第720 页。

② 姚鼐《惜抱轩笔记》卷八。见《惜抱轩全集》，中华书局、中国书店 1989 年影印《四部备要》本，第 356 页。

古奥奇崛的艺术风格在当时显得有些不合流俗。如与即将席卷而至的齐梁宫体相比，其差别就更为明显。在文学风尚和审美价值观念发生了变化的情况下，这是否会被视作"才尽"？王夫之云："文通于时，乃至不欲取好景，亦不欲得好句。脉脉自持，一如处女，唯循意以为尺幅耳。此其以作者自命何如也？前有'任笔沈诗'之俗誉，后有宫体之陋习，故或谓之'才尽'。彼自不屑尽其才，才岂尽哉！"① 就包含了这一层认识。因此，对于所谓"才尽"的问题，似应从多方面去探讨和理解，这样才有可能得出比较切近事实、比较合于情理的结论。

（原载《贵阳师专学报》1989 年第 1 期，中国人民大学书报资料中心《中国古代近代文学研究》1989 年第 7 期）

---

① 王夫之《古诗评选》卷五评《卧疾怨别刘长史》，河北大学出版社 2008 年版，第 287 页。

江淹拟古诗别议

　　自钟嵘《诗品》卷中首倡"文通诗体总杂，善于摹拟"之说和萧统将江淹《杂体三十首》悉数收入《文选》以来，江淹善于拟古几已成为论者一致的看法。但对其评价却见仁见智，褒贬不一。1949 年以来的论者，大抵糅合了严羽、胡应麟、刘熙载等前人的说法，一方面认为江淹在拟古方面有独到功夫，拟作艺术性较高，另一方面又认为这些拟作缺乏独创性，实际上采取了贬抑的态度。

　　应当承认，不少意见从某个局部或角度看似都不无道理。但其最大的不足，是未能顾及这些拟作的创作背景及作者的创作动机，忽略乃至抹杀了它们真正的（或主要的）意义和价值。江淹的拟古诗主要有《杂体三十首》和《效阮公诗十五首》两组，我们不妨对此作些具体分析。

　　先看《杂体三十首》。诗前有一篇序。不少论者往往不重视甚至毫不提及这篇序，其实这篇序对于准确地理解、评价这组诗至关重要。兹全录如下：

　　　　夫楚谣汉风，既非一骨；魏制晋造，固亦二体。譬犹蓝朱成彩，杂错之变无穷；宫商为音，靡曼之态不极。故蛾眉讵同貌，而俱动于魄；芳草宁共气，而皆悦于魂，不其然欤？至于世之诸贤，各滞所迷，莫不论甘而忌辛，好丹而非素。岂所谓通方广恕，好远兼爱者哉？及公干仲宣之论，家有曲直；安仁士衡之评，人立矫抗。况复殊于此者乎？又贵远贱近，人之常情；重耳轻目，俗之恒弊。是以邯郸托曲于李奇，士季假论于嗣宗，此其效也。然五言之兴，谅非夐古。但关西邺下，既已罕同；河外江南，颇为异法。故玄黄经纬之辨，金碧沉浮之殊，仆以为亦合其美并善而已。今作三十首诗，斅其文体，虽不足品藻渊流，庶亦无聊商榷云尔。

这篇序交代组诗的创作意图极清楚明白。作者首先从正面阐述自己的文学见解，认为不同时代、不同诗人的作品具有各不相同的体制、风格，但彼此并没有高下优劣之分，都同样具有价值，具有艺术魅力。这就像颜色一样，蓝、红及其他各种颜色都各有所长，互相交错搭配，才能形成五彩斑斓、变化无穷的世界。又像宫、商五音一样，一个也不能缺，不然就难以组合成柔婉摇曳、多姿多彩的动人乐章。美人芳草、玄黄经纬、金碧沉浮，无一不是这个道理。这里实际涉及了诗歌风格多样性的必然性以及应对之抱何态度的问题。由于客观世界的多样性和诗人思想情感、生活经验、审美理想、创作才能的多样性，诗歌风格的多样性是必然的。这种多样性能够满足读者对于诗歌多样的需要和爱好，都有其客观存在的价值。很显然，对诗歌风格多样性的问题应当抱有一个正确的态度。但实际情况如何呢？在当时现实中却存在着种种混乱认识。序言具体谈了三个方面的问题：一是"各滞所迷"，即从一己之个性爱好、审美趣味出发，沉迷一家之作，而对其余诸家抱不相容的态度，以致对一些著名诗人的评论也出现了言人人殊的情况；二是"贵远贱近"，崇尚古人，贬抑今人；三是"重耳轻目"，只重名声，不看重作品实际。针对上述情况，江淹决定作诗三十首，分别拟"古诗"及汉、魏、晋、宋二十九位著名诗人的五言代表作，以显示各家风格和长处，表明自己"通方广恕，好远兼爱"的文学观，同那些各执己见、观点偏颇的"世之诸贤"进行商榷和争鸣。可见，江淹拟诗有着深刻的用意和强烈的现实针对性，目的在于矫正时弊，是不宜以等闲眼光视之的。

五言诗是我国古典诗歌的主要形式。产生于汉代，在建安时期即呈现出"五言腾涌"[①] 的局面，此后在两晋、刘宋时期又获得了进一步的发展。不仅产生了述志、抒怀、叙事、写景、咏物、咏史、游仙、玄言、赠别、从军、边塞、山水、田园等多种诗体，而且涌现出一大批具有自己的独特风格、对后世发生了巨大影响的诗人。随着创作的盛行，对五言诗的鉴赏批评也相应

---

① 刘勰《文心雕龙·明诗》："暨建安之初。五言腾涌。"见范文澜《文心雕龙注》，人民文学出版社1958年版，第66页。

发展起来，到南朝时发展到空前兴盛的地步。正常的鉴赏批评有利于创作的发展，但在南朝时却出现了一股逆流。《杂体诗序》所提及的情形，在钟嵘《诗品序》中也有反映："观王公搢绅之士，每博论之余，何尝不以诗为口实，随其嗜欲，商榷不同。淄渑并泛，朱紫相夺，喧议竞起，准的无依。"甚至在当时的北方也有类似情况。《颜氏家训·文章》云："邢子才、魏收俱有重名，时俗准的，以为师匠。邢赏服沈约而轻任昉，魏爱慕任昉而毁沈约，每于谈宴，辞色以之。邺下纷纭，各有朋党。""各滞所迷""准的无依""各有朋党"，显然不利于冷静、客观、公允地讨论问题，不利于团结，不利于广泛地学习、借鉴、吸取前人和他人的长处，最终会影响到创作的发展。齐梁时期，写作五言诗的风气极为普遍，以至形成了"闾阎年少，贵游总角，罔不摈落六艺，吟咏情性"① 及"才能胜衣，甫就小学，必甘心而驰骛焉"② 的局面。但同时问题也严重地存在着。《诗品序》云："于是庸音杂体，人各为容。至使膏腴子弟，耻文不逮，终朝点缀，分夜呻吟，独观谓为警策，众睹终沦平钝。次有轻薄之徒，笑曹、刘为古拙，谓鲍照羲皇上人，谢朓古今独步。"创作中存在的这些问题，同当时诗歌评论的混乱状况显然不是没有关系的。于是就有有识之士想站出来改变这种状况。《诗品序》云："近彭城刘士章，俊赏之士，疾其淆乱。欲为当世诗品，口陈标榜，其文未遂，感而作焉。"同刘绘（士章）一样，刘勰也是"疾淆乱"的，他在《文心雕龙》中专设《体性》篇，论述风格问题，认为文学作品的风格是"各师成心，其异如面"，并将各种不同的文章概括成为八体，除针对当时文风对"新奇""轻靡"二体略露微词外，并不认为各种风格有高下之分；又专设《知音》篇，探讨文学批评问题，对贵古贱今、崇己抑人、信伪迷真以及"会己则嗟讽，异我则沮弃，各执一隅之解，欲拟万端之变：所谓东向而望，不见西墙也"的主观片面的批评态度进行了批评。江淹写作《杂体诗》，其出发点显然与刘绘、钟嵘、刘勰是一致的，只不过，除"序"是一篇公开的富有战斗性的宣言，可与《诗品序》及《文心雕龙》中的有关内容等量齐观外，江淹采取的是一种

---

① 裴子野《雕虫论》。见严可均校辑《全上古三代秦汉三国六朝文·全梁文》，中华书局1958年影印清光绪刻本，第3262页。

② 钟嵘《诗品序》。见陈延杰《诗品注》，人民文学出版社1961年版，第3页。

独特的表达方式：他不是用抽象、概括、雄辩的议论，而是用形象、委婉的拟作来显示自己的观点。这种类似以实物证明的做法虽不那么直截了当，但却委婉含蓄、新颖别致，也许更能为一些人所接受，产生意想不到的效果，与抽象、概括、雄辩的议论可以说是异曲同工，殊途同归，在文艺批评的百花园中，是不妨聊备一格的。

拟古的目的既然是要显示各家的风格和长处，自然就要模拟得相似，不仅要形似，最好还能达到神似，诗人就不可能在这样的作品中去搞什么"独创"，论者也不能以"独创"二字去要求和规范这些作品。这些作品"究非其本色耳"① 是正常的。当然，不是说这些作品就一点不带拟作者的主观感情色彩，实际上，如《古离别》《李都尉从军》《张司空离情》《陆平原羁宦》《谢法曹赠别》《休上人怨别》所写的离情别绪，《班婕妤咏扇》《张黄门苦雨》所写的失意索寞之感等，是与作者早年不得志、遭贬黜的心境有关的。还应当说明的是，江淹也不是没有"本色"的作品。现存江诗共一百三十九首，拟古之作只占全部江诗的三分之一，其余三分之二作品是有着鲜明的艺术个性的，这是一种流丽中带有苍劲峭拔之气的艺术风格。这种艺术风格的形成与前代文学遗产，主要是汉魏古诗、"元嘉体"特别是鲍照诗的影响有关，但并不是生硬照搬，而是融入了诗人独特鲜明的艺术个性。不少论者往往以"缺乏独创性"为由对江淹的拟古之作持贬抑否定态度，又往往置江淹占其总数三分之二的其他作品于不顾，以对拟古之作的评价来代替对江淹全部诗作的评价，这显然是有失公允的。对于其拟古之作的价值，主要应从其创作动机、所拟对象和所产生的效果等方面去加以考察。江淹拟古的动机不容否定，已如前述，其所拟对象也是颇为可取的。江淹所拟大抵都是文学史上较有名的诗人，他们在开拓五言诗的题材领域、丰富五言诗的表现技巧和开创多样化的艺术风格方面大抵都作出过一定贡献，能在一定程度上代表不同时代的诗风，因此如将三十首拟作连起来细加研读体味，可大体看出自汉至晋宋数百年间五言流变的轨迹。而对每一位诗人大体上又能准确地选定其

---

① 刘熙载《艺概·诗概》："（江文通）虽长于杂拟，于古人苍壮之作亦能肖吻，究非其本色耳。"上海古籍出版社1978年版，第57页。

成就最高的代表作来加以模拟，如潘岳选他的《悼亡诗》，陆机选他的《赴洛道中作》，左思选他的《咏史》，陶渊明选他的《归园田居》，等等，都是很有眼力的。其中不乏反映现实、忧患时世、语言劲健、风格质朴之作，可见，江淹对于拟古对象的选择是严格地围绕着他所要达到的目的来进行的。至于拟古的效果，虽然缺乏有关材料作出具体的说明，但有些情形无疑是应当看到的。比如，在"伤于轻艳"①的齐梁宫体即将席卷而来，"曹、刘被笑为古拙"的时代提倡广泛地学习前人（其中就有不少"古拙"之作），是具有借复古以求革新的意义的。又比如，江淹严正地指出当时评论界的不正之风并力图加以纠正，比起同时代的文论家来是较早的。江淹历仕宋、齐、梁三朝，习惯上被视作梁代作家，但实际上其保留至今的作品大抵都作于宋末齐初、永明元年（483）以前，而以作于宋末的为最多。《杂体三十首》自也不可能例外。姚鼐认为："江诗之佳，实在宋齐之间、仕宦未盛之时。及名位益登，尘务经心，清思旋乏，岂才尽之过哉？"②他不同意"才尽"之说，认为是入齐以后政务繁忙影响了江淹的创作。如果这个推论成立，则写作《杂体三十首》这样的大工程，更不可能是入齐以后完成的了。而刘勰《文心雕龙》、钟嵘《诗品》的写作年代都要晚些。江淹较早地举起向评论界不正之风挑战的旗帜，应当说是难能可贵的，在这方面具有某种开风气的作用，刘勰、钟嵘从中接受了某些启发、影响也未可知，特别是如将《杂体诗序》中"至于世之诸贤"一段话和《诗品序》中"观王公搢绅之士"一段话加以比较，总不免要给人以如出一辙之感。至于江淹通过序言和拟作所表现出来的"通方广恕，好远兼爱"的文艺观点则肯定是得到了后人的赞同，如刘知几《史通·自叙》即云："词人属文，其体非一，譬甘辛殊味，丹素异彩"，显然是复述了江淹的观点。又如叶适《对读文选杜诗成四绝句》（其三）云：

　　江淹杂体意不浅，合采和音列众珍。

　　拣出陶潜许前辈，添来庾信是新人。

---

① 姚思廉《梁书》卷四《简文帝纪》："雅好题诗，其序云：'余七岁有诗癖，长而不倦。'然伤于轻艳，当时号曰'宫体'。"中华书局1973年版，第109页。

② 姚鼐《惜抱轩笔记》卷八。见《惜抱轩全集》，中华书局、中国书店1989年影印《四部备要》本，第356页。

就高度评价了《杂体诗》发扬各家之长的作法，并以为这种"好远兼爱"的精神为后来善于博采众长、"转益多师"① 的杜甫所继承，实不失为独具只眼之谈。

下面再看看《效阮公诗十五首》。如果想要准确、深入理解这组诗的意旨，有必要首先弄清其写作背景。江淹《自序》在这方面提供了有价值的线索：

> 宋末多阻，宗室有忧生之难。王（按指刘景素）初欲羽檄征天下兵，以求一旦之幸。淹尝从容晓谏，言人事之成败。每曰："殿下不求宗庙之安，如信左右之计，则复见麋鹿霜栖露宿于姑苏之台矣。"终不以纳，而更疑焉。及王移镇朱方也，又为镇军参事，领东海郡丞。于是王与不逞之徒，日夜构议。淹知祸机之将发，又赋诗十五首，略明性命之理，因以为讽。

《梁书》《南史》的《江淹传》均有相似记载，文字出入不大，大约均本于《自序》。江淹出身孤贫，生当一个政局极不稳定、统治阶级内部争权夺利骨肉相残的丑剧一出接着一出、公开叛乱和平叛战争几乎没有间歇地进行着的时代。宋明帝死后，其长子后废帝刘昱继位。文帝刘义隆的孙子刘景素一方面潜在的谋取帝位的欲望迅速膨胀，另一方面也为了谋求自全，便开始积极谋划起来。从《宋书》的记载不难看出，刘景素不仅确有密谋，而且暗中活动得相当厉害。据江淹《自序》，刘景素还在荆州刺史（驻节湖北江陵）任时，就有发檄文征天下兵顺江东下夺取政权的企图，江淹察觉了这种企图，开始"从容晓谏"。不久，刘景素调任南徐州刺史（驻节京口，今江苏镇江市），授使持节，都督南徐、南兖、兖、徐、青、冀六州诸军事，既军权在握，又与京城建康逼近，更加紧了谋篡的步伐。江淹"知祸机之将发"，故写了《效阮公诗十五首》，企图阻止景素的密谋。

组诗大体上包含了以下的内容：第一，认为天命不可逆料，祸福难于预测，富贵不能依恃，讽谏景素不可觊觎非分，心存侥幸，轻举妄动，招致不

---

① 杜甫《戏为六绝句》："别裁伪体亲风雅，转益多师是汝师。"见浦起龙《读杜心解》，中华书局1961年版，第842页。

测。如第二首云："富贵如浮云，金玉不为宝。"第五首云："阴阳不可知，鬼神惟杳冥。"第十三首云："性命有定理，祸福不可禁。"第十五首云："天道好盈缺，春华故秋凋。"说的都是这个意思。第二，向刘景素表白自己的耿耿忠心，规劝景素不要轻信左右腹心的煽惑。如第三首云："忠信主不合，辞意将诉谁？……天命谁能见？人踪信可疑。"第四首云："慷慨少淑貌，便娟多令辞。"第三，极言时事的险恶，抒发了自己全身远祸、高蹈远引的情怀。如第八首云："时寒原野旷，风急霜露多。……常愿反初服，闲步颖水阿。"而诗句的本意，仍在敦促景素幡然醒悟，从谋叛的迷思中解脱出来。

　　江淹在《效阮公诗十五首》中所表达的思想虽不算很高明，但如历史地加以考察，就会发现仍有其值得肯定的一面。其价值就在于它真实地刻画了当时危机四伏的环境，从一个侧面揭示了那个时代的黑暗面貌，为我们认识当时的政治现实和社会矛盾提供了一份可靠的历史资料。诗中所表现的不愿与黑暗政治随波逐流、不愿与阿谀逢迎之辈同流合污、决心在艰难处境中守正不阿的精神和品质，也是可取的。大规模的流血事件，总会对人民的生命财产和社会的安定发展造成极为不利的影响，因此组诗所表现出来的讽谕意义，在客观上也具有一定的价值。

　　可见，《效阮公诗十五首》虽然是拟阮籍《咏怀诗》，而且在内容和形式的不少方面也确与《咏怀诗》相通或相似，某些篇章甚至效法得形神兼备，但却并非一味模仿而别无新意。江淹效阮其用意并不在于单纯模仿古人，而是借模仿古人来达到对刘景素进行讽谕、抒发自己内心苦闷的目的，有着明确的现实针对性。效阮只是一种形式，为现实的政治斗争服务才是其实质所在，我们应当善于透过现象去发现、把握其实质。这种拟古实即述志抒怀，它为那些处于黑暗政治下不能或不愿大声疾呼的诗人开拓了一条新路，提供了一种理想的方式，在诗歌史上是产生了有益的影响的。

（原载《辽宁大学学报》1991 年第 2 期）

论萧统的陶渊明研究

陶渊明在六朝文坛上是颇不被人重视的。其突出的表现，是沈约在《宋书·谢灵运传论》中历叙从远古到刘宋时期在文风转变中有突出贡献的作家，其中没有陶渊明；萧子显在《南齐书·文学传论》中发表文学见解，叙述文学源流，提到不少作家，其中也没有陶渊明。尤为突出的是，被章学诚称为"体大而虑周"① 的刘勰《文心雕龙》，广泛评论了历代作家和作品，其中竟也无一字论及陶渊明。陶渊明在当时受到冷落，主要因为其人生前人微位轻，在那个重视门阀位望的社会里，他不太可能引起人们太多的注意；更重要的是，陶渊明的诗文质朴无华，不尚辞藻，在当时那个越来越讲求对偶音韵、追求文风绮艳的时代，容易被人们视作"异类"，受到轻视乃至排斥。

不过，陶渊明在当时也并未完全被人们遗忘，他隐居不仕的举动、特立不群的品格甚至引起了人们的特别关注，得到不少人的较高评价和由衷赞美。陶渊明去世后，他的生前好友颜延之特地写过一篇《陶征士诔》，对陶渊明的生平、品性作了追叙和评价。其中谈到陶渊明"畏荣好古，薄身厚志"，"赋辞归来，高蹈独善"，"隐约就闲，迁延辞聘"，还说陶渊明"视化如归，临凶若吉"，可见对陶渊明的品格操守是极为推崇的。但对于陶渊明的创作，只说了"学非称师，文取指达"两句话，似乎只是一个客观的介绍或说明，或也可视作是一种评价，但其中显然并无多少褒肯称美之意。

与陶渊明、颜延之均同时但要稍晚的刘宋诗人鲍照，《集》中则有一首《学陶彭泽体》，杂拟陶渊明《九日闲居》《移居》《拟古》等作以表现饮酒自

---

① 章学诚《文史通义·诗话》，上海古籍出版社 2015 年版，第 188 页。

适的主题。鲍照"才秀人微,故取湮当代"①,其诗多表现在仕途上不得志的下层士人的思想和感情,不少具有刚健清新的风格,因此他关注和喜欢陶渊明应当说并不是偶然的。现存鲍照诗除"乐府"类有大量拟作外,"诗"类拟作并不多,以有名有姓的诗人为模拟对象的作品更少,仅有《学陶彭泽体》和《学刘公干体五首》《拟阮公夜中不能寐》数首,因此鲍照对于陶渊明诗,应当说已是比较关注了。

在陶渊明死后六十年(齐武帝永明六年,488年),沈约完成了《宋书》纪、传七十卷的写作。如前所言,沈约在《宋书·谢灵运传论》中并无一字论及陶渊明,但他将陶渊明目为"迹不外见,道不可知"②的隐士,将其收入《隐逸传》,通过对其生平事迹的罗列和介绍,在客观上表现了陶渊明特立不群的品性和操守。此外,尚引录了陶渊明《五柳先生传》《归去来兮辞》《与子俨等疏》和《命子诗》四篇诗文,虽仅在《五柳先生传》后有"其自序如此,时人谓之实录"两句说明,其余俱未加只字评论,但也可看出,沈约实际上是把这些作品看成了能真实反映陶渊明生平思想的"实录"之作,而具有"实录"性质恰是陶渊明诗文的一个重要的特点,这实际上反映了沈约对陶渊明诗文一定程度的重视。

与沈约大体同时的江淹,大约在齐高帝建元(479—482)末年至齐武帝永明(483—493)初年间作有《杂体三十首》,其中有一首《陶征士田居》,杂拟陶渊明《归去来兮辞》《归园田居》《饮酒》《庚戌岁九月中于西田获早稻》《移居》等作,表现田园生活的主题。全诗前有《序》,说明诗人写作《杂体三十首》是为了表达自己"通方广恕,好远兼爱"即广泛地学习前人的文艺见解,而在他认为应当学习的前人中,陶渊明得预其列,而且得与在钟嵘《诗品》中被列为上品的"古诗"、李陵、斑姬、曹植、刘桢、王粲、阮籍、潘岳、陆机、左思、张协、谢灵运同列,可见江淹对陶渊明是足够重视的。而所拟颇得陶诗神韵,也足见江淹对学习陶诗是下了一番功夫的。总

---

① 钟嵘《诗品》卷中。见陈延杰《诗品注》,人民文学出版社1961年版,第47页。
② 沈约《宋书》卷九十三《隐逸传序》:"夫隐之为言,迹不外见,道不可知之谓也。"中华书局1974年版,第2275页。

的来看，江淹对陶渊明的重视比起鲍照来又前进了一大步。

到了梁，终于出现了第一个直接评论陶诗的人，这就是《诗品》的作者钟嵘。他将陶诗列入中品，评云：

> 其源出于应璩，又协左思风力。文体省净，殆无长语。笃意真古，辞兴婉惬。每观其文，想其人德。世叹其质直。至如"欢言酌春酒""日暮天无云"，风华清靡，岂直为田家语耶？古今隐逸诗人之宗也。

从渊源、风格、语言、人生和艺术追求、人品与诗品及对后代隐逸诗人（田园山水诗人）的影响等方面比较全面地评论了陶渊明及其诗作。"世叹其质直"，指出了陶诗之所以长期来不被人们重视的原因。应当说钟嵘是不可能免于世风的影响的，他对陶诗肯定也会是"叹其质直"的，不然他就不太可能只将陶渊明列于中品而不列于上品。但另一方面，他对"质直"又不太可能持全盘否定态度，因为他主张"干之以风力，润之以丹采"，对源于"建安风力"亦即建安风骨的"左思风力"是持肯定态度的，而据刘勰《文心雕龙·风骨》的有关论述，"风力"或风骨又是与"质直"的语言有着相当关联的。同时，钟嵘还认为，陶诗除"质直"的一面外，也还有"风华清靡"的一面，符合他心目中"风力"与"丹采"并重的标准，因此他对仅将陶诗目为"质直"和"田家语"的看法表示了不满。总的来看，虽然钟嵘仅将陶诗列为中品的做法不妥，为此他也遭到了无数后人的质疑和非议，但就总体而言，他对陶诗作出了比较客观、也算比较高的评价，将对陶诗的评论和研究推向了一个新的高度。

钟嵘之后，萧统成为当时陶渊明研究的一个集大成的人物。他在《文选》中选录了陶诗八首，陶文一篇，并特地为陶渊明作传，为陶渊明编集作序，在序中称："余爱嗜其文，不能释手，尚想其德，恨不同时。"对陶渊明其人其文表示了由衷的赞美，作出了前所未有的全面评论和高度评价。下面重点对萧统的陶渊明评论进行研究，同时对《文选》选录陶渊明诗文的情况和萧统编辑陶集的情况作一些探讨。

萧统的陶渊明评论主要集中在他的《陶渊明传》和《陶渊明集序》两文中。两文上承钟嵘由其文而及其人的思路，从人与文这两个方面对陶渊明展开评论。对其人的评论，主要是对陶渊明情性、品格、道德、操守的评论。主要谈了以下两点：

一、"少有高趣"，"颖脱不群，任真自得"

"少有高趣"照录自《宋书·陶潜传》。陶渊明少时，一方面具有大济苍生的宏愿，志向高远，壮怀激烈，曾为此而心不旁骛，专心读书，曾为此而抚剑远游，如《饮酒》其十六所云："少年罕人事，游好在六经。"《拟古》其八所云："少时壮且厉，抚剑独行游。谁言行游近？张掖至幽州。"《杂诗》其四所云："丈夫志四海，我愿不知老。"其五所云："忆我少壮时，无乐自欣豫。猛志逸四海，骞翮思远翥。"但另一方面，陶渊明又厌恶世俗，热爱自然，向往宁静幽闲的村居生活，如《归园田居》其一所云："少无适俗韵，性本爱丘山。"《与子俨等疏》所云："少学琴书，偶爱闲静，开卷有得，便欣然忘食。见树木交荫，时鸟变声，亦复欢然有喜。常言五六月中，北窗下卧，遇凉风暂至，自谓是羲皇上人。"应当说上述两个方面都是表现了少年陶渊明的"高趣"的。不过从萧统对陶渊明评论的总体趋向及下面"颖脱不群，任真自得"等评语看，萧统所说的"高趣"应主要是针对陶渊明"少无适俗韵，性本爱丘山"的情性、意趣、品格而言，而萧统对这一点无疑又是十分赞赏的。

"颖脱不群，任真自得"为萧统的首创之言。"颖脱不群"，即《晋书·陶潜传》所说的"颖脱不羁"，谓能超脱世俗的拘束。"任真自得"，即能保持天生本性，顺应自然，率性而为，适性自得。"真"是道家哲学中与世俗礼法相对立的重要概念，如《庄子·渔父》所云："礼者，世俗之所为也。真者，所以受于天也，自然不可易也。故圣人法天贵真，不拘于俗。"又《庄子·齐物论》郭象注："任自然而忘是非者，其体中独任天真而已。"陶渊明认为，他所生活的社会是一个虚伪、丑恶、污浊、道德沦丧的社会，所谓"羲农去我久，举世少复真"（《饮酒》其二十），所谓"自真风告逝，大伪斯兴，闾阎懈廉退之节，市朝驱易进之心"（《感士不遇赋》），说的都是这个意思。为了保持自己纯真自然的本性，使它不受世俗的熏染、礼教的束缚和名利的萦扰，陶渊明将"任真""养真"、保真当作自己最重要的人生准则加以遵循，如《连雨独饮》所云："天岂去此哉，任真无所先。"《辛丑岁七月赴假还江陵夜行涂口》所云："养真衡茅下，庶以善自名。"《劝农》所云："傲然自足，抱朴含真。"确实，陶渊明一生无论是对出仕归隐、读书种地、写诗作文、交友择邻，还是对四季轮回、生老病死、贫富贵贱、悲喜忧乐，都能率性而为，坦然面对，听其自然，安之若素，并从中获得最大的满足和快乐。萧统对此无疑是极为欣赏的，他在《陶渊明传》中所罗列的陶渊明生平轶事，不少都是陶渊明"任真自得"品性的绝好注脚。特别值得一提的是，萧统与沈约一样，几乎全文照录了《五柳先生传》，究其原因，不仅因为《五柳先生传》是陶渊明的自画像，"时人谓之实录"，有很高的史料价值，实在也因为《五柳先生传》非常生动地表现了陶渊明"任真自得"的品性。还须指出的是，《五柳先生传》实在也是一篇否定世俗的宣言。钱钟书曾对此作过极为透辟的分析，兹照录如下：

> 按"不"字为一篇眼目。"不知何许人也，亦不详其姓氏"，"不慕荣利"，"不求甚解"，"家贫不能恒得"，"曾不吝情去留"，"不蔽风日"，"不戚戚于贫贱，不汲汲于富贵"；重言积字，即示狷者之"有所不为"。酒之"不能恒得"，宅之"不蔽风日"，端由于"不慕荣利"而"家贫"，是以"不屑不洁"所致也。"不"之言，若无得而称，而其意，则有为而发；老子所谓"当其无，有有之用"，王夫之所谓"言'无'者，激于言'有'者而破除之也"（《船山遗书》第六三册《思问录》内篇）。如"不知何许人，亦不详其姓氏"，岂作自传而并不晓己之姓名籍贯哉？正激于世之卖声名、夸门第者而破除之尔。（《管锥编》第四册第一四六则）

因此，萧统之全文照录《五柳先生传》，实在也是为了表现陶渊明"颖脱不群"的个性和精神，并对其鄙薄世俗、保真守正的高洁品格表示肯定和赞赏。

二、"贞志不休，安道苦节，不以躬耕为耻，不以无财为病，自非大贤笃志，与道污隆，孰能如此乎？"

这段话为萧统的首创之言，主要从"不以躬耕为耻，不以无财为病"两个方面表现和颂美陶渊明的"贞志不休，安道苦节"，并据此将陶渊明视为常人不可能企及的能"与道污隆"的"大贤",从而对陶渊明作出了在那个时代无人能够企及的最为崇高的评价。

陶渊明出身于一个家道已趋衰落的官僚地主家庭,很早就尝到了贫困的滋味,颜延之说他"少而贫病,居无仆妾,井臼不任,藜菽不给"(《陶征士诔》),他自己也说:"自余为人,逢运之贫,箪瓢屡罄,绤绤冬陈。"(《自祭文》)贫困几乎伴随了陶渊明一生,特别是在他归隐之后。虽然陶渊明对物质生活的要求并不高,自言"弊庐何必广,取足蔽床席"(《移居》其一),"岂期过满腹,但愿饱粳粮。御冬足大布,粗绤以应阳"(《杂诗》其八),但由于迭遭变故,日子有时就会变得十分艰难,以至"夏日长抱饥,寒夜无被眠。造夕思鸡鸣,及晨愿乌迁"(《怨诗楚调示庞主簿邓治中》),有时甚至到了要外出乞食的地步:"饥来驱我去,不知竟何之。行行至斯里,扣门拙言辞。"(《乞食》)陶渊明虽有时对自己并不算高的生活要求竟也得不到满足的状况感到十分悲伤,虽也曾为解决生计问题而不得已出仕,但他始终不肯因为贫穷而放弃品格操守,放弃道德原则,违背自己"质性自然"的本性。《论语·卫灵公》:"在陈绝粮,从者病,莫能兴。子路愠见曰:'君子亦有穷乎!'子曰:'君子固穷,小人穷斯滥矣。'"所谓"固穷",就是甘处贫困而不丧失操守和气节。陶渊明严格遵循这一准则,在其作品中多次提到要坚守"固穷":

《癸卯岁十二月中作与从弟敬远》:"高操非所攀,谬得固穷节。"

《饮酒》其二:"不赖固穷节,百世当谁传。"

《饮酒》其十六:"竟抱固穷节,饥寒饱所更。"

《有会而作》:"斯滥岂攸志,固穷夙所归。"

《咏贫士》其七:"谁云固穷难,邈哉此前修。"

《感士不遇赋》:"宁固穷以济意,不委屈而累己。"

坚守"固穷"的准则,其中有一个"道"支撑着,这个"道"就是儒家提倡的个人品行、操守和气节,它是陶渊明最高的人生理想和人生追求,是陶渊明一以贯之始终尊奉的人生哲学。陶渊明由于坚守了"固穷",因而在精神上得到了极大的满足,"被褐欣自得,屡空常晏如"(《始作镇军参军经曲阿作》),"贫富常交战,道胜无戚颜"(《咏贫士》其五),虽然他内心并非就没有了矛盾和斗争，但总的来说他实现了人生的完美和崇高，他在精神上是一个胜利者。

为了解决生计问题，同时也为遵循人生的常道，陶渊明归隐后还亲自参加了一些生产劳动，这在《归园田居》其二和其三、《癸卯岁始春怀古田舍》二首、《庚戌岁九月中于西田获早稻》《丙辰岁八月中于下潠田舍获》及《归去来兮辞》等诗文中都有所反映。东晋士人是普遍瞧不起农耕的，而陶渊明却不仅不以亲事农耕为耻，相反认为这是天经地义的，说："民生在勤，勤则不匮。"（《劝农》）"人生归有道，衣食固其端。孰是都不营，而以求自安。"（《庚戌岁九月中于西田获早稻》）"衣食当须纪，力耕不吾欺。"（《移居》其二）如此朴素而深刻的道理，如此理直气壮的追求，在当时的士大夫阶层中确实是无人能说得出、做得到的。躬耕陇亩，自食其力，不假外求，同时也是对"固穷"和心目中的"道"的遵循和坚守。

"不以躬耕为耻，不以无财为病"，确实是抓住了陶渊明其人品格的两个非常重要的方面，而"贞志不休，安道苦节"则从人生追求、人生理想和人生哲学的层面揭示了陶渊明所以能够做到这一点的原因。萧统确实深入到了陶渊明的精神世界，对其思想、品格和操守有着深刻的认识和高度的认同，因而也才对陶渊明作出了前所未有的高度评价。

萧统对陶渊明其文的评论，主要谈了以下五点，均为萧统的首创之言。

一、陶渊明"博学善属文"

这是对陶渊明胸中学识、文学才能和文学成就的总体评价。观沈约《宋书》，对才学之士的文学才能和文学成就都有所评价，如说谢惠连"年十岁，能属文"，"其文甚美"，"又为《雪赋》，亦以高丽见奇"，"文章并传于世"①；说谢瞻"年六岁，能属文"，"善于文章，辞采之美，与族叔混、族弟灵运相抗"②；说鲍照"文辞赡逸，尝为古乐府，文甚遒丽"③；说谢灵运

①　沈约《宋书》卷五十三《谢惠连传》，中华书局 1974 年版，第 1524～1525 页。
②　沈约《宋书》卷五十六《谢瞻传》，中华书局 1974 年版，第 1557～1558 页。
③　沈约《宋书》卷五十一《刘文庆传附鲍照传》，中华书局 1974 年版，第1477 页。

"少好学，博览群书，文章之美，江左莫逮"①；说范晔"博涉经史，善为文章"②；说袁淑"博涉多通，好属文，辞采遒艳"③；说汤惠休"善属文，辞采绮艳"④；说颜延之"好读书，无所不览，文章之美，冠绝当时"⑤；等等。而对陶渊明，却未着一字。萧统以"博学善属文"评价陶渊明，表明萧统已不像沈约那样仅将陶渊明目为一个隐士，而已将他作为一个重要的文学之士来看待，这在当时无疑是一个重大的突破。

二、"有疑陶渊明诗，篇篇有酒，吾观其意不在酒，亦寄酒为迹者也。"

陶渊明一生，与饮酒确有着不解之缘。萧统在《陶渊明传》中，就记录着不少陶渊明与酒有关的事迹。饮酒成了陶渊明生活不可或缺的重要内容，也成了陶渊明诗文的重要题材和主题。有人统计，在一百二十多首陶诗中，写到饮酒的地方就有五十多处⑥。那么，这些作品是否都是为写饮酒而写饮酒的呢？当然不是，萧统的话就为我们提供了一种颇具启示意义的见解。俞绍初《昭明太子集校注》云："寄酒为迹，谓寄之于酒，以示其行孤高不群之性。"按萧统这段话前还有一大段文字讲"圣人韬光，贤人遁世"的道理，最后归纳说："是以圣人达士，因以晦迹。或怀厘而谒帝，或被褐而负薪。鼓楫清潭，弃机汉曲。情不在于众事，寄众事以忘情者也。""有疑"数句紧承之，因此俞注是符合萧统的原意的。同时，萧统的话还能给予我们更多的启示，可以说给我们提供了一把开启陶渊明饮酒诗的钥匙，使我们能够更深入，同时也是更客观地去理解陶渊明的饮酒诗。陶渊明一生，并非整天整夜地都在飘飘然，他的心境并不都是那样平和与淡泊，他也有许多忧愁、烦恼、痛苦、不平与激愤，需要排解和发泄，于是饮酒便成了他采取的最好的一种方式。陶渊明的饮酒诗，不少是谈借酒浇愁的感受的，所谓"何以称我情，浊酒且自陶"（《己酉岁九月九日》）、"泛此忘忧物，远我遗世情"（《饮酒》其

---

① 沈约《宋书》卷六十七《谢灵运传》，中华书局 1974 年版，第 1743 页。
② 沈约《宋书》卷六十九《范晔传》，中华书局 1974 年版，第 1819 页。
③ 沈约《宋书》卷七十《袁淑传》，中华书局 1974 年版，第 1835 页。
④ 沈约《宋书》卷七十一《徐湛之传》，中华书局 1974 年版，第 1847 页。
⑤ 沈约《宋书》卷七十三《颜延之传》，中华书局 1974 年版，第 1891 页。
⑥ 见胡德怀《齐梁文坛与四萧研究》，南京大学出版社 1997 年版，第 215 页。

七)、"理也可奈何，且为陶一觞"（《杂诗》其八），说的都是这个意思。不少人还认为，《饮酒》二十首、《述酒》等诗还有政治寓意。从南宋汤汉到当代学者王瑶、袁行霈均认为《饮酒》作于晋安帝义熙十三年（417）①，其时正处于晋宋易代之际，诗作即表现了作者处于易代之际的复杂心情。其最后一首有句云："但恨多谬误，君当恕醉人。"似乎作者确实有意在诗中说了一些犯忌的话，然后托言醉人以自掩。苏轼即说："'但恐多谬误，君当恕醉人。'此未醉时说也；若已醉，何暇忧误哉？"② 叶梦得也说："晋人多言饮酒有至于沉醉者，此未必意真在于酒。盖时方艰难，人各惧祸，惟托于醉，可以粗远世故。"③《述酒》的写作则与晋恭帝被药酒毒死的事件有关，通篇语意隐晦，难于确解。可见，陶渊明饮酒，在很大程度上是为了发抒郁闷，是为了"遗忘和冷淡"④ 世事，是为了麻醉和解脱自己，是为了韬晦免祸，同时，在很多情况下也是为了展示自己"任真自得"的本性。因此，酒中自有深意在，陶渊明把他自己孤高不群的品性、对世事的不平和感慨、个人的忧愁与烦恼等都用酒包裹、掩饰起来了，或者说都通过饮酒、咏酒的方式表现出来了。饮酒成了陶渊明"真我"的一种外在的表现形式（即所谓"寄酒为迹"），读者自也有必要通过饮酒这种实属外在的表现去窥探陶渊明内在的"真我"。不难看出，萧统的见解确实是鞭辟入里的，当时那些只表层地看到陶诗"篇篇有酒"的论者，与之相比实在是不可同日而语。

三、"其文章不群，辞采精拔，跌宕昭彰，独超众类，抑扬爽朗，莫之与京。横素波而傍流，干青云而直上。"

"文章不群""独超众类""莫之与京""横素波而傍流，干青云而直上"，这同样是对陶渊明诗文前所未有、后来在相当长的时间内也缺乏同调的高度

---

① 见龚斌《陶渊明集校笺》，上海古籍出版社 1996 年版，第 212 页；王瑶《陶渊明集》，人民文学出版社 1983 年版，第 50 页；袁行霈《陶渊明研究》，北京大学出版社 1997 年版，第 114 页。

② 苏轼《东坡题跋·书渊明诗》。见北大、北师大中文系编《陶渊明资料汇编》上册，中华书局 1962 年版，第 32 页。

③ 叶梦得《石林诗话》卷下。见何文焕辑《历代诗话》，中华书局 2004 年版，第 434～435 页。

④ 鲁迅《魏晋风度及文章与药及酒之关系》。见吴子敏等《鲁迅论文学与艺术》，人民文学出版社 1980 年版，第 264 页。

评价。不难看出，萧统是从特异独创、高出流俗的角度来评价、肯定陶渊明的。确实，陶渊明的创作有许多超出同时代人的地方。比如，田园诗便是陶渊明的独创。在田园诗中表现农耕的主题，真切描述农耕中的感受，并以"质直"的"田家语"入诗，从而形成一种平淡自然的风格，形成一个以冲淡为美的新境界，这些也都是陶渊明的独创。陶渊明的这些独创，不仅在当时无人认同和步趋，就是在以后相当长的一个时期内也缺乏嗣响，即如田园诗，就是直到盛唐出现了孟浩然、王维、储光羲等一批名家后，才终于蔚为大观的。在那个陶渊明其人其文均遭受冷落的时代，萧统对陶渊明能如此慧眼独具，反复赞叹，倾心推崇，实属难能可贵。

如细加体味，还不难看出，"文章不群，辞采精拔"、"横素波而傍流，干青云而直上"是对陶渊明诗文总体成就的评价，而"独超众类"则主要针对"跌宕昭彰"而言，"莫之与京"主要针对"抑扬爽朗"而言。下面具体作些分析。

"辞采精拔"与"文章不群"对举，"辞采"与"文章"在这里大体同义。但其侧重点，还在于文辞与辞采。"精"指精练，"拔"指超特、超拔，即《孟子·公孙丑上》所说的"出于其类，拔乎其萃"之意。陶诗语言，看起来是质朴自然、明白如话的，但实际上下了一番锤炼的功夫，只不过臻于化境，不露斧凿痕而已。许多好字好句，既平易自然，又准确精练，且往往富于形象，饶有情趣和理趣，读之耐人寻味。总的来看，陶诗能于朴素中见色泽、见丰腴，能于平淡中见醇美、见深刻。苏轼《评韩柳诗》说陶诗"外枯而中膏，似澹而实美"，《与苏辙书》说陶诗"质而实绮，癯而实腴"，惠洪《冷斋夜话》又引苏轼语说陶诗"初看若散缓，熟看有奇句"，说的都是这个意思。这就形成了陶诗一般人难以企及的超拔之处。陶渊明的散文外表简约、平淡、质朴，而内里涵蕴丰厚，读来意趣无穷，与其诗风完全一致。陶渊明能做到这一点，固因他有很高的才能和技巧，而更重要的在于他有独特的经历，独到的眼光和感觉，胸次浩然，志趣高远，这是一般人即使想学也学不到的。萧统能看到陶渊明的"不群""精拔"之处，说明他的眼光也是独到、超拔的。

"跌宕昭彰，独超众类"与"抑扬爽朗，莫之与京"对举，其中"跌宕"

与"抑扬"大体同义,"昭彰"与"爽朗"大体同义。"跌宕""抑扬"一方面指陶渊明诗文所表现的感情跌宕起伏,一方面指陶渊明诗文的章法、句法、文势、声韵富于变化,很好地表现了跌宕多变的感情。陶渊明其人,一方面是平和恬淡的,另一方面又是富于激情的,"常如一面澄莹宁静的平湖,而在其湖心深处,还隐现着有起伏的激流和荡潏的漩涡。"① 陶渊明对村居生活,对农村的自然景物、对邻居、对朋友乃至对眼前的桑麻田亩无不充满感情,而由于他对世事并未彻底忘怀,更时有变革现实的热情,有日月迁逝、功业无成的苦闷,还有对黑暗现实、强暴人物的不满和愤慨,因此,陶渊明的诗文中总回荡着感情的激流,只不过有的表现得比较直截、强烈,有的表现得比较隐晦、不那么强烈罢了。陶渊明又很善于用跌宕抑扬、变化开阖的笔势章法和或挥洒自如或激越苍凉的语调音节,将内心起伏多变的感情表现出来。前人对此多有评论,其中清人邱嘉穗的意见较有代表性,他在评《庚戌岁九月中于西田获早稻》时说:"陶公诗多转势,或数句一转,或一句一转,所以为佳。余最爱'田家岂不苦'四句,逐句作转,其他推类求之,靡篇不有,此萧统所谓'抑扬爽朗,莫之与京'也。"② 又评《饮酒》其二(积善云有报)云:"此诗前四句作势反起,后四句收转本意,一翻一覆如时文之故作波澜,而后乃正解之也。"③ 又评《咏贫士》其二(凄厉岁云暮)云:"通篇极陈穷苦之状,似觉无聊,却忽以末二句拨转,大为贫士吐气。章法之妙,令人不测,大要只善于擒纵耳。……'闲居非陈厄'二句,是欲扬先抑之法,将以反起'何以慰吾怀'二句耳,非公真有愠见言也。萧统评其文云'抑扬爽朗,莫之与京',此类是也。"④ 结合作品将萧统所说的"跌宕""抑扬"之意阐释得颇为透彻,而由此也可看出萧统对陶渊明诗文理解的独到及其对后代陶诗研究者的影响。

"昭彰""爽朗"是指思想感情表现得鲜明爽朗。陶渊明的诗文写的都是个人的真情实感,不矫情也不矫饰,一切如实说来;又多用白描手法,多用

---

① 叶嘉莹《迦陵论诗丛稿》,中华书局 1984 年版,第 42 页。
② 邱嘉穗《东山草堂陶诗笺》卷三,清乾隆邱步洲重校刊本。
③ 邱嘉穗《东山草堂陶诗笺》卷三,清乾隆邱步洲重校刊本。
④ 邱嘉穗《东山草堂陶诗笺》卷四,清乾隆邱步洲重校刊本。

朴素自然、明白如话的"田家语",因此必然地要形成"昭彰""爽朗"的艺术风格,萧统在这里也是抓住了陶渊明诗文的突出特点的。

值得注意的是,萧统说陶渊明诗文"跌宕昭彰""抑扬爽朗",实际上是从"风骨"的角度评价了陶渊明诗文。王运熙根据《文心雕龙·风骨》的有关论述,认为"风是指文章中的思想感情表现得鲜明爽朗,骨是指作品的语言质朴而劲健有力,风骨合起来,是指作品具有明朗刚健的艺术风格"①,显然陶渊明诗文是具有这样的风格的。钟嵘说陶渊明"又协左思风力",萧统所论实与钟嵘暗合。而陶渊明诗文所具有的"述情必显""结言端直""析辞必精"② 的特点,特别是其语言的明白如话、质朴劲健,是一般人特别是六朝人难于企及甚至不予认同的,从这个角度说陶渊明"独超众类""莫之与京",也是完全合于实际的。

四、"语时事则指而可想,论怀抱则旷而且真。"

这两句分别从叙事、抒情的角度概括陶渊明诗文真切自然的特点。前人多认为《饮酒》二十首、《述酒》《咏二疏》《咏三良》《咏荆轲》及《读山海经》十三首等作品作于晋、宋易代之际,为有感于政治时事之作,甚至以忠晋感愤说附会,因此有人从这个角度去理解萧统所说的"语时事",如邱嘉穗评《读山海经》其十一(臣危肆威暴)云:"此篇盖比刘裕篡弑之恶也。终亦必亡而已矣。萧统评其文曰:'语时事,则指而可想。'非此类欤?"③ 古直在谈对《诗品》卷中"宋征士陶潜""其源出于应璩"一句的理解时也说:"此说最为后世非议。然璩世以文学显,冰生于水,而寒于水。陶诗何渠不能出璩?考璩诗,以讥切时事,风规治道为长,陶诗亦多讽刺,故昭明序云:'语时事,则指而可想。'源出应璩,殆指此耳。"④ 按《宋书·陶潜传》:"潜弱年薄宦,不洁去就之迹。自以曾祖晋世宰辅,耻复屈身后代,自高祖王

---

① 王运熙《从〈文心雕龙·风骨〉谈到建安风骨》。见《文史》第九辑,中华书局 1980 年版,第 171 页。

② 刘勰《文心雕龙·风骨》。见范文澜《文心雕龙注》,人民文学出版社 1958 年版,第 513 页。

③ 邱嘉穗《东山草堂陶诗笺》卷四,清乾隆邱步洲重校刊本。

④ 古直《钟记室诗品笺》。转引自曹旭《诗品集注》,上海古籍出版社 1994 年版,第 264 页。

业渐隆，不复肯仕。所著文章，皆题其年月，义熙以前，则书晋氏年号，自永初以来，唯云甲子而已。"萧统秉承其说，在《陶渊明传》中说了"自以曾祖晋世宰辅，耻复屈身后代，自宋高祖王业渐隆，不复肯仕"这样的话，因此邱嘉穗和古直所云，应有一定道理。不过，陶渊明对晋室虽难免会有一定程度的依恋，但他早在晋亡之前即已归隐，他不满意的是整个社会的混乱和官场的腐败，加之前引萧统在《传》中的一段话难以作为"时事"一语确定不移的注解，且前人认为寓有悲愤的作品大都运用比兴象征手法，语意并不显豁，难以用"指而可想"去加以说明，因此像邱嘉穗那样过分滞执于忠愤之说的见解也并不是十分可取的，而相比之下，古直"讥切时事"之说似要稳妥得多。如果古直说得不错，则萧统的说法自也是无可挑剔的。此外，陶渊明所写几全为个人的亲身经历，一切如实说来，总能历历如见，如从这个角度来理解萧统所说的"语时事则指而可想"，则所说不仅是无可挑剔，而且应被视作真知灼见了。

"论怀抱则旷而且真"，则从"真"与"旷"两个方面概括陶渊明抒情的特点。陶渊明所写皆为内心真情实感，绝不矫情，如《后山诗话》所云："渊明不为诗，写其胸中之妙尔。"此为"真"。陶渊明"任真"，其诗文的"真"正是其"任真"品性的自然流露和表现。另一方面，由于陶渊明襟怀旷达，意趣高远，即使是对贫困、生死都抱着一种超然悠然的态度，因此表现在诗文中，形成了一种"旷"的风格，如温汝能在评《饮酒》其五（结庐在人境）时所说："渊明诗类多高旷，此首尤为兴会独绝，境在寰中，神游象外，远矣。"[①] 高旷的意境，是与高旷超然的襟抱、心境、态度密切相关的，因此萧统从抒情的角度来概括这一特点，是十分准确的。此外，陶渊明的高旷不是装出来的，是其真性情、真精神的自然流露，因此萧统将"旷"与"真"放在一起来谈，实是看到了两者间有机的内在联系。从作品来说，"真"固然是一种美，但如"真"到了无意趣和境界的地步，则"真"的价值就会大打折扣。萧统将"真"与"旷"放到一起来谈，不仅道出了陶渊明作品的实际，实在也是显示了一种审美的趣味和标准的。

---

① 　温汝能纂集《陶诗汇评》卷三，清嘉庆丁卯刊本。

五、"尝谓有能观渊明之文者,驰竞之情遣,鄙吝之意祛,贪夫可以廉,懦夫可以立。岂止仁义可蹈,抑乃爵禄可辞。不必傍游泰华,远求柱史,此亦有助于风教也。"

这段话对陶渊明诗文的社会功能作了高度评价,认为由于陶渊明诗文表现了陶渊明高洁的品格和情操,在艺术上有巨大的感染力,因此读后能使人心灵得到净化,人格修养得到提高,道德水平得到提升。上承了儒家的教化说,但仅就陶渊明人格力量的影响而言,与儒家传统的教化论并不相涉。萧统对陶渊明诗文社会影响和社会作用的高度评价,与他对陶渊明人品与文品的高度评价是紧密关联的。

不难看出,萧统对陶渊明其人其文从总体上是褒肯和赞赏的。但他对陶渊明也有批评,他说了这样一段对陶渊明《闲情赋》表示不满的话:"白璧微瑕,惟在《闲情》一赋。扬雄所谓劝百讽一者,卒无讽谏,何足摇其笔端?惜哉,亡是可也!"《闲情赋》系仿效张衡《定情赋》、蔡邕《静情赋》等作而成,《序》云:"将以抑流宕之邪心,谅有助于讽谏。"但赋中写"愿在衣而为领,承华首之余芳","愿在裳而为带,束窈窕之纤身"等"十愿",将对所爱慕女子的眷恋之情表现得十分直露、大胆、炽烈,因此招致萧统批评。萧统始料不及的是,此事后来竟成为文坛一桩聚讼不已的公案。赞成萧统看法的人有之,如方东树云:"如渊明《闲情赋》可以不作。后世循之(按后人仿作《闲情赋》者甚众),直是轻薄淫亵,最误子弟。"[1] 王闿运也说:"《闲情赋》十愿,有伤大雅,不止'微瑕'。"[2] 反对萧统看法的人也不少,其中苏轼的说法可以说最具有代表性:"渊明《闲情赋》,正所谓《国风》好色而不淫,正使不及《周南》,与屈、宋所陈何异?而统乃讥之,此乃小儿强作解事者。"[3] 其态度颇为激烈。还有人认为,《文选》收了曹植《洛神赋》,

---

[1] 方东树《续昭昧詹言》卷八。见北大、北师大中文系编《陶渊明资料汇编》下册,中华书局1962年版,第325页。

[2] 王闿运《湘绮楼日记》。转引自龚斌《陶渊明集校笺》,上海古籍出版社1996年版,第389页。

[3] 苏轼《东坡题跋·题文选》。见北大、北师大中文系编《陶渊明资料汇编》上册,中华书局1962年版,第30页。

"然洛神放荡，未尝删之，而偏訾此赋，于孔子存郑卫，岂有当焉"①，即认为萧统自相矛盾，态度不公。关于《闲情赋》的主旨，有人认为意在比兴，即以赋中所描写的美人比故主或同调；有人认为就是写爱情。应以爱情说较为符合实际，现代论者多持此说。从萧统的论述看，他是将《闲情赋》看作写爱情的，这种看法应当说是有眼力的。对这样一篇描写爱情的优秀作品，而且从一个重要方面表现了陶渊明思想大胆、观念开放和艺术上的创新精神的作品，萧统却采取否定的态度，这显然与他秉持"丽而不浮，典而不野，文质彬彬，有君子之致"②的文学观有很大关系。也就是说，萧统应当是认为《闲情赋》写得有点"出格"了。明人郭子章云："昭明责备之意，望陶以圣贤。"③由于"望陶以圣贤"，因此希望"圣贤"是绝对完美的，即使是"白璧微瑕"也是应当指出的。萧统将爱情排除在"圣贤"的生活之外，其看法无疑是偏狭的，但其初衷确如郭子章所说，他是为了维护他心目中绝对完美的陶渊明形象，且"微瑕"之说也并非十分厉害的否定，因此其说也有可理解之处。

除前所述外，萧统对陶渊明姓名的认知也有可取之处。《宋书·陶潜传》："陶潜字渊明，或云渊明字元亮。"钟嵘《诗品》卷中也名之曰陶潜。而萧统《传》则云："陶渊明字元亮。或云，潜字渊明。"所编陶集也名为《陶渊明集》。沈约、钟嵘与萧统三人谁说得对呢？吴仁杰《陶靖节先生年谱》对此辨之甚详："集载《孟府君传》及《祭程氏妹文》，皆自名渊明。又按萧统所作《传》及《晋书》《南史》载先生对道济之言，则自称曰潜。《孟传》不著年月，《祭文》晋义熙三年所作，据此即先生在晋名渊明可见也。此年对道济，实宋元嘉，则先生至是盖更名潜矣。"认为"当曰：陶渊明字元亮，入宋更名潜，如此为得其实"。陶澍《陶靖节年谱考异》赞同此说。"入宋更名潜"是

---

① 张溥《汉魏六朝百三家集·梁昭明集题辞》。见殷孟伦《汉魏六朝百三家集题辞注》，人民文学出版社 1960 年版，第 209 页。

② 萧统《答湘东王求文集及〈诗苑英华〉书》。见俞绍初《昭明太子集校注》，中州古籍出版社 2001 年版，第 155 页。

③ 郭子章《豫章诗话》卷一。见北大、北师大中文系编《陶渊明资料汇编》下册，中华书局 1962 年版，第 322 页。

否可信暂不论，但《晋故征西大将军长史孟府君传》是为外祖父作传，传中还言及从父、母亲，确是绝不可能自称字的；《祭程氏妹文》也不可能自称字。因此所自称"渊明"应为其名无疑。因此，萧统《传》所述虽仅将沈约《传》所述颠倒了一下次序，但所述却是更为"得其实"的。此后虽然《晋书》《南史》一仍《宋书》之说，但唐以后，萧统所说却得到了绝大多数论者的认同。这在一定程度上说明萧统《传》所记述的陶渊明生平事迹，并非一味照搬《宋书》，而是根据自己对陶渊明诗文及生平事迹的研究，有所取也有所舍的，因此可以相信所述也是更接近于史实的。

最后对《文选》选录陶诗的情况及萧统编辑陶集的情况作一些探讨。

《文选》共选录陶诗八首，即：在"行旅上"选录了《始作镇军参军经曲阿作》《辛丑岁七月赴假还江陵夜行涂口》，在"挽歌"类选录了《挽歌》一首（荒草何茫茫），在"杂诗下"选录了《杂诗》二首（结庐在人境，秋菊有佳色。按此二首今本陶集为《饮酒》二十首中的两首，分列其五和其七）、《咏贫士》一首（万族各有托）和《读山海经》一首（孟夏草木长），在"杂拟上"选录了《拟古诗》一首（日暮天无云）。选录了陶文一篇，即《归去来》（今本陶集作《归去来兮辞》）。选录情况值得注意的有以下两点：

一、陶渊明作为被萧统极力推崇的一位作家，总的来看入选《文选》的诗文数量不算多。如与选得较多的一些作家相比，这种感觉就更为明显。如陆机共选六十二篇（其中文十篇，诗五十二首），谢灵运共选诗四十首（未选文），曹植共选三十二篇（其中文七篇，诗二十五首），颜延之共选二十六篇（其中文六篇，诗二十首），潘岳共选二十三篇（其中文十三篇，诗十首），谢朓共选二十三篇（其中文二篇，诗二十一一首），鲍照共选二十篇（其中文二篇，诗十八首），等。萧统最推崇的《五柳先生传》，竟也没有入选。而《文选》以选录五言诗为主，但也选录了一些四言诗，如嵇康选了六首，陆机选了四首，颜延之选了三首等，其实并不见得都很出色，而陶渊明写了《劝农》《时运》等不错的四言诗，却一首也未选。相对说来，陶渊明受到了冷落。而受到冷落的原因，恐怕还是与"世叹其质直"的时风有关，只要看看入选得较多的作家绝大多数为华美文风的代表，就不难明白这一点。但另一方面，相对于其他更多诗人，陶渊明又要算是选得较多的。《文选》收录先秦至南朝梁有名姓的作家共一百三十位，按所选录的诗文数量排序，陶渊明与曹丕并列第十三位。钟嵘《诗品》品评汉魏至齐梁的一百二十二位五言诗人，陶渊明仅被列为中品，但如以《文选》收录《诗品》所品评诗人诗作的数量排序，陶渊明与列于上品的潘岳并列第十二位。陶诗入选的数量，仅比列于上品的左思、张协少三首，比王粲、刘桢少二首。而有九位列于中品的诗人，有六十一位列于下品的诗人，《文选》一首诗也没有选录。从这个情况看，陶渊明在《文选》中的地位虽然比上有所不足，比下却是大大有余，总的说来他受到重视的程度处在中间偏上的位置。他的位置不能更高，除时风的影响外，当时编选《文选》的有一个班子，萧统的意见不一定能为所有的人所接纳，萧统也未必事事躬亲，可能也会是其中的一个原因。

二、《文选》所选录的陶渊明诗文虽不算多，但从思想内容和艺术特色来说，还是比较充分地反映出萧统对陶渊明其人其文的认同的。这些作品反映了陶渊明"颖脱不群，任真自得"、崇尚自然、高蹈放逸的情性，反映了陶渊明"安道苦节，不以躬耕为耻，不以无财为病"的情操，反映了陶渊明的隐仕思想矛盾而最终走向归隐的心路历程，反映了陶渊明怡然自得的隐居生活。文风既质朴自然，又醇美丰厚，还有一些饶有理趣的作品。钟嵘《诗品》认为有"风华清靡"特色的两篇作品，《文选》照单全录，则说明萧统在并不排斥质朴，甚至在相当程度上认同、喜欢质朴的同时，对文采还是有所偏爱的。总的说来，《文选》所选录的陶渊明诗文是能在很大程度上印证萧统对陶渊明其人其文的评价的。

关于编辑陶集的情况，《陶渊明集序》只说了短短的两句话："故加搜校，粗为区目。""并粗点定其传，编之于录。"从这两句话，可看出萧统做了下列工作：

一、对陶渊明散佚的作品进行搜集，对此前流行的陶集进行整理。陶渊明《饮酒二十首并序》："余闲居寡欢，兼比夜已长，偶有名酒，无夕不饮。顾影独尽，忽焉复醉。既醉之后，辄题数句自娱；纸墨遂多，辞无诠次。聊命故人书之，以为欢笑尔。"有论者据此推测，陶集在陶渊明生前已有自定之本。陶渊明辞世后，则肯定有了传写本。《隋书·经籍志》："宋征士《陶潜集》九卷。"注云："梁五卷，录一卷。"阳休之《陶潜集序录》："其集先有两本行于世，一本八卷，无序；一本六卷，并序目；编比颠乱，兼复阙少。"可知此前已有两种传写本行世，一为八卷本，一为六卷本（应即《隋书·经籍志》所说梁五卷本，合录一卷，为六卷）。但这两种传写本有两个毛病：一是搜罗未备，二是编排无序，于是萧统有针对性地做了搜求补辑、编校整理的工作。

二、在对旧本进行整理的基础上，萧统将陶集重新编定为八卷。阳休之《序录》云："合序目诔传。"即合序（《陶渊明集序》）、目（目录）、诔（颜延之《陶征士诔》）、传（《陶渊明传》）在集前为一卷，诗文共七卷。阳休之《序录》称赞说："编录有体，次第可寻。"可见相对旧本有了很大改观。郭绍虞据北宋所传之昭明本及梁启超《陶集考证》、日人桥川时雄《陶集版本源流考》的有关论述，认为："大抵今本陶集篇次，率承昭明本来。其最初传写之本，只是依其所作先后，次第录写，不分诗文，故觉其颠乱，而次第亦不易窥寻。至昭明本始以文体分篇，故阳氏称为'编录有体'，而诗文既分，则于陶诗纪事之作，可以窥其一生经历者，亦转觉其'次第可寻'，而不知其转失陶集本来面目也。"① 对阳休之语作了具体阐释，可资参考。

萧统是历史上第一位认真搜集和整理陶渊明作品的人，由于态度认真，又距陶渊明生活的时代最近，因此所编陶集应是最为可靠的本子。此后，逐渐出现了一个编纂、校订、注释陶集的热潮，各种版本层见迭出，虽从北齐阳休之所编《陶潜集》始陶集即已非萧统所编原貌，但不少本子仍依从萧统所编为八卷，影响十分深远。保留至今的《陶渊明集序》和《陶渊明传》则更成为后来人们研究陶渊明其人其文、研究萧统其人、研究陶渊明研究史及六朝文学思想史的重要资料，受到历代论者的高度重视。

总的来看，萧统是最早对陶渊明的人格特征和诗文特征作出比较全面、准确概括的人，是最早对陶渊明的人品和诗文成就作出高度评价的人。萧统能做到这一点，与陶渊明在当时已受到较多人们的关注有关，特别是与钟嵘《诗品》的影响有关。但起决定作用的，还是萧统本人对陶渊明其人其文有较

---

① 郭绍虞《陶集考辨》。见《照隅室古典文学论集》上编，上海古籍出版社 1983 年版，第 266 页。

多的认同。陶渊明颇受儒家思想的熏陶，同时深受道家思想及当时隐逸之风的影响，而萧统"在人伦道德上多取法于儒学……而在生活情趣上又常常向往于道家"①，与陶渊明的思想及人生态度有较多相通之处。特别是到了他人生的后期，由于遭到梁武帝的猜忌，对道家隐逸的认同更趋强烈，以至在《陶渊明集序》中用了差不多占全文三分之二的篇幅大谈特谈"圣人韬光，贤人避世"的道理，在这种情况下，自然会对陶渊明其人其文产生更多的偏好。萧统为文主张"文质彬彬"，陶渊明诗文虽质朴而不粗俗，也在很大程度上符合萧统的审美标准。萧统对陶渊明诗文的推崇，为提升陶渊明诗文在文学史上的地位起到了至关重要的作用。评其文而兼评其人，也为后世的陶渊明研究开出了一种轨范。萧统评论陶渊明的话还屡为后人所直接引录，如范正敏《遁斋闲览》引王安石语云："（陶渊明）其诗有奇绝不可及之语，如'结庐在人境，而无车马喧。问君何能尔？心远地自偏'。有诗人以来无此句也。然则渊明趋向不群，词采精拔，晋宋之间，一人而已。"又如《彭泽定山陶氏宗谱》云："公天性忠厚，外和内刚，少有高趣，安贫好学。文则跌宕爽朗，诗则冲澹有味。"等等。总之，萧统开辟了一个陶渊明研究的新时代，其对后代的影响是极为深远的。

（原载《〈文选〉与文选学》，中国文选学研究会编，北京：学苑出版社2003年版）

---

① 俞绍初《昭明太子集校注·前言》，中州古籍出版社2001年版，第2页。

《西洲曲》三题

　　忆梅下西洲，折梅寄江北。单衫杏子红，双鬓鸦雏色。西洲在何处？两桨桥头渡。日暮伯劳飞，风吹乌臼树。树下即门前，门中露翠钿。开门郎不至，出门采红莲。采莲南塘秋，莲花过人头。低头弄莲子，莲子青如水。置莲怀袖中，莲心彻底红。忆郎郎不至，仰首望飞鸿。鸿飞满西洲，望郎上青楼。楼高望不见，尽日栏杆头。栏杆十二曲，垂手明如玉。卷帘天自高，海水摇空绿。海水梦悠悠，君愁我亦愁。南风知我意，吹梦到西洲。

　　这首《西洲曲》，郭茂倩《乐府诗集》收入《杂曲歌辞》，写一个少女对于情人的四季相思之情，是南朝乐府民歌中的杰作。诗篇以五言四句一解的章法为基础，运用民歌惯用的"接字"法，语语相承，段段相缩，声情摇旋，委曲缠绵，达到了很高的艺术境界，赢得了古今读者的广泛喜爱。胡应麟说它"乐府作一篇，实绝句八章也。每章首尾相衔，贯串为一，体制甚新，语亦工绝"①，钟惺说它"声情摇曳而迂回"②，沈德潜说它"续续相生，连跗接萼。摇曳无穷，情味愈出。似绝句数首，攒簇而成，乐府中又生一体"③，均称的论。但由于有的诗句似不够连贯，语意在若明若暗之间，人们对它的解释又颇多歧义，特别是关于西洲地址、人物住地及人称诸问题，历来更是聚讼纷纭。仔细分析作品，揣摸诗意，觉得诸家成说均有可取之处，但未尽

---

① 胡应麟《诗薮》内编卷六，上海古籍出版社 1979 年版，第 106 页。
② 钟惺《古诗归》卷十，明万历刻本。
③ 沈德潜《古诗源》卷十二，中华书局 1963 年版，第 290 页。

妥帖。兹不揣浅陋，略陈管见，以就正于方家。

西洲应在武昌附近

读《西洲曲》，首先碰到的问题是：西洲在何处？唐温庭筠有《西洲曲》云：

> 悠悠复悠悠，昨日下西洲。西洲风色好，遥见武昌楼。武昌何郁郁，侬家定无匹。小妇被流黄，登楼抚瑶瑟。朱弦繁复轻，素手直凄清。一弹三四解，掩抑似含情。南楼登且望，西江广复平。艇子摇两桨，催过石头城。门前乌臼树，惨澹天将曙。鹡鴒飞复还，郎随早帆去。回头语同伴，定复负情侬。去帆不安幅，作抵使西风。他日相寻索，莫作西洲客。西洲人不归，春草年年碧。

现在一般论者都根据"西洲风色好，遥见武昌楼"两句，认为西洲在武昌（今湖北省鄂城县）附近。从民歌中"江北""海水"等词语看来，这种说法大体可信。尤需注意的是，民歌与温作均载《乐府诗集》卷七十二《杂曲歌辞》，民歌在前，题作"古辞"，温作在后，题作"同前"，按《乐府诗集》体例，温作为拟作。温作在内容与情调上同古辞一脉相承，"昨日下西洲""南楼登且望""门前乌臼树"等句更与古辞中的一些诗句面目酷似，显系从中化出。以此看来，温作所咏西洲与古辞所咏西洲为同一地方，这是极可能的。北京大学中国文学史教研室选注的《魏晋南北朝文学史参考资料》认为：

> 按，本诗云："采莲南塘秋"，则西洲与南塘近在咫尺。《唐书·地理志》："钟陵，贞元中又更名，县南有东湖。元和三年刺史韦丹开南塘斗门以节江水，开陂塘以溉田。"耿沣《春日洪州即事》："钟陵春日好，春水满南塘。"则南塘在钟陵附近，即今江西南昌市。《西洲曲》可能产生于这个地区。

湖北、江西一带是南朝乐府民歌《西曲歌》的发源地，说《西洲曲》"可能产生于这个地区"，诚然不错。但西洲既与南塘近在咫尺，而南塘又在今江西南昌市，则西洲也当在今江西南昌市了。这个意在言外的结论，却难于苟同。西洲虽确与南塘近在咫尺，但诗中的南塘并非钟陵附近的南塘。江南泽国，名为南塘的地方何止一个呢？说西洲是湖北武昌附近的一个风景秀丽的地方，根据似更充分。

"忆梅下西洲，折梅寄江北。""西洲在何处？两桨桥头渡。""卷帘天自高，海水摇空绿。"从这些诗句看来，西洲应在江南，北临大江，其余一面或几面有河汊之类的水道与其他陆地分离，需划小船方可到达。或者是靠近长江南岸一个名副其实的江中洲也说不定，余冠英先生即在《谈〈西洲曲〉》一文中说："西洲离江南岸并不远，既然两桨可渡，鸿飞可见，能说它远吗？……那么，西洲到底在哪儿？它不在江南是一定的了，难道也不在江北？是啊，它为什么不在江南就一定在江北呢？它何妨是一个名副其实的江中的洲呢？"[①] 程千帆、沈祖棻二位先生也说："西洲，长江中小洲名。"[②] 邓魁英先生更明确说西洲"可能是武昌市西南方长江中的鹦鹉洲"[③]。此外，尚有人说西洲是今武昌的东湖。据余冠英先生《谈〈西洲曲〉》，1948 年叶玉华先生在《申报·文史副刊》发表的文章还认为西洲在江北。王季思先生根据《西洲曲》的开头和结尾，也认为"西洲当然在江北"[④]。这些意见，均难表苟同。

西洲应为女子住地

弄清了西洲大体的位置，就可以探讨西洲与诗中主人公的关系了。诗中所涉及的人物，一个是热烈地思念着情郎的女子，一个便是被女子所思念着的男子。关于男子的住处，除叶玉华先生说是在江北的西洲外，余冠英、游国恩、朱东润、程千帆、沈祖棻、邓魁英诸先生都认为是在江北，现在的古诗选本也都从此说，笔者也深表赞同。关于女子的住处，据余先生《谈〈西洲曲〉》，游先生 1948 年上半年刊于《申报·文史副刊》的文章认为是在西洲，王季思先生根据诗中从"开门郎不至，出门采红莲"到"鸿飞满西洲，

---

① 见余冠英《汉魏六朝诗论丛》，古典文学出版社 1956 年新 1 版，第 76~77 页。
② 程千帆、沈祖棻《古诗今选》，上海古籍出版社 1983 年版，第 105 页。
③ 邓魁英等《汉魏南北朝诗选注》，北京出版社 1981 年版，第 451 页。
④ 王季思《怎样理解和欣赏西洲曲》，《中山大学学报》1981 年第 4 期。

望郎上青楼"的大段描写，也认为在江北的"西洲当是女方生活的地方"。除此之外，多数论者认为女子住处是在西洲附近不远的一个地方。余先生说："西洲固然不是诗中女子现在居住之地，也不是男子现在居住之地，它是另一个地方。"朱先生说："西洲，在女子住处附近。"① 程、沈二先生说："住在江南的女子想念起和她一道在西洲玩赏过梅花而现在江北的情人，便特地到西洲去折一枝梅花，托人捎到江北去。"邓先生说《西洲曲》"表现一个居住在西洲附近的女子当爱人到江北去后，她思念和等待爱人回来的思想感情"。现在的古诗选本和评介鉴赏文章均从此说。对于这种流行说法，笔者却不敢苟同。从下列情形看来，西洲应为女子现在所居之地。

（一）诗的开头两句："忆梅下西洲，折梅寄江北。"是说女子曾和她的情人在西洲梅下欢晤，今梅花又开，使她想起了那一次美好的约会，于是折梅寄给现在江北的情人，希望再次见面。接着，女子描述自己的形象："单衫杏子红，双鬓鸦雏色。"古语云："女为悦己容。"这两个简单的对句，既透出秀美、青春与热情，也包含着对情郎无限的恋慕与期待之意。紧接着，女子点明了自己的住处："西洲在何处？两桨桥头渡。"西洲既是自己住处，为何还要问在何处呢？也许是怕情郎不知道吧？但情郎既已来西洲晤过面，他又哪能不知道呢？其实，这里只不过是自问自答，一方面是为了给诗篇增添些波澜和姿致，另一方面也还包含着这一层用意，即女子实际上是要告诉情郎："来吧，我在老地方等你。"运用提问句、反问句，这本是民歌常见的手法，南朝乐府民歌《莫愁乐》云："莫愁在何处？莫愁石城西。"写法即与此类似。"日暮伯劳飞，风吹乌臼树。树下即门前，门中露翠钿。"接下来的这几句，由鸟及树，由树及门，由门及人，将范围层层缩小，更为具体地交代了女子在西洲的住处。"门中露翠钿"写女子在门口探头盼待情郎，"我在老地方等你"的用意也越来越明显了。但是，"开门郎不至"，女子只得"出门采红莲"，"仰首望飞鸿"，"望郎上青楼"，"尽日栏杆头"，通过一个个一往情深的动作，表达了对于情郎的无尽思念。女子采莲的"南塘"，望郎的"青楼"，一个应在她家的附近，一个或者就是她自己的家。唐以前，青楼是淑女

---

① 朱东润主编《中国历代文学作品选》上编第二册，中华书局1962年版，第1214页。

美人的闺房，这里何妨用来指她的家呢。总之都是在西洲。认为女子住地是在西洲附近的论者，主要是对"西洲在何处？两桨桥头渡"两句诗发生了误解。他们不知怎么会有一个先入之见，认定女子住地不在西洲，但摇动双桨即可到达西洲桥头的渡口，那当然是在西洲附近了。但他们又认为"日暮伯劳飞"以下一大段是描写女子的住处。这就将"西洲在何处？两桨桥头渡"同下面一大段文字人为地割裂开了，而实际上这里过渡本较自然，看不出有分述两地的痕迹。如果硬要认为是分述两地，语意岂不跳跃过大？与此情形相类似的是"鸿飞满西洲，望郎上青楼"两句。照上面所说的那些论者的解释，则"鸿飞"是在西洲，而"上青楼"又是在西洲附近女子住地，诗意被割裂的痕迹更为明显。从逻辑上看，诗篇开始说"忆梅下西洲"，又从西洲"折梅寄江北"，然后具体地交代女子在西洲住地对情郎从早到晚、从春到秋的无限思念之情，本也是顺理成章的事。"西洲在何处？两桨桥头渡"在结构上起着承前启后的作用，在理解上既不宜把它同前面的诗句割裂开来，也不宜把它同后面的诗句割裂开来。在缺乏充分根据的情况下，我们宁可认为上述文字不是分指两地，分指两地的说法毕竟带有若干主观揣测的成分。在不需要主观揣测即可解通诗意的情况下，当然还是不去主观揣测的好。

（二）"南风知我意，吹梦到西洲。"这结尾的两句，是女子在盼、待情郎经历了一个又一个失望之后所生出来的最后一点遐想：南风知我怀念的深情，但愿它能吹一个团聚的梦到西洲，让我们在梦中相会。南风，一般指自南向北的风。但在这里似需作一点变通，解作"向南的风"。游先生及那些认为男子住在江北、女子住在江南的论者，也大致是这样理解的。这个梦，自然是女子想要做的梦。她在什么地方做这个梦呢？自然只能在她自己的住处。"吹梦到西洲"明白地告诉我们：女子的住地就在西洲。如果认为女子住地在西洲附近，那"吹梦到西洲"就不好解释了。如果认为女子可以跑到西洲去做这个梦，那就更加不近情理，是曲为之解了。纵观历来关于这两句诗的讨论，大约只有游先生的说法是较合理的，原因就在于他认为女子的住地就在西洲。叶先生认为西洲在江北，是男方住地，而女子在江南，她希望自己的梦云被南风吹向情郎的住处（即西洲），虽然在西洲位置和谁所居的问题上所发表的意见我们不敢苟同，但对"吹梦到西洲"的理解却是合乎情理的，而此外的说法，有的就存在不能自圆其说的矛盾了。如朱先生说西洲"在女子住处附近"，说江北"当指男子所在的地方"，解释结尾两句说"惟有祈望南风把梦境中的对方（按指男子）吹向西洲，使我能在梦中与所爱之人会面"，但既然女子住地不在西洲，这个"吹向西洲"的梦岂非将无着落？这种说法目前被不少论者所采用，其实是经不起推敲的。邓先生似乎看出了个中不足，她提出了一种新的说法，认为结尾两句是"希望南风能理解她对爱人的思念之情，把她送到在西洲团聚的美梦中去，即希望在梦中相会"。这么一说确实要圆满多了。但仔细一琢磨觉得仍有问题，因为"吹梦到西洲"同"吹西洲到梦中（吹在西洲团聚的美好情景到梦中）"毕竟不是一回事，这样解释多少是有些曲解了诗意。如果能明确承认女子住地就在西洲，所有这些不能自圆其说的矛盾就都可以迎刃而解了。

（三）《西洲曲》的大部分篇幅是写女子对情郎的盼、待和思念。如果这些活动都不发生在西洲，而只是在西洲附近，却题名《西洲曲》，也多少会给人一种不协调之感。反之，这种不协调感也就不存在了。

《西洲曲》全诗均为女子自述

读过上面的文字，关于《西洲曲》人称的问题实际上连带着也可以解决了。女子住地就在西洲，全诗均为她的自述，用的是第一人称，这样来理解《西洲曲》的人称，既无扞格难通之弊，又直截了当，不用绕弯子。运用第一人称叙事抒情，这在南朝乐府民歌中本是常见的，《西洲曲》不过是其中的一例罢了。有论者认为，如果全诗都是女子口吻，诗中"单衫杏子红，双鬓鸦雏色"，"树下即门前，门中露翠钿"，"栏杆十二曲，垂手明如玉"等句就不好解释，因为一个女子不会直言不讳地夸耀自己服饰的华美，容貌的美丽①。其实，直言不讳地夸耀自己服饰的华美、容貌的美丽，这本是民歌常见的手法，是民歌的一种特色，是劳动妇女直爽泼辣的性格在文艺创作中的一种表现。南朝乐府民歌中就有不少这样的作品，略举数例：

———————

① 见沧海《西洲曲的人称》，《广州师院学报》1983年第1期。

宿昔不梳头，丝发被两肩。婉伸郎膝上，何处不可怜。

——《子夜歌》其三

花钗芙蓉髻，双鬓如浮云。春风不知著，好来动罗裙。

——《读曲歌》其一

朱丝系腕绳，真如白雪凝。非但我言好，众情共所称。

新罗绣行缠，足趺如春妍。他人不言好，独我知可怜。

——《双行缠》

何况，"单衫杏子红，双鬓鸦雏色"在表现上仍有含蓄的一面，并不像"婉伸郎膝上，何处不可怜"那样赤裸裸的。它结合眼前景物作自我写照，暗示自己正当青春年华，希望情郎莫误良机，赶来相会，实际上所要表达的是"过时而不采，将随秋草萎"（《古诗·冉冉孤生竹》）的意思。"栏杆十二曲，垂手明如玉"展现的则是深觉失望的动作，"明如玉"主要不是自耀自炫，而是自怜自惜，充满着悲凉和哀伤的情调。至于"树下即门前，门中露翠钿"则更谈不上是自耀自炫，"翠钿"是用翠玉做成或镶嵌的首饰，在这里不过是用来代指门中翘首盼待情郎的女子，是一种以部分代指整体的表现手法。这些，都不能作为否定全诗均为女子自述的理由。

在过去的论者中，叶先生认为《西洲曲》全诗都是女子的口吻，是持第一人称说的。但他认为女子忆想的情郎居西洲，而西洲在江北，她自己在江南，这样对于诗意的解释同我们就有了很大的不同。此外，关于人称的说法，可商之处似更多一些。如游先生认为从开头到"海水摇空绿"句都是男子的口气，写他正在忆着梅（可能是女子的名或姓）而想到西洲（女子的住处，在江南）去的时候，恰巧他的情人寄了一枝梅花到江北（他的住处）来，因而忆及她的仪容、家门、服饰、生活和心绪。末尾四句改作女子的口气，自道她的心事，希望"向南的风"将他的梦吹到西洲。这种说法让人感到疑惑的地方是：表现女子的"仪容、家门、服饰、生活和心绪"是《西洲曲》的重心所在，占了绝大部分篇幅，如果都是男子"忆及"的内容，不免会给人以"尾大不掉"之感。何况，这些内容表现得都很实在，不像是一个未身临其境的人想象出来的。再说，如果这些内容都是男子"忆"出来的，总得有一点文字作交代或过渡，至少应当有某种暗示，但我们现在看不出有一点暗示的蛛丝马迹。末四句改作女子口气的说法，更觉突兀。又如，余先生认为诗篇开头两句的主词不是"我"而是"她"，这两句不是男子或女子自己的口气，而是作者或歌者叙述的口气，一直到"海水摇空绿"。篇末四句则改作女子的口气，并认为"从第三者的叙述忽然变为诗中人物说话，在乐府诗中也是常见的"。其实，这种说法的不足也正是在"忽然"二字上。"卷帘天自高，海水摇空绿。海水梦悠悠，君愁我亦愁。"这四句诗虽分属上下两解，但无论从诗意还是从词语的钩连上都可看出彼此联系紧密，如果说它们分属于不同的人称，总让人觉得有些不协调。此外还有一种意见，认为这首诗从头至尾都是作者（第三者）拟女子口吻写的，其间有拟女子的自我抒情，有作者的侧面描述①。这种说法的本身是有些矛盾的，因为既然"从头至尾"都是作者"拟女子口吻写的"，其间怎么又会有作者的"侧面描述"呢？而且，哪些是"拟女子的自我抒情"，哪些是作者的"侧面描述"，也实在不容易分辨清楚。如果将全诗都看作是女子的自述，上面所提到的种种矛盾，也就不再存在了。

（原载贵州文史馆主办《贵州文史丛刊》1985 年第 2 期）

---

① 见沧海《西洲曲的人称》，《广州师院学报》1983 年第 1 期。

《玉台新咏》简论

据《隋书·经籍志》，我国唐以前的诗歌总集，计有《诗经》《楚辞》《古诗集》《六代诗集钞》《今诗英》《古今诗苑英华》《众诗英华》《玉台新咏》《文林馆诗府》《古乐府》等多部。但除《诗经》《楚辞》《玉台新咏》外，其余皆已亡佚。南朝时期是诗歌史上总集编撰的一个鼎盛时期，前述总集除《诗经》《楚辞》外，都编撰于南朝时期，而其时编撰的众多总集皆已亡佚，仅得一部《玉台新咏》流传至今，可以说是硕果仅存。

一

《隋书·经籍志》云："《玉台新咏》十卷，徐陵撰。"新旧《唐书》等史籍、《郡斋读书志》、《千顷堂书目》等公私书目著录与此相同，在留存至今的《玉台新咏》诸本中，被梁启超推为"人间最善本"的明代赵均小宛堂覆宋本，也在书前明标"陈尚书左仆射太子少傅东海徐陵字孝穆撰"。可见，《玉台新咏》的编者为徐陵，在学界已为共识。

徐陵（507—583），字孝穆，东海郯（今山东郯城）人。其父徐摛，初为晋安王萧纲侍读，中大通三年（531）萧纲被立为太子后，转家令，兼掌管记。出为新安太守，回建康后授中庶子，迁太子左卫率，深得萧纲宠信。萧纲即位为简文帝，在侯景乱中被幽禁，感气疾而卒。徐陵为徐摛长子，早年随父在萧纲幕中任职，参宁蛮府军事。萧纲被立为太子后，任东宫学士，不久迁尚书度支郎。出为上虞令，时御史中丞刘孝仪与徐陵有隙，风闻徐陵在县赃污，劾之，被免。久之起用，迁通直散骑侍郎、镇西湘东王中记室参军。太清二年（549），出使东魏，值侯景乱起，滞留邺城。北齐代东魏，梁湘东王萧绎称制于江陵，为元帝，复通使于北齐，徐陵屡求南归，不得。梁承圣三年（554），西魏攻克江陵，杀元帝，北齐送梁贞阳侯萧渊明南返为梁帝，徐陵才得随萧渊明返回建康，任尚书吏部郎。绍泰二年（556），又出使北齐，返回后任给事黄门侍郎、秘书监。太平二年（557），陈霸先代梁自立，是为陈武帝。徐陵仕陈，历任太府卿、五兵尚书、散骑常侍、御史中丞、吏部尚书、领大著作、尚书左仆射、中书监、左光禄大夫、太子少傅等职，于至德元年卒。

据《梁书·徐摛传》，徐摛"幼而好学，及长，遍览经史"。梁武帝萧衍曾以《五经》大义、历代史及百家杂说、《释教》相询，徐摛"商较纵横，应答如响"，萧衍"甚加叹异"。生长在这样的家庭中，徐陵因此从小就受到良好的教育。《陈书》本传载，徐陵"八岁，能属文。十二，通《庄》《老》义。既长，博涉史籍，纵横有口辩"。在东宫，诗文与庾信齐名，世号"徐庾体"，"当时后进，竞相模范。每有一文，京都莫不传诵"①。入陈，"文檄军书及禅授诏策，皆陵所制"，"为一代文宗"。"世祖、高宗之世，国家有大手笔，皆陵草之。其文颇变旧体，缉裁巧密，多有新意。每一文出手，好事者已传写成诵，遂被之华夷，家藏其本"②。可见，在梁、陈两代，徐陵都是文坛的领袖人物，其诗文创作取得了很高的成就，在当时具有极大的影响。

二

用现代的眼光看来，诗之作为诗，它必须具有两大美质：从内容来说，它必须是抒情的，能够以情感人；从形式来说，它能给人以美感，特别是，由于诗的语言是诗的物质外壳，是直接诉诸观者的视觉和听者的听觉的，它就更应当是美的。对于诗歌的这个特点，古今人的认识其实是相通的，只不过人们最初的认识是并不明确、自觉的，或者说绝大多数人的认识是并不明确、自觉的。从并不明确、自觉到比较明确、自觉，经历了一个漫长而曲折的过程。

---

① 令狐德棻《周书》卷四十一《庾信传》，中华书局 1971 年版，第 733 页。
② 姚思廉《陈书》卷二十六《徐陵传》，中华书局 1972 年版，第 335 页。

　　在我国最早的一部历史文献《尚书·尧典》中，有"诗言志，歌永言。声依永，律和声"之说，其中的"诗言志"，被朱自清认为是中国历代诗论的"开山的纲领"①。对"诗言志"中的"志"，古人曾有不同的理解。一是把"志"理解为意，如汉人许慎《说文解字》："志，意也。"一是把"志"理解为情，如《左传·昭公二十五年》载子产之言曰："民有好恶、喜怒、哀乐，生于六气，是故审则宜类，以制六志。"杜预注："为礼以制好恶、喜怒、哀乐六志，使不过节。"显然，这里所说的"六志"，指的就是"六情"。应当说，"意"与"情"在思维活动及创作实践中是不太可能截然加以分割的；但另一方面，两者确又存在着区别，特别是在将"志"理解为"思想"的时候。这样也就产生了一个问题：由于对"志"的理解不同，从不同的立场、角度乃至需要出发，对诗歌的特点也就有了不同的认识，同时对诗歌创作也就提出了不同的要求。

　　先秦时期，由于儒家看重政治教化，往往将"志"理解为志意、思想，而对诗歌抒发情感、以情动人的特点缺乏认识。到了汉代，特别是在汉武帝"罢黜百家，独尊儒学"之后，志意、思想更被强调到极端的地步。儒家诗论的纲领《诗大序》虽有"吟咏情性"之说，但又同时给它附加了三个条件：一是要"美盛德之形容"，即要赞美统治阶级的"盛德"；二是要"吟咏情性，以风其上"，"上以风化下，下以风刺上"，发挥"正得失，动天地，感鬼神"，"经夫妇，成孝敬，厚人伦，美教化，移风俗"的政治功用和伦理道德功用；三是要"发乎情，止乎礼义"，即用儒家的伦理道德来规范、限制情性。这样一来，诗歌的功能在实际上就只剩下社会功能，社会功能也只剩下"美""刺"两端，而其审美功能、抒情的特点及其应当具有的语言美，就在有意无意间被忽略乃至否定了。

　　东汉末年，由于各种社会矛盾趋于激化，统一的中央政权解体，儒家思想逐渐失去维系人心的力量而走向衰颓，于是出现了一个思想活跃的局面，诗歌的特点也开始有意识地被重新审视。曹丕在《典论·论文》中提出了

---

　　① 《诗言志辨序》。见《朱自清古典文学论文集》上册，上海古籍出版社1981年版，第190页。

"诗赋欲丽"的命题，所谓"丽"，指文辞的华丽，曹丕说"诗赋欲丽"，表明他对作为一种语言艺术的诗歌的特征有了比较明确的认识。

东汉以后，人们对诗歌的特征有了更为全面、深刻的认识。陆机在其《文赋》中，提出了"诗缘情而绮靡"的命题。所谓"诗缘情"，即谓诗歌乃因情而作，第一次明确地强调了"情"对于诗歌的重要性；所谓"绮靡"，《文选》李善注释为"精妙之言"，即语言要精美，要有文采。从《文赋》"其会意也尚巧，其遣言也贵妍。暨音声之迭代，若五色之相宣"，"或藻思绮合，清丽千眠。炳若缛绣，凄若繁弦"等论述看，陆机所说的"绮靡"，是包括了文辞的色泽、声律、骈偶、用典等诸多方面的，对诗歌语言美的认识，可以说已经相当全面了。

到了南朝，人们的思想进一步走向开放，对情性的追求也更加大胆，在这方面萧纲与萧绎的看法可能是最突出、最具有代表性的了。萧纲在《诫当阳公大心书》中说："立身之道与文章异。立身先须谨重，文章且须放荡。"明确地提出了为人与为文不必一致的二元化主张。所谓"立身先须谨重"，即要注意自身的道德修养，讲究做人的规矩，不得放荡；而为文则不一样，不仅不必"谨重"，而且还须"放荡"。这里所说的"放荡"，乃与"谨重"相对而言，是通脱随便、不受拘束的意思。萧纲的弟弟萧绎也发表了与萧纲相似的见解，他在《金楼子·立言》中，将作为抒发性灵的"文"与作为实用文体的"笔"作了严格区分，认为"吟咏风谣，流连哀思者谓之文"，而且认为："至如文者，惟须绮縠纷披，宫徵靡曼，唇吻遒会，情灵摇荡。"不难看出，萧绎所理解的"文"的特征，包括情感、词采、声韵三个方面，这个"文"已与我们今天所说的纯文学大致相当，代表了当时对于抒情文学特别是诗歌审美特征认识的最高水平。

在萧纲、萧绎等人的带动、影响和推动下，一种体现了当时人们对于诗歌特征的新认识、具有鲜明时代特色的新诗体即宫体应运而生。

三

"宫体"之名，最早见于《梁书·简文帝纪》："（简文帝）雅好题诗，其序云：'余七岁有诗癖，长而不倦。'然伤于轻艳，当时号曰'宫体'。"

又《南史·梁本纪论》："简文文明之姿，禀乎天授……宫体所传，且变朝野。"

又《梁书·徐摛传》："属文好为新变，不拘旧体。……摛文体既别，春坊尽学之，'宫体'之号，自斯而起。"

又《隋书·经籍志·集部总论》："梁简文之在东宫，亦好篇什，清辞巧制，止乎衽席之间，雕琢蔓藻，思极闺闱之内。后生好事，递相仿习，朝野纷纷，号为宫体。流宕不已，迄于丧亡。"

又杜确《岑嘉州集序》："梁简文帝及庾肩吾之属，始为轻浮绮靡之辞，名曰'宫体'，自后沿袭，务为妖体。"

不难看出，"宫体"的所谓"宫"，指太子所居的东宫（也称"春坊"），所谓"宫体"，即在宫中流行的诗体。从上面的论述，可知宫体的特色主要是：内容多表现女子的生活和情思，"思极闺闱之内"，甚至有"止乎衽席之间"者；形式上追求声律，讲求对偶，雕琢辞藻，驰逐新巧，崇尚丽靡，形成了一种绮艳柔媚的风格。宫体不仅与汉魏时期的古体诗迥异其面，就是与南朝宋以来的元嘉体、永明体相比，也有了很大的不同，确实是"好为新变，不拘旧体"的产物。

宫体因东宫而得名，但其形成却在萧纲入主东宫之前，其真正的开创者是徐摛和庾肩吾。徐摛和庾肩吾都是长期追随萧纲的人物。徐摛是在天监八年（509）萧纲以晋安王、云麾将军身份出戍石头城时为萧纲侍读的，其时萧纲还是一个只有六岁的孩子，萧纲自称"余七岁有诗癖，长而不倦"，可以认为这"诗癖"是在徐摛耳提面命的教诲和影响下形成的，其审美取向必然与"属文好为新变"的徐摛趋同。庾肩吾是著名诗人庾信之父，在当时最为讲究声律的调谐和字句的琢炼。他进入萧纲王府的时间，应与徐摛相去不远，在长期的伴随中对萧纲自也会产生不小影响。除徐摛、庾肩吾外，在萧纲身边还聚集了大批文人，如任雍州刺史时，徐摛、庾肩吾被命与刘孝威、江伯摇等八人抄撰众籍，丰其果馔，号高斋学士。刘遵、陆罩、刘孝仪、王台卿等人也曾先后被萧纲所赏接。萧纲入主东宫后，所倚重的大抵还是他在藩镇时追随在他身边的以徐摛、徐陵父子和庾肩吾、庾信父子为代表的一批文人，大家相互影响和唱和，从而使宫体得以最后确立。

萧纲对于宫体的追求，还得到了乃父梁武帝萧衍的认可，得到了他的弟弟萧绎、萧纶、萧纪等的支持。南朝的帝王大都喜欢网罗文学之士，尤以梁武帝父子最为突出。而当时的文学之士由于入仕缺乏稳定的制度上的保证，也往往乐于依附皇帝及诸王，因此梁武帝父子的好尚，对他们自然会产生不可抗拒的影响，于是宫体在不算太长的时间内形成了"递相仿习"、风靡朝野的局面。

<h1 style="text-align:center">四</h1>

就在宫体诗创作的鼎盛时期，徐陵奉萧纲之命编撰了一部诗歌总集，即《玉台新咏》。《文选》陆机《塘上行》："发藻玉台下，垂影沧浪泉。"刘良注："玉台，以玉饰台。"又《文选》张衡《西京赋》有"西有玉台，联以昆德"之句，薛综注指"玉台"为"台名"。这里借指东宫。全书共十卷。所收诗作数量，由于有的将一首分作数章的诗算作一首，而有的却算作数首，因此造成统计数字不一，如赵均《玉台新咏跋》云："凡为十卷，得诗七百六十九篇。世所通行妄增，又几二百。"吴兆宜《序》则云："孝穆所选诗凡八百七十章，宋刻不收者一百七十有九。"现依通行标准计算，则宋刻本加上郑玄抚等明刻本所增，共收自汉迄梁的诗八百四十首（张衡《四愁诗》、傅玄及张载的《拟四愁诗》均算作四首），其中有署名的作者一百三十四人，诗七百九十三首，无名氏作者的诗四十七首，宋刻本未收的诗一百七十九首。

关于《玉台新咏》编撰的时间，赵均《跋》云："此本则简文尚称皇太子，元帝亦称湘东王，可以明证。惟武帝之署梁朝，孝穆之列陈衔，并独不称名，此一经其子姓书，一为后人更定无疑也。"即认为书编成于萧纲尚为太子时，其时徐陵为东宫学士。此说大体得到学界的认同。《玉台新咏》十卷，前六卷所收为已故诗人的作品，大体按诗人卒年先后为排列顺序；卷七、卷八所收则为尚在世诗人的作品，其中卷七为梁武帝父子的作品，以父子兄弟为序，卷八为梁朝群臣的作品，大抵以其官职为序。曹道衡、沈玉成认为："卷五、六所收已为入梁的作家。如果不是已作古人，绝无排列在梁武帝父子之前的理由。从卷六中最晚卒的作家何思澄大约卒于中大通五、六年（533、534），卷八中最早卒的作家刘遵卒于大同元年（535），由此可以断定《玉台新咏》的成书当在中大通六年前后。"① 其时萧纲不过三十一二岁，入主东宫才约四年。

关于《玉台新咏》的内容，徐陵自序云："撰录艳歌，凡为十卷。"即说明所收录的皆为"艳歌"。又据前引《隋书·经籍志·集部总论》，所收皆为"止乎衽席之间""思极闺闱之内"之作。胡应麟则云："《玉台》但辑闺房一体。"② 此三说皆有道理，而从所收作品的实际看，胡应麟所说更具代表性，即所收皆为表现女性闺房及男女之情的作品。

关于编撰《玉台新咏》的目的，据徐陵自序，是为了供后宫喜欢"新诗"的妃嫔宫女们读书作文、排遣寂寞之用。由于"往世名篇，当今巧制，分诸麟阁，散在鸿都"，颇不方便"披览"，因而才决定编撰此书。唐人刘肃《大唐新语·公直》则提供了另一种说法："梁简文帝为太子，好作艳诗，境内化之，浸以成俗，谓之宫体。晚年改作，追之不及，乃令徐陵撰《玉台集》以大其体。"刘肃所说不知所据为何。如前所说，此书若编于中大通六年前后，则其时萧纲尚不能被称作"晚年"。萧纲为因写作宫体而后悔，"追之不及"而欲"改作"之，尚找不出相关资料支持这种说法。至于"以大其体"，不知所指为何。《玉台新咏》前六卷选录了不少自汉以来诗风大体古朴、而与"艳诗"渊源有关的作品，其目的也许在表明宫体其来有自，以标榜其正当性，并借以壮大声势，不知这是否即"以大其体"的含义？总之，其编撰目的还是以徐陵自序所说较为切实、可信。甚至不妨认为，编撰《玉台新咏》的目的，还有对宫体创作的时风和宫体创作的实绩作一总结、展示和肯定，同时发挥其示范和引领作用的考虑，不然，对宫体后来进一步的发展和泛滥就难以作出合乎情理的解释。

五

由于宫体诗多为"艳诗"，多为"思极闺闱之内""止乎衽席之间"之作，风格又"伤于轻艳"，因此历来颇遭非议。《隋书·文学传序》云："梁

---

① 曹道衡、沈玉成《南北朝文学史》，人民文学出版社 1991 年版，第 270 页。
② 胡应麟《诗薮》外编卷二，上海古籍出版社 1979 年版，第 146 页。

自大同之后，雅道沦缺，渐乖典则，争驰新巧。简文、湘东，启其淫放，徐陵、庾信，分路扬镳。其意浅而繁，其文匿而彩，词尚轻险，情多哀思。格以延陵之听，盖亦亡国之音乎！"所评虽为"大同之后"的作品，但毋庸置疑是就宫体的整体而言，这里将其斥为"亡国之音"，可以说是十分严厉的批评。作为收录宫体的《玉台新咏》，自也不免受到牵累，在一个漫长的时期中受到轻慢乃至非议。儒家思想在中国历史上长期占据统治地位，站在正统儒家思想的立场，特别是站在理学家的立场来看待宫体及《玉台新咏》，其可非议的地方自会不少。但一代有一代之文学，一代有一代之审美观及审美标准。在今天看来，宫体自有其值得肯定之处，《玉台新咏》更有其不可轻忽的价值。以下几点是值得特别指出的：

（一）《玉台新咏》是我国诗歌史上女性题材诗歌的第一次大汇集、大展览，这不仅在当时是空前的，后世的同类集子也罕有能与之匹敌者。从内容看，其可注意和肯定者有三：一是从多方面、多角度表现了古代妇女的生活，真切、细腻地表现了她们的思想和情感，展示了她们孤独的守望、难耐的寂寞、无尽的悲凄和深沉的哀怨，对她们的种种不幸给予了关注和同情。二是大胆地表现、赞美了女性之美，包括她们的天生丽质之美、一颦一笑之美、歌容舞态之美及妆容服饰之美等。女性美本来就是世间一种客观存在且不可或缺的美，它理所当然地应当成为人们表现、欣赏的对象，《玉台新咏》中的作品大胆地涉足这一领域，以强有力的方式为人们提供了新的审美类型，这无疑很有必要、很有意义。三是大胆地表现了对于女性的欣赏和爱慕。自西汉董仲舒提出"三纲五常"的说教以来，人们的思想常被名教礼法思想所束缚，即使是正常的欲念也常要深自压抑，对男女之情极为正常的表现也常被视作禁区，《玉台新咏》对此予以突破，具有反封建的正面意义。

（二）《玉台新咏》卷一至卷四所收为自汉至齐的作品，卷九所收为以七言为主的杂体诗，其中有不少内容雅正、诗风古朴的作品，比如来自民间的《汉桓帝时童谣歌》、《日出东南隅行》（又作《陌上桑》）、《古诗为焦仲卿妻作》及阮籍《咏怀》、左思《娇女诗》、鲍照《玩月城西门》等。在卷五、卷六所收梁诗中，也有不少诗风与此类似，比如江淹《古体四首》、吴均《与柳恽相赠答六首》等。把这些诗划入"艳诗"的范畴显然不妥。它们之所以被选入《玉台新咏》，只是因为它们也描写了女性，也表现了男女之情，如胡应麟所云："《玉台》所集，于汉、魏、六朝无所诠择，凡言情则录之。"① 就数量而言，这一类诗在《玉台新咏》中要占到多数；换言之，《玉台新咏》中的多数作品不能被视作艳诗。这些不能被视作艳诗的作品，与《诗经》中的相关作品在精神、风格上是一脉相传的，故陈玉父云："若其他变风化雅，谓'岂无膏沐，谁适为容'，'终朝采绿，不盈一掬'之类，以此集揆之，语意未大异也。"②《四库全书总目提要》更云："此书虽皆取绮罗脂粉之词，而去古未远，犹有讲于温柔敦厚之遗，尚不失温柔敦厚之旨，未可概以淫艳斥之。"这样的看法，无疑是实事求是的。

（三）那么，地道的宫体诗是否就可一概以"淫艳"视之、斥之呢？其实也不能。萧纲是宫体最具代表性的诗人，《玉台新咏》共收其诗一〇九首（其中卷七十首，卷九十四首，卷十二二十五首），是所有诗人中收诗最多的一位。但综观其诗作，虽总的说来题材较琐屑，文辞较绮艳，格调不够高，有的确实较卑俗，但真正读来让人觉得不堪的作品却几乎没有。兹以历来最遭诟病的《咏内人昼眠》（此诗为宋刻本未收作品）为例。该诗历来被视作宫体诗中之最"艳"者，以"轻薄"视之者有之，以"色情""肉欲"视之者亦有之。诗篇其实是描写一个青年女性的睡态美，她的丈夫站在一旁，欣赏她的睡态和美貌，有感而作了此诗。对女性睡眠时体态、情景的描写十分细腻，特别是"梦笑开娇靥，眠鬟压落花。簟文生玉腕，香汗浸红纱"四句，"纤曲尽态"③，尤为突出。过于迫近、直接、具体地描写女性的身体，缺少含蓄和寄托，缺少高雅的精神和品格追求，确实暴露了诗人精神境界和审美情趣的局限性。不过，以"色情""肉欲"视之，也有判罚过当之嫌。尤可注意的是，萧纲的一些诗还具有积极的思想倾向和情感倾向。如《从顿暂还城》虽有"舞观""歌台"这些宫体中常见的语句，但也颇有些在边塞诗中常见的雄浑气象和豪迈精神。"持此横行去，谁念守空床"，一反他诗绮靡哀婉的情调，有南北音合流之象。《和人以妾换马》咏人以爱妾换马，实代女子

① 胡应麟《诗薮》外编卷二，上海古籍出版社 1979 年版，第 156 页。
② 陈玉父《玉台新咏跋》。见穆克宏《玉台新咏笺注》，中华书局 1985 年版，第 531 页。
③ 陈祚明《采菽堂古诗选》卷二十二，上海古籍出版社 2008 年版，第 707 页。

表达了内心的哀怨、痛苦和愤激，能看出诗人内心有同情女性、理解女性的一面。类似的作品，在宫体诗中并不鲜见。

（四）南朝时期，"追新求变"在诗坛是一种显得十分突出的风气，萧纲、萧绎、庾肩吾、徐摛等人无不把"新变"当作自己追求的目标。徐陵"其文颇变旧体，缉裁巧密，多有新意"，对"新变"也有一股刻意追求的劲头。《玉台新咏》书名题作"新咏"，其自序言及音乐曰"新曲""新声"，言及诗歌曰"新制""新诗"，其属意于"新"，十分显然。宫体诗人刻意追新，由此带来诗坛日新月异的变化。其主要表现就是：诗人们不再接受任何名教礼法思想框框套套的束缚，大胆地表现女性和闺情，抒写自己的真性情；更广泛地将永明声律理论运用于创作实践，将其向精细化的方向推进；更加追求辞藻之美；更多地运用七言歌行和五言古绝这两种新的体式进行创作。其中最为根本的，是实现了文学观念的自觉，文学与非文学的界限从此有了一个清晰的划分，诗歌由功利转向非功利，从而涌现出大批真实地表现个人的喜怒哀乐、辞藻华美、声韵谐协、对偶精整、以审美价值为依归的作品，古代诗歌由此进入了一个新的发展阶段。因此，《玉台新咏》实为当时诗坛新变潮流的产物，反映了当时诗歌发展的新趋向、新成果。

（五）与此同时，《玉台新咏》显示诗人们对诗歌表现技巧的刻意追求也进入了一个前所未有的阶段。所收作品不少十分讲究描写的精致工细、表现的新奇工巧。如萧纲的《春日》描绘春日美景，可谓刻绘如画。"桃含可怜紫，柳发断肠青"二句，将春日具有特征性的景物之美表现到极致，同时融情入景，将诗人对春日景物发自内心的怜爱之情表现到极致，可拈为"有我之境，以我观物，故物皆著我之色彩"[1] 之例。"落花随燕入，游丝带蝶惊"二句，既出神入化，又自然天成，故王夫之评云："得之空灵，出之自然。"[2]注意在艺术表现和艺术技巧上下功夫，这对促进诗歌艺术特别是诗歌表现技巧的发展和进步，无疑具有积极意义。此外，不少作品题材虽显得琐细，但却体现了诗人们从日常生活中发现诗意和诗美的能力，这对促进诗歌题材的

---

① 王国维《人间词话》卷上，人民文学出版社 1960 年版，第 191 页。
② 王夫之《古诗评选》卷六，河北大学出版社 2008 年版，第 343 页。

生活化、世俗化，对拓展诗歌的表现功能和表现领域也会发挥积极作用。

（六）除《玉台新咏》外，在南朝时期产生的文学总集流传至今的尚有萧纲之兄萧统负责编撰的《文选》，亦称《昭明文选》。《文选》问世后，由于其内容丰富，风格文质兼具，因此长期来受到人们重视，成为人们学习汉魏六朝文学的主要读物，研究《文选》的也代不乏人，以至《文选》研究成为一门专门学问，即所谓"选学"。而《玉台新咏》"则在若隐若显间，其不亡者幸也"①，其命运与之相去甚远。但实际上，两书各有所长，可以互补。仅略举数端。其一，《文选》共收作品七百多篇，但却是诗歌、辞赋和各体文章兼收并蓄，因此所收诗作数量远不如《玉台新咏》。据统计，两书同收的作品仅六十九篇，因此《玉台新咏》更多地收录了汉以来的作品，其中不少作品赖《玉台新咏》才得以留存至今，如著名的《古诗为焦仲卿妻作》。又如"曹植《弃妇篇》、庾信《七夕诗》，今本集皆失载，据此可补阙佚"②。还有鲍令晖、许瑶等本来就无集传世的诗人，如果没有《玉台新咏》，他们的作品极有可能会完全湮没无闻。又，《文选》不收生人的作品，而《玉台新咏》不拒生人作品，因此保存了大量梁代（特别是梁中期）作品，从而形成了独一无二的优势。其二，由于《文选》以"雅正"为收录标准，因此许多被编者认为"俗艳"的作品（包括乐府民歌及文人的拟作乐府）被排除在外，而《玉台新咏》却予大量收录，这才使我们获得了将这两个方面的作品结合起来，一睹当时诗歌创作全貌的机会。其三，与《文选》相比，《玉台新咏》更注重对产生于南齐永明年间及其以后的新体诗的收录，特别是收录了大量短诗，其中五言四句的小诗还专门辑成了一卷，共一百八十五首，而《文选》收录短诗很少，五言四句的小诗一首也没有收录。其四，由于《玉台新咏》所收诗作较多，因此可较充分地发挥其补阙佚、资考证的功用。如"冯惟讷《诗纪》载苏伯玉妻《盘中诗》作汉人，据此知为晋代。梅鼎祚《诗乘》载苏武妻《答外诗》，据此知为魏文帝作"③。还有大量作品虽也为其他总集及

---

① 纪容舒《〈玉台新咏〉考异序》。见穆克宏《玉台新咏笺注》，中华书局1985年版，第543页。

② 纪昀等《四库全书总目提要》卷一百八十六，文渊阁《四库全书》本。

③ 纪昀等《四库全书总目提要》卷一百八十六，文渊阁《四库全书》本。

诗人别集所收录，但文字常有不一致处，《玉台新咏》可在考订异同、辨析真伪方面发挥作用。

（七）《玉台新咏》在编撰体例方面也有其特色。其前八卷为自汉至梁的五言诗，第九卷为七言歌行，第十卷为五言四句的小诗，其中前六卷及卷九、十两卷均大体依作者卒年及时代先后排列，于此可睹历代诗歌的发展轨迹及其盛衰之变，特别是如梁启超所云："欲观六代哀艳之作及其渊源所自，必于是焉。"梁启超因此对《玉台新咏》大为肯定，说："故吾于此二选（按指《文选》及《玉台新咏》），宁右孝穆而左昭明，右其善志流别而已。"① 各体诗歌分卷收录，对了解各体诗歌的发展轨迹自也大有好处。此外，《玉台新咏》一改《文选》不收生人作品的成例，大收生人作品，其中萧纲作品竟多达一〇九首，可以说充分体现了详今略古乃至厚今薄古的原则，在当时具有开创的意义。

总之，无论是宫体还是《玉台新咏》，都有其不可轻忽的价值。当然，两者也都存在这样那样的不足。就《玉台新咏》而言，虽然"但辑闺房一体"无可非议，但同一题材、同一风格的作品读多了就难免不给人以"千人一面"之感，何况其中确有取材较为琐细、内容缺少含蕴、格调不够高、风格过于轻靡的作品，因此对作品的取舍并非无可指摘。在编排、诗题、作者归属等方面也存在一些问题。比如在编排方面，卷九将《越人歌》置于《东飞伯劳歌》和《河中之水歌》之后，明显地是自乱其例。自明本增益作品之后，同一诗人的作品，甚至同题之作常被分列两处，如卷五同为江淹《杂体三十首》中作品，其中四首列于前，一首列于后，不免给人以凌乱之感。诸如此类。

六

《玉台新咏》的版本情况较为复杂，所幸刘跃进教授的《玉台新咏研究》（中华书局 2000 年版）和傅刚教授的《〈玉台新咏〉与南朝文学》（中华书局 2018 年版）对此作了颇为系统、深入的研究，为我们了解和认识此问题提供

---

① 梁启超《玉台新咏跋》。见穆克宏《玉台新咏笺注》，中华书局 1985 年版，第 551~552 页。

了极大方便。

大概由于不被重视，《玉台新咏》唐及唐前没有写本存世，明前没有刻本存世。现能见到的最早的传世版本是敦煌唐写本残卷，收于《鸣沙石室古籍丛残》。据罗振玉《雪堂校刊群书叙录》，该本"起张华《情诗》第五篇，迄《王明君辞》，存五十一行。前后尚有残字七行"。宋已有刻本，但未能留存至今，但能见到明翻刻本，宋刻本陈玉父《玉台新咏后叙》即见于明五云溪馆铜活字本、万历张嗣修巾箱本（此本或已失传，现在能见到的为康熙四十六年刻本）和崇祯寒山赵均小宛堂覆宋本，显示这三种本子的底本当都为陈玉父宋刻本。

明清两代，《玉台新咏》版本迭出，除上面已提到的三种外，尚有嘉靖间徐学谟刻本、嘉靖十九年郑玄抚刻本、嘉靖二十二年张世美刻本、万历七年茅元祯刻本、天启二年沈逢春刻本、汲古阁本、崇祯二年冯班钞本、明陈垣芳刻本、清钞本、清初钞本、康熙四十六年孟璟据明万历张嗣修钞校本刻本、康熙五十三年冯鳌刻本、乾隆二十六年保元堂本、乾隆三十九年纪昀校正本、乾隆三十九年吴兆宜注程琰删补本、嘉庆十六年翁心存影抄冯知十影宋钞本、梁章钜《玉台新咏定本》、清芬堂丛书本、光绪五年宏达堂本、光绪十二年抱芳阁本等。进入民国后，尚有民国十一年徐乃昌刻本、《四部丛刊》影印本等。

在以上所列诸本中，以赵均小宛堂覆宋本最受学者重视。《四库全书总目提要》："此本为赵宧光家所传宋刻，末有嘉定乙亥永嘉陈玉父重刻跋，最为完善。"梁启超《玉台新咏跋》："赵氏小宛堂本据宋刻审校，汰其羼续，积余重刻，更并雠诸本，附以札记，盖人间最善本矣。"张尔田《玉台新咏跋》："今宋本已罕见，无以覈其异同，则赵刻要为天壤祖本矣。"傅刚云："我自己通过对《玉台新咏》版本的调查，认为赵氏覆宋本是最合于徐陵原貌的版本。"傅刚经认真研究，认为赵氏覆宋本有初刻初印本、初刻修板印本和补板修字印本（此本为文学古籍刊行社 1955 年影印所据本子）三种本子，以"第二次印本堪称最为精善"。

据刘跃进研究，明清版本"大体上不出陈玉父刻本和郑玄抚刻本这两个版本系统"。赵均小宛堂覆宋本、五云溪馆本、张嗣修巾箱本属于陈玉父刻本系统，茅元祯刻本、张世美刻本、汲古阁刻本则属于郑玄抚刻本系统。还有属于某些刻本的子系统，如康熙刻本、抱芳阁本、清芬堂本属于张嗣修巾箱本这个子系统，沈逢春刻本、陈垣芳刻本属于茅元祯刻本这个子系统等。

傅刚则认为："《玉台新咏》版本存有两个系统：一是宋陈玉父系统，包括赵均覆宋本、孟璟刻本、五云溪馆铜活字本，一是明通行本系统，包括徐学谟本、郑玄抚本、张世美本、茅元祯本、沈逢春本等，这两个系统最大的区别是梁武帝父子作品排卷以及萧纲、萧绎的署名问题。"

《玉台新咏》明清时期版本不少，但注本只有吴兆宜一家。傅刚认为："吴兆宜最初用通行本作底本注释，后来应该是发现了赵氏覆宋本，当时的学术界都认为赵氏覆宋本最合徐陵原貌，因此吴兆宜便将底本改为赵氏覆宋本。"吴兆宜注引证颇为赅博，并将明人所增益的作品退归每卷之末，注明"已下诸诗，宋刻不收"。由于吴注时有繁而失当之处及其他舛误，程琰又特予删补，将"讹者悉正，且删繁补阙，参以评点，洵为善本"①，竣稿后于清乾隆三十九年刊行。无论是吴兆宜的注本还是程琰的删补本，前人都颇表肯定，如民国时期黄芸楣即曾云："《新咏》之有吴注，殆犹《文选》之有李注乎！程琰删补，只字单辞，必求依据，雠勘之功，亦不可灭云。"②

由于"《玉台新咏》自明代以来刊本不一，非惟字句异同，即所载诸诗亦复参差不一"，于是纪容舒"详为校正，各加按语于简端，以补其所遗"③，遂有了《〈玉台新咏〉考异》十卷。该书参校诸书，确实校正了诸本不少错误。邵懿辰《增订四库简明目录标注》云《考异》实为纪昀所撰，因某种原因而"归之于父也"。刘跃进经过考证，认为此说可信。

1985 年 6 月，中华书局排印出版了穆克宏点校本《玉台新咏笺注》。该书以乾隆三十九年刊行的程琰删补本为底本，并以赵均覆宋本、五云溪馆本、纪容舒《考异》和《太平御览》等类书参校，有参考价值的异文皆出校记，能够断定讹误的在校记中予以说明，但不径改原文。书后除附有原书十二篇序跋外，又辑补了二十八篇序跋，颇便于研究者参考。

---

① 阮学浚《玉台新咏跋》。见穆克宏《玉台新咏笺注》，中华书局 1985 年版，第 536 页。
② 《玉台新咏引言》，成都古籍书店 1985 年影印赵氏覆宋本，第 2 页。
③ 纪昀等《四库全书总目提要》卷一百八十六，文渊阁《四库全书》本。

　　傅刚的《〈玉台新咏〉与南朝文学》，分为上、下两编。下编《〈玉台新咏〉校笺》（不出作品全文，宋刻不收者不校笺）是近年来《玉台新咏》整理、校笺的最重要成果。该《校笺》以赵氏覆宋陈玉父本作底本，以清人笺校考释为考察对象，以清人所参考利用的明代版本为主要的参校本，并以清代以前各总集、类书、别集等参考、参校。这项工作耗时十余年，作者"爬梳剔抉，参互考寻"①，可以说是不遗余力。比如，由于《文选》与《玉台新咏》关系最近，二书所选作品相同者最多，因此作者所采用的《文选》李善注、五臣注、六臣注等各种版本竟多达十余种，除刻本外还兼及写钞本，如日本藏九条家本等。作者向来重视版本研究，通过版本研究发现了许多问题，写成系列论文发表，从而大大推进、深化了对于《玉台新咏》的研究。

　　（原载张亚新著、中华经典名著全本全注全译丛书之一《玉台新咏》，为该书《前言》，北京：中华书局 2021 年版）

---

　　①　脱脱《宋史·律历志》，文渊阁《四库全书》本。

附录　张亚新著述综览

说　明

1. 本《综览》分为"著作""参与编撰著作"和"论文短论等"三个部分，其中"著作"又分为"专著及论文集""古籍整理与研究"和"教材"三个部分。后有"主要编辑书刊"和"作为主讲嘉宾参与录制的主要电视专题节目"两个附录。

2. 由两人及两人以上完成的著述，如著述较重要，本人承担的部分也较多，不列入"参与撰撰著作"而列入"著作"。

3. 各部分著述以产生时间先后为序，"论文短论等"部分直接以编年的形式呈现。

4. 本《综览》所载录的，绝大部分为公开出版的著述，也有部分来自经省、市新闻出版部门批准内部印行的书刊，这部分书刊加有符号＊以示区别。

5. 登载著述的书刊第一次出现时，如有必要，注明主办或编纂单位，再次出现时，从略。

一、著作

（一）专著及论文集

1. 曹操大传　550.4 千字。

（1）北京：中国文学出版社，1994 年 4 月初版（精装 1 册），11 月第 2 版（平装 2 册），1995 年 6 月第 3 版（精装 1 册），1996 年 10 月第 4 版（平装 1 册），其间并多次重印。为中外学者学术丛书（王洪主编）之一种。出版后，新华通讯社、《人民日报（海外版）》《光明日报》《深圳特区报》等曾发表书评或书讯。

（2）台北：贺禧文化公司，1996 年 7 月繁体字版（平装 4 册）。出版后，台湾的《联合报》《民生报》《青年日报》《中时晚报》《自立晚报》等曾发表书评或书讯。

（3）西安：陕西师范大学出版社，易名为《品曹操》（平装 1 册），2006 年 9 月第 1 版。

（4）《品曹操》韩文版（精装 1 册），韩国首尔：凤凰之梦出版公司，2011 年版。

（5）郑州：中州古籍出版社，易名为《曹操：一世之雄》（为《品曹操》删节本），2011 年 7 月第 1 版。

（6）北京：人民文学出版社，易名为《曹操传》，2022 年 10 月第 1 版。

2. 汉魏六朝诗：走向顶峰之路，240.1 千字。桂林：广西师范大学出版社，1999 年 6 月第 1 版。该书为"中国文学主流"丛书（乔力主编）之一种。书前有中国社会科学院文学研究所研究员曹道衡先生所作《序》。

3. 文人的理想品格：从陶渊明到苏轼，220 千字。济南：济南出版社，2004 年 5 月第 1 版，2008 年 4 月修订版。

4. 古典文学综论（论文集）（精装 1 册），310.3 千字。韩国首尔：新星出版社，2005 年 1 月第 1 版。

5. 人格的独立：从屈原到陆游，220.5 千字。济南：济南出版社，2007 年 1 月第 1 版，2008 年 4 月修订版。

（二）古籍整理与研究

1. 六朝乐府诗选，110 千字。郑州：中州古籍出版社，1986 年 8 月第 1 版。

2. 江淹集校注，二人合著。本书出版得到国家古籍整理出版规划小组资助。精装 1 册，410.3 千字，本人约完成 170 千字。郑州：中州古籍出版社，1994 年 9 月第 1 版。《古典文学知识》1995 年 9 月第 6 期发表了曹道衡先生的书评《读〈江淹集校注〉》。

3.《文选》全译，多人合著。张启成、徐达主编。为中华人民共和国

1991—1995 年出版规划重点项目。中华书局版精装 6 册，共 3100 千字，本人完成 680 千字。

（1）贵阳：贵州人民出版社，1994 年 11 月第 1 版。

（2）台北：台湾古籍出版社，1996 年繁体字版。

（3）北京：中华书局，2019 年 7 月再版（后多次重印）。为中华经典名著全本全注全译丛书之一种。为 2021 年 3 月 3 日全国古籍整理办公室公布的首批向全国推荐的经典古籍 40 种之一，及优秀整理版本 179 种之一。

4. 唐诗精选（精装 3 册），500 千字。北京：中国国际广播出版社，1995 年 9 月第 1 版，1999 年 2 月第 2 版，2000 年 6 月第 3 版。为"中国古典韵文精选文库"（黄克主编）之一种。中央电视台 1996 年元月 16 日午间新闻、晚 7 时 28 分新闻联播对该文库的推出作了报道。

5. 全宋词广选新注集评，多人合著。精装 5 册，共 3639 千字，本人完成 166 千字。沈阳：辽宁人民出版社，1997 年 7 月第 1 版。

6. 明清笑话集六种，二人合著。全书 250 千字，本人完成 128 千字（含《前言》）。郑州：中州古籍出版社，2012 年 10 月第 1 版。

7. 嵇康集详校详注，本书出版得到国家古籍整理出版专项经费资助。精装上下册，1000 千字。北京：中华书局，2021 年 2 月第 1 版。

8. 玉台新咏（译注），为中华经典名著全本全注全译丛书之一种，精装上下册，800 千字。北京：中华书局，2021 年 5 月第 1 版，2022 年 2 月重印。

（三）教材

1. 中外文学作品选读，合著。全书 470 千字，本人完成 60.4 千字（汉魏六朝文学部分）。北京：科学出版社，1996 年 9 月初版，此后多次重印、再版。该书为北京市高等教育自学考试小学专业文科的教材之一，由北京市高等教育自学考试委员会组编。

2. 小学古诗文教学的理论和实践，四人合著。全书 248 千字，本人完成 77 千字（含《编写说明》及《引言：关于中国古代诗文的总体评价》）。北京：语文出版社，2002 年 7 月第 1 版。该书为中小学语文教师继续教育教材之一，由中国高教学会语文教师继续教育专业委员会组编。

3. 语文（第四册，高中一年级用），合作编写。为普通高中课程标准实验教科书（必修），全国中小学教材审定委员会 2004 年初审通过。本人完成其中的第二单元（古文汉魏六朝部分），共 39 千字。北京：语文出版社，2004 年 6 月第 1 版，此后多次重印、再版。

4. 普通高中课程标准实验教科书（必修）语文第四册教师用书，合作编写。本人完成 30 千字。北京：语文出版社，2005 年 1 月第 1 版，此后多次重印、再版。

二、参与编撰著作

1. 布依族民间故事　本人完成 4.2 千字。贵阳：贵州人民出版社，1982 年 2 月第 1 版。其中的《金银台》，又见《采风》（贵州省黔南州文化局）1981 年第 1 期；其中的《花米饭》，又易名为《花米饭的由来》，载《采风》1982 年第 1 期，《民间文学》第 7 期（北京：中国民间文艺出版社，1982 年 7 月 20 日版），《贵州少数民族民间故事选》（贵阳：贵州人民出版社，1985 年 1 月第 1 版）。

2. 布依族古歌叙事歌选　本人完成 2.7 千字。贵阳：贵州人民出版社，1982 年 2 月第 1 版。

3. 布依族民歌选　本人完成 7.6 千字（含《后记》）。贵阳：贵州人民出版社，1982 年 6 月第 1 版。

4. 汉魏六朝诗歌鉴赏集　本人完成 1 题，3.8 千字。北京：人民文学出版社，1985 年 7 月第 1 版。

5. 贵州明清作家论丛　本人完成 5 题，38 千字。贵阳：贵州人民出版社，1986 年 7 月第 1 版。

6. 唐宋词鉴赏辞典　本人完成 1 题，2 千字。南京：江苏古籍出版社，1986 年 12 月第 1 版。

7. 古典文学鉴赏集（一）　本人完成 2 题，8.1 千字。《电大语文》（中央广播电视大学编），沈阳：辽宁教育出版社，1987 年 3 月第 1 版。

8. 古诗鉴赏辞典　本人完成 1 题，2.8 千字。北京：中国妇女出版社，1988 年 1 月第 1 版。

9. 汉魏晋南北朝隋诗鉴赏辞典　本人完成 1 题，3.3 千字。太原：山西人民出版社，1989 年 3 月第 1 版。

10. 金元明清词鉴赏辞典　本人完成 7 题，13.6 千字。南京：南京大学出版社，1989 年 4 月第 1 版。

11. 中国历代咏花诗词鉴赏辞典　本人完成 18 题，21.2 千字。徐州：江苏科学技术出版社，1989 年 5 月第 1 版。

12. 古代诗歌精粹鉴赏辞典　本人完成 5 题，9.5 千字。北京：燕山出版社，1989 年 8 月第 1 版。

13. 文学人物鉴赏辞典　本人完成 2 题，7 千字。上海：复旦大学出版社，1989 年 12 月第 1 版。

14. 古代爱情诗词鉴赏辞典　本人完成 10 题 25 首，24.6 千字。沈阳：辽宁大学出版社，1990 年 7 月第 1 版。

15. 先秦汉魏六朝诗鉴赏辞典　本人完成 6 题，9.9 千字。西安：陕西三秦出版社，1990 年 6 月第 1 版。

16. 唐诗百科大辞典　本人完成 3 题，2.4 千字。北京：光明日报出版社，1990 年 10 月第 1 版。

17. 中外古今文学名著故事大全（中国文学卷上），本书被评为贵州人民出版社 1990 年度优秀图书。本人完成 10 题，25.2 千字。贵阳：贵州人民出版社，1991 年 3 月第 1 版。

18. 中国文学宝库（唐诗精华分卷）　本人完成 9 题 10 首，16.3 千字。北京：朝华出版社，1991 年 10 月第 1 版。

19. 中国文学宝库（唐宋词精华分卷）　本人完成 15 题，16.2 千字。北京：朝华出版社，1991 年 10 月第 1 版。

20. 古诗海（上）　本人完成 15 题 21 首，19.2 千字。上海：上海古籍出版社，1992 年 1 月第 1 版；后易名为《先秦汉魏六朝诗鉴赏集》，1998 年 9 月再版。

21. 三李诗鉴赏辞典　本人完成 5 题 6 首，11.9 千字。长春：吉林文史出版社，1992 年 5 月第 1 版。

22. 爱国诗词鉴赏辞典　本人完成 10 题，20.9 千字。南京：南京大学出版社，1992 年 5 月第 1 版。

23. 先秦两汉诗精华 本人完成 41 题，66.5 千字。桂林：广西师范大学出版社，1996 年 3 月第 1 版。

24. 中学语文赏析导读——重读高中语文（第二册） 本人完成 2 题，17.9 千字。北京：人民教育出版社，长春：吉林文史出版社，2000 年 3 月第 1 版。

25. 中学语文教学软件 本人完成 6 题，7.6 千字。北京：清华同方光盘股份有限公司（时间不详）。

26. 教师专业化发展的新维度——中小学骨干教师国家级培训实录（中学语文卷），本人负责撰写工作总结、工作研究、本人讲课提纲、培训方案（执笔）及后记，共 38.4 千字，北京：高等教育出版社，2002 年 10 月第 1 版。

三、论文、短论等

1978 年

1. 浅谈《诗经》的赋比兴 论文，《语文函授》*（昆明师范学院）1978 年第 1 期。

1980 年

1. 漫谈《离骚》的情 论文，《贵州社会科学》（贵州省社会科学院）1980 年第 2 期。

2. 明代贵州诗人孙应鳌 短评，《贵阳晚报》1980 年 7 月 6 日。

1981 年

1. 孙应鳌诗歌创作刍议 论文，《贵州社会科学》1981 年第 1 期。

2. 关于"夜郎自大""黔驴技穷"的札记 学术随笔，《贵州教育》1981 年第 1 期。

3. 试论《古诗十九首》对建安诗歌的影响 论文，《延安大学学报》1981 年第 1 期。

4. 建安文学浪漫主义初探 论文，《语文函授》*1981 年第 7 期。

5. 《典论·论文》写作时间考辨 论文，《贵阳师院学报》1981 年第 2 期，《中国古代近代文学研究》（中国人民大学书报资料中心）1981 年第 20 期。

6. 读《喜雨诗》《春夜喜雨》札记　论文，《广西大学学报》1981 年第 1 期。

7. 让革命浪漫主义大放异彩　短论，《贵州日报》1981 年 12 月 6 日。

1982 年

1.《泰山梁甫行》应是曹植前期作品　论文，《贵州社会科学》1982 年第 1 期，《中国古代近代文学研究》1982 年第 5 期。

2. 古代采风琐议　论文，《南风》（贵州民间文艺）1982 年第 1 期。

3. 鹰隼·野鸡·凤凰——学习建安风骨札记　论文，《苗岭》（贵州省群众艺术馆）1982 年第 3 期，《中国古代近代文学研究》1982 年第 12 期。

4. 潘润民诗歌浅析　论文，《贵州文史丛刊》（贵州省文史馆）1982 年第 1 期。

5. 罗兆甡诗歌浅探　论文，《贵州文史丛刊》1982 年第 2 期。

6. 鲁迅与建安文学　论文，《广西大学学报》1982 年第 1 期，《鲁迅研究》（中国人民大学书报资料中心）1982 年第 1 期，《中国古代近代文学研究》1982 年第 15 期。

1983 年

1. 李绿园与贵州　短评，《贵阳晚报》1983 年 3 月 1 日。

2. 关于三曹的文学评价　论文，《贵州社会科学》1983 年第 2 期，《中国古代近代文学研究》1983 年第 8 期。

3.“文学”溯源　随笔，《贵阳晚报》1983 年 6 月 4 日。

4. 略论李绿园世界观中的积极因素　论文，《安阳师专学报》1983 年第 1、2 期合刊，《中国古代近代文学研究》1983 年第 8 期；《〈歧路灯〉论丛》（二），郑州：中州古籍出版社，1983 年 12 月第 1 版。

5.“思无邪”与文艺创作　短论，《贵州日报》1983 年 9 月 4 日。

6. 曹操散文的艺术特色　论文，《求索》（湖南省社会科学院）1983 年第 5 期。

7. 陈钟祥的《香草词》　论文，《贵州文史丛刊》1983 年第 2 期。

8. 略论洛神形象的象征意义　论文，《中州学刊》（河南省社会科学院）1983 年第 6 期；《建安文学研究文集》（安徽《艺谭》编辑部编），合肥：黄山书社，1984 年 11 月第 1 版。

9. 光辉思想与伟大业绩的颂歌——看大型纪录片《毛泽东》有感 短评，《贵州日报》1983 年 12 月 24 日。

1984 年

1. "友于之痛"与曹植的诗歌创作 论文，《青海社会科学》（青海省社会科学院）1984 年第 3 期。

2. 魏晋南北朝民歌简论 论文，《贵州文史丛刊》1984 年第 2 期，《中国古代近代文学研究》1984 年第 17 期。

3. 建安诗歌民歌化探索 论文，《贵州社会科学》1984 年第 4 期，《中国古代近代文学研究》1984 年第 17 期。

4. 重读曹丕《论文》想起的 随笔，《贵州日报》1984 年 8 月 19 日。

5. 读邱禾实的山水诗文 论文，《黔南民族师专学报》1984 年第 1 期。

6. 曹操文章的谐趣 短论，《语文园地》（广西大学）1984 年第 5 期。

7. 浅议北朝民歌对唐代边塞诗的影响 论文，《贵州文史丛刊》1984 年第 4 期，《中国古代近代文学研究》1984 年第 9 期。

8. 谈《孔雀东南飞》的结尾 论文，《语文学刊》（内蒙古师范大学）1984 年第 6 期。

9. 从《陌上桑》到《美女篇》 论文，《广西大学学报》1984 年第 2 期，《中国古代近代文学研究》1985 年第 1 期。

10. 近年来建安文学研究述要 学术综述，《社会科学信息》*（学术版，贵州省社会科学院）1984 年第 1 期。

11. 略谈建安诗歌的秋冬景物描写 论文，《延安大学学报》1984 年第 3 期。

12. 《洛神赋》主旨寻绎——古今评议综述 学术综述，《学术资料》*（河南省社会科学院）1984 年第 24 期。

1985 年

1. 蔡琰《悲愤诗》的悲剧特色 论文，《信阳师范学院学报》1985 年第 1 期。

2. "七步成诗"未必不足信 随笔，《贵阳晚报》1985 年 6 月 18 日。

3. 曹睿文学成就浅说　论文，《贵州社会科学》（文史哲版）1985 年第 5 期。

4. 《西洲曲》三题　论文，《贵州文史丛刊》1985 年第 2 期。

5. 邯郸淳及其《笑林》　论文，《贵州大学学报》1985 年第 4 期。

6. 曹植文学思想概说　论文，《安徽师大学报》1985 年第 4 期，《中国古代近代文学研究》1986 年第 1 期。

7. 端正党风是端正社会风气的关键　短论，《理论学习参考资料》*（贵州省社会科学院）1985 年 12 月 31 日专刊。

1986 年

1. 《洛神赋》主题思想研究纵览　学术综述，《语文导报》（杭州大学）1986 年第 3 期。

2. 关于《孔雀东南飞》结尾的形成　论文，《语文学刊》1986 年第 2 期。

3. 谈谈古典文学的综合研究问题　论文，《教研报》*（安徽安庆师范学院）1986 年第 2 期。

4. 建安文学的浪漫主义特色　论文，《贵州文史丛刊》1986 年第 3 期，《中国古代近代文学研究》1986 年第 12 期。

1987 年

1. 拓展古典文学研究的视野　论文，《语文导报》1987 年第 1 期。

2. 值得文史爱好者一读的好书——简评《〈洛阳伽蓝记〉选》　书评，福建《南平师专学报》*1987 年第 1 期。

3. 孔融的思想、性格和文风　论文，《贵州大学学报》1987 年第 2 期。

4. 钟嵘《诗品》的曹操、刘桢品第　论文，《中州学刊》1987 年第 5 期。

5. 曹植对民间文学理论的一点重要贡献　论文，《贵州社会科学》1987 年第 8 期。

6. 全国首次中国古代文学学术研讨会概述　学术综述，《社会科学信息》*1987 年第 21 期。

7. 《诗经》研究　条目，《贵州年鉴》（1987 年，贵州省地方志编纂委员会办公室）。

8. 关于文学志编写的几个问题　论文，《今日文坛》*（贵州省文联文艺理论研究室）1987 年第 5 期。

9. 读江淹《效阮公诗十五首》 论文，《贵州文史丛刊》1987 年第 4 期。

10. 孙应鳌和他的《学孔精舍诗稿》 论文，《黔东南社会科学》*（黔东南州社会科学联合会）1987 年第 4 期。

11. 谈如何突出《文学志》的思想性 论文，《贵州地方志通讯》*（贵州省地方志编撰委员会）1987 年第 5 期。

12. 怎样正确对待我国的古典文化遗产？ 短论，《你能划清这些界限吗》，贵阳：贵州人民出版社，1987 年 10 月第 1 版。

13. 严沧浪论建安诗 论文，《严羽学术研究论文选》（中共福建邵武市宣传部、福建师范大学中文系编），厦门：鹭江出版社，1987 年 10 月第 1 版。

14. 试论音乐对三曹诗歌的影响 论文，《中国古典文学论丛》第 6 辑，北京：人民文学出版社，1987 年 10 月第 1 版。

1988 年

1. 刍议政治改革的客观必然性 短论，《社会科学信息》*1988 年第 2 期。

2. 覃信刚和他的《边寨奇趣录》 书评，《贵州日报》1988 年 3 月 20 日。

3. 《古诗笺》江淹诗三首正误 短论，《社会科学研究》（四川省社会科学院）1988 年第 2 期。

4. 我国古代作诗最多的人——乾隆帝 随笔，《贵阳晚报》1988 年 4 月 15 日。

5. 贵阳清代词人陈钟祥 论文，《贵阳志资料研究》*（贵阳市志编纂委员会）第 14 期。

6. 《文学志》编写中的宏观与微观问题 论文，《贵州省地方志协会首届年会论文选辑》*（贵州省方志办编，1988 年 3 月）。

7. 说"江郎才尽" 论文，《语文学刊》1988 年第 2 期，《教研报》*1988 年第 1 期。

8. 王粲赋论 论文，《贵州社会科学》1988 年第 6 期，《中国古代近代文学研究》1988 年第 10 期。

9. "辞该众体""卓尔不群"的江淹 评论，《古典文学知识》（江苏古籍出版社）1988 年第 3 期。

10. "曹王""曹刘"辨　论文，《贵州大学学报》1988 年第 3 期。

11. 李绿园在贵州的行止及创作　论文，《贵州文史丛刊》1988 年第 2 期。

12. 我投电视剧《末代皇帝》一票　随笔，《贵阳晚报》1988 年 9 月 20 日。

13. 古典文学宏观研究　条目，《贵州年鉴》（1988 年）。

14. 司马相如与盛览　短论，《贵州教育学院学报》1988 年第 4 期。

15. 曹操诗歌的现实主义特色　论文，《文艺探索与比较研究》（贵州省社会科学院文学研究所编），贵阳：贵州民族出版社，1988 年 9 月第 1 版。

16. 邯郸淳年谱略　年谱，《文艺探索与比较研究》（其余同前）。

17. 《文艺探索与比较研究》后记　（其余同前）

18. 奇才横溢的清代词人陈钟祥　论文，《写作学习》总第十辑，重庆：重庆出版社，1988 年 10 月第 1 版。

19. 谈曹植《七步诗》的著作权问题　论文，《黔南民族师专学报》1988 年第 4 期。

1989 年

1. 关于江淹评价的几个问题　论文，《贵阳师专学报》1989 年第 1 期，《中国古代近代文学研究》1989 年第 7 期。

2. 读明代周瑛、熊祥吟咏黄平飞云崖的诗　论文，《黔东南社会科学》*1989 年第 1 期。

3. 多才多艺的曹操　评论，《古典文学知识》1989 年第 3 期。

4. 一曲沉郁慷慨的悲歌——读无名氏《水调歌头·建安庚戌题吴江》鉴赏文章，中央人民广播电台 1989 年 8 月 13 日第一套节目 7 时半、8 月 14 日第二套节目 19 时半播出。

1990 年

1. 曹操和气功　随笔，《中国气功》（秦皇岛）1990 年第 2 期。

2. 邺下文人集团　评论，《古典文学知识》1990 年第 3 期。

3. 孙应鳌《督学文集》初论　论文，《贵州文史丛刊》1990 年第 3 期。

1991 年

1. 江淹拟古诗别议　论文，《辽宁大学学报》1991 年第 2 期。

2.《中国不发达地区深化农村改革研究》年前通过专家评审　报道，《科研简报》*（贵州省社会科学院）1991 年第 2 期。

3. 愿君精神富有　杂感，《贵阳晚报》1991 年 6 月 22 日《周末赠言》栏目。

4. 万绪悲凉的失路英雄　论文，《古典文学知识》1991 年第 5 期。

5. 兰亭诗考论　论文，《贵州社会科学》1991 年第 10 期。

6. 加强党的领导，繁荣社会主义文艺　论文，《不灭的光辉》*，中共贵州社会科学院机关委员会编。

7. 简评古典文学中的爱国主义传统　论文，《贵州文史丛刊》1991 年第 3 期。

1992 年

1. 兰亭宴集　论文，《古典文学知识》1992 年第 1 期。

2. 勠力上国，流惠下民——曹植诗文的爱国主义精神　论文，贵州人民广播电台"文学"节目 1992 年 4 月 29 日 11 时半至 12 时播出。

3. 伟大人格与博大智慧的启示——电视连续剧《孔子》观后　影评，《贵州广播电视报》1992 年第 18 期。

4. 鲁迅与中国古典文学　论文，《鲁迅与中外文化》*（贵州省社会科学院文学研究所编）。

5. 鲁迅文学思想略述　论文（其余同前）。

1993 年

1. 钟祥楹联词采俊　随笔，《贵阳晚报》1993 年 2 月 10 日。

2. 小议大款比富　杂谈，《贵阳晚报》1993 年 5 月 2 日。

3. 忧国忧民的明代诗人孙应鳌　论文，贵州人民广播电台"文学"节目 1993 年 5 月播出。

4. 说"宫体所传，且变朝野"　论文，《贵州社会科学》1993 年第 6 期。

5. 难酬蹈海亦英雄——近代爱国作家陈天华　论文，贵州人民广播电台"文学"节目 1993 年 12 月播出。

1994 年

1. 古今家训之祖——读《颜氏家训全译》　书评，《深圳特区报》1994年4月16日。

2. 文如其人与人如其文　短论，《深圳特区报》1994年5月28日。

3. 我写《曹操大传》　创作谈，《深圳特区报》1994年7月23日。

4. 状难写之景如在目前　短论，《深圳特区报》1994年8月27日。

5. 含不尽之意见于言外　短论，《深圳特区报》1994年9月24日。

6. 曹操：一个杰出的历史人物　短论，《光明日报》1994年11月21日。

7. 继续教育中的古典文学教学（北京教育学院中文系古典文学教研室，本人执笔）论文，《北京教育学院学报》1994年第4期。

1995 年

1. 《文选》五言诗与钟嵘《诗品》　论文，《中语中文学》（韩国中语中文学会主办）第十七辑；《文选学新论》，中国文选学研究会、郑州大学古籍整理研究所编，郑州：中州古籍出版社，1997年10月第1版。

1996 年

1. 悲痛与怀念　回忆录，《母恩难忘》，北京：中国妇女出版社，1996年7月第1版。

1997 年

1. 论汉魏六朝诗的质文与雅俗之变　论文，《北京教育学院学报》1997年第2期；《第三届魏晋南北朝文学国际学术研讨会论文集》，台湾东海大学中国文学系、台湾中国古典文学研究会主编，台北：文史哲出版社，1998年8月第1版。

2. "万里写入胸怀间"——评赵伯陶著《市井文化与市民心态》　书评，《文史知识》（中华书局）1997年第8期。

1999 年

1. 论六朝诗美观念的确立　论文，《文艺研究》（中国艺术研究院）1999年第2期，《中国古代近代文学研究》1999年第7期。

2. 皎若列眉　洋洋巨观——评《文白对照本〈中国历代名臣言行录〉》书评，《北京教育学院学报》1999年第3期。

2000 年

1. 中小学骨干教师国家级培训的思考 短论，《北京教育学院学报》2000 年第 1 期；《21 世纪科技与教育发展大观》（下卷），北京：中国人事出版社，2001 年 1 月第 1 版。

2.《七步诗》理应为曹植所作说 论文，《学林漫录》第十五集，北京：中华书局 2000 年 11 月第 1 版。

2001 年

1. 中学语文骨干教师培训内容研究（执笔人） 工作研究，《中小学骨干教师培训内容体系研究》（该"研究"为教育部中小学骨干教师培训专项研究课题），济南：山东教育出版社，2001 年 7 月第 1 版。

2002 年

1. 审视美国的新维度——读李方新著《点击美国》 书评，《北京教育学院学报》2002 年第 3 期。

2. 缅怀洪顺隆教授 回忆录，《论学谈言见挚情——洪顺隆教授逝世周年纪念文集》，台北：万卷楼图书有限公司，2002 年版。

2003 年

1. 论萧统的陶渊明研究 论文，《〈文选〉与文选学》，北京：学苑出版社，2003 年 5 月第 1 版。

2. 论古代文人的理想品格 论文，《北京教育学院学报》2003 年第 3 期。

3. 艰苦 回忆录，《花溪之忆》*，贵州大学中文系六二级编，2003 年 2 月。

4. 关于中学骨干教师国家级培训的回顾和思考 论文，《中小学骨干教师培训研究——国家级培训一线管理者的观点》，北京：首都师范大学出版社，2003 年 6 月第 1 版。

2005 年

1.《丰碑——1949 年以前北平基础教育系统党的活动纪实》后记 北京：北京出版社，2005 年 6 月第 1 版。

2006 年

1. 做教育科研的有心人 短论，《北京教育研究》*（北京市教育委员会主管，北京市教育学会主办）2006 年第 4 期。

2. 科研最好确立一个主攻方向　短论，《北京教育研究》*2006 年第 6 期。

3. 略论阮籍的独立人格　论文，《北京教育学院学报》2006 年第 4 期；《竹林七贤与魏晋文化》，郑州：大象出版社，2007 年 1 月第 1 版。

2007 年

1. 积极参加课程改革的研究　短论，《北京教育教学研究》*2007 年第 2 期。

2.《优秀小学生课外阅读与素质培养经典丛书》总序　北京：新世界出版社，2007 年 5 月第 1 版。

3. 汉魏六朝诗概说　论文，《北京教育学院学报》2007 年第 2 期。

4. 充分发挥在集体课题中的作用　短论，《北京教育教学研究》*2007 年第 4 期。

5. 试论《文选》二谢诗　论文，《中国文选学》，北京：学苑出版社，2007 年 9 月第 1 版。

6. 科研应力求创新　短论，《北京教育教学研究》*2007 年第 6 期。

2008 年

1. 萧绎与萧纲文学思想的同异及对其创作的影响　论文，《文艺研究》2008 年第 2 期；《北京教育学院学术成果选编（2000—2008）》，北京：北京出版社，2008 年 10 月第 1 版。

2. 文本解读的科学　短论，《北京教育教学研究》*2008 年第 2 期。

3. 有感于梁漱溟做科研　短论，《北京教育教学研究》*2008 年第 4 期。

4. 中文伴终身　回忆录，《花溪之忆》（续集）*，贵州大学中文系六二级编，2008 年 8 月。

5.《北京教育学院志》（1953—2008）前言　北京：北京出版社，2008 年 10 月第 1 版。

6. 功能拓展与院际融合［《北京教育学院志》（1953—2008）第一编第三章］　综述，（其余同前）。

7. 关于旧文四篇的回顾　回忆录，《薪火心传：北京教育学院老教育工作者忆往笔谈》，北京：北京出版社，2008 年 10 月第 1 版。

8. 继续教育与专业发展　论文，《北京教育学院学报》（55 周年院庆专刊）2008 年第 3 期。

9. 进一步搞好课例研究　短论，《北京教育教学研究》*2008 年第 6 期。

2009 年

1. 严格自律，远离学术不端行为　短论，《北京教育教学研究》*2009 年第 2 期。

2. 在继续教育中追求什么　短论，《北京教育教学研究》*2009 年第 4 期。

3. 研究论文与工作总结、开题报告及其他　短论，《北京教育教学研究》*2009 年第 6 期。

2010 年

1. 用科研为创新人才的培养开路　短论，《北京教育教学研究》*2010 年第 2 期。

2. 努力使培训的效益最大化　短论，《北京教育教学研究》*2010 年第 4 期。

3. 说教研与科研　短论，《北京教育教学研究》*2010 年第 6 期。

4. 论新变潮流中的《文选》与《玉台新咏》　论文，《扬州文化研究论丛》第五辑，扬州：广陵书社，2010 年 10 月第 1 版。

2011 年

1. 论陶渊明革新玄言诗风的功绩　论文，《文学遗产》（中国社会科学院文学研究所）2011 年第 2 期。

2. 《世说新语》嵇康史料摭评　论文，《北京教育学院学报》2011 年第 1 期；《云台山与竹林七贤》，郑州：河南人民出版社，2011 年 9 月第 1 版。

3. 引经据典，尽显儒者风范——温总理答记者问巧引古诗文　短评，《语言文字报》（国家语言文字工作委员会）第 529 期（2011 年 3 月 23 日）。

4. 在提升学理上下功夫　短论，《北京教育教学研究》*2011 年第 2 期。

5. 科研活动中的问题引领与任务驱动　短论，《北京教育教学研究》*2011 年第 4 期。

6. 对精读课文的解读要在"精"字上下功夫　论文，《北京教育学院学报》2011 年第 6 期。

7. 继承和发扬西南联大的科研精神　短论，《北京教育教学研究》*2011年第 6 期。

2012 年

1. 李绿园诗歌艺术撷拾　论文，《殷都学刊》（河南安阳师范学院）2012年第 3 期。

2. 科研不妨从较小的选题做起　短论，《北京教育教学研究》*2012 年第 2 期。

3. 追求有效科研　短论，《北京教育教学研究》*2012 年第 4 期。

4. 说同课异构　短论，《北京教育教学研究》*2012 年第 6 期。

2013 年

1. 从《北京教育丛书》吸取教学智慧　短论，《北京教育教学研究》*2013 年第 2 期。

2. 正确地选择和使用研究文体　短论，《北京教育教学研究》*2013 年第 4 期。

3. 见证转折　回忆录，《见证历史——北京教育学院建院 60 周年老前辈访谈录》，北京：北京出版社，2013 年 10 月第 1 版。

4. 谈谈文献研究法　短论，《北京教育教学研究》*2013 年第 6 期。

2014 年

1. 说"学而不思则罔，思而不学则殆"　短论，《北京教育教学研究》*2014 年第 2 期。

2. 研究课题与研究课　短论，《北京教育教学研究》*2014 年第 4 期。

3. 谈谈研究报告的撰写　短论，《北京教育教学研究》*2014 年第 6 期。

2015 年

1. 略谈专著与编著的构思与撰写　短论，《北京教育教学研究》*2015 年第 2 期。

2. 从助词"的""地""得"的使用说起　短论，《北京教育教学研究》*2015 年第 4 期。

3. 再谈用科研为创新人才的培养开路　短论，《北京教育教学研究》*2015 年第 6 期。

2016 年

1. 搞科研为什么要阅读参考文献　短论,《北京教育教学研究》*2016 年第 2 期。

2. 阅读是一种需要　短论,《北京教育教学研究》*2016 年第 4 期。

3. 综合课程与综合研究　短论,《北京教育教学研究》*2016 年第 6 期。

4. 鹤驾归山情何忍,音容宛在意难平——深切缅怀刘扬忠先生　回忆录,《山骨》*（贵州文史研究馆）2016 年第 4 期。

2017 年

1. 努力把每一节常态课都上成研究课　短论,《北京教育教学研究》*2017 年第 2 期。

2. 努力实现教学反思与教学科研的有机结合　短论,《北京教育教学研究》*2017 年第 4 期。

3. 校本建设课程“五突出”　短论,《北京教育教学研究》*2017 年第 6 期。

2018 年

1. 阅读教学:永远的课题　短论,《北京教育教学研究》*2018 年第 1 期。

2. 在科研活动中锻炼和发展思维　短论,《北京教育教学研究》*2018 年第 3 期。

3. 加强生命教育的实践和研究　短论,《北京教育教学研究》*2018 年第 5 期。

2019 年

1. 不忘初心　方得始终　回忆录,《回顾四十年　走进新时代》*,中共北京市委教育工作委员会编,2019 年 2 月。

2.《高三语文复习课“‘真正的英雄’论证语段写作”》《高一语文新授课〈与韩荆州书〉》点评　《以学生为本的教学设计》（高中卷）,北京:教育科学出版社,2019 年 8 月第 1 版。

3.《生本视界下的〈背影〉教学设计及反思》点评　《以学生为本的教学设计》（初中卷）,北京:教育科学出版社,2019 年 9 月第 1 版。

2020 年

1. "七贤"竹林之游分期考　论文，《国学研究》（北京大学国学研究院中国传统文化研究中心）第四十三卷，北京：北京大学出版社，2020 年 8 月第 1 版；《百年选学：回顾与展望》，傅刚主编，北京大学出版社 2022 年 6 月版。

2. 把劳动教育落到实处　短论，《北京教育教学研究》＊2020 年第 4 期。

3. 开拓进取，追梦未来——祝贺北京市教育学会成立 40 周年　短论，《北京教育教学研究》＊2020 年第 5 期。

4. 缅怀吴恩楠先生——为《贵州文史丛刊》创刊四十周年而作　回忆录，《四十年来文与史——贵州文史丛刊创刊四十周年纪念集》，贵州文史馆编印，2020 年庚子肆季刊。

2021 年

1. 追步前人履迹　属意后出转精——《嵇康集详校详注》整理校注心得经验交流，《古籍整理出版情况简报》＊（全国古籍整理出版规划领导小组办公室）2021 年第 12 期（总 610 期）。

附　录

（一）主要编辑书刊

1. 文艺探索与比较研究（贵州省社会科学院文学研究所编）　200 千字。贵阳：贵州民族出版社，1988 年 9 月版。

2. 唐诗论考　（韩国）柳晟俊著，为中外学者学术丛书（王洪主编）之一种，300.4 千字。北京：中国文学出版社，1994 年 8 月版。

3.《史记》《汉书》比较研究　（韩国）朴宰雨著，320 千字（其余同前）。

4. 中外文学作品选读　副主编主持工作，全书 470 千字。北京：科学出版社，1996 年 9 月初版，此后多次重印、再版。

5. 教师专业化发展的新维度——中小学骨干教师国家级培训实录（中学语文卷）　任主编，全书 270 千字。北京：高等教育出版社，2002 年 10 月版。

6. 丰碑——1949 年以前北平基础教育系统党的活动纪实　任副主编，全书 450 千字。北京：北京出版社，2005 年 6 月版。

7. 北京教育学院学报 2003 年第 3 期至 2004 年第 3 期，任主编，负责三校稿件的审阅。

8. 北京教育研究* 2006 年第 4 期至第 6 期（共 3 期），任副主编，负责部分三校稿件的审阅。

9. 北京教育教学研究* 2007 年第 1 期至 2021 年第 6 期（共 90 期），任副主编、执行副主编（2015 年第 5 期至 2017 年第 6 期），负责部分（2015 年第 5 期后为全部）三校稿件的审阅。

10. 优秀小学生课外阅读与素质培养经典丛书（共 14 种） 任主编，约 2800 千字。北京：新世界出版社，2007 年 5 月版。

11. 北京教育学院志（1953—2008） 编审之一，参与全书框架设计、凡例确定及部分稿件的编审工作。北京：北京出版社，2008 年 10 月版。

12. 北京教育学院志（2008—2013） 任编辑顾问，参与书稿审核工作。北京：北京出版社，2013 年 10 月版。

（二）作为主讲嘉宾参与录制的主要电视专题节目

1. 应中央电视台之邀，作为主讲嘉宾参加专题片《竹林七贤》（共五集）的拍摄，CCTV10 频道《探索与发现》栏目 2008 年 7 月 27 日至 31 日播出，后其他频道有重播。

2. 应中央电视台之邀，作为主讲嘉宾参加专题片《河内名郡》（共七集）的拍摄，CCTV4 频道 2011 年 9 月 4 日至 8 日播出，后其他频道有重播。

后　记

　　自 1978 年以来，我一直致力于中国古典文学研究，而中古文学为主要的研究方向。2005 年，韩国首尔新星出版社出版了我的第一本论文集，由于所收论文从先秦文学至明清文学均有涉及，故书名定为《古典文学综论》。而当时已发表的有关中古文学的论文，则基本都保留了下来，打算到合适时候连同此后撰写、发表的同类论文合在一起结集出版。近期，我将这一想法付诸实施，经过努力，结集工作终于完成，并将集子定名为《中古文学研究丛稿》。

　　正如我在《古典文学综论》的《后记》中所说，一代有一代之文学，一代也有一代文学之研究。自 1978 年以来的四十二年虽可统称之为"新时期"，但其间也不断有发展、变革和创新，因此本书所收论文在选题、所提出的论点等方面也不免留下了一些不同时期的印迹。总的来看，本书所收论文是比较充分地反映了新时期中古文学研究的新面貌、新成就和新特点的，主要是涉及一些新的研究领域，所研究的对象多带有"新变"的性质，提出了若干比较新的见解，比如《论陶渊明革新玄言诗风的功绩》认为最早给玄言诗风来了一个大的冲击和改变的是陶渊明，《略论洛神形象的象征意义》认为洛神应是作者政治理想、人生抱负的寄托或化身，是作者"建永世之业，流金石之功"（曹植《与杨德祖书》）的理想境界的形象化，并对此进行了充分论证，《嵇康年谱》解决了一些在嵇康研究中需要解决但长期未曾触及或未能妥予解决的问题（比如嵇康与太学关系的问题），等等，这些对推进中古文学的研究应当都是具有积极意义的。

　　本书分为上、下两编，上编所论对象相对较为宏观，下编则反之，大抵只论述某一位具体的作家或某一部（篇）具体的作品。大体按作家的生活年代及作品产生时间的先后排序。对文字作了一些必要的修订，引文与原书进行了核对，并一一标明出处。原书有的属新版，因此出版时间比论文撰写、发表的时间要晚，这是需要在此加以说明的。

人民日报出版社慨允出版本书；谢广灼先生担任本书责编，补苴罅漏，匡我不逮，谨此一并致谢！书中若有讹谬之处，尚祈读者、方家不吝赐正！

张亚新

2022 年 7 月于北京玉渊潭畔守拙斋